谨以此书

献给关注历史、关注莒国、关注国家兴亡的人们。

莒国演义

蒋学贡 ◎ 著

中国文联出版社

图书在版编目（CIP）数据

莒国演义 / 蒋学贡著. -- 北京：中国文联出版社，2025.1. -- ISBN 978-7-5190-5746-6

Ⅰ. K224

中国国家版本馆CIP数据核字第2024LW0050号

著　　者　蒋学贡
责任编辑　徐国华
责任校对　晓　攀
封面设计　千　淼
版式设计　潘传兵

出版发行　中国文联出版社有限公司
社　　址　北京市朝阳区农展馆南里10号　　邮编　100125
电　　话　010-85923025（发行部）　010-85923091（总编室）
经　　销　全国新华书店等
印　　刷　三河市龙大印装有限公司

开　　本　710毫米×1000毫米　　1/16
印　　张　38
字　　数　622千字
版　　次　2025年1月第1版第1次印刷
定　　价　79.00元

版权所有·侵权必究
如有印装质量问题，请与本社发行部联系调换

前　言

莒国是周朝册封的诸侯国，地处山东省东南部，东临黄海，西望沂蒙，势力一度强盛，被誉为"东夷之雄"。西周迈入春秋战国以后，列国纷争，战争频仍，天下动荡。在此情况下，莒国自强不息，存国时间长达615年（前1046年—前431年），时间跨度从西周至战国初年。

《莒国演义》作为章回体长篇历史小说，共100回，描写了莒国从受封到终结的全过程。本书以时间顺序为经，沿周朝历史的发展脉络写成。把莒国的产生与发展，融合在全中国的历史大潮中进行展现。从西周到战国初年的重要历史事件与人物，几乎都在本书涵盖之内。

本书讴歌了莒地人民践行大义、不畏强暴、忠勇爱国的精神，描写了姜子牙、孔子、春秋五霸等重要人物及相关故事。姜子牙东海垂钓、春秋五霸争雄、齐桓公勿忘在莒、孔子周游列国、勾践卧薪尝胆、项橐为孔子师、叔文相莒、柱厉叔死报莒敖公等故事，本书都有详细描述。

为了保证严肃性，本书引用了大量真实历史资料。书中描写的周王朝以及郑、齐、晋、宋、秦、楚、鲁、卫、吴、越等国的人物与事件，大多史有所据。书中出现的年份，是符合历史的真实时间。各国官衔、军队编制、诸侯会盟、各地风俗等，史有所据，并非虚构。周天子、列国国君，其姓名、君号（谥号）以及在位时间、死亡时间，与历史记载一致。

本书中的古人对话，使用文言或半文半白语言。引用的先秦诗词以及孔子等人物语言，在原文后附有译文。指导思想是，既保留古人的语言特色，准确展现古代人物的风貌，又便于广大读者阅读。

本书语言力求简短明快，轻松灵动，深入浅出，做到文学性与历史性的统一。

　　改革开放以来，莒地历史文化越来越受到重视，出土了众多文物，专家学者发表了大量文章。这些文章多是对某个时段或某个侧面的探讨研究。莒国历史长达600多年，其整体发展历程是什么？缺少一部系统的著作叙述描写。此外，周朝的诸侯国数量众多，目前尚未发现一个国家的整体历史演义。

　　填补这一空白，是我撰写《莒国演义》的初衷。

　　撰写本书遇到的首要问题，是历史资料的缺乏。其中，西周时期的历史资料尤为短缺。为此，我历时数年，昼夜不懈，广泛搜集了周朝历史资料，查阅了地方史志，阅读了相关书籍与考古文章。

　　初稿完成后，著名作家赵德发审阅了书稿，提出了宝贵的修改意见。茅盾文学奖评委、暨南大学张丽军教授给了诸多指导。刘汉中、赵家苟、朱全吉诸位作家，对书稿的修改润色起了重要作用。

　　《莒国演义》成书过程中，受到多方面的支持帮助，在此一并致谢。

蒋学贡

序

张丽军

一百年前，鲁迅写作《故乡》小说，提出"乡土文学"概念，把台静农、许杰、蹇先艾、王鲁彦等人归类为"乡土文学流派"。五四新文化时期，中国各地成立一些地方性的乡土教育研究会，倡导乡土民情的地方文化教育。老舍在《北京师范校友会杂志》上刊发《拟编辑乡土志序》，提出："尔祖尔父，业于斯，葬于斯，念身世之所来，仰祖父之手泽……夫爱其乡矣，乡何由而保？告之曰：必爱尔国以保尔乡。则爱其乡者必爱其国，爱其国者始于爱其乡。"在老舍看来，乡土教育是爱国主义教育的出发点、落脚点，是以对故乡的最具体、最形象、最真切的生命体验和情感认同为教育基点的。

21世纪的今天，我们迫切需要从故乡出发的乡土教育。正是基于这样一种文化和情感的认知，当读到《莒国演义》这部皇皇巨作的时候，我深深被乡贤蒋学贡先生撰写书稿的精神、情怀所打动。记得2010年前后，山东师范大学成立了莒文化研究中心。作为一个莒县人，后来我也受邀做兼职的莒文化研究中心研究员。我曾回老家到莒县图书馆、博物馆做过莒文化当代传承的讲座。但事实上，我有意识接触和了解的莒国文化历史，主要集中于近现代莒文化历史，而对于历史悠久的古莒文化依然是知之甚少。

这次读到《莒国演义》恰好补上了这一历史课。

蒋学贡先生的《莒国演义》有以下三大突出的价值意义和叙述特色。

一是对古莒国历史的第一次有机完整的全方位呈现。《莒国演义》以时间顺序为经，以莒国为叙述中心，沿着中国历史发展脉络叙述；以大人物、大事件为线索，多点透视，聚焦于中心，融会穿插莒国与周王朝、各诸侯国的交往，横跨了西周、春秋直到战国初年615年，清晰完整地呈现了莒国发生、发展、兴盛以及逐渐衰落的历史。

二是结构详略得当，人物形象谱系完整，个性生动鲜明，具有典型化特征。《莒国演义》传承中国叙述艺术特点，在历史事件和具体行动中，展开人物形象的建构，即在动态历史事件中塑造人物形象的独特个性内涵，建构起"莒人性格、莒人精神"。例如莒国国君如何因势利导，在强国林立、危机四伏的时代纷争中获得立足之地，成为"小国之雄"。公子小白成为齐桓公之后，莒国国君和大臣巧妙化解危机，并借助于鲍叔牙对莒国昔日恩情的认可，积极推进，留下了"勿忘在莒"的佳话，至今警示后人。莒国国君想加入齐桓公领导的"盟国"阵营中，但是齐桓公却不愿违背已做出的决定，在管仲等人的运作下，以"观盟"的身份加入，获得了较好的战略地位。这与今天国际组织中的"观察员国"身份是何其相似。

三是语言简洁质朴，生动流畅，体现了孔子"绘事后素"的美学主张，做到了文学性、趣味性与历史性的统一。书中引用了大量《诗经》原文，并在后面附上译文，不仅与当时历史事件相吻合，而且极大增加了故事的文学性和诗意韵味。《莒国演义》写到了很多莒地历史、文化、民俗，具有很强的民俗地域文化内涵，有助于对莒国历史、人文、地理的乡土教育，从而起到很好的历史传承与文化创新作用，不断开启新的"从此人文说莒州"。

总之，这是一部具有开创性的莒国历史演义故事，是新时代莒县乡土教育、历史文化教育的优质教材，是我敬重的乡贤蒋学贡多年文化积累、传承与创新的立言之作。

大哉，莒国演义！

是为序。

2024年11月6日于广州暨南园

（张丽军　暨南大学文学院教授、博士生导师，暨南大学出版社总编辑，茅盾文学奖评委）

目 录

第 一 回	赏功臣诸侯立国	拥周室莒国受封	001
第 二 回	姜子牙东海垂钓	兹舆公齐国迎亲	009
第 三 回	喜房院内演刀枪	浮来山下歼蟊贼	018
第 四 回	周公旦挂帅平叛	兹舆期生擒武庚	024
第 五 回	周成王御驾亲征	兹舆公中道崩殂	031
第 六 回	姜太公营丘病逝	莒介公东海亡命	036
第 七 回	莒根公南渡汉水	周昭王遭遇犀牛	043
第 八 回	渡汉水昭王身亡	尊周室琅公勤王	049
第 九 回	穆王幽会西王母	琅公勇斗大鲸鱼	054
第 十 回	徐子僭号攻洛邑	越姬玄鸟换王子	061
第 十 一 回	奔戎徒手捉大虫	穆王违制葬爱妃	066
第 十 二 回	莒琅公鏖战淮夷	周穆王会盟涂山	071
第 十 三 回	密君私藏三姐妹	共王攻灭密须国	076
第 十 四 回	日全食吓坏国人	周懿王犬丘逃命	084
第 十 五 回	周孝王荣登大位	嬴非子受封秦邦	090
第 十 六 回	夷王活烹齐哀公	莒子深情伴白马	096
第 十 七 回	楚国君撤销王号	莒常公进献白马	102

第十八回	周厉王逃奔彘地	秦嬴非避难莒国	107
第十九回	莒常公白马殉葬	姜小妤深情登门	112
第二十回	会洛邑周朝中兴	斥邪恶奸臣现形	118
第二十一回	劝宣王姜后脱簪	爱莒君女鸠示情	123
第二十二回	莒蚡公无辜被诬	周宣王惨然殒命	129
第二十三回	周幽王宠幸褒姒	莒夷公访问鲁国	136
第二十四回	奔西申宜臼逃命	扩城垣莒国迁都	143
第二十五回	莒夷公嵩山会盟	周幽王骊山丧命	150
第二十六回	周平王东迁洛邑	莒防公西拒朝觐	156
第二十七回	郑武公攻打郐虢	莒防公访问齐鲁	161
第二十八回	一星入怀生贵子	两国联盟结金兰	167
第二十九回	郑庄公掘地见母	嬴玉闾伴陪太子	172
第三十回	郑庄公做媒联姻	莒且公攻灭向国	178
第三十一回	结冤仇费邑对峙	调纠纷密地会盟	184
第三十二回	郑军抢麦进京畿	莒国伐杞取牟娄	190
第三十三回	图报复四国攻郑	聚浮来三君会盟	196
第三十四回	战中原莒国出兵	显强势郑国称雄	204
第三十五回	鲁隐公示诚被弑	莒且公发怒兴兵	208
第三十六回	武骊枪挑蔡司马	祝聃箭射周桓王	214
第三十七回	女勾男奇人奇事	兄淫妹乱世乱情	220
第三十八回	郑庄公新郑去世	莒且公曲池会盟	226
第三十九回	识奸情鲁侯殒命	杀妹夫齐侯行凶	231
第四十回	践盟约莒国出兵	献土地纪国灭亡	236

第四十一回	姜小白莒国避难	姜靖纠曲阜流亡	241
第四十二回	姜小白离开莒国	鲍叔牙举荐管仲	247
第四十三回	齐桓公攻灭谭国	莒且公庇护谭君	255
第四十四回	联诸侯齐国示强	施巧计莒国致富	262
第四十五回	齐桓公毋忘在莒	鲍叔牙故地重游	268
第四十六回	姬庆父莒国逃命	嬴珪拏郲邑殉国	274
第四十七回	齐桓公征伐楚国	莒庞公兵临汉水	279
第四十八回	齐桓公惨然归天	莒庞公溘然离世	286
第四十九回	宋襄公孟邑被俘	莒余公睢阳求贤	292
第 五十 回	宋襄公兵败泓水	莒余公船陷淮河	298
第五十一回	介子推自焚绵山	莒余公进军海湾	305
第五十二回	星耀空西访雍城	李一骞东渡大海	311
第五十三回	晋文公温邑勤王	莒余公纪鄣鏖兵	316
第五十四回	求友好隆冬会盟	败齐军春季鏖兵	322
第五十五回	晋文公践土会盟	兹丕公中原兴兵	328
第五十六回	会温邑周王命驾	遭水患莒君赈灾	334
第五十七回	晋侯泄愤伐郑国	莒子迷路祭绵山	340
第五十八回	晋文公棺椁显灵	兹丕公穆陵用兵	347
第五十九回	秦穆公活人殉葬	星耀空妙计退敌	353
第 六十 回	星耀空击败徐军	公孙敖投奔莒国	360
第六十一回	季文子寻衅滋事	星耀空收复失地	367
第六十二回	星耀空因病去世	莒纪公惨然遭弑	372
第六十三回	渠丘公拒绝调停	鲁宣公侵占向邑	377

第六十四回	晋灵公桃园丧命	楚庄王中原问鼎	382
第六十五回	鲁宣公临淄被扣	渠丘公西部兴兵	389
第六十六回	战齐军树立威望	戏外使丧失人心	394
第六十七回	攻鞍地四国泄愤	战介根二将联盟	400
第六十八回	吴国将士学车战	赵氏孤儿遭追杀	405
第六十九回	盾无敌新郑奋武	渠丘公马陵会盟	410
第 七十 回	赴盟会联络八国	遭突袭沦陷三城	416
第七十一回	晋景公亡命茅厕	渠丘公出兵麻隧	423
第七十二回	渠丘公身亡纪鄣	楚共王兵败鄢陵	428
第七十三回	声孟子淫乱齐宫	高无咎出奔莒国	434
第七十四回	围彭城晋国联兵	赴鸡泽莒君与盟	439
第七十五回	邾宣公击败鲁军	犁比公攻灭鄫国	444
第七十六回	齐灵公吞灭莱国	犁比公击败鲁军	449
第七十七回	晋悼公三会诸侯	犁比公两伐鲁国	454
第七十八回	荀偃奖赏盾三勇	晋国拘捕犁比公	459
第七十九回	诸侯联兵攻齐国	澶渊会盟结友谊	464
第 八十 回	晋平公围攻曲沃	犁比公守卫且于	469
第八十一回	犁比公痛失介根	齐庄公被弑临淄	475
第八十二回	六一卿杞国筑城	七二瑰宋都救灾	481
第八十三回	犁比公惨然遭弑	著丘公仓促即位	486
第八十四回	季武子侵占鄫地	赢一栋兵败蚡泉	491
第八十五回	晏平仲出使楚国	著丘公失陷郠邑	496
第八十六回	著丘公平丘会盟	楚灵王汉水缢亡	501

第八十七回	莒郊公齐国逃命	莒共公蒲隧会盟	507
第八十八回	莒共公出国避难	莒郊公回国复位	513
第八十九回	莒郊公鄢陵会盟	谭弋廷洛邑筑城	518
第九十回	孙武子吴国献策	莒郊公召陵与盟	524
第九十一回	吴国攻占郓都城	孔子登临圣公山	530
第九十二回	匡国政出使姑苏	谭弋廷访问曲阜	537
第九十三回	莒郊公践诺嫁女	越勾践卧薪尝胆	542
第九十四回	姬夫差中原争霸	莒郊公黄池会盟	548
第九十五回	失信任孔子远游	尊师嘱曾参仕莒	554
第九十六回	逞强势齐国攻莒	显威风勾践灭吴	561
第九十七回	嬴历获溪边猎艳	柱厉叔莒城殉义	567
第九十八回	刮民膏叔文相莒	信佞臣灵公失政	573
第九十九回	受外援幽公继位	因贪腐叔文自缢	579
第一百回	侵东夷楚军逞凶	战强敌莒城喋血	585

附录：主要参考书目 ……………………………………………… 593

第一回　赏功臣诸侯立国　拥周室莒国受封

话说上古时期，天地尚未形成，到处混沌一片，没有东西南北之别，没有上下左右之分。在这一片混沌之中，盘古轰然出世。他举起巨大的斧头，把混沌劈为两半。清澈的部分上升为天空，混浊的部分下沉为大地。盘古高兴时，天上晴空万里；盘古生气时，天上阴云密布；盘古哭泣时，天上下起雨雪；盘古叹气时，天上风云激荡；盘古愤怒时，世上山摇地动。

盘古开天辟地，活到三万八千岁。这天，阳光突然变得暗淡。盘古双腿盘坐，寂然离世。他死后，右眼变成月亮，左眼变成太阳，血液变成江河，皮毛变成绿草，胡须变成森林，头发变成星辰，肌肉变成土地，精髓变成珠玉，骨头变成金石，汗水变成雨露，头颅变成泰山，双脚变成华山，左臂变成衡山，右臂变成恒山，腹部变成嵩山。盘古开天辟地，诞生了人类。

起初，人类钻山洞，住树杈，吃野果，茹毛饮血，只知其母不知其父。

过了若干年，燧人氏、伏羲氏和神农氏相继诞生。燧人氏教会人们钻木取火，伏羲氏教会人们火烧食物，神农氏教会人们种植庄稼，这就是著名的三皇。三皇之后，五帝相继诞生。位列第一的是黄帝，姓公孙，因为生在轩辕山上，因此起名叫轩辕，他是中华民族的始祖。不久，南方的炎帝与黄帝联合，组成炎黄部落。大家尊轩辕为天子，后世称为轩辕黄帝。

黄帝逝世后，他的孙子高阳继位，称为颛顼，是五帝中的第二帝。颛顼去世后，黄帝的曾孙继位，称作帝喾，是五帝中的第三帝。帝喾去世后，他的弟弟放勋继位，称作帝尧，是五帝中的第四帝。帝尧去世后，把帝位传给虞舜，是五帝中的最后一帝。虞舜去世后，大禹继承王位。大禹去世不久，他的儿子启建立了夏朝。四百多年后，商汤推翻夏朝，建立商朝。

商朝传到最后一帝，就是恶名昭著的殷纣王。这天，殷纣王狩猎结束，宠臣崇侯虎进谏："镇北将军苏护之女，年方十七，名唤苏妲己。此女容貌奇美，堪称天下绝色，何不带来陪侍大王？"纣王一听不禁眉飞色舞，说："速将妲己带来！"崇侯虎急忙带领人马，很快把妲己弄到朝歌。

纣王注目一看，苏妲己罗髻层叠，如乌云漫卷；两腮红润，若桃花初开；柳腰娇媚，像海棠醉日；泪眼婆娑，如梨花带雨；朱唇轻启，似樱桃泛红；双眸一睁，如碧潭秋波；举止袅娜，如嫦娥折桂；动静有致，像仙女下凡。真的是：美纷纷千态意蕴，娇滴滴万种风情。

纣王欣赏一会儿，不禁神魂颠倒。苏妲己柔声说："小女子妲己，恭祝大王万岁！"苏妲己一句话，说得纣王骨软筋酥，腮热眼红，魂游天外。崇侯虎立即趋前一步，说："请陛下与娘娘回宫歇息。"纣王连忙答应："好好好，回宫回宫！"妲己深谙狐媚之术，擅长床上功夫。她进宫以后，纣王如鱼得水，和她昼夜欢淫，不禁精神恍惚，把国家大事抛到九霄云外。

这天清晨，妲己云鬓不整，泪眼婆娑。纣王忙问："爱妃缘何如此不悦？"妲己娇滴滴地说："妾身已归大王，怎奈众大臣不能相容，背地里说三道四。贱妾可以不予理会，大王乃天下至尊，焉能听之任之？"

纣王一听，不禁暴跳如雷，大声咆哮，说："反了，反了！"

妲己说："崇侯虎献了一计，足可让大臣们封口。"

纣王忙问："是何妙计？说来听听。"

妲己说："崇侯虎之计，名曰'炮烙'。把大铜柱烧热，将罪臣捆绑其上，然后烙成肉饼。看谁还敢说三道四！"

纣王说："此计甚妙，即当施行！"从此，每烙死一个大臣，妲己就开口一笑。

有一天，妲己又皱起了眉头。纣王无奈，只好召来崇侯虎问计。崇侯虎说："此事易办，包在微臣身上！"他派人挖了一个大池子，方一丈，深八尺。池中立起一个大木柱子，把美酒灌满池子。先把裸体宫女扔进酒池，再把进谏的大臣全身剥光，然后绑到木柱上。纣王举起弓箭，一箭射断绳子。大臣惨叫一声，顿时掉进酒池里。裸体男女混杂在一起，妲己见之嫣然一笑。

这时候，西岐的周人渐成气候。周人的始祖是后稷，虞舜把后稷封于邰，九传至古公亶父。古公亶父的三儿子，名字叫季历。季历的长子姬昌，就是著名的周文王。他尊老爱幼，礼贤下士，被拥戴为西伯。这天，崇侯虎向纣王进谗："姬昌居心叵测，隐行善事，四处邀买人心，诸侯皆向之。愚臣以为，姬昌之举，不利于大王。莫如趁其羽翼未丰，诱而囚之。"纣王当即下令:"速速传令,命姬昌进京履职!"周文王心知肚明,这是明升暗降,是调虎离山。他权衡再三,只得韬光养晦,听从摆布。

这天上午,周文王奉命奔往朝歌。万万想不到,竟被纣王囚禁在羑里。文王如临深渊,如履薄冰,整天提心吊胆。为了迷惑纣王,他装作无所事事,找出伏羲八卦,然后两两重叠,演绎成六十四卦。纣王派出密探,暗中打听消息。密探回报:"姬昌闲来无事,整日勾画圆圈。"纣王一听,放松了警惕,当即下令:"释放姬昌,放归西岐!"

纣王怎么也想不到,姬昌被释放,犹如猛虎归山,蛟龙入海。

周文王儿女成群,活下来的儿子共有十八个。最出类拔萃的是二儿子姬发,四儿子姬旦。姬发,就是后来的周武王。姬旦因为采邑在周,因此被称为周公。周文王的长子姬考,数年前到羑里探望父亲,惨遭纣王杀害。

这天上午,周文王轻车简从,一行人来到渭河之畔。河畔有一位老者,银发光亮,面部红润,一派仙风道骨。他悠然自得,正在举竿垂钓。文王上前询问:"请问先生,他人钓鱼皆用弯钩,先生垂钓缘何使用直钩?"老者听了微微一笑,拉着长腔神秘兮兮地说:

渭水滔滔,浩浩东流。白发渔翁,自举钓钩。

他人下钩,欲钓锦鲤。我今举竿,专钓王侯。

诸君莫问,钓钩曲直。不请自来,愿者上钩。

其中机关,何人参透。举目笑看,白云悠悠。

周文王一听,顿时恍然大悟:原来,这就是大名鼎鼎的姜子牙,是自己朝思暮寻的人物。文王十分虔诚地说:"纣王无道,黎民遭殃。姬昌不才,立志为民除害。此心耿耿,日月可鉴。请先生屈身以就,出山相助。姬昌拜师,朝夕求教。"文王说完深鞠一躬,好大一会儿没直起腰来。姜子牙深受感动,立即收起鱼竿,坐上文王的大车一同奔往岐周。

姜子牙的故乡地处东海之滨,因家境贫困,辗转千里来到西岐。他的先祖跟随大禹,因治水有功被封到吕地。他本姓姜,随其封地名称也称吕氏。春秋战国以前,姓与氏分开,一般名字从氏而不从姓。因此,姜子牙既可叫姜尚,也可以叫吕尚。姜子牙还有一个称号:太公望。

这天上午,周文王对姜子牙说:"纣王残暴,天下莫不切齿。我愿借众人之力,一举荡平妖孽。当何以处之?"姜子牙说:"伐纣灭商,乃惊天动地之举,不可操之过急。我有十六字诀,请大王斟酌。"文王急忙说:"请先生赐教。"姜子牙说:"迁都丰邑,掌控关中,休养生息,徐图天下。"周文王说:"先生之言,字字珠玑。我遇先生,如鱼得水。自今之后,拜您为军师!"

按照姜子牙的建议,周文王立即迁都,从岐山迁到丰邑。

迁都次年,周文王病势垂危,于是召来武王、周公和姜子牙,殷切嘱托后事。文王断断续续地说:"纣王残暴,出兵讨伐……"话未说完就离开了人世。周武王继位,立即下令:"姜军师德高望重,尊为太师!"

周武王继位,转眼到了第九年。姜子牙进谏:"孟津南依河洛,北望朝歌,在此演兵,乃最佳之地。天下八百诸侯,早有反叛纣王之心。东夷各国,无不跃跃欲试,应遣使联络。"周武王说:"此议甚当!"立即派出专使,星夜兼程,首先来到莒国。

莒国地处海滨,捕鱼捉蟹用篓,携带猎物用篓,采药摘果用篓,盛粮装菜用篓。篓,成为不可或缺的用具。久而久之,篓字成为国号。在古语中,篓与筥音近意同。起初使用筥字,后来字体不断演变,筥字演化为莒字。

莒国国君称作兹舆公,姓嬴,字兹舆,号期。有人把字与号相连,称之为兹舆期。他身长九尺,宽肩长臂,剑眉浓密,鼻直口阔,风度翩翩。

使臣来到莒国,送上白璧两双、象牙两对、犀牛角六对、牦牛角六对、沙漠狐皮十六尾、终南山虎皮六张,然后说明来意。兹舆公说:"贵宾远道而来,请到馆驿休憩。"然后,召集左右研究对策。众官员一致认为:"纣王无道,导致天下离叛,此乃天亡殷商。此次观兵,机会难得。"

兹舆公当即决定:"调遣车马,参与观兵!"

公元前1048年三月,兹舆公率领车马,一路奔驰来到孟津。八百诸侯,一个个先后到达。兹舆公建议:"借此机会,讨伐纣王!"周武王说:"天命昭昭,不可违逆,环顾四海,未到伐纣之时。"姜子牙悄悄告诉兹舆公:"武王所思,并非天命。纣王身边贤臣尚在,武王心存忌惮也。"

转眼之间,到了公元前1046年。这天夜晚,姜子牙对周武王说:"微子启逃亡,箕子遭囚禁,比干被剖心,三位忠臣皆遭残害。殷商将亡,天赐良机。兴兵灭纣,正当其时。"周武王说:"太师之言,正合我意,立即兴兵!"

二月二十六日,兹舆公率领莒军赶到牧野。诸侯联军战车共计四千辆,总兵力四十多万人。殷纣王七拼八凑,纠合七十多万兵力,以乌合之众对抗诸侯联军。三月初二,决战开始。兹舆公一车当先,众位诸侯奋勇冲锋。周武王、姜子牙指挥大军,随后掩杀。商军受到攻击,广大将士纷纷倒戈。商军先锋力一雄驱动战车，气势汹汹杀来。兹舆公挺起长戟，一个"蛟龙探海"，刺中力一雄右臂。只听"当"的一声，力一雄的大刀掉到地上。兹舆公驱动战车，紧紧追赶。力一雄忍着疼痛，带领残兵败将，趁乱突出重围，向南落荒而逃。姜子牙当即下令："冲进朝歌，擒拿纣王！"

殷纣王见大势已去，只得仓皇爬上鹿台。姜子牙把宝剑一指，说："杀死暴君！"话音未落，兹舆公驱车在前，千军万马随后跟进，把鹿台重重围困。纣王见生存无望，纵身一跃跳进熊熊烈火之中，就这样自焚而死。

周武王举起雕翎箭，对着纣王的尸体连射三箭；用大斧砍下纣王的头颅，然后挂在大白旗上。

姜子牙指挥千军万马，齐集五凤楼前。周武王神情庄严，端坐在高台上。姜子牙进谏："纣王毙命，殷商已灭。大王仁德著于四海，功高日月，天下归心。请俯从众议，早正大位，以安天下之心。"这时候，周公拿出祝文，双手高举，当众高声朗读：

大周元年壬辰，承甲子黄道之日，西伯武王姬发，不负皇天后土，率天下诸侯，伐纣灭商。拢四海之分裂，解黎民于倒悬。一统天下，万众拥戴。克成功勋，诞膺天命。四方诸侯，疏请正位。值此良辰吉日，庆日月之照临，膺皇天之应命，安泰永继，宏业无疆。天人同鉴，神祇共赏！

周公读完祝词，兹舆公与众诸侯齐呼万岁。周武王姬发坐上王位，成为周朝首任天子。武王的父亲姬昌，被追谥为文王。武王的祖父、曾祖父等，同时受到追封。

登基仪式结束后，武王派人到西岐设置七庙。七庙，是七代宗祖之庙。

周公进谏："我父文王曾言：'周虽旧邦，其命维新。'我大周奉天承运，理应兴利除弊，革旧鼎新。"周武王说："我弟博古通今，乃大周开国元勋。自今日始，凡属礼乐典章，统由我弟撰写拟定。"周公领命，立即星夜捉刀，很快撰成《周礼》，成为我国历史上第一部礼仪典章。

一切安排停当，大军即将西返。周武王指派专人，把九鼎装上马车，全部运往西岐。大军一路凯旋，往西岐进发。想到孟津观兵，想到牧野伐纣，兹舆公心情振奋，一边行进一边吟咏：

我出我车，于彼牧矣。

自天子所，谓我来矣。

召彼仆夫，谓之载矣。
王事多难，维其棘矣。
我出我车，于彼郊矣。
设此旐矣，建彼旄矣。
彼旟旐斯，胡不旆旆。

意思是：我乘坐战车出征，前军列队在田野。

王宫里传出命令，召唤我到这里来。

召唤仆从与马弁，要求他们到前线。

国家安全成大患，我们赴难勇向前。

我乘坐战车出征，后军列队在郊外。

龟蛇图案的旗帜，插在大旗的顶端。

绘有鹰隼的大旗，在风中猎猎招展。

这天上午，周武王对周公说："殷商败亡，前车之覆，后车可鉴。大周业已建立，但我终日惴惴不安。当今天下初定，应如何安抚九州，以求长治久安也？"周公说："天下分崩离析，殷室孤立无援，焉能不亡。大周天下，欲求长治久安，当分封诸侯，各治其民，各安其所。借天下诸侯之力，以为朝廷之屏障。"

周武王问："分封诸侯，当何先何后，何主何次？"

周公回答说："以我之见，此次分封，分为公、侯、伯、子、男五等爵位。首封先王后裔，是为公爵；次封王室亲族、开国元勋，是为侯爵；后封灭商有功之人，以伯爵、子爵、男爵为宜。"武王说："此议甚妥，分封事大，牵一发而动全身，我弟即刻擘画之。"

周公领命，昼夜加班，很快拟出分封方案，赶紧向周武王汇报。周公说："拟将殷商旧地，一分为三，分而治之。在此设置三监，加以监督。朝歌以东为管国，遣三哥姬鲜去监管；朝歌以西为蔡国，派六弟姬度去监管；朝歌以北为邶国，让八弟姬霍去监管。朝歌城郊周边，尽是殷商遗民。封给纣王之子武庚，实行'以殷治殷'。此案当否，请大王审批。"

周武王听了十分高兴，立即点头答应。从此，姬鲜被称为管叔鲜，姬度被称为蔡叔度，姬霍称为邶叔霍，武庚被称为武庚禄父。

周公接着汇报："封黄帝之后为祝国，神农之后为焦国，帝尧之后为蓟国，虞舜之后为陈国，大禹之后为杞国。此类诸侯系先王后裔，位列公爵。

封姜子牙为齐国之君，召公奭为燕国之君，是为侯爵。莒、薛、邾、莱、滕等国，地处东夷，伐纣有功，宜同时受封，以子爵为宜。"原来，召公奭的名字叫姬奭，他是周武王的族兄。因为他的采邑在召地，因此被称为召公奭。

周武王十分关切地问："莒国是何状况？"周公说："莒国地处潍、沭、沂三河流域，东临大海，西望蒙山，目下以介根为都城。莒人崇拜太阳与凤鸟，以二者为图腾。牧野伐纣，莒国卓著勋劳。故此，莒国当在受封之列。"

武王说："莒国受封，理所当然！"

周武王对姜子牙说："烦请太师，选定良辰吉日。"姜子牙两眼微闭，掐着手指一算，然后说："三月朔日，适逢黄道吉日，当有紫微星下凡。"朔日即夏历的每月初一。周武王当即决定："苍天眷顾，三月朔日，分封诸侯！"

三月初一，天朗气清，惠风和煦，彩云悠悠，一派祥和气氛。周武王身穿绣龙袍，头戴镶宝石王冠，端坐在龙椅上。文武百官分列两旁。周公居东列之首，姜子牙居西列之首，兹舆公站在东边一列。周公代表武王，宣布受封名单：

齐国、鲁国、燕国、蒋国、管国、蔡国、霍国、唐国、祝国、焦国、莒国、蓟国、陈国、杞国、鄫国、曹国、成国、邳国、滕国、介国、吴国、虞国、虢国、楚国、许国、纪国、邿国、郕国、毛国、聃国、郜国、随国、雍国、毕国、原国、郁国、应国、韩国、邗国、凡国、邢国、茅国、祭国、胙国、吕国、申国、越国、舒国、黄国、蓼国、江国、息国、徐国、奄国、莱国、柏国、夔国、六国、郧国、费国、鄀国、赖国、温国、薛国、杨国、向国、顿国、道国、鄅国、绞国、权国、狄国、蜀国、庸国、鄂国、伯国、邓国、巢国、沈国、单国、戎国、芮国、极国、谷国、牟国、葛国、祁国、糕国、遂国、滑国、郏国、鄣国、冀国、弦国、邻国、厉国、项国、英国、共国、鄟国、夷国、熊国、盈国、薄姑国、祝其国、鲜于国、颛臾国、孤竹国……

兹舆公暗中一算，受封诸侯中姬姓国五十三个。周武王的同辈、子侄辈等姬姓同族，占据了大半江山。其中，管、蔡、郕、霍、鲁、卫、毛、聃、郜、雍、曹、滕、毕、原、酆、郇等，是周文王的儿子；邗、晋、应、韩，是周武王的儿子；蒋、凡、邢、茅、胙、祭，是周公的儿子。姬姓家族四处分布，形成统治网络。兹舆公暗自思忖："武王精通驾驭臣子之术，不愧开国帝王！"

周公宣布完毕，兹舆公代表东夷诸侯，趋前一步宣读答谢词：

  武王神勇，统御四方。中原逐鹿，牧野鹰扬。将士奋勇，殷商覆亡。建立大周，既寿永昌。功高盖世，尧舜禹汤。分封诸侯，王恩浩荡。九州拥戴，万世颂扬。惟我功微，愧受封赏。无功受禄，我心惶惶；临辞栗栗，诚恐诚惶。休养生息，恤民尊王。绥靖内外，安定一方。答我朝廷，报我武王。

分封诸侯不久，武王采纳周公、姜子牙的建议，从丰邑迁都镐京。

姜子牙受封，成为齐国首任国君。四月初一，镐京东门外旌旗猎猎，十分热闹。周武王、周公、召公奭以及众文武官员，前来为姜子牙送行。周武王走下辇车，亲自斟酒一杯，双手递给姜子牙。姜子牙施礼谢恩，接过御酒一饮而尽。随后，周公、召公奭等依次敬酒。姜子牙一一致谢，然后率领人马向东行进。刚刚走出半里地，兹舆公飞马赶来，扬鞭高喊："太公留步！"

正是：携手并肩打天下，依依不舍分手时。

第二回 姜子牙东海垂钓　兹舆公齐国迎亲

且说姜子牙离开镐京，奔赴齐国上任。兹舆公飞马追赶，前往送行。他握住姜子牙的双手，依依不舍，说："太师此去齐国，再见尊面，不知是何年何月。"姜子牙说："后会有期。"说到这里，不禁老泪纵横。兹舆公强忍泪水，一再道别："太师珍重，后会有期！"姜子牙率先东归，兹舆公若有所失。

这天晚上，兹舆公向周公辞行。兹舆公说："遵照武王旨意，明日我将返回莒国。此去一别，山重水复，再见谈何容易。"周公说："鲁、莒、齐三国，唇齿相依，三国安则东夷安。此次分封诸侯，武王总览天下，使鲁、莒、齐互为掎角之势。用意之深远，用心之良苦，不可不察也。"兹舆公听了连连点头。周公接着说："依照原定分封方案，我亦要赴鲁国上任。武王从全局着眼，决定留我在朝廷。我之长子姬伯禽，代父赴任。此次与你一同前往鲁国。"

兹舆公高兴地说："两人结伴，相携同行，求之不得！"

两人正在说话，姬伯禽快步进来。周公见到儿子，谆谆告诫："我，文王之子，武王之弟，成王之叔父。我于天下亦不贱矣。然我一沐三捉发，一饭三吐哺，起以待士，犹恐失天下之贤人。子之鲁，慎无以国骄人！"

周公这段谈话，成为历史佳话。一千多年后，东汉曹操在《短歌行》里说"山不厌高，水不厌深，周公吐哺，天下归心"，就是引用了上面的典故。

兹舆公告别周武王、周公，与姬伯禽一起，率领人马奔赴东方。

且说姜子牙一行离开镐京，一路向东行进。这天中午来到一片山区。突然，副将芮英强高叫一声："太公您看！"姜子牙抬头向前望去，只见山势巍峨，直插云天；峻峰之间，峡谷曲曲折折，不断向前延伸；前行之路，就在高山深谷之间；不远处，崤山主峰呈现在面前。芮英强是当地人，一边带路一边介绍："崤山分为东西二崤，两崤相距三十五里。两崤之间，悬崖峭壁，陡坡深涧，处处险峻。军队行于两崤之间，人须下马，车须解辕。单车匹马，方能通过。中原进入关中，崤山乃必经之地。"越往前走，道路越险峻。芮英强接着介绍："断云峪、鬼愁坡、落魂涧、绝命岩、堕马崖、上天梯……"

姜子牙说："好一处险要之地，好一座关口！有朝一日在此设置关隘，必将一夫当关，万夫莫开！"然后嘱咐众人，"小心通过，切勿大意！"

兹舆公、姬伯禽一起，马不停蹄，晓行夜宿，这天中午顺利到达鲁国。兹舆公在鲁国小住两宿，然后辞别姬伯禽，带领人马回到莒国。

这天，兹舆公带领随从，赶往琅琊巡视。司空九一寇飞马赶来，气喘吁吁报告："姜太师将赴东海垂钓！"兹舆公说："立即回城，迎接贵宾！"

原来，姜子牙到达齐国，营丘被莱国占领。姜子牙一个"黑虎掏心"，趁夜打垮了莱军，俘虏了莱子，收复了营丘。齐国经过治理，军民和谐，社会安定。因此，姜子牙十分兴奋。这天晚上，长子姜伋带着四个弟弟，领着所有后辈，一起看望姜太公。姜子牙已经有六个孙子，五个孙女。孙子们勇武帅气，孙女们水灵漂亮。大孙女十八岁，二孙女十七岁，三孙女十六岁，都已到了婚嫁年龄，仍然待字闺中。姜子牙最关心的，还是大孙女姜玉姣。

姜玉姣个子高挑，亭亭玉立，长眉大眼，是少有的美女。她常常女扮男装，喜欢刀枪剑戟，酷爱兵书战策。爷爷著的《六韬》，她背得滚瓜烂熟。

后辈们前来看望自己，姜子牙非常高兴。这时候，一桩心事不禁涌上心头。一个隐秘计划，在他脑海里形成。姜子牙藏在心里，秘而不宣。

为了此事，姜子牙前来莒国垂钓。兹舆公得到消息，立即赶到莒城，打算在这里迎接姜子牙。莒城东临沭河，西邻柳青河，东有屋楼崮，西有浮来山，是莒国第二大城邑。兹舆公多次前往莒城，在此驻跸休憩。因此，莒城被称为南都。

姜子牙从营丘出发，故意绕道临淄，然后越过穆陵山口，径直奔往莒城。兹舆公立即带领随从，到郊外迎接。稍事休憩，一行人奔往浮来山。他们沿着山路拾级而上，一步步向高处攀登。众人来到主峰前凹，一棵巨大的银杏树，赫然呈现在眼前。举目仰望，大树挺拔高耸，枝叶茂盛，密密层层，就像巨大的伞盖。齐国司徒名叫嘎以卿，他兴奋地跑到树下，张开双臂一搂，然后高喊："树径之粗，足足两搂！"

在众人陪伴下，姜子牙信步登上山顶，举目向东遥望。莒城周边地形地貌尽收眼底。目光慢慢移动，两条河流犹如银色长龙，蜿蜒呈现在眼前。兹舆公及时介绍："此乃沭河、柳青河。"姜子牙沉思一会儿，说："莒城东望大海，西窥沂蒙，南通江淮，北达渤海，地处南北要冲，左青龙右白虎，风水极佳。此城可为莒国之都。"兹舆公一听，立即拱手施礼，说："太公金玉良言，我将铭刻肺腑，诸事尚请多多指教。"

众人走下浮来山，嘎以卿对兹舆公说："太公嘱咐，下山之后不再逗留，直赴东海之滨垂钓。"兹舆公亲自陪同姜子牙，一路东行来到海滨。

众人举目瞭望，只见水天相接，浩渺无际；微风吹拂之下，碧波荡漾；渔船或远或近，或大或小，星星点点，分布在大海上；海鸥成群结队，翩翩飞翔。再看看脚下，礁石像珍珠一样，形成一条长长的链条，与海岸衔接在一起。侧耳谛听，远处不时传来动听的渔歌。距离陆地两三里的地方，一小岛突兀而立。礁石与小岛相连，犹如巨龙探海。

姜子牙心想："此处乃举竿垂钓最佳之地。"他摆手示意，让众人留在岸边，姜子牙独自举着鱼竿，一步步走向小岛，然后双腿盘坐，优雅地举起了钓竿。他依稀记得，自己的老家就在附近海滨。自幼与大海为伴，早已结下不解之缘。转眼之间，大半生过去。此时此刻，往事一件件浮现在脑海。

少年时期的一天，姜子牙跟随父亲出海打鱼。临近中午，突然遇到狂风。渔船被吹到海岛，一下子被撞毁。父亲靠一块木板侥幸逃生，好不容易回到大陆。姜子牙遍体鳞伤，晕倒在海岛沙滩上。这时候来了一位长者，满头银发，飘飘然一派仙风道骨。长者把姜子牙背进山洞，亲手熬了灵芝燕窝汤，让姜子牙喝下去。姜子牙很快醒来，感觉飘飘欲仙。长者拿出一本大书，神秘地对姜子牙说："此乃天书，天文地理，用兵韬略，治国良策，无所不包。切记：只可你一人研读，不可告知他人！"

姜子牙正想致谢，可是猛一抬头，长者忽然隐身，瞬间不见踪影。原来，长者是太白金星，受玉皇大帝差遣，特意下凡，给姜子牙传授天书。

姜子牙手捧天书，昼夜研读，心中豁然开朗。他想："读书当为济世，自己要用书中的知识，一展才华，建功立业。"这时候，周文王深孚众望，求贤若渴，闻名遐迩。姜子牙打点行装，辗转千里赶到渭水，在那里举竿垂钓。这天，终于遇见了周文王，被聘为文武师。周武王继位后，姜子牙运筹帷幄，出谋划策。牧野一战，终于推翻了殷纣王，建立了大周王朝。

光阴似箭，一晃大半生过去，往事逐渐模糊起来。姜子牙想着想着，竟然到了忘情的地步。突然，水面上"哗啦"一声，一条大鱼咬了一下鱼钩；

接着打了一个旋涡，打断了姜太公的回忆。姜子牙稳了稳渔竿继续垂钓。兹舆公站在岸上，看到姜太公高举鱼竿，那样全神贯注，于是随口吟咏：

鹤发童颜，八旬钓翁。

气静神闲，长竿高擎。

此中奥秘，世人难揣。

阴阳莫测，唯有太公。

后人为了纪念，称此岛为太公岛。到了清代，有文人赋诗一首：

八十垂垂直钓翁，鹰扬轻肯奋秋风。

白头清渭无穷意，谁遣飞熊入梦中。

姜太公气静神闲，举竿垂钓。众人休闲无事，走到海滩漫步游玩。趁此机会，嘎以卿对兹舆公说："太公此来莒国，名为东海垂钓，其实不然。"兹舆公一听，心里不禁一怔。嘎以卿凑近兹舆公，十分神秘地说："太公看上您了！"对此，兹舆公毫无思想准备，茫然不知所措。

嘎以卿说："太公的长孙女，名叫姜玉姣。她文武兼备，有倾国倾城之色，芳龄十八，仍待字闺中。太公有意将她许配于您，不知君侯意下如何？"

兹舆公说："不瞒司徒，我已婚娶两次，长子已满十二岁。"

嘎以卿说："古往今来，但凡公卿贵族，无不三妻四妾，况一国之君也。太公有此美意，请勿推辞。否则，太公一片心意，岂不付诸东流？"

兹舆公一想："嘎以卿说得对。"于是说："太公有此美意，不胜荣幸。兹舆期受之有愧，却之不恭。唯有欣然答应，以谢太公之恩。此情此意，请代为转达。"兹舆公转念一想，又问："此事当如何办理？"嘎以卿说："自古男娶女嫁，唯有凤求凰，从无凰求凤。以我之见，应派遣使臣，前往齐国求亲。"

兹舆公立即拱手致谢，说："有劳先生，做此大媒。"

嘎以卿说："太公胸有韬略，运筹帷幄，决胜千里，思谋高深莫测。虽未把话挑明，让在下出面做媒，其义不言而喻。龙凤相配，看来已成定局。我即刻回去，向太公复命。给国君做大媒，又执行了太公敕令，成人之美，何乐而不为？在下深感荣幸。"这时候一阵微风袭来，凉意顿生。兹舆公拿起鹤绒大氅，快步向海岛奔去。

趁此机会，嘎以卿对大夫次耿书说："太公渭水垂钓，钓到周文王；今日海滨垂钓，又钓到了兹舆公。"次耿书说："太公曾经有言：'他人弯钩钓锦鲤，我今举竿钓王侯。'看来此言不虚。"说罢，二人开怀大笑。笑声与海浪一起，在海滨回荡。

婚约已经确定，接下来就是行聘与迎娶新娘了。按照婚聘习俗，诸侯娶亲要经过六个步骤：纳采、问名、纳吉、纳征、请期、迎亲。其中前五个环节，由男方派出使臣，到女方家进行；迎亲时，新郎要亲自前往。

首先是纳采。太史经过占卜："八月二日，吉。"这天正值黄道吉日，晴空万里，秋风徐徐，漫野一片金黄。奉兹舆公之命，司徒先祯为专使。一行人带上聘礼，一路疾驰，很快到达齐国都城营丘。

送姜玉姣的聘礼是：黄金六百镒，西域良马六十匹，镶宝石象牙如意两件，白璧六双，犀牛角六对，昆仑山卵形美玉六枚，锦帛两百匹，红缎两百匹，黄缎两百匹，金钗、象牙钗、金簪、象牙簪各两支，河套扑粉、西蜀香料各两盒，金丝楠木化妆盒两个，金缕嫁衣两套。另外，还有妙龄侍女十六名。

送岳祖姜太公：虎皮两张，象牙两对，鹿茸两箱，鹿鞭两盒，驼掌两箱，熊蹄两箱，猴头两盒，虎骨两架，不老草两盒，马亓山蜂蜜两坛，陶坛窖酒十坛，千年人参两支，驼绒大氅一件。

送岳父姜伋：沂蒙山虎皮两张，泰山狐皮两条，狍子皮两张，象牙两对，熊蹄两箱，驼掌两箱，百年人参两支，莒国醇酒六坛，鹤绒大氅一件，梅花鹿六头，虎骨一架。此外，还有镶宝石青铜宝剑一柄。

聘礼送来了，婚约已经确定。先祯拿出一个大红信笺，双手递给姜玉姣。姜玉姣拆开一看，里边有一方红绢，上面是一首《关雎》。原来，兹舆公当年在镐京，无意中发现了这首诗。现在亲手誊写，送给姜玉姣：

关关雎鸠，在河之洲。

窈窕淑女，君子好逑。

参差荇菜，左右流之。

窈窕淑女，寤寐求之。

求之不得，寤寐思服。

悠哉悠哉，辗转反侧。

参差荇菜，左右采之。

窈窕淑女，琴瑟友之。

参差荇菜，左右芼之。

窈窕淑女，钟鼓乐之。

——关关和鸣的雎鸠，相伴在河中小洲。

美丽贤淑的女子，真是君子好配偶。
参差不齐的荇菜，左边右边不停采。
美丽贤淑的女子，梦中醒来难忘怀。
美好愿望难实现，醒来梦中都思念。
想来想去思不断，翻来覆去难入眠。
参差不齐的荇菜，左边右边不停摘。
美丽贤淑的女子，奏起琴瑟表亲爱。
参差不齐的荇菜，左边右边去挑选。
美丽贤淑的女子，鸣钟击鼓取悦她。

这首示爱诗，把兹舆公的心声表达得淋漓尽致。后来孔子编纂《诗经》，在三百零五首诗歌当中，把此诗列为第一首。姜玉姣看完这首诗，心里甜蜜蜜的。当即回复一首《木瓜》：

投我以木瓜，报之以琼琚。

匪报也，永以为好也。

报我以木桃，报之以琼瑶。

匪报也，永以为好也。

投我以木李，报之以琼玖，

匪报也，永以为好也。

——你把木瓜送给我，我拿佩玉来回报。

不是为了答谢你，珍重情意永相好。

你把木桃赠送我，我拿美玉来回报。

不是为了答谢你，珍重情意永相好。

你把木李送给我，我拿宝玉来回报。

不是为了答谢你，珍重情意永相好。

纳彩之后不久，问名的时间到了。兹舆公筹备了礼物，又抄诗一首交给先祯。先祯再次赶往齐国，一起带给姜玉姣。姜玉姣展开一看，是一首《月出》：

月出皎兮，佼人僚兮。

舒窈纠兮，劳心悄兮。

月出皓兮，佼人懰兮。

舒忧受兮，劳心慅兮。

月出照兮，佼人燎兮。

舒夭绍兮，劳心惨兮。

——多么皎洁的月光，照见你娇美的脸庞。

你娴雅苗条的倩影，牵动我深情的愁肠。

多么素净的月光，照见你妩媚的脸庞。

你娴雅婀娜的倩影，牵动我纷乱的愁肠。

多么明朗的月光，照见你靓丽的脸庞。

你优雅轻盈的倩影，牵动我焦盼的愁肠。

赞美与思念之情，跃然纸上。姜玉姣看罢，不禁脸红心跳。她立即复信一封，交给专使先祯，带给兹舆公。先祯回到莒国，立即把信呈上。兹舆公打开一看，这是《子衿》中的一段：

青青子佩，悠悠我思。

纵我不往，子宁不来？

挑兮达兮，在城阙兮。

一日不见，如三月兮。

——青青的是你的佩带，悠悠的是我的情怀。

纵然我不曾去看你，难道你不能到我这来？

走来走去张望眼，在这高高的观楼上。

一天不见你的面啊，就像几个月那么长。

兹舆公看完这首诗，不禁感慨万千。他想："只因国务繁忙，无法前去会面。"想到这里，兹舆公内心十分歉疚。转眼之间，纳吉的日子悄然来临。先祯再次来到齐国，见到姜玉姣，呈上一个大红信笺。姜玉姣展开一看，这是一首《出其东门》：

出其东门，有女如云。

虽则如云，匪我思存。

缟衣綦巾，聊乐我员。

出其闉闍，有女如荼。

虽则如荼，匪我思且。

缟衣茹藘，聊可与娱。

——走出城东门，美女成群如彩云。

虽然成群如彩云，不是我的意中人。

素绢衣裙绿佩巾，我钟爱的心上人。

悠然走出外城来，美女像那茅花开。

虽然多如茅花，我所想的不是她。

素衣裙红佩巾，欢欢乐乐两相亲。

就这样，每个环节都有诗文往来，传递着思恋之情。迎亲时刻终于到来了。太史经过占卜，最终确定，十月十六日为最佳婚期。这天，迎亲主宾两名，司礼官两名，男傧相六名，童男童女二十二名，护卫士兵六百六十六名，彩车六辆，护卫车十九辆。队伍飞彩扬花，敲敲打打，一路向营丘进发。

第一辆是侍卫车，武士身着盛装在前开道。第二辆是前导车，齐国司徒嘎以卿、莒国司徒先祯双双端坐在大车上。嘎以卿作为前导官，是女方专门派来的。第三辆是婚车，大红华盖罩在上面。华盖周围，彩带随风飘扬。兹舆公头戴双翎礼帽，身穿红缎锦绣大礼服，端坐在轿车里。后面是迎亲队伍，一派吉祥气氛。队伍浩浩荡荡，很快来到营丘。

岳丈姜伋已经派出人马，赶往郊外迎接。队伍进入城内，嘎以卿告诉先祯："依照齐国风俗，新郎官应先拜祖父，再拜岳父母，然后迎接新娘。"先祯说："我即刻报与新郎官！"先祯立即来到兹舆公车前，躬身报告。兹舆公说："入乡随俗，依礼而行！"

嘎以卿在前引导，兹舆公在先祯陪伴下，很快来到一座院落。进入大厅一看，姜子牙身穿盛装，正襟危坐。他银发光亮，满脸红润，显得精神矍铄。兹舆公立即向前施礼，说："后辈兹舆期，拜见岳祖！"

姜子牙说："当初起兵伐纣，我为军师，你为战将。大周建立之后，你我同为诸侯，理应平起平坐。只是目下你是我姜家女婿，成为我之孙辈。"姜子牙说完，"哈哈哈"一阵开怀大笑。

按照礼仪程序，兹舆公拜见了姜子牙，再去拜见岳丈姜伋。姜伋是齐国世子，是未来的国君。他比兹舆公大三岁，本属于同辈人。两人曾经见过几次面。因为兹舆公是莒国国君，每次见面都是姜伋先行施礼。现在，双方关系发生逆转，原来的同辈变成了上下两辈。今天一见面，双方都有些尴尬。先祯连忙递个眼色，兹舆公心领神会，立即拱手施礼，一本正经地说："岳父在上，女婿有礼了！"姜伋赶忙红着脸说："免礼免礼！"

兹舆公拜见了姜太公，又拜见了岳父。嘎以卿在前引导，兹舆公来到姜玉姣的住所。姜玉姣头顶罩头红，身穿锦绣嫁衣，一声不响端坐在绣床上。

六名伴娘身穿彩衣侍立在两旁。十二名童男童女，手捧大红绣球围绕在周围。十六名侍女排成两列，整整齐齐站立两侧。兹舆公趋前一步，姜玉姣伸出纤纤玉手，递上一块红绫手绢。兹舆公敞开一看，上面是一首爱情诗：

风雨凄凄，鸡鸣喈喈。

既见君子，云胡不夷？

风雨潇潇，鸡鸣胶胶。

既见君子，云胡不瘳？

风雨如晦，鸡鸣不已。

既见君子，云胡不喜？

——风雨交加凉凄凄，雄鸡啼鸣声叽叽。

终于见到了君子，我的心怎会不开怀？

风雨交加声潇潇，雄鸡叫得声声绕，

终于见到了君子，我的病怎么会不好？

风雨交加天昏昏，雄鸡争鸣叫得欢。

终于见到了君子，我心中怎会不喜欢？

原来前段时间里，姜玉姣得了一场相思病。连续几天汤水不进，整个人消瘦了许多，看上去身如风吹柳，人比黄花瘦。全家人十分着急，就像热锅上的蚂蚁。父母四处寻医问诊，但是始终不见好转。祖父姜太公掐指一算，说："星宿相吸，数日之后，自然平复，孙女之疾无大碍。"

母亲疼爱女儿，早上一碗雪莲汁，中午一碗鹿胎羹，晚上一碗人参汤，精心调理。几天后，姜玉姣慢慢有了好转。全家人舒了一口气，心里像落下了一块石头。迎亲时间到来，长久的思恋终究变为现实。姜玉姣的郁闷之情，顿时烟消云散。

正是：南国红豆正相思，期待洞房恩爱时。

第三回 喜房院内演刀枪 浮来山下歼蟊贼

迎亲队伍浩浩荡荡，像一条长龙行进在大道上。一路上吹吹打打，好不热闹。沿途居民扶老携幼，纷纷前往观看。大红车轿里面，兹舆公、姜玉姣紧紧依偎。两人情切切，意浓浓，恩爱之情只可意会，难以言传。

这天夜晚，银河浩瀚，明月皎皎，北斗西倾，繁星闪烁。喜宴已经结束，众宾客陆续散去。兹舆公满怀喜悦，快步进入喜房庭院。大院里灯火辉煌，大红灯笼一对一对，整齐排列在四周廊下。大红蜡烛一排一排，烛光摇曳，更添喜庆气氛。兹舆公双手掀起珠帘，轻轻走进洞房。两名侍女恭恭敬敬，侍立在姜玉姣两旁。侍女见新郎进来，立即知趣地退出。

兹舆公走近姜玉姣，慢慢掀起罩头红。姜玉姣满脸红润，犹如漫天红霞。两人四目相对，姜玉姣顿显羞涩，犹如羞答答的花朵。她慢慢站起身，十分温柔地说："从今往后，你我结为夫妻，成为一家人。父母疼爱女儿，陪嫁若干。金银珠宝，虎皮象牙，良马大车，不足一提。我带来的，唯有祖父所著《六韬》，于夫君或有可用之处。当今天下，诸侯分封，各据一方，豪杰并起，正是英雄用武之时。研读兵书，整顿军旅，须臾不可忘怀。"姜玉姣说完，掀起箱子捧出一部《六韬》，十分优雅地递到兹舆公手上。

兹舆公接书在手，十分郑重地说："夫人如此胸襟，胜似大丈夫气魄，我兹舆期所不及也！"说完，向着姜玉姣深鞠一躬。姜玉姣十分娇羞地说："祖父一再告诫，当今天下初定，四海并不宁静，当居安思危，以防不测。"

兹舆公说："太师之言，我将永志不忘，请夫人放心！"

姜玉姣接着说："夫妻恩爱，不在卿卿我我，在于志同道合。夫君如果真心爱我，就与我演练兵器。胜过我之后，方可入洞房。"兹舆公笑了笑说："我奉陪就是。"说完把右手一招，做出"请"的姿势。

姜玉姣换上便装，快步走到院子，高喊一声："侍卫列队！"二十名女兵执剑在手，从左右厢房同时出来。她们英姿飒爽，排成两列。姜玉姣喊一声："演练剑术！"女兵们齐声应答："得令！"随着口令，前刺后收、左劈右击、前招后拦，剑招齐出。只听"嗖嗖嗖""刷刷刷"，既像秋风扫落叶，又像疾风暴雨从天而降。剑光闪闪，犹如玉龙飞舞。就在这时候，姜玉姣双手紧握鸳鸯剑，纵身一跃来了个"凤凰下探"。她"唰"的一声跳到队伍核心，然后双剑齐舞。二十名侍卫绕成一个圆圈，宝剑飞舞，一齐对练起来。

兹舆公站在一旁，顿感眼花缭乱，目不暇接。他戎马半生，久经战阵。目前这种阵势，还是首次见到。

姜玉姣喊一声"停！"女兵们立刻收住宝剑，排成队列。姜玉姣接着高喊："演练枪术！"女兵们放下宝剑，然后长枪在手，英武逼人。随着姜玉姣的口令，扎枪、拦枪、点枪、挑枪、拉枪、卜拨枪，最后来了一阵舞花枪。前刺后击、左挑右扎，令人眼花缭乱。正如书上所说："飞起玉龙三百万，败鳞残甲满天飞。"此时此刻，兹舆公激情难抑。他绰过一条长枪，一个"鹞子翻身"，跳到队伍中间。"刷刷刷""呼呼呼"，一阵长枪飞舞。整个喜房大院，顿时变成演兵场。

过了半个多时辰，姜玉姣一声令下："收兵！"众人同时收起武器，女兵们回到厢房。兹舆公拥着姜玉姣，双双进入洞房，共享新婚宴尔之欢。

这天夜里，夫妻正在恩爱。突然，女侍卫轻轻敲门。姜玉姣说："我去去就来！"立即整理衣衫，快步走出门外。兹舆公心想："深更半夜有人敲门，必有大事发生！"想到这里，急速走到院子里。

不一会儿，姜玉姣急匆匆进来，说："司马报告，数千蠡贼窜出蒙山，向东攻击，大有侵占浮来之势。莒城告急，请求出兵！"兹舆公一听，心里不禁"咯噔"一下。他立即叫过司马贲成，然后下令："整顿战车，剿灭蠡贼！"贲成高喊一声"得令！"然后快步而出。

原来，沂蒙山群峰连绵，纵横数百里。整个山系由沂山与蒙山构成。沂山主峰在齐国境内，蒙山主峰在鲁国境内。蒙山之东，就是莒国领地。

当年周武王兴兵伐纣，诸侯联军兵临牧野，商军已成惊弓之鸟。将军力一雄临危受命，担任商军先锋。广大将士不愿为纣王送死，一战下来士兵逃亡过半。当日深夜，力一雄找到副将光宸万，一起商量对策。光宸万说："纣王无道，天下恨之入骨，你我何必为其卖命？莫如趁夜突围，另做打算。"力一雄说："我率兵在前，你领兵断后。突围之后奔赴黄河南岸，另做打算！"主意已定，趁着夜幕掩护，人含梅马衔铃，悄悄溜出牧野前线。二人带领人马，趁乱南渡黄河，到达洛邑郊野。想不到，洛邑已被周军占领。二人于是带领人马，急匆匆向南流窜。来到嵩山一带，悄悄潜伏下来。由于山区贫瘠，粮草不继，只得向东流窜。

力一雄带领人马，很快到达鲁国。姬伯禽当即下令："调集人马，围而歼之！"没想到，力一雄十分狡猾。他带领残兵败将，窜进沂蒙山腹地，占山为王，打家劫舍，沦为土匪。过了一段时间，他的队伍扩大到两千多人。沂蒙山荒峰野谷，缺少粮草。光宸万说："莒国物阜民丰，莫如到那里立足。"力一雄说："言之有理！"二人带领人马，直奔莒国而来。

蒙山是莒、鲁两国交界，由于关系交好，因此互不设防。从蒙山一路东行，就是浮来山。下了浮来山，往东不到二十里，就是莒城。力一雄说："趁两国互不设防，来个突然袭击，冲出沂蒙山，占据浮来山与莒城，然后向海滨发展！"光宸万补充说："若不能立足，就到海岛谋生！"次日，二人带领人马窜入莒国境内。走了大段路程，未见一兵一卒，于是直奔浮来山。

此时此刻，正是兹舆公的新婚蜜月。贲成接到急报，不敢怠慢，急匆匆奔往喜房大院，向兹舆公报告。

兹舆公对姜玉姣说："流寇犯境，我将率兵剿匪！"姜玉姣说："我愿替夫出征！"兹舆公说："新婚蜜月，焉能让新妇征战！"姜玉姣说："你我既然结为夫妻，即是一家人。自古国事家事，俱为一体，夫妻自应共同担当。"兹舆公说："冲锋陷阵，浴血杀敌，自有男儿担当，焉能让女子上阵？"

姜玉姣说："夫君之言差矣。常言道：'国家安危，匹夫有责。'我自幼熟读兵书，祖父所著《六韬》，我曾反复研读。行兵布阵，攻守谋略，略知一二。如今匪贼犯境，边防告急，正该出兵剿匪。我的女侍卫武艺高强，无不以一当十。我愿为前部先锋，前往浮来山，剿匪歼敌！"兹舆公说："新婚未满一月，剿匪之事，我责无旁贷！"兹舆公刚说到这里，突然感觉一阵胸闷，赶紧捂住胸膛。

原来，兹舆公上次到海滨巡视，刚走到珠山西侧，忽然山谷中吹来一股冷风。兹舆公打了个寒战，接着打了几个喷嚏。回到国都介根后，喝了两碗热姜水，很快恢复了健康。现在，兹舆公又感觉胸闷气喘，姜玉姣立即将他扶到床上。

这时候，传来急促的脚步声。贲成大步流星前来报告："浮来山前线告急！"兹舆公从床上一跃而起，立即下令："整备车马，上阵杀敌！"

姜玉姣把他按在床上，说："自古兵来将挡，水来土掩。我愿领兵上阵，剿灭土匪，确保边境安宁。夫君身为一国之主，是万乘之尊，不宜轻动。"姜玉姣说完立即下令："紧急集合，上阵杀敌！"女侍卫齐声应答："得令！"兹舆公说："夫人去后，我率兵进驻莒城，随时接应！"

姜玉姣率领人马，紧急离开介根，很快到达浮来前线。她带领几名亲随，快步登上浮来山。攀上最高峰，放眼向西望去。几十里的范围内，居户零零星星，散布在树林里。几个丘陵山岗，分布在视野之中。如此地形地貌，该如何用兵布阵，姜玉姣已经成竹在胸。她对贲成说："你带精兵一千，直冲敌人！"贲成说一声"得令！"立即跑下山去。姜玉姣对衣胜男、位钰聪、沿成妙、至云凤四员女将说："抢占西面山岗，居高临下。我手中绿旗摇动，是对敌进攻；红旗摇动，是向后撤退；红、绿旗同时摇动，是四面包抄！"四女将同声应答："得令！"一切安排停当，贲成一车当先，领兵向前冲去。姜玉姣带上四员女将，乘马随后跟进，迅速占据了高岗。贲成指挥战车，排成弯月形，挡在高岗西面。高岗上一面"莒"字大旗迎风飘扬。

力一雄抬头一看，高岗上尽是女兵，根本不放在眼里。他高喊一声："捉活的！"然后纵马舞刀，向高岗冲来。姜玉姣把红旗一摇，贲成指挥战车，"哗"的一阵撤往两侧。力一雄误认为对方怯战，指挥匪兵向高岗冲击。姜玉姣把绿旗一摇，衣胜男、位钰聪、沿成妙、至云凤拿起武器，率领人马冲下山岗，与敌人厮杀在一起。忽然，高岗上红旗一摇。女兵们呼啸一声，迅速撤到树林里。

力一雄正想追赶，姜玉姣把绿旗一摇，贲成指挥战车，排成一个弧形，向力一雄包抄过来。力一雄来不及追赶女兵，只得回头对付战车。女兵队伍冲出树林，从后面冲杀上来。她们对着贼兵队伍后尾，一阵乱箭齐发，贼兵纷纷倒下。力一雄急忙掉头，举起双刀杀向女兵队伍。这时候，高岗上红、绿旗同时摇动。贲成指挥战车，一齐杀向敌寇。四员女将带领女兵，乱箭齐发，贼兵纷纷倒下。力一雄杀红了眼，杀开一条血路，呼啦啦向高岗冲来。

四员女将排成弧形，挡在力一雄前面。力一雄一看是女兵，全然不放在眼里。他挥舞大刀砍向女兵队伍。高岗上，姜玉姣看得十分真切。她弯弓搭箭"嗖"的一声射去，正好射中力一雄的右臂。只听"当"的一声，力一雄的大刀掉到地上。力一雄不愧是沙场猛将，他右臂受伤，左手举起大刀，向着女兵队伍冲杀过去。姜玉姣立即骑上梅花马,率领亲随士兵冲下高岗。

力一雄一看,来将又是个女的。他抖擞精神,单臂举刀,凶神恶煞般冲向姜玉姣。两人大战十回合,不分胜负。姜玉姣佯装战败,拨马向后而走。力一雄不知是计,飞马追赶上来。两马相距七八步远,姜玉姣暗暗掏出索子连环套,向后用力一抛,正好套在力一雄脖颈上。姜玉姣回转马头,然后猛力一拉。"噗"的一声,力一雄被拖到地上。战马继续向前奔驰,拖起一溜尘土。

力一雄不愧是猛将,一个"鲤鱼打挺","忽"的一声从地上站了起来。说时迟那时快,贲成飞身跳下战车,一个"扫堂腿"把力一雄横扫在地。莒军一拥向前,把力一雄五花大绑。贼兵看到主将被擒,纷纷缴械投降。

前线鏖战正急。兹舆公随即赶到莒城,然后登上浮来山,居高临下观看战况。姜玉姣率领人马凯旋,兹舆公立即下山迎接。大军离开浮来山,很快回到莒城。贲成指挥兵士,押来力一雄。兹舆公怒不可遏,说:"侵我国土,杀我人民,你该当何罪!"力一雄双腿跪地,泪流满面,说:"罪臣迫于无奈,四处流荡,冒犯了虎威。如蒙不弃,即使牵马扶镫,心甘情愿;血洒疆场,在所不辞。"兹舆公说:"念你是殷商猛将,饶你一死!"力一雄说:"不杀之恩,重于泰山。"

兹舆公高喊一声:"予以监禁!"一声令下,力一雄被押解下去。

次日上午,兹舆公陪同姜玉姣,重新登上浮来山。剿匪成功,胜利而归。此时登山观景,另是一番感受。只见苍松翠柏,曲径通幽;泉水潺潺,鸟语花香。二人信步来到翠波潭,只见潭水清澈,游鱼嬉戏。来到青龙潭,潭水清幽,深不可测。潭边古藤,犹如虬旋龙绕。抬头向上望去,百丈瀑倾泻而下,如撒玉散珠。他们穿过松柏间隙,攀上鹰愁涧,再到日观峰。然后,信步来到银杏树下。

在兹舆公及众人陪同下,姜玉姣一路攀爬,兴致勃勃。

众人走下浮来山,乘车来到莒城。兹舆公对姜玉姣说:"夫人初到莒城,我陪你游玩赏景。"他们来到城西南,眼前湖水一片碧绿。兹舆公说:"此湖自行泄水,故曰漏斗湖。"离开漏斗湖,往西走了五六百步,又是一片湖水。一条大堤,从湖水中间穿过。大堤两侧柳树成排,青翠欲滴。大堤中段有座拱形木桥,木桥下小船悠悠划动。船上帅男靓女各一,手举雨伞并肩而立。两人雨中赏景,如醉如痴。兹舆公说:"此乃'西湖烟雨',闻名遐迩。"穿过湖水,往西不远就是柳青河。举目望去,河畔一片碧绿,两岸芦苇随风起伏。

水鸟成群结队,此飞彼落,引人入胜。兹舆公说:"此乃'柳青吐翠',游人如织。"姜玉蛟高兴地说:"西湖烟雨,柳青吐翠,诗情画意,美不胜收!"就这样,一行人游山玩水,十分惬意。

兹舆公陪着姜玉蛟,在莒城小住三天。第四天带领人马回到介根。这天上午,兹舆公正在操练车马,突然有人报告:"武王病危!"

正是:大军剿匪奏凯旋,忽闻镐京警讯来。

第四回　周公旦挂帅平叛　兹舆期生擒武庚

且说周公奉命留守洛邑，得知周武王病重，昼夜兼程赶往镐京。进入宫里一看，周武王已经生命垂危。太子姬诵、召公奭以及众位大臣，一齐站在武王病榻前。武王骨瘦如柴，奄奄一息。周公见此光景，不禁热泪滚滚。

周武王有气无力地说："我已不久于人世，大周天下……"武王刚说到这里，又闭上了眼睛。过了一会儿，武王再次睁开眼睛，他用手指着姬诵，又指了指周公，断断续续地说："诵儿年幼，我弟善辅之。"武王说到这里，手臂慢慢下垂，然后与世长辞。姬诵、周公、召公奭一齐跪在床前，不禁痛哭失声。在场众人无不哀痛。过了一会儿，周公擦干眼泪，说："武王驾崩，请太子登基，继承大位！"通知三公六卿，齐集议事大厅。

此时的姬诵，是个不懂事的孩子。周公、召公奭两人，一左一右搀扶着姬诵，让他坐在王位上。然后面向正南，接受朝拜。众官员文东武西，齐刷刷跪在地上。周公高声宣布："武王已薨，新君正位，继承大统！"姬诵登上王位，是为周成王。

周公接着传令："派出使臣，传檄诸侯，立即赴京，参拜新君，吊唁先王！"众位使臣得令，一路马不停蹄，紧急奔赴各地。

这天上午，兹舆公正在操练军马。突然接到朝廷讣告，星夜兼程赶到镐京。到达镐京一看，天下诸侯先后到达。这时候，周武王早已入殓，周成王已经继位。在周公、召公奭张罗下，诸侯首先觐见成王，然后吊唁武王。

吊唁结束后，兹舆公带领随从，急匆匆返回莒国。按照周礼，天子死后七天入殓，七个月之后安葬。举行葬礼的时候，诸侯必须重返镐京。

却说姬鲜被封到管国，成为一方诸侯。他有职有权，整天逍遥自在。这天突然接到急报："武王病危！"姬鲜心想："老大、老二离别人世，我身为老三，大周天子之位，非我莫属！"想到这里，他立即带领随从，火速赶往镐京。到达一看，侄子姬诵已经登基，周公以摄政王的名义号令一切。姬鲜不禁气炸心肺。

晚上，姬鲜把姬度、姬处两人，一起叫到自己的住处。姬鲜说："我祖我父，不辞辛劳，奠定大周基业。二哥武王打下天下，建立大周。目下武王去世，大周天下理应由我弟兄共享。姬旦竟独揽大权，号令一切，简直岂有此理！"姬度说："三哥言之有理，大周天下，焉能由他一人独享！"姬处缺少主见，立即随声附和。

次日清晨，镐京街市上出现若干幛子。上面的文字分别是："武王去世，姬旦擅权！""权臣姬旦，傀儡成王！""周公执政，对成王不利！"

周公对周成王说："有人躲于幕后，磨刀霍霍。始作俑者，非姬鲜莫属！"成王说："此事该如何处置，请叔父定夺。"话音未落，探子来报："姬鲜派人，四处散布谣言！"周公说："姬鲜窥视王位，欲举兵叛乱，平叛不容迟缓！"成王说："一切军国大计，任尔裁决。"周公说："齐、莒、鲁三国，乃东夷柱石。三国出兵，必能带动中原各国！"立即派出多路专使，分头传檄。

朝廷专使星夜兼程，这天到达齐国。姜子牙展开竹简一看，上书：

武庚叛乱，举兵谋反；侵城略地，烧杀掳掠；复辟企图，昭然若揭。三监失职，违背旨意。为虎作伥，助敌为虐。太师神威，不减当年。望统帅诸侯，出兵平叛。克日兴师，绥靖中原。殷殷此情，切切此盼。

使臣递上另一卷竹简，是周公以周成王名义，对齐国开出的优惠条件：东至海，西至河，南到穆陵，北至无棣，五侯九伯，实得征之。

姜子牙心想："地域如此宽广，杀伐征讨，任我而行。商、周以来，诸侯成百上千。权力如此之大，绝无仅有。"姜子牙不禁怦然心动，热血沸腾。

当天三更，夜阑人静，万籁俱寂。姜子牙手捧兵书，按捺不住内心的激动。他放下竹简走到院子里，"唰"的一声拔出青铜剑。双脚并拢，全身挺立，端正架势，预热一下身体。然后双剑挥舞，一阵"嗖嗖嗖""呼呼呼""刷刷刷"，前刺后击，左劈右削。宝剑飞舞，银光闪烁，好似狂飙漫卷，犹如玉龙腾飞。侍从们见状，互相耳语："太公宝刀未老，雄风不减当年！"姜子牙舞了一会儿，已经热汗涔涔。他收住宝剑，立即复信：

尊崇成王，拥戴周公，出兵中原，参与平叛。

次日天刚蒙蒙亮，姜太公立即下令："整备车马，准备出征！"司马果正泰答应一声"得令！"快步走出院子。姜子牙召来司徒嘎以卿，说："立即派遣使者，联络莒、鲁、莱、纪、滕、邾诸国，出兵中原，参与平叛！"

再说，自从姜玉姣打败力一雄，莒国边患解除，百姓安居乐业，一派太平景象。最让兹舆公高兴的是，姜玉姣喜得贵子，起名嬴如岱。母子平安，一切顺利。转眼之间，孩子已满周岁。姜玉姣不仅文武兼备，而且善于处理家庭关系。对于长子嬴如泰，姜玉姣视如己出。亲手教他刀枪剑戟、兵书战策。兹舆公不禁夸赞："真贤妻良母也！"

这天早餐过后，兹舆公正想外出巡视，突然有人报告："管国信使到！"兹舆公接过信札一看，竟然是姬鲜的密信，要求莒国攻打周公。管国信使刚刚离开，内侍报告："齐国使臣到！"原来，姜子牙联络莒国，出兵参与平叛。竹简还捧在手上，突然有人报告："朝廷使臣到！"兹舆公立即出门迎接。使臣双手平托竹简，躬身递上。兹舆公展开一看，原来是周公亲手起草，用周成王名义发来的任命状，主要内容是：

  姬旦为平叛元帅，辖羌、戎、虢、毛、毕、梁、谷、朔方、鬼方诸军。姜子牙为军师，辖齐、莒、鲁、郑、邾、滕、纪、曹、莱、徐诸军。姬奭为监军，辖燕、晋、邢、虞、郇、蓟、蒋、陈、邓、葛诸军。

  望督率各部，克日兴兵，会师洛邑，荡平三监，剿灭武庚，绥靖中原。

兹舆公立即下令："整备战车，即时出征！"

姜子牙接到朝廷檄文，立即做出部署，指令兹舆公为左先锋，姬伯禽为右先锋。同时规定，齐、莒、莱、纪等国军队到营丘会齐，其余诸侯奔赴洛邑会师。为此，姜子牙派出信使，分头前往莒、莱、纪三国。要求各国接力传递，分头传檄。

兹舆公接到檄文，立即和姜玉姣商量。姜玉姣说："中原平叛，师出有名，我愿率兵前往！"兹舆公说："自古沙场鏖兵，浴血疆场，本是男子本分，焉能有劳女流之辈？"姜玉姣说："夫君之言差矣，平叛削乱，人人有责。常言道：'巾帼不让须眉。'我姜玉姣女扮男装，替夫出师，有何不可？更何况，你已年近半百，我年轻力壮，更应拼杀在前！"兹舆公说："话虽如此说，但姜太师挂帅出征，令我为先锋。军令如山，岂可视为儿戏。若让你带兵出征，岂非违抗军令也？"

姜玉姣想了想，说："夫君言之有理。家中之事，有我运筹处理，夫君尽可放心出征。"商量停当，兹舆公率领战车三百辆，士兵两万名，一路疾驰赶到齐国。队伍车驰马骤，很快到达营丘南郊。远远看去，东北方向尘土滚滚。

原来，各国军队相继到达营丘。

兹舆公见到姜子牙，立即拱手施礼，十分恭敬地说："晚辈甲胄在身，不便躬行大礼，请军师见谅。"姜子牙爽朗地说："免了免了！若非王命差遣，你乃我之孙婿，是姜家贵客。贵客光临，理应设宴招待。"

姜子牙一席话，说得轻松愉快，反让兹舆公有些不好意思。

就在这时候，正西方向尘土飞扬，三匹快马骤然而至。来人翻身下马，送上一束竹简。原来，周公用周成王名义，要求姜子牙指挥各部，立即西渡黄河，荡平武庚，然后挥师围剿三监。姜子牙收起竹简，举起宝剑向西一挥，高声命令："大军启程，直奔洛邑！"一声令下，千辆战车，十万大军，浩浩荡荡向西进发。

大军旌旗招展，很快到达洛邑北郊。平叛大元帅周公、监军召公奭、大司马畅勇毅，还有其他朝廷官员，早在那里等候。一别数年再次相会，离别之情述之不尽，但是军情紧急，来不及寒暄客套。周公、姜子牙、召公奭和畅勇毅立即开会，研究作战部署。

周公说："武庚叛乱，复辟殷商，险恶企图，昭然若揭。三监失职，助敌为虐。成王下令，尽快荡平叛乱。我等今次奉命，出兵讨伐，安定中原。"然后对姜子牙说："请军师指挥作战！"姜子牙举起青铜剑，高喊一声："渡河！"一声令下，千军万马纷纷登船，向黄河北岸竞渡。

大军渡过黄河，迅速登上北岸。姜子牙立即下令："兵分四路，进剿朝歌！"召公奭指挥北方军，围困北面；畅勇毅指挥西北军，围困西面；姬伯禽指挥中原军，围困南面；兹舆公指挥东方军，围困东面。

联军重兵云集，把朝歌重重包围。

武庚声色犬马，行为酷似其父殷纣王。他不懂行兵布阵，不懂安抚百姓。武庚被封朝歌后，本来十分安逸。受到姬鲜撺掇，不自量力，与朝廷对垒，最终走向不归路。王朝大军兵临城下，朝歌危在旦夕。武庚只得七拼八凑，搜集战车一百辆、士兵五千名，以乌合之众对抗朝廷大军。

合围已经完成，姜子牙把令旗一挥。兹舆公一车当先，杀向武庚车队。左边姬伯禽，右边己嵘御，千车齐出，一齐杀向敌军。兹舆公挺起长戟向武庚刺去，武庚举起双剑急忙招架。只听"当"的一声，震得武庚双臂酸麻。两车再次接近，兹舆公举起长戟，一个"金龙探海"，刺中武庚的右肩。武庚"哎呀"一声，丢下双剑回车而逃。兹舆公驱动战车，紧紧向前追赶。两车已经接近，兹舆公伸出长臂用力一绰，把武庚生擒过来。姜子牙指挥大军，一起向前掩杀。敌军兵无斗志，纷纷缴械投降。

周公当即下令："乘胜追击，荡平三监！"大军立即杀向霍国，霍军被重重包围。原来，姬处并不在霍国。他已经去了管国，与三哥姬鲜商量，如何对抗王朝大军。留下司马谈邮，领兵守卫都城。谈邮一看，霍军兵微将寡，假如负隅顽抗，无异以卵击石。谈邮权衡利弊，于是率兵投降。

姜子牙立即下令："包围蔡国！"蔡国兵力单薄，不堪一击。联军以迅雷不及掩耳之势，把蔡军四面包围，迅速把姬度军击溃。姬度躲进民房，不敢露面。姬伯禽一个箭步冲过去，伸手把他生擒过来。其余蔡军士兵，纷纷举手投降。

姜子牙接着下令："南下管国，剿灭姬鲜部从！"姬鲜正与姬处密谋，如何反叛朝廷。姜子牙指挥大军，重重包围上来。姬鲜对姬处说："彼众我寡，速速突围！"姬处带领三千人马，仓皇向东逃窜；姬鲜带领三千人马，急忙向西突围。姜子牙把宝剑向前一指，高声说："合围姬鲜！"一声令下，车马交错，刀光剑影，双方混战一团。姬鲜看看身边，兵马已经折损大半，只得冲开一条血路，落荒而逃。姜子牙手举令旗大喊："不得放箭，生擒姬鲜！"广大将士受到鼓舞，一起包抄上去。兹舆公一个"猛虎跳涧"，蹿上姬鲜的战车。他双臂紧紧箍住姬鲜，然后一个"鹞子翻身"滚到车下。众将士一拥向前，把姬鲜捆绑起来。姬处看到姬鲜被擒，自知反抗无益，只得乖乖投降。

三监叛乱，彻底平息。周公率领大军一路凯旋，很快回到洛邑。两名武士把姬鲜推到台前，周公高声宣布："你挟持三监，煽动叛乱；教唆武庚，举兵造反。罪大恶极，不可饶恕。成王有令，处以极刑，撤销管国封号！"周公说完把手一挥，畅勇毅押着姬鲜，到台下行刑去了。

这时候，武士把武庚推过来了。周公宣布："殷商灭亡，武王宽宏大度，命你治理殷地。你不思报恩，竟拥兵造反，祸乱中原，罪不可恕。成王有令，撤销封号，处以极刑！"周公宣布完毕，武士把大刀一挥，武庚当即人头落地。

紧接着，姬度被推过来了。他垂头丧气，泪流满面，"扑通"一声跪在周公面前，说："我不该听从挑唆，制造谣言，起兵造反。请留我一条性命，我愿意听从发落，永不造反！"姬度说完，又磕了几个响头。周公与周成王低语几句，然后高声宣布："姬度受人挑唆，制造事端，罪不容恕。念他业已悔罪，现给予马车十辆，流放远方，永世不得进京！"

这时候，姬处被推到台前。周公高声宣布："三监叛乱，姬处虽非主谋，但其追随姬鲜，兴风作浪，影响颇坏。现贬为庶人，永不起用！"

姬处被削职后，失去王室成员待遇，成为平民一个。他被发配到黄河北岸，从此消失在茫茫人海中。

周公接着当众宣布："呈请天子恩准，将殷商旧地一分为二，设立宋、卫两国。殷纣王之兄微子启，为人正派，有口皆碑。故此，册封微子启为宋国之君！册封姬康为卫国之君！"宋国与卫国，由此而诞生。

姬度被流放边陲，心情极度难受，不久忧愤成疾，凄然死在流放地。姬度的儿子姬胡，各方面表现良好。周公十分满意，让姬胡到鲁国任职。过了几年，周公又以成王名义，把蔡国封给姬胡。当然，此是后话。

武庚被灭，姬鲜被杀，"三监之乱"彻底平息。诸侯完成任务，各自带兵回国。鲁军在前，齐军居中，莒军殿后，一路向山东进发。这天傍晚，大军来到曲阜。姬伯禽说："天色已晚，请在此驻跸休憩。"兹舆公说："既来贵国，客随主便。"次日上午，姬伯禽说："太师亲临曲阜，又有兹舆公作陪，宜趁此机会，游览曲阜风光。"

姜子牙说："曲阜人杰地灵，仰慕久之。游览赏景，系我平生所愿。"

兹舆公、姬伯禽一起，陪着姜子牙来到曲阜北郊。他们登上一个高地，极目向北望去。兹舆公不禁失声赞叹："河水蜿蜒，碧波粼粼，莺啼燕鸣，一派诗情画意。"姜子牙指指河水，又指指尼山，意味深长地说："两河汇流，若双龙交颈；尼山雄踞，似麒麟踞岗。北有泰山，南有大湖，集天地之灵气，聚风水之精华。此等风水宝地藏龙卧虎，后世必有圣人出现。"

兹舆公对姬伯禽说："令祖文王精占卜，通阴阳，易理名扬天下；令尊周公有经天纬地之才，安邦定国之能，学富五车，乃当世首屈一指。祖、父辈言传身教，耳濡目染，如此说来，尔岂非圣人耶？"

姬伯禽笑着说："岂敢岂敢。太公所云'后世必有圣人出现'，至于后世，究竟系何年何月，唯有上天知道。尔吾之辈，唯有耐心等待也。"姬伯禽说完，一阵开怀大笑，笑声在河畔回响。

在曲阜小住两日，姜子牙率领齐军，一路向营丘回返。兹舆公带领队伍，陪伴姜子牙一起来到营丘。夜晚，温风习习，太空如洗，星光闪烁，一派温馨气氛。兹舆公趁着夜色，前去看望姜子牙。万万没想到，姜子牙竟然一反常态,与以前相比判若两人。他两眼微闭依靠在座椅上,见兹舆公进来,非常客套地说:"请进请进!"兹舆公落座后,姜子牙命人上茶。

说到中原平叛,姜子牙轻叹一声,说:"我已是耄耋之年,率兵出征,此乃最后一次。"兹舆公忙说:"太公运筹帷幄之中,决胜千里之外。冲锋陷阵,浴血拼杀,自有我等晚辈,太公尽可放心。"姜子牙说:"鏖战疆场,逐鹿中原,系我平生所愿,怎奈光阴如流,岁月不饶人。人生在世,生老病死,本是常事。阴阳同在,相生相克,万物莫可违背。"姜子牙说到这里,呷了一口茶,然后轻叹一声说:"天耶!天耶!姜尚老矣!"说完轻轻摇了摇头。兹舆公见状,急忙进行安慰。

两人正在交谈,兹舆公突然心跳加速,接着就是一阵疼痛,差点支持不住。在太公面前,兹舆公强忍疼痛,尽力克制自己。尽管如此,还是被姜子牙觉察。他亲手熬制草药,让兹舆公服用。次日上午,兹舆公告别姜子牙,带领人马返回莒国。

正是:枪林箭雨数十载,不料病魔袭身来。

第五回 周成王御驾亲征
兹舆公中道崩殂

兹舆公中原平叛凯旋，莒国上下一片欢腾。姜玉姣率领儿子嬴如泰、嬴如岱，与众官员一起赶往郊外迎接。众人欢声笑语，熙熙攘攘，好不热闹！

且说中原平叛成功，姜子牙自感年迈，内心萌生退意。他召来长子姜伋，殷切嘱咐："国事烦冗，千头万绪。为父年迈，深感不胜其力。自今往后，由你继位为君。"然后嘱咐了有关事项。姜伋继位，是为齐丁公。

父亲继任国君，姜玉姣得到消息，心里十分高兴。她对兹舆公说："我父业已继位，你我应前往祝贺！"

姜玉姣说到这里，风趣地补充说："夫君切记，他可是你的岳丈！"兹舆公说："夫人想到其一，却忽略了其二。"

姜玉姣说："请夫君明言。"兹舆公说："岳丈继位为君，我若前往祝贺，太公老人家情何以堪？最佳之法，夫人带领孩子，到营丘走姥姥家。顺便替我带去贺信一封，然后看望太公老人家。如此办理，岂不两全其美？"

姜玉姣说："言之有理！"次日她带着小儿子嬴如岱，赶往齐国探亲。

再说，莱国自被齐国打败，多年来小心翼翼，不敢越雷池半步。近来，听说姜子牙已经卸任，齐丁公接任国君。莱子说："复仇时机已到！"这天趁着黑夜，他悄悄出动人马，占领了齐国三个村邑。齐丁公得到消息，立即向姜太公报告："莱国占我村邑，抢夺财物，边境告急！"其实，此事早在姜太公预料之中。他两眼微闭，伸出双臂围成一个圆圈；然后举起右手，五指并拢，猛力向下一砍。

齐丁公一看，顿时心领神会。这天深夜齐军悄悄出动，立即四面合围，把莱军包围起来。次日清晨，齐军战鼓咚咚，杀声震天，莱军很快被打垮。

姜玉姣探亲回来，立即告诉兹舆公："莱国不自量力，侵扰齐国边境，占领齐国村邑。齐军四面合围，迅速将其打垮。"兹舆公说："如此看来，列国相互争战，今后必成常态。诸侯侵吞，将士喋血，莒国难以置身其外，今后不得不防。"

却说洛邑营建完毕,成为周王朝东都。周公奉命在此坐镇。这天,突然一匹马飞驰而至。来人翻身下马呈上告急信。周公展开信札一看,上面写着:

奄、徐联手,起兵造反。淮夷一带,形势危殆。恳请朝廷,出兵平叛!

周公立即修书一封,派出信使飞马到镐京报告。周成王一看,此信言简意赅,语义十分含蓄。仔细揣摩,周公的本意是:"天子御驾亲征。"成王于是决定亲自带兵奔赴洛邑,同时指令太子姬钊,带兵一万留守镐京。一切安排停当,五万大军星夜向东进发。

大军到达洛邑,周公、召公奭率领众官员,一起到西郊接驾。经过商量,周成王宣布:姬旦任大元帅,总督天下兵马;姬奭留守洛邑,随时接应前线;兹舆公、姬伯禽为左右先锋,滕子、郏子为副先锋;姜伋任粮草总监。同时派出多路专使,昼夜兼程到各地传达檄文。

最近一段时间,兹舆公恢复了健康,天天到校场检阅兵马。这天接到朝廷檄文,兹舆公决定立即起兵。他对姜玉姣说:"我率兵讨逆平叛,家中诸事拜托夫人。"姜玉姣说:"夫君尽可放心!"

一切安排停当,兹舆公率兵赶往前线。

为了采购木材打造战车,支援前线作战,姜玉姣女扮男装,带领随从来到马亓山南。这里北靠山区,东望大海,地势低洼。周边地域开阔,森林密布。檀树、槐树、楸树、榆树等十分茂盛。这些树木质坚韧,适宜打造车船。前方不远处,好多人正在伐树。

姜玉姣把脸遮了遮,跟在男士们后面,慢慢走进树林子。

伐木工穿着麻布短裤,用绳子扎腰,上身赤裸,皮肤晒得黝黑。那些人干了一会儿活,停下来吃午饭。他们一手拿着锅巴,一手抓起咸菜,吃得津津有味。一中年人吃完锅巴,又拿起一个窝头。一同伴对他说:"那首《伐檀》极好,唱来听听,我等过过瘾。"中年人掏了掏衣兜,拿出一块粗布片,密密麻麻写满了文字。他看着布片,有板有眼地唱起来:

坎坎伐檀兮,置之河之干兮,河水清且涟猗。不稼不穑,胡取禾三百廛兮?不狩不猎,胡瞻尔庭有县貆兮?彼君子兮,不素餐兮!

坎坎伐辐兮,置之河之侧兮,河水清且直猗。不稼不穑,胡取禾三百亿兮?不狩不猎,胡瞻尔庭有县特兮?彼君子兮,不素食兮!

坎坎伐轮兮，置之河之漘兮，河水清且沦猗。不稼不穑，胡取禾三百囷兮？不狩不猎，胡瞻尔庭有县鹑兮？彼君子兮，不素飧兮！

这个中年人，人称王木匠。他读过几年书，从爷爷开始，一家三代都是木匠。王木匠多次随军，负责修理战车。平定武庚叛乱时，他跟随队伍到达黄河以北。行军途中听当地百姓传唱这首诗歌，就写在布片上带回莒国。

姜玉姣一听，这首《伐檀》第一段的意思是：

砍伐檀树声坎坎呀，棵棵放倒堆河边呀，河水清清随波转呀。不播种来不收割，为何三百捆禾往家搬呀？不冬狩来不春猎，为何你家庭院有獾悬呀？那些老爷君子呀，不会白吃闲饭啊！

再看看后面的两段，意思大致相同。细细琢磨，抱怨、讽刺、怨愤、抨击、抗争，诸种意涵渗透字里行间。抱怨讽刺之中，隐含劳动的愉悦之情。

这时候，姜玉姣想起来了，当年祖父姜太公伐纣归来，从中原带来了几首诗，其中就有这一首。

姜玉姣正在琢磨那首诗，伐木工们已经就餐完毕。他们紧紧腰带，拿起斧头继续砍伐树木。姜玉姣悄悄对随从说："伐木工辛劳但风趣，可敬可爱！"

姜玉姣采购了木材，加快了造车进度。二百辆战车、五千斤食盐、一万斤海带，按时送往前线。对此，周成王十分满意。周公见到兹舆公，竖起拇指夸赞："尊夫人之贤，举世罕见，令人钦佩！"兹舆公连忙致谢："承蒙夸赞，不胜惶愧！"这时候，突然探马报告："奄国叛乱！"

周成王闻报，顿时心里一惊，急忙问："奄国是何状况？"

周公回答说："奄国北邻鲁国，西邻邾国，南邻徐国，东临郯国。奄君嬴姓，系少昊后裔。殷商时期，叫作商奄，曾以曲阜为都。本朝建立，曲阜成为鲁国之都。奄人对此耿耿于怀。奄子穷兵黩武，扬言攻夺曲阜。"

周成王问："奄人如此猖獗，当何以处之？"

周公不假思索地说："挥兵而击之！"原来朝廷大军，已经逼近东夷。奄军正气势汹汹，进攻曲阜南郊。姬伯禽身先士卒，率兵拼死抵御。

兹舆公率领队伍，一路紧急行军，终于到达前线。副先锋郍子、滕子，粮草总监齐丁公，先后率部到达。姬伯禽作为右先锋，正在指挥人马防守曲阜，一时难以脱身。郯军距离最近，却没有音信。大家左等右等，一直不见踪影。周公说："原因何在，速速查明！"不久探马报告："三监之乱平息后，郯君回返东夷，不幸暴病身亡，长子己有余继位。己有余年少无知，经不住奄军利诱，为虎作伥，带兵攻打曲阜！"

周公一听，不禁义愤填膺，说："挥兵进剿，打垮郯国！"兹舆公说："元帅息怒，待我修书一封，劝其迷途知返。"书信很快送到曲阜，己有余展开一看，内容如下：

> 武王伐纣，殷商灭亡。大周建立，四海承平。太平盛世，已见端倪。奄国冒天下之大不韪，兴兵作乱，致狼烟再起，生灵涂炭。罪大恶极，九州切齿。成王御驾亲征，周公挂帅平叛，天下诸侯，无不影从；大军兵锋所指，叛军定必灰飞烟灭。贵国先君，乃一世英杰。孟津观兵，牧野伐纣，伐灭武庚，屡建勋劳。武王、成王，无不予以褒奖。继承先辈遗风，乃勇者之所为；迷途知返，为智者之所取。率军反正，建功立业，光宗耀祖。郯国幸甚，天下幸甚。成败存亡，系于一念之间。良药苦口，望三思而行。

己有余看完信，如梦方醒，立即复信："拥戴天子，参与讨逆，建功立业！"兹舆公接到来信，立即送给周公。周公对周成王说："郯子反正，应予褒奖。"周成王当即下令："任命己有余为讨逆副先锋！"己有余高喊一声："谢大王恩典！"带领人马杀向奄军。奄军抵挡不住，仓皇撤出曲阜南郊，拼命向南奔逃。周军兵分两路，把奄军四面包围。奄军十分顽强，虽然力量悬殊，仍作困兽之斗。几仗下来，双方各有伤亡。

周公说："假如姜太师在此，必有制胜良策，可惜太师业已告老。"周公说到这里，不禁长叹一声。兹舆公说："太师昔日，曾授车辐阵法。"周公忙问："何为车辐阵法？愿闻其详。"兹舆公说："此种阵法，其要领是：先用双排战车，将敌四面围定；然后派出八股精兵，像车辐一样，实施向心进攻。假如其中一路受挫，就把后队变前队，撤出战斗。另外七路，继续对敌冲击。假如敌军向外逃窜，外围战车乱箭齐射，原有包围圈保持不变。"

周公说："既是太公传授，当即采行！"立即派出战车，围成一个巨大包围圈，把奄军团团围困。奄军正在拼命进攻，不知道已经陷入重围。突然，兹舆公、姜伋、姬伯禽、己有余、微子启、谭子、莱子、邾子，各率一股精兵，从八个方向，如八条车辐，对着奄军猛烈攻击。

奄军首次遇见这种战阵，不知如何应付。队伍左冲右突，顿时一片混乱。奄子高叫一声："大事不好！"率领一支人马，向西猛烈突击。刚刚接近包围圈，战车上万箭齐射，奄军顿时倒下一片。奄子举起长枪，再次冲向战车，妄图向外突围。包围圈是双排战车，枪刀如林，箭矢如雨，坚不可摧。奄子只得带领残兵败将，折回战场核心。想不到，正好被夹在两条"车辐"之间。王朝大军如猛虎夹击羊群，刀枪剑戟一阵砍杀，奄军已经所剩无几。

恰在这时，姬伯禽带领人马赶来。他举起弓箭，"嗖"的一声射中奄子的肩膀，奄子顿时鲜血直流。姜伋一个"鹞鹰抓鸟"，把奄子生擒过来。

奄子被五花大绑，推到周成王面前。成王示意周公，让他做出裁决。周公高声宣布："奄国反叛，祸乱淮夷，罪大恶极，不可饶恕，撤销国号，以儆效尤！"就这样，奄国从此灭亡。所辖土地，全部划归鲁国。

刚刚发落完毕，探马前来报告："敌残兵退往淮河一线，强占城邑，劫掠平民。当地部落，趁机作乱。情势危殆，亟须平叛！"周公立即下令："扫平淮夷，平定江淮！"一声令下，大军东西摆开，形成长蛇阵，一路向南横扫。

兹舆公率领莒军冲锋在前，追到淮河北岸。叛军有的乘船，有的趴在木板上，纷纷逃往南岸。兹舆公立即下令："乘坐舟伐，渡河追击！"船到激流，突然狂风大作。风推巨浪，向木船袭来。兹舆公突然感到胸闷气喘，一下倒在木船上。莒军只得暂时退往北岸。

周公指挥大军渡过淮河，继续向南横扫，一直追到长江北岸。参加叛乱的十七个诸侯部落，一个个被打垮。大周王朝的疆土，推进到江淮流域。

兹舆公身患重病，只得回国疗养。司马贲成立即派人回国报信。姜玉姣闻讯，不禁焦急万分。嬴如泰、嬴如岱、司徒先祯、司空九一寇等，前往途中迎接。姜玉姣带领人马，赶到莒城等候。

队伍到达莒城，姜玉姣立即迎上去。兹舆公面如土色，奄奄一息。姜玉姣立即下令："暂停行军，在莒城休整！"当日夜晚，兹舆公抓着姜玉姣的手，有气无力地说："我已病入膏肓，或将不久于人世。二子年幼，一切拜托夫人。"姜玉姣流着泪回答："夫君尽可放心。"

兹舆公又说："自我开始，莒国不得活人殉葬；即使战马陪葬，亦要先行宰杀，而后施行。"姜玉姣对嬴如泰、嬴如岱兄弟俩说："父君嘱咐，尔等切记！"兄弟俩含泪答应。过了一会儿，兹舆公又说："葬我于浮来山东麓，背依高峰，面朝大海。"说完双目紧闭，溘然离世。

正是：临终之时留遗嘱，从此活人不殉葬。

第六回 姜太公营丘病逝 莒介公东海亡命

兹舆公溘然去世,众人遵照遗嘱,把他安葬在浮来山东麓。

进入二十一世纪,兹舆公的茔墓仍在,墓碑上"莒子墓"三个大字,赫然醒目。游客来到浮来山,纷纷前往凭吊。有人鞠躬默哀,有人敬献鲜花,寄托哀思,缅怀悼念。此是后话,不提。

兹舆公去世,嬴如泰继任国君,以城邑之名为君号,是为莒介公。

且说姜子牙年过百岁,已是风烛残年,脸色枯瘦蜡黄,银发干涩无光,声音沙哑无力。兹舆公突然病逝,消息很快传到营丘。

姜太公接到噩耗,哀痛不已,老泪纵横。从此食水不进,几天后卧床不起。他心知肚明,生命已到最后关头。

这天,莒介公正在海滨巡视。突然,司徒先祯快马加鞭赶来。他翻身下马,气喘吁吁地说:"姜太公病亡,请国君速回!"

原来两天前,姜太公已经病逝。

对于诸侯的丧葬,周礼有严格规定。诸侯去世,五天之后入殓,五个月之后殡葬。朝廷派出官员,参加祭奠;各诸侯国要派出高官,前往吊唁;诸侯之间,还要互赠殓葬衣物。莒介公作为晚辈,立即带上祭礼,亲自到营丘吊唁。他来到太公灵前,先以诸侯之礼祭奠,燃香三炷,奠酒三杯,行礼如仪。然后,以玄外孙与老姥爷之礼祭拜。他接过祭品,亲手放到太公灵前。然后点燃纸钱,奠酒三次,五体投地,三跪九叩。最后,跪读祭文《悼太公》:

> 惟今之日,九月既望。悼我太公,不幸病亡。
> 山岚呜咽,草木哀伤。啼泣祭奠,痛断哀肠。
> 六韬在手,何人开讲。三略有疑,谁解彷徨。
> 尊容历历,永不相忘。不见踪迹,登高四望。
> 我心戚戚,不胜悼伤。觥筹杯盏,玉液琼浆。

> 车马迤逦，威仪浩荡。震慑魑魅，吓阻魍魉。
> 西路漫漫，山高水长。三跪九叩，志哀祈祥。
> 呜呼哀哉，伏惟尚飨！

吕介公读罢祭文，再次叩首祭奠，极尽哀痛。周天子代表，以及宋、鲁、卫、莱、纪、曹、邾、滕等诸侯国使臣，相继行礼祭奠，场面十分隆重。

姜太公病逝，周成王十分哀痛。

周公进谏："姜太师病逝，应予最高礼遇。"成王问："当何以处之？"周公说："将棺椁移往镐京，葬于文王墓之侧，以示殊荣。"成王说："如此甚好。"召公奭为专使，带上大量祭品，赶往齐国迎灵。

到了殡葬这天，周公代表周成王，率领文武百官，举行了隆重的安葬仪式。此后，齐国四代国君，都葬在镐京，紧靠姜子牙之墓。到了唐代，姜子牙被尊为"武成王"；到了宋代，追加谥号"昭烈武成王"。

为了纪念姜子牙，明代文人许仲琳赋诗一首，歌颂姜太公的丰功伟绩：

> 六韬留下成王绩，妙算玄机不可穷。
> 出将入相千秋业，伐罪吊民万古功。
> 运筹帷幄欺风后，燮理阴阳压老彭。
> 亘古军师为第一，声名直并泰山隆。

明代按察使冯裕曾游览海滨遗址，触景生情，赋《登表海亭》一首：

> 独坐孤亭对碧山，太公踪迹尚依然。
> 海邦千里遗东表，牧野崇朝答上玄。
> 万古乾坤春寂寂，两阳日夜水潺潺。
> 鹰扬事业浮云过，留得丹书与世传。

上述表海亭，始建于宋太宗时期，在今山东省日照市海滨太公岛。后因龙卷风肆虐，引起海啸冲击，此亭淹没在大海之中。后人纷纷赋诗作词，纪念姜太公与表海亭。

山东省临淄区辛店镇，有一姜太公衣冠冢。冢前建一太公祠，古朴典雅，庄严肃穆。太公像栩栩如生，瞻仰者无不肃然起敬。一雅士欣然命笔，赋诗一首赞美姜太公：

> 当年渭滨一笠翁，不钓鱼鲜钓王公。
> 若非文王识大才，真正终埋泥土中。
> 伏枥老骥志犹在，年逾八旬始出征。

天下宗周封齐国，平定四海第一功。

且说莒介公参加完葬礼，次日回到都城介根，向姜玉姣报告葬礼情况。姜玉姣流着泪说："常言道：'人死不能复生。'祖父享年百岁，亦是老人家的造化。唯有安邦定国，方可告慰祖父在天之灵。"莒介公说："母亲之言，孩儿谨记在心。"

这天上午，莒介公来到琅琊，打算从这里渡海，到灵山岛巡视。一行人沿着羊肠小道，来到小珠山北侧。向东走了一段路，东南方向传来劳动号子声。司徒先祯抬手一指，说："国君您看！"莒介公抬头望去，山东侧有个隆起的山包，像个巨大的乌龟。"乌龟"伸着长长的脖子，好像向山顶攀爬。一群人聚拢在那里，有的拿着铁锹，有的拿着铁锨，有的拿着木杠，正在挖"乌龟"的脖子。莒介公说："叫来工头，问明缘由。"先祯立即把工头叫来。工头说："不久之前，江南来了一位方士，据说此人很有学问。方士说：'假如大乌龟爬到山顶，整座珠山就会沉入海底。此地居民，将全部葬身鱼腹。'众人闻讯十分害怕，因此一哄而来，想凿断乌龟脖子。"

那些人停止劳作，呼啦啦围拢过来。莒介公对大家说："珠山乃大山一座，小山怎会爬到大山之上？方士之言荒诞无据，蒙骗众人，绝不可信！"众人顿时恍然大悟。工头对大家说："停工停工！"一红脸大汉把铁锹一扔，说："不挖了！不挖了！"再看看那个石龟脖子，已经差不多被挖断。要想恢复原貌，已经绝无可能。众人十分后悔。

后来，这个故事被演绎。有人绘声绘色地说："方士举起神铲，铲断了大神龟的脖子，从此解救了那一方人。"此事口口相传，世代延续下来。三千多年后，珠山成为著名旅游景点。

这天，莒介公正在翻阅竹简，忽然门官报告："蒋国国君来访！"原来，首任蒋国国君是周公的三儿子，原姓姬，受封蒋国之后，以国为姓，改名叫蒋伯龄，成为蒋姓始祖。"蒋"这个姓氏由此而诞生。为了考察礼仪，蒋伯龄带领随从，赶往鲁国访问。任务完成后，顺便访问莒国。

蒋伯龄身高臂长，仪表英伟，自幼手不释卷，尤其酷爱兵法。他是祖父最喜爱的孙子，父亲最喜爱的儿子。当年周文王渭水访贤，巧遇姜子牙。那时，伯龄就坐在爷爷的大车上。姜子牙曾对周公说："贵公子之中，最出类拔萃者，莫过于大公子伯禽、三公子伯龄。"

蒋伯龄来访，莒介公亲自到郊外迎接。寒暄过后，先祯把客人送到馆驿休憩。莒介公问:"蒋国是何状况?"先祯回答说:"蒋国地处中原、江汉之间,系南北要冲。武王分封蒋国,既可巩固中原,又可监视荆蛮,可谓用意深远。蒋国经过治理,官民和谐,物阜民丰。"莒介公说:"蒋国国泰民安,足见治国有方。贵宾远道来访,乃我国荣光。接待务必殷勤周到,不失礼仪!"

　　蒋伯龄来到莒国,受到热情接待。莒介公亲自陪同蒋伯龄,到珠山、五莲山、马耳山、灵山岛、太公岛等地观光。蒋伯龄说:"莒国海陆兼有,山河锦绣,名不虚传!"十天之后,蒋伯龄向莒介公告辞。他说:"贵国礼仪有加,不胜感激。贵国一游,不虚此行。诚邀君侯,参访敝国。"莒介公说:"常言道,来而不往非礼也。"于是带上礼物,携弟弟嬴如岱,与蒋伯龄一起奔赴蒋国观光。

　　一行人晓行夜宿,很快进入蒋国地界。他们扮成商人模样微服私访,迎面看到一支迎亲队伍,彩旗招展,红车赤马,喜庆而又威武。队伍一路敲敲打打,十分热闹。莒介公说:"如此隆重,户主定是大户人家。"蒋伯龄说:"跟随迎亲队伍,看个究竟!"不一会儿,队伍进入一个大村邑。村邑中央,有一座规模宏大的院落。一眼望去,高房大屋,煞是气派。

　　莒介公说:"此必富庶之家!"抬头一看,大门前张灯结彩,熙熙攘攘,人头攒动,成百上千的人聚在那里观看婚礼。在司仪主持下,婚礼按部就班地进行,新郎骑着高头大马,慢慢走上前去,两个嫁娘搀扶着新娘,缓缓走出大门。这时候,司仪双手举起一块红锦,当众高声朗读:

　　　桃之夭夭,灼灼其华。
　　　之子于归,宜其室家!
　　　桃之夭夭,有蕡其实。
　　　之子于归,宜其家室!
　　　桃之夭夭,其叶蓁蓁。
　　　之子于归,宜其家人!

　　——桃花怒放千万朵,色彩鲜艳红似火。
　　这位姑娘要出嫁,喜气洋洋归夫家。
　　桃花怒放千万朵,果实累累大又多。
　　这位姑娘要出嫁,早生贵子后嗣旺。
　　桃花怒放千万朵,绿叶茂盛永不落。
　　这位姑娘要出嫁,齐心携手家和睦。

原来,这是对新娘的赞美与祝福,是大户人家婚礼的必要程序。他们观完礼,继续往前行进。抬头望去,前面是一条河流。河岸有几个高岗,四周树林密布,一望无际。突然一阵鹰飞犬叫,野兽四处乱窜。原来,有人在围猎。蒋伯龄触景生情,诗兴大发,随口吟咏:

　　肃肃兔罝,椓之丁丁。
　　赳赳武夫,公侯干城。
　　肃肃兔罝,施于中逵。
　　赳赳武夫,公侯好仇。
　　肃肃兔罝,施于中林。
　　赳赳武夫,公侯腹心。

——兔网结得紧又密,布网打桩声声碎。
武士气概雄赳赳,是那公侯好护卫。
兔网结得紧又密,布网就在岔路口。
武士气概雄赳赳,是那公侯好帮手。
兔网结得紧又密,布网就在林深处。
武士气概雄赳赳,是那公侯好心腹。

众人听了,一齐鼓掌。蒋伯龄双手一拱说:"献丑了!献丑了!"

在蒋国这段时间里,莒介公天天带领随从,外出考察观光。这个消息不胫而走,引起了蒋国人的高度关注。这天上午,莒介公一行继续外出观光。刚走出城外一里多路,路边树荫下站着一大群人。其中有男有女,有老有少。莒介公一行走近人群,传来姑娘银铃般的声音。众人抬头望去,一美女指着莒介公兄弟二人说:

　　麟之趾,振振公子,于嗟麟兮!
　　麟之定,振振公姓,于嗟麟兮!
　　麟之角,振振公族,于嗟麟兮!

——麒麟脚蹄不踢人,仁厚有为的公子们,你们个个像麒麟!
麒麟额头不撞人,仁厚有为的公姓们,你们个个像麒麟!
麒麟尖角不伤人,仁厚有为的公族们,你们个个像麒麟!

那个美女说完,羞涩地躲到人丛里去了。莒介公说:"蒋国女子竟如此泼辣,如此开通。"

莒介公四处考察观光,了解了风土民情,了解了农林、军事诸方面情况,顺便收集了大量诗词文章，感觉收获颇丰。莒介公如获至宝，回头嘱咐先祯："诗文可贵，带回莒国！"如此，留下了宝贵的文化遗产。五百多年后，孔子编纂《诗经》。在三百零五首诗歌当中，把南方的十一首列为第一部分，标题叫作《周南》。

在蒋国逗留十几天，莒介公告辞回国。回国后马不停蹄，到海岸巡视。这天，他们离开珠山，乘船奔向灵山岛。琅琊邑长一边陪同游览，一边介绍："灵山岛距陆地二十里，因山势高耸，清晨最早迎来曙光。阴雨天气，山顶被云雾覆盖，固有'先日而曙，未雨先云，若有灵焉'之说。因其灵气，故曰'灵山岛'。此岛南北长十里，东西宽三里。岛上峰峦起伏，林木茂盛，如锦似画，景象万千。"

莒介公一听，兴致勃勃。在众人陪同下，一步步登上灵山岛。突然，眼前一块巨石突兀而立。邑长指着石头介绍："此石名曰'背来石'。据说东海龙王有位爱女，芳名唤作水灵。水灵迷恋灵山岛美景，从龙宫背来千年灵石，与自己朝夕相伴。龙王得悉后，将水灵抓回龙宫。从此，灵石留在岛上。灵石特有灵性，能够预测未来，逢凶化吉。"

邑长刚说完，司徒先祯接着打趣："水灵姑娘如此可爱，此次登岛未谋其面，遗憾，遗憾！"众人听了，一阵欢笑。

莒介公欣赏了背来石，又欣赏了拇指山、老虎嘴等景点。一行人走下灵山岛，乘上木船，打算到石臼湾、岚山湾考察。木船正在行进，突然乌云滚滚，电闪雷鸣。天空狂风漫卷，海上巨浪滔天，好似雷霆万钧，犹如万马奔腾。木船像一片树叶，随着海浪不断起伏颠簸。一个巨浪袭来，木船被推向风口浪尖；接着一个巨浪袭来，木船被海水吞噬。众人来不及营救，莒介公被卷到海底。大家四处寻找，始终不见踪影。

姜玉姣闻讯，立即派出大队人马，到海上四处打捞；但是几天过去，一直没有踪影。一老渔民说："人若落海，七天不见踪影，即无生存希望。"姜玉姣仍不放弃，派人继续打捞。一个多月过去，一直没有音信。

众官员一致建议："国不可一日无主，应及早确立新君，以安众心。"姜玉姣接受建议，立嬴如岱为国君。

嬴如岱继位，君号随同莒介公，是为莒根公。

这天，莒根公正在议事。突然内侍报告："太夫人病危！"原来，姜玉姣近来身体一直不适，经多方寻医问诊，始终不见好转。莒根公接到报告，立即赶到病榻前。万万想不到,母亲已经撒手归天。莒根公见状,不禁伏尸大哭。依照国太的最高规格,举行了隆重葬礼,与兹舆公合葬一处。

葬礼刚刚结束,司马兆大千报告:"朝廷下令,出兵汉水,征讨叛逆!"兆大千说罢,将竹简呈上。莒根公看过竹简,立即下令:"整备战车,准备出兵!"

正是:江山甫稳生动乱,战车辚辚赴戎机。

第七回　莒根公南渡汉水　周昭王遭遇犀牛

莒根公接到檄文，立即率领兵马，紧急奔赴前线。原来，周公早已去世，被葬在周文王坟墓一旁。不久，周成王因病去世，他的儿子姬钊继位，是为周康王。周康王去世，他的儿子姬瑕继位，是为周昭王。

周昭王宽额头，方嘴巴，大脸盘，剑眉浓密，威风凛凛。

这年三月六日，周昭王正在渭水巡视。突然探马来报："荆蛮叛乱，南国震动！"昭王顿时大怒，说："本王御驾亲征，传檄诸侯，出兵参战！"同时命令，大司马光威武为元帅，齐、莒、鲁三国之君，担任东部军先锋；蒋、晋、韩三国之君，担任西部军先锋。为此，派出多路使臣，到各地传檄。

莒根公接到檄文，仔细揣摩一遍，心里顿时明白了。每逢战乱，周王朝最信赖的，东方是齐、莒、鲁三国，西方是蒋、晋、韩等国。除了莒、齐两国，其余都是姬姓国，是周王室的亲族后裔。

军情如火，莒根公立即下令："派遣使者，与齐、鲁联系！"

姬伯禽去世后，他的儿子鲁考公继位。鲁考公去世后，他的弟弟姬熙继位，是为鲁炀公。齐丁公去世后，他的儿子齐乙公继位。齐乙公去世后，长子姜慈母继位，是为齐癸公。齐、鲁、莒三国共同商定，大军到曲阜集结，然后开赴蒋国。

三月二十六日，讨逆大军齐集蒋国。蒋伯龄早已去世。此时的蒋国国君，名叫蒋本立。诸侯联军到来，蒋本立率领众官员，立即到郊外迎接。周昭王亲自下令："大军休整三日，然后向南进攻！"

三天后，周昭王坐镇中军指挥。莒根公、鲁炀公、齐癸公三人，率领东部军为左路；蒋、晋、韩三国国君，率领西部军为右路。大军车辚辚马萧萧，以排山倒海之势，一路向西南横扫。

莒根公率领莒军，一路冲锋在前。这天追上一股敌人，莒根公立即下令："左右包抄，务求全歼！"将士们枪刀并举，箭如飞蝗，敌人纷纷倒下。敌人被打垮后，把战车扔到路边，拼命向南奔逃。落在后面的敌人，乖乖举手投降。军士押着一群俘虏，来到莒根公面前。莒根公一看，南方士兵个头不高，又黑又瘦。说话叽里哇啦，根本听不清说的是什么。莒根公当即命令："解送昭王，请求封赏！"然后指挥大军，继续向南掩杀。前面出现一股敌军，很快被打垮。残敌呼啸一声，逃进一片树林。莒根公挥兵疾进，追进树林之中。那些敌人像猿猴一样，迅速爬上大树。

莒根公抬头看去，每棵大树上边，都有一个小屋子。小屋子是树枝搭建，顶上遮着树皮和茅草。原来，这就是他们的住房，是他们的家。莒根公注目观察，那些男人、女人都裸露上身，下体用树皮或棕毛遮盖。司马兆大千举起弓箭，就要向上射击。莒根公高喊一声："且慢！"随后给向导递了个眼色。向导双手搭成喇叭，对着树上喊了一阵。树上的人把武器扔到地上，乖乖地爬了下来。他们对着莒根公，纷纷磕头求饶。莒根公高声命令："赐予食物！"军士立即送上锅饼、窝头等食物，又把几袋小米放到树下。那些南方士兵带着食物，又纷纷爬到树上。

大军势如破竹，继续向西南挺进。突然，右边树林里出现一群动物，乱哄哄跑到队伍前边。举目看去，那些动物蹄子像牛，长角像鹿，四条腿好似战马，样子十分古怪。莒根公忙问："此乃何物，如此古怪？"

向导说："此物名曰'四不像'，常常出没于树林。有时成群结队，聚集于草泽地带。"莒根公下令："拉网围捕！"将士们立即行动，不一会儿就捉到了三头。装到大笼子里，随后带回莒国。原来，这就是后世说的麋鹿。

大军如秋风扫落叶，一路势如破竹。周昭王坐镇中军，策应左右两路，急速追击前进。追了三天三夜，军士长突然高喊："汉江！汉江！"昭王举目望去，只见江水滔滔，汹涌澎湃。大司马光威武立即向前，双手搀扶着昭王，坐上木船向南岸驶去。

莒根公一车当先，东路大军随后跟进。大军来到汉江北岸，立即组织渡江。不一会儿，竹筏接近汉江中游。莒根公突然恶心呕吐，一阵心跳加速，脸色顿时变得蜡黄，一下子倒在竹筏上。随军郎中急忙施救，左手托起脖颈，右手掐住人中，又喂进两粒草药丸。经过施救，莒根公慢慢苏醒过来。郎中说："此乃水土不服，幸无大碍。需注意饮食，再加药物调理，方保无虞。"

过了一会儿，木船已到江心。江水清澈透底，掀起层层波浪。突然，大船左侧出现一群动物。举目望去，动物呈现青黑色，样子既像猪，又像海豚。

粗略估计，也有几十头。就在这时候，动物蹦出水面，一阵欢腾跳跃。此情此景，莒根公首次见过。军士长激动地大喊："猪！猪！"向导忙说："此乃江豚，亦曰江猪。"

莒根公说："捉几头江豚，放到海滨饲养，让国人同去观赏！"

向导告诉莒根公："江豚系淡水动物，只适应淡水，不适应海水。"莒根公说："原来如此。"

转眼之间，大军到达汉江南岸。周昭王换乘战车，向南紧急奔驰。光威武报告："左右两路大军，已向南推进，敌人仓皇逃窜。"昭王一听，不禁神采飞扬。他举起马鞭，用力向前一挥，说："追击前进，消灭南蛮！"

原来，江汉流域地广人稀，多是荒蛮之地，到处都是树林与湖泊。各诸侯国之间的边界，并不十分清晰。强国可以随时出兵，占领一片地方，将其据为己有。弱国与强国的边界，只能随时变迁。江汉一带诸侯部落众多，楚国是最大的诸侯国。

周成王时期，分封熊绎为楚国国君，同时确定楚国是子级国。楚国依南方习俗，进贡使用包茅。包茅又叫灵茅，是一种香草。当地民众认为，包茅是灵异的仙草。因此，楚国人采集包茅，用来进贡或祭祀祖先。

楚国地位低微，不能参与诸侯会盟。熊绎对此耿耿于怀。他的儿子熊艾继位后，停止向周王朝进贡。

近来，熊艾受到野心驱使，最后举兵叛乱。

周昭王此次南征，目标是打垮楚国。同时，征服江汉一带其他诸侯部落。征讨大军兵分两路，分头向西、向南进攻。两路大军，已经向前推进很远。昭王豪情满怀，把马鞭一指，说："攻破楚都，饮马长江！"一声令下，千车竞发，万马奔腾，掀起滚滚烟尘。

周昭王正意气飞扬，忽听树林里"唰唰唰"一阵风吹草动，一群巨大的动物，像发疯一样狂奔而来。昭王急忙向前看去，那些动物个头巨大，小一点的也像水牛。仔细看去，那些动物皮肤坚硬，就像披着铠甲。眼睛与鼻子之间，长着又粗又长的利角，有的长着一个，有的长着两个。这些动物犹如凶神恶煞，向着战车冲撞而来。昭王急忙下令："紧急躲避！"可是已经来不及了。领头的巨兽冲向战车右侧，把利角插进车下，然后猛地向上一顶。战车"哗啦"一声，立即被掀翻。昭王尖叫一声，顿时被压在车下。巨兽再次挺着利角，向着昭王冲来。在这千钧一发之际，光威武挺起青铜长戟，用尽平生力气向前刺去。巨兽惨叫一声,流着鲜血狂奔而逃。其余野兽经不住刀剑乱砍,一溜烟逃进树林,转眼逃得无影无踪。

一头巨兽受到重创,鼻孔里流着鲜血,奔跑速度越来越慢。光威武一时兴起,指挥士兵拉起大网,又扯上几道绳索。野兽窜进树林边缘,士兵们一声呼号,大网向上一罩,那头野兽立即被套进网里。将士们一拥向前,把巨兽捆绑起来。周昭王急忙询问,向导报告:"此种野兽名叫大咒,白日极少露面,唯有受到惊吓,方才袭击人类。"原来这大咒,就是后世说的犀牛。

莒根公率领大军,继续向西南横扫。突然,前面出现一支队伍拦住去路,看样子有好几千人。为首的头目膀宽腰粗,披着象皮铠甲。他裸露着黝黑的胸膛,骑着一头大象,相貌凶神恶煞。另外几个头目,骑着长角大兽。那兽鬃毛披肩,好像雄狮一般。大尾巴向上翘着,就像扫帚一样,样子十分凶恶。再看看那些南方士兵,有的披着牛皮,有的披着羊皮,有的披着鹿皮,还有的身上缠着蟒皮。更多的是,把棕榈皮缠在身上。再看看那些人手里的武器,长枪、短剑、弯刀、斧头、木棒、双股叉……各式各样,不一而足。看样子,这支队伍既凶悍而又杂乱不整。

莒根公说:"此类敌人,只可智取,不可强攻。"又对着兆大千的耳朵,悄悄嘱咐了几句。兆大千喊一声"得令!"率领几百名将士,悄悄绕到敌人后面。就在这时候,忽听敌人一声口哨,他们呼啦啦像潮水一样,向前冲杀过来。莒根公立即下令:"放箭!"莒军一阵乱箭齐射,敌人顿时倒下一片。几个敌人头目聚拢起来,骑着大象与长角兽,向着莒根公冲来。莒军见状,把战车排成一字长蛇阵。将士们举起长戟,挡住敌人的凶猛进攻。

敌人冲击一阵不能得逞,只得暂时后退。一士兵跑到前面,弯腰捡起敌人的箭镞,伸手递给莒根公。莒根公一看,箭镞都是野兽牙齿,十分尖利。向导告诉莒根公:"兽齿箭镞十分锋利,射进人体,十死九伤。"话音未落,敌人像野兽一样,再次猛冲过来。莒军稍做抵挡,迅速向后撤退。敌人不知是计,一窝蜂追赶过来。莒军打一声呼哨,退进树林之中。敌人气势汹汹,一直追进树林。莒军一声呼喊,上百条大网飞盖下来,敌人顿时被罩在里边。将士们一拥向前,把敌人捆绑起来。

原来,敌人头目名叫阿狸达。这个地方层峦叠嶂,绵延数百里,因地处偏远,最初不属于任何诸侯部落,十几年来,一直被阿狸达所占据。后来楚国逐渐变强,不断向这里侵袭。两年前,这里才归附楚国。双方谈妥的条件是，阿狸达承认这是楚国领土，自己的队伍属于楚国军队。官府的对应做法是，对阿狸达的全体士兵，每人每年供给粮食五百斤。审问完毕，莒根公立即下令："释放俘虏！"只把阿狸达等头目押上囚车，向周昭王报捷。

队伍绕过一片树林，前面出现一片湖水。一眼望去，看不到边际。莒根公立即下令："砍伐竹子，赶造渡筏！"将士们立即动手，一起砍伐竹竿，用藤条捆扎，制作了几十个竹筏。莒军坐上竹筏，渡水过湖，继续向西南进军。

大军行进几十里，前面出现一座高山。向导及时报告："此乃云虎山。"莒根公举目望去，山上长满竹子，一望无际，郁郁葱葱。队伍穿过竹林，继续往山上攀爬。山顶上都是高大的乔木，树皮都是淡褐色，树皮表面十分平滑。遍山都是树木，大军已经无路可走。兆大千举起大刀，对着一棵大树"咔"一声砍下去。想不到，大树木质异常坚硬。一刀下去，仅仅砍出了一道浅痕。木茬呈现黄绿色，木质十分细腻。莒根公急忙问询，向导说："此树名曰绿檀，木质坚硬，生长缓慢，百年才能长成大树。"

队伍缓慢向前推进，来到高山南坡。举目望去，又是一片大树挡在前面。向导报告："此乃榉树，木质坚硬，生长缓慢，喜光怕阴，所以长在山坡南侧。故此，当地有'百年绿檀千年榉'之说。"向导正在介绍树木，左前方的山坡上，一阵"呼呼呼""唰唰唰"，像旋风一般，刮得树枝乱响。众人震惊之际，突然一只花斑猛虎窜出来。广大士兵第一次见到老虎，吓得一片惊叫。莒根公、兆大千同时举起弓箭，拉弓如满月，对着老虎射去。只听"噗"的一声，一支飞箭射中老虎的后腿。老虎一声嚎叫，竖起尾巴猛扑过来。将士一阵乱箭齐射，老虎无法近前，嚎叫几声，然后窜进树林。

队伍曲曲折折，好不容易翻过云虎山。向西走了几十里，又是一座大山挡住去路。山腰以下，全部被雾霭遮罩。举目望去，一片云雾茫茫。云雾上面的山顶，似乎飘浮在天空。形状十分怪异，就像个丑陋的皮帽子。莒根公急忙问询，向导说："此山名曰鬼帽山，随着云雾升降，鬼帽忽大忽小，时隐时现。山上妖魔鬼怪甚多，无人敢登上山顶。"

"过了鬼帽山，西面是何情形？"莒根公再次询问向导。向导说："翻过鬼帽山，西南是大片森林。森林往西，是千里群山，其间偶有野人出没。"

莒根公再问："西部千里群山，归属哪个诸侯部落？"向导回答说："荒蛮之地，人迹罕至，自古无人涉足，不属于任何诸侯部落。"莒根公明白了，如果再往西进军，已经毫无意义。想到这里，莒根公当机立断："大军就此驻扎，等待昭王命令！"一声令下，将士们立即砍伐树木，在这里安营扎寨。

却说周昭王亲率中路大军，浩浩荡荡向南猛扑。起初是山岚地带，越往南走，地势越低洼。突然，光威武高喊："大王您看，长江！"昭王举目望去，江面宽阔，江水浩渺，看不见首尾。昭王急忙询问："过了长江，是何地方？其情形如何？"向导恭恭敬敬地回答："长江之南，即是湘江。湘江上游，系千里群山，地势十分险要。在下猜测，楚军已潜入深山。一旦汛期到来，湘江与长江一样，江面宽阔，水流湍急，人马极难渡过。"

周昭王一听，顿时皱起眉头，不禁仰天长叹："长江耶长江！你阻遏了王朝大军，你使楚国免遭覆灭！"昭王说完，无限惆怅地回望一眼。他高高扬起马鞭，用力向北一指，然后高声命令："撤军！"

莒根公得到消息，急忙命令大军启程，追上王朝大军。此次南征没有铲平楚国，周昭王心里十分遗憾。大军继续北撤，很快到达汉水北岸。昭王高举马鞭，回头高喊："王师誓将归来！不踏平江汉，我姬瑕誓不为人！"昭王说罢，把马鞭用力一抽。战车扬起尘土，滚滚向前飞驰。

正是：何惧江汉浪滔滔，豪气冲天周昭王。

第八回 渡汉水昭王身亡 尊周室莒公勤王

且说莒根公率领莒军,随同周昭王南征江汉。此次南征,共有二十六个部落被征服。周王朝的统治地域,向南方推进一步。被征服的部落酋长,齐刷刷跪在地上。莒根公一看,昭王不禁志得意满。南征结束后,西路大军分两路回撤。跟随大军撤退的,是成群的俘虏。俘虏中的炼铜工匠,成百上千。大车装着铜、锡等青铜原料,排成长队向镐京进发。对此,有人赋诗赞叹:

王师江汉动旌旗,斩将斫兵著勋劳。
近看虎贲车辚辚,远闻劲旅马萧萧。
即使壶浆迎劲旅,何如江湖弃弓刀。
更期皇天能避祸,不使黎庶卧江皋。

莒根公率领莒军,随同东路诸侯大军,向东北回撤。大军到达宋国,宋丁公十分热情,邀约各路诸侯在此休憩。众诸侯在宋国休整五天,一边补充粮秣,一边修整战车。五天之后,大军到达曲阜,鲁炀公热情设宴招待。

莒根公对齐癸公说:"贵国商、工发达,盐业天下无双,令人钦羡。"齐癸公笑着说:"莒国森林遍布,舟楫无数,独领风骚。我欲拜访莒国,取长补短。"莒根公笑着说:"莒国备好美酒佳肴,期待君侯参访。"

众诸侯在曲阜停留三天,各自带领人马回国。

莒根公离开曲阜,率领人马回到介根。他本来打算访问齐国,想不到从此一病不起。原因是,征伐荆楚期间,因水土不服而落下病根。郎中开出药方,一天一剂,但是无济于事。万不得已,又请来一位白发郎中。老郎中望闻问切,对症下药,莒根公的病情仍然不见好转。郎中叹口气说:"国君气血亏虚,业已失常。恕我直言,恐怕……"老人家话到舌尖,没再继续说下去。

八月十六日清晨,莒根公与世长辞。依照嫡长子继承制,长子嬴相戍继位。按照莒国传统,仍以城邑之名为国君称号,是为莒琅公。

莒琅公黑红色的脸庞，浓眉大眼，英气勃发。处理完莒根公的丧事，莒琅公立即到齐国访问。双方见面，莒琅公说："拜访贵国，久已向往。"齐癸公高兴地说："贵宾来访，不胜荣幸。"话音未落，司马兆大千快马加鞭，一溜烟赶来。他翻身下马，拿出一捆木牍，呈给莒琅公。

原来当时书写文字，有时用竹简，更多的是用木牍。竹简抗腐烂，因此存世的较多。木牍易腐朽，所以存世的极少。

莒琅公展开木牍一看，说："昭王二次南征！"顺手把木牍递给齐癸公。齐癸公看完木牍，然后说："此次昭王南征，朝廷主力尽出，大有一鼓荡平南蛮之势。"莒琅公说："朝廷有令，莒、齐两国虽不出兵，须出粮钱车马。在下就此告别，回国筹备车马物品。"齐癸公说："彼此彼此。"

莒琅公率领随从，紧急返回莒国。

三月十八日，周昭王率领御林军，正在镐京西郊围猎。突然有人高喊："大王，大王，虎方造反！"众人举目看去，三匹快马飞奔而来，领头的是大司马光威武。光威武来到昭王面前，立即呈上一束木牍。昭王看完木牍，怒从心头起。他手按剑柄说："荆蛮胆大包天，竟敢吞我大周财富！本王御驾亲征，打过汉江，征伐虎方，踏平荆蛮！"然后下令："停止狩猎，立即回京！"昭王一声令下，千军万马立即赶回镐京。

荆，本指一种灌木；蛮，是中原人对南方人的蔑称。所谓荆蛮，是荆棘丛生之地的野蛮人，把江汉一带诸侯部落，全部囊括在内。虎方与楚国一样，是江汉地区诸侯部落之一。虎方强开铜矿，抢夺金沙，引发了朝廷大军征讨。

此时的南国大地，温风吹拂，杨柳吐絮，山峦披翠，到处绿荫一片。

天子发怒，二次南征开始。周昭王率领王朝大军，一路向东挺进。队伍刚刚进入崤山，大臣伯静前来报告："南人制造九鼎，四处牟利。"昭王一听，大发雷霆："南蛮私造神鼎，大逆不道！速速进兵，踏平荆蛮！"队伍像铁流滚滚，向南方进击。大军一路疾驰，跨过浮桥，顺利通过汉水。

这时候，突然有人高叫一声："大王请看！"周昭王抬头看去，天幕下一阵亮光闪闪。伴随而来的是惊雷滚滚，震天动地。紧接着，大雨如注，倾盆而下。战马一片嘶鸣，乱踢乱跳。野兽惊慌失措，四处乱窜。众人尚未反应过来，江水汹涌奔腾，向岸边猛冲过来。昭王喊一声"不好！"立即坐上战车，往高处逃命。王师千军万马，无不惊慌失措。马踏人，人挤马，车碰车，一片惊恐混乱。随着巨大的轰鸣声，潮水像从天而降，浪涛汹涌，呼啦啦向高处冲来。王朝千军万马，顿时被大水包围，人喊马叫，呼救声声。

原来大地震发生，强度之烈，千年不遇。

次日清晨，风停雨歇。周昭王站在高岗上，举目向四处瞭望。只见死马成片，漂浮在水上；战车零零落落，残破不整。有的车轮漂浮，有的车辕断裂；水上尸体漂浮，惨不忍睹。看看高地上，幸存的士兵猬集在一起，衣衫不整，饥寒交迫。有的痛苦喊叫，有的气息奄奄。昭王见状，不禁失声痛哭："天耶！我王朝六师，竟葬送于此！"

这时候，传来"呜呜嗷嗷"的声音。周昭王抬头望去，远处的树林里，呼啦啦窜出一大群人。他们衣着杂乱，长发披肩，有的拿着弯刀，有的拿着利斧，有的拿着三股叉，看起来十分凶恶。昭王有气无力地说："王朝大军，已无战力。速速下令，调齐、鲁、莒、蒋、宋五路诸侯，前来勤王！"

且说莒琅公亲自出马，率领六千名将士，押运着粮秣物资。途经郯、宋、陈等地，一路到达蒋国。此时的蒋国国君，是四世侯蒋英旺。蒋英旺见到莒琅公，十分热情地说："贵军来到敝处，留宿数日，休养士卒，歇息马匹，再赶往江汉不迟。"莒琅公说："我军来到贵国，多有打扰，不胜惶愧。"两人正在谈话，突然一匹马飞奔而来。来人气喘吁吁，翻身下马递上竹简。

莒琅公看完竹简，伸手递给蒋英旺。蒋英旺接过竹简，迅速浏览一遍，说："天子受困汉水，情势危急。敕令速速进军，前往汉水勤王。"莒琅公说："事不宜迟，赶紧行动！"

蒋军在前，莒军随后，千军万马向江汉奔驰。

且说大地震过后，朝廷六师人马，仅剩下一千多人。队伍少衣缺食，车马不整，狼狈不堪。周昭王有位贴身卫士，名叫辛余靡。此人身高力大，水性很好。辛余靡对昭王说："此处非久留之地，需尽快撤离。为安全起见，微臣在前开道，请大王紧随我后。"昭王点头答应。队伍过了浅水，再往前走就是江中激流。水流湍急，队伍只好暂时停下。辛余靡说："请大王在此稍候，微臣到江北调遣船只。"昭王说："如此甚好。"

辛余靡带领精干士兵，泅渡到汉江对岸。抬头望去，几个人正在修理木船。辛余靡对他们说："天子渡江被困，万望提供船筏。"那些人态度冷漠，不理不睬。辛余靡无奈，只得再三请求。过了一大会儿，那些人才拉过一条木船。木船十分破旧，木板已经开裂。一中年人慢慢悠悠，撬开木船底下的缝隙，塞进树皮、棉絮，然后抹上树胶，就这样勉强把旧船修复起来。

周昭王坐上木船，向对岸行进。船到江心，水流湍急，波汹浪涌，行驶十分艰难。船旧人多，木船慢慢下沉。船底树胶瞬间开裂，木船顿时出现裂缝。江水像无数支利箭，一齐向船内喷射。辛余靡高叫一声"不好！"伸手扶住周昭王。江水很快灌满船舱，木船一下子沉到水里。昭王与众人一起，顿时被江水冲走。辛余靡不顾一切，紧急向昭王游去。

莒琅公、蒋英旺带领人马，一起到达汉水北岸。突然发现，许多人被江水冲下来。远处传来"大王，大王！"的呼喊声。原来，这是辛余靡在寻找周昭王。莒琅公、蒋英旺听到喊声，立即下水救人。莒琅公水性很好，蒋英旺也善于戏水破浪。两人同时跳下水，向着昭王沉没的方向游过去。莒琅公一个"蛟龙潜水"，下潜到江底，没找到昭王；又屏住呼吸，一个"海豚戏游鱼"，上浮到江面，然后四处寻找。

蒋英旺看到前方有人在挣扎，一个"鲤鱼打挺"追上去。一看，却是朝廷大臣祭公季。蒋英旺双手用力，把祭公季推上江岸；然后，复反身游到激流中。这时候，莒琅公已经发现了周昭王。前面不远处，辛余靡搀着昭王，累得气喘吁吁。莒琅公、蒋英旺赶紧游过去。两人一左一右，搀着昭王的胳膊，慢慢游到北岸。昭王被搀扶到沙滩上，已经奄奄一息。

众人一齐动手，有人捶肩，有人按压胸膛，紧急施救。过了一大会儿，周昭王微微张开嘴，吐出一口淡黄色的水。他刚想张口说话，嘴里又流出一阵黄水。过了一会儿，他的嘴唇动了几动，慢慢地闭上了眼睛，再也未能睁开。辛余靡说："在古人眼中，地震乃'天谴'。昭王两次南征，名声赫赫。天子威名，不可亵渎。以我之见，暂不发丧，秘密回京，再做定夺！"众人一致同意，立即把昭王的遗体抬上大车，然后悄悄遮盖起来。旌旗仪仗，一切照旧。队伍偃旗息鼓，秘密向镐京进发。

莒琅公与蒋英旺一起，带领人马护送到武关，然后各自归国。

却说周昭王的长子姬满，长眉大眼，红面高鼻，风流倜傥；喜游猎，善饮酒；性情豪放，处事不拘成规。昭王离京巡视期间，姬满奉命留守镐京。不久，昭王溺亡的噩耗传来。姬满身穿孝服，率领百官迎出十里之外。姬满见到灵车，不禁伏尸大哭。

在众文武拥戴下，姬满继承天子之位，是为周穆王。

辛余靡进谏："卑臣斗胆谏言，昭王溺亡真情，不宜公之于众，不宜向诸侯发讣告，不宜让史官记录真情。古人云：'入土为安'，速速安葬为宜。"周穆王说:"言之有理!"按照辛余靡的建议,穆王突破礼制,打破常规,对周昭王进行了秘密安葬。

莒琅公回到莒国,已经是深秋季节。这天他带领随从,到郊外巡视。举目四望,原野空旷,山峦苍苍,大雁南飞。一阵秋风吹来,他顿感萧瑟清凉,别是一番滋味在心头。这时候,他回想上次那场风暴潮。海滨一片汪洋,渔民损失惨重。半年过去了,目下海滨境况如何?莒琅公不由得心有所念,回头对司农木林森说:"到海滨看看!"

众人来到琅琊,走到灵山岛对岸。木林森指着前方,说:"国君您看!"莒琅公举目望去,盐滩已经修复,许多人在劳作。有人在晒盐,有人在晒海带,有人在运鱼虾,一派繁忙景象。再看看海面上,鸥鹭齐飞,船帆点点,渔歌唱答。莒琅公一看,感觉赏心悦目,心旷神怡。

却说周穆王继位,转眼已经十三个年头。这天早朝,穆王说:"我欲出动六师,巡狩西北,众卿意下如何?"众大臣:"大王巡狩,震慑天下。此等盛举,亘古未有。"穆王高兴地说:"知我者,众卿也。"辛余靡进谏:"大王巡狩四方,若有诸侯伴陪,更显天子威势。"众大臣纷纷附和:"此议甚妙!"

周穆王说:"即刻派遣使臣,传檄众诸侯,陪本王一起巡狩!"

这天,莒琅公带领随从,赶往大庞巡视。刚走到半路,忽然有人报告:"朝廷使臣到!"话音未落,一骑飞奔而至。来使翻身下马,伸手递上信札。莒琅公看过信札,对司农木林森说:"天子巡狩,朝廷令诸侯随驾。时间紧迫,速速返回!"

回到都城,莒琅公与众臣子一起商议。司徒王金冠说:"伴陪天子,巡狩四方,机会千载难逢,不宜错过。"司空沙韬金说:"此次面见天子,应多带贡礼,赢得天子青睐。"司寇左丘离说:"普天之下尽人皆知,穆天子喜爱女色。以我之见,美女方是最佳敬献之物。"木林森说:"岂不闻'缺者为贵',穆天子身边,早已美姬无数。以我之见,美女三千,莫如海货一车。"

莒琅公说:"爱卿言之有理。此次觐见穆王,多带海味,让天子品尝。"带上海参、海星、海胆、海肠、海带、虾干、鱼干、乌贼干、鲍鱼干等,足足装满八大车。莒琅公带领随从,星夜兼程赶往镐京。

来到镐京一看,诸侯先后到达,无不携带厚礼。齐国带来十大车,鲁国带来十二车。镐京大街上,到处都是礼品车。一眼望去,看不见首尾。

正是:天子巡狩惊四方,敕令一下诸侯忙。

第九回 穆王幽会西王母 琅公勇斗大鲸鱼

九月初一,周穆王率领王朝六师,过崤山,渡洛水,先向东行进。

莒琅公与众诸侯王一起,跟随朝廷大军,这天到达洛邑。在此休整三天,队伍北渡黄河,曲曲折折,穿越太行山。出了太行山,穿越巆山、石盘关,到达钘山、井陉山。渡过滹沱河,向西越过大茂山、阳纡山、积石山。随后越过昆仑山、舂山。

这天上午,终于到达西王母国。举目望去,远处白云悠悠,飘荡在高山周围;再看看山下,大片树木葱翠欲滴。树林之间的湖泊,湛蓝清澈。原来,这就是著名的瑶池。在微风吹拂下,瑶池碧波起皱,景象万千。周穆王驻足观望,不禁失声赞叹:"真人间仙境也!"

周穆王的赞叹之声,引起众诸侯的注意。

莒琅公抬起手臂,轻轻碰一下齐癸公。齐癸公会意,悄悄对莒琅公说:"天子即将艳遇女王,好戏尚在后头!"齐癸公说完,又向鲁魏公递了个眼色。鲁魏公心领神会,向着莒琅公微微一笑。

西王母国国君,称作西王母。西王母时年二十五岁,听到周王朝天子驾到,非常兴奋。她叫来女参赞安木丽,说:"穆王身为大周天子,风流倜傥,闻名天下,不知是何面目。"西王母说完,微微低下头去。安木丽瞄了一下西王母,只见她两腮绯红,似桃花盛开。安木丽心想:"双方尚未谋面,女王已经春心萌动。"安木丽灵机一动,立即献计:"穆天子亲临,天赐良机,何不邀来做客?"安木丽一句话,说到了西王母的心坎上。西王母立即表态:"此议甚好,具体事宜,由你张罗。"

安木丽笑着说:"君王信赖,不胜荣幸。"

次日上午,周穆王正在观赏风景,侍卫长报告:"西王母国贵宾到!"穆王抬头看去,安木丽一行六人,羽翎插在头顶,兽皮装饰胸前,一个个像天仙下凡。

莒琅公一看，周穆王两眼发直，如痴如呆；再看看齐癸公，正与鲁魏公挤眉弄眼。莒琅公心想："穆王是风流天子，齐侯亦是风流国君。"

这时候，安木丽躬身施礼，伸出纤纤玉手，把请柬呈上。周穆王接过请柬，然后定了定神，说："女王有此厚意，本王一定前往拜访！"当天下午，穆王着实装扮一番。他轻车简从，来到西王母大帐。帐篷门外，是两张兽皮帘子。穆王到来，两名侍女身着盛装，向着穆王含笑鞠躬。侍女轻轻掀起帘子，把穆王让进帐篷。穆王进去一看，西王母已在翘首等待。

周穆王见到西王母，亲手捧着玉璧送到她的手里，然后说："些许礼品，不成敬意，请女王笑纳。"西王母两腮泛红，伸出粉嫩玉手，优雅地接过玉璧，说："天子赏赐，不胜荣幸！"穆王注目一看，西王母身材高挑，仪表高雅，娇羞之中显得雍容大方。端详一下她的服饰：身穿金丝镶边短衫，脚穿红帮绣凤软底鞋，头戴金丝绣花软顶帽，一支长长的白色羽翎，点缀在头顶，一条碧玉、贝壳、珍珠、兽牙等物穿成的项链，挂在白皙的脖颈上，一条雪白羽绒饰带巧妙地斜挂在胸前。

周穆王反复端详，觉得西王母貌若天仙，世间少有，的确与众不同，不禁暗暗夸赞："真天女下凡也！"他的心像风动春水，荡漾不已。

西王母偷偷瞄一下周穆王：剑眉浓密，鼻直口阔，身材高挺，举止英武；彬彬有礼之中，难掩帝王气派。西王母看了一眼，一颗心不禁突突直跳，脸上火辣辣的。西王母明白，此时此刻，自己的一颗芳心，已经被穆王勾走。

周穆王无限深情，对西王母说："今日得识女王，三生有幸。容我暂且告辞，明日有请女王，共进晚餐。"西王母微微点头，满脸一片红潮。

当日傍晚，红日西坠，赤霞满天。随着细碎的马蹄声，周穆王派遣专使，正式送来了宴请函。西王母展开一看，这是一块长方形丝绢，上面是工整的文字：

　　今日应邀，得见尊容。
　　礼之所行，有来有往。
　　明日置酒，特邀共尝。
　　此意切切，期待女王。

西王母一看，邀请函情真意切，渗透在字里行间。她心里想："此事求之不得。"立即召来安木丽，对她说："穆天子有请，明日赴宴，速做准备！"

这天晚上，月明星稀，银河西倾，万籁俱寂。西王母辗转反侧，怎么也睡不着。想想自己，已经老大不小。按照部落习俗，自己二十五岁的年龄，早应婚嫁，但是父王早早过世，无人为自己张罗。终身大事，至今尚无着落。身为女王，本部落的异性，无人敢于亲近自己。看看周边，南面是大漠，人迹罕至；西面是戈壁，寸草不生；北侧是东西走廊，四季车来人往，络绎不绝，但那都是匆匆过客。谁来关注自己？谁来爱慕自己？自己这颗萌动的心，向谁倾诉？西王母想着想着，禁不住潸然泪下。

夜已深，西王母突然有所感悟。她想："人生如梦，青春易逝。穆天子明天邀约自己，这大概是冥冥之中，老天爷的巧妙安排。既然如此，何不把自己的满腔心事，向对方尽情倾诉？"西王母想到这里，立即翻身下床，召来安木丽，商量如何会见周穆王。

安木丽说："虽是天子宴请，毕竟是在我邦地域。我方应选定地址，以尽地主之谊。瑶池之畔山水相依，景色如画，乃最佳之所。"

西王母满脸红润，说："我正有此意。"

安木丽又说："以我之见，设宴于帐篷之内。帐篷围绕瑶池，单线排列。国王的主帐居中，其余帐篷星列四周。"

西王母一听，十分高兴，说："乖丫头，鬼点子如此之多！"

次日傍晚，西王母应邀赴宴。瑶池周边，白色的帐篷绕成一圈，如众星拱月，煞是壮观。莒琅公、齐癸公和鲁魏公的帐篷，紧紧挨在一起。距离周穆王的大帐，五六百步。三人心情异常激动，一边举杯畅饮，一边关注着周围的一切。

在安木丽陪同下，西王母来到主帐篷。周穆王立即走出帐篷，躬身迎接。西王母躬身还礼后，穆王亲手掀起帐篷门帘，西王母优雅地走进帐篷。安木丽等侍从人员，知趣地退出。穆王仔细端详，西王母换了全新的装束，与昨天相比，显得更加美貌。穆王端详一会儿，不禁失声赞叹："王母之美，天仙莫及！"西王母两腮绯红，十分娇羞地说："穆王身为天子，名扬天下，世间豪杰，无与伦比。"

周穆王受到夸赞，一时不知所措。他盯着西王母的脸庞，目不转睛。穆王欣赏了一大会儿，才高举牛角酒杯，向西王母敬酒。穆王敬酒三杯，西王母向穆王回敬三杯。六杯马奶酒下肚，两人已经酒至半酣。穆王再也控制不了自己，于是走向西王母。西王母轻盈地后退半步，十分羞赧地说："大王乃天下至尊，请让我献歌一曲，为大王助兴。"西王母说完，悠扬地唱起来：

白云在天，山陵自出。
　　道里悠远，山川间之。
　　将子无死，尚能复来。
——白云悠悠飘在天上，丘陵稳稳屹立于大地。
道路悠远而漫长，山重水复层层阻隔。
祝愿您健康长寿，希望您再来我们邦国。
西王母唱完，偷偷瞟了周穆王一眼，然后十分娇羞地转过脸去。穆王一听，心领神会。西王母的潜台词是："她十分爱慕、十分眷恋穆王，内心真的不想让他离开。两人分手后，十分期盼他再来相会。"周穆王常年流连花丛，最懂女人心。西王母的一举一动、一句一词，他都揣摩得一清二楚。于是他走向前去，轻轻抚着西王母的双肩，深情地唱起来：
　　予归东土，和治诸夏。
　　万民平均，吾顾见汝。
　　比及三年，将复尔野。
——我返回东方以后，将和平治理中原诸国。
使万民平等安乐，到那时我会再来见你。
等到三年之后，我将会又来到此原野。
西王母文武双全，周穆王的歌词，她一听就明白了。此时此刻，她忘掉了羞涩，主动走向前去，缓缓抬起双臂，温柔地搭在穆王的肩上。一股女性特有的体香，立即飘进穆王的鼻孔。穆王情不自禁，立即与西王母拥在一起。西王母无限深情，看着穆王的眼睛，然后深情吟唱：
　　徂彼西土，爰居其野。
　　虎豹为群，乌鹊与处。
　　嘉命不迁，我惟帝女。
　　彼何世民，又将去子？
　　吹笙鼓簧，中心翔翔。
　　世民之子，惟天之望。
——我来到这西方国土，便居住在这茫茫原野。
虎豹野兽为群伍，乌鸦飞鸟共相处。
天命不会改变，唯有我是天帝女。
为何那些世上人，又将离开您？

为您吹笙又鼓簧，心中乐洋洋。

世人仰望您，犹如仰望天空。

西王母唱完，情感难以自控，低声啜泣起来。周穆王立即拿出软帛手帕，为她揩去泪痕，然后把她紧紧拥在怀里，右手轻轻拍打着她的后背。

此时此刻，瑶池周边的其他帐篷内，灯红酒绿，笙歌艳舞，热闹非凡。

莒琅公约着鲁魏公，来到齐癸公的帐篷。齐癸公说："二位来得正好，再来两杯！"三人同时举起牛角酒杯，一起对饮起来。酒过三巡，在齐癸公的鼓动下，三人悄悄走出帐篷，隔着湖水，遥望周穆王的帐篷。鲁魏公说："天子艳福匪浅，得遇西王母。笙歌相伴，美人敬酒，天子不醉才怪。"齐癸公说："美人相伴，酒不醉人人自醉！"停了一会儿，齐癸公又说："走，过去瞧瞧！"他左手拉着莒琅公，右手拉着鲁魏公，悄悄走向西王母的帐篷。

齐癸公轻手轻脚，走到帐篷门口。跷起脚跟，从门缝里向里张望。这时候，突然有人高喊一声："大胆！"原来，安木丽带领女侍卫，一直在周围巡逻。看见有人向帐篷里张望，安木丽高喊一声，带领随从急匆匆跑来，可是树荫浓密，没看清来者是谁。齐癸公听到喊声，拉着莒琅公、鲁魏公，靠着树荫掩护，急转弯向回奔跑。突然"噗"的一声，鲁魏公被树根绊倒在地。莒琅公、齐癸公一左一右，急忙拉起鲁魏公，一口气跑回自己的帐篷。这时候，鲁魏公仍然气喘吁吁。莒琅公说："险哉！险哉！"齐癸公却哈哈大笑起来。

周穆王、西王母相互爱恋，情深意切。西王母流着热泪，无限深情地说："此去一别，遥隔万里，不知今生能否再会？"穆王抚着西王母的肩膀，慷慨承诺："今生今世，永不相忘，数年之内，再次相会！"二人眼含热泪，依依惜别。

第二天上午，周穆王离开瑶池，登上附近的弇山。在山上竖立石碑一块，亲手题写"西王母之山"，命人镌刻在石碑上。穆王随后下令栽植树木，以示纪念。队伍下山之后，已经走出很远。穆王停下车来，回头遥望弇山上的石碑。他久久伫立，两行热泪潸然而下。

随后，队伍离开弇山，继续向东行进，越过戈壁，穿过大漠，一路绕山转水，终于回到镐京。莒琅公立即带领人马，赶紧回到莒国。

这几年，莒国林茂粮丰，一派承平景象。这天，温风吹拂，晴空万里。莒琅公指令司马火敛罡："带上侍卫，出海巡察！"准备停当，一行人往海滨行进。

原来，莒琅公的母亲是鲁国公主，称作鲁姬。鲁姬有六个哥哥，父母只有她一个女儿，因此将她视如掌上明珠。鲁姬长到十几岁，经常到洙水河洗澡，她水性很好，喜欢戏水踏浪。父亲觉得鲁姬渐渐长大，再去河里洗澡实在不成体统。就在宫室后院，修建了一个大水池，让她在那里戏水。

鲁姬嫁到莒国后，保持了原来的习惯，天天在水池里洗澡。水池的旁边，是一个小型水族馆。里面饲养着海豚、海豹、海龟等水族。鲁姬一旦来了兴趣，就跨进水族馆，与那些动物一起嬉戏。一天夜里，鲁姬做了一个奇怪的梦。梦见一条可爱的海豚，轻轻伏在自己身上，不断地蹭来蹭去。鲁姬一觉醒来，竟然有了身孕。十八个月后，生了一个男婴，就是莒琅公。

莒琅公出生几个月，就像母亲一样，十分喜欢戏水。如果一天不让他下水，就哭闹不停。鲁姬天天把他抱到水池里，让他自由嬉戏。莒琅公长到十几岁，就与大海结下不解之缘。经常到东海踏浪，玩得不亦乐乎。继任国君后，莒琅公抽空就去海上游泳，有时候还划船出海。

此次出海巡视，司马火敛罡带领士兵，乘船在前开道，司空沙韬金陪同莒琅公随后跟进，侍卫们分乘木船，在两边护卫。按照预定计划，船队从琅琊海岸开拔，向西南开进。众人抬头望去，只见天、海之间隔着一条长长的直线。火敛罡说："古人云：'天圆地方。'我感觉大海并非方形，似是圆形。"沙韬金说："天海相接，如两釜相扣。由此推断，二者皆为圆形。"

莒琅公说："天者，清气之聚簇也；海者，万水之集结也。苍穹无际，沧海无垠，是圆是方，千古争议也。"莒琅公说罢，众人同时大笑。

突然，火敛罡指着前方说："国君您看，鲸鱼！"莒琅公举目看去，远处的海面上，掀起几道高高的浪头。紧接着，一浪高过一浪，向着船队涌来。沙韬金高喊："射箭了！射箭了！"这时候，一条大鲸鱼从水里向上一跃，头顶的水柱直射天空。大鲸鱼"哗"的一声栖进水里，然后又冒出头来，头顶的水柱再次向上喷射。

众人正在震惊，一道巨大的海浪，犹如山丘一般，涌到船队前方。木船随着浪头，剧烈颠簸起来。莒琅公说声"不好！"立即指挥船队后撤，但是已经来不及了。领头的巨大鲸鱼，率先猛冲过来。眼看越来越近，距离已经不足百步。它翘起巨大的尾巴，一个猛子扎下去，接着"哗"的一声，蹿到海面，然后"哗"的一声，再次扎进海里。在巨鲸带领下，鲸鱼群像敢死队一样，顶着浪头冲过来。火敛罡一声令下，士兵们乱箭齐发。

莒琅公弯弓搭箭，一箭射去，正中大鲸鱼的头顶。大鲸鱼顶着羽箭，掀起高高的浪头，仓皇向远处逃窜。这时候，一条更大的鲸鱼向船队冲来。莒琅公举起长戟，用尽平生力气，"唰"的一声抛向鲸鱼。长戟像利剑一样，深深插进鲸鱼脊背。大鲸鱼把尾巴一搅，一头扎进海里，仓皇向南逃窜。后面的一群鲸鱼，顶着巨浪猛冲过来。几条竹筏顿时被掀翻，然后又浮上水面。两条木船接着被掀翻，船底朝上扣在水上。落水的士兵拼命挣扎。

　　莒琅公立即下令："赶快救人！"火敛罡一个猛子扎过去，用尽全身力气，把几个士兵托到船上。莒琅公接着下令："木船横排，挡住鲸鱼！"船队排成横列，形成一道屏障，终于阻挡了鲸鱼群。队伍摆脱了鲸鱼追击，好不容易登陆上岸。刚刚走过珠山，一匹快马飞骤而至。来人翻身下马，把信札呈上。莒琅公展开一看，原来徐国造反，周穆王下令进剿。

　　正是：适才摆脱大鲸鱼，又闻南方起狼烟。

第十回　徐子僭号攻洛邑　越姬玄鸟换王子

且说徐国发难，周穆王得报，决定发兵进剿。大臣祭公进谏："徐夷纠合部落诸侯，共计三十余个，其势不在小。宜传檄楚、蒋、陈、蔡、英五国为西路，向东进击；传檄齐、鲁、莒、邾、宋五国为东路，向南进击。如此两路夹攻，方能旗开得胜。"穆王说："此议甚好，速速传令，会剿徐夷！"

周穆王仍不放心，问："徐国是何状况？"祭公说："当年周公挥动大军，荡平淮夷叛乱，灭掉部落十七个。徐国乖乖投降，得以保存下来。在五等爵位中，列入子爵。南迁之后，势力渐强。"穆王说："记得本王登基六年之时，徐子诞赴京觐见。本王兴之所至，赐给红弓，予以嘉勉。"祭公说："自那以后，徐子诞胆大包天，擅自改称徐侯。他竭力收买人心，一边扩建都城，一边招兵买马。周边部落，纷纷归附。徐国羽翼渐丰，于是拥兵作乱。"

周穆王说："当初未能斩尽杀绝，留此祸根。今日尽快兴兵，捣为齑粉！"穆王说完，嘱咐驭手造父："骑上千里驹赤骥，以骅骝为备用马匹，立即赶往楚国。令其出兵，会剿敌人！"造父得令，骑上千里马赤骥，带上千里马骅骝，扬鞭绝尘而去。

徐子诞五短身材，三角眼，短眉毛，八字胡，自幼野心勃勃。一天，徐子诞宴请周边部落诸侯。酒至半酣，有人举杯恭维："众所拥戴，徐国何不称王？"众人一听，立即随声附和："徐国应当称王！"徐子诞一听，顿时来了精神。他"啪"的一声把酒杯摔到地上，说："周穆王何德何能，竟以天子自居。自今日起，本人即称徐偃王。一个姬满，其奈我何！"徐子诞举起红色硬弓，又拿出一支雕翎箭，"嗖"的一声，射落一只飞鸟。徐子诞举着弓箭，得意扬扬地说："此等宝物，系上天所赐。天降祥瑞，昭示人间。今后大周天下，即是吾之天下。就此出兵，攻占洛邑！"

且说莒琅公接到檄文，立即带领人马，星夜兼程赶往前线。此次平叛，鲁魏公为东路军元帅，莒琅公、齐癸公为左右先锋。按照朝廷敕令，齐、莒、宋、邾四国军队，都到曲阜集结。鲁魏公作为东道主，热情有加，设宴招待。众人正在推杯换盏，突然信使飞马而来，说："天子有令，东路军立即赶赴洛邑，围歼敌人！"

再说，造父遵周穆王命令，骑上骏马赤骥，带上骅骝。两匹马轮流乘换，快马加鞭，向南奔驰。他出了渭河平原，接着穿过武关。抬头看去，前面是一道深涧。造父双腿一夹，把马镫一卡，赤骥"唰"地蹿过深涧，向南奔驰。到了楚国边境，周边都是树林，已经无路可走。造父立即换上骅骝，蹬紧马镫，两腿一卡，骅骝立即飞奔起来。只听耳边风声急骤，呼呼作响。过了一会儿，造父睁眼一看，已经到达楚国国都。檄文已经送达，造父飞马返回，来到周穆王身边。穆王说："徐淮猖獗，赶紧奔往东都！"造父再次施展御马特技，骑上千里马骒耳，又带上渠黄。轮流乘换，很快把穆王送到洛邑。

原来，周穆王共有八匹骏马，分别是赤骥、飞黄、白义、骅骝、骒耳、渠黄、盗骊、逾轮。造父御马有功，周穆王十分高兴，就把赵城赐给他，以示奖赏。从此，造父以封地"赵"为姓。赵氏家族，由此诞生。

再说，徐子诞纠合淮夷部落，高举"徐偃王"大旗，一路杀向西北。徐军到达宋国边境，宋国立即出兵拦截。宋军寡不敌众，一战即溃，只得收兵自保。徐军到达陈国，陈军同样一触即溃。原来周穆王巡狩，不仅带走了王朝东三师，同时带走了诸侯国部队。因此，徐军很快逼近洛邑东郊。

司马至勇豪建议："趁洛邑空虚，应立即进军！"徐子诞立即下令："进军洛邑，打垮周军！"徐军接到命令，立即展开攻击。队伍刚刚开始冲锋，两边万箭齐发，徐军纷纷倒下。徐军再次发动冲锋，守军又是一阵乱箭齐射。这时候，忽然传来喊杀声。王朝大军千车齐发，如排山倒海向徐军压过来。探马报告："天子亲率大军，已经到达洛邑！"徐子诞吓得浑身哆嗦，连声说："速速撤军！速速撤军！"徐军刚刚撤到陈国边境，东面尘土滚滚，战马齐鸣。原来，莒军与东路大军一起，向徐军杀奔而来。

徐子诞说："前有敌人，后有追兵，如之奈何？"至勇豪说："事到如今，不是鱼死即是网破，唯有杀开一条血路！"然后，带领徐军向东突围。

莒琅公一车当先，后面千车跟进。大军一路疾驰，一齐杀奔洛邑。正行之间，探马飞报："徐军已被王师击溃，正在向东逃窜！"莒琅公立即下令："兵分两路，追击敌人！"徐军正在仓皇奔逃，突然受到莒军截击，只得向左逃窜。忽然，一片湖水挡在前面。徐子诞惊叫一声："天不佑我，我命休矣！"差点从战车上栽下来。

莒琅公指挥队伍，与王朝大军一起，把徐军围困在湖畔。徐子诞不顾一切，一下子跳到湖中。莒琅公把长戟一扔，脱下铠甲，高喊一声："哪里逃！"一个"海豚追鱿鱼"，向着徐子诞追去。眼看越追越近，莒琅公挥动长臂，一拳把徐子诞打昏。

徐军急忙前来营救。莒军立即包围上去，一阵乱箭齐射。徐军纷纷中箭，残兵已经所剩无几。徐子诞慢慢清醒过来，然后一个猛子扎进水里。莒琅公一个"鲸鱼追海豹"，向着徐子诞追去。徐子诞向左一拐，慌忙钻进芦苇丛。莒军立即把芦苇丛围困起来，然后伸出长杆挠钩，把徐子诞生擒活捉。

莒琅公押着徐子诞，很快来到洛邑。见到周穆王，莒琅公立即报告："徐逆被我生擒，请大王发落！"朝廷大臣祭公说："徐逆僭号称王，留之必生后患！"周穆王大喝一声："就地正法！"徐子诞立即被枭首示众。

徐夷拥兵作乱，平叛大获全胜。莒、鲁、楚、蒋，四国功劳最大，周穆王十分满意。对于鲁魏公、莒琅公、蒋英旺、楚子熊黵，各赐黄金三百镒、西域良马二十匹、黄金铠甲一套、天子所用弓箭一副、白璧六双、虎皮两张、象牙三对。其余参战诸侯，各有封赏。

值得一提的是，从此，楚国实力不断壮大。

战事已经结束，莒琅公立即带领人马，紧急赶回莒国。刚刚进入国境，突然，司徒王金冠前来报告："内宫发生怪事！"莒琅公忙问："发生何等怪事？"王金冠说："凌子谦玄鸟换王子！"莒琅公不禁大吃一惊。

原来，莒琅公的正室夫人名叫姬妘，是鲁国公主。姬妘才貌两全，知书达理，行为端正，受到后宫普遍尊重。

此时的越国，国君叫似圭。他有个女儿，名叫似瑾。似瑾芳龄十七，长得十分漂亮。一天，似瑾在侍女陪同下，乘上竹筏到太湖采莲玩耍。似瑾的漂亮面容映到湖面，就像桃花倒影。一群游鱼看到了，十分喜爱，竟然一直围在那里，久久都不离开。游鱼越聚越多，成为一道亮丽的风景线。

一学子乘坐一叶扁舟，来这里游湖赏莲。似瑾如此袅娜可爱，学子越看越出神，他忘了自己是在船上，一不小心，"哗"的一声掉到水里。学子从水里爬到木船上，浑身湿漉漉的，他仍然目不转睛，欣赏似瑾的漂亮容貌。似瑾眉目传情，秋波暗送，想不到"咚"的一声，她头上的一支碧玉簪，一下子掉到水里。唐代诗人白居易有《采莲曲》一首，很似当时的情景：

　　菱叶萦波荷飐风，荷花深处小船通。
　　逢郎欲语低头笑，碧玉搔头落水中。

姒圭对这个宝贝女儿，视若掌上明珠。夫人说："女儿业已成年，有三家前来提亲。"姒圭说："我女并非寻常女，不嫁凡夫嫁王侯！"过了大半年，姒圭为了与莒国联谊，就把女儿嫁给莒琅公。莒琅公一见姒瑾，内心非常喜欢。因为姒瑾是越国公主，莒琅公亲自赐名，叫作越姬。

越姬天生丽质，貌若天仙。两眼像秋月照水，清澈灵动；举动婉约温柔，说话柔声细语。与北方女子相比，别有一种风情。莒琅公越看越喜欢，后宫佳丽全部被冷落一旁，越姬集万千宠爱于一身。两人食同桌，寝同床，朝夕不离。对此，众嫔妃羡慕而又嫉妒。

这天，越姬躺在莒琅公怀里，一边撒娇一边说："姬夫人已有两个儿子，目下又怀上第三胎。夫君之龙种，一直不舍得给我。贱妾陪侍夫君，已有一年之久。你看看我的肚子，至今不见动静。"越姬一边撒娇，一边轻轻捶打莒琅公的胸膛，然后"嘤嘤"地哭起来。莒琅公把她搂在怀里，安慰她说："爱妃莫急，天官赐福，一切都会有的。"

莒琅公有个内侍，名叫凌子谦。此人心地阴险，善于溜须拍马，在莒琅公面前表现得百依百顺。莒琅公跟随周穆王巡狩西北，凌子谦趁机找到越姬，对她挤眉弄眼，动手动脚。起初，越姬秋波频送；后来就投怀送抱，暗中缠绵。凌子谦对越姬说："国君身边，美女如云，早已对你冷淡，因此你至今尚无身孕。"凌子谦几句话，戳到了越姬的痛处，她双手捂脸，呜呜哭起来。凌子谦又说："国君所宠爱者，全然是你的美貌。一旦青春逝去，你美貌不再，国君必定移情别恋。"

越姬哭着问："如此说来，我该如何处之？"凌子谦趁此机会，把越姬搂在怀里，说："我有良方一个，让你很快怀上！"越姬忙问："是何良方？"

凌子谦十分神秘地说："借种生子，古已有之，何不试试？"

越姬一听，愁眉苦脸地说："宫廷幽深似海，我到何处借种也？"

凌子谦把三角眼一挤，说："远在天边，近在眼前，就看你是否想当正室夫人。"看到越姬有些犹豫，凌子谦进一步鼓动："假如生了儿子，你就晋升为夫人；儿子日后继位为君，你就晋升为太夫人。到那时荣华富贵，享之不尽！"越姬一听，立即靠向凌子谦。凌子谦趁势抱起越姬，一下子放到床上。

第十回

过了些日子,越姬还是没怀上,心里十分难过。凌子谦对她说:"我有良方一个,让你由无子变有子。"越姬忙问:"何等良方?说来听听。"凌子谦紧紧搂着越姬,十分神秘地说:"姬夫人即将临产,可使用掉包计,让她的儿子变成你的儿子!"越姬不无忧虑地说:"此等好事,如何才能做到?"

凌子谦说:"欲成此事,最要紧的是奶妈与接生婆。只要两人守口如瓶,他人焉能知晓真相!"越姬一听,顿开茅塞,于是说:"常言道:'有钱能使鬼推磨。'奶妈与接生婆的事好说,赏赐一笔钱,让她替咱办事!"凌子谦立即赞同,说:"金钱开道,软硬兼施,事无不成!"

这天晚上,趁着夜幕掩护,越姬把奶妈召进内室。凌子谦突然现身,"嗖"的一声抽出宝剑,吓得奶妈浑身哆嗦。越姬对奶妈说:"你不必惊慌,只要守口如瓶,我决不亏待于你!"然后拿出一块金锭,伸手塞给奶妈。凌子谦说:"假若透露了风声,我要你的命!"说完,再次把宝剑一挥。

过了一会儿,越姬又把接生婆叫进室内,说:"给你二十两黄金,你要按我的意图办事。"凌子谦拔出青铜剑,指着接生婆说:"假若透露了风声,宝剑伺候!"接生婆哆哆嗦嗦地说:"上官饶命!上官饶命!俺是平民百姓一个,上官让俺做啥,俺就做啥。"说完,"咚咚咚"磕了几个响头,然后拿着黄金溜出去了。

这天晚上,姬夫人即将生产。凌子谦手提宝剑,把住门口。越姬赶走所有人员,只留下接生婆和奶妈。奶妈故意掀起被子,挡住姬夫人的视线。接生婆拿起热布巾,盖住姬夫人的眼睛。不一会儿,只听一声啼哭,孩子生出来了,是个可爱的男婴。

接生婆悄悄抱起孩子,顺手递给越姬。越姬接过孩子,迅速送出门外。奶妈抱过一只血红的玄鸟,伸手递给接生婆。接生婆接过玄鸟,慢慢放到姬夫人两腿之间,然后故意尖声大叫:"吓死人了!吓死人了!夫人生了一个怪物!"姬夫人听到叫声,忍住疼痛,不顾一切地坐起来。万万想不到,面前的不是孩子,竟是一只血淋淋的玄鸟。姬夫人惊叫一声,顿时昏死过去。

莒琅公走在回国路上,听到王金冠的报告,立即快马加鞭,带领人马紧急赶回国都。内侍见到国君,急忙报告情况。原来,凌子谦与越姬使用掉包计,一切情况属实。莒琅公一听,恨得咬牙切齿。他把宝剑一挥,说:"凌子谦、越姬狼狈为奸,行此禽兽之事。不杀此二人,难消我心头之恨!"

正是:先有玄鸟换王子,后有狸猫换太子。

第十一回 奔戎徒手捉大虫 穆王违制葬爱妃

且说莒琅公巡视归来，内侍急忙报告情况。姬夫人见到莒琅公，哭哭啼啼，把事情的来龙去脉述说一遍。

原来，姬夫人通过奶妈，知道了事情真相。莒琅公一听，顿时雷霆震怒，命令内侍王一笠："速将凌子谦抓来！"不长时间，王一笠前来报告："凌子谦做贼心虚，畏罪潜逃。"莒琅公接着命令："速将接生婆擒来！"王一笠报告："接生婆自知罪孽深重，早已无影无踪。"莒琅公说："将贱人越姬找来！"王一笠报告："越姬自知罪责难逃，已经悬梁自尽。"

莒琅公听到报告，气得怒发冲冠。

再说，周穆王上次巡狩西北，离开昆仑山之后，到达春山之下的赤乌国。赤乌首领名叫兀好，他有两个女儿，一个叫媛听，一个叫媛列。姐妹俩长长的睫毛，黑亮的大眼睛，身材窈窕袅娜，亭亭玉立。兀好为了讨好，把自己两个漂亮女儿，一起献给周穆王。穆王一见，十分喜欢，媛听、媛列姐妹俩立即成为新宠。想不到，西域美女不服水土，姐妹俩到达洛邑不久，双双因病去世。穆王没有了宠姬，觉得清冷孤单，寂寞难耐。徐淮之乱平息之后，战事俱已结束，穆王闲来无事，又想起了媛听、媛列，禁不住泪洒胸怀。

这天早朝，大臣祭公进谏："中原乃天下之中，地广人稠，诸侯林立。中原稳则天下稳，中原乱则天下乱。事关重大，请大王熟思之。"周穆王说："爱卿言之有理，我将率东都三师，巡狩中原，震慑天下！"祭公又说："若大军倾巢而出，洛邑空虚，不可大意。"穆王说："王师出动之时，调遣齐、鲁、莒三国之军，驻守洛邑，以防不测。"祭公说："常言道：'大军未动，粮草先行。'粮秣之事，不可轻忽。"

周穆王说："传令中原各国，分摊粮草，违者削去诸侯封号！"

祭公说："以我之见，齐、鲁、莒三国驻守洛邑，使其各自承担任务一

第十一回

项。"周穆王忙说："爱卿详述之。"祭公说："令莒子指挥，训练水上作战；令齐侯负责指导工商经营；令鲁侯负责指导礼仪典章。如此，三国各展其长，岂不三全其美？"穆王说："此议甚好，照此而行！"

却说徐淮之乱已经平息，莒琅公率领大军，很快回到莒国。经过清点，八千人马伤亡超过三成，战车损毁过半。司徒王金冠报告："阵亡将士遗属，亟须抚恤救助；广大负伤将士，需治疗康复。库存黄金，已经入不敷出。"莒琅公说："连年征战，人亡财空，何时是个尽头！"王金冠说："可否带上礼物，前往镐京，找到祭公，请他向天子讲情，请求朝廷拨款，救助我国？"

莒琅公说："爱卿之言差矣。朝廷连年巡狩，千军万马，所费钱财无数。车马粮草，依靠四处摊派，焉有余力救助我国？"王金冠说："齐国商、工发达，物阜民丰，财力充足，可否前往求助？"莒琅公说："此议可行。"次日，莒琅公带领王金冠一行，很快来到齐国。齐癸公带领随从，赶往郊外迎接。

齐癸公高大威武，雄风飒飒，走路虎虎生风。他继承了姜子牙的血统，懂战策，重工商，为人十分慷慨。莒琅公说明来意后，齐癸公说："齐、莒两国，南北为邻，唇齿相依。若贵国有所需求，齐国有求必应！"然后又说："暂借黄金五百镒，此笔资金，无须归还。莒国林茂木丰，以木抵金。以物易物，公平交易，岂不两全其美！"说完，爽朗地大笑起来。

莒琅公说："贵国如此慷慨，敝国感激不尽。"两人正在畅谈，突然有人报告："朝廷信使到！"

原来朝廷送来檄文，要求各国出兵，共同驻守洛邑。

莒琅公赶紧回国，调集车马，出兵洛邑。按照朝廷敕令，齐、莒、鲁三国，各出战车一百五十辆，军士一万人。军需物资，各国自备。莒军到达洛邑后，莒琅公立即部署，训练水上作战。司马火敛罡报告："鲁军不习水性，惧水、惧浪、惧乘船。"莒琅公说："先教泗渡，再教乘船，最后教练水战！"

晚上，莒琅公扮成客商，带领随从到夜市察访。一眼望去，大小车辆，人山人海，生意十分兴隆。走近大车一看，都是食盐、海带、虾米等海产品。询问一下，客商竟然都是齐国人。莒琅公恍然大悟：原来趁出兵洛邑之机，齐癸公带来大批商贩，到洛邑做生意。

莒琅公对火敛罡说："齐国深谙太公之道，强军旅，重工商，令人钦佩！"火敛罡说："莒国亦是沿海之国，也有食盐等海产品，何不效仿齐国，来中原经商？"莒琅公说："常言道：'久居人后，永不为先。'莒国之强项，在于制造船筏。中原多为内陆，军需民用，陆路为主。以此论之，并非船筏经营之地。莒国经营船筏，出路在于江淮。"

且说周穆王亲率大军，从洛邑出发。队伍渡过黄河，再次向北巡狩。金秋八月，队伍来到盛国。盛国国君姓姬，与周天子同姓。天子到来，国君姬盛伯殷勤周到，显得格外热情。对此，穆王十分高兴。次日上午，一辆彩车缓缓而来，姬盛伯向穆王深鞠一躬，说："小女盛姬，愿大王笑纳。"原来，他把自己的漂亮女儿，献给穆王为妃子。

周穆王抬头一看，盛姬水灵灵的大眼睛，秋波暗送；两腮微红，如桃花盛开。盛姬见到穆王，娇柔地说一声"大王万福"，然后低下头，显得娇羞无比。穆王见了盛姬，犹如旱苗逢雨露，顿时两眼放光。

祭公看得十分真切，立即提醒："依照礼制，同姓不婚。"周穆王气愤地说："开口礼制，闭口同姓，迂腐之极！自今日始，盛姬即为本王之爱妃！"

从这天开始，大军就地驻扎，广大将士分头渔猎游玩。周穆王深宠盛姬，两人日日宴乐，夜夜交欢，形影不离。穆王虽然年过半百，仍然精力充沛，雄风不减当年。这天早餐过后，穆王搂着盛姬，反复欣赏她的美貌，说："爱妃粉面玉肌，貌若天仙，爱煞我也！"盛姬十分娇柔地说："大王雄风飒飒，如猛虎下山，妾身异常受用。"盛姬刚说完，穆王激情又起。他抱起盛姬走进锦罗帐，又是一番云雨。

半个月过后，周穆王升帐议事，说："自今日始，大军南渡黄河，向南巡狩！"祭公进谏："此次南巡，江河纵横，水泊遍地。北方将士，多不识水性，可否调莒军前来护驾？"穆王说："爱卿所言极是，速速传檄，令莒军南下勤王！"

莒琅公接到檄文，立即启程南下。这天，来到一个去处。莒琅公抬头远望，只见青山如黛，云雾缥缈，风景如画。军士长说："国君您看，嵩山到了！"莒琅公说："古人云：'青山在眼前，尚有十里路。'嵩山看似近在咫尺，实则距离尚远。"这时候探马来报："前面尽是山地丘陵，丛林遍地，无路径可寻！"探马话音未落，突然发现左侧树林里，窜出一大群动物，看样子足有几十只。军士长大声惊叫："猿猴！猿猴！"

莒琅公立即纠正："此乃狒狒，并非猿猴！"将士们十分钦佩。

军士长觉得好奇，就领着几个士兵，张起一张大网。不一会儿，捉到一只小巧可爱的狒狒。想不到，却惹恼了那群大狒狒。一只强壮的雄狒狒，像狮子一样凶猛地冲过来。它龇着尖利的牙齿，"唰"的一声扑到莒琅公车前。莒琅公挺起青铜剑，用力刺向雄狒狒。狒狒十分敏捷，纵身一跃跳到车辕上；接着纵身一跃，跳到马背上；紧接着，又飞身蹿到地面。受惊的战马四蹄乱踢，踢伤了狒狒后腿。狒狒拖着受伤的身体，一瘸一拐钻进树丛里。其余狒狒，一齐跟着逃进树林。

莒琅公当即下令："带回小狒狒，放归甲子山！"

大军越过山林，经过几天急行军，终于追上周穆王的队伍。九月二十一日，穆王来到孟氏之地。在一片湖水周边，林木茂盛，禽兽成群，穆王立即下令大军驻扎，在此狩猎。傍晚收兵回营，清点猎物，共获得两只老虎、九只狼。此外，还有二十多只麋鹿、獐子、野猪和梅花鹿。穆王十分高兴，当即下令："烹熟猎物，祭奠先王！"

莒琅公随同周穆王的队伍，一起参加了祭奠活动。

周穆王率领队伍，继续向东巡狩。突然探马报告："前方路口，一老虎挡住去路！"众军士无不大惊失色，队伍只得停下来。穆王说："千军万马，一虎焉能挡住去路！"莒琅公说："下令军士，万箭射之！"卫士长高奔戎挺身而出，说："让我活捉老虎，献给大王！"穆王说："你若活捉老虎，封官赐赏！"祭公及时提醒穆王："君子口里无戏言。"

周穆王说："本王身为天子，一言既出，驷马难追！"

天子信誓旦旦，众人于是让开一条通道。高奔戎手持短剑，风风火火向前走去。来到队伍前面，看到高山下的斜坡上，一只老虎翘着尾巴，威风凛凛站在树丛里。高奔戎把青铜剑一放，束紧腰带，挽了挽衣袖，一步步向老虎逼近。老虎竖起尾巴，一扭身转了一圈，树丛顿时"唰唰"作响。突然，老虎横着尾巴，向着高奔戎猛扫过来。高奔戎一缩身子，向大树后面一闪，老虎扑了个空。老虎然后转了半个圈，居高临下，腾空而起，向着高奔戎猛扑过来。高奔戎急忙向下一蹲，老虎"唰"的一声，蹿到后头去了。老虎复翻身扑过来，高奔戎又是一个急躲身，老虎再次扑空。这样几次扑空，老虎的威风减弱不少。高奔戎趁势飞起一脚，把老虎踢趴在地。

莒琅公一声令下，莒国军士一拥而上。他们把老虎捆绑起来，抬到周穆王面前。穆王举起拇指，夸赞高奔戎："打虎英雄！打虎英雄！"

莒琅公率领队伍，跟随周穆王继续巡狩。这天到达菹台湖。湖中心有个岛，看上去树荫浓密，绿茵遍地。穆王喊过高奔戎，说："你带人上岛勘察，看岛上情形如何。"高奔戎很快回来，向穆王报告："湖心有岛，树木苍翠，幽静异常，是个好去处！"莒琅公进谏："大军围湖驻扎，大王由盛妃伴陪，驻跸湖心岛休憩，数日之后，再行巡狩不迟。不知大王意下如何？"穆王听了十分满意，说："通令全军，在此休整渔猎！"

周穆王带着盛姬，住在湖心岛上；其余人马，全部在湖边安营扎寨。

这天上午，莒琅公前去看望祭公，说："天子与盛妃，乃天作之合，如此情深意笃，天下极为罕见。"祭公立即附和："天子安乐，庶民之福也。"

第六天凌晨，盛姬突然高烧咳嗽，浑身滚烫，嘴唇发紫。周穆王急忙发布命令："大军立即回返洛邑！"莒琅公带领队伍，随同朝廷大军回到洛邑。这时候，盛姬已经奄奄一息。御医千方百计进行救治，可是已经无力回天。七天之后，盛姬寂然离开人世。

穆王异常痛心，抱着盛姬尸体号啕大哭。他连续几天茶食不进，整个人消瘦不少。莒琅公及在场众人，无不伤心落泪。

看到周穆王如此伤心，莒琅公进谏："人死不能复生，宜尽快入殓殡葬。"穆王说："按王后之礼葬之！"祭公说："按礼，盛姬仅为嫔妃，不可享受王后之礼，只能以嫔妃之礼葬之。"穆王一听，十分生气地说："盛姬系我心爱之人，焉能以嫔妃之礼待之！"

当日上午，周穆王下令："将盛姬之灵柩，放进宗庙祭奠！"停放两天后，穆王亲自下令："众人前往吊唁！"穆王亲自主持祭奠仪式。

吊唁完毕，周穆王下令："以王后礼仪举行葬礼！"莒琅公与众诸侯一起，随同王室亲族，以及文武百官，一起在盛姬灵前哭丧。

齐癸公抽个空当，悄悄走近莒琅公，小声说："天子宠爱盛妃，违背先王之制，礼仪全无，成何体统！"莒琅公觉得不好插话，只得苦笑一声。这时候，周穆王下令："盛姬不幸病亡，本王赐予谥号'哀淑人'。盛姬葬于此山，命名为'哀淑丘'！"葬礼完毕，穆王又想起了盛姬，再次伤感流泪。

莒琅公立即劝慰："自古凡人，有生必有死。大王乃天下共主，一人系天下之安危。圣体珍贵，请节哀顺变。"周穆王听了更加哀恸，顿时泣不成声。

正是：突破礼制葬爱妃，天子竟是有情人。

第十二回　莒琅公鏖战淮夷　周穆王会盟涂山

且说盛姬不幸夭亡，周穆王突破礼制，举行了盛大葬礼。葬礼过后，大军返回。此次巡狩告一段落。莒琅公与众诸侯同时启程，带领人马各自回国。

周穆王刚刚回到镐京，忽然探马来报："九江至淮夷一带，尽皆造反！"穆王顿时大怒："尽起王朝六师，踏平南蛮！"祭公进谏："九江至淮夷，地域极其宽广。尽起朝廷六师，亦显兵力单薄，非大军压境不可。"穆王说："传檄天下诸侯，会剿蛮夷！"祭公十分谨慎地说："诸侯会剿，不可无帅。莒子忠勇可嘉，是否可为元帅？"

周穆王说："大周乃姬姓天下，元帅重任，岂可委与他人！"

祭公一听，立即改口，说："如此说来，东路大军可让鲁侯为帅，莒子与齐侯为左右先锋；西路大军可让晋侯为帅，燕侯与蒋侯为左右先锋。"周穆王说："此议甚妥，照此执行！"然后补充说："东路大军，赴徐国集结；西路大军，赴蔡国集结！"

却说莒琅公回到莒国，医疗伤兵，抚恤阵亡将士遗属。补充兵员，整修战车，一切都在紧锣密鼓地进行。经过一段时间努力，诸方面大体就绪。这天上午，莒琅公正在议事，突然接到出兵淮夷的檄文，他说："王命不可违。"立即率兵来到徐国。

此时的鲁国，鲁魏公已经去世，鲁厉公继位。鲁厉公接到朝廷檄文，与齐癸公分别率领人马，同一天到达徐国。次日，曹、薛、郲、滕、纪、莱等各路诸侯，先后到达。举目望去，车马相接，旌旗蔽日，声势十分浩大。

自从上次叛乱平息，徐国被打败。徐国北部属地归鲁国所有，西部属地归宋国所有。现在的徐国，属地仅剩三分之一左右，实力已经大不如前。众诸侯到来，徐子十分热情。他对鲁厉公说："徐国地小人少，兵力薄弱，唯愿竭尽全力，听从元戎调遣。"徐子又对莒琅公、齐癸公说："我愿追随二位先锋，冲锋陷阵，在所不辞。"然后，设宴招待众人。

周穆王亲自出征，率领朝廷六师精锐，紧随西路诸侯大军，一路向南进发。这天上午，大军来到蔡国地界。蔡宫侯带领众官员，迎出郊外十里。穆王问："朝廷大军数次南征，出征地非蒋即蔡。个中原因，你是否明白？"蔡宫侯连忙回答："明白明白！"穆王又说："我大周天下，乃姬姓天下。姬姓封国，须为天下诸侯中坚！"正在说话，突然探马来报："越人已到九江，大有继续北犯之势！"穆王立即下令："即刻进兵，直捣九江！"

燕军为左路，蒋军为右路，晋军随后，一齐向九江包抄。大军正在行进，发现前方出现一队人马。抬头望去，大车前后连绵，望不到尽头。燕军向左包抄，蒋军向右包抄，晋军随后跟进，很快把敌人围困起来。原来九江一带敌人，是一些部落诸侯拼凑而成。其叛乱目的，是抢夺青铜、锡砂、铜矿石等财物。面对三国大军，这些散兵游勇一触即溃，四散奔逃。

晋、燕、蒋三军押着俘虏，带上战利品，向周穆王报捷。穆王十分高兴，高声命令："西部战事，业已告捷。自今日始，大军顺流东进，会剿淮夷！"

东路大军自徐国出发，一路向南横扫。刚刚到达淮河北岸，南兵跳下船筏，气势汹汹冲杀过来。莒琅公高喊："击破敌军，围而歼之！"一声令下，大军立即掩杀过去。想不到，敌人十分强悍，一阵拼杀过后，双方互有伤亡。这时候，齐癸公领兵冲上来，莒琅公对他说："你我一左一右，包抄敌人！"齐癸公答应一声，率领人马包抄过去。正在浴血鏖战，鲁厉公指挥人马，一齐掩杀过去。数万大军刀光剑影，杀声震天。原野上尸骨遍地，血肉横飞。

晚上，周围漆黑一片，伸手不见五指。莒琅公对鲁厉公说："我军远道而来，地理民情不熟，不可大意，谨防敌人趁夜劫营。"二人正在说话，忽然听到外面杀声四起。鲁厉公说声"不好！"两人立即拿起武器，冲杀出去。莒、鲁两军久经战阵，临危不慌。趁夜偷袭的敌人，很快被驱赶出去。

次日上午，鲁厉公、莒琅公、齐癸公一起议事。鲁厉公说："南军强悍，不可轻敌。水战乃莒军之长，陆战乃齐、鲁之长，可以水陆并进。"莒琅公说："莒军愿做水战主力！"齐癸公说："齐军愿做陆战主力！"鲁厉公说："二位自告奋勇，鲁军亦不能落后，厉兵秣马，随后接应！"

三天后，司马火敛罡报告："船筏器械，一切准备停当！"莒琅公说："你率领战船，多备强弓弩箭。一旦水战得手，挥兵渡过淮河，向南追歼敌人！"早餐过后，火敛罡率领人马乘上船筏，顺流而下，冲向南军。南岸敌军立即登船迎战。火敛罡一船当先，众船随后跟进，奋勇杀向南军。想不到南军舟筏娴熟，异常凶猛。双方先是乱箭齐射，而后是刀枪并举，浴血拼杀。一战下来，莒军伤亡近百人。

齐军冲到淮河之滨，南军渡河迎战。莒琅公大声高喊："军半渡可击，趁机击垮敌兵！"莒、齐两军同时出击，与敌人拼杀在一起。双方刀剑并举，杀声震天。这时候，鲁厉公率领鲁军，从侧后掩杀过去。两个时辰过后，双方各有伤亡，只好收兵回营。

南军如此强悍，战况胶着，对此，莒琅公十分焦躁。夜晚，火敛罡进谏："南军狡悍，唯有计取，方能克敌制胜。"然后如此这般，说出自己的计策。莒琅公高兴地说："此计甚妙！"当天夜里，莒琅公去见鲁厉公，正巧齐癸公也在。莒琅公说出上述打算，二人完全赞同。

次日上午，火敛罡率兵在前，奋勇冲向敌阵。莒琅公身穿犀牛皮铠甲，手持长戟，腰挎雕翎箭。一千名精壮士兵，一律长戟重铠，强弓硬箭，一齐杀入敌阵。敌人见莒军兵少，呼啦啦一齐围上来。趁此机会，齐军在左，鲁军在右，一齐包抄过去。

南军难以抵挡，只得纷纷后退。一敌酋手举大斧，凶神恶煞般冲杀过来。莒琅公弯弓搭箭，一箭射去，正好射中敌酋左臂。敌酋拔下箭镞，举着大斧再次冲杀过来。莒琅公一个"鹞子翻身"，跳下战车，挺起长戟刺向敌酋胸膛。敌酋向右一闪，莒琅公刺向敌酋左胸，敌酋立即鲜血淋漓。莒琅公一个"扫堂腿"，把敌酋横扫在地。莒军将士一拥向前，把敌酋生擒活捉。

莒、齐、鲁三军里应外合，四面围攻。南军终于支撑不住，纷纷向南溃逃。三国将士同仇敌忾，一齐向南掩杀。敌人丢盔弃甲，仓皇逃到长江南岸。

且说西路大军势如破竹，很快平息叛乱，获得大量青铜、锡块与铜矿石。周边部落诸侯，纷纷觐见周穆王，声称拥护王朝，年年进贡，岁岁来朝。对此，穆王非常高兴。夜晚，晋成侯对穆王说："据探马报告，东路军遭遇强敌，战况胶着。"穆王说："我大军纵横天下，所向披靡。小小淮夷之敌，焉敢逞强作乱！命令大军顺流东下，会师江淮，剿平淮夷！"

周穆王亲率大军，向东翻越大别山，来到淮河之滨。军士长突然高喊："涂山！涂山！"穆王举目望去，远处青山如黛，峦峰重叠；其中一山，山势突兀，别是一番景象。祭公随即介绍："涂山乃大禹会盟诸侯之地，亦名'当涂山'。据说大禹治水之时，把此山一劈为二，从此淮河改道而行。"

这时候，莒琅公、鲁厉公和齐癸公一起赶来。三人见到周穆王，立即报捷："南军已被打垮，残敌逃往江南。淮夷之乱，业已平息。"穆王高兴地说："此次平叛，鲁、莒、齐三军功不可没，应予褒奖！"

大司徒毛公班进谏："夏启有钧台之享，商汤有景亳之命，武王有孟津之誓，成王有岐阳之搜，康王有酆宫之朝。先王历次会盟，均是显威之举，早已名垂青史。以我之见，此次诸侯会集，亦可效仿先王。"

周穆王一听，十分豪迈地说："知我者，毛公班也。天下诸侯会集于此，本王亦与先王一样，来个涂山会诸侯。此次盛举，司礼官非你莫属！"

天子如此信任，毛公班感觉十分荣幸，接着继续汇报："用黄土筑一高台，名之曰'天台'。高台共分三层，第一层边长九丈，第二层六丈，第三层三丈。此事当否，企大王裁决。"周穆王高兴地说："爱卿设想，正合本王之意。传我命令，调动三千军士，速速筑台！"

天台很快筑成。太史经过占卜，五月初一是黄道吉日。周穆王当即决定："涂山会盟，五月朔日举行！"

五月初一午时一刻，莒琅公、鲁厉公与齐癸公一起，按时来到天台。举目一看，四周早有王朝禁军列队守卫。天台外围，是姬姓诸侯军队；最外围，是异姓诸侯军队。台下四周，每个诸侯国各插一面旗帜。南面入口处，是十八面王朝旗帜。"周"字用金线绣制而成，金光闪闪。天台中层，八十名王朝禁军，身穿金色铠甲，手执青铜剑守护。天台上层，遍插龙凤旗。

周穆王身着绣龙大礼服，面向正南，正襟危坐，意气风发。

仪式开始，第一项是祭拜天地。毛公班手持三炷香，躬身递给周穆王。穆王接过香，神情肃穆，向北连拜三次。第二项是祭拜先王，穆王对着周文王、周武王等先王灵位，又是连拜三次。莒琅公与众诸侯一起，跟随穆王同时祭拜。第三项是祭拜阵亡将士。莒琅公一看，穆王由于心情激动，泪水顺着脸颊流下来。

周穆王祭拜完毕，鲁厉公为首，晋、燕、蒋、韩等姬姓诸侯，一齐进行祭拜。蒋国国君是周公之后，仍然享受姬姓待遇。姬姓诸侯祭拜完毕，莒琅公、齐癸公及莱、纪、宋、曹、邾、滕等众位异姓诸侯，分批进行祭拜。众诸侯按部就班，行礼如仪。诸侯祭拜完毕，然后是朝廷官员祭拜。

祭拜完毕，毛公班代表周穆王宣布："此次南征，平定江淮，大功告成！鲁、莒、齐、晋、燕、韩、蒋、蔡、陈等诸侯，将士奋勇，卓著勋劳。各赏黄金三百镒,金箍专车一辆,纯金铠甲一套,镶金雕翎箭一套,护身青铜剑一柄,海贝二十串,象牙六对,白璧六双。其余各路诸侯,均有封赏!"

毛公班宣布完毕,莒琅公与众位诸侯一起,同时行礼谢恩。

涂山会盟结束,周穆王当即下令:"竖立碑碣,永为纪念!"然后率领朝廷人马,浩浩荡荡返回镐京。莒琅公与鲁厉公、齐癸公等诸侯一一告别,率领人马回到莒国。

莒琅公长期领兵在外,国内很多大事无人裁决。军旅、狱讼、吏治、民生、海事、边防,等等,诸事烦冗,积压问题不少。他回国后,事必躬亲,一件件亲自裁决处理。经过一段时间操劳,诸多事务终于理出了头绪。举国上下一派承平气象。

这天上午,莒琅公带领随从,一路转弯抹角,赶往大青山巡视。刚刚走到半路,突然一骑飞奔而来。来人手举竹简高喊:"君侯稍停!朝廷有令!"

正是:诸事繁杂待处理,又闻朝廷有令来。

第十三回 密君私藏三姐妹 共王攻灭密须国

莒琅公正在巡视途中，忽然接到朝廷警报，不禁大吃一惊。

原来，周穆王自知年事已高，于是离开镐京，长期驻跸南郑。这天，突然霹雳闪电，大雨倾盆，穆王在祇宫寂然离世。穆王中年继位，执政五十五年，享年过百岁。在众人扶持下，穆王的儿子姬繄扈继位，是为周共王。

这时候，毛公班进谏："当今四海承平，九州宁靖。穆王晏驾，应讣告天下诸侯，赴京送葬。"周共王立即派出多路专使，到各地传送讣告。

莒琅公接到讣告，急忙来到营丘，会同齐癸公一起前往镐京。二人带领随从，马不停蹄，晓行夜宿，这天终于到达京都。此时此刻，周穆王已经入殓，周共王已经继位。按照周礼，天子死后七天入殓，七个月之后才能下葬。

莒琅公对齐癸公说："你我来迟一步，未能参与吊唁，只好留在镐京，等候参与葬礼。"齐癸公说："远隔千山万水，来京何其不易，看来只好如此。"

这天夜晚，二人一起拜谒毛公班。毛公班十分客气，向着二人躬手施礼，说："老朽年迈，承蒙二位国君登门，不胜惶愧。"莒琅公、齐癸公说："毛公乃王朝上卿，德高望重。我俩作为晚辈，理应前来拜谒。"毛公班急忙命人上茶。

三人正在说话，突然门官报告："密须国君拜谒！"话音未落，一大汉风风火火闯进来。莒琅公抬头看去，来人个子高挺，脸色黑中透红。细细观察，他的头上围着兽绒编制的圆圈，胸前斜挂一块豹皮。其装束与中原、东夷地区相比，显得截然不同。莒琅公心里暗想："此人如此打扮，必是北狄人士。"想到这里，忙向齐癸公递了个眼色。

毛公班见状，及时介绍："此乃密须国君密康公。"然后对密康公说："面前两位，乃齐、莒两国之君。"密康公一听，十分爽朗地说："在下早有耳闻，齐、莒两国东临大海。据说大海之阔，超过渭水平原，敢问是否如此？"未等他人搭话，密康公接着又说："有朝一日，本人一定游览大海！"原来，密康公为人十分豪爽。

密康公有事，不一会儿便先行离开。毛公班望着他的背影，说："密须国原为姞姓，系黄帝后裔，其后被周文王所灭。大周建立之后，武王分封诸侯，密须国成为姬姓之国。现任国君，即是密康公。密康公喜爱女色，行为放荡，不守礼仪。身边美姬成群，西戎女、北狄女，应有尽有，但他仍不满足。"毛公班说到这里，轻轻摇摇头。齐癸公对莒琅公说："大长见识！大长见识！"

莒琅公来到镐京，转眼已经一月之久。除了参加吊唁活动，其余时间无所事事。这天上午，莒琅公正在馆驿翻阅木牍，齐癸公进来，说："整日待在馆驿，休闲无事，十分郁闷。"莒琅公说："彼此彼此。"齐癸公说："穆王葬礼，尚有数月之久。莫如逛逛大街，观赏京城风貌。"莒琅公说："我正有此意。"次日上午，二人扮作客商，同乘一辆大车，很快来到街市。举目望去，道路宽阔，楼亭排列，街市繁华，车水马龙。莒琅公对齐癸公说："不愧是京都！"

两人正在说话，左前方来了一群少女。看上去奇装异服，个个容貌秀美，身材曼妙。齐癸公询问药铺掌柜，掌柜说："此乃北狄少女。"再往北走了一会儿，右前方又出现几个少女。容貌与穿着打扮，与刚才的少女明显不同。莒琅公询问一下行人，行人回答："那是西戎之女。"

齐癸公对莒琅公说："美女如云，肤色不同，服装各异，京城的确与众不同！"莒琅公看了齐癸公一眼，风趣地说："君侯心驰神往，是否流连忘返也？"齐癸公自觉有些失语，立即自我圆美："哪里哪里，京都如此繁华，令我赞叹，绝非美女之故也。"齐癸公说罢，二人哈哈大笑，然后继续向前观光。

转眼之间，过了两个多月。这天，莒琅公、齐癸公一起，在馆驿品茶闲谈。齐癸公说："听闻附近诸侯，有些已悄然回国。"莒琅公说："可惜莒、齐两国，距镐京千山万水，来回谈何容易。再者，参与穆王葬礼，乃你我此行之重任；假若中途返回，岂非有失礼仪，大逆不道也？"

齐癸公正想插话，密康公大步流星走来。一进门，密康公首先抱拳施礼，然后十分豪爽地说："二位来到京都，业已数月之久。密须国作为京都近郊，我姬骦未尽地主之谊，实在抱歉。我今日来此，专门邀请二位，赴密须国观光，品尝泾河鲤鱼，汭河大虾，二位务必赏光。"

莒琅公说："密须公盛情相邀，受之有愧，却之不恭。"说罢，拱手致谢。齐癸公风趣地说："听闻贵国盛产美女，北狄美姬，西戎红粉，个个如花似玉。怎不令人朝思暮想，心驰神往！我正想前往贵国，见识见识！"齐癸公说完，三人一阵开怀大笑。

次日上午，莒琅公与齐癸公一起，坐上密康公的专车，直奔密须国。马车一路向北疾驰，很快来到国都灵台。莒琅公抬头望去，大街上人种各异，奇装异服，满眼尽是异族风情。走进密康公府第，发现原来是个巨大的白色帐篷。站在门口迎宾的，都是异族少女。她们身着艳丽服饰，看上去十分亮眼。齐癸公风趣地说："异国情调，满目皆是。请问密康公，是否异族之君也？"密康公一听，张开粗大的嗓门说："我乃大周天子同姓，系黄帝正统后裔！"说罢，三人又是一阵大笑。

当天下午，密康公亲自陪同。莒琅公、齐癸公骑上西域良马，到泾水游玩。来到河边，坐上小木船。密康公提醒说："二位惯于坐车，不习舟船，谨防落入水中！"齐癸公说："此言差矣。我与莒君，均为海滨人士。四季以大海为伴，焉有不习舟船之理？"密康公自觉失言，双手一拱，以示抱歉。

三人正说话间，上游漂过来一只筏子。筏子用羊皮制成，上面是薄薄的木板。木板下面的羊皮，被吹得鼓鼓的，就像十几只胖大的绵羊浮在水上。莒琅公看了，内心十分惊讶，说："四季与大海为伴，见过木船，见过竹筏，今日首次见识羊皮筏。"齐癸公说："大长见识！大长见识！"话音未落，左前方忽然出现一群红色鲤鱼，从草丛里缓缓游出来，离木船越来越近。

密康公举起长杆抄网用力一抄，一条鲤鱼被抄到网子里，仍然活蹦乱跳。齐癸公连声高叫："好玩好玩！确实好玩！"这时候，一只白色的鱼鹰从天而降。它一下子扎进水里，不一会儿从水里叼出一条大鱼。大鱼刚刚冒出水面，正好处在木船不远处，密康公举起长杆网子用力一搅，鱼鹰受到惊吓，"嗖"的一声向天上飞去，大鱼一下子掉到木船上。莒琅公、齐癸公同时扑上去，用力按住大鱼。密康公见状大叫："好运气！好运气！"

三人正在兴头上，忽然听到一阵嘻嘻笑笑，声音清脆悦耳。莒琅公举目望去，泾河北岸来了一群美少女。有的抬着木桶，有的端着木盆，有的拿着衣裳。原来，她们这是浣纱来了。少女们身穿薄纱，赤着双脚，先后走进河里。其中一个妙龄女子，露出白嫩的臂膀，双眉之间点了个红点，一颦一笑，楚楚动人。她刚刚走进河里，一不小心，"噗"的一声滑坐在水里。姐妹们见状，立即把她拉起来。小美女的纱衫已经湿透，紧紧贴在身上。她优美的身体曲线，立即凸显出来。齐癸公瞄了一眼密康公，只见他两眼色眯眯的，一直盯着少女。莒琅公见状，随口吟哦：

第十三回

泾水邂逅，浣纱少女。容颜绝代，天下无比。
粉面纤手，天生丽质。千娇百媚，蛾眉微蹙。
怜香惜玉，魂魄飞去。密君艳福，爱河永驻。

原来，密康公是个好玩乐的，美女佳丽，举竿垂钓，扬鹰狩猎，游山玩水，饮酒歌舞，各方面无所不好。当天晚上，密康公在泾水之滨的草地上，撑起一顶大帐，热情招待莒琅公、齐癸公。密康公手拿一个牛角，说："二位光临，马奶酒一杯，不成敬意，先干为敬！"说完高举牛角，仰头一饮而尽。酒过三巡，密康公向外一招手，过来三个羌族少女。少女扭动腰肢，载歌载舞。密康公乐得手舞足蹈。一曲歌舞过后，羌女一起走过来，分别给三位国君敬酒。密康公趁势搂住一个羌女，"叭"的一声吻在她的腮上，顺势把她搂在怀里。齐癸公递了个眼色，莒琅公忍俊不禁。

第二天，在密康公陪同下，莒琅公、齐癸公到泾河上游游玩。密康公指着高山说："此乃六盘山，泾河发源之地，系本地最高峰。"正说着，他们已经来到山下。三人在随行人员陪同下，沿着羊肠小道，一步步拾级而上。只见茂林修竹，郁郁葱葱；山泉潺潺，清冽诱人；空气清爽，鸟语啾啾。莒琅公不禁赞叹："好一个幽静之处，真人间仙境也！"密康公说："闻听海岛，其色更美。"齐癸公接上他的话茬："有朝一日，密康公带上美姬，赴海岛一游，别是一番风情。"密康公高兴地说："期待！期待！"

转眼之间，七个月过去。周穆王的葬礼之日，已经悄然来临。天下诸侯，文武百官，齐集镐京。仪式之隆重，超过历代先王。齐癸公对莒琅公说："天下太平，四海宾服，穆王之功，名垂青史。"莒琅公说："穆王功高盖世，死后享此殊荣，亦在情理之中。"

莒琅公参加完周穆王葬礼，然后与齐癸公结伴回国。

且说周共王是好色之徒，尽管后宫美姬成群，内心仍不满足。内侍王谦善于察言观色，早已看透共王的心思。这天，王谦进谏："穆王在世之日，巡狩四方，威仪天下，开历代先河。大王继位三年有余，是否亦与穆王一样，赴各地巡狩也？"

周共王说："巡狩四方，游猎观光，本王向往久矣。"然后问王谦："以爱卿之意，本王首次巡狩，当去何地为宜？"王谦说："密须国地处泾河流域，戎、狄、汉多民族混居。异族风情，闻名遐迩。以此论之，可为首选之地。"他本来想说"异族美女甚多"，但是话到舌尖又咽了下去。

周共王听了十分高兴,说:"爱卿之言,甚合我意。密须国距京畿不远,无须大队人马,轻车简从即可。"一切准备停当,共王在王谦陪同下,兴冲冲来到密须国。密康公十分殷勤,对共王说:"密须景观,尽在泾水。不如由我陪同大王到泾河渔猎,不知大王意下如何?"共王说:"甚好甚好,本王正有此意!"他们来到泾河,一起乘上木船。共王举目望去,泾水自西而东,缓缓流淌。河水清澈,鱼翔浅底,莺鸟戏水,别是一番景致。共王看了深有感慨,说:"人云'泾水清渭水浊',今日亲睹,此言不虚也!"

木船来到一片河湾,河面宽阔,河水平静,两岸布满芦苇。突然,前方几十步远,水面涌起一片波纹,原来,是一条大黑鱼在追逐鱼群。鱼群受到惊吓,纷纷跃出水面。几只鱼鹰追上鱼群,啄住鱼儿,展翅飞向天空。周共王触景生情,不禁失声赞叹:"泾水之景,远超京都!"

木船继续向前开动。左前方一群河虾,在浅水里游来游去。密康公拿起抄网,顺手递给周共王。共王接过抄网,然后躬身一抄,几只大虾一下被抄到网子里。共王十分高兴,说:"王宫深似海,有处戏美女,无处捉鱼虾。"密康公心想:"共王真是风流天子。"对着王谦挤了一下眼睛,做了一个鬼脸。

三人正在捕鱼捉蟹,兴趣盎然。突然,前方芦苇荡里,一只羊皮筏撑出来。周共王抬头望去,筏子上坐着三位少女。筏子愈来愈近,一切看得清清楚楚。少女们身穿轻纱短衫,一个个酥胸半露。河水溅到她们身上,衣衫紧贴皮肤。身体凹凸有致,看上去十分诱人。看看她们的面容,柳眉杏眼,两腮粉红,就像桃花盛开。周共王盯住三少女,看得两眼发直,顿时难以自控。

眼前这一幕,被王谦看得一清二楚。他向着密康公递了一个眼神,意思是:"共王看上三少女了!"密康公心里十分清楚,却装作不懂。周共王心想:"堂堂天子,看上三个少女。一个小小诸侯,竟然故作不知。简直是目无天子,大逆不道!"他越想越生气,"嘭"的一声跳下木船,回头对王谦说:"命令密康公速将三女送往镐京!"共王说完,离开密须国,气呼呼回镐京去了。

密康公也看上了三少女,把她们悄悄带走。锦绣衣裳,水果糕点,应有尽有;然后热情有加,问长问短。原来,这三个美女是同胞姐妹。老大叫大娇,老二叫二娇,老三叫小娇。密康公越看越喜欢,于是把三姐妹留下来。白天一起宴乐,夜晚同床共枕。就这样,三娇成为密康公的新宠。

俗话说,"石灰泥墙也透风。"尽管密康公封锁消息,十分注意保密,此事还是被母亲知道了。老人家对儿子说:"三女如此美貌,必须献给天子。三兽为群，三人称众，三女为粲。猎户狩猎，尚且不敢猎取太多；即使天子娶妇，也不娶同胞三姐妹。何况小小诸侯？三姐妹虽美，令人眼馋，可是你有何德行，享受得起？"老人家最后警告密康公："耽于女色，必定亡国！"

母亲苦口婆心，竟然未起作用。密康公心想："好不容易得到三姐妹，天子要我送到镐京，母亲说我享受不起，岂不令人烦躁！干脆一不做二不休，带着三姐妹远走高飞，看你们有何办法！"密康公想到这里，指令侍臣国有宓："速速备好大车，带上金银珠宝，带足锦帛与食物，连夜出发！"

他们来到黄河西岸，几处黄土岗呈现在眼前。岗子南侧，有几个废弃窑洞，看来已经无人居住。国有宓说："道路崎岖难行，可否在此落脚？"密康公说："此地距镐京不远，数日即可到达，并非安全之所。"

他们渡过黄河，很快来到晋国。密康公想了想，说："晋国乃天子同姓，赶紧离开！"然后南渡黄河，来到洛邑，在一个馆驿悄悄住下。

第二天，国有宓外出采购。突然发现，王朝大军在沿街巡逻。国有宓不敢怠慢，慌忙回去报告。密康公一听，吓了一跳，说："东都洛邑，亦非安全之所，莫如远走高飞，前往莒国。若实在不行，就到海岛藏身！"密康公主意已定，立即带着三娇，晓行夜宿，快马加鞭，急匆匆奔赴莒国。

走在路上，国有宓说："莒、齐、鲁三国，始终忠于王室，天下无人不知。假如莒国知道真相，岂不……"后面的话，国有宓不敢再说下去。密康公说："远隔千山万水，共王喜爱三娇，莒国焉能知晓？我以观光为名，暂且到莒国落脚。莒国乃礼仪之邦，莒君是我故交，必定给予眷顾。"

莒琅公上次到密须国观光，密康公热情接待，礼仪有加。莒琅公心怀感激，一直念念不忘。今天密康公到来，莒琅公以上宾之礼，予以热情接待。三天之后，密康公说："我此次来到贵国，打算小住数月。介根乃贵国之都，不宜常住打扰。故此，请安置一僻静之处。"莒琅公说："九仙山谷深林密，人迹罕至，乃休闲静养之所。"密康公一听，立即拱手致谢，说："贵国如此盛情，在下没齿不忘！"

次日上午，密康公带着三娇，跟随莒国向导，来到九仙山大峡谷。举目看去，悬崖陡峭，峡谷幽深，两侧古木参天。侧耳倾听，松涛阵阵，涧流潺潺，莺叫燕鸣，犹如人间仙境。他们选了个向阳背风的地方，搭起三间茅屋，暂时住下来。

且说周共王离开泾河，回到镐京，他心里十分期盼密康公送来三娇。可是一等再等，始终没有音讯。三姐妹的美妙倩影，时常浮现在眼前。共王越想越思念，常常彻夜难眠。这天晚上，共王做了一个梦。梦见三娇赤身裸体，来到自己的锦帐中。大娇、二娇一左一右，躺在自己怀里；小娇搂着自己的脖子，一再撒娇。共王觉得美妙极了。可是一觉醒来，却是美梦一场。如此再三，共王昼思夜盼，寝食难安。一连等了七天七夜，一直没有音讯。

王谦说："微臣不才，愿去密须国暗访。早晚找到三娇，献到大王面前。"周共王说："如此甚好，找到三娇，本王重重有赏！"王谦带领随从，化装成商人，悄悄来到密须国，四处明察暗访。王谦首先到达密须国国都，然后又到泾河两岸。四处搜寻，始终没有线索。直到第五天，一老者手指东方，说："有人看见，密须公带着三美女，已经东渡黄河。"王谦回到镐京，立即向共王报告。共王一听，大发雷霆："速速派人，渡河查访。若寻不到三娇，立即派遣大军，踏平密须国！"

再说，密康公带着三娇，住在九仙山大峡谷。最初几天，游山玩水，捕鱼捉蟹，采果赏花，玩得十分惬意；但是日子一长，新鲜感逐渐消失。大娇说："荒无人烟，了无兴趣！"二娇说："人迹罕至，与鸟兽为伍，哪及繁华街市！"小娇哭哭啼啼，一再要求："我要离开深山，回到泾河！"

密康公无奈，只得带领三娇跋山涉水，秘密回到密须国。刚刚回到都城，国有宓报告："朝廷派人，四处搜查三娇！"密康公一听，不禁胆战心惊，说："天子发怒，如何是好？"国有宓说："立即赶往泾河，藏身芦苇荡，方为上策。"密康公说："事到如今，只好如此。"立即带领三娇，趁夜溜到泾河之畔，藏到芦苇荡中。

周共王得到消息，立即命令王谦："你带领人马，前往泾河搜查！"王谦来到泾河，反复搜寻。两岸芦苇无边无际，要想找人犹如大海捞针。王谦急忙回到镐京，向共王报告。共王一听，火冒三丈："我要亲领大军，踏平泾河两岸！"一声令下，千军万马卷地而来，泾河南岸顿时尘土滚滚。

密康公说一声"大事不妙！"急忙带上三娇，坐上大车向北逃窜。

周共王率领大军，渡过泾河，向北猛追。追了几个时辰，前面出现一片沙漠。道路两侧，是稀疏的树林。眼看越追越近，密康公慌忙跳下车，带着三娇躲进树林。共王带领人马，把树林围了个水泄不通。士兵们像拉网一样，密密搜寻。突然，王谦高叫一声："找到了！"

周共王手持青铜剑，四处搜寻密康公。听到喊声，急忙走进树林。密康公藏在一片树丛里,吓得战战兢兢。共王怒不可遏,手起剑落,砍掉了密康公左臂。将士们刀剑并举,密康公被砍为几截。大军回到密城,共王仍然怒气未消,大声命令:"削掉密须国封号,剿灭姬骉三族,土地尽归朝廷所有!"密须国从此灭亡。

正是:只想私藏三姐妹,岂知祸事已临头。

第十四回　日全食吓坏国人　周懿王犬丘逃命

且说密康公被杀，密须国被灭，消息很快传到莒国。大小官员闻讯，人人无不惊恐。司空沙韬金说："密须公带领三娇，曾在我国藏身，险哉险哉！"莒琅公说："天子所爱，姬骧竟据为己有，招此杀身之祸，此乃罪有应得。再者，姬骧私藏三姐妹，前来投奔莒国，莒国并不知情。如此论之，莒国何罪之有？此事业已过去，众人尽可放心，无须挂怀。"

莒琅公嘴上这样说，但是一直心有余悸，惴惴不安。有时候眼前出现幻觉，看见周共王手持宝剑，砍下密康公的头颅，宝剑上鲜血淋漓；有时候看到共王亲口宣布："削掉密须国封号！"每次出现幻觉，过后都吓出一身冷汗。如此这般，莒琅公从此一病不起。这天清晨，近侍轻声走进内室。万万想不到，莒琅公已经双目紧闭，寂然长逝。莒琅公逝世，他的弟弟嬴相光继位，是为莒琊公。万万想不到，仅有几个月，莒琊公暴病身亡。莒琅公的长子嬴虞城继位，是为莒鄢公。

莒鄢公与祖、父辈相比，大相径庭。他细皮嫩肉，温文尔雅，自幼生性懦弱，遇事优柔寡断，而他的三个弟弟，个个英武果断。按照嫡长子继承制，嬴虞城早就被确立为世子，国君一职只能由他继任。

却说周共王杀了密康公，夺回了密须国土地，仍然余怒未消。这天，他对着侍臣咆哮："姬骧狗胆包天，霸我心爱女人。即使碎尸万段，难解我心头之恨！"共王正在大发雷霆，司徒位一乾、司空边礼仲、司马仲大窿一起走进来。仲大窿报告："王朝六师，伤亡病老，兵员需要补充，兵器需要添置，战车急需整修。"边礼仲报告："镐京城防，需要加固。渭河水患严重，急需治理。"位一乾报告："公府钱财短缺，几近入不敷出。"

周共王说："密须国土地，可用以换取诸侯物品。"位一乾回答说："朝廷以土地与诸侯交易，开历史之先河。三代以来，未尝有之。"共王说："普天之下莫非王土,率土之滨莫非王臣。目下边境安宁,兵戈不动,四海承平。我堂堂大周王朝,以土地交易,乃送甘霖于天下,施恩惠于四海,有何不可?"

土地交易正在进行,周共王因病去世。他的长子姬囏继位,是为周懿王。

却说莒鄢公继任后,整天无所事事。这天正在与侍臣闲聊,突然,司徒王金冠报告:"周共王逝世,懿王继位。朝廷有令,各路诸侯都到镐京,参与懿王登基庆典,并参与共王葬礼。"司空沙韬金说:"王命紧迫,不宜迟缓。"莒鄢公立即带领随从,星夜赶赴镐京。

刚刚到达镐京东郊,听见几个人在小声议论。一老者说:"岐山开裂,崛山坍塌,怪异怪异!"一中年人说:"渭河变绿,泾水变浑,古今未有!"前面一渔夫赶过来,说:"鱼儿跳上沣水岸,螃蟹爬到树梢上,真是怪事!"一猎人背着猎物走过来,说:"野物没头没脑,四处乱窜,大鸟撞到我的后背上!"莒鄢公一听,内心惊诧不已。

拐过一条街,右前方有个算命先生,看上去须发雪白,似乎年已八旬。一旁的招牌上,写着"占卜"两个大字。老先生对一青衣人说:"白虹贯日,帝星昏暗,朗星移位,北斗不明,尽是不吉之兆。"说完长叹一声。青衣人听了,一边点头一边叹气。

不一会儿,莒鄢公来到王宫前街。这里两侧都是馆驿,陆续到达的各路诸侯,在此住宿歇息。朝廷的几位官员进进出出,负责应酬接待。因为异象频出,人心惶惶。周懿王的登基大典,因此草草收场;周共王的葬礼,同样是简约进行。

路途遥远,交通不便。莒鄢公赶到镐京,周懿王已经登基,周共王的葬礼早已举行。当日下午,大臣边礼仲走进莒鄢公住所,小声嘱咐:"京都传言四起,真假难辨,切勿惊恐!"说完,急匆匆走进其他房间。过了一会儿,仲大窿进来嘱咐:"最近西戎作乱,谨防刺客与奸细!"话音未落,大司农黎五谷走进来,说:"戎兵四处抢粮,朝廷粮食短缺,请莒国速送粮食五万斤!"

莒鄢公对司徒王金冠说:"首次进京,满怀崇仰之心,岂料尽是骇人听闻之事。"王金冠说:"天象如此怪异,朝廷上下无不惊恐。此时此刻,不知我国情势如何。"莒鄢公听了王金冠的话,心里忐忑不安。

时间如流水,转过年头就是周懿王元年。莒鄢公闲来无事,打算离开镐京,去渭河饱览大好风光。这天下午,一行人到达西郑。看看天色已晚,就到馆驿休息。次日清晨,莒鄢公刚刚起床,王金冠闯进来,上气不接下气地说:"大事不好,刚出太阳,瞬间天黑!"

莒鄢公觉得蹊跷,立即走到窗前。向外一看,院子里漆黑一片。他大声高喊:"为何不见太阳也?"王金冠说:"我起床后,旭日东升;从茅厕出来,太阳倏然不见。岂非咄咄怪事!"莒鄢公心里突突直跳,约着王金冠走出大门。一眼望去,外面同样漆黑一片。人们一齐跑到大街上,显得十分惊恐。众人正在议论纷纷,天空忽然闪出一道亮光。不一会儿,出现一条弯弯的曲线。曲线越来越粗,慢慢变成镰刀状。人们不约而同,一齐翘首张望。过了一会儿,镰刀变成半圆。半圆越来越大,最后变成圆圆的太阳。

"又出太阳了!""天又亮了!"人们欢呼雀跃。这时候,朝廷的几位官员来了。边礼仲走在前头,一边摇头一边说:"一晨现两日,古今未有,真是罕见!"位一乾说:"古人云:'天无二日',今晨现两日,凶多吉少!"仲大窿说:"日出两次,岂非咄咄怪事!"

对于这件事,史官及时记录下来:"懿王元年,天再旦于郑。"经后世专家测算,这一天是公元前899年四月二十一日。古人不懂天文学,把"日全食"看成了两次日出。值得庆幸的是,史官把此事发生的时间地点,十分准确地载入史册,因此留存后世。

太阳出来了,再次照耀天空。莒鄢公一直心跳不安,立即赶回莒国。

原来,"天再旦"发生后,莒国与关中地区一样,上下惊恐,人心惶惶。莒鄢公回到莒国,官员们纷纷前来报告。司空沙韬金说:"当日我乘船南下催粮,前进不到二十里,海上突然一片漆黑,木船差点撞到礁石上。过了一大会儿,又一太阳升上天空。万万想不到,我们的木船漂出了上百里!"司农麦一纲说:"近日以来,怪事连连。公鸡不叫,母鸡打鸣;河中鲤鱼蹿到沙滩上,海中鳕鱼蹦到礁石上;战马挣脱缰绳,四处乱碰乱撞!"莒鄢公听了眉头深皱,说:"大周天下,怪事频现,看来已是凶多吉少。"说完长叹一声。

却说周懿王时期,戎、狄逐渐强大起来,相继向镐京周边侵犯。作为犬戎一支的猃狁,首先发难,屡次向东侵袭。大周王朝烽烟再起。

这天,仲大窿急匆匆进来,向周懿王报告:"猃狁兵东侵,西岐告急!"懿王忙问:"敌兵如此猖獗,当如之奈何?"仲大窿回答:"自古兵来将挡,水来土掩。我虽不才,愿领兵前往,剿灭贼寇!"懿王说:"尽发王师精锐,向猃狁进击!"仲大窿不负使命,指挥王朝大军,一路向西横扫。猃狁兵抵挡不住,只得后退数百里。有人赋《采薇》诗一首,记载了这次出征猃狁,风雪归途中的情景，广大将士的思乡之情，充满字里行间：

> 采薇采薇，薇亦作止。
> 曰归曰归，岁亦莫止。
> 靡室靡家，猃狁之故。
> 不遑启居，猃狁之故。
> 采薇采薇，薇亦柔止。
> 曰归曰归，心亦忧止。
> 忧心烈烈，载饥载渴。
> 我戍未定，靡使归聘。
> ……
> 昔我往矣，杨柳依依。
> 今我来思，雨雪霏霏。
> 行道迟迟，载渴载饥。
> 我心伤悲，莫知我哀！

——采薇采薇一把把，薇菜刚刚发新芽。
说回家呀道回家，眼看一年又完啦。
离了亲人离开家，为跟猃狁去厮杀。
没有闲空坐下来，为跟猃狁去厮杀。
采薇采薇一把把，薇菜柔嫩初发芽。
说回家呀道回家，心里忧闷多牵挂。
满腔愁绪火辣辣，又饥又渴真苦煞。
防地调动难定下，书信托谁带回家。
……
回想当初出征时，杨柳依依随风吹。
如今回来路途中，大雪纷纷满天飞。
道路泥泞难行走，又渴又饥真劳累。
满心伤感满腔悲，我的哀痛谁体会！

让人始料未及的是，猃狁刚被赶跑，犬戎又造反作乱。周懿王十五年，犬戎竟然出兵围攻镐京。仲大窐接到警报，急匆匆向懿王报告："西北犬戎作乱，大有进攻镐京之势，请大王速速发兵！"懿王说："以你为帅，发兵进剿！"

仲大窐年近六旬，已经两鬓苍白。他率领三千人马，急速奔赴前线。来到泾河南岸，敌兵已在北岸安营扎寨。仲大窐不辞辛劳，立即指挥队伍渡河。队伍刚刚渡河，戎兵立即冲杀过来。仲大窐一车当先，冲入敌阵。戎兵呼啦啦围拢上来。仲大窐挥动双剑，左砍右削，几名戎兵立即倒下。敌酋见状，骑着大象冲过来。仲大窐挥动青铜剑，向敌酋猛砍。几次挥剑猛刺，都无法触及敌酋。就在这时候，大象伸出长大的象牙，低头插到车下，然后猛力向上一挑。仲大窐的战车"哗啦"一声，顿时被掀翻在地。戎兵见状，立即冲杀过来。王朝士兵刀枪并举，挡住敌人，把仲大窐解救出来。仲大窐伤势严重，不得不趁夜退兵。

消息传到莒国，上下一片惊恐。原来，莒鄢公不懂军旅，而且胆小怕事，遇事优柔寡断。朝廷失利的消息传来，莒鄢公忧心忡忡。正在忧虑之际，司农麦一纲报告："潍河上游，蝗灾严重，颗粒不收；沭河决堤，粮田被淹；海水倒灌，盐场受损极其严重。"司空沙韬金报告："目下四境不宁，琅琊、两城、渠丘、莒城，缺少防御设施。"紧接着，司寇左丘离报告："邑吏与刁民联手，霸占土地，侵夺民财，案件频发。"话音未落，司马火敛罡急匆匆闯进来，说："珠山、五莲山、九仙山、马耳山、浮来山、马亓山、甲子山、鹰愁崮、凤凰山等处，均出现匪患，各地纷纷告急！"

莒鄢公一听，顿时脸色变黄，惊慌失措，说："灾害频仍，匪患遍地，愁煞我也！"当天夜晚，莒鄢公做了一个梦。"天再旦"的情景，又出现在梦境之中。他浑身哆嗦，接着惊叫一声，一头栽倒在床下，当即死亡。莒鄢公去世，他的长子嬴昶索继位，是为莒常公。

莒常公继位第一件事，是为莒鄢公举行葬礼。葬礼完成后，王金冠进谏："依照惯例，国君继位，应前往京都，求得天子册封。"莒常公接受建议，立即带上礼物，星夜赶到镐京。万万想不到，周懿王已经逃往犬丘。

原来，仲大窐身负重伤，朝廷大军只得退兵。周懿王正在忧愁，位一乾进谏："可令虢公为将，出征伐狄。"懿王说："此议甚好。"立即下令，让虢公领兵出征。队伍过了泾水，发现一股狄军。虢公扬鞭催马追赶上去，敌人纷纷向北逃窜。大军一路追赶，杀散几股敌军。又向前追了一程，大漠出现在眼前。大军正在向北行进，突然狂风骤起，飞沙走石，遮天蔽日。

就在这时候，北面号角齐鸣，杀声震天。狄兵一阵"呼呼嗷嗷"，一齐杀奔过来。周军睁不开眼睛，不辨方向。敌人趁势向南冲击，周军顿时溃不成军。狄兵凶猛追杀,周军抵挡不住,乱纷纷向南溃逃。队伍逃到泾水,已经所剩无几。凶猛的狄兵,继续向南进攻。

朝廷禁军驻在泾水南岸,本该向北进击,却停止不前。将士们有的捞鱼摸虾,有的到树林狩猎,有的在水中嬉戏。狄兵冲杀过来,周军乱哄哄四处逃窜。狄兵趁势追击,一直追到镐京北郊。西戎听到消息,立即趁火打劫。其他几个部落,趁机向镐京攻击。此时的周懿王,正在与嫔妃饮酒作乐。忽然,位一乾报告:"镐京三面被围,危在旦夕!"

周懿王一听,顿时吓得目瞪口呆。位一乾说:"事不宜迟,逃命要紧,请大王速速离京!"懿王战战兢兢地说:"京畿被困,三面皆是敌人,何处才是安身之所?"位一乾说:"情势危急,唯有先到犬丘!"懿王带上三个嫔妃,慌忙坐上大车,像漏网之鱼,仓皇向犬丘奔逃。

莒常公万万想不到,好不容易赶到镐京,周懿王已经逃往犬丘。

正是:以少胜多北狄兵,仓皇逃命周懿王。

第十五回　周孝王荣登大位　嬴非子受封秦邦

莒常公到达镐京，周懿王已经逃往犬丘。随行的王金冠说："天子逃亡，戎狄肆虐。京畿四面皆敌，已非久留之地，莫如就此回国。"莒常公说："此言极是，赶紧离开镐京！"带领人马兼程前进，急匆匆返回莒国。

周懿王一路奔逃，终于到达犬丘。环顾身边，文臣武将只有寥寥数人。镐京佳丽无数，带来的仅有三名。他心里越想越难过。位一乾进谏："镐京周边，戎狄环伺。大王圣驾，暂时不可回京。目下之际，当以犬丘为别都，徐图良策。"边礼仲说："天子远离京都，国中无人。需一上卿，主持国政。"大司寇李嵘颢说："太师姬辟方，为人方正，德高望重；又是天子之叔，可为摄政，在京主持大计。"懿王无可奈何地说："大敌当前，情势非常，只得如此。"

姬辟方摄政后，殚精竭虑，内外兼顾，形势逐渐趋于平稳。周懿王身在犬丘，清闲无事，天天饮酒作乐。位一乾看在眼里，对懿王说："此地有一美女，芳名玲婼，年方十七，粉面玉肌，亭亭玉立。可否进献大王？"懿王一听，十分高兴地说："如此甚好，速速带来！"

周懿王见到玲婼，十分喜爱，天天一起缠绵。两人颠鸾倒凤，翻云覆雨，夜以继日。常言道："天有不测风云。"这天午夜，玲婼突然尖叫一声，赤身裸体跑到院子里。人们进去一看，周懿王皮肤紫红，浑身抽搐，已经不省人事。太医一番急救，可是已无回天之力，只得摇了摇头，说："精血枯竭，不可救药，赶紧安置后事！"

周懿王贪恋玲婼，精血付出太多，导致命归黄泉。位一乾、边礼仲、李嵘颢三人一起，急忙去镐京报信。姬辟方说："天子驾崩，国不可一日无主，速辅太子即位，以继大统！"李嵘颢摇了摇头说："目下戎狄环伺，四海不宁。太子年幼，难以处理国政。"边礼仲说："唯有军政兼备之人，方能掌控大局。责任重大，非太师不可。"位一乾说："二位所言极是，担当天下重任，非太师不可！"姬辟方十分诚恳地说："大周自开国以来，唯有嫡长子继位，从无别例。祖制如山，不可违背。况且，我乃当今太子叔祖，焉能混淆辈分，僭越王位也？"

原来，姬辟方是周懿王的叔叔，太子姬燮的叔爷爷。

位一乾说："文王奠基，武王伐纣，大周天下来之不易。自古社稷为重，焉能因辈分之差，而误天下大事？太师德高望重，吏民拥戴。应早登王位，以安众心！"三位大臣同时跪下，齐声说："太师若不登王位，大周国将不国，有负万民之望。先王在天之灵，何以得到安慰耶？"

三位大臣众口一词，一致劝进。姬辟方说："诸位公卿推举，我姬辟方难以违拗。但我有言在先，一旦太子长大成人，我即刻让出王位。此志不改，请卿等做证。我若留恋王位，苍天可鉴！"姬辟方说罢，举起宝剑砍掉案子一角。姬辟方登上王位，是为周孝王。

且说莒常公有个癖好，特别喜爱白马。早在儿童时期，他经常到马厩玩耍。看到白马驹出生，立即跑过去，用手抚摸一会儿；再伸手抱抱，然后亲昵一阵。到了少年时期，莒常公时常骑着白马，到郊外飞驰。他外出骑着白马，遛弯牵着白马，睡觉搂着白马。众官吏悄悄议论："与白马为伴，以白马为友。朝朝暮暮，乐此不疲，真白马王子也！"莒常公继任国君后，更加喜爱白马。大院门口，拴上两匹白马；大门里边，又是两匹白马；军营马厩里，全部拴着白马；军队操练，出兵征战，所有马匹一律白色。

常言道："上有所好，下必甚焉。"国君喜爱白马，各级官吏纷纷效仿。大小官员，以骑白马为荣。举国上下，送礼送白马，上寿用白马，拉车用白马，耕地用白马。即使娶妻迎亲，也用白马。孩童读书，最先读白马；写字，最先写白马。文人撰文，题目不是《白马论》《白马之我见》，就是《议白马之长》《论白马之优》。画家画白马，年画挂白马，塑匠塑白马，马贩贩白马。一时之间，白马成为莒国风尚，人们戏称莒国是"白马之国"。

消息如风，很快传遍近邻各国。齐、鲁、莱、纪、郯、徐、邾、滕、曹等国，马贩们闻风而动，纷纷到莒国贩卖白马。莒国大小城邑，家家饲养白马。一眼望去，街市上全是白马。如此，莒国成为白马天堂。

以往，莒国到外地买马，出面的不是司马就是司农，早已形成惯例。自从莒常公长大成人，每次到外地买马，他都要一同前往。这天，莒常公与司农麦一纲一起，从宋国买来一批白马。两人赶着马群，兴冲冲走到珠山西侧。

突然看到,有个人骑着白马,在草地上扬鞭奔驰。注目一看,那匹马没有马鞍,没有马镫,是裸马一匹。乘马人左手握住缰绳,右手扬鞭催马,在草地上往来如飞。

莒常公一看,不禁激情难抑。他立即骑着白马,飞一样追赶上去。

麦一纲在后面高喊:"非子!非子!"前面那人回头高喊:"来者何人?为何紧追不放?"麦一纲大喊:"此乃莒国国君,还不下马施礼!"

非子立即翻身下马,急忙躬身施礼,说:"在下不知国君驾到,有眼不识泰山,万望国君恕罪!"莒常公十分大度地说:"免礼免礼!你我皆是爱马之人,以马会友,岂不快哉!"他拍拍非子的那匹白马,恋恋不舍。

原来,殷纣王的驾前猛将名叫飞廉。飞廉的玄孙是造父,造父是周穆王的驭手。非子是造父的近族侄孙。造父精于驭马,日行千里,立下汗马功劳。周穆王为了表彰造父,赐予黄金、良马、锦帛等,同时,赐予霍山下的赵城,作为造父的采邑。造父得到封赏,打算购买一块土地,建立自己的马场。堂弟太几说:"伴君如伴虎,须臾不可大意。马场距京畿太近,树大招风。莒国地处东海之滨,远离京畿。以我之见,莫如去莒国置地一块,以为养马之用。两地相隔数千里,无人知晓。"造父说:"言之有理!"

造父立即带上太几,悄悄到达莒国。

造父到来,莒琅公十分客气,以礼相待。造父说明来意后,莒琅公说:"莒国土地宽广,此事好说!"回头告诉司农,"珠山以西,土地开阔,有山有水,草木丰茂,此地宜于养马。你陪同造父,到珠山实地勘察,选定地址。"马场已经确定,造父对莒琅公说:"天子有令,我应尽快返回。留下太几,替在下养马,尚需贵国多多照顾。"造父说完翻身上马,一溜烟而去。造父走了,太几留在珠山养马场。他尽心竭力,把马儿养得膘肥体壮。马儿越养越多,马场愈来愈大。每批马儿长成,莒国就派人前来挑选战马。珠山养马场骠马成群,成为莒国战马的重要来源地。从此,太几留在养马场,娶妻生子,繁衍后代,成为莒国人士。转眼之间,已经到了第三代,这就是非子。

非子继承了父辈传统,养马、骑马、相马、医马,无所不通,闻名遐迩。

再说,周孝王登上王位,边患日趋严重。这天上午,大司马仲大窿报告:"军情紧急,战马死伤严重,急需补充。"孝王十分忧愁地说:"府库空虚,战马昂贵,购买军马,金钱何来?"说完长叹一声。仲大窿说:"穆王驭手造父,大王一定有所耳闻。其远房侄孙名叫非子,目前正在莒国养马。据说,此人养马、相马，技艺天下无双。何不让他来朝廷养马，以解燃眉之急？"

周孝王说："竟有此事！快快把非子召来，为朝廷养马！"

朝廷使臣到达莒国，见到莒常公，递上竹简说明来意。莒常公说："朝廷所需，大局为重，莒国只好忍痛割爱。"随后把使臣送往馆驿歇息。司空沙韬金说："微臣有一设想，未知当否？"莒常公说："有话尽管讲，何必吞吞吐吐！"沙韬金说："非子此去镐京，是奉天子召唤，此事非同一般。国君可陪同前往，一来送个人情，二来趁机觐见天子。天子登基不久，诸侯前往觐见，焉有不悦之理？如此办理，岂不两全其美？"

莒常公说："此议甚好，立即筹备，准备进京！"第三天，带上海盐五千斤、干海带一万斤、干海虾十大箱、干海米十大箱、海鱼干十大箱、干海胆两大箱、海岛燕窝两箱、莒国陈酒六十坛、大青山蜂蜜六坛、锦帛二百匹、优质麻布三百匹、海狸皮大氅一件、鲨鱼皮遮阳伞一顶，再加其余珍贵物品，足足装满十大车。莒常公、非子同乘一车，率领随从往镐京进发。

莒常公见到周孝王，先行施礼，竭尽崇敬之意。孝王异常满意，赏赐象牙六对、虎皮两张、镶金青铜剑一柄、天子所用弓箭一套。周孝王不无惭愧地说："朝廷府库拮据，赏赐有限，尚望见谅。"莒常公说："天子赏赐，价值连城，不胜荣幸！"

非子带领家小，来到渭水之畔。原来，这里就是朝廷养马场。非子不负使命，尽职尽责。数千匹马儿成长迅速，个个膘肥体壮。每年一批骏马出厩，送往朝廷禁军。周孝王对此非常满意，对位一乾说："非子养马，功不可没，当论功封赏，爱卿意下如何？"位一乾立即迎合，说："非子之功，应予褒奖。大王思虑，极为周全。"周孝王立即召见非子，说："念你养马有功，封给秦邑，延续嬴姓祭祀。自今往后，秦邑改称秦嬴！"

原来，秦邑是一个小城邑，地处西犬丘。这里森林茂密，雨水充沛，黄土肥沃，是个种庄稼的好地方。因为地方太小，够不上诸侯标准，所以叫附庸。从此，非子改为嬴姓，起名叫嬴非。谁也想不到，就是这个秦嬴，后来成为秦国。最后一统天下，成为大周王朝的掘墓人。当然，此是后话。

嬴非受封之后，万事顺遂，心里十分高兴。此时此刻，他又想起了莒国。这天晚上，嬴非酒至半酣。他走到室外举目东方，一股思念之情不禁油然而生。他想："爷爷当年，到珠山养马定居，莒国不当外人，三代人都受到悉心关照。由于天子召唤，自己来到西部边陲。转眼之间，已经几年过去，此时的珠山养马场，是否仍旧骡马成群？中间的小清河，是否仍旧清澈南流？周边山林，是否还是茂密青翠？"嬴非越想越思念，禁不住热泪滚滚。

五月初一上午，周孝王亲自来到养马场。举目一看，马儿膘肥体壮，成群结队，追逐奔腾。孝王高兴地说："嬴非养马之能，古今罕见。特赏套马杆两条、牦牛皮马鞭三条！"嬴非立即施礼致谢。王朝大司农名叫林一森，他悄悄对嬴非耳语："大王亦是爱马之人，尤其喜爱白马。"

嬴非一听，立即跑到周孝王面前。他说："莒国从南到北，遍地皆是白马！"孝王高兴地说："本王酷爱白马，莒子亦爱白马，天下竟有此等巧事！"孝王说完，回头对林一森说："你带足黄金、象牙、玉璧，与嬴非一起，速去莒国。凡能充任军马者，统统购来！"然后又补充说："每匹白马，黄金十镒。堂堂朝廷，决不亏待莒国！"林一森与嬴非一起，很快到达莒国。

林一森见到莒常公，首先说明来意。司农麦一纲悄悄对莒常公说："每匹白马黄金十镒，千匹白马，即是万镒。从此，我国府库充盈，此事可喜可贺！"莒常公十分高兴，对林一森说："大海浩渺无垠，景象万千。大海观景，乃人生美事。大司农初到莒地，不可失此良机。我愿陪同前往，观赏大海美景，不知大司农意下如何？"林一森说："大海之美，久有所闻。今日到此，愿得一游。"次日，莒常公与林一森同乘一车，麦一纲、嬴非乘车随后。一行人扬鞭催马，往海滨奔驰。刚刚到达海滨，突然后面尘土飞扬。马上人一身皂衣，一边追赶一边高喊："朝廷有令！停车停车！"

原来，周孝王从养马场回到镐京，突然身染重病。周懿王的太子姬燮，以及边礼仲、位一乾、仲大窿等众位大臣，齐集孝王病榻之前。孝王有气无力地说："当初懿王病逝，承蒙诸位推戴，本王不顾辈分，登上天子之位。转眼之间，已是数年之久。近日以来，本王不幸染病，不能再与卿等共事。想当初，本王有言在先，一旦太子长大成人，即刻让出王位。时至今日，此事务必实施。切望卿等，一如既往，辅佐新君，以安大周天下。"

周孝王说到这里，然后抬了抬手，对姬燮说："王位之重，重于泰山。切记勤勉自省，任贤用能；扶危济困，体察民情，以求长治久安，望你好自为之。"孝王说罢，看一眼众位大臣，然后双目紧闭，溘然长逝。

周孝王离别人世，姬燮继位登基，是为周夷王。

周夷王自幼胆大野蛮，心狠手辣。还在六岁时，他一脚踢破鸟笼，两手抓住一只鹦鹉，然后猛力一撕，那只可爱的鹦鹉，立即被撕下一条腿。夷王十三岁时,到后花园玩耍,看到几只獐子在啃草。他越过围栏,抓住一只小獐子,紧紧搂在怀里。小獐子四蹄乱踢,踢到了他的胸膛。他一怒之下,用脚狠狠踏住獐子后腿,两手抓住小獐子前腿,然后猛力一拉,小獐子立即被撕成两截。夷王还不解恨,又抓起獐子前腿,"唰"的一声扔到围栏之外。围栏内外,顿时鲜血淋漓,惨不忍睹。侍臣见状,急忙用衣袖遮住眼睛。夷王擦了擦双手,然后扬长而去。

周夷王登基,消息很快传到莒国。莒常公心想:"此人登上天子之位,天下必遭横祸!"想到这里,他不禁心惊肉跳。

正是:生撕活剥寻常事,心狠手辣周夷王。

第十六回 夷王活烹齐哀公 莒子深情伴白马

周孝王溘然去世，莒常公十分哀痛。按照朝廷要求，各路诸侯都要到镐京奔丧。莒常公立即派人，清点朝廷购买的白马，全部套上笼头。然后把缰绳相连，排成长队，一起赶往镐京。来到镐京一看，各路诸侯早已到达。

镐京城里城外，大车成排，战马无数。举目望去，赤、青、黑、褐、灰、银、花斑，等等，形形色色，应有尽有。莒国马队一色纯白，看上去整齐划一，十分炫目耀眼，成为一道亮丽风景线。众诸侯无不羡慕，称赞之声不绝于耳。

莒常公来到大厅，众诸侯同时到达。周夷王身穿礼服，已经正襟危坐。齐哀公在前，鲁厉公在后，莒常公跟在他俩后面，依次走向前去。原来，齐癸公几年前已经去世，他的儿子姜不辰继位，是为齐哀公。

众位诸侯觐见，周夷王走到堂下迎接。想不到，此事引起不小的波澜。新任大司农张诚，对着莒常公悄悄耳语："大周天下，已逾百年。朝觐天子之礼，今日荡然无存。"莒常公深有感触地说："不承想，世事变异，竟至如此。"

张诚向周夷王进谏："昔日穆王巡狩天下，威震四海。大王何不效仿穆王，巡狩四方，以振天子威仪耶？"夷王高兴地说："如此甚好，速速筹备。四月初六，向东巡狩！"莒常公悄悄对鲁厉公说："夷王此次东巡，究竟是福是祸，尚需拭目以待。"鲁厉公轻轻点头，表示赞同。

莒常公的原配夫人，名叫莱媚。她是莱国公主，知书达理，才貌两全。莱媚嫁到莒国已经七年，生了一个儿子，从此再未生育。原来，莒常公爱白马胜过爱夫人。他命人在马厩一侧，修建房屋三间，称作马厩木屋。马厩木屋的门窗正对马厩，从里面观看白马，一目了然。

莱媚生了儿子次日，正好大白马生了一匹小马驹。马驹腿长腰圆，浑身雪白，摇头摆尾，溜光可爱。莒常公越看越喜爱，常常搂在怀里，爱不释手。

因为酷爱白马驹，莒常公不再与莱媚同床，每天都在马厩木屋过夜。转眼之间，数年过去。此事被左右看在眼里，大家十分着急。

司空沙韬金对司徒王金冠说："列国诸侯，无不儿女成群；可是咱们国君，仅有独苗一株。此事如何是好？"王金冠说："闻听鲁国有两位公主，系孪生姐妹，称为大姬、小姬。两姬貌美如花，至今尚未婚配。何不劝说国君，到鲁国迎娶两姬。生儿育女之事，自然水到渠成。"二人一商量，立即向莒常公报告。万万想不到，莒常公漠然置之。二位臣子不厌其烦，反复劝说，莒常公终于答应。求婚、行聘、迎娶，终于把两姬娶到莒国。

新婚当夜，莒常公喝得酩酊大醉，又呕又吐。进入洞房后，一下子倒在床上。二姬姐妹彻夜未眠，端茶递水，擦脸捶背，整整服侍了一个通宵。次日夜晚，莒常公不辞而别，到马厩木屋过夜去了。一连七夜，都是如此。大姬哭着对小姬说："夫君如此冷淡，莫非嫌你我长相丑陋？"小姬说："据说他爱白马胜过爱美人。咱俩一起去找莱夫人，看她有何话说。"姐妹俩找到莱媚，泪流满面，把情况述说一遍。莱媚流着泪说："咱们都是苦命之人。夫君宁可陪白马过夜，也不理会咱们。此事若被外人知晓，咱们有何脸面见人？"莱媚说完呜呜大哭，两姬同时哭泣起来。

且说周夷王向东巡狩，众大臣陪护左右，千军万马迤逦而行。队伍刚刚到达齐都营丘南郊，突然探马来报："楚国僭位，擅自称王！"夷王一听，大惊失色。他问大司徒刘舆："楚国是何状况，竟如此猖狂，擅自僭位称王？"

刘舆报告："成王时期，分封熊绎为楚国国君，最初定都于丹阳。其时，楚国既穷又弱。熊绎欲模仿中原，搞盛大祭典，却置办不起祭祀用品。无奈之下，只得偷了郐国一头小牛，趁夜宰杀，偷偷举行祭礼。成王召开岐阳大会，熊绎无资格参会，被当成下人，看守庭院。熊绎死后，传位给儿子熊艾；熊艾传给儿子熊䵣，熊䵣传给儿子熊胜；熊胜传给弟弟熊杨，熊杨传给儿子熊渠。穆王时期，楚国平叛有功，受到嘉奖，因此声名鹊起。周边部落诸侯，纷纷归附楚国。从此，楚国势力愈来愈大。目前熊渠在位，雄霸江汉，成为周边最强诸侯。"

熊渠方额大脸，宽背肥腰，身躯强健，力大无穷。他善于骑马射箭，喜用强弓硬矢。曾经在一百二十步之外，射死一只大黑熊。一天夜晚，熊渠狩猎回营，走到一片树林之中。突然，随从高叫一声："老虎！"众人抬头看去，路旁浓密的树荫之下，卧着一只大老虎。众军士受到惊吓，顿时心惊肉跳。熊渠来到队伍前头，一箭射去。"噗"的一声，箭镞深深插进老虎背上。众人上前一看，竟然是一块大石头。

周夷王说："熊渠如此骁勇，难怪猰貐作乱！"说完，回头对大司马杨义昆说："楚人僭位称王，速派王朝禁军，攻而歼之！"刘舆进谏："以卑臣之见，消息尚属传言，真情并不明朗，王朝禁军不宜轻动。"夷王问："依众卿之见，当如之奈何？"王栗说："宜派可靠之人，潜入江汉，刺探虚实，再作定夺不迟。"大司农张诚说："嬴非为人机灵，又擅驭马，与莒子交谊深厚。可速派嬴非前去，与莒子潜入楚国，探听虚实。"夷王说："此议甚好，速令施行！"

嬴非领命，昼夜兼程，很快来到介根。见到莒常公，嬴非首先说明来意。莒常公说："江汉盛产白马，我欲前往采购。既然天子有令，正好兼而行之。"次日，莒常公与嬴非一起，走海路，经长江，终于来到江汉。他们以贩马为名，先后到达庸国、鄂国、杨粤等地。嬴非对莒常公说："一路行来，所见所闻无不证实，熊渠确已称王，此事铁定无疑。"莒常公说："立即派出信使，火速报告朝廷！"

原来，周夷王时期，天下秩序已经混乱。楚子熊渠出兵一万，向西攻打庸国，向南攻打杨粤，向北攻打鄂国。三国很快被打败，全部归附楚国。

楚军凯旋，熊渠因此志得意满。这天，他大摆酒宴，庆祝胜利。酒至半酣，熊渠高举酒杯，当众宣称："我乃蛮夷，不受中原封号。姬姓人可以称王，我熊姓家族为何不能称王？从今往后，寡人即是楚王。封我之长子熊康，为句亶王；封次子熊红，为鄂国王；封三子熊执疵，为越章王！"

周王朝自建立以来，只有周天子称王。天下众多诸侯，分别以公、侯、伯、子、男五等爵位称呼。楚国远离镐京，趁乱僭位称王，是破天荒的大事。

且说周夷王率领人马，来到营丘南郊。齐哀公并未出来迎驾，夷王不禁怒火中烧。正想发作，北面一队车马飞驰而至。来人跳下车，倒头便拜，说："天子驾到，有失远迎，恕罪恕罪！"原来，此人是纪国国君，称为纪子。夷王认真端详一下，纪子单眉细眼，中等个头。他的两眼滴溜溜乱转，说话甜言蜜语，礼数十分周到。夷王十分满意，当即下令："赏赐白璧两双，红弓一套！"

纪国东临渤海，东南与莱国接壤，西面与齐国接壤，历史远早于齐国。纪国属于原地土著，齐国属于"空降外来户"。对于齐国的建立，纪国心存芥蒂。齐国不断壮大，纪国深感威胁，犹如锋芒在背。因此，纪国把齐国视为肘腋之患。

今天周夷王驾临,齐哀公未来迎驾,夷王怒形于色。纪子觉得有机可乘,于是大进谗言:"天子驾临,齐侯拒不接驾。此乃目无天子,目无朝廷,是大逆不道之举。"夷王一听,"唰"的一声拔出宝剑,命令大司马杨义昆:"带领人马,速将姜不辰擒来!"杨义昆喊一声:"得令!"率领五百禁军,呼啦啦闯进齐哀公内室。此时的齐哀公,正喝得酩酊大醉。

杨义昆一看,齐哀公口里嘟嘟囔囔,醉话连篇。齐国司徒令三建急忙报告:"天子驾到,赶紧迎驾!"齐哀公醉醺醺地说:"小小姬燮,什么天子,我幼子比他年长几岁呢!"齐哀公说完,翻身向里打起了呼噜。杨义昆怒不可遏,把手用力一挥。将士们一拥向前,把齐哀公从床上拖下来,用绳子一捆,抬到战车上。来到周夷王面前,兵士抬起齐哀公,"扑通"一声扔到地上。

此时此刻,齐哀公大醉初醒。他浑身哆嗦,瘫倒在地上,犹如一摊烂泥。周夷王高喊一声:"带走!"杨义昆指挥士兵,把齐哀公捆到战车上。夷王原本打算接着到莒、鲁两国继续巡狩,现在兴趣全无,于是高喊一声:"传檄诸侯,到东都会齐!"一声令下,大队人马向洛邑回返。

这时候,莒常公、嬴非二人,继续在江汉游历。这天将近中午,来到一个繁华街市。举目望去,人头攒动,十分热闹。突然,嬴非指着前方大喊:"白马白马!"莒常公抬头一看,那里有一大群白马。两人三步并作两步走,走向前去观看。原来,这些白马产自西蜀,头高腿长,体型优美,浑身雪白,没有一丝杂毛。白马见到陌生人,一会儿四蹄乱跳,一会儿仰天长啸。莒常公不禁失声夸赞:"此等良马,天下罕见!"

陪同前来的麦一纲,看出了国君的心思,立即进谏:"国君既然喜爱,何不出手购买?"莒常公说:"蜀地白马,价格必定昂贵。"麦一纲说:"朝廷前次购马,出资极其可观。用来采购蜀马,乃是以马易马,何乐而不为?"莒常公说:"以马易马,此议甚好!"接着,三人一起挑选马匹。经过讨价还价,每匹黄金十二镒,一次购买白马三十匹。

莒常公回到莒国,两姬非常高兴。可是到了夜晚,莒常公悄然离开,到马厩木屋伴陪白马去了。姐妹俩十分难过,整整哭了一夜。次日清晨,小姬对大姬说:"姐姐,咱俩再去找莱夫人,请她做主!"姐妹俩来到莱媚住处,一顿哭哭啼啼,把事情诉说了一遍。莱媚听了十分同情,说:"我已二十八岁,年长色衰,他不理不睬也倒罢了。你们姐妹正值豆蔻年华,如花似玉。

既然把你们迎娶过来，就应好好对待！"莱媚生了一会儿气，然后又说："你俩就到马厩木屋过夜，看他如何对待！"在侍女陪同下，莱媚与二姬姐妹一起，带上被褥，来到马厩木屋。随后铺好床铺，让姐妹俩住进去。

可是每到夜晚，莒常公一边饮酒，一边欣赏白马。喝酒过后，就把白马驹搂在怀里，倒头便睡，对于二姬姐妹一直不理不睬。大姬对小姬说："据说男人用了壮阳药，就会喜欢女人，咱何不试试？"小姬说："我听姐姐的！"在莱媚的帮助下，二人找到郎中，配了人参、虎骨、鹿鞭、鹿茸、锁阳、枸杞等名贵中药，浸泡在上等坛窖酒中。然后，把酒坛封得严严实实。

这天夜里，莒常公又走进木屋，伸手搂着白马驹。大姬说："鲁国送来上等美酒，请夫君品尝。"莒常公喝了一口，连声称赞："好酒好酒！"姐妹俩一起，殷勤斟酒、敬酒，小心服侍。过了几天，莒常公的脸色越来越红润，看两姬的眼神由阴沉变成阳光。姐妹俩看在眼里，高兴在心里。

这天夜晚，莒常公饮酒过后，搂着白马驹呼呼大睡。姐妹俩轻手轻脚，把马驹弄到屋外，然后一左一右，悄悄躺在莒常公身旁。这时候，莒常公做了一个美梦。有两匹可爱的白马驹，双双趴在自己身旁，逐渐向自己靠近。其中一个，慢慢爬上自己的胸膛，然后把柔柔的嫩唇轻轻贴向自己宽大的嘴巴。莒常公顺势一翻身，把那匹"白马驹"压到身下。当日夜晚，大姬便有了身孕。不几天，小姬同样怀胎。莱媚得知消息，十分高兴。她对两姬说："从今往后，我儿子不再孤单，你们姐妹功不可没！"

再说周夷王率领人马，押着齐哀公，很快到达东都洛邑。众位诸侯，相继到达。莒常公带领人马，一路追赶到洛邑。见到夷王，莒常公立即报告："楚国僭位，确已称王！"众文武听了，无不义愤填膺。因为齐哀公的事，夷王正在气头上。他把楚国僭位称王的事，暂时搁置一边。

莒常公心想："齐侯已成阶下囚，下步如何处置，尚属未知之数。"莒常公刚刚想到这里，只见纪子趋前一步，向周夷王再次进谗："齐侯狂妄自大，亵渎朝廷，罪大恶极。"夷王说："快快讲来！"纪子说："微臣不敢明言，唯恐有碍大王。"夷王说："但说无妨，恕你无罪！"纪子于是说："齐侯扬言：'天子无德，不可君临天下！'"

周夷王一听，不禁怒火中烧。他"唰"的一下拔出青铜剑，"咔咔"两声，把案子砍为两截。然后大声咆哮："活烹姜不辰，以解我心头之恨！"

夷王一声令下，杨义昆指挥士兵，支起大铜锅，点燃柴薪，顿时烈火熊熊。不一会儿，热油沸腾翻滚，发出"咕噜咕噜"的声音。众人看了，一个个心惊肉跳。夷王高喊一声："押过姜不辰，扔进釜中！"武士得令，四人抬起齐哀公，"哗"的一声扔进沸腾的大锅。齐哀公一边挣扎，一边不住地惨叫，令人毛骨悚然。

莒常公见状，不忍直视，急忙闭上眼睛。

正是：油锅沸腾令人惧，活活烹杀齐哀公。

第十七回　楚国君撤销王号　莒常公进献白马

莒常公追随王朝大军，这天终于到达洛邑。万万想不到，正赶上周夷王活烹齐哀公。面对沸腾的油锅，莒常公不忍直视，急忙闭上眼睛。等到睁开眼睛，齐哀公已被活活烹死。面对如此惨烈的情景，莒常公的心情难以形容。

齐哀公被烹死，他的同父异母弟姜静继位为君，是为齐胡公。

当时的所谓"公"，并非公、侯、伯、子、男之"公"，而是诸侯死后的谥号，是对诸侯的尊称。齐胡公刚刚继位，司徒姜离工进谏："营丘地狭人少，不宜为都。薄姑北依高岗，南临大湖，乃风水宝地。"齐胡公说："此议甚好，迁都薄姑！"几个月之后，齐国把国都迁往薄姑城。

莒常公回国不久，得到一个重要消息。原来，自从烹死齐哀公，周夷王得了一种怪病。深更半夜，经常梦见厉鬼缠身。厉鬼青面獠牙，张牙舞爪，狰狞恐怖。夷王每次醒来，都吓出一身冷汗。这天夜里，夷王正在熟睡，突然听到一声大喊，急忙睁眼看去。朦胧之中，看到齐哀公红发倒竖，手举桃木剑高喊："还我命来！还我命来！"接着"唰"的一剑砍来。夷王大叫一声"饶命！"一头栽到地下，七窍流血，一命呜呼。

周夷王去世，他的长子姬胡继位，是为周厉王。周厉王肥头大耳，腰粗肩壮，自幼性情残暴，好勇斗狠。因此，人们暗中称之为蛮王。

周厉王出生时，气候非同寻常。周孝王七年，伏天下霜；中秋之前，突然降下大雪；腊月下起冰雹，大于鹅卵；长江、汉水等南方河流，竟然上冻结冰。气候如此怪异，广大吏民无不惊恐。就在这一年，周厉王出生。周王朝有个史官，名叫张禹承。面对如此怪异的现象，张禹承忧心忡忡，于是悄悄占卜三次。想不到，占卜结果每次都是"凶"。张禹承心想："怪异频现，周王朝必无好结果。"他想到这里，立即弃官回家。

且说二姬双双怀胎，本是一桩喜事，莒常公却漠然置之。这天夜里，二姬又来到马厩木屋，两人宽衣解带，准备就寝。莒常公抬头瞄了一眼，看到她俩的肚子微微隆起,他心生厌恶,立即把姐妹俩赶了出去。然后一如既往,住在马厩木屋,天天守着白马过夜。

这天夜晚,二姬又来到木屋。两人左看右看,里面空空如也。深更半夜,为何不见人影?姐妹俩来到马厩,悄悄向里观望。莒常公蹲在那里,一边叹气一边流泪。原来,一匹白马驹不幸夭折。姐妹俩无奈,只好又回到马厩木屋。小姬说:"假若早早知道,他爱白马胜过爱女人,当初咱俩不该嫁给他!"大姬说:"常言道:'嫁鸡随鸡,嫁狗随狗。'事已至此,覆水难收,你我认命吧!"说完,姐妹俩相拥而哭。

却说齐胡公继位,引起一个人的仇恨。这个人就是姜山,是齐哀公的亲弟弟。这天夜里,姜山酒至半酣,号啕大哭。他对亲信王良说:"纪子进谗,我兄惨遭烹杀。姜静继位,不思报仇雪恨,反倒笙歌燕舞,恨煞我也。此仇不报,我誓不为人!"王良说:"欲报大仇,须先夺取国君之位。哀公素服人望,营丘吏民多有怀念。何不派人潜往营丘,联络志同道合之士,一同举事?"

姜山说:"此议甚当!"立即派出心腹,暗暗到达营丘。齐哀公被烹,营丘人民十分同情。众人无不义愤填膺,只是没有机会爆发。现在姜山派人联络,大家立即响应。数万人举起枪刀,呼啦啦杀向薄姑。齐胡公毫无防备,被重重包围。众人刀剑乱砍,齐胡公顿时死在血泊之中。

在王良等人拥戴下,姜山登上国君宝座,是为齐献公。

王良献计说:"薄姑人心叵测,非久留之地,应考虑迁都。"齐献公说:"我正有此意,立即迁都临淄!"迁都临淄之后,齐献公说:"我欲出兵,讨伐纪国,以报当年进谗之仇!"王良急忙劝阻:"纪子进谗,罪在不赦;但烹杀哀公者,却是周天子。假如出兵伐纪,若朝廷怪罪下来,我国吃罪不起,必将追悔莫及。以臣愚见,莫如隐忍不发,等待时机。"齐献公于是说:"伐纪之事,暂且搁置!"

且说周厉王继位,也想模仿周穆王巡狩四方,苦于没有理想驭手,整天闷闷不乐。王栗进谏:"嬴非受封秦嬴,养马、驭马无不精通。以臣愚见,可让此人充当驭手。"厉王一听十分高兴,立即下令:"速将嬴非召来!"

嬴非来到周厉王身边,举目一看,拉车的全是白马。原来,厉王同样喜爱白马。侍臣悄悄告诉嬴非:"当今天子对白马之喜爱,远超夷王。目下正在搜罗白马,打算先到东都,而后巡狩中原。"嬴非闻讯,立即写信一封,派人星夜送往莒国。这天上午,莒常公待在马厩,亲自给白马梳理鬃毛。突然接到嬴非来信，展开一看，大意如下：

  当今天子，挚爱白马。与夷王相比，有过之而无不及。五月朔日，天子驻跸东都，而后巡狩中原。莒国白马无数，何不趁此机会，挑选白马百匹，以为进献之礼？君侯乃聪敏之人，此中奥妙，书不尽言。

莒常公看了来信，十分高兴，说："我以白马为伴，与嬴非为友，此生之愿足矣！"立即传下命令，挑选白马二百匹。次日带领随从，赶着白马，一路送到洛邑。嬴非立即向周厉王报告："大王您看，莒国前来献马！"厉王举目望去，莒常公银盔银甲，白马拉车，显得器宇轩昂，与众不同。他的身后，两排高头大马一色纯白，看上去整齐划一。厉王直愣愣地看着，内心震撼不已。

莒常公见到周厉王，连忙拱手施礼。厉王说："车马劳顿，不必拘礼！"这时候王栗报告："莒国白马二百匹，以为进献之礼。"厉王说："白马乃本王所爱，莒国献此重礼，每匹白马奖赏黄金十镒！"王栗及时提醒："朝廷黄金紧缺，如此数量，恐怕……"厉王顿时醒悟，立即改口说："以西域良马，两匹兑换白马一匹！"

夜晚，嬴非对莒常公说："恭喜发财！"莒常公说："迢迢千里，赶来东都，何来发财之说？"嬴非说："天子所赐，皆西域良马，是我亲手挑选购买，每匹不下黄金十镒。屈指算来，四百匹良马，价值不下黄金四千镒。"莒常公说："话虽如此说，可我远道而来，人生地疏。良马虽多，何处寻觅买家？"嬴非说："此事不难。燕、晋、陈、蔡等国，均在采购良马。趁此机会，由我出面联络，一次将马卖掉。"莒常公说："拜托拜托！"

这天上午，周厉王正在欣赏白马。突然探马来报："驭方叛乱，兵锋直指镐京！"厉王一听，怒火万丈，说："本王御驾亲征，捣为齑粉！"王栗紧忙进谏："天子乃万乘之尊，不宜轻动。莒子尚在洛邑，可为西征之帅。"刘舆说："以臣愚见，莒子并非姬姓，不宜为大军统帅。"厉王说："异姓之国，虽则不能为帅；然莒军一色白马，正是本王所爱。下令莒军，随同本王一同出征！"

原来，周厉王的母亲叫王姞，是鄂侯驭方的姑姑。如此算来，厉王与驭方是姑舅表兄弟。驭方对亲信说："眼下天子带领王师，正驻跸洛邑，镐京业已空虚。趁此机会，攻而占之！"然后打着朝廷旗号，指挥人马出了武关，秘密向镐京进发。此时的镐京，禁军主力被调到洛邑，留守部队都是老弱士兵。本来北有猃狁，西有戎人，不断向镐京骚扰。镐京留守部队，只能疲于应付。驭方突然领兵到来,整个镐京人心惶惶。猃狁、西戎、北狄闻讯,一齐向镐京进兵。

镐京四面被围,情势万分危急。周厉王闻讯,不禁心急如焚。刘舆献计说:"鄂军主力尽出,国内必定空虚。可派大军挥师镐京,围歼驭方。另派一支劲旅,直捣鄂地。鄂军腹背受敌,必定不战自乱。驭方兵败,可生而擒之。"厉王说:"此计甚妙,速速施行!"然后命令杨义昆:"本王亲率三师,回京平叛。以你为帅,莒子为先锋,率大军踏平鄂国,勿遗寿幼!"杨义昆领命,立即和莒常公商量。

莒常公说:"大王有令,'勿遗寿幼',其意不言自明,要求我等将鄂人斩尽杀绝。古语云:'天子发怒,流血千里。'大王既已下令,兵贵神速,当挥兵疾进!"杨义昆说:"此言甚当!"立即下令:"击鼓进军,踏平鄂国!"

原来,鄂国地狭人少,兵力不多。部队被驭方带到前线,国内已经空虚。王朝大军势如破竹,如入无人之境。鄂军很快被打垮,鄂国被全部占领。

周厉王率领禁军,很快回到镐京。此时此刻,敌人正在攻城。厉王立即下令:"剿灭鄂军,生擒驭方!"一声令下,战鼓咚咚,杀声震天。驭方正在督战,忽听有人高喊:"鄂国已被荡平,还不快快投降!"鄂兵听到喊声,顿时不战自乱。副将刘一常说:"前无救兵,后无退路,我军被围,情势危急!"驭方一听,顿时心慌意乱,急忙下令撤军。鄂兵纷纷乱乱,潮水般向后溃退。驭方制止不住,被乱军冲撞受伤。他爬上一辆战车,拼命向南奔逃。

周厉王立即下令:"活捉驭方,本王有赏!"将士们一拥向前,把驭方围困起来。几条绊马索同时抛过去,把驭方活捉过来。驭方被架到周厉王面前,吓得战战兢兢。甲士推着驭方,将他绑到木柱上,然后举起大刀,准备行刑。厉王高喊一声:"且慢!"亲手弯弓搭箭,正中驭方咽喉。驭方惨叫一声,当即毙命。

楚国国君熊渠,高度关注战况。这天探马报告:"鄂军战败,全军覆没。天子下令,'勿遗寿幼'。驭方三代宗亲,被斩尽杀绝!"熊渠闻讯,吓得魂不附体。他说:"驭方乃天子至亲,尚且性命难保,况他人乎?为今之计,赶紧撤销王号,向朝廷请罪!"熊渠说完,立即带上黄金、象牙、玉璧、青铜器等礼物,奔往镐京请罪。

周厉王杀了驭方,心头之恨得到缓解。这天刘舆报告:"熊渠悔罪,业已撤销王号。其三个儿子,同时撤掉封国。他带来黄金三百镒、良马一百匹、犀牛角十六对、象牙十六对、白璧六双、锦帛二百匹、竹笋三大车、青铜器六大车，前来镐京，向大王请罪。"厉王说："熊渠既已悔罪，如此孝敬，便收下礼物，不予追究！"

莒常公得知消息，立即告诉嬴非。嬴非说："熊渠僭位称王，犯下滔天之罪，天子竟如此宽恕。由此可见，天子亦是爱财之人。既然如此，您何不献上礼物，讨得天子欢心？"经嬴非一点拨，莒常公顿开茅塞。他说："莒军三百匹白马，经战斗损伤，四肢健壮者尚有百匹，趁此机会，进献天子。"

嬴非说："如此甚好！"立即报告周厉王。厉王一听十分高兴，亲自出面验看白马。他拍拍这一匹，又摸摸那一匹，喜爱之情溢于言表。

周厉王欣赏了一会儿白马，然后命令刘舆："以朝廷名义，制作匾额一块，赏赐莒国！"几天后，匾额制作出来了。宽大的黄杨木匾额上，"东夷楷模"四个大字，金光灿灿，闪闪发光。莒常公一看，感觉十分荣耀。他带上匾额与黄金，率领人马一路疾驰，向莒国回返。

正是：献马受宠心舒畅，春风得意马蹄疾。

第十八回　周厉王逃奔彘地　秦嬴非避难莒国

莒常公得到奖赏，兴冲冲回到莒国。两姬非常高兴，一起来到莱媚住处，商量如何去见夫君。莱媚说："我已徐娘半老，他早已不感兴趣。你们姐妹正值青春年华，应去伴陪夫君。"夜晚，二姬双双来到马厩木屋。没想到，莒常公又到马厩去了。姐妹俩来到马厩一看，莒常公正在欣赏白马。他摸摸这匹马的脊背，拍拍那匹马的肚子，搂搂另一匹白马的脖子，显得十分亲昵。

过了一大会儿，莒常公走出马厩。姐妹俩急忙跟上，与他一同走进木屋。想不到，莒常公十分冷漠。他摆摆手，把姐妹俩推出门外，然后把门关上。姐妹俩实在没办法，只得哭哭啼啼，离开马厩木屋，去向莱媚诉苦。

且说周王朝库府入不敷出，已经捉襟见肘。刘舆、王栗等大臣，一再向周厉王告急。厉王轻叹一声，愁眉不展。刘舆进谏："荣夷公为姬姓，此人理财有方，可让他为执政大臣，开辟财源，以解燃眉之急。"厉王立即召来荣夷公，说："任你为执政大臣，限你三天，制订理财方案！"荣夷公不负重托，三天之后，就把方案呈上。原来，这个理财方案是个专利制度。

荣夷公解释说："按此制度，朝廷直属土地、山林、湖泊等，一律实行垄断。禁止自由垦殖，禁止自由渔猎。人民若有上述需求，要事先征得官府同意。所得收益，按比例进贡朝廷。如此办理，或可缓解财务之急。"

大臣芮良夫挺身而出，提出反对意见。他说："利，系自然生发，是大地所承载，是天地所赐予，当属人民所共有。如此而论，人人皆可取而用之。假若强行垄断，必遭人民嫉恨。此事非同小可，请大王熟思之。"

周厉王一听，不禁拍案大怒："京畿乃天子脚下，岂容任意垦殖渔猎？荣夷公悉心聚财，功不可没。尔等不得危言耸听！"大臣虢公善于察言观色，趁机献媚："实行专利，利在大周，功在千秋。大王圣裁，乃英明盖世之举！"

转眼之间，专利制度推行一年多。一天，大臣邵幽伯气喘吁吁，觐见周厉王，说："大事不好，百姓抵抗新政，人心浮动，局势不妙！"厉王一听，顿时勃然大怒。他"唰"的一声拔出宝剑，厉声说："聚众滋事者，杀无赦！"

大司农张诚为人阴险奸诈，他趁机献计："大王息怒。卫国有一巫师，精于阴阳，有未卜先知之能。若把此人密派京畿，使其刺探民意，一有风吹草动，立即报告朝廷。如此，谁人敢妄议朝政，诽谤大王？"

周厉王高兴地说："如此甚好，速请巫师！"

过了一段时间，周厉王召来张诚，问："巫师之事，状况若何？"张诚趋前一步："大王之计，确有成效。"厉王说："但闻其详。"张诚又向前凑了凑，小声说："目下国人，道路以目，敢怒不敢言，无人敢于妄议朝政。众人缄口，莫谈国事，岂不美哉？"厉王听了连声说："妙哉！妙哉！"

邵幽伯进谏："防民之口，甚于防川。若只知筑坝堵水，一旦堤坝崩溃，死伤者必定成千上万。防堵百姓之口，亦当如此。所以，治理江河，要疏通河道，使水流畅通；治理百姓，需加以引导，使其畅所欲言。故此天子执政，应听取民意，斟酌取舍，政事方能畅通。人有嘴巴，若强行堵塞，焉能持久也？"万万想不到，周厉王却说："本王手握六师，足可纵横天下。凡有妄议朝政者，格杀勿论！"

邵幽伯忧心忡忡，去见芮良夫。芮良夫说："天子拒谏，荣夷公贪利。国人难以生存，人心躁动不安。长此以往，国将不国！"邵幽伯说："天子金口玉言，一言九鼎。我等臣子，唯有听天由命。"说完摇摇头，显得十分无奈。

此时的莒国，风调雨顺，四境安宁，民众安居乐业。莒常公闲来无事，一如既往，整天待在马厩里，与白马为伴。转眼之间，长子嬴历海已经长大成人，二姬生的两个儿子，也已长成翩翩少年。这天，莒常公回到马厩木屋，然后对着铜鉴，反复端详自己。突然发现，自己已经两鬓斑白，不禁长叹一声。此时此刻，他又想起了老朋友嬴非。亲手写信一封，派人送到秦嬴。

嬴非接到来信，兴奋不已。回顾当年，自己栖身莒国，受到多方照顾。想到这里，两行热泪夺眶而出。恰在此时，东面大道上尘土飞扬，来了一小队人马。相距百步之外，来人高喊："天子有令，快快献出白马！"嬴非定睛一看，原来是大司农张诚。嬴非心想："奸臣上门，必无好事！"

张诚长着一双三角眼，八字眉外梢下拉，留着八字胡，黑黄的门牙突出唇外，看人时，两只小眼珠滴溜溜乱转。此人不学无术，善于察言观色，阿谀奉承，因此受到周夷王赏识，爬上大司农高位。周厉王继位后，张诚献媚取宠，继续留任大司农。他这次来到秦嬴，是为了索要白马，讨好周厉王。

秦嬴是附庸，地处西北边陲，诸侯五等爵位之中，秦嬴不在其列。因此，张诚见到嬴非，总是颐指气使，盛气凌人。张诚今天到来，打着天子旗号，口口声声索要白马。嬴非在心里骂了一句："狐假虎威，狗仗人势！"

张诚说："听闻你有白马，朝廷有所需求，要挑选最优者，供朝廷使用！"嬴非回答说："此处马匹数百，均是青、棕、黑色，没有纯白马。"张诚把三角眼一斜，黑眼珠一转，狡黠地说："耳听为虚，眼看为实，有或没有，看看便知！"说完绕着马厩，转来转去。张诚来到西北角，忽然发现，里边有两匹高头大马，浑身雪白，没有一丝杂毛。张诚对嬴非说："你藏匿白马，不献朝廷，该当何罪！"

嬴非本来打算，用这两匹白马答谢莒常公，想不到却被张诚发现。嬴非立即随机应变，说："此二匹白马，天子早已看上，近日即可送往朝廷。"

张诚拿出两支象牙，假惺惺地说："此乃天子赐物，换取白马两匹！"嬴非摇了摇头说："白马乃天子爱物，焉能转手他人？"张诚无计可施，只得带领随从，气急败坏地离开。嬴非明白，张诚是奸佞小人，他索要白马未成，如果见到周厉王，肯定会大进谗言。思来想去，决定抢先一步，主动把白马献给周厉王。

嬴非带着两匹白马，很快来到镐京。看看天色已晚，就在馆驿住下。临近五更时刻，嬴非起床小解。突然，外边人喊马嘶，吵吵嚷嚷，一片鼎沸。嬴非急忙穿好衣服，推门向外张望。大街上火炬照耀，人群如潮，杀声震天。有人举着枪刀，有的拿着木棒，有的高举农具，呼啦啦向王府涌去。一中年人高喊："暴动了！国人暴动了！"这时候，又有人高喊："打死荣夷公！"口号声此起彼伏。嬴非见状，急忙顺着墙根阴影，匆匆向外跑去。

原来，周厉王支持荣夷公，大力推行专利制度，影响了张诚的利益。张诚身为大司农，与广大农、渔、猎户有着千丝万缕的联系。推行专利之前，逢年过节，人们都要给张诚送礼。推行专利之后，那些人收入锐减，没人再给张诚送礼。因此，张诚对周厉王、荣夷公恨之入骨。

趁着国人暴动，张诚化装成猎户，手拿猎叉，混在人群里高喊："厉王是昏君！荣夷公是罪魁！冲进王府，找他们算账！"听到喊声，愤怒的人群像潮水一样，一齐向王府涌去。正在这时候，张诚发现了嬴非，立即高喊："活捉帮凶嬴非！为国人报仇！"众人不明真相，立即四处寻找嬴非。嬴非一看不妙，急忙翻越后墙。他穿过大街，窜出镐京，一路向东北逃命。

人们怒不可遏，呼啦啦冲进王府。周厉王来不及穿好外衣，急忙随着内侍，从后花园逃奔而出。荣夷公来不及逃跑，急忙躲在床底下。他的两只脚露在外面，不幸被张诚发现。众人棍棒交加，瞬间把荣夷公打死。心狠手辣的张诚，打算斩草除根。他对众人高喊："大王逃匿，搜查太子！"太子姬静闻讯，急忙躲进邵幽伯家中。邵幽伯为人十分正派，因此得罪了张诚。在张诚鼓噪下，人群拥到邵幽伯府第，一齐高喊："交出太子！交出太子！"

邵幽伯的儿子邵忠，相貌英俊，酷似太子姬静。邵幽伯急中生智，让邵忠穿上姬静的衣服，冒充太子。黑暗中，人们难辨真假。众人冲上去拳打脚踢，棍棒交加。可怜的邵忠，一个懵懂少年，为了顶替太子白白丧了性命。

周厉王如丧家之犬，拼命向外逃跑。文武群臣之中，现在伴随厉王的，只有刘舆、王栗等寥寥数人。这时候刘舆报告："荣夷公被乱棒打死！"厉王听了，吓得浑身战栗，问："事到如今，何处才是安身之所？"王栗说："国人暴动，镐京已不能容身。唯有东渡黄河，奔往彘地。暂且驻跸，徐图良策。"厉王气喘吁吁地说："情势危急，速速渡河！"队伍渡过黄河，一路曲曲折折，走了八百多里。这天上午，终于到达彘地。

却说嬴非逃出镐京，来到黄河东岸，仍心有余悸。他想："堂堂天子，尚且仓皇逃命；荣夷公是执政大臣，竟然性命难保。得罪了奸臣张诚，他岂能轻易饶过自己？怎样才能躲过追杀？哪里才可以容身？"思来想去，没有别的办法，只有远走高飞，投奔莒常公。于是一路行色匆匆，趁夜奔往莒国。

周厉王到达彘地，打算在此住下来。王栗进谏："彘地远离京都，交通不便，难于处理军国大事。大王可指定一人，坐镇镐京，暂代大王处理政事。"

周厉王问："国势如此艰难，何人堪当重任？"

刘舆说："共伯和为人敦厚，勤政恤民，可为执政。"王栗补充说："若让共伯和执政，可让周公、召公共同襄助，如此方保无虞。"原来，王栗说的周公与召公，是周公姬旦与召公姬奭的后代。出于习惯，人们如此称呼。

周厉王长叹一声说："想不到大周天下，传到我姬胡手中，竟是如此狼狈，如此不堪。"说完双手抱头，呜呜大哭。在场众人，无不伤心落泪。这一年是公元前841年，史称共和元年。从这一年开始，中国才有了确切的纪年。

且说嬴非来到莒国，莒常公热情有加，亲自接待。嬴非气喘吁吁，仍然惊魂未定。莒常公细问缘由，嬴非说："国人暴动，天子奔彘，荣夷公被杀！"

莒常公说:"想不到大周延续二百余年,今日风光不再。"他叹息了一会儿,又对嬴非说:"珠山养马场一如当初,尚有白马数百匹,你可到那里暂避。"嬴非说:"奸贼张诚,心狠手辣,已派人四处搜查。珠山养马场名声在外,极易被其察觉,极不安全,请另行安排住处。"说完,拱手施礼。

莒常公说:"珠山以东有一海岛,名曰灵山岛。此岛距大陆二十里,有'未雨而云,先日而曙,若有灵焉'之说。此岛山高海阔,景象万千;峰峦起伏,林茂草绿;崖下有洞,堪为栖身之所。"莒常公说完,嬴非再次致谢。次日上午,莒常公带领随从,陪同嬴非乘船来到灵山岛。

一行人绕岛一周,在一个悬崖下面,发现一个洞口。进去一看,洞深一丈有余,洞口高约六尺,低头即可进入。嬴非高兴地说:"仙人洞!真是仙人洞!"莒常公说:"你我情同手足,我也居住此洞,与你为伴。若再弄几匹白马过来,你我二人一起,乘白马而逛海岛,伸双臂而触白云,摇船桨而游大海;即使天宫神仙,焉能比耶?"说罢,两人开怀大笑。

嬴非明白,自从离开镐京,这是第一次发出笑声。

多日之后,这天下午,嬴非站在灵山岛上,举目向西遥望。对岸青山如黛,树木一片苍翠。嬴非触景生情,不禁想起了秦嬴,于是对莒常公说:"闻听共伯和执政后,镐京局势渐趋平稳。在下封地秦嬴,不知是何境况。我欲就此告别,回去料理事务。在贵国期间,承蒙多方照顾,不胜感激!"嬴非说完,拱手致谢。莒常公说:"今日一别,若再次相会,不知是何年月。"说完,眼泪哗哗流下来。

嬴非洒泪而别,莒常公望着嬴非远去的背影,心中若有所失。

再说,二姬姐妹毕竟年轻,闲来无事,又思念起莒常公。这天晴空万里,温风和煦。姐妹俩来到海边,打算乘坐木船,登上灵山岛,寻觅莒常公。

鬓发苍苍的老船工,抬头瞅了姐妹俩一眼,然后善意提醒:"依照风俗与礼仪,女人不能乘船出海。"老船工这样一说,大姬顿时失去了主意,呆呆地站在海岸,不知如何是好。小姬生气地说:"这风俗那礼仪,尽是桎梏与藩篱。夫君居于海岛,家人前往探视,有何不可!"说完,拉着姐姐登上木船,毅然奔向灵山岛。

正是:重洋相隔海岛远,难阻夫妻情意长。

第十九回 莒常公白马殉葬 姜小妤深情登门

且说嬴非离开莒国,一路马不停蹄,这天终于到达崤山。突然,山涧一股冷风吹来。嬴非不禁打了一个寒战,因此得了伤寒。回到秦嬴后,嬴非浑身战栗,一直高烧不退。这天深夜,嬴非处于昏迷之中,口里不住地高喊:"莒国!珠山!灵山岛!"过一会儿苏醒过来,嬴非再次高喊。次日清晨,嬴非寂然去世。

嬴非去世,他的儿子继位。因是一方附庸,被称为秦侯。

秦侯年轻,不懂世事。按照周礼,父亲殡葬刚满一月,儿子应当素食居家,不得歌舞娱乐,不得郊游渔猎。秦侯我行我素,刚满一月就到郊外游猎,一不小心踏入了邻邦猎户地盘。林中几支暗箭射出,秦侯当即被射死。他的弟弟继位,称为公伯。

三年之后,公伯因病去世。他的儿子继位,是为秦仲。秦仲继承了祖辈血统,爱马、懂马,善于驭马。他喜爱刀枪剑戟,为出兵征伐创造了条件。

且说嬴非离别后,莒常公若有所失,感觉十分冷清寂寞。从此不再登峰远眺,不再临海观景。他无事时便待在山洞周围,日夜与白马为伴,情意切切,相依为命。

二姬姐妹来到岛上,四处寻找,好不容易找到洞口。猛然发现,莒常公精神恍惚,举动迟缓,须发苍白,俨然老人一个。前后对比,判若两人。大姬见此光景,禁不住嘤嘤哭泣。小姬走向前去,想搀扶一下莒常公。莒常公浑身一哆嗦,一个趔趄跌坐在岩石上。小姬对姐姐说:"夫君如此状况,不宜再住海岛,应赶紧回去!"姐妹俩立即带上莒常公,渡海上岸赶往介根。

且说周厉王到达彘地,暂且安顿下来。共伯和与周公、召公三人,尽心竭力处理政务。百姓得到安抚,怨气逐渐平息。这天,共伯和来到彘地,觐见周厉王。共伯和说:"当下京都,局势渐趋平稳。请大王回京,主持大政。"

厉王想起国人暴动，仍然心有余悸，长叹一声说："本王老矣，不胜颠簸，暂不回京。"说完摆了摆手，以示拒绝。

周厉王始终居住在彘地，再也没有回到镐京。

再说莒常公回到介根，病情不断加剧。有时候自言自语，有时候沉默寡言，有时候放声大笑，有时候痛哭流涕。莱媚、二姬姐妹见此光景，心里十分焦急。四处求医问诊，药方换了一个又一个，一直不见成效。无奈之下，只得找来算命先生，求签问卜。想不到几次求签，结果都是似是而非。

这天夜里，风雨交加，伸手不见五指。莱媚与二姬带着三个儿子，始终守护在病榻之前。莒常公处在昏迷中，突然长叹一声，迷迷糊糊地说："我死之后，不要黄金，不要珠宝，不要……"话未说完，两行热泪流下来，然后昏迷过去。过了一会儿，他又慢慢睁开眼睛，断断续续地说："葬我于珠山养马场。"又过了一会儿，嘴唇微微翕动，十分艰难地说："白马，白马，陪葬只要白马！"莒常公说完，慢慢闭上了眼睛，从此再未睁开。

按照莒常公的遗嘱，殡葬既不用周礼，也不用夷礼。此事究竟该如何安排？主事官员十分犯难，只得请示国君夫人。小姬对莱媚说："夫君言犹在耳，一切不要，唯要白马。你是第一夫人，应由你来决断。"莱媚本来有些犹豫，经小姬这样一说，立即做出决定："所有黄金、象牙与珠宝玉器，一概不用，仅用白马殉葬！"按照驷马大车的格局，十六匹白马，分列墓穴前后左右。棺椁两侧，各放入一柄青铜剑。左侧一柄，是周厉王赏赐，铸有卷龙形图案；右侧一柄，是莒常公日常佩剑，铸有一个醒目的"莒"字。

莒常公去世，长子嬴栗海继位，是为莒蚡公。

莒蚡公仪表英伟，身材修长，举止干练，是众所公认的美男子。

且说周厉王住在彘地，虽无镐京之繁华，也无文武百官前呼后拥；但是远离京畿，远离喧嚣，日子倒也过得休闲清净。转眼之间，十四年过去。这年五月初一，厉王双目一闭，在彘地寂然去世。这一年，是公元前828年。

此时的太子姬静，已经长大成人。共伯和看到时机成熟，急流勇退，立即交出权力。然后告老还家，颐养天年。姬静被扶上王位，是为周宣王。

周宣王继位，广大京城百姓这才恍然大悟。

原来，当时邵幽伯使用掉包计，用自己的亲生儿子偷偷替换了太子。国人一怒之下，错杀了无辜之人。此时此刻，已经后悔无及。十四年过去，时过境迁，大家的冲天怒气已经烟消云散。

且说齐献公继位后，迁都临淄城。齐献公去世后，他的儿子姜寿继位，是为齐武公。齐武公先后娶了三位夫人，已经生了六个儿子。不久，正室夫人又怀有身孕，齐武公十分盼望这次生个女儿。想不到孩子出生，又是个儿子。直到第八个孩子出生，终于盼来个女孩。齐武公十分高兴，亲自起名姜小好。对于这个宝贝女儿，齐武公视若掌上明珠，自小娇生惯养，疼爱有加。

一天，齐武公带领随从，来到渤海之滨，到海上巡视。姜小好一直跟随在身边，寸步不离。齐武公一再劝阻拒绝，姜小好纠缠不休，非得跟着不可。齐武公没办法，只得把她带在身边。木船刚刚驶入大海，一群海鸥来到前面，上下翱翔，翩翩起舞。姜小好十分兴奋，高喊："我要海鸟！我要海鸟！"为了捉一只海鸥让宝贝女儿高兴，齐武公指挥士兵，不断把粮食向上抛撒，吸引海鸥接近。然后，举起长杆网子，抄向海鸥。海鸥翅膀一斜，兜了一个半圆，然后向远处飞去。过了一会儿，又有一群海鸥飞来。士兵们再次抛撒粮食，还是捕捉不到。粮食已经全部撒光，一只海鸥也没捉到。姜小好不依不饶，哭闹不停。齐武公实在没办法，只得派出专人，先后到莱国、纪国与莒国。这天，终于买到一对长喙鹦鹉。姜小好见到鹦鹉，高兴得蹦蹦跳跳。

转眼之间，姜小好已经年满十六岁，出落得亭亭玉立，娇美可爱。这时候莒蚡公继位，消息很快传到齐国。按照惯例，诸侯新上任，邻国都要前往祝贺。齐武公于是备了贺礼，打算前往莒国。一是祝贺莒蚡公，二是商量如何前往镐京，祝贺周宣王继位。姜小好缠着父亲，非去莒国不可。

诸侯带着女儿出访，既不符合外交礼仪，食宿行止也很不方便。姜小好又哭又闹，寻死觅活，非去不可。齐武公实在没办法，只得找夫人商量。夫人说："可让小好女扮男装，扮作你的贴身侍卫，如此方便一些。"齐武公说："如此甚好！"次日上午，一行人向莒国进发。

再说，周宣王登上天子宝座，但是整天如履薄冰。国人暴动中，他险些丧命。十四年东躲西藏，吃尽了苦头。苦其心志，锻其心力，这是对他的极好磨炼。这天，周宣王召来邵幽伯，说："我夙兴夜寐，寝不安席，致力于振兴王室，但不知从何处着手。"邵幽伯说："文、武、成、康历代先王，尊贤重才，体察百姓，兴利除弊，乃后世表率。愚臣以为，欲求周室中兴，不可不尊崇先王。"

周宣王说："本王诚惶诚恐，唯恐重蹈覆辙。我若有过失，你务必予以劝谏。要知无不言，言无不尽，千万不可缄口不语。"邵幽伯说："大王身为天子,如此虚怀若谷,谦躬下士,大周幸甚,黎民幸甚。"

两人正在说话,突然,大司马尹吉甫前来报告:"猃狁入侵,已过泾水,大有继续南侵之势!"宣王听了,心里十分惊恐。邵幽伯说:"秦嬴距猃狁不远。秦主嬴仲,善于驭马,精通武艺,可令其出兵征伐。"宣王立即下令:"以你为帅,以嬴仲为先锋,立即出兵,征伐猃狁!"

嬴仲接到命令,立即出兵。猃狁人得知消息,一窝蜂向北退却。嬴仲一路追击,一直追到沙漠边缘。眼看就要追上敌人,想不到一阵黄沙漫天,飞沙走石,不辨南北。随着一阵牛角号响起,猃狁人像潮水一样冲杀过来。混战之中,嬴仲当场牺牲。

嬴仲壮烈捐躯,周宣王十分震撼。嬴仲有五个儿子,全部受到宣王接见。老大嬴其,身强力壮,英勇善战,他对宣王说:"杀父之仇,不共戴天。此仇不报,我誓不为人!"嬴其信誓旦旦,声泪俱下,深深感动了宣王。宣王对他说:"借予你七千人马,尽是王师精锐,望你攻伐西戎,为国效力,替父报仇。切记,不负朝廷重托!"

嬴其谢过周宣王,含泪率部出征。他一鼓作气,把敌人彻底打垮。西犬丘一带失地,全部收复。宣王十分高兴,当即宣布:"西犬丘一带地域,全部封给秦人!"秦嬴的地盘,一下子扩大了数倍。这天,宣王当众宣布:"嬴其伐戎有功,本王封你为秦主!"从此,嬴其被称作秦庄公。

秦兵获胜,秦嬴其受封为秦主,消息很快传到莒国。太夫人莱媚对莒蚡公说:"莒国与秦邦,虽非同祖,却是同姓,又是世代友好。秦其受封,应予祝贺。"莒蚡公立即派出专使,带上大量礼物,一路跋山涉水,前往秦嬴祝贺。

却说齐武公带上贺礼,率领随从来到莒国。见到莒蚡公,齐武公暗自夸赞:"确是一表人才!"立即送上贺礼,表示祝贺。莒蚡公作为东道主,少不了致谢与寒暄。姜小好身着戎装,扮作侍卫,紧随父亲齐武公左右。莒蚡公风流倜傥,英气逼人,姜小好心中暗想:"此乃我之白马王子,是我的丈夫!"这时候,莒蚡公猛一抬头,两人正好四目相对,顿时生出一种喜爱之情,只是碍于大庭广众,不好流露出来。在场众人见状,无不心领神会:两人已经互有好感。

莱媚听到此事,特意赶往馆驿看望姜小好。注目一看,姜小好长眉大眼,身着戎装,像个风流倜傥的美少年。莱媚心里十分喜欢,禁不住抿嘴一笑,心里暗想:"此女如此可爱,假如做我的儿媳,该有多好!"于是拉着姜小好的手，问长问短，显得十分亲切。

次日上午，齐武公告辞回国。姜小妤执意留在莒国，好说歹说，死活不肯回去。齐武公气得大发雷霆，说："出国访问，竟然赖着不走，成何体统！"姜小妤把嘴一噘，把脚一跺，又是撒娇又是气愤地说："我看上嬴栗海了，他是我的未婚夫，非他不嫁！我就留在莒国，当他的夫人！"

齐武公一听，气得直跺脚，但是无可奈何。

莒国司徒名叫玉可琢，六十一岁。他敦厚忠诚，处事圆滑老练。玉可琢目睹此情此景，立即派人向莱媚报告。莱媚闻讯，火速来到馆驿。她对齐武公说："你女儿即是我女儿，孩子想逗留几天，请你答应其要求。你尽可放心，我不会亏待她！"齐武公只得把女儿留下，带领随从回到齐国。

当天夜晚，莱媚派人把玉可琢找来，对他说："三天之后，适逢黄道吉日，可让他俩完婚。但我考虑再三，若让姜小妤住在我家，就近进入洞房，既不合周礼，亦不合夷礼。我正为此事犯愁，不知司徒有何高见？"

玉可琢想了想说："老臣有个办法，两全其美，不知当讲不当讲。"莱媚说："你乃两代老臣，不是外人，有话但说无妨。"玉可琢说："可确定一人，做姜小妤之干爹。三天之后，女儿自干爹家里出嫁，岂不是合情合理，顺理成章？"莱媚高兴地说："此意甚好，照此办理。给姜小妤当干爹，非你莫属。给你黄金五百两，作为姜小妤的出嫁资费。让你费心，拜托拜托！"

玉可琢急忙拱手施礼，说："太夫人如此信赖，老臣不胜荣幸！"

黄道吉日到来，婚礼隆重举行。介根城万人空巷，贵宾云集。大街上吹吹打打，喜气洋洋。玉可琢身着大礼服，以新娘干爹身份，端坐在长辈席位。

按照既定程序，婚礼一项项进行。一拜天地之后，接着是二拜高堂。新郎莒蚡公肩披红色绶带，胸戴大红花结。在司仪引导之下，来到玉可琢面前。他恭恭敬敬，就要躬身下拜，说："岳丈在上，受小婿一拜！"玉可琢慌忙把他搀扶起来，说："你是国君，我为臣子，使不得，使不得！"在场众人见状，一阵哄堂大笑。

齐武公得知女儿已经完婚，气得暴跳如雷，直骂莒蚡公和莱媚不讲礼制，欺人太甚。夫人纪婕劝慰他说："女儿已经完婚，生米已成熟饭，何不息事宁人，顺水推舟，做个人情？"齐武公仍然怒气未消，说："女儿违背礼仪，忤逆不孝。假如传出去，岂不让天下人耻笑？"

纪婕说："自古男大当婚，女大当嫁。女儿年满十六岁，适龄出嫁，有何不可？再说，女婿是一国之君，英武帅气，德才兼备。如此乘龙佳婿，即使打着灯笼也无处寻觅！"纪婕说罢，生气地把头扭向一旁。

齐武公的满腔怒火终于渐渐平息，他说："那就让嬴栗海遵行婚俗，执行六礼。纳采、问名、纳吉、纳币、请期、迎亲，一切按部就班！"

纪婕说："女儿已经完婚，何必多此一举？"齐武公问："依你之见，事到如此，当如之奈何？"纪婕说："置备陪嫁物品，准备婚资，派出专使送往莒国。然后确定时间，让女婿陪着女儿，前来齐国认亲。如此办理，既顺乎人情，又不失礼仪，岂不两全其美！"

正是：若是两情互相悦，何必拘泥于礼仪。

第二十回 会洛邑周朝中兴
　　　　　　斥邪恶奸臣现形

　　且说莒蚡公、姜小好两情相悦,共结百年之好,终于得到齐武公认可。这天上午,阳光明媚,温风和煦,喜鹊成双成对,在树上嬉戏欢叫。莒蚡公、姜小好正在相依相偎,深情对视,内侍突然一脚踏进门,兴奋地大喊:"齐国来客了!齐国来客了!"姜小好立即挽着莒蚡公迎出门去。

　　原来,齐国派出规模宏大的队伍,送来了大量陪嫁物品:黄金六百镒,骏马六十匹,红绫锦盖大车两辆,红结雁绒披风两件,锦绣软衣内外各一套,镶宝石珍珠凤冠轻重各一顶,镶金透雕龙凤铜鉴大小各两件,白璧六双,象牙六对,红缎六十匹,黄缎六十匹,锦帛六十匹,太湖珍珠六十六串,云南孔雀翎十六支,南洋海贝十六串,赤金簪两对,黄金钗两对,金丝头绳两扎,玫瑰胭脂两盒,雪莲扑粉两盒。另外,姜小好原来的侍女十二名,此次作为媵嫁女,一并送到莒国。

　　队伍犹如一条长龙,见首不见尾。介根大街两侧,人山人海,欢声笑语,喜气洋洋。嫁资如此丰厚,证明父母已经许婚。姜小好一看,高兴得热泪盈眶。

　　且说周宣王继位后,雄心勃勃,立志于大周中兴。这天,宣王召来邵幽伯,向他征求意见。邵幽伯进谏:"自我大周建立,齐、莒、鲁三国,为东方中流砥柱,系王朝所依赖。三国稳,则东方稳;三国乱,则东方乱。鲁国乃大周同姓,系朝廷本家诸侯,因此不必担心。当务之急,宜速速派人前往齐、莒两国,分别予以安抚。"周宣王说:"爱卿所言,亦是本王所想。"

　　邵幽伯接着说:"戎、羌地处西部,与京畿近在咫尺,近年来屡次侵扰京都,实为肘腋之患。"周宣王问:"似此情势,当如之奈何?"邵幽伯回答:"以我之见,秦嬴既已受封,应令其保境戍边,抵御羌戎,以为京畿之屏障。"

　　周宣王再问:"楚国经营江汉,不断坐大;近期以来,淮夷又在作乱。南方不断传来警讯,当何以处之?"邵幽伯回答说:"齐、莒、鲁三国,车马齐备，将士奋勇。东夷各国，难以匹敌。可派往南方，平息江汉之乱。"

周宣王说："自古军旅，乃国家重器。今天下动荡，兵权不宜旁落。鲁国乃我大周同姓，此次出兵江汉，以鲁侯姬敖为帅。齐、莒、纪、莱、宋、滕、郏诸国之军，统归鲁侯指挥。平叛凯旋之后，论功行赏。"说完，立即派出专使，分赴各地传檄。

派往东路的专使，名字叫苦仲。苦仲一路奔驰，首先来到齐国。苦仲见到齐武公，递上信札，然后说明来意。齐武公心想："朝廷大军兵分数路，犹如泰山压顶。既是显示朝廷权威，又是为了笼络人心。自己的女婿莒蚡公，人才出众，年轻有为。若让他带兵平叛，正是显露才能的大好时机。"齐武公想到这里，对苦仲说："平叛与会盟，均是王朝大事。按理，我姜寿责无旁贷，义不容辞。怎奈我年逾花甲，体弱老朽，不胜鞍马劳顿，实在难以成行。因此，只能让他人代劳。"齐武公说到这里，接着递个眼色，内侍向苦仲送上礼物。苦仲接到礼物，假意推辞一番，然后高兴地收下。齐武公说："莒军英勇善战，莒蚡公年轻有为，可让莒国出兵会盟。"

苦仲接了礼物，心里美滋滋的。他顺水推舟，高兴地说："此议甚好，下官定向天子禀报！"然后带着礼物离开齐国，兴冲冲来到莒国。

却说莒蚡公、姜小妤两人，新婚宴尔，卿卿我我，恩爱无限。这天，两人正依偎在一起，玉可琢前来报告："朝廷使臣到！"话音未落，苦仲已经到达。姜小妤来不及回避，只得站在一旁。

苦仲虽无真才实学，却善于逢迎巴结。受到周宣王青睐，爬上卿士高位。莒蚡公端详一下，苦仲身材瘦小，其貌不扬；但是口齿伶俐，能说会道。莒蚡公心想："此人巧舌如簧，不可等闲视之！"

苦仲递上竹简，说明来意。然后端起架子，摆出钦差大臣的姿态。两只小眼盯着姜小妤，滴溜溜转个不停。姜小妤被看得脸红心跳，急忙到内室躲避。

莒蚡公作为新任国君，对朝廷使臣十分客气。像齐武公一样，向苦仲送上一份厚礼。苦仲假意推辞一番，然后带着礼物，兴冲冲奔往鲁国。

莒蚡公整顿车马，准备启程。姜小妤说："夫君奔赴东都，我愿陪同前往！"莒蚡公说："夫人随大军出征，普天之下无此先例。"姜小妤很生气地说："夫君重男轻女，亏你是一国之君！我自幼女扮男装，多次跟随父亲出国。为何到了莒国，此也不行，彼亦不可？二百多年前，我的祖姑奶奶姜玉姣，同样是嫁到莒国，却能率兵杀敌。我也是姜太公之后，为何不能奔赴前线？"莒蚡公纠缠不过，只得说："夫人如果随行，只能女扮男装，扮作我的侍卫。假如到了前线，枪林箭雨，生死难料。因此，你只能扮作解粮官，跟随队伍之后。"

莒蚡公偕同姜小妤，率领大队人马，很快来到洛邑东郊。队伍正在行进，恰巧遇见鲁军到达。莒蚡公遇见鲁武公，两人一边行进，一边寒暄客套。这时候，齐军从东北方向赶来。齐国司徒万里沙、司马中大宥，两人急忙向莒蚡公、鲁武公施礼致意。恰在这时候，朝廷使臣飞奔而来。相距尚有百步之遥，使臣在马上高喊："天子有令！停车停车！"

使臣翻身下马，把信札分别递上，然后说："朝廷命令，齐、莒、鲁、纪、莱、滕、曹、郐诸军，先赴江淮平叛，而后移兵西进，直捣江汉！"

莒蚡公接到命令，与众诸侯一起，立即带领人马奔赴前线。没想到，淮夷叛军一触即溃。诸侯大军挥兵西指，水陆并进，浩浩荡荡向江汉进军。

鲁武公问："江汉地域广阔，部落众多。依你之见，当如何行兵布阵？"莒蚡公说："我征讨大军，宜排成一字长蛇阵，一鼓荡平敌军！"鲁武公说："英雄所见略同。我率齐、纪、莱、谭四国之军为左路，你率莒、滕、曹、郐四国之军为右路，同时进击！"随后，大军一路向西横扫。

此时的江汉地区，楚国最为强大。自从熊渠被迫撤销王号，楚国一直悄无声息，但势力却在不断扩张。这些年来，楚国国君接连换人：熊渠、熊挚红、熊延、熊勇、熊严、熊霜，就像走马灯一样。这时候的楚国国君，名字叫熊徇。

熊徇听到朝廷大军到来，心里惊恐不安。为了讨好朝廷，免受征伐，熊徇派出百辆大车，装上青铜器、铜矿石、锡矿石、象牙、竹笋、粮食等礼物，亲自献给诸侯联军。鲁武公、莒蚡公十分高兴。其余诸侯部落，听到楚国纳贡屈服，有的逃往山林，有的缴械投降。初次出兵，高奏凯旋。莒蚡公心情十分豪迈，随口赋诗一首：

江汉浮浮，武夫滔滔。

匪安匪游，淮夷来求。

既出我车，既设我旟。

匪安匪舒，淮夷来铺。

江汉汤汤，武夫洸洸。

> 经营四方，告成于王。

——长江汉水波涛滚滚，出征将士意气风发。

不为安宁不为游乐，要对淮夷进行讨伐。

前路已经出动兵车，竖起彩旗迎风如画。

不为安宁不为舒适，征服淮夷到此驻扎。

长江汉水浩浩汤汤，出征将士威武雄壮。

将士奔波平定四方，战事成功上告我王。

鲁武公夸赞说："气势磅礴，好诗好诗！"然后带领大军，向洛邑回返。

各路大军凯旋，周宣王十分高兴。邵幽伯进谏："大王征讨四方，所向披靡。天下平定，诸侯来朝。东西南北，臻于郅治。大周中兴，如旭日东升。如今诸侯会集东都，何不趁此之际，举行会盟大典，以表万世之功耶？"宣王高兴地说："知我者爱卿也。三天之后，乃黄道吉日，即可举行大典！"

五月十六日，大典如期举行。周宣王身穿绣龙大礼服，正襟危坐。四方诸侯，部落酋长，朝廷文武百官，全部盛装就位。莒蚡公与鲁武公，以及莱、纪、滕、曹、薛、邾等东方诸侯，备受礼遇。众诸侯先向宣王行觐见之礼，然后到太庙祭奠。接着述职、纳贡，一切按部就班。上述环节过后，大司空业成盈跨前一步，高声朗诵：

> 萧萧马鸣，悠悠旆旌。
>
> 徒御不惊，大庖不盈。
>
> 之子于征，有闻无声。
>
> 允矣君子，展也大成！

——战马萧萧长声啸，旌旗猎猎随风飘。

徒步士兵齐警戒，美酒佳肴真充盈。

天子猎罢回京都，车马整齐肃无声。

信誉圣明好天子，出师胜利大有成！

莒蚡公听完颂词，对鲁武公使个眼色，悄悄伸出了大拇指。鲁武公会意，轻轻点点头。业成盈朗诵完毕，众诸侯齐声高喊："天子有成！大周中兴！"这次洛邑会盟，是周朝中兴的标志。此时此刻，周宣王的威望达到了极点。

夜晚，月明星稀，苍穹幽幽，一碧如洗。此次诸侯会盟，气氛如此热烈，莒蚡公仍然沉浸在喜悦之中。姜小妤说："夫君戎马倥偬，少有宁日。此次会盟业已结束，难得休闲一刻。"夫妇俩正在交谈，守门官报告："朝廷使臣到！"莒蚡公听到报告，急忙出门迎接。原来，来使是苦仲。

苦仲一进门，立即传达朝廷敕令："各路诸侯，在此休整五日。而后陪同天子，北渡黄河，赴太行观景！"苦仲说完，一双小眼睛转个不停，贼溜溜盯着姜小妤。他想："当初我在莒国，曾见过此女。万万想不到，她竟然来到东都。假如将此女献给天子，我苦仲必定得到重赏。"苦仲转念一想："此女如此美貌，我何不以天子名义，把她弄到手，据为己有？"

苦仲想到这里，对莒蚡公说："朝廷正在遴选美女，充实后宫。此女既然来到东都，机不可失，随我一同去见天子！"莒蚡公一听，顿时怒不可遏："休得胡说，她是我夫人！"苦仲仍然不依不饶："普天之下莫非王土，率土之滨莫非王臣。天下美女，只要天子喜欢，一律送往后宫！"

莒蚡公一听，不禁义愤填膺："你个道貌岸然、人面兽心、残害黎民之奸贼，快快滚出门去！"苦仲仍不死心，死皮赖脸地走过去，伸手就要拉扯姜小妤。姜小妤急忙向一旁躲避。

莒蚡公见状，"唰"的一声拔出宝剑，向着苦仲刺去。众人见状，一齐围拢过来。有人挡在三人之间，有人出面打圆场。更多的人指着苦仲，破口大骂。苦仲被骂了个狗血喷头，顿时灰溜溜的，恨不得找个老鼠洞钻进去。莒蚡公"咔"的一声，把宝剑插入剑鞘，指着苦仲说："你身为朝廷命官，假借天子名义，为非作歹，罪不容恕！若非看在朝廷面上，我一剑宰了你！"然后伸手拉着苦仲，说："走！到天子面前评理！"众人一起高喊："打死奸贼！打死恶棍！"

正是：色鬼作恶原形现，朝廷命官是豺狼。

第二十一回　劝宣王姜后脱簪　爱莒君女鸠示情

莒蚡公怒不可遏，要去天子面前评理。苦仲一看，众目睽睽之下，自己难以抵赖；假如到了天子面前，自己肯定没有好果子啃。苦仲想到这里，急忙往人空里一钻，灰溜溜地逃走。他仓皇溜出洛邑，隐入民间，从此销声匿迹。

这天夜晚，莒蚡公正在馆驿品茶，突然探马来报："朝廷发生怪事！"

原来东都会盟之后，周宣王自感功高盖世，江山稳固。他一改往日勤政之风，整天沉湎酒色，不理朝政。大臣们不明就里，纷纷埋怨姜后。姜后名字叫姜嬿，是齐国公主。她貌美异常，万里挑一。姜嬿被选入宫后，深受周宣王宠爱，不久被封为王后。姜后不仅美貌超群，而且知书达理，宽厚待人。因此，受到普遍尊重。

周宣王此次东巡，为了显示朝廷威势，把王后、嫔妃一起带来。

周宣王沉湎女色，朝廷上下无人不晓。为了讨得天子欢心，大臣们四处选拔美女。各诸侯部落，也纷纷进献美女。经过遴选的美女，高达数千个。先后被选进宫的，总计三百多个。霍国进献了八个美女，其中最美的一个，名字叫女鸠。

女鸠的祖上，本来是猃狁人。当年周穆王向北巡狩，来到北部边陲。当地部落酋长为了讨好，就把三个美女作为礼物，一起进献给穆王。穆王大显慷慨，把三个美女赏赐给霍国。从此，猃狁美女与汉人结合，生儿育女，代代传承。转眼之间，一百多年过去。又一个混血美女出生，这就是女鸠。女鸠长眉秀目，能歌善舞。一年前被遴选进宫，成为王妃之一。

这天，周宣王正在宴乐。女鸠趁此机会，悄悄来到姜后住处。姜后一看，女鸠眼皮红肿，两腮还有泪痕，于是关切地问："身为大王爱妃，天下女人谁不羡慕，你应高兴才是，为何如此不悦？"女鸠流着泪说："是我侍奉不周，大王对我不理不睬。"

姜后劝导说:"嫔妃宫女,皆是天子之人,理应舍身奉献。侍奉天子,宜殷勤周到。这是嫔妃分内之事,不可稍有粗疏!"女鸠说:"王后有所不知,我进宫一年之久,从未受到大王宠幸。见一面尚且不能,如何做到殷勤周到?如此一年年混下去,不知何时是个尽头。青春易逝,人生易老,我该如何了此一生?"女鸠说着说着,两手捂着脸,十分痛心地哭起来。她哭了一会儿,又抬起头说:"早知今日,何必当初。即使做个民妻村妇,也胜似王妃十倍。"

姜后说:"后宫耳目甚多,休得言语随便!"然后推心置腹地说:"常言道:'七情六欲,人皆有之。'你我皆是女人,无不渴望得到大王宠爱。我姜嬿亦非粗陋之女,初见大王,宠爱有加;但时至今日,沦为活寡一个。"姜后说到这里,用丝帕擦一下眼角,接着又说:"内侍告知,莒蚡公一表人才,相貌出众,天下诸侯无人可比。此次成周会盟,莒蚡公带上夫人姜小好。夫妻恩爱,相敬如宾,真令人羡慕。"女鸠说:"闻听姜小好从小娇生惯养,十分任性。不知何故,莒蚡公身为一国之君,又是那样仪表绝伦,竟然如此宠爱她。"

姜后说:"世间之事,就是有些奇奇怪怪,不可思议。规规矩矩的女人,男人未必青睐;规规矩矩的男人,女人未必喜欢。待我问问内侍凌谦,大王宠幸什么样的美姬。他是大王亲信,必定了解内情。"女鸠于是掀起帘子,到内室暂避。凌谦应声而到,见到姜后,恭恭敬敬地问:"微臣凌谦,向王后致敬。王后有何指令,我愿效犬马之劳。"

姜后说:"近期以来,大王沉湎酒色。具体情形如何,你要从实禀报!"凌谦一听,战战兢兢地说:"此等宫闱秘事,事关天子隐私,微臣实在不敢乱说。"姜后把凤眼一瞪,怒不可遏地说:"难道你惧怕大王,就不惧怕王后吗?"

姜后气得柳眉倒竖,杏眼圆睁。凌谦只得如实回答:"恕微臣直言,大王宠幸美姬,夜夜更换新人。对于同一美姬,绝不宠幸第二次。"

姜后再问:"大王宠幸的女人,有何奇特之处?"凌谦说:"后宫之中,美姬成群,尚且不断增加。能够引起大王兴趣者,俱是美而不俗,超然卓立者。"

姜后追问:"你详细说说,怎么个美而不俗,怎么个超然卓立?"

凌谦回答说:"常言道:'缺者为贵。'譬如百花园中之芍药牡丹,虽然艳丽多姿,因其多而同形,人们见了并不感稀罕。唯有奇花异草,方能引人注目。大王宠幸之美姬,或奇美异常,不同凡响;或奇装异服,稀缺少见;或……"凌谦说到这里,又一时语塞。

姜后听得十分明白，于是嘱咐："适才之语，你要守口如瓶，不得告知他人！"凌谦急忙磕头如捣蒜，说："微臣不敢，微臣不敢！王后放心，王后放心！"凌谦离开后，姜后对女鸠说："大王所爱，你已听得清清楚楚。该如何办理，你应该明白。你这就回去，好好准备一下。趁大王尚未去太行观景，明日夜晚，我领你去见大王。"女鸠一听，连忙致谢。

次日夜晚，姜后带着女鸠，悄然来到周宣王寝室。

此时的周宣王，醉眼蒙眬，依然沉浸在亢奋之中。姜后与女鸠进来，宣王睁开醉眼一瞅，顿时两眼放光。他定睛一看，姜后头戴凤冠，在灯光照射之下，珠光宝气，璀璨夺目；锦纱罩在她身上，薄如蝉翼；举动行止，飘飘然若仙女下凡。与往日相比，判若两人。

周宣王再看看女鸠，粉面玉肌，柳眉舒展，腮似桃花，杏眼流波。她的头顶，罗髻高束，柔发光亮；罗髻中间，一根长长的白色羽翎，斜插在上面；宣王沿着她的脸庞向下看去，柔嫩的脖颈上，挂着一串乳白色的海贝；再继续向下看，在轻纱遮掩之下，玉肩显现，酥胸高挺圆润，若隐若现。

宣王眯着蒙眬醉眼，看着女鸠，感觉见到了天仙。他立即走过去，将她拥到锦罗帐中。女鸠初尝男女之爱，顿感惬意销魂，飘飘然难以形容。二人颠鸾倒凤，连续三天三夜。这件事犹如风吹柳絮，很快传遍宫里宫外，立即掀起轩然大波。

"天子又宠幸姜后了！"大臣们闲来无事，相互窃窃私语。

"女鸠成了天子新宠！"内侍们三三两两，围拢在一起，悄悄议论。

"天子陷入爱河，不能起床了！"有人似真非假，捕风捉影。

"大王沉湎酒色，从此不再上朝理事！"国人聚拢在一起，街谈巷议。

消息传到姜后耳朵，她倍感压力，于是彻夜难眠。她想："天子移情别恋，自己被冷落一旁；虽然寂寞苦楚，但是得了个'贤后'之名。最近几天，天子一反常态，又对自己燃起情爱之火。流言蜚语满天飞，自己被卷入舆论旋涡。天子沉湎酒色的罪名，反倒落到了我姜嬿头上。"姜后越想越觉得委屈。

"我须断然行动，洗刷自己的罪名！"姜后决心已下。

且说朝廷后宫，有个女人叫傅母。此人五十二岁，诗书兼备，熟悉后宫事务。受命专管嫔妃、宫女的教化。傅母在后宫之中，称得起德高望重。

夜晚，姜后召来傅母，说："你告知大王，我姜嬿不才，不懂礼数，贪图享乐。我的荒淫，导致天子贪图酒色，不理朝政。致使众人误解，以为天子好色而忘德,置天下大事于不顾。大王喜好女色,奢靡无度,追根溯源,皆是我姜嬿之过。请天子不念私情,重重治罪,以谢天下!"

傅母不敢怠慢,立即报告周宣王。宣王来到后宫一看,姜后把自己囚在内室。她脱掉簪子,摘下耳环,脸不化妆,头发散乱,就像囚犯一个。姜后看到宣王过来,拿出一块锦帛,伸手递给他。宣王接过锦帛一看,上面写着:

姜嬿无德,贪恋色情。迷惑君王,不知遏止。

连日不朝,国事荒废。军民侧目,志士忧心。

罪大恶极,天下切齿。企请治罪,以儆效尤。

周宣王看完,顿时面红耳赤,说:"如此行径,皆是寡人之过。王后贤惠,不应负此重责。"他双手扶起姜后,亲自送往住处。此后一段时间,宣王按时上朝,亲理军国大事。一时之间,人心振奋,面貌一新。

"姜后脱簪"的故事,被史官记录下来,成为历史佳话。

受到周宣王宠幸,姜后因此怀孕。初次怀孕,姜后内心欣喜万分。万万想不到,姜后怀胎刚满一月,竟然生下一个男婴。对此,众人议论纷纷。宣王觉得蹊跷,就让史官占卜。史官占卜一卦,然后说:"此婴若发育不全,倒属正常。怀胎一月,即肢体完备,必是怪胎无疑。恕我直言,此乃不吉之兆,国家将有倾覆之虞。"

周宣王一听十分震惊,说:"既如此,速将此子扔掉!"

大臣仲山甫奏道:"天子年迈,至今尚未生子。事关宗祠香火,事关社稷安危。目下既然生子,又要扔掉。天子无后,社稷焉能延续?以臣愚见,占卜之辞,虚妄难信。事关重大,请大王熟思之。"周宣王说:"若非爱卿之言,差点误了大事!"于是亲自给孩子起名,叫作姬宫湦。同时传令:"宫里宫外,大摆宴席,庆贺三日!"

这个姬宫湦,就是后来的周幽王,是西周亡国之君。

"姜后脱簪"发生后,周宣王改过从新,日日上朝,处理国事。从此不再理会女鸠,女鸠倍感失落。女鸠毕竟豆蔻年华,青春勃发,因此从早到晚,总想见到男人。可是,自古王宫深似海,何处寻觅异性?

女鸠突然想起来了:"莒蚡公一表人才,人人赞不绝口。何不找个理由,偷偷见上一面?"这天夜里,女鸠找来内侍改容桂,一起商量此事。改容桂为人小心谨慎,处事十分周详。他对女鸠说:"此事非同一般,务必隐秘进行。"改容桂说完,又小声建议,需要如何如何。

女鸠一听，十分高兴，立即点头答应。

且说众诸侯接到敕令，在洛邑小憩五天，然后北渡黄河，陪同周宣王到太行观景。难得休闲几天，莒蚡公陪着姜小妤，或品茶赏花，或弹琴评诗，或谈古论今。这天晚上晴空万里，繁星满天。改容桂悄悄到来，说："天子在后宫，有请君侯！"莒蚡公一听不敢怠慢，立即跟随改容桂来到后宫。

连续拐过三道门，进入内室。回头一看，改容桂已经不见踪影。莒蚡公觉得蹊跷，刚想抽身离开，却见一美貌女子，轻轻掀起帘子，十分优雅地走出来。莒蚡公毫无思想准备，十分吃惊。原来这个女子，就是王妃女鸠。

女鸠轻启朱唇，柔声细语地说："大王有请莒君，但是临朝理事，让我女鸠陪你吃茶。请等待片刻，少安毋躁。"莒蚡公听说过女鸠，知道她是周宣王的爱妃，因此，十分客气地予以回礼。落座后，莒蚡公这才注目观察女鸠。只见她秀眉大眼，容颜奇美。细看一下，她身着宫装，显得雍容华贵，高雅异常，绝非一般女子所能相比。

莒蚡公心想："东夷与中原地区，从来不稀罕美女；但是如此美貌的女子，真是见所未见，不愧是当红王妃！"

茶水过后，女鸠摆上宫中酒具。她斟满两个玉樽，双手举起其中一只，说："莒君劳苦功高，这杯酒乃大王所赐，由我女鸠代饮！"说完一饮而尽。

莒蚡公急忙致谢，同时举起玉樽，跟着喝下去。女鸠再次斟满玉樽，说："这杯酒是我女鸠心意，请莒君赏光！"女鸠一仰头，再次喝干一杯。莒蚡公见状，只得礼节性地喝下去。女鸠连饮三杯，已经脸色绯红。

莒蚡公本想尽早离开，可是王妃在面前，自己又处身宫中，只得勉强应付。他十分礼貌地回敬三杯，然后说："天色已晚，天子忙于国事，恐一时难以回宫。嬴栗海告辞，改日再来，向大王致敬。"说完，起身要走。

这时候，女鸠优雅地站起身来。她睁开蒙眬醉眼，伸开双臂把莒蚡公拦住，说："难道天子不在，我女鸠玉樽美酒，就留不住你嬴栗海？"

莒蚡公急忙解释："夜半更深，王妃玉体珍贵，需及时休憩。我公务在身，不便久留，只有改日再会。"女鸠不依不饶地说："贵夫人姜小妤，貌若天仙，普天之下谁人不晓？你留恋夫人，却故意推托。难道与姜小妤相比，我女鸠竟然如此丑陋不堪，如此让你心中生厌？"

莒蚡公急忙说："王妃美貌，天下无与伦比。贱妻姜小妤，乃俗女一个，难及王妃之万一。"女鸠说："既然如此，你何不再逗留片刻，陪我畅饮三杯？"她一边说一边移动身子，慢慢靠向莒蚡公。莒蚡公一阵心慌意乱，连忙后退半步。女鸠回到座位，双手捂脸，十分痛心地哭起来。她边哭边说："人人都说王妃高贵，可是王宫幽深，与世隔绝。我女鸠身为王妃，却被大王冷落，终日孤苦伶仃。我满腹苦楚，向谁倾诉？"女鸠越说越难过，越说越伤心，最后呜呜大哭起来。直哭得蕉叶流雨，花枝乱颤，令人无限怜悯。

莒蚡公见状，呆呆地站在那里，不知如何是好。这时候女鸠站起身来，移动轻盈的脚步，慢慢走向莒蚡公。她突然身体前倾，一下子倒在莒蚡公怀里。莒蚡公慌忙向外一推，说一声："请王妃自重！"说完迈开大步，头也不回向外走去。

原来，改容桂并未离开。他悄悄躲在暗处，然后目不转睛，在那里死死盯着。大街另一侧，内侍凌谦躲在阴影里，也在暗中盯梢。直到莒蚡公走出女鸠院子，两人这才蹑手蹑脚，消失在夜幕中。原来，改容桂、凌谦同为内侍，却水火不容。两人相互嫉妒，视若仇敌。

凌谦趁着夜色，立即找到傅母，添油加醋地说了一番。傅母大吃一惊，立即报告姜后。姜后一听，不禁大发雷霆，说："好一个女鸠，身为王妃，不守宫中禁忌。夜半更深，私会男人。简直是目无王法，胆大包天！"

正是：激情难抑投怀抱，不知暗中人盯梢。

第二十二回　莒蚡公无辜被诬　周宣王惨然殒命

且说女鸠深爱莒蚡公，主动投怀送抱，莒蚡公却断然离开。女鸠那颗炽热的心，像被泼了一瓢冷水。她伤心落泪，越想越难过，自感遭受了奇耻大辱。

改容桂是个十分聪明的人，女鸠此刻的心情，他已经透彻理解。次日上午，改容桂主动找到女鸠，说："昨夜莒蚡公出门后，被凌谦发现！"

女鸠一听，内心一阵慌乱，十分急切地问："此事该如何处置？"改容桂把眼睛一眨，回答说："静观其变，以静制动，方为万全之策。王妃乃金玉之躯，名节重于泰山。假若凌谦报告姜后，姜后必定过问此事。王妃就说莒蚡公私闯内宫，非礼王妃，欲行不轨。是你义正词严，将其拒之门外。如此处置，岂不是静动兼顾，进退有余？"女鸠听了万分感激，立即赏给黄金五十两。

再说女鸠主动示情，莒蚡公愤然离开。他回到馆驿，仍然气愤难平。恰在这时候，鲁武公登门拜访。呷了一杯茶，鲁武公十分生气地说："天下无奇不有，天子违背礼制，干涉诸侯内政，简直不可思议！"莒蚡公一听，觉得十分蹊跷，忙说："愿闻其详。"

鲁武公说："东都会盟之后，大王自觉功高盖世。身为天子，违背祖制，不守典章，鲁莽处事。我带长子姬括、幼子姬戏，一同觐见天子。天子见到姬戏，觉得他相貌不俗，乖巧伶俐，因此非常喜爱。堂堂天子，竟然越俎代庖，要立姬戏为鲁国世子！"

莒蚡公问："天子违礼违制，朝中大臣难道无人劝谏？"鲁武公说："大臣仲山甫劝谏天子：'废长立幼，有违法度。我大周礼法，乃下侍奉上，幼侍奉长。今日天子要废长立幼，此等行为，实乃教唆他人违背礼法。若鲁国服从王命，废长立幼，众诸侯随之违背礼法。从今往后，王命怎能推行下去？若鲁国违背王命，拒绝废长立幼，天子又要降罪。所以，一旦大王下令，让鲁国废长立幼，鲁国无论遵从与否，朝廷威望都将受损。'"

莒蚡公忙问:"天子态度如何?"鲁武公说:"天子听了置若罔闻,仍然我行我素,说:'我乃大周天子,一言九鼎。鲁国仅是诸侯,唯有遵从朝廷。姬戏伶俐可爱,讨人喜欢,就立他为世子!'谁能想到,堂堂天子,处事如此荒唐!"鲁武公说到这里,义愤填膺,怒不可遏。

鲁武公呷了一口茶,接着说:"还有一事,就是不籍千亩。"莒蚡公听了,如堕五里雾中,于是说:"愿闻其详。"鲁武公说:"当年武王在世,看到殷纣王荒废祭祀,对上帝不恭,于是圈地一块,以其地所产物品,用来祭祀上帝,是为'千亩'。武王对上帝如此虔诚,才克商而有天下。为表达对上帝之虔诚,对农耕之重视,每年立春,天子都要亲赴千亩之田,举行春耕仪式。众大臣亦要跟随天子,一起扶犁耕田。此项典制,已有数百年之久。可是当今天子,竟然抛弃祖制,搞所谓'实物地租',简直荒唐至极!"

鲁武公越说越激愤,就像连珠炮一样。莒蚡公刚想劝他几句,鲁武公"呼"的一下站起来,说:"太行观景,我姬敖不再参与,就此打道回国!"说完愤然回到驻地,带领人马不辞而别,气冲冲返回鲁国。

且说凌谦在暗中盯梢,看到莒蚡公走出女鸠门口,立即向傅母通风报信。傅母得知消息,立即报告姜后。姜后一听,气得柳眉倒竖,说:"速宣凌谦过来,本后要弄个明白!"

凌谦见到姜后,绘声绘色,着实渲染了一番。姜后一听,十分生气地说:"后宫乃圣洁之地,竟发生如此丑陋之事,是可忍孰不可忍!"

傅母十分谨慎地建议:"此事异常蹊跷,一面之词,单说无凭,是否让改容桂一起对证?"姜后说:"言之有理,立即宣改容桂,前来当面对质!"

改容桂见到姜后,把当夜所见情景,一五一十,据实报告。傅母对姜后说:"假若莒蚡公贪色,怎能面带怒容?又怎会愤然而出?"姜后见三人各有说辞,自己一时难以判断真假,气愤地说:"我身为王后,乃后宫之主。对于这桩丑闻,我将一追到底,查个水落石出!"

凌谦是个贪利小人,喜欢搬弄是非。这天,他趁着夜色,悄无声息来到莒蚡公住处。先是一番甜言蜜语,然后把改容桂如何报告,傅母如何答询,姜后如何发怒,添油加醋,增枝加叶,大大渲染了一番。凌谦的目的,是得到一份奖赏。

凌谦还没说完,姜小妤早已怒气冲冲。她一把掀起门帘,从内室闯出来,气愤地说:"堂堂朝廷内宫,钩心斗角,尔虞我诈,藏污纳垢,一片肮脏!"

她越说越气愤，伸手拉起莒盼公手臂，说："如此乌烟瘴气之所，有何可留恋的？人家鲁侯早已回国，咱们何必在此久留！"

莒盼公义愤填膺，立即率领人马，气冲冲返回莒国。

女鸠年轻貌美，欲望极强。她心仪莒盼公却未能得逞，内心既恼又恨。正在气恼之际，凌谦跑来，假惺惺地说："宫里宫外，传言纷纷，沸沸扬扬。王妃应想方设法，尽快平息舆论！"女鸠一听，拿起一方锦帛，写信一封，让凌谦送给姜后。姜后展开信一看，上面写着：

莒子贪色，实属无赖。大逆不道，欲图不轨。

女鸠坚贞，拒之门外。讹语风传，人言可畏。

王后威严，后宫之主。为我女鸠，洗辱雪耻。

姜后看完女鸠的信，不禁怒气冲天，说："各有说辞，是非难辨。速将女鸠与莒子找来，当面对质！"凌谦得令，急忙来到馆驿，想不到已经人去房空。他急忙赶回内宫，赶紧报告姜后："莒子不辞而别，业已返回莒国！"姜后一听，气得柳眉倒竖，但是无可奈何。

且说周宣王亲自指定姬戏为鲁国世子，违背了嫡长子继承制。对于此事，鲁武公十分气愤。他从洛邑回到鲁国，气得吐血不止。御医紧急抢救，但是无济于事。不久，鲁武公满怀愤懑，与世长辞。

姬戏登上国君之位，是为鲁懿公。

鲁懿公的大哥姬括，身为长子却未能继位，只好屈身于小弟之下。姬括越想越憋屈，不久抑郁而死。姬括的儿子姬伯御，决心替父报仇。这天深夜，姬伯御带领人马攻进内府，杀死鲁懿公，自立为鲁国国君。

鲁懿公被杀，周宣王怒火万丈。因为诸事繁杂，一时未能顾得上。这天，内侍凌谦上奏："近年来，鲁国不朝不贡，作为同姓之国，有违先王礼制。"宣王一听，顿时怒火冲天，说："鲁国违背朝廷旨意，实属大逆不道。立即派兵征伐，以显朝廷权威！"大臣仲山甫进谏："鲁国乃朝廷同姓之国，况是周公封国，若派兵讨伐，实乃不当之举。"宣王说："我意已决，卿勿多言！"

公元前796年，周宣王整备战车，亲自赶到洛邑。派出朝廷东三师，浩浩荡荡杀奔曲阜。鲁国毫无防备，顿时一片慌乱。国君姬伯御正在午餐，将军姬琮报告："王师来势汹汹，业已突破城垣，请国君速速躲避！"姬伯御来不及多想，立即带领三百人马，急匆匆逃奔蒙山。姬琮说："蒙山距曲阜太近，仍不安全，赶快逃命，愈远愈好！"姬伯御立即带领随从，慌慌张张向东奔逃。一路拐弯抹角，最后逃到浮来山。然后，派人向莒国通报。

莒蚡公闻讯，对左右说："朝廷攻伐鲁国，鲁侯前来避难，对于此事，众卿有何高见？"老司徒王金冠说："莒、鲁两国，唇齿相依。鲁国有难，我国当慷慨相助，而又不能得罪朝廷。如此观之，处置此事，应隐蔽而巧妙。"司空沙韬金说："司徒之言甚当。"司马、司寇、司农等，纷纷表态赞同。

莒蚡公说："众卿之见，与我不谋而合。"当日下午，莒蚡公换上粗布长衫，身背雨伞与竹简，像个旅途中的书生。随从人员暗中保护，秘密赶到浮来山。莒蚡公见到姬伯御，对他说："你可假扮商旅，队伍化整为零，方保无虞！"姬伯御十分感激，立即化装，在浮来山上隐蔽起来。七天过后，姬伯御带领人马，很快返回曲阜。想不到，朝廷留下一支精兵，埋伏在曲阜城郊树林里。姬伯御一行刚刚走进林间小道，突然伏兵四起。姬伯御当即被擒，被押送到洛邑。周宣王一声令下："推出斩之！"姬伯御瞬间人头落地。

姬伯御被杀，鲁国君位一时空缺。朝廷大臣仲山甫进谏："姬戏之弟姬称，人品端正，礼仪周详，口碑极好，以我之见，可立为鲁国之君。周宣王说："此议甚好，立姬称为君！"姬称被扶上国君之位，是为鲁孝公。

周王朝有一位卿士，名字叫杜博。他浓眉大眼，仪表帅气，是有名的美男子。有人如此夸赞："诸侯有莒子，朝廷有杜博。"女鸠心仪的异性中，莒蚡公排第一，杜博列第二。除了上述两人，女鸠再看不上任何男人。

莒蚡公回到莒国后，那段讹传风流韵事，自然烟消云散。

再说，周宣王身边美姬众多，早已移情别恋。女鸠渴望爱抚，可是得不到宣王临幸。时间一久，女鸠春心萌动，欲望又起。莒蚡公远在莒国，天各一方，无法见面。杜博是朝廷大臣，是近水楼台。这天，女鸠找了个理由，派凌谦去找杜博。凌谦很快回来报告："杜博接受王命，业已出使山东。"

原来，周宣王继位以来，多数诸侯不再进贡。经过多次分封，朝廷直属土地越来越少。朝廷经济拮据，早已入不敷出。为了度过危机，宣王召集三公六卿，商讨对策。新任大司农百粮仓说："京畿连年歉收，河北自顾不暇，中原动荡不安，唯有山东局势平稳。当此之际，宜派出使臣，赴山东征粮征物，令鲁、莒、齐三国带头。"宣王问："当派何人为使？"百粮仓说："卿士杜博，处事圆融，且与山东三国多有交往。以此论之，可让杜博为使。"

周宣王说："此言甚当，传令杜博，出使山东！"

杜博领命，马不停蹄，首先到达曲阜。见到鲁孝公，杜博递上书札，说明来意。鲁孝公明白,是周宣王杀掉姬伯御,亲手把自己扶持上台的。因此,他对周宣王心怀感激。朝廷征粮征物,鲁孝公当即表态:"朝廷所需,鲁国责无旁贷。献粮十万斤,黄金三百镒,战车一百辆,战马两百匹,麻布六百匹,锦帛六百匹。"

夜晚,司空姬一达规劝鲁孝公:"国君如此慷慨,我国财物有限,进贡物品如此之多,是否有些……"姬一达说到这里,没有继续说下去。鲁孝公说:"天子发怒,出动王朝三师。大军瞬间杀进曲阜,先君姬伯御被杀。往事历历,令人心悸。前车之覆,后车之鉴。今日之事,唯有顺应朝廷,方为上策。即使杀鸡取卵,竭泽而渔,亦要凑齐物品,贡献朝廷。"

杜博离开曲阜,很快来到莒国。莒蚡公闻讯,立即带领随从亲自出迎。莒国官员见到杜博,相互窃窃私语:"朝廷使臣一表人才,与咱国君相比,酷似一母同胞。"寒暄过后,杜博说明来意。莒蚡公当即表态:"朝廷所需物品,莒国如数奉献,尽快缴纳。"然后,双方一边品茶,一边长谈。

莒蚡公说:"上卿身为朝廷使臣,自京都奔赴而来,迢迢千里,极为不易。既然来到莒国,暂且逗留数日。我愿舟楫陪同,观望大海。"杜博说:"大海之美,我杜博久已向往。可惜王命紧迫,身不由己。我此次赴莒,只能住宿一宵。明日上午必须启程,尽快赶往齐国。"

莒蚡公问:"莒国远离京畿,信息不畅。朝廷诸事,一向可好?"杜博轻轻摇了摇头,说:"唉,一言难尽!天子亲征北狄,竟大败而回。若非驭手技艺高超,天子有被擒之虞!"莒蚡公急忙问:"情势如此严峻?"

杜博说:"王师出征,数次失利。原因何在,天子并未深究,反而料民于太原。"莒蚡公忙问:"何谓'料民于太原'?愿闻其详。"杜博说:"所谓料民于太原,即是天子亲赴太原,普查人口!"莒蚡公一听,十分震惊,于是问:"古往今来,天子亲自普查人口,乃破天荒之事。朝中大臣,难道无人劝谏?"

杜博回答说:"上卿仲山甫提出忠谏,他说:'人口数字系国家机密,不能公之于众。以前从未普查人口,照样知道人口数目。仲山甫言辞恳切,却忠言逆耳。天子听了,置若罔闻。最终亲赴太原,普查了人口。"

莒蚡公再问:"太原料民,其结果如何?"杜博说:"料民结果是,战事频仍,伤亡惨重;民众流离失所,边境十室九空;公田无人耕种,公府收入锐减;大周王朝国力空虚,暴露于光天化日之下。天子处事,随心所欲。朝廷上下,大失所望。更有甚者,天子独出心裁,册封其子姬长父,出任杨国之君。众所周知，杨国早已灭亡，土地人口已归朝廷。此次再行分封，分散国力，赏罚不明，违背众意。诸位大臣竭力劝谏，岂料天子固执己见，依然我行我素。国君如此乱政，致使天怒人怨。京畿灾害频仍，怪异频现，传言四起，人心惶惶！"杜博说完，顺口赋诗几句：

天降丧乱，饥馑荐臻。

靡神不等，靡爱斯牲。

旱既大甚，蕴隆虫虫。

旱既大甚，则不可推。

旱既大甚，则不可沮。

旱既大甚，涤涤山川。

旱既大甚，黾勉畏去。

旱既大甚，散无友纪。

——老天降下死丧祸乱，饥饿灾荒接二连三。

没有神灵不曾祭奠，奉献牺牲毫不悭吝。

旱情已经十分严重，暑气郁盛大地熏蒸。

旱情已经十分严重，想要推开没有可能。

旱情已经十分严重，没有办法可以遏止。

旱情已经十分严重，山秃河干草木枯槁。

旱情已经十分严重，勉力祷请祈求上苍。

旱情已经十分严重，官员们仍然不守纲纪。

原来，杜博文笔很好。他曾经写过一首长诗，叫作《云汉》。这次见到莒蚡公，只说了其中一部分。

莒蚡公心想："杜博如此关心国事，看来是个忠臣！"两人相见恨晚，推心置腹，彻夜长谈。次日上午，杜博辞别。莒蚡公带领随从，一直送到介根郊外。莒蚡公说："常言道：'送君千里，终须一别。'此次分手，但愿早日再见。"这时候，杜博瞅了一眼送别队伍。莒蚡公心领神会，立即止住众人。自己陪着杜博，信步走上路边高地。

杜博抬头望望，众人已经远离，长叹一声说："大周王朝，怪事连连。太子乃国之储君、万民之望。可当今太子，竟是怪胎一个！"莒蚡公听了，似懂非懂。杜博又说："姜后怀孕仅一月，胎儿竟然降生，即当今太子。京畿一带，无不视为怪物。古往今来，哪有此等怪事？恕我直言，大周天下摇摇欲坠，已经朝不保夕！"莒蚡公一听，心里不禁"咯噔"一下。

杜博离开莒国，赶往齐国。他完成使命，及时回到镐京。此时的女鸠，欲望又起，心里像被猫抓一样。听说杜博已经回来，女鸠立即派出内侍，以天子之名前往召唤杜博。杜博赶紧进入后宫。女鸠一见杜博，立即眉目传情，暗送秋波。杜博举目扫视一周，发现没有他人在侧，心中已经明白三分。这时候，女鸠身披轻纱，半裸半露，轻轻靠向杜博。杜博为人正派，看不惯女鸠的行为，于是向外一推，说："请王妃自重！"

女鸠靠向杜博的瞬间，傅母一脚踏进内室，碰了个正着。女鸠贼喊捉贼，拉住杜博大哭，说："你杜博狗胆包天，竟敢擅闯内宫，侵犯王妃！傅母当场目睹，即是证人！"杜博甩开女鸠，怒气冲冲，大步走出门外。傅母立即报告姜后，姜后又报告周宣王。

周宣王火冒三丈，说："杜博擅闯内宫，欲行不轨，罪恶当诛，立即行刑！"

姜后劝解说："女鸠为人，极不检点。桃色丑闻，已经不止一起。谁是谁非，孰对孰错，不宜仓促决断。"姜后正在劝解，周宣王早已派出大司寇，带领武士缉拿杜博。杜博来不及辩解，大司寇把手一挥，杜博已经人头落地。

杜博有一位家臣，名叫光一剑。光一剑周岁那年，父亲病亡，母亲改嫁。杜博把他收养在家，抚养成人。光一剑从小喜爱武术，行侠仗义，路见不平，拔刀相助。杜博作为养父，对光一剑视如己出，疼爱有加。杜博为人十分正义，光一剑深深钦佩，成为他的心腹。杜博无辜被杀，光一剑痛哭失声，说："养父无辜被杀，此仇不报，我誓不为人！"

这年二月五日，周宣王突然下令："会兵郊外，万人围猎！"一时之间，战车上百辆，将士一万人，漫山遍野，席卷大地。将近正午时分，前面突然窜出一头梅花鹿。宣王一车当先冲进树林，紧急向前追逐。突然，一辆白马素车飘然而至。只见杜博端坐车上，身穿红色衣冠，手拿红弓，栩栩如生。宣王心想："杜博已死，缘何又现身此地，岂不是鬼魂再现？"宣王想到这里，不禁毛骨悚然。这时候，只见杜博弯弓搭箭，一下射中宣王后背。箭镞从胸前穿出，宣王当即被射死。

杜博无故被杀，消息传到莒国，莒蚡公十分惋惜。突然探马来报："天子被射身亡！"莒蚡公闻报，不禁大吃一惊，立即下令："再行探来！"

正是：善恶到头终有报，只争来早与来迟。

第二十三回 周幽王宠幸褒姒 莒夷公访问鲁国

且说杜博被杀，莒蚡公正在惋惜，突然得到消息，周宣王被射身亡。

原来，杜博惨遭冤杀，光一剑立志报仇雪恨。这天，周宣王出城围猎，复仇时机终于到来。为了掩人耳目，光一剑准备了白马素车，穿红衣戴红冠，化装成杜博。他悄无声息，潜伏在密林中。光一剑发现宣王之后，故意装神弄鬼，终于射死了宣王。趁众人慌乱之际，光一剑迅速躲进树林，溜之大吉。事过之后，人们弄不清真相。众人以讹传讹："杜博魂魄射宣王。"后世文人望风扑影，煞有介事，把这个真实的仇杀故事，演绎得神乎其神。

周宣王中箭身亡，他的儿子姬宫涅继位，是为周幽王。

这天上午，莒蚡公正在展看竹简，突然门官报告："朝廷使臣到！"原来，朝廷送来丧报，周宣王被射身亡。午餐过后，使臣把女鸠如何造谣诽谤，姜后如何将信将疑，朝廷如何谣言四起，绘声绘色，着力叙说一番。事情早已过去，今日再度提起。莒蚡公气得血压上升，顿时胸闷气喘。

使臣离开莒国，紧急奔赴齐国。莒蚡公一下子倒在床上，连续几天不吃不喝，不言不语。姜小妤十分焦急，急忙召集众位官员，一起商量对策。大家你看看我，我望望你，一个个束手无策。几天之后，莒蚡公平躺在床上，一点动静都没有。姜小妤连声喊叫："夫君！夫君！"莒蚡公双目紧闭，再也没有睁开。就这样，莒蚡公寂然离开人世。生命弥留之际，竟然没留下一句话。姜小妤异常悲恸，不禁伏尸痛哭。众位臣僚一齐规劝："国不可一日无君，民不可一日无主，应先立新君，而后举行葬礼。"

在众人扶持下，莒蚡公的儿子嬴贲隆继位，是为莒夷公。

且说周幽王继位，处境极为不妙。周宣王晚年，内政十分混乱。他擅杀大臣，干涉鲁国内政，导致诸侯离心离德。更要命的是，几次出兵连续失利。对外战争，一败涂地。宣王留下一个内忧外患、动荡不安的乱摊子。大周天下，已经危如累卵。有人赋《小旻》诗一首，如此描述：

　　旻天疾威，敷于下土。
　　谋犹回遹，何日斯沮？
　　谋臧不从，不臧覆用。
　　我视谋犹，亦孔之邛。
　　……
　　不敢暴虎，不敢冯河。
　　人知其一，莫知其他。
　　战战兢兢，如临深渊，如履薄冰。

——苍天苍天太暴虐，灾难降临我国界。
朝廷策谋真邪僻，不知何时能止歇。
善谋良策听不进，歪门邪道反不绝。
我看朝廷的谋划，弊病实在是太多。
……
不敢空手打虎去，不敢徒手过河行。
人们只知这危险，不知其他灾祸临。
面对政局我战兢，就像面前是深渊，就像脚下踏薄冰。

国势如此危殆，形势十分不妙。本来应该克勤克俭，励精图治。周幽王受虚荣心驱使，仍然想张扬一番。此时的辅政大臣，叫作虢石父。他贪财好利，善于献媚取宠。幽王的心思，被他揣摩得一清二楚。这天，虢石父进谏："我有一计，可让朝廷财物充盈，使大王金玉满仓，但不知当讲不当讲。"

周幽王十分急切地说："爱卿何计，但说无妨！"

虢石父说："趁大王继位之机，传檄天下诸侯，齐集镐京，参与继位盛典。"周幽王说："诸侯千军万马，齐集京都，需多少粮草？"虢石父把眼一挤，煞有介事地说："大王您想，天子继位，诸侯前来参与盛典。哪一家会空手而来，谁不带着厚礼觐见？以愚臣之见，天下诸侯赴京之日，即是朝廷金玉满堂之时。"

周幽王一听，立即眉开眼笑，说："若非爱卿提醒，差点误了大事。通令四方诸侯，来京参与盛典！"然后一声令下，派出多路使臣，分赴各地传檄。

且说莒夷公继位，首先是吊唁莒蚡公。齐、莱、纪、鲁、郯、曹、徐、滕、宋等国，纷纷派遣大臣，前往莒国吊唁。鲁、齐两国与莒国毗邻，关系极为深厚。两国国君，亲临莒国祭奠。葬礼已经完成，众来宾分别回国。莒夷公仍然心情抑郁，沉浸在悲痛之中。这时候，突然接到朝廷檄文："克日进京，参与天子继位盛典。"

莒夷公召集司徒、司空、司马三人，一起商量对策。司徒一冠民建议："山东三国，历来为朝廷所倚重。此次参与庆典，理应率先一步。"司马四戟车说："莒、齐、鲁三国，历来行动一致。平叛则共同出兵，朝觐则一同进京。此次参与盛典，亦应同步行动。"司空二健诚说："鲁国系天子同姓，莒国是外姓别系，焉能与之相提并论？此次进京，最好先赴临淄，与齐国同步进京。"司徒一冠民表态赞同。

莒夷公说："此议甚当！"立即带领人马，很快到达临淄。

原来，这些年的齐国，频繁更换国君。当年姜小妤嫁往莒国，三年之后，齐武公因病去世，他的儿子齐厉公继位。而后，齐文公、齐成公相继上台，都是短命国君。周幽王即位时，齐国国君名叫姜购，是为齐庄公。

莒夷公一行到达齐国，齐庄公热情接待。可巧，莱国国君同时到达。三国队伍一起，一路向西进发。队伍路过谭国，谭子带领随从，一起奔赴镐京。

队伍向西行进，一路山重水复，接连遇上几次暴风雪。大队人马只得绕山转水，走走停停。队伍到达镐京，已经是次年正月。这天夜里，突然电闪雷鸣，地动山摇。不一会儿，暴雨倾盆而下。原来大地震发生，强度之烈，百年不遇。史官如此记述：

烨烨震电，不宁不令。

百川沸腾，山冢崒崩。

高岸为谷，深谷为陵！

——雷电闪闪，恰似雷鸣，使人心惊肉跳，战战兢兢。

千万条江河，翻滚沸腾，高山峻岭，轰然塌崩。

高地变成深谷，深谷变成丘陵！

大地震突然发生，众诸侯只得待在馆驿。大家翘首以待，参加天子登基大典。可是一等再等，转眼几天过去了，始终没有动静。这天夜晚，月亮像弯弯的镰刀，悠闲地挂在天空。朝廷史官名叫伯阳甫，悄悄来到莒夷公住处。原来，当年在东都洛邑，伯阳甫与莒蚡公相识。两人情投意合，成为至交。伯阳甫牢记心怀，至今旧情难忘。莒夷公继任国君，现在又来到京都。伯阳甫得到消息，趁夜前来探望。

莒夷公见到伯阳甫，像对待长辈一样，予以热情接待。品茶过后，伯阳甫说："此次地动为害之烈，亘古未有。岐山轰然崩塌，泾水、渭河、北洛，三河全然枯竭。"莒夷公十分吃惊地说："万万想不到，此次地震如此之烈。"

伯阳甫长叹一声说："天地之间，阴阳二气错乱失序。阳气失位，河流源头必定阻塞，致使水流不畅，土地干枯。百姓少吃缺穿，国家焉能不亡？昔日伊水、洛水枯竭，而夏朝灭亡；黄河、渭河枯竭，而商朝灭亡。目下大周国运，犹如夏、商两代。如此观之，不出十年，大周王朝必亡无疑！"

伯阳甫呷了一杯茶，接着又说："近年来，四境动荡不安。诸侯离心离德，不再进京上贡。朝廷入不敷出，国库早已空虚。新任天子，对此忧心忡忡。此次继位典礼，本来不打算张扬。可是，辅政大臣虢石父利欲熏心，一再撺掇天子，让天下诸侯齐集镐京。虢石父之意图，是让众诸侯一齐赴京，进贡献礼！"

莒夷公初次进京，一切都很陌生。他不好插话，只得洗耳恭听。伯阳甫喝完一杯茶，然后又说："虢石父身为辅政大臣，心地狭窄，厚此薄彼。莒、齐两国，出兵平叛，献粮献物，处处不落人后。自武王开始，历代先王，俱把山东三国同等看待。可是，自虢石父任辅政大臣，左一个东夷西戎，右一个南蛮北狄。在其心目中，把莒、齐两国划入夷狄范畴。更有甚者，此次登基典礼，各路诸侯齐集镐京。谁也想不到，虢石父又出馊主意，仅让姬姓诸侯参与典礼；其余异姓诸侯，统统提前回国。你想想，天下哪有此等安排，哪有如此道理？"

伯阳甫心情十分激动，说到这里，再也说不下去。

莒夷公送走伯阳甫，来找齐庄公，把伯阳甫的话如实告诉他。齐庄公气愤地说："鲁国系朝廷血统，齐、莒是外姓别系。大周天下，系姬姓天下，我等无论如何效力，永远都是外人。既得不到信任，干脆打道回国！"莒夷公说："除鲁国之外，虢石父把山东诸国均视为东夷。既如此，应把莱、纪、谭、郲、曹、薛、滕众诸侯召集一起，共同商讨，然后做出抉择。"齐庄公说："如此甚好！"于是，诸侯齐集齐庄公住处。众人一讨论，想法十分一致。

第二天上午，大家愤然离开镐京，各自带领队伍，分头回国。

按照朝廷安排，鲁孝公继续留在镐京。自从周宣王杀了姬伯御，鲁国君臣一直战战兢兢，小心翼翼，唯恐得罪朝廷。虢石父权倾朝野，鲁孝公很想讨好他，悄悄送上黄金二百镒。虢石父得了贿赂，就在周幽王面前吹风："鲁国乃天子同姓，忠贞可靠；鲁侯极富人望，可为朝廷辅佐之臣。"幽王一听，立即下旨："兹令姬称为朝廷卿士，协助虢公，襄赞政务！"

这天，周幽王突然心血来潮："我欲效仿先王，东渡黄河，赴太行观景！"虢石父心想："太行路途遥远，山高路险。一路颠簸，必将苦不堪言。何不找个替死鬼，代我前去？"于是向幽王进谏："鲁侯年富力强，服侍周到。大王畅游太行，可让他一路伴陪。"幽王一听，当即点头答应。

这天中午，大队人马来到黄河岸边。突然之间，天空浓云翻滚，雷声隆隆；大风漫卷，上下漆黑一片。众人抬头望去，满天浓云之间，突然出现几条黑色巨龙。巨龙摇头摆尾，从天空直插黄河之上。伴随着霹雳闪电，狂风漫卷，巨龙连天接地，盘旋升腾。声响撕裂天空，震撼大地，令人心惊肉跳。大队人马猬集在一起，十分慌乱。

龙卷风过后，大队人马非死即伤，境况惨不忍睹。众人一看，周幽王差点被龙卷风卷走。他跌倒在大车上，遍体鳞伤，血肉模糊。太行观景一事，只得作罢。鲁孝公初次伴陪天子，出师不利，心里万分难过。

且说莒夷公与众诸侯一起，一路向东回返。队伍到达临淄，莱子先行回国。因为姻亲关系，齐庄公格外热情。午餐过后，齐庄公对莒夷公说："临淄城垣扩建，业已初具规模，我陪你观瞻一周。"两人骑上骏马，绕城一周。举目望去，临淄土城高耸，四周木堡矗立，岗哨森严。莒夷公深有感慨，说："贵国迁都临淄，棋高一着，令人钦佩！"

齐庄公笑着问："听你之言，莒国亦有迁都打算乎？"

莒夷公说："介根偏居东北，车马往来，粮草运输，极其不便。但自古迁都事大，牵一发而动全身。不可仓促行事，只可从长计议。"

却说鲁孝公留在镐京，成为虢石父的副手。因为都是姬姓，周幽王对鲁孝公十分信任。虢石父看在眼里，内心产生嫉妒。他想方设法，极力排挤鲁孝公。这天，虢石父心生一计，对幽王说："鲁国乃山东大国，系东方砥柱。姬侯作为国君，不宜久在京都，应尽快回国执政。"幽王是个没有主见的人，听了虢石父的话，信以为真，于是说："爱卿审时度势，思虑周详，不愧国之栋梁。速速传令姬称，即刻回曲阜执政！"三天之后，鲁孝公回到了鲁国。

莒夷公离开临淄，迁都一事时刻萦绕于怀。曲阜是历史名城，莒夷公打算亲自前往考察。鲁孝公回到鲁国，莒夷公立即到曲阜访问。母亲叮嘱鲁孝公："当年朝廷攻伐鲁国，汝兄伯御潜往莒国，避难于浮来山。莒国不避风险，予以庇护。此恩重于泰山，不可忘怀。你久在京都，信息通达。目下莒君来访，你应热诚接待，通报所见所闻，使其心中有数。"

鲁孝公是个孝子，对于母亲的嘱咐，历来言听计从。莒夷公到达曲阜，鲁孝公热情接待。上午参观了曲阜城垣，下午徜徉于洙水河畔。晚宴过后，鲁孝公又来到馆驿，陪同莒夷公饮茶长谈。莒夷公十分关切地问："近来京都一切可好？"鲁孝公苦笑一下说："唉！天子沉湎酒色，不理朝政。国家大事，统由虢石父一人把持。"

莒夷公说："如此也好。当年成王年少，周公辅政，四海拥戴，天下归心。虢石父既得天子信任，应是忠臣一个。"

鲁孝公说："周公满腹学识，心怀天下，公正如砥。虢石父乃自私小人。他身为辅政大臣，卖官鬻爵，收受贿赂，排斥异己，颠倒黑白，致使朝廷藏污纳垢，一派乌烟瘴气。此等奸佞之人，天子竟言听计从，宠信有加！"

莒夷公说："堂堂大周朝廷，应是神圣殿堂，竟至如此？"鲁孝公说："诸侯不进贡，朝廷公田收入微薄。府库入不敷出，国势十分艰难。天子不知节俭，挥霍无度；虢石父之流，照样奢侈铺张。恕我直言，国库空虚，已经朝不继夕。"莒夷公说："莒、鲁、齐三国，无不按时纳贡。朝廷征粮征物，未曾拖欠。其他诸侯，为何不再进贡也？"

鲁孝公说："如今奸臣弄权，诸侯离心，天下动荡，四境不安。此等情势之下，谁还给朝廷进贡！更有甚者，自从天子宠幸褒姒，日日笙歌，夜夜云雨。天子不朝，大臣谋私，天下焉能不离心，焉能不动荡！"

莒夷公听了十分震惊，接着问："褒姒如此受宠，此人是何来历？"鲁孝公说："此事说来话长，要追溯到厉王时期。当时，后宫有个小宫女，生得十分美艳。有一天，一只大蜥蜴突然爬到小宫女脚下。一道白光闪过，又迅即消失。小宫女年少懵懂，当时并未在意。不想成年之后，竟然没接触男人，就怀孕生产。宫女满怀恐惧，趁夜把孩子抱出宫外，悄悄扔掉。"

"堂堂王宫，竟有如此蹊跷之事，后事如何？"莒夷公追问。

鲁孝公说："小宫女将孩子扔掉，正是周宣王后期。恰在此时，镐京大街小巷，流传着一首童谣：'山桑弓，箕木袋，灭亡大周之祸害！'有一天宣王返回京城，恰好听到此首童谣。这时候，发现前方一对夫妻，正在路边卖货。宣王一看，夫妻俩叫卖的，正是山桑弓、箕木箭袋。宣王立即下令：'抓捕夫妻俩，格杀勿论！'夫妻俩见势不妙，慌忙躲进树林之中。"

莒夷公问："后来之事如何？"鲁孝公说："事情十分凑巧。夫妻二人慌不择路，昼伏夜行，在密林中不知走了多久。这天夜里，月色朦胧，周围一片寂静。突然，传来女婴啼哭之声。夫妻俩走近一看，顿生怜悯之情，立即抱走女婴，将其收养。原来，此女正是宫女遗弃之女婴。"

莒夷公觉得十分稀奇，于是刨根问底，穷追不舍。

鲁孝公说："夫妻俩疼爱孩子，视如己出。后来几经转折，逃到褒国。从此省吃俭用，含辛茹苦，终于将孩子拉扯成人。不负二人心血，女孩长得如花似玉，万里挑一，人见人夸。"莒夷公接着追问："听你所言，此女奇美无比，究竟有多美？"

鲁孝公回答："倾国倾城，闭月羞花，无与伦比！"

莒夷公又问："后来之事如何？"鲁孝公说："当今天子继位，派人四处搜寻美女。经过一番遴选，宫女所生女孩被选中，起名叫褒姒。天子一见，大加夸赞：'褒姒乃天下绝色，后宫佳丽三千，此女无与伦比！'"

莒夷公说："褒姒天生丽质，天子肯定喜欢。"

鲁孝公说："岂止喜欢，简直是色迷心窍，神魂颠倒。民女被选入宫，理应感到荣幸。谁能想到，褒姒是个冷美人，整日双眉紧蹙，不见笑容。为了让褒姒张口一笑，天子绞尽脑汁。命人于骊山之上，修建烽火台数座。"

莒夷公感到十分新奇，接着又问："后事如何？"

鲁孝公说："烽火台建立之后，终于惹起天大麻烦！"

莒夷公一听，感觉十分震惊，接着说："何等麻烦？但闻其详。"

鲁孝公说："从那以后，天子、褒姒常住骊山。每到夜晚，点燃烽火。周边诸侯看到烽火，认为戎兵来攻，立即发兵救援。将领们乘着战车，士卒们奔跑赶路，一个个汗流浃背。可是到达一看，根本没有敌情。只见天子搂着褒姒，在高处饮酒宴乐。众诸侯问：'请问大王，敌情何在？'天子说：'尚无敌情，点燃烽火，只为博得褒妃一笑。'众诸侯受到愚弄，心中气愤难平，只好下令退兵。车马拥挤，一片混乱。褒姒见此光景，开口嫣然一笑。"

莒夷公气愤地说："假如戎狄来攻，再度点燃烽火，谁肯出兵救援！"

正是：为博美人一声笑，竟然烽火戏诸侯。

第二十四回 奔西申宜臼逃命
扩城垣莒国迁都

莒夷公访问鲁国，在曲阜住了五天。鲁孝公殷勤接待，热情有加。他只要有空，就到馆驿陪伴莒夷公。从天下局势，到朝廷内幕；从奸臣弄权，到天子失德；从褒姒受宠，到诸侯离心。两人推心置腹，无话不谈。莒夷公了解了许多信息。

这天夜里，夜阑人静，万籁俱寂。鲁孝公已经离开，莒夷公却毫无倦意。他走到院子里，抬头仰望太空。银河浩瀚，苍穹幽幽；众星闪烁之下，北斗星却阴暗不明。次日巳时三刻，天空突然出现一条白虹，像一把坚挺的利剑，从太阳中间横穿而过。莒夷公见状，心里顿时一惊。他想："古人以为，众星闪耀而帝星不明，乃大臣弄权之兆；白虹贯日，乃帝王遭遇凶杀之兆。"莒夷公想到这里，心里不禁"咯噔"一下，不敢继续想下去。

下午，鲁孝公再次过来作陪。莒夷公说："此次参访贵国，观摩曲阜城垣修建，受益匪浅。我回国之后，即刻筹划迁都。"鲁孝公说："曲阜地处平原，四周无险可守，城垣老旧，并无设防，不堪一击。上次朝廷大军来攻，如入无人之境。以我之见，贵国此次迁都，应以军旅攻防为要。"莒夷公说："英雄所见略同。自古军旅事大，关乎国家安危，不可不察也。"

且说周幽王带着褒姒，常住骊山。夜夜点燃烽火戏弄诸侯，为的是博取褒姒一笑。真相大白之后，众诸侯无不义愤填膺，朝廷威信从此一落千丈。

这天，周幽王与褒姒回到镐京。两人整天住在琼台，一起缠绵淫乐。正宫申后，早被忘到脑后。这时候，太子姬宜臼前来探望母亲。申后流着眼泪，一五一十，把事情全部告诉儿子。姬宜臼说："褒姒迷乱宫廷，应予教训！"次日上午，周幽王外出巡视。姬宜臼带领众人，呼啦啦闯进琼台，见到褒姒挥拳便打。众侍女见状，急忙跪下求情。姬宜臼出了一口恶气，然后扬长而去。

褒姒见到周幽王，哭得梨花带雨，花枝乱颤。她无中生有地说："太子动手动脚，欲行不轨。如此色狼留在宫内，早晚必生祸端，请大王做主！"幽

143

王一听，顿时火冒三丈："宜臼如此大逆不道，立即拘捕，乱棒打死！"申后闻讯十分焦急，对姬宜臼说："逃命要紧，赶快奔往西申国，请求庇护！"

原来，西申国是申后的娘家，太子姬宜臼的姥姥家。

在侍卫长中令韧帮助下，姬宜臼急忙换上戎装，混杂在侍卫队伍中。队伍走出大街不远，左边有一条小巷。姬宜臼趁人不注意，转身溜进小巷。他脱下戎装，扮作商人，坐上大车向西奔逃。刚刚走出镐京西郊，西申国已经派人接应。在众人保护下，姬宜臼慌慌张张，急匆匆奔往西申国。

且说莒夷公离开曲阜，回到介根，立即安排迁都。

这天上午，文武官员齐集议事大厅，专题研究迁都事宜。自古迁都事大，所有与会人员，无不高度重视。

按照西周官制，诸侯国的官员选拔与任命，周朝廷一般不予干预。各诸侯国与周王朝相比，官员设置极其相似。诸侯国的司徒、司空、司寇、司马、司农等，周朝廷里习惯上各加一个"大"字，称为大司徒、大司空、大司寇、大司马、大司农。

会议开始，莒夷公说："介根偏在边陲，远离莒国之中心，车马不便，粮秣供应困难。更有甚者，介根东近莱国，北近纪国，西近齐国，处于三国环伺之中。一旦发生战事，都城有安全之虞。如此论之，迁都势在必行。兹事重大，不可轻忽。切望众卿，各抒己见！"司徒一冠民说："国君之言，已指明要旨。国都迁徙，不容迟缓。以我之见，宜先行选址，而后部署搬迁。"

莒夷公问："依众卿之见，国都迁往何处为宜？"

司农五谷丰说："我国现有城邑，密、兹、防、珠山、琅琊等，地域偏北，不宜为都；牟娄与大庞，土地肥沃，粮茂民丰，但四周地域狭小，且无险可守，不宜为都；海泊、两城、海曲、尧王、望海等地，地处海滨，人烟稀少，不宜为都；安东、渠丘等地，临近边界，也不宜为都；且于、鄢陵、碁邑、訾邑等地，土地贫瘠，粮草难以为继，当然不能为都。"

司马四戟车勇冠三军，性烈如火。五谷丰说到这里，四戟车已经急不可待，说："司农兄绕山转水，云里雾里，让人愈听愈糊涂。依你之见，此次迁都究竟何处为宜？"被四戟车一问，五谷丰望了望莒夷公，不再言语。

司空二健诚发言："莒城系我国中心，控扼通衢大道，北达渤海，南通江淮。屋楼崮虎视在东，浮来山雄踞在西；沭河纵贯南北，犹如青龙盘绕；柳青河辅城而过，碧水长流。此地虎踞龙盘，大有国都之气。且方圆五十里之内，良田百万亩，户籍数十万。若以莒城为都，高筑城，广积粮，进可攻，退可守。进退自如，必将固若金汤。"司寇三法冠接着说："莒城为都，最为适宜。我愿带万名民工，工匠三千，先行一步，前往扩建城垣。"

莒夷公听了十分高兴，说："司寇不辞辛劳，莒国之幸也！"四戟车自告奋勇，说："我愿率兵五千，既做护卫，又当劳工，参与莒城扩建！"

莒夷公说："众卿之议，均有道理。当年姜太公曾言：'莒城西窥沂蒙，东望大海，地处南北要冲，左青龙右白虎，风水极佳，可为莒国之都。'此事就此定案，国都迁往莒城！"指令三法冠为总督，负责城垣营建；一冠民为特使，赴镐京呈报朝廷；二健诚为专使，通报周边各国；四戟车为指挥，总督军马担任护卫；五谷丰为后援，负责征粮筹款。

莒夷公刚刚安排就绪，突然探马来报："朝廷更换太子！"

原来褒姒受到宠爱，不久生了一个儿子，起名姬伯服。这天，褒姒见到周幽王，一阵泪眼婆娑。她娇滴滴地说："姬宜臼以西申国为靠山，不把朝廷放在眼里。说不定某一天，西申国将他扶上天子之位。到那时，我与伯服将成为刀下之鬼。你这个天子，又将何处容身？"

周幽王一听，不禁怒火万丈。他把案子"啪"地一拍，大声咆哮："废掉申后，废黜姬宜臼太子称号！自今日始，立褒姒为王后，立姬伯服为太子！"

却说一冠民晓行夜宿，一路疾驰，这天终于赶到镐京。临行之时，莒夷公特意叮嘱："史官伯阳甫是我旧交，此人学富五车，为人耿介。你到镐京之后，要首先登门拜访，切勿忘记！"一冠民来到镐京，按照国君嘱咐，首先拜访伯阳甫。

伯阳甫见到莒国使臣，心里非常高兴。双方互致寒暄，互致问候。一冠民送上象牙两对，白璧两双，海参、海虾各两盒，然后说："此乃国君心意，请予笑纳。"

伯阳甫说："读书人清廉为本，象牙、白璧等贵重物品，我一概不收；海参与海虾，我全然收下。"伯阳甫说完，一再拱手致谢。

一冠民把莒国打算迁都，前来镐京呈报，原原本本告诉伯阳甫。伯阳甫说："依照典章制度，此等大事，需天子亲自审批。近来天子不在镐京，一直居于骊山。虢石父为辅政大臣，朝中大事，由他一手把持。莒国迁都一事，须先经过虢石父。"喝了一口茶，伯阳甫小声说："虢石父贪财好利，极善营私舞弊。若有重礼，一切好说；若无重礼，诸事难成。此人十分虚伪，既想收受贿赂，又想博取清廉之名。你若找他，需在夜晚行事，切勿张扬。"

按照伯阳甫的指点，一冠民趁着夜色，悄悄来到虢石父府第。首先送上黄金二百镒、象牙两对、白璧两双，还有海参、陶坛陈酒、莒国软帛、海獭皮大氅等礼品，然后说明来意。虢石父看到如此重礼，眉开眼笑。他假意推辞一番，然后说："谏官张立，乃天子亲信。你先送礼一笔，然后同去觐见天子，事无不成！"一冠民一听，急忙致谢。

在张立引导下，一冠民很快来到骊山。见到周幽王，一冠民首先施礼，然后说明来意。张立使了个眼色，一冠民恭恭敬敬，把礼单呈上。幽王一看，礼单上除了金银珠宝等物，还有一件白色羽绒披风，后面特别注明："敬献褒后。"幽王一看，顿时心花怒放，说："如此披风，褒后定然喜欢！"张立接着又递了一个眼色。一冠民会意，立即递上莒夷公的亲笔信。幽王展开一看，大意如下：

介根之城，偏在北鄙。地狭人稀，车马不便。土瘠地薄，粮秣难继。
如此城邑，不宜为都。莒城居中，人杰地灵。通衢大道，贯穿南北。
沃野百里，山水相济。迁都莒城，众望所归。吏民翘首，万众企盼。
专此呈报，企王恩准。

周幽王看完信，沉思一会儿，然后说："此等事务，不需劳驾本王，统由虢公处置！"幽王说完又搂着褒姒，继续饮酒作乐。一冠民在张立陪同下，从骊山回到镐京。张立如此这般，把幽王的话告诉虢石父。虢石父说："莒国迁都，可喜可贺！"指令内侍做好文案，加盖天子大印，然后交给一冠民。

却说莒国上下，都在为迁都奔忙。莒夷公精心运筹，调度一切。城垣扩建，物资筹备，呈报朝廷，通报诸侯，等等，一系列环节同时并举。三月二十二日，三法冠前来报告："莒城扩建，业已完工，楼亭馆所，均已建成。"五谷丰报告："一应物资，筹备就绪。"四载车汇报："大车五千辆，士卒两万名，一切准备停当。"

次日下午，大街上人头攒动。原来一冠民、二健诚，双双出使回国。诸事安排停当，莒夷公立即传令，众臣子齐集议事大厅，然后高声宣布："诸事完备，择日迁都！"

史官名叫书中求，博览群书，学富五车，举止温文尔雅。他趋前一步，当众拿出一块长型竹板，然后边读边说："遵循国君指令，经三次易卜。三月二十六日，适逢紫微星下凡。上上大吉之日，乃迁都最佳之时。"

莒夷公当即宣布："兹定于三月二十六日，辰时一刻，开始迁都！"

三月二十五日，莱、纪、谭三国来宾，先后到达介根。各带来大车五百辆、士兵两千人、民夫一千人，前来帮助迁都。此外，三国都送来了迁都贺礼。莱、纪两国，都是国君亲自出面。只有谭子身体欠佳，由司徒代劳。众人正在清点贺礼，郱、滕两国同时到达。分别带来大车两百辆，士兵两千，贺礼若干。莒夷公率领一冠民、二健诚、三法冠、四戟车、五谷丰等人，热情迎接来宾。

这时候，突然有人高喊："齐国来了！"接着有人高喊："鲁国来了！"莒夷公抬头一看，大道上一支长长的队伍，正向这里赶来。原来齐、鲁两国，各带来大车一千辆、士兵五千名、民夫两千人，前来帮助迁都。

三月二十六日，温风徐徐，晴空万里。黎明时分，介根城万人早起，一片忙碌气氛。大家搬箱抬柜，套马装车，开始迁都。莒夷公驱车在前，鲁孝公、齐庄公各乘大车，紧随其后；郱、滕、莱、纪四国国君，乘车随后跟进。从介根到莒城，大道上车马迤逦，人喊马嘶，热闹非凡。队伍前后相接，就像一条长龙，看不见首尾。由于准备充分，车马充足，迁都顺利完成。

莒夷公神采飞扬，当众宣布："大宴三日，犒赏众人，庆贺迁都！"

夜晚，莒夷公带领随从，到馆驿看望各国来宾。他们来到鲁孝公住所，正好齐庄公也在。莒夷公说："敝国迁都，二位不辞辛劳，不胜感激！"说完，拱手致谢。鲁孝公笑着说："鲁、莒两国，唇齿相依，亲如伯仲。如此大事，焉有不来之理！"齐庄公说："齐、莒两国，世代姻亲，血浓于水。迁都事大，帮忙犹恐不及。"

鲁孝公风趣地说："莒城景观，远近闻名，何不趁此机会，前去游览！"莒夷公说："我今晚来此，正有此意。诚邀诸位，明日游览莒地风光。"

齐庄公一听，哈哈大笑，十分风趣地说："莒城山水相依，风景如画，我姜购向往久之。此次来到贵国，愿做遗民，常驻莒城！"鲁孝公接上他的话茬，笑着说："齐侯常驻莒城，我愿伴陪左右，朝夕相处，不离不弃。"

次日上午，莒夷公陪同来宾，出城往东行进。走了十多里路，一座青翠的山峦，顿时呈现在眼前。山顶巨石像五片莲瓣，高低错落，紧紧围拢在一起。莒夷公适时介绍："此山名曰屋楼崮。"众人抬头望去，太阳正好爬上屋楼崮之巅，冉冉升起。此时的屋楼崮，酷似五片莲瓣，把太阳拱托在上面。莱子看到这种图像，大声呼喊："快看快看！莲花拱日！"鲁孝公见状，有感而

发,随口吟咏:

> 屋楼春晓,云海茫茫。朝阳初动,映日红光。
> 芙蓉暖萃,雄峙东方。日出先照,极目渺茫。
> 峦势峭孤,顶天苍苍。松阴偓盖,劲浸寒塘。
> 俏比蛾眉,凝目东望。西望泰岱,东连海疆。

鲁孝公吟咏完毕,然后说:"在下不才,顺口溜一段,给诸位助兴!"齐庄公听了高喊:"妙哉妙哉!再来一首,要或不要?"众位来宾一齐回答:"要要!再来一首!"鲁孝公双手一拱,风趣地说:"献丑了,献丑了!在下文思枯竭,仅此一段,足矣足矣!"

在当地居民引导下,大家沿着山间小道,攀上屋楼崮山巅。举目远眺,远山近水一览无余。向西望去,山水相间,锦绣如画;向东看去,云海茫茫,水天一色,一望无垠。原来,东洋大海呈现在视野之中。莒夷公兴奋勃勃,抬手指着东方,说:"远方即是大海!"鲁孝公看一眼齐庄公,故意将他一军,说:"登山观海,满目苍茫。君侯才华横溢,何不赋诗一首?"

齐庄公风趣地说:"莒国文人荟萃,才子万千。我姜购乃一介武夫,只懂驱车抡枪,焉敢当众赋诗耶?"齐庄公说完,一阵开怀大笑,笑声响彻山谷。

众人游览了屋楼崮,驱车回返,来到沭河之畔。本来打算回莒城休憩,但沭河如画美景,已经展现在眼前。大家禁不住流连忘返。在一片水湾之畔,众人下车徒步,沿河观赏。抬头望去,沭河像万丈长龙,自北而南,蜿蜒流淌。河两岸,树木与竹林相间,高低错落,青翠欲滴。林中小鸟,啾啾鸣叫,清脆悦耳。河水清澈透底,鱼虾畅游,水鸟嬉戏,好一派水上美景。

这时候,不远处传来一阵嬉笑声。众人抬头望去,来了一群美少女。一个个轻盈袅娜,楚楚动人。她们来到河边,有的到河里浣纱,有的在水中嬉戏,与自然风景互相映衬,交织成一幅绚丽的图画,众位来宾看得如醉如痴。

这时候,鲁孝公有感而发。他说:"如此景观,应有美名称之。"邾子听了高兴地说:"以我之见,宜曰'沭水拖蓝'!"大家一听,同声称赞:"沭水拖蓝,美哉美哉!"莒夷公看了一眼齐庄公,鼓励他说:"齐国自古文人荟萃,诗文闻名天下。面对如此美景,君侯何不赋诗一首?"鲁孝公立即附和:"言之有理,请赋诗一首,为我等助兴!"齐庄公见无法推辞,于是略加思索,轻声吟哦:

> 清澈透底,平展如镜。千里蜿蜒,天降长龙。

温风徐徐，波澜不惊。波光粼粼，一碧万顷。

金鳞戏水，水纹微动。沙鸥往来，交颈传情。

群姑浣纱，风送歌声。此生唯愿，常做钓翁。

原来，齐庄公读书不多，粗通文墨，赋诗填词并不擅长。他的诗近似一段顺口溜。尽管如此，众人一齐夸赞："妙哉！妙哉！"就这样，大家兴致勃勃，流连忘返。

正是：碧水青山何眷恋，不辞长作莒国人。

第二十五回　莒夷公嵩山会盟　周幽王骊山丧命

且说众来宾齐集莒城，游山玩水，兴趣盎然。这天中午，众人正在午餐。朝廷信使飞马赶来，手举信札高喊："天子有令！诸侯赴嵩山会盟！"

原来，周幽王内宠褒姒，外信虢石父，朝纲一片混乱。申后被废，太子姬宜臼遭贬，褒姒被立为王后，姬伯服被立为太子，导致人心不服，众叛亲离。大周王朝危机四伏，处于风雨飘摇之中。

王朝大司徒名叫姬友，他是郑国国君，是为郑桓公。

郑桓公是周幽王的亲叔叔，被幽王召到朝廷，担任大司徒。天下危机四伏，郑桓公忧心忡忡，急忙寻找退路。伯阳甫博古通今，众人有口皆碑。郑桓公趁着夜色，悄悄登门求教。

郑桓公对伯阳甫，说："当今天下动荡，危机四伏。我欲迁徙他方，不知何处为宜。"伯阳甫说："济、洛、黄、颍四河之间，俱是小国。唯有东虢与郐国，势力稍大。你为朝廷司徒，权柄在手；若寄存财富，送去眷属，两国焉敢拒绝？待到天下大乱，您以朝廷之名奉辞伐罪。虢、郐之地，必将尽归郑国。"郑桓公听了十分高兴，立即派人出面联络。东虢国、郐国不敢拒绝，均表示愿意接纳。郑桓公立即行动，把家眷送到两国，同时把珠宝财富寄存在那里。虢、郐两国为了讨好，分别赠给部分土地。从此，郑国的势力渗透到中原。朝廷其他官员，也纷纷寻找出路。镐京顿时人心惶惶，一片混乱。

且说申后被废，太子姬宜臼被废黜，彻底惹恼了西申国。西申国国君，名叫姜三箭。周幽王倒行逆施，姜三箭义愤填膺，说："申后是我女儿，太子姬宜臼乃我外孙。天子无道，废黜王后，罢黜太子，此乃蔑视西申国。我姜三箭岂能袖手旁观！"姜三箭说罢，立即与周边诸侯联络。拥戴姬宜臼为王，宣称他是周天子。同时对外宣布，恢复申后的王后之位。

消息传到镐京，虢石父十分震惊。他立即前往骊山，报告周幽王。幽王不假思索地说:"姜三箭胆大包天,蓄意谋反,立刻发兵,讨伐西申国!"

虢石父急忙进谏:"大王息怒,此事重大,不可仓促行事。"他附在周幽王耳边,如此这般说了一通。幽王一听,顿时眉开眼笑,说:"爱卿金玉良言,本王顿开茅塞!"原来,虢石父给幽王出了个点子:以讨伐西申国为名,组织诸侯会盟。虢石父心里明白,只要会盟,诸侯们不会两手空空,必定向天子进献礼物。自己身为辅政大臣,肯定少不了那份重礼。

褒姒得到消息,立即拱进周幽王怀里,她一边撒娇一边说:"妾身伴随大王,久居骊山,已感毫无新意。天下名山大川,何止骊山一处。河南嵩山,地处中原,风景秀丽,天下少有。此次诸侯会盟,正是游山玩水良机。大王何不离开骊山,驾幸嵩山,以尽游乐之兴也。"幽王说:"我的心肝宝贝,本王一定让你满意!"立即下令:"传檄诸侯,赴嵩山会盟!"

且说莒国告别介根,迁都莒城。莒城经过扩建,城垣大幅扩大,楼亭馆阁,富丽堂皇,城容街貌,焕然一新,周边各国无不称赞。万万想不到,莒夷公因操劳过度,不久身染重病。他自觉来日无多,于是坐上大车绕城一周。他来到西城门,举目望去,浮来山巍然屹立,在夕阳照射下,周边金光万道,红霞满天,景色绮丽。莒夷公想到世间之美好,想到人生之短暂,顿时泪如雨下。这天夜里,莒夷公留下遗嘱:"我死之后,葬于浮来山下。"

次日黎明,莒夷公寂然去世,长子嬴若琬继位,是为莒防公。

莒防公继位,各国都来祝贺,同时参加莒夷公葬礼。礼仪过后,莒防公来到馆驿,看望来宾,予以答谢。他首先来到齐庄公住处,恰好鲁孝公也在。莱、纪、谭、滕、郯、邾、曹等各国贵宾,相继到达。寒暄过后,谈话进入正题。齐庄公说话快言快语,开始就是一顿牢骚:"大周天下,风雨飘摇。到了如此地步,还搞什么诸侯会盟!"

鲁孝公说:"天子沉湎酒色,不理政务。所谓诸侯会盟,始作俑者,必定是虢石父。"郯子接着说:"褒姒久居骊山,心生厌倦。此次嵩山会盟,说不定出自妖妃之口。"大家你一言我一语,七嘴八舌,议论纷纷。

谭子坐在西侧,一直沉默不语,这时候开口说话。他对莒防公说:"众人来到贵国,自然由你做东。此次嵩山会盟,何去何从,愿听高见。"

莒防公说:"莒国国都新迁,再加父君新丧,诸事烦冗,深感心力交瘁。至于嵩山会盟,何去何从,我遵从各位。"纪子说:"山东三国,谁人不知?若是莒、齐、鲁三国带头,我等一定紧随其后!"齐庄公粗着嗓门说:"管他谁是始作俑者，到了嵩山看看再说。合适便罢，如不合适，咱就打道回府！"众人一致响应："言之有理，赴嵩山看看再说！"

这天上午，姜三箭正与姬宜臼一起，商量如何对付朝廷。大夫王渊报告："朝廷传檄，众诸侯赴嵩山会盟！"姜三箭说："所谓嵩山会盟，必定是集中兵力，讨伐我西申国！"姬宜臼听了一阵心慌意乱，急忙问："这该如何是好？"姜三箭说："事不宜迟，即刻联络西戎，起兵对付朝廷！"

此时的西戎主，名叫阿古拉莫。他处心积虑，寻机出兵镐京，想抢夺珠宝财物。西申国使者到来，又带了一笔厚礼，阿古拉莫大喜过望，说："天子无道，虢石父仗势欺人。天赐良机，终于有了复仇之日。机不可失，准备车马随时出兵！"

莒防公送走来宾，立即率领人马，赴嵩山会盟。队伍来到曲阜，恰好邾、徐两国先后到达。鲁孝公见到三国国君，十分客气，他说："三位首次来到曲阜，本该邀请诸位游览曲阜风光，怎奈王命紧促，不能耽搁。"说完十分无奈地摇了摇头。莒防公说："来日方长，此后定有机会。"

当天下午，鲁国在前，莒国次之，邾、徐两国随后跟进。队伍像长龙一样，蜿蜒曲折，一路向西进发。这天上午，队伍来到嵩山以东。突然，一座高峰呈现在眼前。莒国司马四戟车手指山峰，高声大喊："太室山！太室山！"莒防公急忙询问。鲁孝公说："太室山者，嵩山之东峰也。"原来，嵩山由太室山与少室山组成，山势极其峻美。因为地处五岳中间，所以称为中岳。

队伍继续向前行进。抬头望去，远处一顶顶帐篷，成排成片，点缀在嵩山脚下。帐篷与青山相互映衬，煞是好看。莒防公见此光景，禁不住驻足观望。这时候，东北方向一阵战马嘶鸣，齐庄公率领队伍赶来。莱、纪、谭等国紧随其后，长长的队伍，望不见边际。

各方见面，相互寒暄一阵，然后各自安营扎寨。

夜晚，月色皎洁，微风拂面，清爽宜人。齐庄公约了鲁孝公，以及山东各诸侯，一起来到莒防公住处。大家刚刚坐定，朝廷来人通知："明日上午，虢公约见诸侯，务必按时到达！"莒防公问鲁孝公："虢公是何人士？"不等鲁孝公说话，齐庄公抢先回答："此人即是虢石父，妄称虢公！"

鲁孝公很生气地说："诸侯会盟，自有天子坐镇。虢石父仅为卿士一个，竟要约会诸侯！"齐庄公说："以约会诸侯为名，行索贿受礼之实！"莒防公首次参与这种场合，一切都觉得陌生。他想："原来堂堂朝廷，如此黑幕重重。

真是见所未见,闻所未闻。"想到这里,心里有一种说不出的味道。

这天夜里突然发现,西面山顶烽火连天,山上山下呼声一片。齐庄公、鲁孝公约着莒防公,一起跑到帐篷外。大家举目远望,翘首观看。原来,周幽王与褒姒一起,已经提前三天达到。为了博得褒姒一笑,幽王故技重演,命令士兵爬上山巅,再次点燃了烽火。

这时候,伯阳甫悄无声息,趁着夜色走来。莒防公听说过伯阳甫,他是父亲生前友好,因此十分敬重。伯阳甫说:"贵国先君,是我故交。贵先君虽已过世,我伯阳甫旧情难忘。"伯阳甫说到这里,莒防公双手一拱,以示感谢。伯阳甫十分神秘地说:"天子宠幸褒后,朝政无人处理。"莒防公问:"闻听虢公辅政,代行一切,朝中诸事……"莒防公说到这里,未再说下去。

伯阳甫说:"虢石父以约见诸侯为由,大肆收受贿赂。黄金珠宝等贵重物品,足足装了十大车。谁能想到,昨夜他带着贿赂物品,偷偷溜走了!"

莒防公忙问:"天子不理朝政,虢石父溜走,此次诸侯会盟,如何处置?"

伯阳甫说:"恕我直言,此次诸侯会盟,已经自然泡汤。姜三箭对天子仇恨满腔,他已联络西戎,打算进攻镐京。当今天下,从西到东,从南到北,诸侯离心,战云密布。大周天下,已朝不保夕!"

莒防公问:"情势竟如此严重?"

伯阳甫说:"大厦将倾,人力难扶。你听我一句劝告,不要再逗留此地,赶紧回国,整顿劲旅,聚草屯粮,自保为上。何去何从,望你三思,告辞告辞!"说完,悄悄隐身在夜幕中。

莒防公送走伯阳甫,立即约着鲁孝公,一起走进齐庄公帐篷。三人相见,莒防公把伯阳甫的话予以通报。鲁孝公说:"我等寻个理由,报告天子,提前回国!"齐庄公气得脸色紫红,"唰"的一声拔出宝剑,又"咔"的一声插进剑鞘,然后说:"何必报告天子,干脆来个不辞而别,明日打道回府!"第二天,齐、莒、鲁三国带头,其余国家随后跟进。大家不辞而别,愤然回国。

莒防公带领人马,很快回到莒国。车未解辕,马未卸鞍,突然探马来报:"镐京被围!"事情来得如此突然,莒防公不禁大吃一惊。

原来虢石父潜逃,众诸侯不辞而别,嵩山会盟不欢而散。周幽王对此耿耿于怀,他把一腔怨气全部泄到姜三箭、姬宜臼身上。公元前771年,这年是周幽王十一年。五月六日,幽王突然下令:"讨伐西申国,捕杀姜三箭,擒拿逆子姬宜臼!"

周军主力尽出，立即把西申城包围。西戎得知镐京空虚，趁机出兵，一路杀向镐京。狄兵闻讯，趁机绕到镐京南郊，立即发动攻城。

镐京被围，顿时陷入危机。前线周军闻讯，无心恋战，纷纷向后退却。姜三箭趁此机会，指挥西申兵转守为攻，从后面追杀周军。周军遭到攻击，纷纷溃败，狼狈不堪。戎兵看到周军溃败，立即迎头痛击。周军受到前后围追，四处慌乱奔逃。西申兵、狄兵、戎兵三方联手，把镐京四面包围。此时的周幽王，正搂着褒姒饮酒取乐。忽然有人报告："敌人四面攻城，情势万分危急！"幽王带着褒姒，领着新太子姬伯服，匆匆如丧家之犬，惶惶像漏网之鱼，一溜烟逃往骊山。

周幽王一行慌慌张张，终于逃到骊山脚下。姜三箭带领联军，紧急追赶上去。这时候，夕阳余晖照耀天空，太阳即将落山。周幽王就像看到了救命稻草，立即下令："赶紧点燃烽火，号令周边诸侯，前来骊山救驾！"烽火很快被点燃，一个连一个熊熊燃烧。周边诸侯看到烽火，说："为了褒姒一笑，昏君又在戏弄诸侯！"谁也不肯出兵救援。

次日天刚破晓，联军从四面包围上来。周幽王只得带着褒姒，仓皇向外逃窜。姜三箭举起弓箭，"嗖"的一声射去，幽王顿时血溅衣衫。西戎主阿古拉莫举起大刀，向着幽王砍去。可怜的周幽王，应声倒在血泊里。堂堂大周天子，下场如此悲惨，后人赋诗而叹之：

烽火光耀骊山顶，美人一笑诸侯惊。

天怒人怨谁之罪，血溅龙袍江山倾。

周幽王被杀，跟随他的郑桓公，立即躲进密林里。戎兵发现后，一阵乱箭把郑桓公射死。阿古拉莫找到褒姒，把她抱上大车，掳到西戎。褒姒的下场如此悲惨，后人赋诗如此慨叹：

容颜倾国又倾城，幽王宠幸揽怀中。

骊山烽火成一笑，诸侯愤慨吏民惊。

美媚终究成玩物，玉体难挡百万兵。

千年史籍成谬误，误将罪责归倾城。

周幽王被杀，昭示西周灭亡。这一年，是公元前771年。西周王朝从建立到灭亡，共计275年。屈指算来，自周武王到周幽王，共经历了12个国王。

再说，西申、西戎与狄兵围攻镐京，进而围困骊山。军情如火，消息如风,很快传遍各部落诸侯。远在西岐的秦襄公闻讯,立即下令:"出兵救援朝廷!"然后率领秦兵,紧急赶往镐京。东方的卫武公、晋文侯、郑国世子姬掘突,同时率军到达。勤王兵到来,一齐发动攻击。戎、狄把镐京洗劫一空,然后弃城而去。姜三箭独力难支,只得带领本部人马,紧急撤回西申国。众诸侯找到姬宜臼,拥立他为天子,是为周平王。

周平王的小朝廷,暂时设在西申国。

周幽王被杀,天子宝座一时空位。这时候,周幽王的弟弟姬余臣,正在西虢国避难。虢石父找了一把大木椅,让姬余臣面南而坐,称他为天子。姬余臣的小朝廷,设在西虢国的携地,因此被称为携王。末世的西周王朝,二王并立,形成对峙局面。

且说莒防公带领人马,愤然离开嵩山,这天回到莒国。莒城经过扩建重修,已经今非昔比。城垣坚固,街道宽阔,楼亭殿阁,气势非凡。在诸侯国国都之中,位列上游。这天,莒防公带领随从,绕城一周。举目望去,城垣气势恢宏,远非故都介根所能相比。莒防公满怀喜悦,心旷神怡。司徒一冠民进谏:"我国迁都,邻国皆来祝贺。依照礼仪,应回访答谢。"莒防公说:"此议甚好,立即回访!"一冠民问:"我国距鲁国最近,是否先到曲阜访问?"

莒防公说:"嵩山会盟之时,业已路过曲阜。此次访问,先赴齐国。"

第三天,莒防公带领随从,一路来到临淄。齐庄公十分热情,予以隆重接待。次日,齐庄公陪同莒防公,到各处观景游玩。淄河戏水,泰山观景,杏林漫步,柳岸徜徉。足迹所至,遍及齐国名山胜水。几天畅游,玩得十分尽兴。这天夜晚,齐庄公又来到馆驿,陪同莒防公闲聊。莒防公说:"闻听朝廷出现重大变故,不知真情如何?"齐庄公十分气愤地说:"幽王被杀,死有余辜;褒姒被掳,罪有应得!"

莒防公心想:"堂堂大周天子,威望之低,到了如此地步。"齐庄公继续大发牢骚:"东一个携王,西一个平王,犹如两日并出,成何体统!这王那王,尽是混账之王、狗屁之王!"莒防公心想:"此君快言快语,口无遮拦,真是个直率性子。"

两人正在交谈,突然一冠民进来报告:"都城挖出宝贝,请国君速回!"

正是:牢骚满腹何愤懑,幸好喜讯耳畔来。

第二十六回 周平王东迁洛邑 莒防公西拒朝觐

莒防公听到报告，莒城挖出宝贝，打算尽快返回莒国。齐庄公性情率真，喜欢游山玩水，他说："上次贵国迁都，本人前往祝贺。趁机登上屋楼崮，欣赏了沭河美景。本来打算继续观光，忽然接到朝廷传檄，赴嵩山会盟，结果耽误了好事。"莒防公说："君侯既然游兴未尽，我邀你再度赴莒国观光。"两人带领人马离开临淄，一路奔往东南方向。

不久，穆陵关呈现在眼前。抬头望去，高耸连绵的峻峰之上，一道石砌城墙宛如巨龙。最高处的穆陵关，显得十分雄伟壮观。原来在山东境内，山峰最多、占地面积最大的要数沂蒙山。沂蒙山峰峦叠嶂，绵延数百里，整个山系分为沂山与蒙山两大部分。穆陵关地处沂山之南，是齐、莒、鲁三国交界，有"一夫当关，万夫莫开"之美誉。

遥想当年，齐国建立之初，姜子牙高瞻远瞩，开始筹划修建齐长城。此后代代接力，齐长城不断延伸加长，成为著名的关城要隘。

队伍过了穆陵关，进入莒国境内。刚刚到达莒城北郊，看见人山人海，熙熙攘攘。看到国君到来，大家自觉后退，让开一条通道。莒防公、齐庄公近前一看，一大堆人围着的是一件硕大的陶器。陶器主体呈圆柱形，一头近乎圆锥体，另一头是个圆形口。陶器中间有个图案，上部是个圆圈，很像太阳；下面像是一簇莲花瓣，也像一片火苗。这到底是件什么宝物？大家互相对视一下，又都摇摇头。再看看另一个，上面像个大鹅卵，下面有个高高的底座，通体黝黑发亮。

为了弄清真相，莒防公命人把史官找来。史官名叫文章里，是个老学究，喜爱钻研史籍，因此博古通今。文章里对着陶器反复审视，又拿出史书认真对照，然后说："此乃陶制酿酒器！"众人急忙问个究竟。文章里解释说："此器产于殷商中晚期，酿酒时开口向上，将粮食与水装入其中，底下点燃柴薪，然后加热发酵。"随后又补充说："古代所谓陶器酒，即是如此酿造而成。"众人听了，一齐伸起大拇指。接着，文章里拿起那件黑色物件，看了又看，然后说："此乃黑陶蛋壳杯，系天下极品，世间少有！"

齐庄公说："立于屋楼崮山西侧看日出，即是此等图形。"文章里说："此言是也。春分时节，在屋楼崮之西面向东观看日出，即是此等图像。数年之前，莒城出土的某件陶器，上面的'旦'字，大概来源于此。"莒防公听了连连点头，表示认可。齐庄公惊得伸长了舌头。

这时候，几个士兵走过来，放下一个大铜鼎，还有一柄青铜剑。莒防公拿起那柄青铜剑，与齐庄公一起反复审视。上面有几个文字，字迹沧桑古老，很难辨认。文章里接过青铜剑看了又看，突然大声说："国君您看，此乃'莒'字！"大家听到喊声，一齐聚拢过来。仔细一看，"莒"字上面不是草字头，竟然是竹字头，下面是两个椭圆口。莒防公对文章里说："汝为史官，此事能否载入史册，就在先生笔下！"话音未落，文章里掏出刻刀与竹片。他左手拿着竹片，右手拿着刻刀，很快记录下来。大家正在欣赏出土文物，忽然探马来报："朝廷东迁洛邑！"众人闻讯，不禁大吃一惊。

原来周幽王死后，二王对立。诸侯国有的拥护周平王，有的拥护周携王。

晋国在北，西虢国在南，两国接壤。当时的晋国，国君是晋文侯。晋文侯重视军旅，尊重人才，国力不断增强。这天，晋国挥兵南下，攻入西虢国。西虢军不堪一击，纷纷溃散。周携王来不及逃跑，被乱箭射死。

郑桓公在骊山被杀，他的儿子继位，是为郑武公。郑武公娶了申国女儿做夫人，周平王又住在西申国。因此，郑武公决定支持周平王。秦嬴本来是个附庸，不在诸侯之列。周幽王在骊山被围，秦襄公出兵相救。秦嬴立下战功，坚定地站在周平王一边。

周武王的弟弟姬封，最先受封于康地，因此叫康叔。"三监之乱"平定后，周成王把这一带改封给康叔。因为地处周王室的卫服地带，所以叫卫国。康叔的第九世，就是卫武公。周幽王骊山被围，卫武公奋力救援，立下汗马功劳。

晋文侯打出旗号："拥戴周平王！"然后挥动大军，向西进攻。消息很快传到郑、卫两国。郑武公、卫武公闻讯，立即起兵勤王。联军来势凶猛，一路攻到西申国。姜三箭一看不妙，再也顾不得周平王，趁夜躲到西部边陲。

此时的周平王，身边无兵无将。他衣衫不整，躲在一间破屋里。晋文侯、卫武公、郑武公、秦襄公见到周平王，四人同时下拜，说："我等来迟，让大王受惊,请大王恕罪。"平王于是转忧为喜。在大家共同护卫下,周平王终于回到镐京。举目望去,断壁残垣,荒草连天,惨不忍睹。京都昔日的繁华,已成过眼烟云。周平王看了,不断唉声叹气。恰在这时候,西申国送来急报。周平王一看,大意是:犬戎反复无常,屡次侵扰,日甚一日。西申地僻人少,兵力单薄,无力拒敌。如无外援,亡国之祸,迫在眉睫。伏乞朝廷,发兵救援!

周平王看完急报,联想到犬戎围攻镐京,顿时心惊肉跳。他说:"我舅自顾不暇,焉能护卫朝廷?京都东迁洛邑,刻不容缓!"立即贴出榜文晓谕百姓:凡愿随驾东迁者,速做准备,届时一并起程!

五月十六日,正是黄道吉日。辰时一刻,迁都开始。大宗伯怀抱七庙神位,率先登车。周平王、后妃、宫女、内侍等紧随其后。晋文侯、卫武公、郑武公、秦襄公,各自带领兵马,护卫着队伍,一路迤逦东行。大队人马过崤山,经函谷,渡洛河。这天中午,终于到达洛邑。

这一年,是公元前771年。从次年开始,史家称之为东周。

鲁国国史名为《春秋》,记载了242年的历史,与周平王东迁到周敬王执政时间大致相同。因此,后世习惯用"春秋"一词,指称这段历史。换而言之,周平王东迁,开启了春秋时代。

周平王来都洛邑,举目望去,街道宽阔,车水马龙;大街两侧楼亭殿阁,巍峨壮观。他的心情顿时阳光起来。这时候,秦襄公前来报告:"迁都业已完成,微臣不敢留恋富贵,愿率本部人马,即刻返回西岐,请大王恩准。"

周平王想了想,说:"秦嬴勤王有功,册封为诸侯!"

秦嬴从此改称秦国,大周天下又多了一个诸侯国。秦襄公受到册封,心里十分感激,连忙叩首谢恩。然后带领人马,星夜回到秦国。

周王室东迁洛邑,消息传到莒国,不啻于十二级地震,众人无不震惊。

这时候,齐庄公正在莒国观光。莒防公对他说:"幽王残忍无道,死有余辜。朝廷被迫东迁,势所必然也。"齐庄公说:"朝廷是朝廷,齐、莒是诸侯。管他朝廷东迁西迁,我等继续观光!"莒防公心想:"齐侯虽然话语直率,但他的话不无道理。"于是亲自伴陪齐庄公,青山观景,碧水泛舟,竹林漫步,柳荫徜徉。白天游山玩水,晚上举杯畅饮,玩得不亦乐乎。

这天上午,两人穿过荆棘、石缝,攀缘而上,然后肩并肩,立足于凤凰山之巅。极目远眺,万丈悬崖之下,沭河犹如一条巨龙,曲折蜿蜒,悠悠南流。抬头望去,一块巨石像雄鹰一样,翘首欲飞。二人很想走向前去看个究竟，但是山路陡峭，怪石嶙峋。他们绕了几个弯，还是攀登不上去。齐庄公看到此情此景，禁不住有感而发："莒国名山胜水之多，比比皆是，让人垂涎欲滴！"说完又十分小心，低头向下，瞅了一眼脚下的悬崖。只见石壁陡峭，如刀凿斧削，觉得头晕目眩。他急忙后退两步，说："但凡名山大川，必有稀奇故事，凤凰山自不例外。"莒防公说："凤凰山故事之神奇，闻名遐迩。"

齐庄公立即催促："凤凰山故事何等神奇？讲来听听！"

莒防公说："先前江南有位术士，来北方勘察穴地。此人渡长江，过淮河，经徐国，到郯国，最终来到凤凰山。术士举目四望，凤凰山四周平坦，一山突兀而立；与其他名山相比，气势大不相同。术士拾级而上，信步攀至山巅。他俯首观望，悬崖万丈，陡峭壁立，犹剑削刀劈，如鬼斧神工。"莒防公说到这里，故意停了一下。

齐庄公急了，立即催促："后事如何？愿闻其详！"

莒防公笑了笑说："术士离开莒国，辗转到达燕国，而后千里迢迢，返回江南。"齐庄公急忙问："其后情形如何？"莒防公说："其后，术士专讲故事，以此为业，赚钱谋生。"齐庄公说："君侯绕远了，术士所讲故事，与凤凰山何关？"莒防公故意卖关子："君侯请猜！"

齐庄公说："急死人矣，快讲快讲！"

莒防公说："术士周游列国，四处宣讲：莒国有一凤凰山，耸立于沭河西岸，悬崖陡峭，壁立千仞，直刺苍穹。其山之高，不知几千几万丈。有大鸟一只，落于山巅，生卵一枚。卵中雏鸟尚未孵出，即被大风刮于悬崖之下。鸟卵落于山下草丛，卵中小鸟，业已长出翅膀。"

莒防公讲到这里，故意问齐庄公："请猜，凤凰山悬崖，其高几何？"

齐庄公的思绪，仍然沉浸在故事情节中。听到莒防公发问，齐庄公定了定神，竖起大拇指，说："高，高！高于苍穹！"说完，两人开怀大笑。

且说周平王东迁，消息很快传遍各诸侯国。莱子、谭子相约到达齐国，想和齐庄公一起商量，如何觐见周平王。二人到了临淄，听说齐庄公还在莒国，于是一起来到莒城。正巧，刚继位不久的鲁惠公，还有滕、邾、曹众位诸侯，先后到达莒国。众位国君相见，周平王东迁一事，自然成为主要话题。

莒防公说："朝廷东迁，洛邑成为京都。依照惯例，我等应前往朝觐，以示祝贺。如何办理此事，愿听诸位高见。"莒防公说完，双手一拱。

鲁惠公说："若按周礼，普天之下莫非王土，率土之滨莫非王臣。天子继位，朝廷东迁，皆为头等大事。我等诸侯，宜携带重礼，前往拜谒。"滕子、曹子、郲子附和说："鲁侯之言，甚为妥当。我等宜尽早前往东都，朝觐祝贺。"

莱子、谭子两人，把目光一齐投向齐庄公。齐庄公说："此周礼，彼周礼，大礼四百，小礼三千。条条框框，如此之多。文人礼官，整日把周礼挂于嘴上，洋洋数千条，何人记得清楚？设若天下遵循周礼，镐京焉能被攻破，幽王焉能遭残杀，朝廷何须东迁洛邑！"

鲁惠公心平气和地说："尽管如此，当今仍是大周天下，仍要依周礼处事。"齐庄公立即反唇相讥："这礼那礼，富国强兵方为正理！自此往后，鲁国遵循周礼，齐国遵循《六韬》。两国竞赛，看谁商富农丰，看谁国富兵强！"

鲁惠公被齐庄公抢白一顿，心里很不是滋味，但是转念一想："齐侯之言，不无道理。看看人家齐国，兵强马壮，物阜民丰，已是东方第一强国。"想到这里，心里十分佩服。他把双手一拱，不再言语。

齐庄公接着说："洛邑朝觐，何人愿去请自便，反正我等不去！"接着高喊一声："回国！"他约着莱子与谭子，坐上大车扬鞭而去。莒防公连忙高喊："君侯稍等！明日再走不迟！"齐庄公躬身抱拳回答："谢谢盛情！后会有期！"

莒防公一看，南北各国意见不同，明显分成两个阵营。是否去洛邑朝觐，莒国应当何去何从？对此，莒防公陷入深思。司徒一冠民进来，莒防公说出自己的困惑。一冠民说："微臣以为，当今天下人心叵测，云谲波诡。朝廷东迁之后，局势尚待观察，不宜草率从事。"莒防公问："依你之见，朝觐天子，当去不当去？"一冠民说："最好寻个借口，推说国中有事，国君不得脱身。派遣一臣子，跟随鲁君前去洛邑。如此办理，既不得罪朝廷，又未得罪鲁国，更未疏远齐国，岂不是三全其美？"

莒防公再问："其后，当何以处之？"一冠民回答："稳住阵脚，静观其变，审时度势，相机而行。"莒防公高兴地说："此议甚好！"于是推说自己身体不适，不能前往京都。派遣一冠民为专使，前往洛邑朝觐。

鲁惠公与滕子、郲子、曹子诸位国君，离开莒国，乘车向西南行进。鲁惠公飞车在前，显得意气飞扬。滕子说："鲁侯一人坚持，赴洛邑朝觐。北方三国，一个未去。我等何去何从，二位有何高见？"郲子说："朝廷怪事多多，情况不明，不去也好！"曹子说："言之有理，不去也好！"

周平王东迁，山东诸侯前往朝觐祝贺的，仅剩下鲁惠公一个。

正是：君临天下何威仪，落魄之时多冷落。

第二十七回　郑武公攻打邻虢　莒防公访问齐鲁

这天，莒防公正在鄢陵巡视，忽然探马来报："鲁君被留在朝廷！"

原来，鲁惠公带着礼物，很快到达洛邑。见到周平王，鲁惠公首先施礼，然后表达贺忱。平王一看，山东众多诸侯，一个个拒不前来，唯有鲁惠公前来拜谒。平王想到这里，心里十分感激，说："朝廷东迁之后，众诸侯无不避而远之，难得鲁国如此孝敬。"平王说着说着，泪珠差点掉下来。

鲁惠公见此光景，急忙安慰一番。周平王说："我有一设想，不知你意下如何？"鲁惠公忙说："天子有令，我当效犬马之劳。"平王说："我欲留你在朝廷，担任辅政大臣，望你切勿推辞。"说完，双手轻轻一拱。

鲁惠公说："朝廷东迁洛邑，晋、郑、卫、秦四国，共同派兵护送，方保沿途安全无虞。四国出兵勤王，有功于朝廷，何不请其在京辅政也？"

周平王说："秦嬴受封为秦国，业已回到西岐；晋侯身体欠佳，难以长久支持，不能辅佐朝廷；卫、郑两国，各怀私心，互相掣肘，争权夺利，已成心腹之患。"平王说到这里，长叹一声，显得一脸无奈。

鲁惠公说："卫、郑两国，均为姬姓之国。理应辅佐朝廷，共求太平盛世，想不到竟至如此。"周平王说："自先祖武王、成王始封，姬姓之国多达五十余个。本应势力强大，如众星拱月，捍卫朝廷；但时至今日，两百多年过去。时过境迁，血缘日渐疏远，早已亲情不再。姬姓之国，如同其他诸侯一般，有利则趋之，无利则避之。"说到这里，泪水顺着两腮流下来。他轻轻擦了一下眼泪，然后又说："正因如此，我欲留你在朝廷，共同辅政。"平王说到这里，抬头看着鲁惠公，显得十分渴望，十分恳切。

鲁惠公说："天子信任，是我无上之荣耀。可惜鲁国远在东方，路途遥远。假如我留在洛邑，京城与鲁国，两端难以兼顾。我思忖再三，唯恐难以胜任。"鲁惠公说完，向周平王再次拱手，以示抱歉。平王说："你暂且留在京都，视情势变化，再做区处。"平王如此恳切，鲁惠公只得暂时留在洛邑。

莒防公假托身体不适，派遣一冠民到洛邑朝觐。一冠民不辱使命，顺利完成任务。一行人回到莒国，立即向国君汇报。莒防公问："此次东都朝觐，共有多少诸侯前往？"一冠民回答："天下诸侯，前往朝觐者，寥若晨星。"

莒防公再问："朝廷东迁之后，局势如何？"

一冠民回答："朝廷东迁之后，势力大不如前。镐京一带地盘，全然丢失；崤山以西地域，沃野千里，朝廷竟无一寸之地。目前朝廷直辖地域，仅限于洛邑周边。东不过荥阳，西不越潼关，南不跨汝水，北不越沁河。朝廷直辖地域，方圆不过六百里。疆域如此狭小，恰似诸侯国一个。"

莒防公接着问："朝廷地域如此之小，王朝六师，公卿大臣，后宫嫔妃，外臣内侍，人数众多。衣食薪俸，军马粮草，诸多开销，钱财从何而来？"

一冠民回答说："所谓王朝六师，早已不复存在。幽王时期，禁军主力被调骊山，拱卫天子。留在镐京的队伍，竟然挡不住西戎进攻。烽火戏诸侯之后，骊山禁军大部溃散，幽王被戎人攻杀。当今天子，身边少兵缺将。此次朝廷东迁，只得依靠晋、卫、郑三国，共同出兵保护。秦嬴仅是附庸一个，尚且出兵勤王。"

一冠民接着说："朝廷地域如此之小，还有诸侯在时刻觊觎。天子无奈，正打算再次割地分封。国君您想，朝廷势力之弱，到了何种地步？堂堂王朝，已经失去当年威仪。后宫嫔妃，外臣内侍，军伍侍卫，人数大大削减。否则，朝廷无力供养。"

莒防公问："天子身边，何人辅政？"一冠民回答说："朝廷东迁，晋君功劳首屈一指，天子最为依赖。岂料晋君体弱多病，估计不久于人世。秦襄公受封为诸侯，已经回到西岐。天子身边，仅有卫君、郑君二人辅政。"

莒防公再问："鲁侯被留朝廷，有何任用？"一冠民回答说："天子挽留鲁君，实乃一厢情愿。鲁君数次推辞，天子一再挽留。鲁君之所以推辞，原因之一，鲁国远离东都，两头难以兼顾。原因之二，卫、郑两君强横霸道，互不相让，鲁君为人谦和，不愿夹在中间受气。"

莒防公问："郑国原在西北，为何突然显耀中原？"一冠民回答："郑桓公在世之时，将其眷属、财产，移往黄河、洛河、济水、颍水四河之间。郑武公继位后，郑国趁机在中原发展。郑国紧靠洛邑，乃近水楼台。朝廷实力最强者，非郑、卫两君莫属。"

莒防公再问："卫国情形如何？"一冠民回答："卫君十分强势，与郑君同秉朝政。以我之见，从今往后，卫国并非郑国对手。"莒防公说："爱卿详述之。"一冠民说："自古成功者，不外乎天时、地利与人和。若论天时与人和，卫、郑两国旗鼓相当，难分伯仲，唯有地利，两国大相径庭。"

莒防公说："愿闻其详。"一冠民说："卫国偏于黄河之北，南有大河阻隔，西北有贫瘠太行，再加北戎环伺，旦夕侵扰，极难发展壮大。反观郑国，地处中原腹地，进可攻退可守，游刃有余。古语云：'得中原者得天下。'以臣愚见，郑国大有发展前途。"

莒防公说："天时者，时势也，可遇而不可求，非人力所能企及；地利者，地域之优势也，需有人和相配；人和者，民心之归向也，在人而不在天。天时、地利与人和，三者缺一不可。"一冠民说："国君一言，使人顿开茅塞。"

却说周平王东迁，开启了春秋时代。周王朝无力控制局势，诸侯争霸由此拉开序幕。第一个登上争霸舞台的，是历史不长的郑国。

这天，郑武公问左右："邻国兵力如何？"司马姬弘回答："邻国士兵不足三千，战车不到五十辆。"郑武公再问："邻军士气如何？君臣关系怎样？"姬弘说："邻君妘虞，优柔寡断，昏暗不明；臣子各怀异心，互相掣肘；军队将无斗志，兵无战心，不堪一击。"郑武公立即下令："整备车马，攻灭邻国！"

司徒令夷池说："郑国进攻邻国，乃诸侯进攻诸侯。若邻国被灭，此等大事，必定震动朝野。假如天子发怒，当如之奈何？"郑武公说："朝廷少兵缺将，自身难保，焉能干预他人？大军立即开动，包围邻军，不使一人漏网！"第二天上午，郑军突然出击，很快围困了邻国，立即发动进攻。

消息传到洛邑，周平王十分震惊，急忙与左右商量。大司空、大司寇、大司马、大司农等，纷纷摇头，拿不出办法。大司徒阳荣制说："无朝廷命令，郑国擅自动兵，突然围攻邻国。此乃目无天子，目无朝廷，无法无天。如此下去，弱肉强食，堂堂大周王朝，岂不天下大乱。应请卫国出兵，阻止郑军！"平王说："卫军横行京畿，焉能听从朝廷号令？"说完把两手一摊，显得万般无奈。

郑国大军攻势凌厉，很快深入邻国腹地。妘虞得到报告，顿时吓得面如土色。内侍进谏："国都被围，情势危急，请国君速速逃命！"妘虞慌忙坐上大车，一路向西北逃跑。回头一望，后面尘土滚滚，杀声震天。郑军如狼似虎，在后面紧追不舍。妘虞逃到湖边，一头栽进水里，顿时一命呜呼。

邻国被吞并，消息传开，犹如晴天霹雳，震动了朝野。鲁惠公得到消息，担心鲁国国内情况。他来不及请示周平王，星夜兼程，紧急赶回鲁国。

消息传到莒国，莒防公立即召集左右，研究对策。司徒一冠民说："我已垂垂老矣，不能再为国效力，但我有一建议：大周天下，已是动乱之秋，我国应整备车马，以求自保。"对此，众人纷纷表态赞同。

莒防公立即下令："珠山、崇崚山、河山、碁山、丝山、浮来山、马亓山、凤凰山、圣公山、青山、洪山、鹰愁山、陈洞山等山口要隘，均要设立营寨，派兵把守！"然后对库府官下令："每处营垒拨给黄金三百两，充作防御军费。若此数不够用，每处追加一百两！"众位臣子得令，立即付诸行动。

这天，莒防公率领随从，检查营寨修建。一行人从介根开始，沿海滨一路向南；然后从东向西，再自南折向北。大道、山口、要隘，逐个检查。一行人刚刚到达且于，忽然，新任司徒展一惠飞马到来。原来，齐庄公得了重病，切望见到莒防公。莒防公闻讯，立即赶赴临淄。

齐庄公经过治疗，病情大有好转，莒防公前来看望，他十分感激。双方见面，少不了一番问候寒暄。饮茶过后，莒防公问："郑国吞灭邻国，想必你已知晓？"想不到，齐庄公却说："郑伯敢作敢为，大显英雄本色。若非病魔缠身，我亦出兵，攻灭纪国！"原来齐国对于纪国，始终仇恨难消。

两人正在说话，齐国司马衣戎肇报告："小股莱军，数次越境，砍伐树木，抢夺牛羊，边民不胜其扰！"齐庄公一听，忽地站起来，说："大胆莱国，竟敢犯我堂堂齐国。立即出兵攻伐，以解我心头之恨！"衣戎肇忙说："国君贵体欠安，不宜对外用兵。"

莒防公对齐庄公说："边境树木被伐，毕竟不算军国大事，息怒息怒。"

齐庄公高喊一声："速将姜禄甫召来！"姜禄甫是齐庄公的长子，就是后来的齐釐公。不一会儿，姜禄甫应声赶到，立即跪在父亲面前。齐庄公拉开抽屉，掏出一块锦帛。莒防公一看，锦帛宽度不到一尺，长度大约二尺，上面是工工整整的文字。齐庄公双手展开锦帛，大声念着：

东至海，西至河，南至穆陵，北至无棣，五侯九伯，实得征之！

齐庄公对姜禄甫说："此乃周公亲手所书，以周成王名义，赐给先君太公之敕令。自太公始，一代一代流传至今。我已年迈，不能实现祖上遗愿。自你开始，要铭记朝廷敕令，不忘先祖遗志，开疆拓土，使我大齐无敌于天下。若纪、莱有碍齐国，立即出兵吞灭！"

莒防公心想："幸亏莒国已经迁都。否则，齐军一旦攻打莱国，介根正在其东进路上，后果不堪设想。"莒防公想到这里，不免心头一震。次日上午，莒防公走在回国的路上。突然，探马来报："郑国攻灭虢国！"

原来，郑武公一战成功，占领了邻国土地，郑国疆域进一步扩大。司徒令夷池进谏："虢国与我国接壤，其国力空虚，君臣离心。莫如趁此机会，发兵攻伐。若吞灭虢国，尽占其地，郑国即为天下大国！"郑武公说："此议甚好，立即发兵，攻占虢国！"一声令下，大军立即向东虢国进攻。

此时的东虢国，国君叫虢叔。这天上午，虢叔正在游山玩水。突然内侍来报："国都被郑军袭占，敌人已到山下，请国君下山突围！"虢叔来不及多想，拼命向山下逃窜，刚刚跑出山口，就被郑军发现。郑军一阵乱箭齐射，虢叔顿时倒在血泊中。如此而已，东虢国宣告灭亡。

周平王得到消息，不禁痛哭失声，他说："同姓攻伐，杀君灭国。如此残暴血腥，朝廷竟无力阻止。"

这时候，虢叔的儿子虢序进来。虢序见到平王，不禁号啕大哭，说："我国无辜被攻，我父无辜被杀，王法何在？天理何在？请天子主持公道，为我父报仇！"平王十分同情，说："封你到夏阳之地，重建虢国，以继虢国之祀。"虢国因此得以重建，史称北虢国。后来，到了公元前658年，晋献公采用"假道灭虢"之计，将北虢国彻底灭亡。此是后话，不提。

东虢国被吞灭，消息很快传到鲁国。鲁惠公本来打算，立即访问莒国，一起商量对策。但是，自己身在朝廷，国内事务长期积压。回国之后，头绪繁多，一时难以脱身。鲁惠公想到这里，立即修书一封送往莒国，邀请莒防公到鲁国访问。

莒防公接到邀请，立即带领随从赶往曲阜。鲁惠公十分热情，他说："光阴似箭，自上次一别，转眼已是数年之久。贵国上下，一切可好？"

莒防公说："托朝廷洪福，又有邻邦相助，莒国风调雨顺，一切安好。"莒防公说完，热情询问鲁国的情况。鲁惠公说："我受天子敕命，留在朝廷供职。长期不在曲阜，国内诸事堆积。此次回国之后，诸事亟待处理。莒国处处领先，鲁国事事拖后，鲁国已被莒国拉远。"鲁惠公说完，一脸愧疚之情。

莒防公说："君侯在朝廷供职，见多识广，一定了解天下局势。"

鲁惠公叹了一口气，说："说来话长。如你所知，自从厉王奔彘、宣王丧命、幽王被杀、朝廷东迁、郑国攻灭郐、虢，大周天下，已是四分五裂。"

莒防公问："朝廷东迁洛邑，诸事安排停当。当今天子，为何不遵循先王惯例，巡狩四方，征讨叛逆，彰显朝廷权威耶？"鲁惠公说："当今朝廷，物品短缺，库府空虚，开支拮据；且又少兵缺将，难以自保。谈何四方巡狩，谈何征讨叛逆！"鲁惠公说完，又是长叹一声。

莒防公说："朝廷少粮缺物，可遵循先王惯例，传檄天下，向诸侯征调。"

鲁惠公说："当今朝廷，权威尽失。除鲁、莒等少数几家，诸侯无人再向朝廷进贡。不仅如此，京畿周边，时常盗贼出没，抢粮盗物，四处骚扰。朝廷本想出兵征剿，又兵少将寡。为此，天子整日寝食不安。天子无奈之下，不得不放下身段，依赖郑伯与卫侯。恕我直言，周室天下，业已大权旁落。"

鲁惠公呷了一口茶，接着又说："朝廷东迁之后，堂堂天子，竟无豪华车盖，无上朝礼服。旌旗仪仗，残缺不全。如此寒碜，哪像大周天子？为此，只得由大司徒出面，向鲁国求援。鲁国为了援助朝廷，送去大车十辆，旌旗仪仗一套，天子锦绣大礼服两套。"

莒防公说："万万想不到，堂堂朝廷，竟如此艰困。"

鲁惠公说："恕我直言，大周气数已尽。大厦将倾，非人力所能扶也。"

次日上午，鲁惠公对莒防公说："邾国距此不远。莫如趁此机会，你我一同前往访问，不知君侯意下如何？"莒防公一听，十分高兴地说："访问邾国，我期待久之。如若方便，你我尽快启程！"话音未落，展一惠进来高喊："大喜事，大喜事！请国君速速回国！"

正是：本想就近访邾国，突然喜讯又传来。

第二十八回　一星入怀生贵子　两国联盟结金兰

莒防公听到喜讯，立即带领随从，急匆匆赶回莒国。原来，原配夫人生了双胞胎，是两个儿子。庭院内外，张灯结彩，一片喜庆气氛。莒防公三步并作两步走，急忙进入内室。两个儿子仰躺在床上，虎头虎脑，两眼黑亮，炯炯有神。天降喜讯，莒防公欣喜万分。他亲自给孩子起名，老大名叫嬴玉阗，老二名叫嬴玉闾。随后下令："大宴三日，隆重庆贺！"

原来，莒防公已经婚娶三次，生了三个儿子。说来也很奇怪，三个儿子都是媵嫁女所生。三位正娶夫人，竟然一直没有生育。莒防公经常闷闷不乐。

按照当时的婚制，正室夫人的妹妹，甚至侄女或侍女随从，都可以跟随出嫁，叫作媵嫁。正室夫人如果去世，媵嫁的妹妹可以上位顶替，成为正室夫人，特殊情况下，媵嫁的侄女也可以上位顶替。正室夫人生的长子，叫作嫡长子。按照周礼，只有嫡长子才有资格继任国君。如果正室夫人没有儿子，只有让庶出的长子继位，因此往往产生权力争斗。

莒防公的原配夫人，是宋戴公的长女，称为宋姬。宋姬从小喜欢做梦，并且一梦一个准。宋姬长到六岁，梦见一条大鱼从天而降。第二天上午，她到河边玩耍。看到一白发渔翁，正在举竿垂钓。水里"哗啦"一声，一条大鱼上钩了。老渔翁把鱼竿用力一举，那条大鱼被甩到头顶，然后落到宋姬脚下。十二岁的一天夜晚，宋姬梦见一只大鸟落到自己肩上。第二天中午，她正在院子看书，突然，一只大红鸟落到她的身上。原来，大红鸟被弹丸击中，受伤后从树上掉下来。宋戴公十分喜欢这个女儿，说："此女做梦神准，此后必有大贵！"

郑武公同样生了一个儿子，但是宫府内外，毫无喜庆气氛。原来，郑武公的夫人是申君之女。她姓姜，是姜子牙后裔。嫁给郑武公以后，按照习俗，在"姜"前边加个"武"字，因此叫作武姜。

这年春季，中原大地久旱无雨。大片庄稼颗粒无收，民众无不心急火燎。

为了乞求上天下雨，郑武公亲自出面，率领广大臣民，到郊外拜祭求雨。祈雨仪式完成后，郑武公回到内室。夫人武姜满脸兴奋，站起来笑脸相迎。

郑武公忙问："夫人如此高兴，有何喜讯？"武姜说："今日郎中牵线诊脉，说我怀有身孕。"郑武公说："夫人身怀有孕，乃老天有眼，天官赐福。"

且说莒防公得了双胞胎，上上下下，一片喜庆气氛。这天晚上，莒防公看着两个儿子，越看越喜欢。他抱起长子嬴玉阊，摸了一下他的小脸蛋，说："此子天庭饱满，地阁方圆，世子非他莫属！"宋姬说："玉阊为世子，此乃上天注定，早有预兆。"

莒防公忙问："有何先兆？说来听听。"

宋姬说："十个月之前，时届三更，我忽做一梦。梦见太空如洗，银河西倾，北斗闪闪，群星灿灿。突然，一巨星从天而降。鬼使神差，此星落入我的怀中。恰在此时，太白金星从天而降，说：'天帝遣玉龙下界，治理莒国。'太白金星说完，瞬乎不见踪影。我一觉醒来，竟是一梦，情景真真切切，历历在目。当天夜晚，我受夫君宠幸，即有了身孕。我觉得此事蹊跷，召来史官，告知此事，史官说：'古书有云：'梦星入怀生贵子。'我又将此事，询问司徒展一惠，展一惠引经据典，意思十分相仿。据二人所言，此子必将大富大贵。目下孩子出生，一脸富贵之相。夫君又确定他为世子，岂不是梦境属实，一切皆是命中注定？"

莒防公说："当今天下纷争，若此子顶天立地，乃莒国之幸也。"

且说郑武公的夫人武姜，十月怀胎，即将临产。如此大事，自然不能等闲视之。奶妈、侍女、接生婆、内侍等人，里外张罗，忙得不亦乐乎。可是从夕阳西下等到夜半三更，武姜的肚子一直没有动静。一直等到四更，武姜突然高叫起来。孩子的两只小脚露出来了，身子一直生不下来。大家十分着急，但是束手无策。郑武公见状，急忙走过去。他抓住孩子双脚，用力向外一拉，孩子终于被拉出来了。一个血淋淋的婴儿，顿时呈现在眼前。因为孩子如此难产，因此起名叫作寤生。姬寤生长到四岁，武姜又生了一个儿子，起名姬叔段。从那以后，武姜十分宠爱姬叔段，对姬寤生越来越冷淡。

郑国吞灭郐国、东虢国之后，郑武公打算继续扩大势力。该如何行动，一时拿不定主意。他找来司徒尹一本，共商大计。尹一本说："中原诸国，俱在朝廷眼下。一举一动，难掩企图。北有晋国之强，暂时不宜轻动。南方与西方各国，分散而又弱小。唯有山东三国，极具争取价值。齐国恃强，桀骜不驯；鲁国受礼仪束缚，谨小慎微；唯有莒国，尚武崇文，系东夷之强。以此论之，应与莒国结盟，以为外援。"郑武公说："司徒之言，正合我意！"

这天，莒防公正在检阅车马，突然有人报告："郑国使臣到！"莒防公得报，亲自出面迎接。来使不是别人，正是郑国司徒尹一本。尹一本说明来意，递上郑武公的亲笔信。莒防公展开一看，内容如下：

> 当今王室势衰，诸侯纷争，天下分裂，已成定局。强者自强，弱者自弱。弱肉强食，若刀俎之与鱼肉，其势不可逆转。如今之计，唯强强携手，互为依托，一旦天下有变，则联袂而出击。如此而已，攻无不克，战无不胜，胜券在握，岂不美哉！
>
> 另，闻听贵国世子嬴玉阊，英姿天纵，有口皆碑。姬掘突福薄禄浅，亦有同龄幼子一名，赐名姬寤生，已立为郑国世子。寤生年长玉阊两月，实为兄弟之辈，若君侯有意，可令寤生与玉阊共结金兰，手足之情，重于泰山。设若如此，则郑国幸甚，莒国幸甚。

莒防公看完来信，立即和展一惠商议。展一惠说："周室东迁之后，朝廷业已式微。郑国突然出兵，以迅雷不及掩耳之势，打垮邻国与东虢国。两国土地，尽为郑国所有，郑国成为中原第一强。此外，郑君身兼朝廷辅政大臣，大权在握，无人能够企及。在此情形下，郑国放下身段，主动派出使者，要求与我国结盟。此乃千载难逢之机，切切不可错失。"

莒防公说："爱卿之言，甚合我意。立即复信，与郑国结盟！"按照莒防公的要求，展一惠立即拟写书信一封。莒防公审阅后，加盖国君印章，然后派遣专使送往郑国。郑武公展开来信一看，大意是：

> 来函收悉，不胜感奋，贵国诚意，跃然信上。莒、郑两国，一东一西，若双星耀空，海陆相望。两国结盟，珠联璧合，世代友好，相得益彰。郑世子姬寤生，莒世子嬴玉阊，双双结为金兰，有益于莒，有利于郑。莒国幸甚，郑国幸甚！

郑武公看完来信，高兴地说："立即筹备，赴莒国访问！"一切安排停当，郑武公带上礼物，很快到达莒国。莒防公听到郑国来访，十分高兴，带领嬴玉阊、展一惠等人到郊外迎接。双方相见，欣喜万分，互致问候，其乐融融。第二天上午，在莒防公父子陪同下，郑武公父子首先游览了浮来山，然后又到沭河乘船游玩。莒防公对郑武公说："莒、郑两国，遥距千里，来此一趟谈何容易。常言道'既来之，则安之'，君侯既然来到莒国，请小住数日,明日观望大海。"

郑武公高兴地说:"大海观景,我向往久之。"

第二天,他们来到美丽的海岸。这时候正赶上海水退潮,举目望去,金色的沙滩一望无际,柔和的海浪一进一退,犹如慈母吻舔婴儿。右前方,沙滩与海水交接之处,一大片礁石裸露出来。人们提着篮子,有的拿着铜铲,有的拿着尖尖的石头,在礁石上敲敲打打。

莒防公在前引导,信步走向前去。他拿起两个海贝,颜色又黑又亮,然后向郑武公介绍:"此物名曰海虹。"往前走了几步,发现礁石的夹缝里,很多灰白色海贝,莒防公及时介绍:"此物名曰海蛎。"

郑武公抬头看去,许多百姓拿着用具,在寻找海虹与海蛎,于是问:"海贝如此之多,是否可以食用?"莒防公笑着说:"海虹、海蛎,均是海中美味。所谓海鲜,二者不可或缺。"两人正说着话,嬴玉闱高喊:"海蟹!海蟹!"

原来,嬴玉闱、姬寤生一起,肩并肩信步游玩。姬寤生发现两只大螃蟹,紧紧贴在礁石上,急忙用手一指。嬴玉闱拿起抄网,然后用力一抄,螃蟹一下子被抄进网子里。郑武公高兴地说:"海中宝贝如此之多,中原大地无处寻觅!"然后,众人乘上木船,向东北方向游去。

这时候,一个海岛呈现在面前。郑武公抬头看去,岛上怪石嶙峋,高低错落,别有一番景致。怪石周边绿树成荫,许多白色的大鸟在树上起起落落。绿树中间,桃花盛开,蜂戏蝶舞,相映成趣。莒防公及时介绍:"此岛名曰桃花岛。"郑武公说:"此岛突兀而立,景色奇美,必有来历。"

莒防公说:"据传许久以前,数位神仙漂洋过海,无意间经过此岛。其中有一女仙,头插桃花,十分娇艳。突然一阵海风吹来,女仙头上桃花,顿时被吹落岛上。众人抬头一看,岛上瞬间出现片片桃林,桃花盛开,粉红一片。从此,此岛名曰桃花岛。"

郑武公高兴地说:"桃花岛之来历,竟如此神奇。待我老迈之日,长住此岛,赏花垂钓,甘为莒国子民!"郑武公说完,众人一阵欢笑。

郑武公访问莒国,大获成功,父子二人十分高兴。郑武公刚刚回到郑国,突然昏厥在地,从此一病不起。一个月之后,郑武公寂然离开人世。

郑武公去世,姬寤生继任国君,是为郑庄公。

郑庄公继承君位,一路走来历尽风波,极不顺利。因为他出生时难产,父母一直心存芥蒂。幸亏嫡长子继承制,姬寤生才勉强成为世子。弟弟姬叔段出生后，武姜对他十分宠爱。武姜费尽心思想废掉姬寤生，让姬叔段为世子。司徒尹一本十分着急，立即给姬寤生出主意："学习蜥蜴，掩盖锋芒，隐忍权变。"姬寤生采纳建议，毕恭毕敬，小心翼翼。终于赢得了父亲的好感，最终登上国君之位。

郑庄公继承君位，莒防公闻讯，立即和展一惠商量。展一惠说："依照盟约，世子与姬寤生结为金兰。姬寤生继位为君，此乃天大喜事。以我之见，当让世子前往郑国，予以祝贺。"莒防公说："言之有理，我正有此意。由你陪同，让玉阊赴郑祝贺！"嬴玉阊带上黄金二百镒、莒国青铜剑一柄、白璧两双、海贝六十串，莒国特产软帛六十匹、陶坛陈酒六十坛，另外还有海参、海虾、海带、海米、海葵、海胆、海星、海马、海螺、鱼翅、鱼干、鱼子、鱼鳔、乌鱼，等等，整整装满十大车。

在展一惠陪同下，嬴玉阊很快来到新郑。郑庄公闻讯，亲自到郊外迎接。双方会面，心里十分高兴。次日上午，郑庄公的继位典礼按部就班，隆重举行。嬴玉阊作为莒国代表，赫然坐在嘉宾席上。其余众多嘉宾，分别依次就座。郑庄公的继位典礼非同一般，十分隆重。

嬴玉阊此次出使郑国，任务有二：一是参加郑庄公的就职典礼，二是参加郑武公的葬礼。按照周礼，诸侯五月而葬。因此，嬴玉阊暂时留在郑国。郑庄公亲自出面，邀请嬴玉阊做客。这天中午，嬴玉阊来到郑庄公家里。

郑庄公的夫人名叫雍姞，是宋国公主。雍姞是个热心肠的人，听说郑庄公有位结拜兄弟，来自遥远的莒国，她迫切要求见见这位异国他乡的小叔子。三人一见面，郑庄公首先做了介绍。嬴玉阊急忙站起来，向着雍姞鞠躬，说："嫂夫人在上，小弟有礼了！"雍姞立即站起身，优雅地还礼。郑庄公说："依照周礼，诸侯相会，夫人不可出面。但玉阊是自家弟弟，并非外人。"郑庄公说完，三人一齐笑起来。

雍姞说："众人交口夸赞，玉阊兄弟一表人才。今日相见，果不虚传。"嬴玉阊听了，连忙谦逊地致谢。雍姞接着说："请问弟弟，是否已经有了配偶？假若没有，嫂嫂在郑国为你物色一个。"郑庄公笑着说："莒国地处海滨，气候温润，乃盛产美女之地。中原远离大海，气候干燥。郑国之女，焉能与莒国相比？"

雍姞递了一个眼色，她心里已经有了目标，想给嬴玉阊当红娘。

正是：天作之合何处觅，自古郎才配女貌。

第二十九回　郑庄公掘地见母　嬴玉闾伴陪太子

且说周平王东迁之后，晋文侯不久病逝。卫武公、郑武公两人，共同在朝廷辅政。周平王十三年，卫武公病亡，郑武公于是独秉周政。郑武公病逝，郑庄公继位，继续担任周王室辅政大臣。他的主要事务，是到朝廷履行公务。

这天，郑庄公一路风尘仆仆，乘车回到新郑。见到嬴玉闾，郑庄公说："不可思议，不可思议！"嬴玉闾忙问缘故。郑庄公说："秦国僭位越权，擅自祭祀上帝。依照周礼，唯有朝廷才能行此祭礼。秦国如此胆大妄为，天子竟然无力制止。"

嬴玉闾一听十分惊讶，忙问："光天化日之下，竟有此事？"

郑庄公说："事情的缘由起于鲁国。鲁国举行郊祭，规格之高，堪比朝廷。秦侯说：'朝廷未禁止鲁国，焉能禁止秦国？'天子听了十分气恼，但是无力制止，莫可奈何。"

嬴玉闾笑着问："我兄身为朝廷辅政大臣，为何不予制止也？"

郑庄公回答说："王室日益衰弱，诸侯各自擅权。天下熙熙，皆为利来；天下攘攘，皆为利往。当今天下，纷争四起，犹如一团乱麻，即使神仙下凡，也难理出头绪！"郑庄公说完双手一摊，显得无可奈何。

光阴似箭，转眼之间五个月过去。郑武公的安葬仪式，在新郑隆重举行。整个都城万人空巷，大街上人山人海。葬礼之隆重，在诸侯中首屈一指。周王朝大司徒、大司空、大司寇、大司马、大司农，无不前来祭奠。葬礼完成后，嬴玉闾准备回国，向郑庄公辞行。

郑庄公说："我弟即将回国，为兄恋恋不舍。今晚举行家宴，兄嫂一起为老弟饯行。"嬴玉闾说："我兄盛情，小弟没齿难忘。我此次来到新郑，看到郑国兵强马壮，国力强盛，小弟真诚祝贺。"

郑庄公长叹一声说："常言道：'一家不知另一家，家家都有本难念的经。'我弟有所不知，我的同胞弟弟，名叫姬叔段。自幼受到母亲偏爱，娇生惯养，任性而为。"

嬴玉闻十分关切地问："姬叔段目前身居何职？"郑庄公说："说来话长。叔段目前占据了京邑，号称'京城太叔'。"嬴玉闻听了，似懂非懂。

郑庄公说："我父葬礼期间，众诸侯对我礼数周全，对姬叔段视而不见。我母心下难过，对我说：'目前你继位为君，前呼后拥，你弟却无人理睬。因此，你应把虎牢封给弟弟。'我说：'虎牢地势险要，容易招致战事。我爱弟弟，所以不能封给虎牢。'母亲又说：'不封虎牢，就封京邑。'我当然知晓，京邑乃郑国大城，城垣高大，人口众多。我不便再次拒绝，只好应允。"

嬴玉闻问："如此大事，难道无人劝谏？"郑庄公说："司空祭足进谏：'依照周礼，封邑最大者，不得超过国都三分之一；中等者，不超过五分之一；最小者，不得超过九分之一。目下京邑，规模远超国都，不可封给公子！'我说：'母命不可一违再违，我怎能一再拒绝？'祭足说：'既然明知有祸，就该早早防备，不能任其蔓延。野草蔓延，尚且难以去除，况国君之弟也？'我说：'多行不义必自毙，唯有静观其变。'"

嬴玉闻回到莒国，立即向莒防公报告："郑国国势之强，为天下诸侯之冠；郑武公葬礼之隆，世所罕见；姬寤生身为周室辅政大臣，权倾朝野。"

莒防公说："郑国之强，在于兵威。兵不强，则国无威；国无威，则君位卑。是故古之圣王，欲强国者，必先强兵！"然后嘱咐嬴玉闻："军伍乃国之重器，不可轻忽，望你切记在心！"

嬴玉闻接着汇报："秦国违背礼制，僭位越权，擅自举行郊祭，朝廷竟无力制止。"

莒防公说："周礼，乃天下稳定之基石。基石固，则大周稳；基石动，则大周危。秦国地处西岐，不知礼仪，擅自举行郊祭，乃违制越权之行，此事非同儿戏，应予谴责！"

嬴玉闻又说："姬寤生之弟姬叔段，占据郑国京邑，号称'京城太叔'。他招兵买马，大有分庭抗礼之势。"

莒防公说："自古天无二日，国无二主。郑国兄弟相争，隐患生于内，极易祸起萧墙。此事令人忧心，且看姬寤生如何举措。"

且说此时的宋国，国君是宋宣公。宋宣公完成郑武公的葬礼后，急匆匆赶回宋国。原来，他的妹子叫仲子，即将出嫁。仲子虽然相貌平平，但是有一处与众不同，她的手纹，看上去像是"鲁夫人"三字。参加郑武公葬礼期间,宋宣公向鲁惠公说起此事。鲁惠公当即同意,立刻派人提亲,随后迎娶仲子。成亲后,仲子没有成为夫人,被定为妾。鲁惠公还有一位妾,名叫声子,时间早于仲子。鲁惠公宠爱声子,他俩生了个儿子,名叫姬息姑。

不久,鲁惠公因病去世。按照嫡长子继承制,夫人生的长子继任国君;如果夫人没有儿子,就由庶长子继位。庶长子,就是妾生的大儿子。鲁惠公没有嫡长子,姬息姑作为庶长子,因此继位为君,是为鲁隐公。

鲁国史官撰写《春秋》,共记载了十二位国君,鲁隐公被列在第一位。

鲁隐公温文尔雅,十分善良厚道。虽然当上了国君,但他认为,自己是在代行国君权力。在他眼里,仲子虽然没有被立为夫人,但"鲁夫人"手纹是天生的。她的儿子姬轨,当上国君应当是天意。鲁隐公向众臣说:"寡人仅是暂代君权,待我弟姬轨长大成人,寡人要学尧、舜禅位,即刻交权予他。"随后派出使者,分赴各国递送国书,通知参加鲁惠公的葬礼。

郑庄公接到鲁国国书,打算亲自前往曲阜吊唁。众臣纷纷进谏:"姬叔段图谋不轨,应发兵而攻之!"郑庄公城府极深,早就胸有成竹。他故意不动声色,说:"叔段乃寡人之弟,自古疏不间亲,众卿好自为之。"众人并未识破他的计谋,因此纷纷摇头。

郑庄公故意虚张声势,宣称即将奔赴鲁国。姬叔段听到消息,顿时心花怒放。他立即写信一封,送给母亲武姜。信中约定:只要郑庄公离开郑国,姬叔段立即率领人马,攻占都城新郑。武姜承诺:到时候她命人打开城门,宣布姬叔段取代姬寤生,为郑国新任国君。

姬叔段即将起事,郑庄公早有预判。一切部署完毕,郑庄公亲自访问鲁国。这天,郑庄公端坐在大车上,带领兵车百辆,浩浩荡荡向曲阜进发。

姬叔段得到消息,立即向新郑进攻。万万想不到,城上万箭齐发。姬叔段的人马毫无防备,纷纷中箭倒下。正在浴血拼杀,突然部下报告:"京邑已经被姬吕攻占!"姬叔段闻讯,急忙回兵救援京邑。走到半路,突然伏兵齐出,千军万马,向着姬叔段杀来。姬叔段一看,自己的人马大部战死,他哭叫一声:"母亲误我也!"然后拔剑自杀。

这时候,公子姬吕从京邑赶来。他拿出一封信,双手递给郑庄公。郑庄公一看,这封信是母亲写给姬叔段的。内容大致是武姜计划打开新郑城门,迎接姬叔段为国君。郑庄公一看,不禁怒火中烧。他恨透了母亲武姜,下令把武姜送往颍地。同时发誓:"不到黄泉,不见母亲!"事情告一段落,郑庄公立即奔赴鲁国，吊唁鲁惠公。

郑庄公走在路上，看到一个盲人母亲，手里牵着一个孩子。母子俩相依为命，显得情深似海。郑庄公见状，内心十分惭愧。回国后，命人修建了一个高大的土台，取名叫望母台。每逢空闲，郑庄公都要登上高台，深情地向北瞭望。

郑国有个小吏，名叫颖考叔。颖考叔向郑庄公进谏："姬叔段已自尽，太夫人只存国君一子。如不奉养，国人不会饶恕。"郑庄公忙问："我有黄泉之誓：'不到黄泉，不见母亲。'信誓旦旦，言犹在耳，当何以解之？"颖考叔说："臣有一计，可以解之。"郑庄公说："愿闻其详。"

颖考叔说："命人深掘地下，建一地室。国君迎太夫人居住其内。母子相见于地下，对于黄泉之誓，并无违背。"

郑庄公一听，高兴地说："此法甚妙！"指令史官，在曲洧山下选了个位置。颖考叔指挥士兵，挖掘隧道十余丈，从地上架设长梯，一直通往地下。

郑庄公见到母亲，立即拜倒在地，说："寤生不孝，求母亲恕罪！"武姜流着泪说："此乃我之过，非你之罪也！"母子俩说完，抱头痛哭。郑庄公亲手搀扶着母亲，慢慢走出隧道。母子俩坐上辇车，奔赴国都新郑。国人得到消息，一齐到大街上观看，见母子如此情深，无不交口称赞。

消息如风，此事很快传到朝廷。周平王听了，心里很不是滋味，他十分担心郑庄公威望越来越高，会威胁到朝廷，于是暗中打算罢免郑庄公，另换一个辅政大臣。郑庄公得到消息，急忙赶往朝廷。见到平王，郑庄公说："自臣父武公至今，郑国自强不息，为的是拱卫朝廷。时至今日，大王却另有打算，请问大王，如此何以服天下？"

周平王不敢得罪郑庄公，慌里慌张地说："寡人与汝，本为一家。卿士之职，非汝莫属。幸勿听信讹言。"郑庄公气愤地说："政者，大王之政也。用人权柄，大王自操之。寤生不才，愿退避三舍。请以有才者任之，惟大王详察！"

郑庄公恼了，竟然以辞职相要挟。周平王只得说："爱卿父子，辅佐朝廷，功高盖世，自有公论。今卿有疑心，朝廷何以自明！莫若让太子姬狐常住郑国，以为人质，爱卿意下如何？"郑庄公心想：让太子到郑国当人质，是天子主动提出来的，当然是好事一桩。不如顺水推舟，把事情办得更加圆满。想到这里，他对平王说："为国操劳，乃臣下之职，焉有太子为人质之礼？若大王执意如此，我不敢推辞。郑国世子姬忽，业已长大成人。让他常伴大王左右，以作人质之交换。"

三天之后，周王朝太子姬狐，到达新郑；郑国世子姬忽，常住洛邑。周平王与郑庄公互换人质，是破天荒的大事。对于此事，史官如此记载："周廷与郑，人质交换。上下颠倒，亘古未有。君已不君，臣亦非臣。君臣之分，自此尽废矣！"

姬狐身为太子，到郑国当人质，究竟该如何对待？郑庄公一时拿不定主意。公子姬吕进谏："姬狐虽为太子，但其已为人质，当以人质身份待之。"公子姬子都进谏："觅一宽广庭院，尽植奇花异草，再住美姬数人，使姬狐常住其内。院外便设岗哨，不使其越雷池半步。"原来姬子都的建议，是对姬狐实行软禁。颍考叔进谏："姬狐虽为人质，但其既为太子，他日必定继位为王。若以长远计，当以王储之礼待之，切切不可怠慢。"

如何对待太子姬狐，众臣意见不一。郑庄公踌躇不决，内心十分纠结。这天，夫人雍姞问他："近日以来，夫君双眉紧蹙，似有不爽之事，可否说来听听？"郑庄公从头至尾，把事情全部告诉夫人。雍姞说："以我看来，三臣之中，颍考叔处事周详，其思虑最为周全。"

郑庄公说："太子常住新郑，若以王储之礼待之，须有人常伴左右。目下郑国众臣，各司其职，各负其责，无人可以抽调。为此，我朝思暮虑，寝食难安。不知夫人有何高见。"

雍姞说："夫君难道忘了，莒国世子嬴玉闻，乃夫君结拜兄弟。此人博古通今，文武兼备；更兼仪表出众，风流倜傥。若让嬴玉闻前来伴陪太子，实为秉烛难寻，乃上上之选。"郑庄公说："夫人所言极是，速速派人前往莒国，约请嬴玉闻！"信使快马加鞭，很快到达莒国。嬴玉闻接到信札，亲手呈送莒防公。莒防公展开一看，来信大意是：

太子姬狐，为质于郑。一人孤单，亟须伴陪。

我弟玉闻，风雅过人。伴陪太子，不二人选。

临笔匆匆，不及细表。幸弟勿辞，谨此为盼。

莒防公看完信，对嬴玉闻说："郑伯情真意切，邀你伴陪太子。此乃天赐良机，千载难逢。一旦太子继承王位，即为天下共主，焉能忘怀莒国！"

原来，郑国是"伯"级诸侯。因此，郑国国君被称为郑伯。

莒防公嘱咐嬴玉闻："伴随太子，宜亲切恭敬，不可怠慢！"嬴玉闻说："父君嘱咐，孩儿谨记在心。"第二天，嬴玉闻一路疾驰，再次来到新郑。

郑庄公给姬狐安排的房舍，是一所深宅大院。大院青砖青瓦，气势非凡。三重大门里边，是个很大的四合院。姬狐住在正房，嬴玉阊住在东厢房，侍从住在西厢房，南厢房里住着卫兵。三重大门，昼夜都是双岗双哨，从里到外戒备森严。

嬴玉阊、姬狐一见面，情投意合，相见恨晚。两人共同读书，共同吟诗赏花，一起谈古论今，纵论天下大事，亲密无间，其乐融融。

正是：自古帝王是凡胎，太子亦需人伴陪。

第三十回　郑庄公做媒联姻　莒且公攻灭向国

这天夜晚，郑庄公回家休憩。夫人雍姞对他说："向国国君有一独生女儿，该女名唤向姜，貌若天仙，年满十七，尚且待字闺中。嬴玉闾人品出众，向姜貌美无比，乃天作之合。夫君何不出面撮合，使两人结为夫妇？"

雍姞这样一说，郑庄公一时语塞。原来，他对向国了解不多，于是立即找来姬吕，询问有关情况。

姬吕说："向国北邻莒国，南邻郯国。地域纵横不过五十里，乃最小诸侯之一。向国国君，以国为姓，取名向傅。向傅先后婚娶三次，一直未育子女。直至四十九岁，育有一子，取名向承；五十二岁，又育有一女，起名向姜。向傅老来得女，喜不自胜，视若掌上明珠。"

郑庄公又问："向国情势如何？"姬吕回答说："向国地域偏僻，地少民寡，兵力薄弱。向国之北邻莒国，海陆兼有，物阜民丰，乃山东三强之一。莒国与向国，平素少有交往。鲁国与向国交往甚密，为向国之依托。"

姬吕说到这里，郑庄公想起来了，当初为父亲郑武公举行葬礼，祭奠行礼过程中，鲁惠公走在前面，有个人紧随其后，看上去其貌不扬。后来听说，那人就是向国国君，名字叫向傅。想不到时至今日，因为他的女儿，双方又要发生联系。"山不转水转，此言不虚也！"郑庄公想到这里，对雍姞说："夫人之议甚好，但玉闾已有妻室两名，若促其再婚，未知当否？"雍姞说："一夫多妻，合乎礼仪。嬴玉闾乃莒国世子，日后继位即是国君。一国之君，多娶几位妻妾，有何不可？"

郑庄公说："夫人言之有理，让姬吕出面做大媒！"

雍姞说："夫君之言差矣。"郑庄公忙问："何差之有？但闻其详。"雍姞说："嬴玉闾身为世子，将来即是莒国国君。更何况，汝二人早已结拜金兰。向姜乃向君之女，是一国公主。如此佳配，做大媒者非夫君莫属，何必他人代劳？"

郑庄公高兴地说："有请嬴玉阊，寡人今日兴奋，要做大媒也！"

当天夜晚，郑庄公邀请嬴玉阊到他家里吃茶。嬴玉阊闻讯，很快到来。郑庄公坐在主位，夫人雍姞也在座。郑庄公看了一眼嬴玉阊，然后又向着雍姞，悄悄递个眼色。雍姞会意，面带笑容说："向国国君有一爱女，取名向姜，芳龄十七，其色倾国倾城。我与汝兄私下商量，欲把她嫁与兄弟为妻，未知玉阊弟意下如何？"

嬴玉阊说："兄嫂一片美意，玉阊万分感激。但是实不相瞒，玉阊年近三十，有妻妾各一，育有两男一女。若再行婚配，恐遭他人笑话。"雍姞笑着说："常言道：'自古美女配佳男。'兄弟一表人才，天下美女哪个不心仪？即使三房四妾，双方情愿，无违礼仪，何错之有？兄弟尽可放心。"嬴玉阊说："兄嫂美意，恭敬不如从命；但婚姻大事，需父母做主。容我禀报父君，再行定夺。"说完双手一拱，再次致谢。郑庄公说："兵贵神速，事不宜迟。我就此写信两封，送往莒国与向国！"

信使到达向国，向俦看了非常满意，当即答应下来。信使到达莒国，莒防公看完来信，心想："两国联姻，算得上门当户对。更何况，儿子嬴玉阊已经在郑国。他与郑伯义结金兰，情同手足，关系非同一般。这门亲事，估计他们早就商量好了。郑伯写来此信，不过是出于礼仪而已。"莒防公想到这里，立即复信，同意这门亲事。

郑庄公接到回信，立即拿给雍姞看。雍姞说："既然双方均已同意，就应紧锣密鼓，不可迟缓。"郑庄公说："如此办理，嬴玉阊就该回国，可是伴陪太子亦是大事，不可轻忽。"雍姞说："换人暂代，等玉阊完婚之后，再回新郑不迟。"郑庄公说："夫人言之有理！"

次日，嬴玉阊辞别太子姬狐，很快回到莒国。

儿子大婚在即，莒防公关注起向国情形，于是询问司徒展一惠。展一惠说："向俦年近半百，膝下无子，心情极度不快。向承出生，向俦老来得子，故而十分娇纵。向承自幼娇生惯养，不读书，不习武，实为纨绔一个。向俦逐渐迈入老年，体力日下，精力难支，遂有退隐之意。可是儿子采花盗柳，不能付托重任。向俦无奈，只得把目光投向过一庭。"

莒防公急忙问："过一庭何许人也？"

展一惠回答说："过一庭乃向俦养子。过一庭之母，本是未婚女。过一庭出生后，其母自觉无脸见人，弃之于荒林之中。一樵夫发现孩子，偷偷抱回家中。向侜膝下无子，于是花钱买下，抚养成人。"莒防公再问："过一庭乃养子一个，何以得到向侜青睐？"展一惠说："过一庭长相不差，为人乖巧，八面玲珑，深得向侜宠信。他可以自由进出宫廷，无人敢阻拦。"

莒防公说："向国世子，人品低劣如此，国运焉能长久。悲夫！"

嬴玉阊回国筹备婚礼，一切按部就班。这天突然有人报告："都城西南人声鼎沸，热闹非凡。"原来，郑庄公、雍姞与朝廷太子姬狐前来赠送贺礼。嬴玉阊闻讯，急忙迎上前去。寒暄过后，队伍进入莒城。

来宾首先见过莒防公，送上礼单。郑庄公的贺礼是：黄金两百镒，彩璧两双，象牙两对，昆仑山卵形红玉两枚，美玉精雕童男童女两对，孔雀翎六十六支。太子姬狐的贺礼是：新郎软锦礼服一套，朝廷专有玉璧两双，天子用红弓一套，红箭六支，镶宝石象牙如意一对。贺礼如此之重，莒防公父子十分感激，一再致谢。

夜晚回到馆驿，郑庄公问夫人雍姞："姬狐身为太子，所赠礼品竟有红弓、红箭。此等礼品，其寓意何在？"雍姞说："夫君难道忘了，古人早有定义，弓箭乃男人征服天下之象征。婚礼赠送弓箭，寓意早生贵子。"郑庄公一听，心里十分钦佩。既钦佩姬狐的寓意深远，又钦佩夫人诸事皆通。

转眼之间，黄道吉日来临。午时一刻，婚礼正式举行。郑庄公亲自出面，担任证婚人。太子姬狐隐瞒身份，当起了傧相，也就是伴郎。雍姞为男方女眷代表，她带来的两个孩子，作为童男童女，一起参加婚礼。按照习俗，早在两天前，新郎嬴玉阊到达向国，把新娘向姜接到莒城。今天举行婚礼，整个莒城红彩高挂，喜气洋洋；万人空巷，热闹非凡。

众人一看，新郎倜傥英武，证婚人一副君王气派，伴郎英气逼人，气势非凡。再看看女眷代表雍姞，雍雍大方，美而不艳，仪压群芳。众人看了，感觉大开眼界。赞美之声，不绝于耳。向国送亲来宾，第一次见到如此盛大场面，首次见识如此高端人物。他们十分震惊，一个个张大了嘴巴。

郑庄公夫妇亲自参与，又有太子姬狐出面加持，嬴玉阊的婚礼举办得十分隆重。莒防公作为新郎父亲，内心十分高兴。众人纷纷举杯，向他祝贺。因此饮酒过度，当天夜晚竟然一睡不起。次日天明，内侍发现情况异常，急忙向嬴玉阊报告。终因回天乏术，莒防公与世长辞。

郑庄公对嬴玉阊说："古人云：'国不可一日无主。'兄弟应立即继位，然后料理丧事不迟。"在众人扶持下，嬴玉闾继任国君，是为莒且公。

莒且公万万想不到，自己刚刚举行了婚礼，父亲就与世长辞。他送走向国客人，立即料理丧事。这时候，郑庄公提出建议："'五七'过后，丧事告一段落。我弟既已继任莒君，宜前往朝廷，觐见天子，请求封赏。"

转眼之间，"五七"已过。莒且公带领随从，首先到达新郑。在郑庄公、姬狐陪同下，莒且公来到洛邑，觐见周平王。平王提前接到报告，早已做好准备。他身穿鲁国贡献的大礼服，面南端坐，重现天子威仪。郑庄公与姬狐两人，一左一右陪同莒且公，一步步走进大殿。莒且公见到平王，立即趋步向前，恭敬地施礼。平王说："免礼免礼，赐座！"

接下来，进入天子封赏程序。首先是史官宣读封册敕命，然后是周平王进行赏赐。赏赐物品是：朝廷专有玉璧一双，天子用红弓一副，另加红箭两支，犀牛皮甲胄一套，西域良马两匹。平王说："朝廷东迁以来，已是家徒四壁。今日之封赏，实在难以出手，尚望海涵。"平王说完，竟然打破礼仪，拱手致歉，然后，两行热泪顺着脸颊流下来。莒且公连忙致谢，说："天子赏赐，价值连城。玉闾回莒，存之库府，永为珍藏。"

再说此时的向俦，女儿已经出嫁，感觉了却了一桩心事。万万没想到，女儿却早已红杏出墙，引起了灭国之灾。过一庭作为养子，在向俦面前毕恭毕敬，百依百顺。向俦的儿子向承，结识了一群狐朋狗友，整天声色犬马，在外鬼混，向俦身边长期不见儿子的踪影。向俦年纪越来越大，事务繁多，缺少帮手，不得不依靠过一庭。过一庭见风使舵，成为向俦的亲信。他不需报告，就可以自由进出国君府邸。因此，过一庭与向姜时常见面。

过一庭看上了向姜的姿色，垂涎欲滴，很想把她弄到手。向姜十五岁那年，过一庭一再摩挲挑逗，两人终于品尝了禁果，从此，一发而不可收。过一庭只要有空，就去纠缠向姜，两人如胶似漆，不一而足。向俦年迈昏聩，一直不了解内情。众人发现两人一起鬼混，人人装聋作哑，纷纷避而远之。

向姜即将嫁往莒国，过一庭恋恋不舍，心如刀绞。向姜到达莒国前一天夜里，过一庭又找到向姜。两人先是耳鬓厮磨，接着又是一番云雨。向姜嫁往莒国之后，一个多月时间，两人未能见面。过一庭朝思暮想，感觉度日如年。

这天早饭后，向俦问过一庭："你眼带血丝，是何缘故？"过一庭连忙说谎："风吹杨柳，飞絮入眼，故此眼红。"过了几天，过一庭眼皮红肿，脸上留有泪痕。向俦发现后，急忙询问原因。过一庭再次撒谎："国君将我养大，是我再生父母，此恩重于泰山，此情深如大海。国君日渐年迈，我心中异常难过，因此眼泪直流。"向俦听了这些甜言蜜语，对过一庭更加信任。

向姜从小娇生惯养，任性而为，嫁到莒国后，各种礼仪规范，处处受到约束，与过一庭长久分离，心里更是十分难受。这天，莒且公外出巡视，向姜趁机溜回了向国。过一庭见到向姜，立即进入内室。向姜先是投怀送抱，然后是脱衣上床。两人翻云覆雨，通宵达旦，直到次日红日高升。早餐过后，过一庭把向姜抱进罗帐，又是一番倾情发泄。

过一庭对向姜说："人生若昙花一现，何不得过且过，宜乐则乐？"向姜说："你我如此偷偷摸摸，绝非长久之计，对此你有何打算？"过一庭说："我想与你远走高飞！"向姜说："我早就有此打算。"

第二天，过一庭、向姜一起溜到郯国。

新娘不见踪影，莒且公心里十分焦急，立即派出人马，四处寻找。寻遍都城四周，始终杳无音信。实在没办法，只得派遣展一惠一行，赶往向国查寻。展一惠扬鞭催马，很快来到向国，一打听，不禁大吃一惊。原来向俦娇纵女儿，支持向姜、过一庭私奔。展一惠义愤填膺，立即回国报告。

莒且公闻讯，不禁雷霆震怒。他把牙根一咬，"嗖"的一声拔出宝剑，说："此仇不报，我誓不为人！"说罢振臂一挥，"唰"的一声砍向文案。被砍下的案子一角，骨碌碌滚到一边。莒且公收起宝剑，命令司马武云剑："立即整备车马，踏平向国！"

展一惠进谏："大军出动，非同儿戏，需做周密安排。"莒且公沉思片刻，然后下令："兵分两路，声东击西！我亲率战车三百辆，兵士两万人，沿沭河东岸直捣向邑！"然后命令司马武云剑："你率精兵五千，沿沭河西岸向南，偃旗息鼓，轻装疾进。到达向国之后，伏于沭河两岸密林之中。等向军溃兵到来，奇兵齐出，围而歼之！"武云剑高喊一声："得令！"手按宝剑快步而出。

此时的向国，仅有士兵三千人，其中一半兵力分散守备周边，另一半驻守国都向邑。莒且公率领东路大军，车辚辚马萧萧，一路杀奔向国。他手执青铜剑，飞车前进，杀气腾腾。队伍很快到达向国边境，立即展开攻击。想不到，向军一触即溃。莒军势如破竹，向西南进攻。莒且公把宝剑一挥，莒军兵分两路，把向邑团团围困。

莒且公对着土堡高喊："向俦老贼，快快交出向姜！否则踏破城堡，老幼不留！"向俦听到喊声，吓得浑身战栗。这时候内侍报告："莒军已经冲杀过来！"向俦自知罪恶深重,生还无望,他把脸一蒙,一头栽进水井里。

莒军大举进攻向国,消息传到郯国。郯子闻报,急忙与左右商量。司徒李邑卿说:"莒军攻打向国,起因在于向姜。目下向姜随其情夫,潜伏于郯国。如不交出,莒国必定兴师问罪。莫如五花大绑,将两人解往莒军大营,以求莒国宽恕。"郯子说:"情势严重,只好如此。"当即下令,把过一庭绑在大车上,绳索另一端绑着向姜。立即派出专人,往莒军大营送来。大车来到沭河岸边,水流湍急,无法渡过。四处寻找渡船,却不见踪影。原来,艄公看到兵荒马乱,早已驾船躲到下游去了。

面对滚滚沭河,众人只得望水兴叹。过一庭趁机挣脱绳索,拉着向姜跳到河里,一头扎进激流之中。两人随波逐流,从此不知下落。

莒且公对展一惠说:"向国已灭,自今日始,疆域统归我国。你暂且留驻向邑,留兵五千戍守。待诸事办妥,再回国都不迟。"莒且公交代完毕,带领人马返回莒国。

这一年是公元前721年。《春秋左传》记载:"夏五月,莒人入向。"

向国灭亡,消息传到鲁国,鲁隐公十分震惊。多年来,向国一直依附在鲁国卵翼之下。现在向国被灭,鲁隐公如坐针毡。他了解莒国军队,水陆两强,攻守兼备。他十分担心,莒国大军攻打鲁国。想到这里,急忙下令:"堵塞城东门,不得通行,违令者斩!"曲阜城东门从此被堵塞。

再说,周平王已经风烛残年,即将灯尽油干。他整天无所事事,只有对着太阳发呆。这天,大司空前来报告:"只因新妇不归,莒国吞灭向国,尽占其地。事关重大,震动朝野。依我大周之制,礼乐征伐自天子出。莒国仅为一方诸侯,竟如此逞强,朝廷应派兵征伐!"平王长叹一声说:"朝廷兵微将寡,自保尚且不易,焉有征伐诸侯之能?"说完摇了摇头,显得无可奈何。

正是:只因红杏出墙外,冲天一怒灭向国。

第三十一回　结冤仇费邑对峙　调纠纷密地会盟

且说向国已经灭亡，向地被莒军占领。向傅的儿子向承，犹如丧家之犬，跟随那些狐朋狗友，四处逃避躲藏。向傅在世的时候，向承作为国君的儿子，奢侈豪华，花钱如流水。混混们愿意与他在一起，是因为他手里有钱有物，跟随他可以沾光。向国灭亡后，向承手里的钱逐渐花光，再也无人供给。混混们对他冷眼相观，动不动拳打脚踢。向承经常被打得鼻青脸肿。

向傅在世时，手下有个内侍叫窦乾。窦乾头脑机灵，为人乖巧，善于见风使舵。当莒军把向邑重重围困时，窦乾心想："向国必亡无疑！"他悄悄离开向傅，化装成平民百姓。混在逃难人群中，逃到沭河岸边，悄悄躲进树林里。时间一长，窦乾手里的钱全部花光，沦落为樵夫，依赖砍柴卖钱维生。

这天上午，窦乾正在树林里砍柴，突然听到密林中有动静。他轻手轻脚走过去，一看竟然是向承。窦乾一看，向承破衣褴褛，面黄肌瘦，头发蓬乱，浑身脏兮兮的。向承见到窦乾，就像见到救星，磕头如捣蒜，连声说："窦官人救命，窦官人救命！"

窦乾对向承说："国君在世之日，与鲁国多有交往。向、鲁两国结盟，已非一日。既如此，你我何不潜往鲁国，请求庇护？"向承是个纨绔子弟，自幼娇生惯养，未经风雨历练，缺少见识与胆略。经窦乾这样一说，向承就像见到了救命稻草，连忙答应。两人主意已定，卖命砍柴卖钱。几个月之后，终于凑足了盘费。两人换上衣服，偷偷渡过沂河，悄悄赶往鲁国。

窦乾拿出钱财，终于打通了关节。鲁隐公听到报告，急忙与左右商量。司空姬若昱说："向君在世之时，鲁、向关系交好。如今向傅作古，其子流亡我国。若以人情论之，当予庇护，否则不近人情。"司寇姬澄清说："向国已亡，不复存在。向国土地，尽归莒国。以此论之，向承乃流民一个。以我之见，将其遣回原地，在莒为民。如此处置，最为适宜。鲁国乃礼仪之邦，何必为一流民得罪莒国也？"

司徒姬壬泰说:"庇护向承,人情使然也;拒之于国门之外,利害所关也。庇护与否,请国君定夺。"他轻轻一句话,把皮球踢给了鲁隐公。

司马姬一骏说:"向国乃我友好邻邦,莒国如此逞强,悍然将其吞灭。不予征伐,难平我愤。我愿率一旅之师,兵出费邑,与莒军一决雌雄!"

众官员意见分歧,主张很不一致。鲁隐公沉思半晌,然后对姬一骏说:"以汝为将,出兵一万,战车两百辆,出兵费邑,抵御莒军。"然后又特意叮嘱:"莒且公精于韬略,文武兼备;莒军兵精将勇,水陆两能。只可顺其势,不可逆其锋。可挡则挡之,不可挡则退避三舍,深沟高垒,避其锋芒。"

且说纪国历史悠久,早在商代已经存在。周朝建立后,纪国受封为诸侯国。当年纪子大进谗言,周夷王烹杀了齐哀公。从此,齐、纪两国结下血海深仇。齐国历代国君信誓旦旦:"有朝一日,吞灭纪国!"因此,纪国看待齐国,如芒在背。这天,纪厉侯召集会议,研究对外关系。

司徒之德驭说:"周室东迁以来,诸侯弱肉强食,已现端倪。郑国虽然强势,但其远在西南,与我国并不相邻。莒国吞灭向国,天下为之震动。莒国与我纪国,同属山东地域,两国无利害冲突,当引为外援。"司空北岩松说:"齐国虎视眈眈,若猛兽伏于卧榻之侧,不可旦夕无防!"司寇右边仲说:"鲁国乃礼仪之邦,应结为友好。"

司农名叫侯面沉,年过七旬,是三代老臣。他说:"在下耳闻,鲁国国君育有四女,个个貌美如花,分别叫作伯姬、仲姬、叔姬、季姬。长女伯姬,年已二十,貌美而贤,尚待字闺中。依老臣之见,国君即备厚礼,遣使赴鲁国行聘,娶伯姬为夫人。若如此,我国与鲁国联姻,血浓于水,藤萝相攀,互为依托,联手抗齐。如此办理,不失为万全之策。"

纪厉侯说:"爱卿所言,正合我意。此次赴鲁国行聘,非爱卿莫属!"国君如此信任,侯面沉欣然答应。他立即带领随从,携带礼物赶往鲁国。

鲁隐公的四个女儿,长相各异,性格不同。大女儿伯姬,个子中等,性情温顺,从来不喧哗嬉闹。二女儿仲姬,个子高高,仪表一流,富有主见,三个姐妹对她言听计从。早在小时候,仲姬就喜欢使用黄色雨伞,即使是晴天,只要走出房门,她就喊叫:"我用伞盖!我用伞盖!"然后让侍女撑着黄伞,给自己遮阳挡风。鲁隐公曾经说过:"此女心高志大,异于常人,非富即贵!"三女儿叔姬,长相俊美,喜爱游玩,从小到大,喜欢跟随大姐伯姬。四女儿季姬,小巧玲珑,嘴巴甜甜,从小到大,喜欢跟随二姐仲姬。

侯面沉携带厚礼，很快来都鲁国。见到鲁隐公，说明来意，送下聘礼。一行人住进馆驿，等待答复。鲁隐公十分清楚，自己的四个女儿都已成人。老大已经二十岁，最小的也已经十五岁，按照习俗，都到了婚嫁年龄。对于此事，鲁隐公正在犯愁。二女儿仲姬不同凡响，鲁隐公曾经有意，把她许配给朝廷太子姬狐。司徒姬壬泰说："依照周礼，同姓不婚。"此事只得作罢。

现在，纪国前来行聘，鲁隐公立即与左右商量。姬壬泰说："堂堂鲁女，怎可嫁往纪国！"司空姬若昱说："国君之四女，均已长大成人。男大当婚，女大当嫁，此乃人之常情。以我之见，此次纪国行聘，机不可失。应顺水推舟，答应这门亲事。"

鲁隐公回到家里，夫妻俩一合计，决定采纳姬若昱的建议。伯姬于是嫁到纪国，成为纪厉侯的夫人。老三叔姬跟随大姐，同时媵嫁到纪国。

且说向承与窦乾一起，偷偷流亡到鲁国。莒且公得到消息，立即与众臣商议。展一惠说："鲁国罔顾两国关系，庇护流民向承，实在可恶。我愿出使鲁国，申明是非，讨还公道。"

司马武云剑说："鲁国如此无礼，是对我国之蔑视。唯有挥兵西指，攻破曲阜，方显我国之威。何必婆婆妈妈，枉费口舌！"

司空月中桂说："古语云：'文武之道，一张一弛。'鲁国有过不悔，唯有武力先行，方显莒国国威。"月中桂与武云剑的想法，得到多数人赞同。

莒且公对武云剑说："以你为将，发兵二万，战车三百辆。占据费邑，突破泗水，直捣曲阜！"次日上午，武云剑率领大军，向鲁国发动进攻。大军势如破竹，很快到达费邑以东。这时候探马报来："鲁军先行一步，占据高地。"武云剑当即下令："兵分两路，左右包抄，围而歼之！"一声令下，莒国大军把费邑包围起来。想不到，鲁军主力已经撤退，仅留下数百名老弱残兵。莒军很快攻占费邑，立即修筑营寨，凭险据守。

次日天明，莒军挥兵西指，继续攻击前进。向前推进了三十里，一座营寨呈现在眼前，探马报告："鲁国万名大军，在此深沟高垒，阻止我军西进！"武云剑立即下令："绕过营垒，攻击前进！"

莒军攻势凌厉，消息传到曲阜。鲁隐公心急如焚，就像热锅上的蚂蚁。司空姬若昱进谏："纪国既为我国姻亲，应请其出兵，增援我国。"司徒姬壬泰说："鲁、纪两国，并不相邻。纪国即使有意增援，亦远水不解近渴。如此论之，须另做打算。"

鲁隐公说："情势紧迫，别无他法。联络纪国，请求救援。"立即派遣使者，赶往纪国求援。纪厉侯见到来使，得知莒、鲁已经交兵，战事方兴未艾。他让来使住进馆驿，然后向左右征求意见。想不到，左右各抒己见，众说纷纭，议论再三，莫衷一是。当天夜里，纪厉侯把事情告诉夫人伯姬。伯姬说："妾身在鲁之时，每遇大事，均是二妹仲姬拿主意。"纪厉侯忙问："二妹是否已有婚配？"伯姬说："二妹眼界极高，非英雄君主不嫁。当初我父有意，将二妹嫁往朝廷，大臣说同姓不婚。因此直到现在，二妹尚无婚配。"

纪厉侯把大腿一拍，高兴地说："有了！"伯姬忙问缘由。纪厉侯说："莒且公仪表出众，文武兼备，且正值盛年。其原配夫人，已过世半载。若与二妹相配，岂不是天作之合！"伯姬问："此事该如何办理？"纪厉侯说："欲办此事不难。待我写信一封，送往莒国，说此大媒。你我以去鲁国省亲为名，先私下说动二妹，然后劝说岳丈大人。一旦莒、鲁联姻，莒国自然退兵。一箭双雕，两全其美，此事焉有不成之理？"伯姬说："此计甚妙，妙不可言！"纪厉侯立即派遣专人，马不停蹄奔赴莒国。

纪国信使星夜兼程，很快到达莒国。莒且公展开来信一看，原来纪厉侯一片热诚，要给自己做媒，女方是鲁国公主仲姬。莒且公看过来信，立即召来司徒展一惠，又召来司空月中桂，三人一起商量。

莒且公说："莒、鲁业已交兵，两军阵前厮杀，将士喋血鏖战。此种情势之下，与鲁国谈婚论嫁，岂非千古笑谈？"展一惠说："此种美事，千载难逢。鲁君次女仲姬，不仅容貌出众，且能临机决断，有大丈夫气概。国君若娶此夫人，非独一人之幸，实乃莒国之幸耶。"

月中桂说："国君婚姻，非主上一人之事，乃一国之事，牵一发而动全身。当今天下，列国纷争，诸侯相互攻伐，必将成为常态。此次纪君出面说媒，乃好事一桩。莒、鲁一旦联姻，莒、纪自然成为姻亲。如此，莒、鲁、纪三国相联，互为掎角之势，岂不攻守自如？"

二位臣子异口同声，都同意莒、鲁联姻。莒且公立即复信致谢，并请纪厉侯出面做大媒。纪厉侯接到复信，带领伯姬与叔姬，以省亲为名，很快到达鲁国。伯姬悄悄进入内室，见到二妹仲姬，把莒且公夸了个锦上添花。仲姬听了心花怒放，当即欣然答应。纪厉侯又和伯姬一起，前往拜见鲁隐公，提出鲁、莒联姻。鲁隐公气愤地说："莒国依仗兵威，吞灭向国，攻打鲁国，声言'攻进曲阜，活捉向承'，简直欺人太甚！"

伯姬见状，急忙给纪厉侯递个眼色。纪厉侯说："莒国攻打鲁国，起因在于向承。堂堂鲁国，为了一介流民，与莒国兵戎相见。对于此事，窃认为不可取也。若鲁、莒联姻，莒国必定退兵。而后鲁、莒和睦，联手对外，岂不是两国之福？"

鲁隐公说："莒国须先撤军，而后再谈婚事，否则免谈！"纪厉侯说："此事好说，包在我身上！"纪厉侯当即离开曲阜，很快到达莒国。莒且公闻讯，立即出城迎接。纪厉侯把鲁隐公的想法，原原本本告诉莒且公。随后，纪厉侯苦口婆心，劝说莒国先行退兵，同时派人到鲁国行聘。

莒且公说："君侯一片心意，我没齿难忘。撤军一事好说，即刻执行。"莒且公说完，指令将军箭一弓："传令前方将士，即刻撤回境内。若无命令，不得擅动！"箭一弓喊一声"得令！"手扶宝剑急匆匆走出去。

莒国撤军后，两国战事得以平息。莒且公依照礼仪，按部就班，终于把仲姬娶到莒国。这天，夫妇相依相偎，倾心交谈。莒且公说："我已届中年，你正值青春妙龄。上天降下恩惠，将你我撮合一起，真乃三生有幸。"仲姬说："夫君乃一国之主，并非凡夫俗子。既是国君，当以国事为重。卿卿我我，儿女情长，虽为人之常情，却不能以此为业。"

莒且公立即站起来，两手一拱，说："夫人有何见教，我愿洗耳恭听。"仲姬态度肃然地说："夫君大概不会忘记，你我本不相识。是何原因走到一起？是何情势促成婚姻？望夫君三思。"仲姬说到这里，伸手掀起帘子，一个人走进了内间。

仲姬一席话，让莒且公深感内疚。他心里想，仲姬的美貌让自己深深喜爱，自从娶了仲姬，两人恩恩爱爱，朝夕不离。自己身为国君，已经深陷爱河，难以自拔。这段时间，所有军国大事，统统置之脑后。直到刚才被仲姬一顿数落，自己这才如梦方醒。

莒且公想到这里，轻轻拍一下前额。他忽地站起来，望一眼墙上的宝剑，顿感豪情万丈。立即写信一封，派出专使，快马加鞭送往纪国。

这天上午，纪厉侯拥着伯姬，正在秀夫妻恩爱。突然内侍报告："莒国使臣到！"原来莒国请纪国牵头，组织莒、纪、鲁三国联盟。纪厉侯看完信，立即给莒且公复信。同时写信一封，派人送往鲁国。信中建议："会盟地点，以密地为宜。"

纪国信使快马加鞭，很快到达鲁国。鲁隐公看完信，左思右想，踌躇了半天。三国会盟是件好事，该如何参与会盟，让他犹豫不决。他想："莒、纪两国国君，都是自己的女婿。老丈人出面，与两个女婿谈判，场面该是何等尴尬！"鲁隐公思来想去，一直拿不定主意。消息如风，很快传到莒国。仲姬得知消息，立即写信一封，派人送往鲁国。鲁隐公展开一看，是二女儿的亲笔信：

  我父身为岳丈，女婿面前，重于泰山。此次三国会盟，我父无须出面。委托一臣子，授以全权，足矣。

  二女儿的几句话，坚定了鲁隐公的决心。他立即写信一封，加盖印章。交代司徒姬壬泰，授予全权。让他作为鲁国代表，到密地参与会盟。

  这天上午，密邑阳光普照，白云悠悠，秋高气爽。莒、鲁、纪三方都已到齐，会议正式开始。纪厉侯作为盟主，郑重其事地端坐在正位。莒且公坐在东侧，姬壬泰坐在西侧。纪国司徒子帛，莒国司徒展一惠，鲁国司空姬若昱，三人分别坐在南侧。纪厉侯作为盟主，郑重其事，高声宣读盟约条款：

  甲款：鲁国将向承交还莒国，莒国以黎民身份待之。

  乙款：莒军撤出鲁国境内，此后不得单方面对鲁用兵。

  丙款：莒、鲁、纪三国结盟，一国有难，他国立即驰援。

  纪厉侯作为盟主，经过周密考虑。他兼顾三方，早把盟约条款设计好了。此时此刻，纪厉侯宣读完盟约，首先征求莒且公的意见。莒且公点点头，表示同意。接着，纪厉侯征求姬壬泰的意见。姬壬泰慌忙站起身，表示同意。就这样，盟约一致通过。画押盖印后，即时生效。莒、鲁两国的矛盾，顿时烟消云散。

  事过之后，鲁隐公多次夸赞："鲁国度过此次危机，仲姬功不可没！"万万想不到，三国订盟不久，一个惊人的消息传来："周平王病危！"

  正是：三国签约结同盟，岂料警讯又传来。

第三十二回　郑军抢麦进京畿　莒国伐杞取牟娄

且说光阴似箭,转眼到了公元前720年。周平王自知来日无多,生命已到尽头。他把郑庄公召到病榻前,又把另一执政大臣姬黑肩找来,当着众位官员,让大司徒宣读遗嘱如下:

> 本王平庸无能,幸赖诸卿辅佐,得以安享天年。岁月如水,自东迁至今,瞬乎五十余载。太子姬狐,为质于郑,深孚众望,本王升天之后,宜尽早继位为君。人之将死,其言也善。诸卿肩负重托,诸事烦冗。本王谨此嘉勉,不胜惶愧之至。死者已矣,生者尚存,望各自爱。是为至嘱。

周平王逝世,姬狐作为太子,即将继承王位。郑庄公写信一封,立即派出专使,星夜兼程送到莒国。莒且公接到来信,顿感眼前一亮。姬狐作为人质期间,自己长期伴陪左右。两人志同道合,情深意笃。姬狐即将继任天子,岂不是天大喜讯!莒且公立即带上贺礼,一路马不停蹄,赶往洛邑祝贺。

近段时间以来,姬狐多次染病,自新郑返回洛邑,一路舟车劳顿,途中又染上伤寒。姬狐回到洛邑当天,竟然一命呜呼。莒且公赶到洛邑一看,昔日英气勃勃的太子,已经与世长辞,呈现在自己眼前的,是一具僵硬的尸体。往事历历在目,眼前已经天人两界,阴阳相隔。莒且公越想越悲痛,禁不住伏尸大哭。

太子姬狐不幸病亡,众大臣一致敦促,立即辅立新的天子。郑庄公、姬黑肩一商量,找来姬狐的儿子姬林,把他扶上天子之位,是为周桓王。

周桓王年纪轻轻,登上天子宝座。郑庄公作为辅政大臣,恭敬有加,不失礼节。万万想不到,周桓王却心存芥蒂。他想:"寡人之父,为质于郑国,此乃大周王朝之耻辱。我父若不去新郑,自然不会过早离开人世。"周桓王越想越气愤。他心里明白,郑国实力强大,只能迂回对付。

次日会面，周桓王对郑庄公说："爱卿乃先王之臣，寡人年少资浅，焉敢任为僚佐也？"郑庄公一听，什么都明白了。原来周桓王根本不信任郑庄公，不想让他继续担任辅政大臣。

第二天清晨，郑庄公领着儿子姬忽，满怀怨恨，一溜烟返回郑国。

国君回国，郑国群臣翘首以待。郑庄公从头至尾，把新天子的态度告诉大家，众人听了无不愤慨。姬子都说："新王登基，赶走旧臣，此乃忘恩负义！"姬吕说："新天子乳臭未干，不知天高地厚。请国君立即发兵，教训天子！"祭足说："出兵攻打王室，冒天下之大不韪，众诸侯必将群起而攻之。若如此，郑国危矣。以我之见，此事万万不可！"

郑庄公忙问："事到如今，当如之奈何，爱卿有何良策？"祭足说："目下小麦正熟，天赐良机。我国以粮荒为名，出车百辆，兵临京畿。将士一齐动手，抢割王畿小麦，且看朝廷如何举动。"郑庄公高兴地说："此计甚妙！"

次日黎明，五千名郑国士兵，赶着大车百辆，浩浩荡荡来到温邑。这里，已经深入王畿之内。郑军跳下车，就要收割金黄的麦子。温邑守吏名叫内有金，看到郑军抢割小麦，他连忙向前制止。面对这位朝廷地方小吏，祭足对他爱搭不理。内有金说："温邑乃朝廷粮仓，谁敢擅自割麦！"

祭足冷笑一声，说："敝国连年灾荒，粮秣不足，今日特来借粮！"说罢把手一挥，五千士兵一拥向前。一片片金黄的小麦，很快被割光。郑军把小麦装上大车，然后扬长而去。

面对强势的郑军，内有金束手无策。他立即跑到洛邑，向朝廷报告。周桓王闻报，顿时怒火冲天："郑国出兵京畿，抢割朝廷小麦。如此目无朝廷，是可忍孰不可忍！"周桓王说完，从墙上拿下宝剑，愤怒地说："姬寤生胆大包天，挥兵而剿之！"执政大臣姬黑肩，性格老成持重，他想："假如真的攻打郑国，朝廷未必是其对手。"于是劝谏："区区小事，何必大动干戈。郑国之于朝廷，犹子之于父。爱子饥肠辘辘，嗷嗷待哺。为父釜有饭食，爱子乞而食之，何必计较也？"

周桓王听了苦笑一声，只得把此事搁置一边。

且说莒且公离开洛邑，往莒国回返。一行人途经新郑，郑庄公设宴款待。席间自然而然，谈起郑国京畿抢麦一事。莒且公说："自古京畿重地，无人敢涉足。吾兄大军齐出，抢麦京畿，开千古之先例。勇气可嘉，佩服佩服！"

郑庄公听了开怀大笑，说："天下者，天下人之天下，非一人一家之天下。"说完，两人举杯一碰。莒且公放下酒杯，接上话茬说："天下之利，天下共享之；擅天下之利者，天下共击之！"郑庄公笑着说："如此看来，吾弟熟读《六韬》，为兄不及也，惭愧惭愧！"莒且公笑着回应："彼此彼此。"

借此机会，莒且公把莒国攻灭向国，莒、鲁、纪三国结盟，以及其他重要情况，一一进行了通报。郑庄公听了十分同情，说："常言道：'当断不断，必受其乱。'吾弟师出有名，灭向有理。莒、鲁、纪三国结盟，此事可喜可贺！"

酒过三巡，郑庄公说："探马来报，近期以来，杞地原有居民，悄悄流窜至山东。妄图以牟娄为基地，抢占周边地盘。"莒且公一听，深感事态严重，说："牟娄紧靠莒国，杞人若在牟娄扩大地盘，势必侵犯我国疆土。若此，莒国安有宁日？卧虎之岗，焉容猎豹觊觎；卧榻之侧，岂容他人鼾睡！"莒且公说到这里，向着郑庄公拱手施礼，说："情势紧迫，为弟告辞。言犹未尽，来日再叙！"说罢带领随从，急匆匆赶回莒国。

且说杞国国君姓姒，是大禹后裔。早在殷商时期，杞国已经存在。周武王灭商以后，寻找大禹的后裔，结果找到了东楼公。周武王把他封到杞地，让他延续杞国国祚。同时，主管对夏朝君主的祭祀。周懿王时期，杞国趁乱东迁山东。因为地小国弱，一直默默无闻。周室东迁后，王室对诸侯失去统治能力，杞国于是蠢蠢欲动。莒且公远赴洛邑，杞君西楼公认为时机已到。内心沾沾自喜，趁机做起了小动作。

这天，莒国边防士兵扮作猎户，到潍河两岸巡逻。军士长突然发现一个人，中等粗胖身材，方脸盘，大嘴巴，蒜头鼻子。那人带领随从，牵着猎犬，架着猎鹰，呼啦啦闯过边界。进入莒国一侧后，横冲直撞，乱踢乱踏，大片庄稼被糟蹋得不成样子。百姓知道他的身份，敢怒不敢言。这时候，那人把宝剑向东北一指，说："有朝一日，凡属潍河流域，皆是我杞国疆土！"莒国边防士兵一打听，此人就是西楼公。

过了几天，琅琊吏前来报告："西楼公到珠山游玩，发现山上巨龟。他心血来潮，命令挖掉龟头，破坏景观。当地居民闻讯，一顿棍棒相加，西楼公抱头鼠窜。"三天后，邑吏前来报告："西楼公攀上河山，见一光滑悬崖。他不惜重金雇来工匠，欲将其名镌刻崖上。周边居民闻讯，拿起猎叉围到山上。西楼公一看众怒难犯，只得狼狈逃窜。"

各地纷纷报警，众位臣子无不义愤填膺。司空月中桂说："杞人野心勃勃，早晚必生祸端，不能任其胡作非为！"司徒展一惠说："西楼公恶迹累累，不予严惩，难平众愤！"司马武云剑气得脸色发青，说："杞国如此嚣张，应出兵剿之！"

莒且公立即下令："准备车马，择日进剿！"

莒且公回家告诉仲姬，莒军即将进攻杞国，让她写信，请鲁国拦截杞国军队。仲姬说："国与国，公也；父与女，私也。以我之见，公事公办。派一大臣携带公函，出使鲁国，请其出兵拦截杞军！"莒且公说："夫人高见。"仲姬又说："郑国乃莒国世交，此等重大行动，不可不予通报。"

莒且公说："此议甚好！"立即派出专使，分别出使鲁国与郑国。

且说莒、齐两国关系正常，边界十分安宁。自从齐庄公去世，齐鳌公继位，两国少有交往。莒国准备攻打杞国，尽管极其保密，还是被齐国侦知。原来，齐国世代君主，继承了姜子牙的传统，极其注重军事，年年派出暗探，四处收集情报。他们化装成盐贩、马贩、粮贩、樵夫、渔民、猎户、郎中、木匠、教书先生、占卜先生，等等，四处活动，无孔不入。莒、鲁两国所有大事，都在齐国掌握之中。这次莒国准备攻打杞国，大军尚未行动，齐国已经得到情报。这天上午，齐鳌公召集会议，研究对策。司徒红怡片发言："莒、杞两国，与我国素无纠纷，目下两国对垒，与我国并不相干。"

司空灰柏瑟说："莒、杞两国，均为齐之邻邦。二国交战，无论孰胜孰负，齐国均受干扰。以此论之，莒国攻伐杞国，齐国不可置之度外。"

司寇法为肃说："凡法，仅可行之于内，不能施之于外。莒国攻打杞国，此乃外事也，齐国律令难以约束之。由此可见，只有军旅从事。"

司农名叫田易耕，是个老学究。他说："睦邻友好，尊重他人，礼也；相互忍让，不犯他人，礼也；两军对阵，按约行事，亦礼也。"

田易耕刚说到这里，齐鳌公立即打断他的话："口不离礼，迂腐之见！两军对阵，刀光剑影，你死我活。强者为刀俎，弱者成鱼肉，血肉横飞，礼有何用！太公《六韬》言犹在耳：'行无穷之变，图不测之利。''攻城围邑，轒辒临冲。'唯有大军压境，将士奋勇，方能克敌制胜！"

司马火庚强说："莒、杞对垒，胜负难料。以我之见，齐国出兵一万，置于边境。若两国打成平手，我则按兵不动；若莒军失利，我则从后攻击杞军；若杞军战败，我军立即出动，攻入杞国！"

齐鳌公说："凭莒军之强，杞国必败无疑。要厉兵秣马，严阵以待。一旦杞军溃败，我军立即出动，抢占其地！"

莒国使臣到达鲁国，立即递上国书。鲁隐公一看，当即表态："两国既已订盟，鲁国当践行盟约。莒、杞两国交兵，鲁国不能袖手旁观。就此出兵一万，置于边境。一旦发现杞军，立即拦截。"使臣到达郑国，郑庄公看过国书，说："郑、莒两国，世代交好；我与莒君，早已结拜金兰。今次莒国攻伐杞国，伐恶剪逆，师出有名。我立即奔赴朝廷，向天子报告真情！"

使臣回到莒国，立即报告情况："我国攻打杞国，鲁、郑两国均予支持。"莒且公说："上兵伐谋，其次伐交。当下谋略已定，外事完成。万事俱备，只欠东风。"立即下令："大军出动，讨伐杞国！"

此时的杞国，地处潍河之畔，南邻莒国，北邻齐国。国土纵横不到五十里，境内仅有几处丘陵高地。除了潍河，此外并无名山大川。人口仅有五万多，士兵不到三千人。此时的杞国国都，设在牟娄。牟娄名为国都，其实无城无郭，是个人口两千多的大邑。杞国在牟娄四周，堆了十几个土墩子。土墩顶部盖上木屋，作为哨所；土墩四周围上木栅栏，算作防御工事。

莒国大军兵分三路，开始全面进攻。左路大军，战车一百辆，精兵五千人，向北突击。右路大军，战车一百辆，精兵五千人，向西南突击。莒且公亲率中路大军，战车一百辆，精兵九千人。兵锋所指，直捣牟娄。面对莒军进攻，杞军一触即溃。莒军势如破竹，如入无人之境。

这天，西楼公正搂着爱妾调情。突然军士长报告："牟娄被围，情势危急！"西楼公一听，心里十分惊慌。走到外面一看，四周杀声一片。他急忙爬上一个土墩，躲进木屋向外瞭望。莒且公身披铠甲，高举青铜剑，威风凛凛地站在战车上。莒兵像潮水一般，围住一个土墩。为首的将官"嗖"的一箭射向土墩，上面的杞兵应声倒下。莒军冲破栅栏，土墩当即被占领。

西楼公心想："大事不妙！与其死守牟娄，莫如逃之夭夭！"他想到这里，悄悄溜下土墩，换上百姓服装，随着人流向外逃跑。刚刚来到潍河岸边，想不到莒军埋伏在树林里。西楼公急忙向南一拐，往鲁国方向逃跑。正在向前逃窜，鲁国军队挡在前面。西楼公匆匆像丧家之犬，拼命往西逃窜。跑了几百里，占据一个山坳，在此隐蔽下来，仍然称作杞国。

莒军猛攻牟娄，齐国大军早已开到边境。杞军被莒国击溃，齐军立即越过边境，一路向杞地横扫。莒国先行一步，占领了牟娄及周边地域。齐军后到一步，抢占了其余村邑。如此，杞国土地被两国瓜分。这一年，是公元前719年。

二百多年后，孔夫子笔削春秋，削掉了多少历史人物与事件，却笔下留情，把莒国夺取牟娄一事，真实地记录下来。《春秋左传》如此记载："莒人伐杞，取牟娄。"寥寥七个字，给后世留下了珍贵的历史资料。一个"伐"字，精确而又公正。笔如利剑，文如判官，使乱臣贼子惧。

西楼公作恶多端，引起天人共愤。他不自量力，竟然向强大的莒国挑战，最后自取其败。后人作诗如此讽刺：

野心勃勃欲称雄，终成一枕黄粱梦。

做虎不成反类犬，蜈蚣岂可充蛟龙。

有文士读史至此，有感而发，欣然赋诗一首，盛赞莒国：

灭向攻杞已逞能，灿灿诸侯一明星。

功业不泯留青史，从此东夷称英雄。

且说莒国打垮杞国，消息很快传到洛邑。周桓王闻讯，顿时火冒三丈。原来，桓王是有血性之人。他把大臣姬黑肩召来，愤愤地说："反了反了！莒国仅为一方诸侯，无朝廷授权，先吞灭向国，后打垮杞国，尽占两国土地，强势若此，难道大周天下任其如此逞强？"然后高声下令："号令天下诸侯，出兵而击之！"

正是：先灭向国已称雄，再攻杞国惊朝廷。

第三十三回　图报复四国攻郑　聚浮来三君会盟

且说莒国打垮杞国，占领牟娄。周桓王闻讯，怒气冲天，打算让郑国领头，带动众诸侯，出兵征伐莒国。大臣姬黑肩进谏："大王息怒，情势并非如此简单，此事需从长计议。当今天下，诸侯一再示强者，西有郑国，东有莒国。郑国京畿抢麦，令天子蒙羞，朝廷无力制止；莒国连灭两国，竟无人阻拦。以臣之见，冰冻三尺非一日之寒。今日之情势，乃百年积弊演化而成。再者，莒子深通韬略，文武兼备，不仅通晓兵法，且内政、外事诸项兼能。大王您想，郑伯、莒子早已结拜金兰，二人情同手足。此等情势之下，郑国焉能出兵攻莒耶？"

周桓王说："鲁国是我同姓之国，可令其出兵伐莒！"

姬黑肩说："若让鲁国伐莒，仅为一厢情愿。莒国攻灭向国之后，因流民向承避难鲁国，莒国愤然出兵，一路攻击鲁国。鲁都曲阜，竟然不敢开东门。为了与莒国通好，鲁侯审时度势，放低身段，将其两个女儿嫁往莒国，而后两国复盟。若论亲缘，鲁侯、莒子乃翁婿关系。大王您想，在此情势之下，鲁国怎肯出兵攻莒耶？"

周桓王说："齐国乃东方大国，国力雄厚，可令其出兵攻莒！"

姬黑肩说："此事依然难以行通。"周桓王问："原因何在？"姬黑肩回答说："莒、齐两国，世相友好，天下皆知。此次莒国攻打杞国，齐国出兵万人相助。两强夹击，杀向杞国，若二虎共捕一獐。小小杞国，焉有不垮之理？如此情势之下，齐国焉能出兵攻莒？当今诸侯兼并，方兴未艾。朝廷兵少将寡，自保为上，不宜轻动。请大王熟思之。"姬黑肩条分缕析，说得十分透彻。

周桓王听了，气得脸色发青，但是无可奈何。

且说郑庄公派出大军，抢割了京畿的麦子。朝廷无力惩罚，周桓王只得忍气吞声。转眼到了秋季，京畿的稻子已经成熟。祭足再次进谏："趁夜派兵，赴京畿割稻！"郑庄公心想：五月抢割了小麦，朝廷没有动静；秋季再去抢割稻子，将是什么情况？试试再说！郑庄公想到这里，采纳祭足的建议，再次派出大军，趁夜到达京畿。成片成片的稻子，被郑军抢割一空。

周桓王得报，又是一顿暴跳如雷。姬黑肩说："郑国所为，确属无礼至极。朝廷兵微将寡，无力讨伐郑国。设若战端一开，王师败北，朝廷颜面安在？局势又将如何收场？依臣之见，小不忍则乱大谋，大王切切不可轻动！"桓王听了，只得强压怒火，但是一直想方设法教训郑国。

再说周平王东迁，卫武公护驾有功，成为周王朝执政大臣之一。公元前758年，卫武公因病去世，他的儿子卫庄公继位。公元前735年，卫庄公去世，他的儿子卫桓公继位。公元前719年，卫桓公去世，他的弟弟州吁继位。州吁继位当年，因国内动乱再加外国干涉，兵败被杀。卫庄公的儿子姬晋继位，是为卫宣公。

这天，周桓王正满腹怒气无处发泄，恰巧卫宣公前来求见。卫宣公这次觐见，并没有要紧大事，属于礼节性拜谒。桓王见了卫宣公，怒气冲冲。他把莒国如何灭向吞杞，郑国如何暗中支持莒国，如何到京畿抢粮，从头到尾告诉了卫宣公。桓王想让卫国出动大军，讨伐郑国。卫宣公心想：堂堂大周王朝，自己不出一兵一卒，却让卫国攻打郑国，这不是把卫国推向火坑吗？卫宣公想到这里，对桓王说："诚如大王所知，郑强而卫弱。以弱击强，无异以卵击石。卫国实难当此重任，请大王深察。"

周桓王一听，卫宣公对于讨伐郑国，心有余悸，于是鼓励说："西有王畿，北有卫、晋，东有鲁、宋，南有陈、蔡，郑国处于四面包围之中。晋、卫、陈、蔡、宋、鲁六国联军，围而攻之，姬寤生即有通天本领，亦难逃厄运！"

卫宣公顿时明白了，原来周桓王打算组织六国联军共同对付郑国。"六国对付一国，乃绝对优势！"想到这里，卫宣公顿时信心十足。桓王见卫宣公有了信心，当即下令："立即传檄诸国，出兵攻伐郑国！"

公元前719年夏季，卫、陈、蔡、宋四国一齐出兵，联合进攻郑国。四国联军到达郑国，把郑都新郑东门围困了五天，史称"东门之役"。

郑国虽然受到围攻，并不示弱。转眼到了第二年，郑军主动出击，打到了卫国城郊。卫国不得不委曲求全，订立城下之盟。卫国已经退出战争，郑庄公挥兵南下，围困了宋国国都。形势危殆，宋国急忙向鲁国求救。鲁隐公一看形势不妙,于是寻找借口,不发一兵一卒。鲁国态度发生逆转,郑庄公不失时机,立即展开外交活动。他主动提出,把郑国的一块祭田同鲁国的一块祭田相交换。鲁隐公一听,此事求之不得,欣然答应下来。就这样,鲁国退出了围郑联盟。

宋国国都被围,已经无人施救,不得已,只好与郑国订立城下之盟。陈国一看,如果再僵持下去,自己没有好果子啃。陈桓公灵机一动,主动派人到郑国联系,把女儿嫁给郑庄公的儿子姬忽。就这样,陈国与郑国和好。

周桓王组织的围郑联盟,自然烟消云散。

转眼之间,到了公元前715年。郑、齐、宋、卫、陈五国,打算举行瓦屋结盟。齐、宋、卫、陈四国一致同意,推举郑庄公为盟主。郑庄公心想,五国结盟,事关重大,必须有人监盟。思来想去,想到了莒且公,他是最佳人选。转念一想,鲁国是山东三大国之一,莒、齐两国参与会盟,若少了鲁国,事情并不圆满。郑庄公当即决定:"邀请莒、鲁两国,共同参与监盟!"

当日夜晚,天穹朗朗,月明星稀。深更半夜,人们早已酣睡,郑庄公却辗转反侧,难以入眠。他对着铜鉴照照,自己的眼角已出现鱼尾纹。他想:"自上次一别,转眼数年过去。自己的结拜兄弟莒且公,是否还那样倜傥潇洒、英气勃勃?趁此会盟之机,兄弟重逢,共叙阔别之情,岂不美哉?"想到这里,他亲手修书一封,立即派出专使,星夜兼程送往莒国。

这天上午,莒且公正骑着高头大马,在校场检阅车马操练。忽然,郑国信使到来。莒且公展开竹简一看,是郑庄公的亲笔信,大意是:

> 新郑一别,瞬乎数载。天各一方,杳无音信。一年四季,心往神驰。郑、宋、齐、卫、陈,五国结盟,约定瓦屋,签订盟约。诚邀吾弟,主持监盟。为兄信赖,五国共邀。见字如面,屈驾驰驱。车马劳顿,幸弟勿辞,切切此盼。

莒且公看完信,郑庄公的一片诚意跃然信上,不容推辞。更何况,五国结盟是天下大事,莒国焉能置之其外?莒且公想到这里,立即启程前往中原。

这天,鲁隐公正在翻阅书简,接到邀请函,立即与左右商量。

司徒姬壬泰说:"郑国势力强大,败卫、围宋,吓阻陈、蔡二国。郑国挟胜利之威,主持瓦屋会盟;齐、宋、卫、陈诸国,共同与盟。我国此次与盟,良机不可错失。"

司空姬若昱说:"郑国邀请鲁、莒两国,共同监盟,莒国主监,鲁国次之，主次分明。若两国国君同时与盟，座次如何排列？请国君熟思之。"鲁隐公心想：这次监盟是莒国为主，鲁国为次。自己是老丈人，莒且公是女婿。如果到了会上，自己反而坐在女婿的下首，岂不尴尬难堪？此事究竟如何是好？这时候，鲁隐公又想起了二女儿仲姬。

鲁隐公太了解仲姬了：高屋建瓴，全局在胸，每逢大事，必有主见。上次密地会盟，就是仲姬写信一封，让大臣代表父亲出面，事情办得圆满成功。这次情况如何？鲁隐公于是问："仲姬是否来信？"左右都摇摇头，表示不知道。鲁隐公明白了，仲姬这次没有写信，就是让老父自己决断。鲁隐公想到这里，拍了拍自己的脑袋。这一拍恍然大悟："此次会盟，情况与密地会盟相似。既然如此，派一名大臣即可。"鲁隐公想到这里，心里暗自赞叹："次女仲姬，聪颖机敏，为父之幸也。"鲁隐公想到这里，立即写信一封，加盖印章，交给司空姬若昱，授予全权，让他作为鲁国代表，到瓦屋参与监盟。

瓦屋会盟，日期很快到来。为了与郑庄公早早会面，莒且公提前一天到达。兄弟相见，道不尽离别之意，说不完思念之情。次日巳时一刻，会盟仪式开始。大厅门口，众位国君鱼贯而入。莒且公一看，宋殇公、卫宣公和陈桓公，三人见到郑庄公，一个个点头哈腰，毕恭毕敬，根本不像是国君会见国君，就像战败的将军荣幸见到胜利者。唯有齐釐公仰首挺胸，昂然而入，派头十足。鲁国代表姬若昱，因为是个臣子，所以走在最后头，他见到每位国君，都是行礼如仪，不失臣子之风。这次瓦屋会盟，议程简单而又快速。盟约条款早已约定，今天只是履行程序，画押盖印。因此，议程很快结束。

当日夜晚，郑庄公轻车简从，到馆驿看望莒且公。双方介绍了各自国家的情况，又对当前局势交换了看法。莒且公对郑庄公说："莒、鲁、纪三国，将于浮来山会盟。诚邀我兄，前往监盟。"郑庄公一听，十分高兴地答应下来。喝了一杯茶，郑庄公询问："监盟者另有何人？"莒且公说："此次监盟，并无他人，仅兄一人而已。"郑庄公提出建议：最好邀请齐釐公同时参与监盟。

莒且公告诉郑庄公，最初无此打算。因为，自从齐庄公去世后，莒、齐两国少有交往。上次齐国出兵，参与攻打杞国，并不是为了帮助莒国，只是为了抢夺地盘。更重要的是，齐国处处表现强势，一再派出侦探，刺探莒国情报。幸亏莒国防范严密，否则，还不知道情况向何处发展呢。郑庄公说："治国安邦，军事为要；居安思危，国之常情。齐国虽则强势，但并未侵扰莒国。值此动乱之秋，已属不易。"

莒且公说："听兄一言，顿开茅塞，佩服佩服！"于是采纳郑庄公的建议，派人出使齐国，请齐釐公前来监盟。使者派出之后，莒且公一想："山东诸侯众多，假如仅有齐国参与监盟，会让齐国自觉高人一等，更加盛气凌人。"莒且公想到这里，当即决定，邀请谭、莱、滕、郑四国同时参与监盟。

转眼之间，到了九月二十五日，会盟日期到来。这天，秋高气爽，浮来山上菊花灿烂开放，微风吹来，遍地飘香。山坳的千年银杏树枝叶茂盛，树冠密密层层，果实累累，看上去金光灿灿。

上午巳时二刻，会盟开始。莒且公作为主盟人，峨冠博带，正襟危坐，气势非凡。鲁隐公东面就座，纪厉侯西面就座，郑庄公、齐釐公作为监盟人，南面就座，其余监盟人坐在这两人后面。鲁隐公作为老丈人，与两位女婿平起平坐，共同签订盟约。此时此刻，他顾不得许多，只能公事公办。

这次会盟议程，与以往会盟大致相同，盟约条款早已确定。所谓会盟，其实议程十分简单。集体会面，走走程序。首先宣读盟约条款，然后画押盖印，会盟宣告完成。签约结束，莒且公亲自陪同诸位客人一起畅游浮来山。

大家换上便装，沿着羊肠小道，一步步拾级而上。浮来峰、佛来峰、飞来峰、观海峰、怪石峪、翠玉泉、虹飞谷、鹰愁涧、贵妃潭、美人浴、仙人洞、猿狙崖，一个个景点，奇景异色，令人流连忘返。浮来山景点如此之多，景色如此优美，鲁隐公有感而发："今日游浮来，不虚此行也！"

众位国君听了，深有同感。郑庄公风趣地说："鲁国乃礼仪之邦，是文人荟萃之地，请赋诗一首，为我等助兴。"他刚说完，大家一起鼓掌。鲁隐公急忙摇头，说："姬郎才尽，愧煞我也！"说完双手一拱，以示歉意。他的几句话，逗得众人一阵欢笑。

对于这次会盟，莒且公仅仅视为普通外交活动。因为诸侯之间，已经会盟多次，这次会盟只是诸多会盟之一。万万想不到，这件事被鲁国史官载入史册。《春秋左传》如此记载："（隐公八年）九月辛卯，公及莒人盟于浮来。"隐公八年，就是公元前715年；九月辛卯，就是九月二十五日。

两千多年后，莒地已经成为莒州。清朝顺治年间，莒州太守陈全国兴致勃勃，陪同外地同僚畅游浮来山。他赏景睹物，顿生思古之幽情，欣然赋诗一首。然后，命人镌刻在石碑上，竖立于银杏树之下。其诗文是：

大树龙盘会鲁侯，烟云如盖笼浮丘。

形分瓣瓣莲花座，质比层层螺髻头。

史载皇王已廿代，人经仙释几多流。

　　看来今古皆成幻，独子长生伴客游。

　　在这首诗前面，陈全国又写了一段阐释性文字："浮来山银杏树一株，相传鲁公、莒子会盟处，盖至今三千余年。枝叶扶苏，繁荫数亩，自干至枝，并无枯朽，可为奇观。夏月与僚友偶憩其下，感而赋此。"

　　古人无论如何想不到，后人对于历史，对于古籍与景观，是多么景仰，多么眷念，多么情有独钟。光阴似箭，时间很快进入二十一世纪，浮来山早已成为著名旅游景点。山上那棵银杏树，其主干之粗已经长到八人合抱，被公认为银杏王，是"世界之最"。漂亮的导游小姐引导游客来到银杏王树荫之下，讲述浮来会盟的那段历史故事，绘声绘色，津津乐道。她抑扬顿挫，读着陈全国那首七言诗，游客们兴趣盎然，流连忘返。当然，此是后话。

　　且说这次浮来会盟，伯姬、仲姬、叔姬、季姬姐妹四人，知道团聚一次并不容易，因此都想趁机跟随国君到浮来山游览。莒且公十分钦佩仲姬，对她言听计从，问题自然顺利得到解决。仲姬与季姬姐妹俩，自然十分高兴。大姐伯姬与三妹叔姬，也做通了纪厉侯的工作，姐妹俩一起到达莒国。

　　姐妹四人齐集莒国，见到父亲鲁隐公，高兴地告知此事。万万想不到，父亲坚决反对，他说："国君会盟，妻妾随同前往，违背周礼，实属大逆不道！"姐妹四人十分生气，一致埋怨父亲，说他是个老顽固。大姐伯姬气得直跺脚，三妹叔姬与四妹季姬，气得嘤嘤流泪。仲姬气愤地说："张口周礼，闭口周礼，难道登山观景，亦受周礼束缚不成！"

　　浮来山就在眼前，却不能登山观景。伯姬、叔姬、季姬姐妹三个，不住地擦眼抹泪。仲姬说："不让登浮来山，咱们姐妹就去游沭河！"伯姬、叔姬、季姬三人听了，十分高兴。九月二十五日上午，国君们齐集浮来山。姐妹四人趁机带着孩子，一起到沭河游玩。按照仲姬的安排，姐妹四人同乘一条木船。原来，这是一条平底船，遇到浅滩不容易搁浅，是专门用来游玩的。渔船是鸡胸底，速度快，便于追逐鱼群。八个孩子同乘一个大竹筏，紧跟在木船后面。之所以做出如此安排，仲姬的想法是，姐妹四人难得一聚，趁此机会好好交流一下。

　　开船的是一位老艄公，满头银发，面色红润，身体十分健壮。

　　回顾当年，三妹叔姬随同大姐伯姬，媵嫁到纪国；四妹季姬随同二姐仲姬，媵嫁到莒国。转眼之间，六年过去了。现在姐妹四人，各生了两个孩子。

大的已经六岁，小的已经四五岁。八个孩子在莒国相见，一起游河玩耍，十分高兴。孩子们一会儿弯腰划水，一会儿嬉笑打闹，沉浸在欢乐之中。

六年前，仲姬嫁到莒国，四妹季姬随同媵嫁。莒且公对仲姬十分喜爱。大婚之夜，宴尔新欢，恩恩爱爱，当夜就怀上了孩子。按照莒国风俗，这叫"坐上喜"，属于喜事一桩。临近鸡鸣破晓，莒且公激情又起，就去找季姬。季姬是个十五岁的孩子，不懂婚姻嫁娶，更不懂男女之事。莒且公找她，她却大声反抗，说："休得无礼！休得无礼！"

在季姬看来，二姐嫁到莒国，自己是来陪嫁的，是来莒国走亲戚。对此，莒且公哭笑不得，就把这件事告诉了夫人仲姬。仲姬告诉季姬："媵嫁也是出嫁，妹妹随同姐姐媵嫁，姐姐的丈夫亦是妹妹的丈夫。丈夫亲近妻子，是应理该当的。作为妻子，不该拒绝丈夫。"

经过姐姐的解释说明，季姬终于明白了其中道理。新婚次日深夜，莒且公又来找季姬，季姬十分温柔顺从。说来也巧，季姬当晚也怀上了孩子。仲姬的大孩子，与季姬的大孩子相比，大小仅差一天。现在两个孩子肩并肩，一起站在后面竹筏上，就像一对双胞胎。

看着两个可爱的孩子，仲姬风趣地对季姬说："新婚之夜，假如妹妹不拒绝，或许也是坐上喜。这两个孩子同年同月同日生，一天都不差。"季姬听了脸一红，娇嗔地说："姐姐不教，妹妹不懂，姐姐你责无旁贷。"

老艄公已经满头白发，看起来像个老爷爷。姐妹之间对话，并不避讳他。老艄公一边摇橹，一边听着姐妹俩的对话。起初似懂非懂，最后终于听明白了，心里想："原来如此！"他嘴角一抿，偷偷地笑了。

大人们正在热情交流，伯姬的大儿子突然高叫一声："看！大鱼！"众人顺着他指的方向看去。右侧一大群鱼，正向船筏游来。眼看越来越近，距离仅有二十多步。鱼群突然掉转方向，顶起浪花向远处游去。孩子们看了同声欢呼，一阵尖叫。

会盟当晚，众来宾齐集莒城。莒且公大摆宴席，盛情款待。宴席上，美酒佳肴，极其丰盛，海参、鲍鱼、大虾、海胆、海星、海肠、梭子蟹，等等，应有尽有，让众来宾大饱口福。郑庄公放下酒杯，拿起一只红色梭子蟹，不禁诗兴大发："今日莒国品海鲜，不辞长做东海人！"众人听了，一阵欢笑。大家觥筹交错，相互敬酒，气氛极其热烈。

莒且公手举酒杯，向着纪厉侯递了个眼色。纪厉侯心领神会，立即举着酒杯站起来。连襟二人一起举着酒杯,向老丈人鲁隐公走去。这时候,鲁隐公的兴奋情绪,还沉浸在诸侯会盟之中。两位女婿前来敬酒,鲁隐公一时忘了自己的身份,立即举杯起身。三人酒杯一碰,一饮而尽。齐釐公趁机起哄:"无三不成敬,再来两杯!"众人一起随声附和。

次日早饭后,众位国君陆续回国。郑庄公刚想启程,莒且公来到他的馆驿,说:"我兄初来莒国,少安勿躁。在此小住数日,为弟我伴兄大海观景,略表寸心,以尽地主之谊。"郑庄公说:"大海观景,乃我平生之愿,向往久之,恭敬不如从命。"

第二天上午,莒且公陪同郑庄公来到海边,乘上大船,准备驶向大海。大船刚刚离岸,忽然岸上有人高喊:"停船停船!请国君速回!"

正是:兴致勃勃游大海,不想喊声岸上来。

第三十四回　战中原莒国出兵
　　　　　　　显强势郑国称雄

　　且说这天上午,在莒且公陪同下,郑庄公刚刚坐上木船,准备到海上观景。突然听到喊声,只得停船上岸。原来宋国联络卫、蔡、陈等国,准备大举进攻郑国。郑庄公闻讯,匆匆告别,带领随从火速赶回郑国。

　　原来,宋、郑两国接壤,东西为邻。近年来,因为渔猎、放牧、土地开垦等,两国边界居民时常发生纠纷。以此为导火线,两国多次发生摩擦。上次的瓦屋会盟,表面上签署了盟约,根本问题并未得到解决。两国交恶,更深层次的原因是,宋国国力不断增强,成为江淮一带最强国家。郑国一再示强,宋国心有不甘。宋殇公说:"宋国乃中原大国,焉能居于郑国之下?"

　　郑国东北与卫接壤。周平王东迁之后,卫武公与郑武公两人,同为周王朝辅政大臣。卫武公死后,卫国再也未能担任此职。与此相反,半个多世纪以来,郑国始终担任辅政大臣。郑国的风头之强,远远盖过了卫国。郑庄公继位后,曾经在朝廷一人辅政,这让卫国十分难以接受。周桓王继位,对郑庄公心存芥蒂,多次撺掇卫国寻机向郑国挑衅,因此卫国趁机向郑国发难。宋殇公见时机已到,立即下令:"联络卫、蔡、陈三国,共同对付郑国!"

　　郑庄公从莒国匆匆赶回,立即研究对策。世子姬忽说:"宋、卫发难,联络蔡、陈,其势不在小。凭我一国对付四国,胜负难料。"公子姬吕说:"山东三国,物阜兵强,可引为外援。"大臣祭足说:"莒、鲁、齐三国,与我国世代友好。若三国出兵,结成四国联盟,定能旗开得胜。鹿死谁手,已见分晓。"郑庄公说:"若如此,此次会兵,牵涉八国之多,实属中原大战。此战非同寻常,不可等闲视之。速速派人出使山东,联络三国出兵。所占土地,与之平分!"郑庄公亲手写信三封,派出专使星夜兼程,分别送往齐、鲁、莒三国。

　　中原战事将起,齐国得到风声,厉兵秣马,准备随时出兵。正在磨刀霍霍之际,郑国信使到达。齐釐公对左右说:"战机到来,我军正可一展身手。"一声令下,出动战车三百辆,士兵一万八千人,立即奔赴前线。

郑国信使到达鲁国,鲁隐公急忙召集左右,商讨对策。司徒姬壬泰说:"郑国势强,此战必胜,审时度势,我国应当出兵。"司马姬一辔说:"鲁、莒两国,均为山东大国。我堂堂鲁军,焉能受莒国节制?"司空姬若昱说:"莒君乃我君之婿,此次两国联兵,莒君为指挥,有何不可?"

鲁隐公说:"此言是也。"

原来,按照郑庄公的部署,莒军、鲁军为南路,莒且公为指挥。南路大军矛头所向,首先打败宋国,然后移兵西上,攻打蔡国与陈国。郑军与齐军为北路,齐釐公为指挥,主要攻打卫国,顺便攻打北戎。郑军战力最强,一分为三,一支援助南路,一支援助北路,一支留守新郑。

这天夜晚,月光如水,星汉灿烂,天穹幽幽,北斗已经西倾,大地一片宁静。莒且公在院子里踱步徘徊,对月长叹。仲姬十分关切地问:"夜半更深,夫君莫非有何惆怅之事?"莒且公说:"自击垮杞国,未经战阵。股下生出赘肉,安逸若此,岂能不叹!"仲姬安慰他说:"当今天下,四海纷争,正是英雄用武之时。常言道:'天生我材必有用。'夫君乃当世英雄,必有用武之时。"仲姬说完,伸手挽着莒且公,进入内室休憩。

次日上午,莒且公刚想到大庞巡视。突然,郑国信使飞骤而至。来使翻身下马,把信札呈上。原来郑庄公要求莒国派兵赴中原参战。莒且公来不及多想,立即率领战车两百辆,士兵一万五千名,马不停蹄赶往郑国。

郑庄公说:"宋国妄自尊大,联络卫、陈、蔡三国,大有称霸中原之企图!"莒且公说:"宋国依恃爵高位尊,不礼朝廷,不觐天子,此乃祸起之源。宜高举朝廷招牌,挟天子以令诸侯,直击宋国软肋。若如此,大事必成。"

郑庄公说:"此计甚妙,我弟高明!"立即派出专人,四处散布舆论:"宋国自恃公爵,藐视朝廷,僭位越权!"消息如风,很快传播出去,中原各国都得到了这个信息。周桓王闻讯,急忙与姬黑肩商量。姬黑肩说:"列国互相攻伐,朝廷无力制止,唯有静观其变。"周桓王听了,长叹一声,无可奈何。

这天,宋殇公正在开会,突然探马报告:"郑、莒、鲁、齐四国大军,奉天讨伐,已向宋国进发!"宋殇公闻讯,吓得面如土色,急忙下令:"加固城防,固守睢阳!"然后召来司马孔父嘉,商量对策。孔父嘉说:"探马来报,朝廷并无伐宋敕令。郑国假托王命,联络山东三国,其势不可争锋。臣有一计,可令郑国不战而退。"宋殇公急忙问:"计将安出?"孔父嘉说:"昔日东门之役,宋、卫、蔡、陈、鲁同一阵营。鲁国贪图贿赂,陈、郑半途媾和,始终与郑国抗争者,唯有蔡、卫二国。目下,郑军兵临宋地,新郑必定空虚。主公宜贿以重金,遣使联络蔡、卫,使其轻兵袭郑。郑军国内遭袭,必定回兵自救。郑国退兵之后,齐、莒、鲁之军皆客兵,焉能继续攻宋?"

宋殇公高兴地说:"善!"

孔父嘉自告奋勇,说:"臣愿赴卫搬兵!"宋殇公说:"以你为将,星夜前往!"孔父嘉率战车二百辆,携带黄金、铜鼎、白璧等礼物,星夜赶往卫国。卫宣公看到礼物,顿时心花怒放,当即表态:"宋国被围,卫国焉能不救!"立即派遣车马,连夜向新郑进发。宋、卫联军到达新郑,立即发动攻城。郑国受到袭击,急忙派人向郑庄公告急。

且说莒且公指挥莒、鲁联军,突破宋国防线,直捣宋都睢阳。宋殇公闻讯,吓得胆战心惊。就在这时候,郑庄公亲统大军,连续攻克宋国的郜城、防城。正要继续进攻,国内送来告急信。

郑庄公立即下令:"大军撤围,停止攻宋!"

郑国突然撤围,莒且公十分不解,说:"宋都攻克在即,正宜乘胜进军,我兄何故下令撤围?"郑庄公说:"郑军伐宋,仰仗莒、鲁二国。现已夺取二邑,目的已达成,撤军正当其时。此次伐宋,莒军劳苦功高,郜、防两邑,尽皆归于莒国。"

莒且公心想:"郜、防两邑,远离莒国,即使到手也难以坚守。"于是婉言谢绝:"郑国乃莒国盟邦,助郑伐宋,理所当然,接受城邑,绝不敢当。"

郑庄公大摆宴席,犒劳莒、鲁、齐广大将士。莒且公说:"郑国征伐四方,威震中原,佩服佩服!"齐釐公、鲁隐公也纷纷祝贺。郑庄公说:"攻宋败卫,小胜而已。我欲提兵问罪许国,尚需三国相助。"说完,对着莒且公、鲁隐公与齐釐公,双手一拱。

鲁隐公说:"鲁国愿出兵参战!"齐釐公说:"齐国愿出大军两万,战车二百辆!"莒且公心想:"齐、鲁两国都要派兵参战,莒国是郑国的盟国,焉能落后于人?"于是说:"莒国出兵,助郑伐许,所得许国土地,全部归于郑国。"郑庄公立即拱手致谢。

鲁隐公心想:"女婿高人一筹,怪不得女儿仲姬一再夸赞。"

这时候,齐釐公对着莒且公,悄悄竖起大拇指。

讨伐许国,已经箭在弦上。郑庄公下令:"七月初一,赴许地聚齐!"

为了讨伐许国,莒且公下令制作大旗一面,上面绣着斗大的"莒"字。

莒且公传下命令："若有手执大旗，步履如常者，拜为先锋，赏赐骠骝马一匹！"话音未落，队列中走出一将，头戴铜盔，紫袍铜甲。众人一看，原来是将军赢一冠。赢一冠双手一擎，举起大旗，左右摇动，显得轻松自如。众人见了，无不喝彩。这时候，一将头戴金冠，身穿犀牛皮铠甲，大声说："双手摇动大旗，不为稀罕，我能单手舞之！"大家一看，原来是副将厉兀狄。厉兀狄卸下铠甲，撩起衣襟，单臂夹住旗杆，把大旗高高举起。然后左旋右转，大旗被舞得呼呼作响。莒且公高兴地说："真虎将也！"这时候，副将朱三雄挺身而出，说："舞动大旗，有何难哉！用手心托起大旗，方为英雄！"朱三雄说罢，双手把旗杆向上一托，趁势伸出右手，旗杆落到右手心。他稳步向前迈进，连走十几步，大旗直立不倒。众人看了，一齐喝彩。

莒且公十分高兴，对赢一冠、厉兀狄、朱三雄说："此次讨伐许国，以你三人为先锋！"三人一齐拱手施礼，说："国君如此信赖，敢不从命！"

七月初一到了，郑庄公留下世子姬忽带兵镇守郑国，自统大军往许城进发。莒且公、齐釐公、鲁隐公三位国君，率部先后达到。郑庄公大摆宴席，为诸位国君接风，约定来日攻城。

许国本来就是个小国，许城城垣不高，城壕不深。四国联军密密层层，把许城围了个水泄不通。四国分工，分别攻打四个城门。莒且公指挥莒军，负责攻打东门。莒国将士同仇敌忾，向城上发动猛攻。

许国虽然地小兵少，但是许国广大军民，心甘情愿为国君而战。莒军一拨一拨向上冲击，城上乱箭齐射，石块、木棒、砖瓦，不断倾泻而下，莒军伤亡十分惨重。看到战况胶着，莒且公亲自驱动战车，向前冲锋。将士们受到鼓舞，冒着箭雨，不顾木棒、石块纷纷砸下，前赴后继，向着许城猛攻。

赢一冠高举大旗，率先登上许城。厉兀狄不甘落后，手举大刀，纵身一跃攀上箭垛。朱三雄一手举着大旗，一手攀着悬梯，从右侧登上许城。他手扶大旗高喊："莒军登城了！"郑、齐、鲁三国将士，望见城上旌旗招展，立即砸开城门，蜂拥入城。许庄公见大势已去，只好穿上百姓服装，混在人群里向卫国逃去。

战事胜利结束，莒且公率领大军回国。这天正在议事，突然探马来报："鲁君被弑身亡！"莒且公闻报，不禁大吃一惊。

正是：甲胄甫卸气尚喘，又闻鲁国起祸端。

第三十五回 鲁隐公示诚被弑 莒且公发怒兴兵

且说莒且公正在议事，忽然得到警报："鲁隐公被弑身亡！"莒且公闻报，急忙派出专使，马不停蹄赶往曲阜，以访问为名打探消息。

原来，息国也是姬姓之国。此时的国君，名叫姬裘。郑庄公认为，息国地小兵微，可有可无。郑国出兵伐宋，没有通知息国。姬裘觉得受到蔑视，因此怀恨在心。他命令士兵日夜操练，准备攻打郑国，借以凸显息国的地位。这天，息国趁着郑庄公率兵在外，悍然发动进攻。

郑庄公立即下令："出动大军，围而歼之！"郑国大军如泰山压顶，从四面八方包围了息军。一阵猛冲猛杀，息军很快被击溃。消息传到鲁国，鲁隐公说："息国地小力弱，不自量力，自取其败也。"

谁也想不到，郑、息之战，竟然引起鲁隐公的杀身之祸。

这天清晨，莒且公刚刚起床，夫人仲姬说："近日以来，我眼皮直跳，坐卧不宁。昨日深夜，做一噩梦，父亲遍身血污立于床前，情景真真切切，我被吓出一身冷汗。一觉醒来，始终心悸不安。"莒且公安慰她说："常言道：'昼有所思，夜必生梦。'父女久别，心下思念，梦境重现其景，系人之常情。梦境乃虚幻之事，夫人无须挂怀。"

两人正在说话，使臣从鲁国返回，气喘吁吁地报告："鲁国发生内讧，国君被弑身亡！"恰在这时候，鲁国使者到达，慌慌张张送上国书。莒且公展开一看，原来鲁隐公被弑竟是事实。

仲姬听说父亲被弑，十分悲痛，顿时昏绝于地。莒且公急忙找来郎中，紧急施救。仲姬好不容易苏醒过来，然后号啕大哭。

原来，鲁隐公的父亲鲁惠公的正室夫人叫孟子，她是宋国国君的女儿。孟子嫁到鲁国，没生儿子就因病身亡。孟子的妹妹名叫声子，跟随姐姐孟子媵嫁到鲁国，成为鲁惠公的小妾。孟子死后，鲁惠公就让声子为继室，生了鲁隐公。鲁隐公长大后，父亲给他定亲，也是宋国公主，叫作仲子。鲁惠公一看，仲子异常漂亮，就不顾礼仪，让仲子做了自己的夫人。一年之后生了个儿子，起名叫姬允。按照嫡长子继承制，立嫡以长不以贤，立子以贵不以长。虽然鲁隐公是长兄，姬允是幼弟，却是兄贱弟贵，姬允被立为世子。姬允，就是后来的鲁桓公。

鲁惠公因病去世，世子姬允年龄太小，不能承担国君重任。众人一致推荐，鲁隐公代替姬允，处理国家大事，史称"隐公摄政"。鲁隐公为人本分，心地十分善良，待人异常诚恳，自始至终不以国君自居。他认为，自己是代替姬允摄政，尽管大权在握，从不越雷池半步。

鲁隐公摄政期间，内政、外交颇有建树。转眼之间，到了公元前712年。此时，鲁隐公执政已经十一年，姬允已长大成人。鲁隐公内心打算，及时把君位交给弟弟。万万想不到，还没等到让位就祸起萧墙，自己被弑身亡。

鲁国有一位宗室，名字叫姬翚。此人野心勃勃，一向恣意妄为，不听号令。郑国出兵攻打息国，消息传到鲁国。姬翚觉得时机到来，强烈要求带兵参战。鲁隐公说："郑、息交兵，无关鲁国，不宜出兵。"

姬翚没达到目的，心里闷闷不乐。

这天，姬翚找到鲁隐公，说："相位至今空缺，我愿担此重任。"

鲁隐公说："俟世子登位，汝自求之。"为此，姬翚更加不满。

这天，姬翚对世子姬允说："国君窃位已久，迟迟不肯让位。唯有早日除掉国君，世子方能登位为君。国君每到郊外祭祀，完事之后，必住大夫芳盈之家休憩。我暗令勇士充作杂役，隐于左右，伺机而行，大事可成！"姬允想了想说："此计虽妙，但弑君恶名，人神共愤，当何以解之？"

姬翚说："世子不必担心，常言道：'欲加之罪，何患无辞。'国君殒命于芳盈之家，无人知晓真情。世子昭告天下，把罪名往芳盈头上一推，芳盈百口莫辩。天下之大，何人知之？"

姬允一听，当即承诺："大事若成，太宰之位非君莫属。"

次日上午，鲁隐公照例到郊外祭祀。祭奠完毕，已是红日高升。鲁隐公不知死到临头，又到大夫芳盈家休憩。刚刚进入二门，姬翚带领勇士冲过来。鲁隐公毫无防备，顿时倒在血泊里。这时候，姬翚冲到大街上高喊："芳盈弑君了！芳盈弑君了！"然后指挥人马，把芳盈绑到大车上，向姬允报捷。

鲁隐公惨然遭弑，仲姬哭得死去活来。当天夜里，莒且公做了一个梦。鲁隐公蓬头垢面，身披血衣，痛哭流涕，说："乱臣贼子姬翚，觊觎权位，害我性命。姬允是其同谋,二人狼狈为奸。望我婿速发大军,报此血海深仇!"莒且公心里一颤,顿时被惊醒,原来却是一梦。

不一会儿,仲姬、季姬一起找到莒且公。姐妹俩哭哭啼啼,要求出兵为父报仇。仲姬说:"鲁国奸宄得志,贼人当权。我父无过,惨遭杀戮。莒国若不出兵讨伐,道义何在?公理何在?国威何在?我欲率领大军,讨伐鲁国!"莒且公说:"大周立国至今,业已三百余年。女人领兵讨伐他国,从未有此先例。"

仲姬说:"世事变易,焉有常情;惩恶扬善,无分男女。若夫君坚不出兵,我就与三姐妹一起,寻找弑父凶手,与其同归于尽!"在仲姬一再要求下,莒且公召集左右,商量出兵讨伐鲁国。司马武云剑说:"鲁君被弑,天人共怒,不予征伐,难平民愤!"司空月中桂说:"山东三国,与郑联盟,联兵出击,攻卫败宋。朝廷因之惊恐,天下为之震动。莒、鲁两国,和则两利,战则两伤。出兵之事,不宜操之过急,需三思而后行。"

司徒衣佩玉说:"鲁国弑君,天下震动。讨忤伐逆,人心所向。然而一国讨伐另一国,需得朝廷准诺。若朝廷认可,即为出师有名;若朝廷不许,即为大逆不道。由此观之,伐鲁之前,需派出使者,禀报朝廷,而后联络四方诸侯,方可实施征伐。"衣佩玉说完,其余官员纷纷表示赞同。

莒且公当即决定:"派出使臣,分赴朝廷、齐国与纪国!"

转念一想,郑国兵强马壮,郑庄公是自己的结拜兄弟,又是朝廷辅政大臣,争取他的支持十分重要。莒且公想到这里,亲手写信一封,派出专人星夜兼程,紧急送往郑国。

使臣到达齐国,齐釐公不禁沾沾自喜,他想:"有强必有弱,有盛必有衰。莒、鲁交兵,无论谁胜谁负,都是在消耗国力。两国被削弱,对齐国有利而无害。"想到这里,他决定坐山观虎斗,任凭两国厮杀,自己坐收渔翁之利。

莒国使臣到达纪国,纪厉侯正在举棋不定。原来鲁隐公被惨杀,消息早已传到纪国。伯姬闻讯,哭得死去活来。她很想去莒国与二妹仲姬商量,四姐妹一起赶往鲁国为父申冤。可是纪国到莒国中间隔着齐国,路途遥远,车马不便,谈何容易。伯姬于是要求纪厉侯:"出兵讨伐鲁国!"

鲁隐公被弑,纪厉侯同样愤愤不平。应该怎样惩罚鲁国,为岳父报仇雪恨?他一时拿不定主意。正在踌躇之际,莒国使臣到来。纪厉侯看完信札,决定响应莒国,立即出兵讨伐鲁国。但是纪国到达鲁国,必须借道齐国。纪厉侯心里明白，齐釐公不是省油的灯。为此，他派人送上黄金、象牙、玉璧等礼物。齐釐公看到礼物如此之重，欣然答应："同意纪军借道！"

莒国使臣来到郑国，郑庄公正在手按剑柄，怒气冲冲。原来鲁隐公被弑，郑庄公早已得到消息。他想："近几年来，郑国先后攻打宋、卫、许、陈、蔡、郕、北戎，鲁国多次出兵相助，功不可没。鲁侯为人诚实厚道，是个不错的国君。万万想不到，竟被奸人所弑。郑国作为霸主，有兴兵问罪之责！"正在义愤填膺之际，莒国使臣到来。郑庄公展开信札一看，是莒且公的亲笔信：

> 鲁侯被弑，天人共愤。奸人得逞，良者忧愤。不予讨伐，难平众怒。莒军将士，义愤填膺；厉兵秣马，随时出击；箭在弦上，不得不发。我兄身为朝廷重臣，一言九鼎。有劳我兄，禀报天子，告以实情，以求朝廷之谅。

郑庄公看完来信，立即亲笔回信，他明确表态："郑国出动大军两万，战车三百辆，进驻鲁国边境。若莒国伐鲁顺利，郑军按兵不动；若莒军进攻受挫，郑军立即出动。东西夹击，击垮鲁军！"送走莒国信使，郑庄公立即奔赴洛邑，为莒国说情。

周桓王闻报，惊得一屁股坐到座椅上。他心里明白，鲁国作为同姓之国，多年来奉行周礼，尊奉朝廷，是朝廷最倚重的诸侯。周平王在世之日，没有专车与仪仗，是鲁国重金购买，送往洛邑；平王逝世殡葬，没有随葬品，又是鲁国及时送来。按照西周制度，天子每隔几年，就要到各国巡视，考察诸侯的政绩，叫作"巡狩"；作为诸侯，要定期到朝廷觐见天子，叫作"述职"。这是王权的重要标志。诸侯有一次不到的，要贬降其爵位；两次不到的，要削减其封地；连续三次不到的，就要兴兵讨伐。

朝廷东迁以来，众诸侯到洛邑朝觐的，已经寥寥无几。唯有鲁国，年年进贡，岁岁来朝，对天子恭敬有加。鲁隐公当政十一年中，朝廷三次派员前往鲁国，名为聘问，实为索钱要物。鲁隐公为人十分厚道，每次都是请客送礼，让朝廷官员满意而归。鲁隐公被弑，朝廷焉能无动于衷？莒国已经震怒，要对鲁国兴兵问罪，此事究竟该何去何从？

周桓王左思右想，拿不定主意。大臣姬黑肩进谏："鲁国乃朝廷同姓，其国君被弑，理应声讨。莒国乃异姓之国，以莒讨鲁，实为以异姓伐我同姓。以此论之，朝廷不宜声援莒国。"桓王忙问："莒国大军压境，伐鲁在即，当如之奈何？"姬黑肩说："鲁人弑君，朝廷无力讨伐；莒国讨伐鲁国，朝廷亦无力阻止。唯有默不作声，听之任之。"

周桓王说："大周天下，到了如此境地。别无他法，唯有如此。"

莒国即将进攻鲁国，消息很快传到宋国，宋国暗暗庆幸。原因是，上次鲁国配合郑国攻打宋国，宋国一直耿耿于怀。现在鲁国受到攻击，宋国看到复仇时机已到，立即趁火打劫。宋殇公立即传令，出动大军一万，趁夜开往前线，从南部进攻鲁国。

外交取得重大胜利，莒且公当即决定，亲自挂帅攻打鲁国。一声令下，出动战车三百辆、精兵两万人。队伍浩浩荡荡，一路杀向鲁国。莒军兵锋所指：费邑、泗水、曲阜。莒国大军车马奔驰，很快到达费邑。莒且公身披犀牛皮铠甲，威风凛凛站在战车上。他把青铜剑向前一指，千军万马像潮水一样，呼啦啦冲杀过去。鲁军抵挡不住，纷纷向后败退。莒军乘胜掩杀，鲁军丢盔弃甲，狼狈向西逃窜，莒军很快占领费邑。武云剑报告："我军人困马乏，是否就此安歇，明日再战？"莒且公说："兵贵神速，乘胜追击！"武云剑高喊一声："得令！"立即跳上战车，把长戟一挥，率领人马向前冲去。大军势如破竹，很快追到泗水东岸。莒且公召集众将校，亲自下达动员令："曲阜就在前面，先入城者赏百金！擒到凶手姬翚者，赏黄金千两！"

且说鲁隐公被弑，姬允登上鲁国君位，是为鲁桓公。

鲁桓公找了个替罪羊，宣称芳盈是弑君凶手，把他全家斩尽杀绝。但他心里明白，自己才是幕后操纵者，是真正的元凶。他心有余悸，整天惴惴不安。为了掩人耳目，鲁桓公把鲁隐公草草收殓，根本没按国君规格安葬。现在，莒国大军发动进攻，声称惩办凶手，为鲁隐公报仇。鲁桓公连忙召集会议，商讨对策。司马姬一坚说："莒军兵临泗水，来势汹汹，曲阜危在旦夕！"

司空姬若昱说："莒国以惩办凶手之名，征得朝廷默许；郑、纪两国业已出兵，宋国亦趁火打劫。我国四面被围，危在旦夕！"正说着，北部探马来报："纪军借道齐国，已达北部边境！"话音未落，西部探马来报："郑国万名大军，兵临我西部边境，大有进攻之势！"这时候，南部探马来报："宋军开始进攻，进入南部边境！"鲁桓公一听，顿时吓得浑身打战。

司徒姬壬泰说："四国进攻，莒国为首。假若莒国退兵，郑、纪、宋三国，其兵必退无疑。以我之见，速速派出使者，与莒国媾和，方为上策。"鲁桓公说："莒国兵临城下，别无他法。"立即派遣姬壬泰、姬若昱为专使，前往莒军大营，恳请媾和。鲁国开出的媾和条件：一是按照正式国君之礼，隆重安葬鲁隐公，并给予正式谥号。二是鲁桓公以后任国君身份，亲自祭奠鲁隐公。三是杀掉弑君凶手芶盈，以其头颅祭奠鲁隐公。四是送上牛两百头、猪三百头、羊五百只，向莒国劳军。五是割让东山以东土地，归属莒国。这里说的东山，就是蒙山。

姬壬泰、姬若昱领命，很快到达莒军大营，连忙递上国书。

莒且公一看，鲁国开出的五项条件还是挺不错的，尤其是割让东山以东土地，太有诱惑力了！莒且公想到这里，心中暗喜，但是没有表露出来。他手按剑柄，板着面孔对姬壬泰、姬若昱说："芶盈无罪，实乃替罪之羊！姬翚狼子野心，弑君凶手非他莫属。鲁国若不杀姬翚，莒军立即攻入曲阜，老少不留！"姬壬泰、姬若昱一听，吓得浑身哆嗦，连声说："是是是，是是是，我等回去禀报，一定满足贵国要求！"二人离开莒军大营，立即回到曲阜，报告出使情况。特意说明："莒国要求杀掉姬翚，用其头颅祭奠先君。不达目的，立即攻进曲阜。"

姬翚得到消息，急忙跪在鲁桓公面前，磕头如捣蒜，说："姬翚性命一条，就在国君手中。"说完，双手抱着鲁桓公的左脚，一顿痛哭流涕。姬翚连磕几个响头，前额已经流血。鲁桓公十分犯难，他想："假如不是姬翚出谋划策，自己怎能坐上国君宝座？可是如果不杀姬翚，莒国就要挥兵攻进曲阜。两难之中，何去何从？"鲁桓公想到这里，愁得直跺脚。

姬若昱对鲁桓公说："臣有一计，不知当讲不当讲。"鲁桓公急不可待地说："爱卿有话，速速讲来。"姬若昱说："曲阜监狱中，有一犯人名叫李灰，相貌酷似姬翚。莫如趁夜暗杀李灰，将其头颅送往莒军大营。假托姬翚被杀，以此向莒国谢罪。"鲁桓公说："此计甚妙，速速施行！"

正是：本应仗义惩凶手，鲁国竟用掉包计。

第三十六回　武驷枪挑蔡司马　祝聃箭射周桓王

却说莒军进逼曲阜，要求杀掉凶犯姬翚。鲁国使用掉包计，杀掉犯人李灰。假托姬翚被杀，把人头送到莒军大营。司马武云剑派人验看，箱子里的人头很像姬翚，立即报告国君。莒且公当即下令："撤军回国！"然后派出专人，接收西部土地。郑、纪、宋三国，纷纷撤军回国。

鲁国的危机就此告一段落。

宋国出兵攻打鲁国，本来是趁火打劫，客观上帮了莒国大忙。莒且公非常感激，派遣展一惠为专使，到宋国表达谢意。展一惠带上礼物，很快到达宋国。一行人刚刚到达睢阳，得到一个惊人消息："宋殇公被弑身亡！"展一惠急忙带领随从，一路疾驰回国报告。

原来，宋殇公十分好战，屡屡用兵。他在位十年，打仗十一次。军队伤亡严重，百姓苦不堪言。上次攻伐戴国，宋军全军覆没。司马孔父嘉只身逃跑，官员与民众颇有怨言。

宋国太宰华督，为人阴险毒辣，长期与孔父嘉不睦。孔父嘉兵权在握，华督内心极其嫉妒，必欲除之而后快。二人势同水火，终于导致火并。这天傍晚，华督假借国君旗号，率领大队人马，突然将孔父嘉住宅团团围困。孔父嘉毫无戒备，来不及逃跑，当即被乱刀砍死。

宋殇公听到凶信，惊得目瞪口呆。作为一国之君，竟然保护不了大臣。宋殇公想到这里，既悲伤又气愤，当即派人传讯华督。华督推托生病，拒绝前往。第二天上午，宋殇公到孔家吊唁，华督指挥军士一拥而上，刀枪并举一顿乱砍。可怜的宋殇公，当即死于乱刀之下。

宋殇公被弑，宋穆公的儿子子冯继任国君，是为宋庄公。

孔父嘉只有一个儿子，名字叫孔防叔，此时年纪很小。家人偷偷抱着孔防叔，狼狈逃奔鲁国。一百多年后孔子降生，他就是孔防叔的六世孙。

宋殇公穷兵黩武，被弑身亡；孔父嘉因为好战，搭上性命。莒且公得到消息，心情异常沉重。他手捧《六韬》，展卷夜读，一段段经典性的文字映入眼帘："兵为凶器，不得已而用之。"

"君不肖，则国危而民乱；君圣贤，则国安而民治。祸福在君，不在天时。"

"同天下之利者，则得天下；擅天下之利者，则失天下。天有时，地有财，能与人共之者，仁也。仁之所在，天下归之。免人之死，解人之难，救人之患，济人之急者，德也。德之所在，天下归之。与人同忧、同乐、同好、同恶者，义也。义之所在，天下赴之。凡人恶死而乐生，好德而归利，能生利者，道也。道之所在，天下归之。"

莒且公读到这里，不禁感慨万千。他放下竹简走到院子里，举目向太空望去。银河高挂，月明星稀，大地早已沉睡。他绕着院子，来回漫步徘徊。此时此刻，思维像脱缰的野马，任意驰骋。他想："国君之位人人羡慕，可是要想当一个英明之君，又谈何容易。既要整备军旅，使之能征惯战；又不能轻动车马，穷兵黩武。既要重用人才，使之各尽其能；又不能权力失控，放任自流；既要惩恶抑邪，又要施行仁政，做到气正风清。凡此种种，谈何容易。"但是转念一想："唯其如此，方显英雄本色！"莒且公想到这里，不禁心潮激荡，热血沸腾。

从此，莒且公选贤任能，重用了一批精英；修改法律条文，抑恶扬善；借鉴齐国经验，农、渔、工、商多业并举，府库进一步充盈。战车达到五百辆，精兵三万多人。从此，莒国进入鼎盛时期。莱、纪、滕、郕等国，纷纷到莒国取经。

这天，莒且公正在举行会议，突然郑国使臣到来。莒且公展开信札一看，原来郑国与周王朝之间，发生了严重冲突，大战一触即发。

事情的起因是多方面的。郑国征讨四方，一再示强，周桓王忧心忡忡，感觉如芒在背。宋国被郑国击败，对郑国既畏惧又崇仰。宋殇公竟然以觐见天子之礼，到新郑朝拜郑庄公。桓王闻讯，气愤难消，一声令下，占据了郑国四个村邑。与此同时，免除郑庄公的朝廷卿士之职。郑庄公一气之下，不再觐见周桓王。

公元前707年，周桓王下令："传檄诸侯，出兵攻打郑国！"朝廷攻打郑国，实际是以弱击强。众大臣一商量，纷纷进行劝谏。桓王说："郑国无礼至极，讨而伐之，以儆效尤！"随后下令："蔡、陈两国，先行出兵，就近伐郑!"

这时候,陈桓公刚刚去世。他的弟弟陈佗带领亲信,杀死了世子陈免,然后自立为君。百姓内心不服,纷纷逃离陈国。陈佗刚刚继位,不敢违抗朝廷命令,只得硬着头皮派兵参战。蔡国一贯反对郑国,接到檄文,立即派兵参战。齐、鲁、晋等国,都与郑国交好。

三国接到朝廷檄文,不约而同拒绝出兵。

郑庄公的计划是,郑军主力尽出,与朝廷一决雌雄。但是转念一想:"郑军兵临前线,国内空虚。假如蔡、陈两国合谋,乘虚袭击郑国,郑国处境十分危险。要想解除这一危机,需要一支生力军帮助防守新郑。"公子姬吕进谏:"可请莒军助战!"郑庄公说:"此议甚好,立即遣使前往莒国!"

郑国使臣到达莒国,立即送上信札。莒且公看过来信,当即下令:"立即出兵,驰援郑国!"这次出兵,挂帅的是新任司马武驷。武驷是武云剑的儿子,身高九尺,长身猿臂,腰细膀宽。他从小喜欢耍枪弄棒,刀枪剑戟无不精通。受父亲武云剑影响,武驷熟读兵书,深谙韬略。因此,早已有口皆碑。武云剑年迈请辞,众人纷纷举荐武驷。

莒且公当即下令,武驷接任司马一职。同时下令,武驷挂帅出征。此次增援郑国,出动战车两百辆,精兵一万五千人。

武驷率领大军,扬鞭催马,一路疾驰,很快到达新郑近郊。

且说周王朝伐郑大军,一路向郑国出发。周桓王让虢公指挥右路军,蔡军、卫军归其指挥;姬黑肩指挥左路军,陈军归其指挥。桓王自统中路,左右策应。大军车马奔腾,很快进入郑国边境。这天上午,前锋队伍到达繻葛。

郑庄公指挥郑军,正在向前推进,周军已经挡在前面。祭足建议:"天子亲自将兵,责我不朝之罪,名正而言顺,莫如遣使谢罪,转祸为福。"郑庄公气愤地说:"天子夺我土地,削我卿士之职,又加兵于我。如不挫其锋芒,郑国难保!"这时候,公子姬元献计:"以臣战君,于理不直。此战利在速胜,不宜久拖不决。臣有一计,可速获胜。"

郑庄公问:"汝有何计,速速道来!"姬元说:"朝廷之军一分为三,我军宜可兵分三路,分头对付。陈、蔡两军,战力极弱。我军集中精锐,先击败其一翼,得手之后击败另一翼。朝廷兵微将寡,不堪一击。如此以强击弱,攻必克战必胜,无坚不摧。"

郑庄公高兴地说:"此法甚妙,依计而行!"

此时的蔡国，是蔡桓侯执政。周桓王发出号令，要求蔡国攻打郑国。蔡桓侯仅仅派出五千人马，另外秘密派兵五千，埋伏在郑、蔡两国边境。蔡桓侯的意图是，郑国精锐尽出，国内必定空虚。等双方打得难解难分，蔡国突然出兵偷袭新郑。蔡军刚刚接近新郑近郊，突然出现一支大军。看看旗号，斗大的"莒"字赫然醒目。原来挡在前面的，竟然是莒国军队。

蔡桓侯心想："莒军援郑，遥遥千里，必定疲惫不堪。"他一声令下，蔡军一起向前冲锋。双方刚刚接近，莒军万箭齐发，蔡军顿时倒下一片。蔡国司马瓜大熙恼羞成怒，带领战车向前冲击。莒国战车排成两行，挡住蔡军去路。武驷手持长枪，威风凛凛站在战车上。瓜大熙驱动战车，向着武驷冲杀过去。两车相遇，刀枪并举，一阵厮杀。双方大战一场，各有伤亡。

武驷心想："蔡将如此骁勇，须用拖枪计，杀他一个回马枪！"想到这里，他立即回转战车，又和瓜大熙战斗在一起。瓜大熙抡起大斧砍来，武驷虚招两下，然后诈败而退。瓜大熙不知是计，驱车紧紧追赶。看看将要赶上，武驷一个回马枪，正好刺向瓜大熙的肩膀。瓜大熙摸一把自己的肩膀，驱动战车追来。武驷一个"鹞子翻身"，从车上翻身跳到地下，举枪刺向瓜大熙。瓜大熙翻身一跃而下，徒手搏斗起来。两人枪来斧往，一个像蛟龙出水，一个像夜叉闹山，直杀得双方将士目瞪口呆。

瓜大熙扔下大斧，一个"饿虎扑食"，向着武驷飞扑过来。武驷把长枪一扔，一个"鹞鹰抓鸡"扑向瓜大熙，正好骑到瓜大熙身上。瓜大熙左摇右摔，想把武驷掀到地上。武驷双臂像铁钳一样，紧紧箍住瓜大熙的脖子。他双腿用力一箍，顺势把瓜大熙摔倒在地上。蔡国士兵一拥而上，瓜大熙趁机蹿出五六步远。武驷弯腰捡起长枪，一个"金龙探海"，刺向瓜大熙后心。瓜大熙惨叫一声，瞬间倒在地下。

主将已经战死，蔡军无心恋战，纷纷向西溃逃。武驷率领莒军，乘胜向前追击。蔡军自相践踏，溃不成军。五千人马死伤过半，残军零零落落，四散奔逃。莒军一路追杀，一直追至蔡国边境。武驷一声令下，莒军停止追击。

莒、蔡两军血战之际，郑军与周军混战在一起。郑庄公的策略是，先打周军左路。左路陈军，军心不稳，战力不强。郑军战鼓咚咚，杀声震天，凶猛如潮。陈军兵无斗志，将无战心，一触即溃。姬黑肩阻止不住，队伍纷纷溃败。祭足率兵杀入右路，望着蔡、卫两国旗号，勇猛冲杀。两军抵挡不住，各自逃命。

周桓王自督中路大军，正待出击郑军。探马来报，左右两路已经战败。桓王正打算向前冲击，郑国大夫祝聃在前，祭足、原凡领兵在后，把周军四面围住。桓王看到大势已去，只得且战且退。祝聃抬头一看，前面伞盖移动，猜想那就是周桓王。

祝聃驱动战车，紧追不舍。眼看就要追上，祝聃一箭射去，正中周桓王左肩。幸亏桓王熟谙军旅，虽然已经受伤，仍然不失王者气概。他右手拔下箭镞，指挥人马紧急突围。祝聃举起长戟，紧急追赶周桓王。郑庄公大喝一声："住手！"祝聃长戟在手，只得遵令停止追击。郑军鸣金收兵，周桓王趁机突围而出。

周军全线崩溃，郑军凯旋。祝聃问郑庄公："天子中箭，臣等正欲生擒活捉，国君何以鸣金收兵？"郑庄公告诉祝聃："本次战斗，皆因天子不明，以德报怨。我军此次出战，实属不得已而为之。既已取胜，该见好就收，否则捉到天子，将如何处置？"祭足说："国君之言是也。目下郑国军威已立，天子必然畏惧。应遣使问安，使天子知晓，射其左肩并非国君之意。"郑庄公说："此议甚当，照此办理！"

郑庄公派遣祭足出面，带上肥牛五十头，肥羊两百只，美酒一百坛，另外还有粮食、布匹等物品，足足装了十几车。周桓王见到礼物，竟然一声不吭。姬黑肩见状，连忙出来打圆场："郑国既知其罪，当从宽宥。"桓王于是下令："收下礼物，不予追究。"祭足等人谢恩而出，回到新郑报告情况。

郑庄公听了报告，嘴角微微一翘，"扑哧"一声笑了。

莒军击溃蔡军，帮了郑国大忙。郑庄公十分高兴，当即下令："设宴款待，犒劳莒军！"酒宴过后，全体莒军将士，一律受到奖赏。

战事已经结束。武驷率领莒军将士，胜利回国。队伍回到莒都，莒且公十分高兴。司徒阳在泰说："我军赴郑助战，此事无法瞒过朝廷，天子必定震怒。"莒且公忙问："爱卿有何高见？"阳在泰说："以我之见，模仿郑国，向朝廷献礼，事情必定顺利解决。"莒且公采纳建议，派遣阳在泰为专使，带上黄金与锦帛，另外还有食盐、海带、虾干、美酒、麻布、软帛、莒绢、小米、红豆、绿豆等，足足装了十大车。

阳在泰到达洛邑，首先去见姬黑肩。双方见面，阳在泰立即送上礼物，然后说："莒军本是响应朝廷召唤，前往中原参战，不料遭遇蔡军拦截。莒军人生地疏，分不清蔡军属于哪一阵营，因此双方混战一场。莒军伤亡异常重大，请向朝廷禀报。"姬黑肩慷慨承诺："此事好说，包在我身上！"

次日，姬黑肩觐见周桓王，一再为莒国开脱，反复为莒国说情。桓王长叹一声说："当今天下动荡，诸侯相互攻伐。莒军如此示强，朝廷无力制裁，自今往后，唯有听之任之。"

莒、郑两国相互支持，关系日益密切。消息传到齐国，齐釐公十分警觉。几年来，齐国早有称霸野心。齐军几次赴中原参战，队伍越战越强。齐釐公自我感觉，除了郑国之外，齐国是第二强国。他转念一想，郑国兵强马壮，又是天子同姓，且郑国紧靠洛邑，是近水楼台，其风头正盛，远远盖过了齐国。齐釐公想到这里，心里很不是滋味。齐国迫于形势，只得忍气吞声。

齐釐公有三个儿子、两个女儿。长子名叫姜诸儿，次子名叫姜靖纠，三儿子名叫姜小白。大女儿嫁往卫国，叫作宣姜。二女儿最为漂亮，名叫文姜。

文姜天生丽质，仪表之美天下少有。她才华横溢，诗文兼备，博古通今；口才一流，有着极强的交往能力。此外，文姜淫性奇高，极度贪恋男色，绝非一般女人所能相比。她从小生性浪漫，行为无拘无束。

由于上述原因，文姜被讥讽为华夏第一淫女。

齐釐公十分溺爱子女，疏于管教，放任自流。长子姜诸儿行为放荡，齐釐公不加管束，使其任性而为；二女儿文姜生性风流，齐釐公视若掌上明珠，任其自由行动。最终闹出一桩风流案，影响到齐、鲁、莒三国关系。齐、鲁两国动乱不已，两位国君命丧黄泉。

正是：自古红颜多祸水，背后罪魁是男人。

第三十七回　女勾男奇人奇事　兄淫妹乱世乱情

这天上午，莒且公正在检阅军马，突然展一惠来报："齐、鲁两国通婚！"莒且公说："齐、鲁联姻，事关重大。你以访问鲁国为名，前往侦测详情！"展一惠快马加鞭，很快到达鲁国。一行人在曲阜住了五天，了解情况后立即回国报告。

原来，齐釐公的长子姜诸儿，比妹妹文姜大两岁，两人同父异母。姜诸儿自幼锦衣玉食，擅长采花盗柳，是个酒色之徒。姜诸儿与妹妹文姜，从小一起嬉戏玩耍，毫无禁忌。文姜长大后，出落成一个靓丽美女。她眉如弯月，目似秋波；袅袅婷婷，如玉树临风；腰肢一舒，像清水出芙蓉。姜诸儿越看心里越喜爱，于是绞尽脑汁，千方百计接近她。

这天，文姜正在内室更衣。姜诸儿一闪身，悄悄走进去。文姜把上衣脱下，姜诸儿一看，顿时两眼放光。他按捺不住自己，立即走向前去。姜诸儿进来，文姜从铜鉴里看到了，却故意装作没看见。姜诸儿搂住文姜，文姜立即回抱住他的脖子。两人像干柴遇烈火、旱苗逢雨露，紧紧缠在一起。姜诸儿趁机抱起文姜，走进锦罗帐。两人激情难抑，一顿颠鸾倒凤，翻云覆雨，什么人伦道德，风俗礼制，早已抛到九霄云外。两人尝过禁果之后，就像江河决堤，一发而不可收，只要有了机会，就在一起淫乐。

对于此事，侍从人人心知肚明。只有昏庸的齐釐公，一直被蒙在鼓里。

展一惠汇报到这里，莒且公问："后事如何？"展一惠接着汇报下去。

鲁隐公被弑，鲁桓公继位。转眼之间，鲁桓公已经成年，但是尚未婚配。司徒姬壬泰提议："齐君有女，名曰文姜，貌美异常，国君何不求之为夫人？"鲁桓公听了十分高兴，立即派人到齐国求亲。原来，齐釐公心里早有目标。他的打算是，把文姜嫁给郑庄公的儿子，就是郑国世子姬忽，可是想不到却被姬忽婉言谢绝。对此，齐釐公心里极不痛快。文姜得到消息，禁不住哭哭啼啼。她一连几天不进茶水，不施粉黛，发髻乱蓬蓬，人比黄花瘦。

鲁国使臣来到齐国，说明来意。齐釐公一心想和郑国成亲，借口女儿年纪尚小，予以拒绝。鲁国使臣回到曲阜，如实汇报情况。鲁桓公一听，心里十分失落。司空姬若昱说："齐乃大国，其女又美，需重礼以聘，其事乃成。"鲁桓公接受建议，再次派人出使齐国，送去大量金银珠宝，足足装满八大车。其中，有朝廷赏赐的青铜编钟一套。齐釐公看到聘礼如此之重，十分高兴，当即答应下来，同时约定婚期，定于当年九月十六日。

转眼之间，菊花飘香，遍野金黄，婚期悄然到来。鲁桓公派人先行一步，自己随后跟进，赶到齐国迎亲。齐釐公亲自护送女儿，一直送到谨地。

按照周礼，国君的姐妹出嫁，由上卿护送，以示对前代国君的尊敬；国君的女儿出嫁，由下卿护送；如果出嫁到大国，即使是国君的女儿，也由上卿护送；如果出嫁到小国，由一名大夫护送；如果嫁给天子，各位大臣共同护送。不管哪种情况，国君不亲自护送。

文姜出嫁，齐釐公却亲自护送，显然违背了礼制。究其原因，是齐釐公过于宠爱文姜。齐釐公怎么也想不到，自己宠出了一对乱伦的儿女。

婚期已经到来，文姜就要嫁往鲁国。姜诸儿那颗骚动的心，就像被猫抓一样，要多难受有多难受。他立即写了一首诗，悄悄送给文姜：

　　桃有华，灿灿其霞。
　　当户不折，飘而为苴。
　　吁嗟兮复吁嗟！

——我有个好妹妹，艳如桃花，灿灿其霞。

现在她要出嫁了，就像花朵落到水中，漂流而去。

叹息啊叹息！

文姜看了这首诗，明白了哥哥的心意，立即回复一首：

　　桃有英，烨烨其灵。
　　今兹不折，讵无来春？
　　叮咛兮复叮咛！

——我有个好哥哥，就像桃树之英，烨烨其灵。

以前未能公开相恋，难道要等到来生？

叮咛啊叮咛！

这天上午，鲁国庞大的迎亲队伍，浩浩荡荡到达谨地。妹妹文姜即将离别，姜诸儿凑近车前，眼含热泪说："妹切记，莫忘'叮咛'之语！"文姜看一眼姜诸儿，流着眼泪回答："即使夏飘雪，冬雷震，决不相忘！"后人有诗如此讥讽：

男婚女嫁应有期，兄妹焉能不分离？

只因乱伦违禁忌，遗下丑闻秽青史。

文姜坐上婚车，依依惜别，嫁到鲁国。鲁桓公作为新郎，面对如花似玉的文姜，十分喜爱。想不到蜜月刚过，文姜鬓发蓬乱，不施粉黛，双眉紧蹙，就像换了另一个人。原来，她又想起了哥哥姜诸儿。兄妹身处两国，山水相隔，无法见面。文姜心里十分难受。鲁桓公不知就里，急得团团转。

莒且公听到这里，感觉十分新奇，对展一惠说："兄妹相恋，难舍难离，且看后事如何发展。"话音未落，突然探马来报："文姜潜入莒国！"

原来，这天文姜想了一个点子，借游玩之名溜到外面，去找个男人幽会。文姜告诉鲁桓公，让他安排车马，她要出去游玩。鲁桓公一听，心里很不满意。按照周礼，国君夫人不能随便外出游玩，新婚之妇更不能擅自外出。鲁桓公想到这里，当即表示反对。文姜大发肝火，说："我文姜乃大活人一个，并非你的笼中鸟、网中鱼。假如你再行阻止，我即刻回到齐国，不再返回！"鲁桓公一看，文姜伶牙俐齿，很不好惹。他不想把事情闹得太僵，只得派出车辆，安排侍从，伴陪文姜外出游玩。

万万想不到，文姜一行出了曲阜，奔向东北，径直奔向莒国。

文姜出嫁的时候，送亲队伍中有个莒国人。此人姓尤，是个郎中。他的医疗技术很好，往往一剂草药，药到病除。因此，被称为"尤一剂"。尤一剂世代行医，家住莒、齐、鲁三国交界。早在祖、父辈时期，尤家就时常跟随齐军征战。主要任务是，随军医疗伤病员。尤一剂长大后，就在齐国定居。为了采集草药，经常到达莒国。因此，他是有名的两国通。为了采集草药，尤一剂再次来到莒国。

文姜了解尤一剂，是听哥哥姜诸儿说的。早在出嫁之前，有一次哥哥悄悄告诉文姜："尤一剂有秘方一个，男人吃了金枪不倒，女人吃了激情难抑。"文姜听了脸一红，说："既然如此，何不试试？"姜诸儿风流成性，巴不得妹妹有此想法。他立即找到尤一剂，弄来草药一服。偷偷煎泡后，两人各喝一碗，想不到效果十分神奇。兄妹俩一起淫乱，接连三番五次，不觉疲乏劳累。从此，文姜牢牢记住了尤一剂。文姜出嫁，随行队伍数百人。走到半路，文姜悄悄掀起车帘，偷偷看了尤一剂一眼。想到他的那剂草药，文姜不禁脸红心跳。

尤一剂又到莒国采药，住在龙泉山。文姜一打听，龙泉山就在浮来山以西，相距仅有几十里。文姜当即决定，专程到达莒国寻找尤一剂。一行人悄无声息，很快来到龙泉山。尤一剂采药刚刚回来，双方碰了个正着。文姜安排随行人员，都到馆驿休憩。自己跟随尤一剂，悄悄来到他的住处。

尤一剂走南闯北，见识极广。由于他是郎中，四处行医治病，对于男女之事，了解十分透彻。早在前几年，尤一剂已经听说文姜，知道她是齐国公主。通过姜诸儿，知道文姜貌若天仙，激情四射，非一般女人可比。文姜这次前来找他，目的何在，尤一剂已经猜到了八九分。他装作十分关切，问："公主千金玉体，有何不适？"

文姜说自己夜间多梦，睡眠不宁。尤一剂听了，装模作样地半闭着眼睛，让文姜伸出手臂，给她把脉。把脉过后，尤一剂说："小病无大碍，草药一服，药到病除，公主尽可放心。"然后，尤一剂倒上一杯茶水，送到文姜面前，嘱咐她耐心等待。不一会儿，尤一剂把草药熬制好了。他拿出两个陶土碗，把药汤倒进两个碗里。过了一会儿，尤一剂端起其中一碗尝了尝，觉得温度适中，正好不冷不热。他端起另一碗，恭恭敬敬地递给文姜，让她喝下去。趁着文姜喝药的空，尤一剂迅速端起另一碗，一下子喝进肚中。尤一剂喝完了药，装模作样地说："公主稍待片刻，病情即见好转。"

过了一会儿，文姜感觉肚子里慢慢发热，脸部微微发烧；又过了一会儿，感觉浑身发热，微微颤抖起来；然后，感觉自己飘飘欲仙，就要升到空中。此时此刻，急需有人把自己紧紧抱住。文姜激情难抑，冲着尤一剂低声喊着："快快把我抱紧！"尤一剂立即冲过去，抱起文姜把她拥到床上，然后脱掉衣服，翻身而上。接着，就是一阵狂风暴雨。

在药力作用下，尤一剂像猛虎下山，文姜感觉十分过瘾，十分销魂。她在心里暗暗对比，觉得尤一剂威风飒飒，远远超过丈夫鲁桓公，也超过哥哥姜诸儿。眼前这个郎中，是她最中意的男人。

第二天，文姜再次去找尤一剂。药物已经失效，尤一剂就像酷霜袭击过的茄子，软沓无力，雄风不再。文姜转念一想："自己既然来到莒国，何不大大方方，到浮来山观景，回去对鲁桓公也好有个交代。"文姜想到这里，带领随从离开龙泉山，一路奔往浮来山。

再说莒国，近年来风调雨顺，粮茂民丰，国泰民安。这天，莒且公正和夫人仲姬说话，突然有人来报："鲁国夫人文姜，游赏浮来山，队伍即将到达。"莒且公对仲姬说："鲁国夫人来莒，事关两国关系，需对等接待。此次出面，非夫人莫属。"仲姬一听，心里极不乐意。若论亲缘关系，文姜是仲姬的娘家婶婶。自从父亲鲁隐公被弑，鲁桓公继任国君，杀父之仇烙印在仲姬心中。血缘情感，早已烟消云散。此外，有关文姜的风流韵事，仲姬早有耳闻。自己出面接待如此人物，心里很不舒服。

莒且公说："两国交往，国事为重，个人私事，不宜挂怀。"

仲姬通情达理，是个顾全大局之人。听了莒且公的话，仲姬立即带领随从，很快来到浮来山南麓，在这里迎接鲁国客人。双方一见面，感觉十分惊艳。文姜看了看仲姬：三十岁左右，容貌一流，美而不艳，仪态万方，举手投足之间，显得十分成熟稳重。待人接物礼仪十分周全。文姜心里暗暗赞叹："不愧国母风范！"

仲姬仔细端详一下文姜：云髻高纵，凤钗流光；面如美玉，唇若涂朱；柳叶长眉，杏眼流波；袅袅婷婷，像天女下凡；举动行止，显得青春焕发，活泼灵动。仲姬内心暗暗赞叹："千古美人一个，果然名不虚传！"

在仲姬陪同下，文姜兴致勃勃，沿着羊肠小道拾级而上，慢慢攀上浮来山顶。一行人转过山涧峡谷，观赏了所有景点。晚上，按照莒且公的安排，仲姬尽地主之谊，设宴招待鲁国客人。文姜这次来到莒国，心里十分高兴。文姜回到曲阜，把去浮来观景、莒国夫人热情招待一事，绘声绘色，着力渲染一番。对于私会尤一剂一事，却秘而不宣。鲁桓公高兴地说："夫人莒国一行，两国关系得以融通，此乃鲁国之幸耶！"

文姜回到鲁国，感觉鲁桓公态度冷淡，越来越没有激情。欲望难耐之下，她又想起了尤一剂。这天，文姜得到一个消息，尤一剂又到莒国采药。她想："机会难得，稍纵即逝，赶紧行动！"于是对鲁桓公说："上次赴莒访问，尚有诸项要事，需见面会商。"文姜连续出国，鲁桓公觉得过于招摇，心里并不乐意。文姜一再要求，纠缠不休。鲁桓公实在没办法，只得勉强答应。

文姜到达莒国，再次找到尤一剂。想不到，尤一剂与上次相比，已经判若两人。原来，尤一剂上次配制的那服草药，已经用了最大剂量。尤一剂明白，这种特异药物，男人一生只能使用一次。如果再次服用，将会危及生命。

尤一剂激情不再，已经无精打采。文姜拿出二十两黄金，伸手递给尤一剂，说："出去寻个男人！"尤一剂看到灿灿发光的黄金，十分高兴地答应下来。他拿出其中的十两，偷偷塞进自己的腰包；拿着另外十两，到外面找人。

尤一剂走出大门，拐了几个弯，终于找到一个小木匠。他年龄二十一岁，至今光棍一条。听说文姜是个贵妇，小木匠心里十分打怵。尤一剂告诉他："贵妇是人，并非神仙。"然后，尤一剂悄悄告诉小木匠，自己曾经和她上过床。尤一剂特意说明："品味极佳，妙不可言！"

小木匠看到黄金，经不住诱惑，跟着尤一剂来到文姜住处。

文姜抬头一看，小木匠中等身材，上身穿着麻布短衫，臂膀和腰肌裸露在外；皮肤黝黑，肌肉发达，显得十分健壮；看上去雄赳赳，就像一头小公牛。小木匠见到文姜，十分羞涩，呆呆地站在那里，不敢近前。

文姜是情场高手，懂得如何催动男人激情。她倒上一杯茶水，亲手递给小木匠，气氛顿时缓和了不少。接着，文姜让小木匠给她揉肩，然后就是搓背。三揉两搓，两人滚在了一起。

小木匠首次接触女人，起初还是羞羞答答。过了一会儿，他的激情之火终于被文姜点燃。他搂住文姜，激情四射，一阵狂风暴雨。来势之凶猛，似蛟龙出水，像猛虎下山。文姜感觉十分销魂，心想："两次赴莒，不虚此行！"

文姜本来打算留下小木匠多住几天，每天给他十两黄金，让他好好陪伴自己。小木匠十分胆小，一阵激情过后，心里十分害怕。他想："人家是国君夫人，此事一旦暴露，自己肯定没有好果子啃。"小木匠越想越害怕，赶紧穿上衣服，溜之大吉。文姜十分生气，心里暗骂："胆小如鼠！"

文姜回到鲁国，一阵巧舌如簧，把赴莒一事说得有枝有叶。鲁桓公一听，心里十分高兴。文姜心想："假如鲁、莒两国结盟，不仅有利于两国，今后自己再去莒国，自然有了理由。"她想到这里，鼓动鲁桓公："为融通两国关系，趁机邀请莒君，前来鲁国访问。"

鲁桓公说："此议甚好！"立即修书一封，派人送往莒国。

自从文姜上次赴莒，莒、鲁两国关系犹如坚冰融化，开始正常交往。这天，莒且公正在翻阅竹简，内侍报告："鲁国使臣到！"莒且公展开国书一看，原来是鲁桓公的亲笔信。他热情相邀，请莒且公访问鲁国。

莒且公接到来信，打算立即访问鲁国。一切准备停当，大队人马即将启程。恰在这时候，突然有人报告："齐国使臣到！"

正是：准备停当访鲁国，忽闻齐使上门来。

第三十八回 郑庄公新郑去世 莒且公曲池会盟

且说北狄是游牧民族，分为孤竹、令支等国。一旦时机成熟，他们就兴兵南下，侵犯中原。近年来，中原战火纷飞，给了北狄喘息机会。他们多次出兵，侵扰齐国北部边境。北狄人善于骑射，来去无踪。齐国将士疲于奔命。齐釐公迫不得已，只好厚着脸皮，向鲁、莒、卫、郑四国借兵。

莒且公准备出访鲁国，突然接到齐国急报。立即派出战车二百辆，兵士一万五千人，奔赴齐国参战。齐国急报送到郑国。郑庄公当机立断，派出兵车三百辆，士兵两万人。以世子姬忽为将，高渠弥为副将，连夜赶赴齐国，参与攻打北狄。

郑军、莒军为左路，齐军为右路，悄悄向狄兵包抄。中路人马，齐釐公故意派出老弱步兵，首先向北狄冲锋。北狄一看，齐军都是老弱残兵，立即冲杀过来。这时候，郑军在西，莒军在南，齐军在东，对敌形成三面包围。三国大军一阵冲杀，北狄支持不住，纷纷向北溃逃。刚刚跑出不远，一支大军截住去路。原来，这是姬忽埋伏的三千人马。敌军溃乱奔逃，郑军勇猛杀出。北狄大败，残兵败将狼狈逃窜，三国联军大获全胜。

战斗已经结束，鲁、卫两军姗姗到来。齐釐公心存感激，照样犒赏两国军队。鲁桓公作为女婿，受齐釐公委托，确定犒赏次序。郑国功劳最大，理应排在第一。鲁桓公怀有私心，不按军功，却按国家历史长短，把鲁国排在第一，郑国排到后边。姬忽非常恼怒，不辞而别，带兵回到郑国。郑庄公一听，不禁怒火万丈，说："鲁国如此蔑视郑国，派兵讨伐，以解我心头之恨！"姬忽自告奋勇："我愿为前部先锋！"

一切准备停当，郑国决心对鲁国开战。郑庄公亲自写信一封，派人送往齐国，要求齐釐公出兵相助。对此，齐釐公十分为难。因为郑、鲁双方，一方是自己的盟国，一方是自己的女婿，何去何从，实在难以抉择。齐釐公经过反复思忖，最后决定："大义压过亲情，出兵讨伐鲁国！"这年冬季，郑、齐、鲁三国一齐出兵，在郎地对峙。大军云集，战马萧萧，烟尘滚滚。郑、齐联军摆开阵势，准备与鲁军展开决战。突然，郑国大军撤离战场，紧急回国。原来，郑庄公病危。

公元前701年五月初七，郑庄公自知来日无多。他对大夫祭足说："寡人生有十一子，除世子姬忽之外，姬突更为伶俐。我死之后，姬忽继位，姬突必定不安于臣子之位。为此，务须将其送往宋国。"然后，郑庄公把儿子们召到床前，说："为父纵横中原，四十余载，南征北剿，东荡西除。诸侯不能蔑视，列国不敢侵扰；南蛮望而却步，北狄不敢觊觎。如此论之，此生之愿足矣。汝等兄弟，业已成人，望各自爱。"

郑庄公喘息一会儿，又断断续续地说："苍天在上，唯愿保佑郑国！"说完，双目一闭，溘然逝世。

祭足等大臣一商量，把世子姬忽扶上国君之位，是为郑昭公。

郑、齐、鲁三国开战，消息传到莒国。莒且公再次派出探马，到三国侦测军情。这天突然接到郑国丧报，原来郑庄公已经逝世。莒且公立即启程，赶往郑国奔丧。来到新郑一看，众诸侯早已到达。周桓王也委派几位大臣，神情肃穆，前来吊唁。众人往两边一让，莒且公趋步向前，不禁扶棺痛哭。执事人员摆好祭礼，莒且公一边热泪涌流，一边宣读祭文：

> 痛哉吾兄，不幸病亡。山河变色，日月减光。四海悲戚，五岳哀伤。自此永诀，天各一方。我心之痛，痛断肝肠。祭兄以牲，醇酒一觞。在天之灵，享我烝尝。见兄遗容，涕泗流淌。半生厚谊，永世难忘。义结金兰，情重谊长。悼兄之能，辅佐周王。卅年执政，整饬朝纲。悼兄之才，举世无双。文韬武略，治国安邦。周室东迁，王权不彰。烽火连天，中原动荡。天下熙熙，四海攘攘。悼兄英武，挥师疆场。中原鏖兵，牧野鹰扬。东征西剿，扶弱抑强。称霸诸侯，列国惶惶。声名远播，威震四方。名垂百世，千古流芳。兄今仙逝，魂归冥疆。从此寰宇，知音何方。军机孰与，我心彷徨。痛哉惜哉，此生永殇。此心切切，千结愁肠；地暗天昏，三军悲怆。生死永诀，弟存兄亡。呜呼哀哉，伏惟上苍。吏民痛悼，永为国殇。杜鹃啼血，情动哀肠。呜呼哀哉，伏惟尚飨。

丧礼结束，莒且公带领随从，一路凄然回国。回国后，莒且公心情抑郁，一直沉浸在哀痛之中，夫人仲姬一再劝慰："人死不能复生，唯有节哀顺变，方可安慰死者在天之灵。"在仲姬耐心劝导下，莒且公的心情慢慢好转，逐步恢复正常。

光阴流转，时间飞逝，转眼之间到了公元前700年。

却说十九年前，莒国击溃杞国，占领牟娄。杞军残部一路流窜，潜伏到泰山以南地区。这一带属于齐、谭、鲁三国交界，是个"三不管"地带。杞国见缝插针，在这里取得了落脚之地。

公元前704年，杞武公去世。他的儿子姒彪继位，是为杞靖公。到公元前700年，杞国领地纵横上百里，士兵将近五千名。

这天，叔叔姒镛对杞靖公说："牟娄被莒国占领已十九年之久，应想方设法使其重归杞国。"杞靖公说："莒国如此之强，杞国如此之弱，牟娄已失，焉能夺回也？"姒镛说："莒、鲁两国相邻，双方又是姻亲，可让鲁国出面调停，签署一纸盟约，兵不血刃，要回牟娄，岂不美哉？"

杞靖公听了十分高兴，忙说："国家大计，唯叔父定夺。"姒镛立即派出专使，携带黄金、象牙、白璧、虎皮等礼物，一路南行送往鲁国。

鲁桓公见过来使，立即告诉夫人文姜。原来，自从文姜上次到莒国访问，融通了两国关系，她的外交能力得到充分展现。对此，鲁桓公十分高兴。从此以后，凡是对外交往，鲁桓公往往征求文姜的意见。文姜心想："推动鲁、莒、齐三国交往，一则展露自己的外交才华，二则趁机到莒国寻找异性，三则顺便幽会哥哥姜诸儿。一箭三雕，美事一桩！"听说杞国使臣来访，文姜对鲁桓公说："莒国为鲁国东邻，杞国为鲁国北邻，三国唇齿相依。今杞国有求于我，助杞联莒，正当其时，一举两得，何乐不为？"鲁桓公采纳文姜的建议，立即召集会议，研究具体事宜。

姬若昱说："鲁国主盟，好事一桩。先君隐公浮来会盟，留下佳话。以臣愚见，此次会盟仍以浮来山为宜。"姬壬泰说："鲁国主盟，正显我国礼仪。曲池是我国大邑，山清水秀，车马通达，乃会盟理想之地。"

鲁桓公说："爱卿之言，正合我意，此次会盟，定于曲池！"

姬壬泰接着建议："六月初六乃黄道吉日，正可会盟。"鲁桓公当即拍板定案："此次会盟，定于六月初六！"然后派遣专使，通报莒国与杞国。

莒且公接到邀请，立即带领随从按时到达曲池。这时候，鲁桓公、杞靖公早已到达。会议开始，鲁桓公首先来了个开场白。原来，杞国图谋要回牟娄。莒且公一听，不禁勃然变色，说："牟娄乃莒国领地，岂能让与他人！"

说罢拂袖而起，转身就走。鲁桓公急忙出面打圆场，莒且公又回到座位。经过三方协商，最后达成盟约，主要条款是：

甲款：杞国承认牟娄为莒国领地。

乙款：莒国承认杞国为诸侯国。

丙款：鲁、莒、杞三国，结为联盟，互不相犯。

曲池会盟结束，莒且公带领人马，很快回到莒国。

文姜得知会盟结果，对鲁桓公说："鲁、莒、纪三国是姻亲，何不趁此机会，举行三国会盟？"鲁桓公高兴地说："夫人之言，正合我意。"文姜自告奋勇："我愿出使莒国，协商会盟事宜！"鲁桓公当即表态同意。

文姜一行车马奔驰，很快来到莒国。莒且公安排夫人仲姬出面，热情接待来宾。仲姬告诉文姜："三国会盟，莒国乐观其成。至于时间、地点，请鲁国酌定。"仲姬同时提出："莒、鲁、纪三国是姻亲，此次会盟宜打破惯例，国君携带夫人。"仲姬的真实想法是，借此机会，姐妹四人会面。文姜十分赞同，初步意向顺利达成。文姜怀着兴奋的心情，离开莒国奔赴纪国。

文姜离开莒城，往北走了六十多里。此时此刻，她又想起了尤一剂与小木匠。听说尤一剂就在附近，文姜立即前往寻找。找了好几个地方，一直不见踪影。原来，自从上次两人幽会，药物败劲后，尤一剂阳物不举，软不拉耷，因此他羞于再见文姜。听到文姜到来，尤一剂赶紧避而远之。

文姜找不到尤一剂，就去找小木匠。想不到，小木匠到外地做活去了。文姜派人四处打听，没人知道他的去向。两个心仪的男人，竟然一个也没找到。没办法，只好扬鞭催马奔赴纪国。

文姜到达纪国，纪厉侯与夫人伯姬一起予以热情接待。双方一商量，会盟意向顺利达成，文姜带领随从很快回到鲁国。

九月二十六日，莒且公、鲁桓公和纪厉侯三位国君，带领随员齐集曲池。此次纯属礼仪性会盟，原定议程很快完成。仲姬提出："鲁都近在咫尺，趁此机会，三家人都到曲阜，祭奠父亲鲁隐公。"莒且公、纪厉侯异口同声："此议甚好！"对此，鲁桓公心里十分矛盾。他想，当年鲁隐公被弑，自己是真正的幕后推手。现在和众人一起祭奠，心里觉得十分别扭。可是众意难违，鲁桓公只好勉强同意。

仲姬接着提出：此次祭奠，应先公后私。三国国君先以鲁国先君之礼向隐公行礼致哀；然后再以后辈之礼举行祭奠。在场众人个个明白，若按亲缘关系，鲁桓公是鲁隐公的弟弟，莒且公、纪厉侯是鲁隐公的女婿。

仲姬心想："三位国君同时行礼祭奠，老父在天之灵足可得到安慰，老父被弑之冤亦可得到洗雪。"

祭奠仪式完成后，莒且公、仲姬共同出面，邀约鲁桓公与夫人文姜，纪厉侯与夫人伯姬，都到莒国观光。对此，众人十分高兴。大家立即启程，同时到达莒国。按照仲姬的安排，伯姬与叔姬的四个孩子，被及时接到莒国。加上仲姬与季姬的四个孩子，姨家表兄妹一共八人，再次在莒国聚会。

仲姬心潮起伏，感慨万端。回顾当年，趁着三国浮来会盟之机，姐妹四人都带着孩子，沭河泛舟，其乐融融。其情其景，历历在目。可是，现在已经物是人非。十几年前，老父鲁隐公被弑身亡，冤魂归天，莒、鲁两国势同水火，几次兵戎相见，姐妹四人再也未能会面。

转眼十多年过去，八个孩子都已长大成人。男孩英武帅气，女孩亭亭玉立，个个讨人喜欢。伯姬、仲姬、叔姬、季姬姐妹四人看着八个孩子，内心一片喜悦。

文姜高兴地走过去，对着八个孩子说："快喊姥姥！"仲姬使个眼色，八个孩子齐声喊："姥姥万福！"文姜高兴地说："姥姥岂能白喊，每人黄金二十两！"孩子们接到红包，一起向文姜鞠躬致谢。

文姜回到馆驿，单独留住伯姬、仲姬，三人说起了悄悄话。

原来，仲姬的长子名叫嬴珪玺，次子名叫嬴珪拏。伯姬的大女儿名叫姜玫，次女名叫姜瑰。文姜打算牵线搭桥，让伯姬的两个女儿，同时嫁给仲姬的两个儿子。伯姬、仲姬一听，心里十分乐意。仲姬说："自古儿女婚姻，乃大事一桩。母亲不能单独做主，需征得父亲同意。"

仲姬见到莒且公，把文姜的意思告诉他。莒且公说："莒、纪联姻，亲上加亲，此乃好事一桩！"伯姬把此事告诉了纪厉侯，纪厉侯也非常满意。两家联姻一事，就这样确定下来。仲姬以东道主身份，大摆宴席以示庆贺。主宾自然是文姜，伯姬、叔姬和季姬姐妹三人，共同出席作陪。

正是：表兄迎娶亲表妹，亲上加亲是联姻。

第三十九回　识奸情鲁侯殒命　杀妹夫齐侯行凶

且说自从纪子进谗，周夷王烹死齐哀公，齐、纪两国结下血海深仇，齐国信誓旦旦要攻灭纪国。这种誓愿代代相传，演化为齐国国策。纪国自知国力虚弱，并非齐国对手，只好与莒、鲁两国结盟，以求自保。就在文姜做媒不久，纪国派出使臣，紧急奔赴莒国。

莒且公接到国书一看，顿时吃了一惊。原来，齐国联合卫、燕两国，猛攻纪国，纪国局势岌岌可危，只得向莒国求救。莒且公看过国书，说："纪国是我姻亲之国，立即出兵救援！"说完派遣专使，联络鲁、郑两国，共同出兵救援纪国。莒、鲁、郑三国为援纪阵营，卫、燕两国为援齐阵营。五国共同出兵，先后奔赴纪国。鲁、齐两军先行一步，首先在纪国相遇。

作为岳父与女婿，齐釐公、鲁桓公在阵前相遇。两国对阵，各为本国利益，亲戚关系只得搁置一旁。鲁桓公双手一拱，对齐釐公说："纪、鲁两国，世代联姻。闻听纪国得罪了贵国，请求对其宽恕。"齐釐公说："纪子进谗，齐国先君遇难，至今业已八代。不共戴天之仇，唯有兵戎解决！"鲁桓公说："鲁、纪联姻，鲁、齐同为姻亲。请各自退兵，友好相处。"

齐釐公心想："为何同样是姻亲，鲁国只为纪国说话？"想到这里不禁大怒，指挥兵马向鲁军进攻。鲁桓公毫不示弱，高举双剑杀向齐釐公。正在难解难分之际，郑、莒、卫、燕四国军队一齐到达。六国兵马混战在一起。

莒且公指挥大军，向着卫军猛冲过去。卫国兵力十分弱小，经不住莒军猛烈冲击，很快溃不成军。郑国对付燕国，燕军很快就被打垮。两个同盟国都被击败，齐国孤掌难鸣，情势十分危急。幸亏宋国军队前来增援齐国，齐军趁势突出重围。就这样，纪国危机得以解除，暂时躲过一劫。

齐釐公回到齐国，又气又恼，由此大病一场。到了冬季，北风凛冽，大雪漫天。齐釐公自知来日无多，把世子姜诸儿叫到床前，说："纪国乃我国世仇，有齐无纪，有纪无齐，誓不两立，不共戴天。吾儿谨记！"姜诸儿听了连连磕头，说："父君教诲，孩儿牢记在心。"

齐釐公嘱咐完毕，两眼一闭离开了人世。姜诸儿继位，是为齐襄公。

光阴似箭，岁月如梭，很快到了公元前697年。周桓王因病去世，他的儿子姬佗继位，是为周庄王。这时候，周王朝的威信更是一落千丈。旧秩序轰然崩塌，新秩序尚未建立，社会一片混乱。

齐襄公继位后，司徒姜绥进谏："天子有爱女一名，貌美而贤惠，何不派人向天子求婚？"齐襄公心想："娶天子之女为夫人，天下谁不羡慕？自己当然求之不得。"指令姜绥带上重礼，到洛邑求婚。女儿已到适婚年龄，周庄王正在考虑此事，苦于没有合适目标。现在齐国送上重礼，前来求婚，周庄王一听，当即表态同意。

依照周礼，天子的女儿下嫁诸侯，不能由天子亲自主持婚礼，必须由天子的同姓"公"来主持。后人因事生义，就把天子之女称为"公主"。在当时，周天子之女并不称公主，而称"王姬"。齐襄公将要迎娶王姬，周庄王指定鲁桓公主持婚事，因为鲁桓公是天子同姓。按照周庄王旨意，鲁桓公需要提前到达齐国，去确定王姬的婚事。

再说，自从出兵援助纪国，莒、齐两国关系一落千丈。莒且公深深了解齐国，其一贯做法是，四处派遣暗探，刺探周边国家情报。莒且公以眼还眼，以牙还牙，也派出密探侦察齐国情况。密探经常回国向莒且公提供情报，齐国发生的所有大事，都在莒国掌握之中。

最近时间，齐襄公最为关切的，就是迎娶王姬。这天，齐襄公猛然想起，与可爱的妹妹文姜分别，转眼已经十多年了。当年文姜嫁往鲁国，兄妹二人难舍难离。当时的文姜年仅十七岁，屈指算来，现在已经年过三十。妹妹是否还那样楚楚动人？是否还那样情深似海？齐襄公越想心里越思念。"何不趁此机会，请她前来幽会？"

齐襄公想到这里，立即派出使臣，到曲阜迎接鲁桓公。

使臣到达曲阜，秘密见到文姜，把齐襄公的心意告诉她。使臣一再嘱咐："务必前往！"文姜听说哥哥思念自己，勾起了当年的旧情。回顾当年，哥哥风流倜傥，两人先是耳鬓厮磨，后来是床笫之欢。往事历历，如在眼前。"何不趁机找个理由，去齐国与哥哥相会？"文姜想到这里，对鲁桓公说："自从嫁到鲁国，我久未归宁，此次愿陪夫君一同前往。"文姜心心念念见到齐襄公,却以归宁做幌子。她伶牙俐齿,鲁桓公只得勉强答应下来。他万万想不到,带着文姜出使齐国,自己竟然搭上性命。

这天,鲁桓公与文姜坐上大车,兴冲冲奔往齐国。到了临淄,首先举行仪式。鲁桓公传达了周庄王旨意,确定了王姬、齐襄公的婚事。仪式完成,齐襄公大摆宴席,盛情款待鲁桓公。齐襄公酒兴大发,一再向鲁桓公劝酒,几位海量的齐国大臣也轮番敬酒。盛情难却,鲁桓公一杯一杯喝起来,不一会儿,已经酩酊大醉。齐襄公见状,命人把鲁桓公送往寝殿。

文姜见机会到来,独自一人去了后宫。齐襄公心领神会,急急忙忙赶过去。二人一见面,四目传情,立即搂抱在一起,如干柴遇烈火,似旱苗逢雨露,一夜翻云覆雨,通宵达旦。

第二天清晨,鲁桓公一觉醒来,不见夫人文姜。原来,自己孤零零地度过了一夜。他翻身爬起来,向内侍发问:"夫人何在?"内侍小心翼翼地报告:"小人不敢说谎,夫人一夜未归。"鲁桓公不禁大吃一惊。他早就听说,文姜与齐襄公有乱伦丑行,莫非竟然是真事?正在这时候,文姜两眼惺忪,若无其事地走进来。鲁桓公大发雷霆,说:"自古男女有别,兄妹通宵同宿,成何体统!"原来,鲁桓公早已安排心腹在暗中盯梢。

文姜自幼娇生惯养,哪能受得了这个?她见了齐襄公,红着脸说:"昨夜之事,已被察觉。妹此次回到鲁国,有性命之忧。"齐襄公一听,热血上浮,顿起杀心,说:"妹且放心,为兄自有处置!"

按照周庄王的安排,鲁桓公这次到齐国,是来宣布订婚,下次还要来主持王姬与齐襄公的婚事。临行,齐襄公设宴送别。鲁桓公心事重重,齐襄公使了个眼神,众官员心领神会,轮番劝酒。不一会儿,鲁桓公已经酩酊大醉。酒罢席终,鲁桓公向上起身,但身体就像一摊软泥,一下子倒在地上。

齐襄公见状,对着公子姜彭生小声耳语一阵。

姜彭生身高力大,心狠手辣。他得到指令,像老鹰抓小鸡一样,把鲁桓公往腋下一夹,来到大车一旁。姜彭生伸手抓着鲁桓公,向上猛力一拉。鲁桓公的两根肋骨,顿时被拉断。他尖叫一声,当即昏死过去。姜彭生伸出双臂,像铁钳一样勒住鲁桓公的脖子。鲁桓公惨叫一声,顿时命归西天。姜彭生完成任务,立即向齐襄公报捷。

鲁桓公惨死在齐国,他的随从得到消息,不禁齐声痛哭。齐襄公假情假意,当众挤出几滴眼泪,然后下令:"护送灵柩,回鲁国安葬!"

鲁桓公的灵柩运回鲁国。文姜留恋哥哥，竟然不顾一切，公然留在齐国。

齐襄公为了掩人耳目，立即把姜彭生杀掉，然后派人通知鲁国。鲁国明明知道，齐襄公是残杀鲁桓公的幕后主使，但是齐强鲁弱，只得忍气吞声。

这天上午，莒且公正在开会，突然探马来报："鲁君赴齐主婚，惨遭杀害！"莒且公一听，不禁义愤填膺。他手按剑柄说："奸淫亲妹，禽兽不如；残杀鲁侯，天人共愤。若上天不予惩罚，我决不饶恕！"

莒且公打算立即出兵，攻伐齐国。

且说鲁桓公被杀，鲁国世子姬同继位，就是鲁庄公。

原来，鲁庄公是鲁桓公与文姜的亲生儿子。鲁庄公继位，他的弟弟姬季友，同父异母哥哥姬庆父、姬叔牙，以及大夫姬申繻，四人一起辅政。这天，鲁庄公召集众臣，商量怎样为齐襄公主婚。

根据众臣建议，鲁庄公委派大夫颛孙生去洛邑迎接王姬，护送她嫁往齐国。然后，前往迎接文姜归鲁。文姜即将离开，齐襄公恋恋不舍。文姜不想离开哥哥，又羞于回到鲁国。因此，一路上慢慢腾腾。

这天，一行人终于到达禚国。文姜说："此地既不属鲁，亦不属齐，乃我安身之所也。"就在禚地住下来。

王姬嫁到齐国，得知齐襄公与文姜通奸，心里十分难过。自己身为人妻，木已成舟，后悔莫及。王姬只好暗暗流泪。一年之后，王姬产下一个女婴。不久，王姬抑郁成疾，很快去世。

王姬死后，齐襄公更加肆无忌惮。他心里老是想着文姜，于是以打猎为名，长期住在禚地。两人同宿同食，过起了夫妻生活。

齐襄公与文姜乱伦，齐国人深恶痛绝。他们把齐襄公比作南山雄狐，编成歌谣来吟唱：

> 南山崔崔，雄狐绥绥。
> 鲁道有荡，齐子由归。
> 既曰归止，曷又怀止？
> 葛屦五两，冠緌双止。
> 鲁道有荡，齐子庸止。
> 既曰庸止，曷又从止？

——巍巍南山高又大，雄狐步子慢慢跨。

鲁国大道平坦坦，文姜由这去出嫁。

既然她已嫁鲁侯，为啥你还想着她？

葛鞋两只双双放，帽带一对垂颈下。

鲁国大道平坦坦，文姜从此去出嫁。

既然她已嫁鲁侯，为啥你又盯上她？

鲁庄公继位后，不仅不思为父报仇，反而支持母亲文姜继续和舅舅齐襄公幽会。据《春秋左传》记载，文姜、齐襄公两人一起，先后在糕地、祝丘、纪地、防邑、谷地等处幽会。文姜回齐国时，明目张胆，大张旗鼓。鲁庄公派遣随从，跟随文姜服务。对此，有人赋诗一首，予以辛辣讽刺：

敝笱在梁，其鱼鲂鳏。

齐子归止，其从如云。

敝笱在梁，其鱼鲂鳝。

齐子归止，其从如雨。

敝笱在梁，其鱼唯唯。

齐子归止，其从如水。

——破笼撂在鱼梁上，鳊鱼鲲鱼心不慌。

文姜回齐没人管，随从多得云一样。

破笼撂在鱼梁上，鳊鱼鲢鱼心不慌。

文姜回齐没人管，随从多得雨一样。

破笼撂在鱼梁上，鱼儿游来又游往。

文姜回齐没人管，随从多得水一样。

齐国有个盐贩，名叫张来财。为了做生意，他多次来往于齐、莒、鲁三国。时间一长，张来财结识了各种人物，因此他的信息十分灵通。这天，张来财又赶着大车，从齐国来到莒国。在一个饭馆里，张来财见到了老熟人，借着酒兴，话语滔滔不绝。文姜兄妹如何通奸淫乱，齐襄公如何杀死鲁桓公，如何气死夫人王姬，齐襄公兄弟如何不和，君臣如何同床异梦，等等，说得有枝有叶，绘声绘色。张来财的话，有人很快报告了莒且公。

莒且公一听，愤愤地说："国君如此荒淫，齐国必起内乱！"

正是：兄妹乱伦淫风荡，齐国焉不起祸殃。

第四十回 践盟约莒国出兵
　　　　　　献土地纪国灭亡

　　莒且公听到消息，正在义愤填膺，突然探马来报："齐军攻打纪国！"

　　原来，齐襄公、文姜住在糕地，两人昼夜淫乐。时间一长，文姜感觉失去新鲜感。这天，文姜对齐襄公说："昼夜居住一地，何如江河泛舟？"齐襄公说："只要妹妹喜欢，我与你赴黄河游玩。"恰在这时候，突然得到报告："纪国发生内乱！"

　　齐襄公得报，想起了父亲的遗嘱。他说："讨伐纪国，报仇雪恨，时机到来。"立即下令："出动战车三百辆，士兵两万名，三面夹击，攻灭纪国！"

　　齐军突然发动袭击，纪哀侯急忙派兵抵挡。纪军兵微将寡，挡不住齐军进攻，很快溃败下来。齐军很快占领了屏邑，接着又进占梓邑，然后占领梧邑。紧接着，齐军包围了纪都熙城。齐将姜欲熊写信一封，用飞箭射入城中，信上只有八个字："速速投降，免遭灭亡！"

　　纪哀侯心急如焚，急忙与左右商量。司徒姜鸠说："齐国乃纪国世仇，亡我之心不死。莒、鲁两国，俱是纪国姻亲。今日之情势，唯有求援于两国。"纪哀侯说："别无他法，只好如此。"立即派出精干人员，混在逃难百姓之中。连夜突出重围，到莒、鲁两国求援。信使到达莒国，送上求救信，大意如下：

　　　　齐军数万，攻我甚急。连战五日，三邑尽失。情势危殆，十万火急。当年曲池，三国订盟。掎角之势，互为救援。协约在案，未敢遗忘。请求发兵，救我危亡。纪国存亡，在此一举。再生之恩，重于泰山。临笔栗栗，啼血顿首！

　　莒且公一看，这是纪哀侯的亲笔信。此信文字不多，却言辞恳切，说得十分透彻。齐国大举进攻纪国，已经占领三座城邑，大有吞并纪国之势。生死存亡关头，纪国只好向莒国求救。莒且公说："齐国恃强凌弱，动辄侵凌他国。莒国决不袖手旁观，即刻出兵，驰援纪国！"

第四十回

纪国信使到达鲁国,急忙送上求救信。鲁庄公一看,纪国受到齐国进攻,前来求救。鲁庄公心想:"齐、纪交兵,鲁国出兵援纪,事关重大。"转念一想,万万不可得罪母亲。他亲自写信一封,派人送往糕地。信使到达糕地,不见文姜的踪影,原来齐襄公带着文姜在黄河泛舟游玩。信使赶到黄河岸边,在一个羊皮筏子上,好不容易找到了文姜。信使一看,齐襄公、文姜正搂在一起亲吻。文姜看过来信,略加思索,给鲁庄公复信如下:

  鲁、齐两国,乃甥舅之国。母舅如父,外甥如子;血缘姻亲,重于泰山。齐、纪两国,血海深仇,不共戴天。有齐无纪,有纪无齐。普天之下,尽人皆知。纪国惹火烧身,受齐攻伐,罪有应得。纪国自生自灭,此事无关鲁国。凭我儿之聪敏,焉能不识此大体耶?

信使马不停蹄,连忙赶回鲁国。鲁庄公接到母亲来信,于是按兵不动。鲁国见死不救,消息传到莒国。莒且公怒不可遏:"纪国遭袭,处于危机之中。鲁国失信,拒不出兵救援。曲池会盟,盟约尚在,一朝背盟,条约形同虚设。如此反复无常,枉称礼仪之邦!"莒且公说罢,立即下令:"联络郑国,救援纪国!"

使臣到达新郑,又很快回到莒国,立即向莒且公报告:"郑国局势混乱,无力出兵援纪。"原来,郑庄公去世后,他的十一个儿子争权夺利,互相倾轧。他们拉帮结伙,矛盾重重。郑国当年的霸主地位,已经不复存在。莒国派来使臣,联络出兵增援纪国。郑国顾虑重重,不敢出兵。

司徒衣佩玉进谏:"卫国被我国击败,心怀畏惧。可乘此机会游说卫国,一起出兵救援纪国。"莒且公说:"此议可行,以你为使,出使卫国!"衣佩玉昼夜兼程,紧急赶往卫国。万万想不到,卫国发生宫廷内讧,互相残杀,血染宫廷,根本没有能力增援纪国。衣佩玉马不停蹄,很快从卫国返回,见到莒且公,立即汇报情况。

原来,事情的起因在卫宣公。卫宣公的儿子名叫卫急子,被确立为世子。卫急子长到十六岁,已经到了娶亲年龄。卫宣公派遣专使,带上礼物前往齐国,聘齐釐公之女宣姜做卫急子之妻。这个宣姜不是别人,她是文姜的亲姐姐。齐釐公见到礼物,当即答应下来。使臣回到卫国,对宣姜的美貌大加称赞。卫宣公心想:"宣姜如此貌美,我何不据为己有?"他立即安排专人到黄河岸边选址,建起一座华丽的宫殿,取名叫新台。为了把宣姜弄到手,卫宣打发卫急子出使宋国,把他支得远远的。

卫急子出使期间，卫宣公趁此机会与宣姜在新台成亲。卫急子出使归来，宣姜已经由自己的未婚妻变成了自己的庶母。他一看，不禁气炸心肺。宣姜看了看卫宣公，梦中的白马王子换成了一个糟老头；但木已成舟，她只得接受现实。不久，宣姜生了两个儿子，分别叫卫寿、卫朔。转眼之间，兄弟俩已经长成翩翩少年。

这天上午，卫宣公领着卫寿、卫朔，乘船去新台游玩。这时候，芦苇中的鸟儿正在鸣叫。父子三人正在观鸟，忽然传来了歌声：

新台有泚，河水弥弥。

燕婉之求，籧篨不鲜。

新台有洒，河水浼浼。

燕婉之求，籧篨不殄。

鱼网之设，鸿则离之。

燕婉之求，得此戚施。

——新台新台真辉煌，河水一片白茫茫。

本想嫁个如意郎，不料碰上蛤蟆样。

新台新台真宽敞，河水一片平荡荡。

本想嫁个如意郎，碰个蛤蟆没好相。

想得大鱼把网张，谁知蛤蟆进了网。

本想嫁个如意郎，碰个蛤蟆四不像。

卫宣公心里明白，这个"蛤蟆"是指自己。这首歌，分明是说自己娶了宣姜，就像癞蛤蟆吃了天鹅肉。他一听，顿时大怒，急忙下令让随从追赶唱歌人。可是追了半天，连个人影也没找到。

这天，突然传来消息，卫急子与卫寿哥俩，双双被卫朔暗杀。卫宣公受到惊吓，不久一命呜呼。卫朔继位，就是卫惠公。卫惠公杀死兄弟，气死父亲，国人对他恨之入骨，很快就把他赶下台。卫国一时没了国君，陷于混乱之中。

衣佩玉回到莒国，立即报告："卫国连遭变故，无力救援纪国。"莒且公说："扶危救困，践行大义，乃莒国之遗风。齐军围攻纪国，莒国决不袖手旁观。郑、卫无力出兵，莒国即使孤军深入，亦要救援纪国！"司空月中桂说："莒国救援纪国，大军需经齐国之地。若齐国出兵拦截，当如之奈何？"

莒且公断然决定："借道莱国，绕道援纪！"紧急派出使者赶往莱国，协商借道事宜。原来,纪国遭到齐军围攻,莱国一直为纪国捏着一把汗。莒国打算救援纪国,莱国十分同情。莱子当即答应,同意莒军借道。

且说齐军进攻纪国,一路势如破竹。齐襄公仍然与文姜一起,在黄河岸边游玩。这天,两人正在耳鬓厮磨,突然探马报告:"莒国出兵援纪,不日即可到达!"文姜一听,立即自告奋勇,说:"待我再次访问莒国,劝其退兵,并与齐国联谊!"

得知莒国增援纪国,齐襄公顿时吃了一惊。他把文姜松开,说:"传我命令,增加兵力,火速进军,攻灭纪国!"齐军接到命令,加紧向纪国进攻。

纪国受到围攻,城邑不断被齐军占领,剩余土地越来越少。纪哀侯思忖再三,知道纪国已到最后关头。他向齐国哀求,献出纪国土地,保留宗庙。得到齐国的答复,纪哀侯就到宗庙大哭一场。然后带上金银珠宝,与爱妾一起溜出城门,从此不知去向。莒国援军尚未到达,纪国已经灭亡。

国君潜逃,纪国灭亡。伯姬得到消息,吓得不省人事。众人尚未反应过来,伯姬已经死亡。伯姬的三妹叔姬,是当年媵嫁而来,现在齐襄公想把她送回鲁国。叔姬坚贞不屈,说话掷地有声:"既已来到纪国,我生为纪国人,死为纪国鬼,即使肉腐骨朽,绝不离开纪国半步!"叔姬毅然决然留下来,最后病死在纪地。

再说,莒且公率领大军,穿过大小珠山,紧急向东行军;然后折向北,再折向西北。一路绕山转水,曲曲折折,进军十分缓慢。这天正在行军,突然探马来报:"纪君潜逃,纪国已亡!"莒且公得报,心里十分难过。他说:"纪国已亡,援纪已无意义,立即撤军回国!"一声令下,大军原路撤往莒国。

仲姬听到纪国被吞灭,大姐暴病身亡,心情万分悲痛。上次曲池会盟,姐妹四人相会,其情其景,历历在目。想不到曲池一别,转眼就是阴阳永隔。仲姬想到这里,不禁放声大哭。莒且公见状,只得反复劝解。

文姜以调解两国关系为名,再次出使莒国。她带领随从,匆匆离开糕地,一路奔往东南方向。过了穆陵关,到达莒国境内,且于城就在眼前。文姜突然发现一个人,觉得似曾相识。追上去一看,原来是当年的小木匠。踏破铁鞋无觅处,得来全不费工夫。文姜把他领进馆驿,支使随行人员各自都到房舍安歇。众人被支开,文姜这才凤眼迷离,好好端详了一遍小木匠。他穿着规整,但是肌肉平平,不再像当年那样发达。他举止成熟老练,已经今非昔比。

原来，小木匠早就娶妻成家，已为人父。他开了一个木匠铺，自己当起了掌柜。小木匠这次见到文姜，举止稳重之中暗含羞怯之情。当年那段风流韵事，他始终记在心里，至今未能忘怀。

文姜久历风尘，洞悉男女之事，十分了解男人心理。她心里明白，眼前的小木匠，已经不是自己想要的人。她拿出二十两黄金，让对方去找个男人。小木匠不负重托，很快找来了一个。

文姜一看，此人身材高大，强健有力，走路快步如飞。一眼望去，就知道绝非一般人物。文姜顿时春心荡漾，激情难抑。原来此人姓竹，常年游走江湖，靠打拳卖艺为生。他臂力无穷，刀枪棍棒无所不精。练就了一身轻功，可以水上漂流，能够竹林飞窜，因此人称"竹上飞"。

对于文姜的美貌，对于她的桃色经历，竹上飞早就有所耳闻。今日一见，发现文姜美艳绝伦，天下少有，秋波暗送，风情万端，果然名不虚传。竹上飞常年游走江湖，身边缺少女人，心里渴望异性，如旱苗期盼甘露。竹上飞见到文姜，顿时两眼放光，神魂颠倒，难以自控。

正是：旱苗久渴逢甘露，薪柴晒透遇烈火。

第四十一回　姜小白莒国避难　姜靖纠曲阜流亡

莒且公刚刚回到国都，车未解辕，马未卸鞍，突然司徒衣佩玉报告："鲁夫人文姜进入我国！"莒且公闻报，不明就里，不禁心中一怔。

原来，文姜以协调齐、莒关系为名，再次来到莒国。她与竹上飞一见面，如干柴遇烈火，立即燃在一起。竹上飞雄风飒飒，似蛟龙戏水，如饿虎扑食。文姜情感激荡，像久旱逢雨，极力迎合。两人颠鸾倒凤，连番云雨，通宵达旦。常言道："天下没有不散的筵席。"文姜与竹上飞幽会，毕竟不是光明正大之事，一夜激情过后，次日清晨，双方依依惜别。

文姜整理行装，带领随从，大大方方奔往莒都。

莒且公闻讯，安排夫人仲姬出面接待。文姜经多见广，外交能力极强。她闭口不提齐国攻灭纪国，也不提莒国增援纪国，一再申明："齐、莒、鲁三国为邻，唇齿相依，互为依托，关系宜热不宜冷。"按照莒且公的嘱咐，仲姬随机应变，强调莒、齐、鲁三国，互为掎角之势，三国和则有利，斗则有害。仲姬最后申明，莒国希望加强三国关系。就这样，双方没签署任何协约。文姜礼节性地告辞，带领一行回到齐国。

齐釐公在世时，对几个儿子很不放心。长子姜诸儿采花盗柳，心狠手辣，黩武好战。二儿子姜靖纠性格平和，为人谦恭。三儿子姜小白雄心勃勃，敢作敢为，不甘久居他人之下。按照嫡长子继承制，自己百年之后，只能是姜诸儿继承君位。二儿子姜靖纠、三儿子姜小白，肯定不会安于现状。同室操戈，骨肉相残，宫廷内斗在所难免。

为了防止出现内乱，齐釐公委派管仲与召忽，共同辅佐姜靖纠；委派鲍叔牙辅佐姜小白。姜小白母亲早亡，在宫中失去靠山，大臣们都瞧不起他。鲍叔牙因此不想受命，于是托病不出。管仲是鲍叔牙的密友，两人情同手足。鲍叔牙有思想顾虑，管仲就去看望他。鲍叔牙说："先人有云：'知子莫如父，知臣莫如君。'国君知我不才，遂让我辅佐三公子姜小白。我思忖再三，难当此任，打算避而远之。"

管仲说："我兄之言差矣。自古以来，凡主持国政者，当不辞辛劳。更何况，将来何人继承君位，尚属未知。既然如此，我兄何故推辞耶？二公子姜靖纠，其母为人刻薄，国人无不厌恶。众人厌屋及乌，厌弃姜靖纠本人。三公子姜小白，自幼丧母，国人莫不同情。姜诸儿品行不端，其前景难以预测。姜小白目标远大，思虑长远，无人能够企及。一旦齐国有变，你鲍叔牙大有可为也。"

管仲一席话，鲍叔牙茅塞顿开，于是欣然受命。

再说齐襄公一如既往，与文姜一起淫乐。他的恶劣行径，引起国人普遍反感。这天，齐襄公又要去糕地，打算找文姜鬼混。鲍叔牙对姜小白说："国君乱伦，已闻名于世。如不制止，将如水之决堤，势必泛滥成灾。为国家前途计，汝为公子，当予进谏！"

姜小白于是进谏："鲁君之死，多有议论。男女有别，不可不避。"齐襄公听了大发雷霆，说："讹言污我，孺子竟然听信，实在可恶！"他越说越气愤，从脚上脱下一只鞋，"嘭"的一声向姜小白扔去，差点砸到姜小白头上。

姜小白躲开那只鞋，赶紧跑到外边，把事情告诉鲍叔牙。鲍叔牙说："常言道'有奇淫者，必有奇祸'。国君如此淫乱，齐国祸已不远。事不宜迟，赶紧躲避国外。保全性命，等待时机。"

姜小白问："当去何国为宜？"鲍叔牙说："谭国乃齐之近邻，赴谭避难，最为便捷。"第二天，二人带领心腹随从，趁夜奔往谭国。

这天下午，姜小白在鲍叔牙陪同下，悄然来到谭国边境。两人自报家门，说明来意。谭国边吏不敢做主，只得派出专人向上呈报。姜小白等了很长时间，得到的结果是："礼送出境！"

原来，谭国国君以国为姓。当年周穆王巡狩山东，这天上午到达谭地。当地部落首领殷勤接待，进献美女，送上酒、肉、牛、羊。周穆王十分满意，封对方为谭国国君。谭国由此而诞生。大周天下，又多了一个诸侯国。

姜小白为了躲避内乱，赶往谭国避难。此时的谭国国君，名叫谭三岱。谭三岱目光短浅，不能审时度势。姜小白前来避难，谭三岱断然拒绝。这个错误决定，竟然招致灭国之灾。短短两年后，谭国就被齐国吞灭。此是后话，暂且不提。

被谭国拒绝入境,姜小白陷于绝望之中。他举目四望,青山如黛,原野苍苍,大地广阔无垠。姜小白不禁仰天长叹:"大地如此广袤,竟无小白立足之所!"鲍叔牙说:"古人云:'天无绝人之路。'此处不留人,自有留人处。"

姜小白忙问:"我等当奔往何处?"鲍叔牙说:"莒国践行大义,莒且公宽恕包容,贤士从之如流。齐、莒两国,南北相邻,旦暮可至,当速往避之!"姜小白说:"别无他法,惟其如此。"

姜小白、鲍叔牙于是暗中准备,打算投奔莒国。

临行之前,鲍叔牙找到管仲,告知此事。管仲问:"我兄与三公子,即将赴莒国避难,为弟当如之奈何?"鲍叔牙说:"齐国动荡不安,莫如赶紧离开!"管仲再问:"依你之见,当去何国为宜?"鲍叔牙说:"二公子之母,乃鲁国之女。甥舅之谊,自古为重。由此观之,莫如适鲁!"管仲、召忽两人一商量,立即保着姜靖纠,趁夜偷偷奔往鲁国。齐襄公心想:"姜靖纠、姜小白双双逃亡,正好去除了心头之患!"因此心安理得,不再过问。

姜小白、鲍叔牙二人一起,急匆匆奔赴莒国。二人抄小道,走捷径,马不停蹄,很快到达穆陵关。到了关上,放眼望去,两侧山峰之上石城相连,像蜿蜒长龙,看不见首尾。关口设在两山夹峪之中,两边悬崖陡峭,中间石关高耸,十分雄伟壮观。姜小白不禁暗自惊讶:"真是一夫当关,万夫莫开!"原来,姜小白第一次来到穆陵关。当年姜子牙四处勘察,决定在此设立关隘,开始修建齐长城。从此,祖辈交替,世代传承。三百多年过去,穆陵关已初具规模。雄关漫道,固若金汤,彰显了姜子牙的高瞻远瞩。姜小白想到这里,不禁暗暗敬佩。他暗下决心:"有朝一日,登位为君,继承先祖遗志,富国强兵,称霸诸侯!"鲍叔牙看了姜小白一眼,扬鞭催马冲在前头。

这天,莒且公正在开会,突然内侍报告:"齐国三公子前来避难!"莒且公忙问左右:"姜小白前来避难,该如何安置?"司徒衣佩玉建议:"公子小白赴莒避难,既不宜拒绝,亦不宜过分显扬。"

司空月中桂说:"浮来山东北,柳青河西畔,树林茂密,人迹罕至。可于此处建馆舍一处,让公子小白隐姓埋名,秘居其中。周边派兵把守,无关人员不许靠近。假如齐国询问,我国推说不知其事。如此办理,既不得罪齐国,亦在三公子那里留下人情,岂不两全其美?"

莒且公说:"扶危救困,乃莒国遗风。姜小白来莒避难,我国当予庇护!"

不久,柳青河畔的树林里,一处崭新的宅第很快竣工。这是个深宅大院,有三重大门。大院周边,凡是扫街的、遛鸟的、种花浇树的,都是莒国哨兵装扮。大门里边,是一道高高的影壁。二门里边,东西两厢房,分别是马厩与车库。第三重门里边,是个宽敞的四合院。院里花卉鲜艳,修竹簇簇,莺鹂嬉戏,鸟语花香。姜小白居住正屋,鲍叔牙居住东厢房,随行人员居住西厢房。南侧房间住着莒军哨兵。大院周边内紧外松,外人不知道这是什么处所。

莒且公早有交代:"供给粮食与衣物,不使稍缺,让姜小白安心隐居。"从此,姜小白、鲍叔牙一起,隐身在柳青河畔。两人或谈古论今,或下棋对弈,或吟诗赏花,或研读兵书。有时候来了兴趣,两人就挥剑练武,日子过得消遣而舒适。

姜小白、鲍叔牙避难莒国,时在公元前686年。当事人无论如何想不到,此事被载入《左传》《史记》等史册,成为重大历史事件。

这天上午,莒且公正在翻阅木牍,衣佩玉前来报告:"近日以来,浮来山以东常有生人出没,行迹十分可疑。臣暗自猜测,公子小白隐身我国,有人窥视盯梢。"莒且公立即下令:"增派侍卫,加强戒备,确保姜小白安全无虞!"

半年过后,隆冬到来,朔风劲吹,大雪纷飞。莒且公看看天空,不禁想起了姜小白。他嘱咐衣佩玉:"增加柴薪,以供取暖,食粮衣物,不使稍缺!"衣佩玉带上有关物品,立即送往姜小白住处。此后每隔一段时间,莒且公都要派出专人,给姜小白送粮送物,关怀备至。

且说齐襄公作恶多端,早已天怒人怨,他十分担心众诸侯兴师问罪。这年夏季,齐襄公打算派遣大夫连称、管至父二人,领兵戍守葵丘。

二位大夫临行,前往觐见齐襄公,说:"为国戍边,乃臣子之职,我等不敢推辞。敢问国君,此次戍边,何时为期?"这时候,齐襄公正在吃甜瓜。他脱口而出:"一年为期!"然后补充说:"今日正当瓜熟,待明年瓜熟之时,自当遣人接替!"

转眼之间,一年过去。连称、管至父看到甜瓜,想起了齐襄公的承诺。两人派人买了一车甜瓜,立即送给齐襄公,趁机请求齐襄公派人替换自己。齐襄公听了很不高兴,说:"边防换将,乃寡人之权。待明年瓜熟之日,再行决断不迟!"连称气得七窍生烟,对管至父说:"无道昏君,言而无信。我意已决,刺杀昏君!"管至父说:"凡举大事,必有所助,而后乃成。"

连称说:"我妹处身宫中,被冷落多年,对昏君恨之入骨。待我写信一封,让我妹留意昏君行踪!"原来,连称的妹妹称作连嫔,是齐襄公的小妾,她仪表端庄秀美，也算美人一个。齐襄公迷恋妹妹文姜，又四处采花盗柳，始终不理会连嫔。连嫔入宫几年，一直得不到齐襄公宠幸。对此她耿耿于怀，对齐襄公怀恨在心。

转眼之间，夏收夏种已经结束。按照当时风俗，每逢麦收结束，都要进行祭祀。男人到郊外围猎，女人用新麦蒸馍，把猎物与馍当作供品，祭祀百神与祖先。这一活动，俗称夏祭。每逢夏祭，官吏、民众共同参加。规模盛大隆重，为全年一切活动之最。

这天，莒城大街上人山人海，熙熙攘攘。原来，夏祭活动即将开始。莒且公偕同夫人仲姬扮作平民百姓，他们遮起脸，只露着眼睛，站在人群里看热闹，乍一看很像一对平民夫妻。几十名精干侍卫分布在人群里，暗中担任警戒。这时候，司徒衣佩玉身穿民服，从人空里挤过来。他向着莒且公递了个眼色，然后轻轻抬起右手，指了指左前方。莒且公抬头望去，原来姜小白、鲍叔牙一起，同样扮作百姓模样，挤在人群里看热闹。

众人翘首以待，夏祭终于开始。在司仪主持下，主祭人身穿拖地长袍，双手高举一炷巨香，恭敬地又庄严地走向祭台。他深鞠一躬之后，把巨香插进香炉，然后用蜡烛点燃。这时候，司仪高声喊道："一叩首！"在场众人齐刷刷跪下，一齐磕头。司仪接着再喊："二叩首！"众人再次磕头。三叩首之后，是向神灵烝享供品。主祭人带头，八名城邑官员分立两侧。他们拿起筷子，夹起供品，十分虔诚地放到台面上。八十八名美少年，分别排列成四行，从两侧走上祭台。他们身着统一祭装，头上戴着夏祭圈。这些夏祭圈是用松枝、柳条编成的。少年们走到祭台上，首先向神灵献礼，然后跳起祭夏舞。跳完祭夏舞，编钟、铜磬、古琴等乐器一齐奏响。在乐器伴奏下，少年们悠扬地唱起夏祭歌。仪式过后，少年们列队走下祭台。

随后，又一拨人走到台上。焚香、烝享，行礼如仪。祭夏仪式按部就班，一项接着一项，十分庄严地进行着。主要议程完毕，史官双手捧着竹简，高声宣读："大周庄王十二年六月十六日，莒国举行夏祭，官民同祭，神祇共享，天地共鉴！"

在这万众虔诚、普天同祭的庄严时刻，有人突然挤进人群，对着姜小白耳语几句。姜小白一听，顿时大惊失色。他拉着鲍叔牙，急匆匆离开人群。莒且公看得真真切切，急忙向仲姬递个眼色。两人示意衣佩玉，三人悄悄离开人群，立即回到宫内。

衣佩玉说:"有人前来报信,姜小白神情骤变,行色异常慌张。如此观之,齐国必有重大变故!"莒且公说:"事发突然,立即派人,侦测实情!"探马一路疾驰,星夜到达临淄,很快摸清了底细,立即回国报告。

原来夏祭刚结束,齐襄公就外出打猎。他只带了几个贴身侍卫,没有一个大臣伴随。他首先到达姑棼,这里早已建好了离宫。次日早餐过后,齐襄公坐上大车,兴冲冲奔向贝丘。连称带领武士,呼啦啦闯进内室,四处寻找齐襄公。齐襄公急忙躲到窗外,吓得瑟瑟发抖。连称像老鹰抓鸡一样,顺手把他抓进来,怒火满腔地说:"无道昏君,黩武殃民,连年用兵,是不仁也;背父之命,疏远同胞,是不孝也;以兄淫妹,禽兽所行,是乱伦也;无视疾苦,欺瞒将士,瓜熟不代,是无信也。仁孝伦信,四德皆失,何以为人?我今取你头颅,为国人雪恨,替鲁桓公报仇!"连称说罢挥动宝剑,把齐襄公砍为几截。

正是:恶人自然有恶果,迟早性命入黄泉。

第四十二回 姜小白离开莒国 鲍叔牙举荐管仲

齐国发生重大变故,莒且公高度重视。他立即召集左右,研究应对方略。恰在这时,探马来报:"齐君被弑!"莒且公不禁大吃一惊。不久又有探马来报:"姜无知被杀身亡!"姜无知是齐襄公的堂弟。原来,连称杀了齐襄公,把姜无知扶上国君之位。不几天,大臣们又杀死姜无知。

一时之间,齐国出现了无君局面。

且说文姜不愿回到鲁国,长期住在禚地。这天突然传来消息,齐襄公被弑身亡。文姜闻讯,呼天号地,痛不欲生。第二天,文姜紧急赶往鲁国,催促儿子鲁庄公:"立即发兵讨伐连称,声讨其弑君之罪!"鲁庄公心想:"齐国势力强大,鲁国非其对手。"他口头上答应,行动上却一再拖延。

过了不久,姜无知被杀。消息很快传到鲁国,文姜不禁幸灾乐祸。她催促鲁庄公:"全力帮助姜靖纠,登上齐君之位!"

鲁庄公不敢违背母亲之命,立即下令:"派出兵车三百辆,以大将曹沫为前锋,护送齐公子姜靖纠,赶赴齐国登位!"

姜小白在莒国隐居,突然有人前来送信。原来,齐国国君之位出现空缺,齐国大臣高傒等人,联名写信一封,派人星夜送往莒国。姜小白展开来信一看,信上仅有十个字:"火速归国,抢登国君之位!"姜小白见信十分着急,立即与鲍叔牙商量。鲍叔牙说:"二公子在鲁国,必欲回国夺取君位。事急矣,应兼程归国!"姜小白说:"你我无兵无将,焉能回国夺位?"鲍叔牙说:"以我之见,可向莒国借兵!"

姜小白说:"惟其如此,速向莒国借用兵马!"

这天早饭后,莒且公正在与左右议事。突然内侍报告:"齐国三公子拜谒!"莒且公出面,姜小白先行施礼,恳切地说明来意。莒且公说:"齐国无君,可继位者唯有两位公子,非此即彼。二公子在鲁国,势必极力争之。先到者为君，后到者为臣。成败利钝，决于一瞬之间。燃眉之急，不可迟缓。莒国愿借兵车二百辆，兵士一万名，护送公子归国！"

姜小白赶紧致谢，随后带领人马，星夜兼程赶往临淄。

鲁庄公率领兵马，护送姜靖纠回国。队伍过于庞大，行动极其缓慢。管仲十分着急，催促加快行军。鲁庄公不慌不忙，振振有词地说："齐襄公、王姬育有一女，业已许配寡人。如此论之，寡人即为齐国女婿。此去临淄，堂堂正正。再者，二公子乃齐襄公次弟，长兄离世，次弟继位，理所当然。此事名正言顺，何怕之有？"

管仲十分焦急地说："假如齐无内乱，长去次补，理所当然。目下齐国局势非常，人心纷乱，礼仪全无。非常情势，当用非常手段。三公子身在莒国，其地至齐比鲁更近，倘其捷足先登，我等悔之晚矣。管仲不才，愿借战车三十乘，先往截之！"鲁庄公心想：不就是三十辆战车吗？当即答应下来。

管仲心想："兵贵神速，刻不容缓！"带领人马兼程前进，很快来到莒、齐两国交界。举目一看，这里松林密布，中间一条大道。管仲立即做出判断："此乃姜小白必经之地！"他刚刚想到这里，忽然发现尘土滚滚，一支队伍向这里冲来。管仲一声令下，自己的队伍立即左右分开，隐蔽在两侧树林里。刚刚隐蔽好，对方车流滚滚，很快来到面前。

管仲抬头一看，车上打着莒军旗号。原来，这是莒国护送姜小白的队伍。第一辆战车前面开道，姜小白坐在第二辆战车上。管仲看得真真切切，立即弯弓搭箭，"嗖"的一声对准姜小白射去。姜小白口喷鲜血，一下子倒在战车上。莒军将士刀枪并举，与管仲的人马厮杀起来。管仲心想："姜小白已被射死，自己的截击任务已经完成。莒军车马无数，自己仅有兵车三十辆。寡不敌众，不可恋战！"想到这里，立即下令："撤退！"率领人马向西疾驰，很快追上鲁军队伍。

管仲见到鲁庄公，立即报告："姜小白已被射死！"鲁庄公当即下令："停止行军，设宴庆贺！"酒足饭饱之后，队伍缓缓向齐国行进。

万万想不到，管仲一箭飞来，正好射在姜小白的衣带钩上。原来，姜小白的衣带钩是用精铜制作的。箭镞射到铜钩上，他毫发无损。姜小白头脑机敏，反应极快。他发现飞箭射来，急中生智，向后一仰，顺势倒在战车上；与此同时，咬破舌尖，向上喷出一口鲜血，装作被射死，蒙骗了精明的管仲。

鲍叔牙看到姜小白中箭，急忙把他扶起来。姜小白小声说："兄且放心，小白命不该绝，乃假死耳！"主人安然无恙，众人虚惊一场。

姜小白带领人马，星夜兼程前进，很快到达临淄。鲍叔牙先行进城，拜见高傒、雍廪、隰朋等大臣。鲍叔牙对他们说："三公子睿智聪慧，素有贤名，人心归之，应立为君！"

诸位大臣问："二公子已在途中，当何以处之？"鲍叔牙说："齐国连弑二君，非贤者无以定乱。多难之秋，为国家计，唯有当机立断。若按部就班，必误大事！"众位大臣说："叔牙之言是也！"大家一齐出城，迎接姜小白。

姜小白登上国君之位，是为齐桓公。这一年是公元前685年。

莒国万名将士，护送齐桓公回国。对此，齐桓公十分感激。他对鲍叔牙说："莒军劳苦功高，设宴款待！"立即安排美酒佳肴，酬谢莒军将士。

莒军完成护送任务，立即回国报告情况。莒且公听了十分高兴，说："姜小白归国，登上齐君之位。自今日始，莒、齐两国和睦相处，可无忧矣！"

常言道："智者千虑，必有一失。"莒且公怎么也想不到，自己完全估计错了。齐桓公上台之后，竟然高举"尊王攘夷"大旗。他的所谓"夷"，包括东夷、西戎、北狄、南蛮。无形之中，莒、莱、郯、滕、徐、邾等国，以及中原之外的诸侯部落，统统被列入"夷"之范畴，属于被"攘"之列。当然，此是后话。

再说，鲁庄公、管仲与姜靖纠，误认为姜小白已被射死，再也没人争夺君位。一路慢慢腾腾，十天之后才到达齐国。这时候探马来报："姜小白已登上国君之位！"姜靖纠一听，心里十分难过，禁不住呜呜大哭。鲁庄公也十分后悔。

此时此刻，管仲的心情难以形容。他最后悔的，是那一箭射出之后，没有趁机冲上去，把姜小白乱剑砍死。管仲心想："鱼已漏网，终成大患，后悔何及！自己精心设计，轻兵奇袭，中途截击，实指望一举成功。想不到机关算尽，自己的谋划竟成泡影。"想到这里，他不禁仰天长叹："谋事在人，成事在天；天不灭小白，管仲何能耶！"

齐桓公抢先一步登上齐国君位，鲁庄公闻讯大发雷霆，说："立君以长，长去次补。孺子仅为老三，安得为君？我不能以三军之重，轻易回撤！"他一声令下，继续向临淄进军。齐桓公得到消息，心里十分焦急，急忙和鲍叔牙商量："鲁国拒不退兵，何以处之？"鲍叔牙说："鲁军犯境，当以兵拒之！"齐桓公让姜成父指挥左路军，宁越为副将；东郭牙指挥右路军，仲孙湫为副将。鲍叔牙陪同齐桓公,统领中军,派雍廪为先锋。大军很快到达乾时,悄悄埋伏起来。

这天上午,鲁庄公、管仲一起领兵到达乾时。管仲建议:"姜小白初登君位,人心未定。若趁夜攻之,齐国必有内变!"鲁庄公讽刺说:"若如管先生所言,姜小白已被射死矣。"他拒绝了管仲的建议,然后下令:"在此安营扎寨!"次日上午,雍廪率领齐军前来挑战。鲁庄公说:"先破齐师,临淄自然胆寒矣!"命令大将曹沫出战。交战十几回合,雍廪假装战败,掉转车头向后撤退。曹沫不知是计,驱车向前追击,想不到陷入重围。他身中两箭,左冲右突,好不容易突出重围。鲁庄公一看,曹沫已经遍体鳞伤。

鲁庄公当即下令:"大军齐出,冲击齐军!"话音未落,忽然两边连声炮响。齐国伏兵齐出,三面夹攻。鲁兵抵挡不住,纷纷向后溃退。齐桓公高声传令:"有擒获鲁侯者,赏食邑万户!"齐军听到命令,将士人人奋勇,气势汹汹杀来。鲁庄公见势不妙,急忙跳下战车,换上士兵服装,仓皇逃出重围。齐国隰朋、东郭牙两将齐出,率领人马从后面赶来,一直追过汶水。鲁国溃不成军,狼狈逃窜。齐军大获全胜。

次日上午,齐桓公召集群臣议事,百官一齐祝贺。鲍叔牙说:"二公子尚在鲁国,有管仲、召忽辅助,实为心腹大患。如此观之,未可贺也。"

齐桓公忙问:"当如之奈何?"鲍叔牙说:"乾时一战,鲁国业已胆寒。臣愿统领将士,大军压境,逼迫鲁国交出二公子。"齐桓公说:"卿言甚当!"

鲍叔牙指挥大军,直逼汶阳。鲍叔牙写信一封,让隰朋送到鲁国。鲍叔牙特意嘱咐:"管仲乃天下奇才,务须严加保护!"隰朋问:"若鲁国必欲杀之,当如之奈何?"鲍叔牙说:"管仲箭射带钩,鲁国无人不晓。只要提起此事,必定奏效。"隰朋领命,很快来到鲁国。鲁庄公展开来信一看,大意是:

齐臣鲍叔牙,百拜致书鲁君麾下:

常言道,家无二主,国无二君。齐君奉天承运,已登大位。宗庙社稷,俱已归之。齐公子姜靖纠,违逆人心,欲行争夺。我君以兄弟之亲,不忍加戮,唯愿假手于人。鲁为上国,当行此大义之举。执罪臣姜靖纠,戮之于太庙,以谢天下。管仲箭射我君,我君恨之入骨,必欲亲手戮之而后快。故此,请将管仲交与齐国,接受制裁。

鲍叔牙为了保护管仲,动了不少脑筋。他想:"齐、鲁交兵,两国关系如同水火,若要保护管仲性命,必须反其道而行之。"因此,故意在信中强调:

"管仲箭射我君,我君恨之入骨,必欲亲手戮之而后快。"

鲁庄公看过来信,立即和群臣商量。大夫姬施伯说:"齐君初立,善于用人,败我兵于乾时,非公子纠所能比也。齐国气势汹汹,大军压境。莫如杀掉公子纠,与齐国媾和。"鲁国刚被齐国打败,鲁庄公仍然心有余悸,于是听从姬施伯的建议,派人杀死了姜靖纠。与此同时,派人扣押了管仲、召忽。刚要押入槛车,召忽突然挣脱出去,一头撞到墙上,顿时血溅三尺,命归黄泉。

管仲见鲁国未杀自己,反而送往齐国,心里暗暗嘀咕:"或许是鲍叔牙在设法营救自己。"想到这里,心中有了一丝希望。时值夏末秋初,赤日炎炎,大地热气腾腾。此时的管仲,正在前往齐国的囚送途中。他十分担心,鲁国一旦改变主意,便会派人追杀自己,因此前行速度愈快愈好。

大队人马冒着酷暑,正在向前行进。管仲突然看到,路边湖里荷花盛开,一群天鹅在游泳嬉戏。在当时,天鹅又被称为黄鹄。为了让大家忘掉疲劳,加快行进速度,管仲心生一计,顺口编成一段《黄鹄》之歌,教大家一齐咏唱:

黄鹄黄鹄,戢其翼,絷其足,不飞不鸣兮笼中伏。
高天何跼兮,厚地何蹐。丁阳九兮逢百六。
引颈长呼兮,继之以哭。
黄鹄黄鹄,天生汝翼兮能飞,天生汝足兮能逐,遭此罗网兮谁与赎?
一朝破樊而出兮,吾不知其升衢而渐陆。
嗟彼弋人兮,徒旁观而踯躅。

——天鹅天鹅,收敛起翅膀,捆缚起足踝,不飞不鸣,在笼中蜷伏。
天很高为何弯着腰?地很厚为何不敢迈步?你正经历着灾难与厄运啊。
伸长脖颈长长呼叫,继而哭泣命运悲苦。
天鹅天鹅,天生翅膀能飞,天生双足能走。遭此罗网谁人为我赎罪?
·有朝一日冲破樊笼,我却不知道升迁通道在哪里。
叹息用绳子绑着的人,徒劳地旁观徘徊。

押解管仲的军士,一边歌唱一边行进,歌声悠扬,竟然忘记了行军疲劳。队伍车马奔驰,本来两天的行程,仅用一天就提前到达。

再说莒国护送齐桓公顺利回国,莒且公仍然放心不下,立即派出探马,分别潜入齐、鲁两国,侦察了解情况。不久,探马回国报告:"鲁国放走管仲,追悔莫及!"莒且公说:"自古人才难得。管仲到达齐国,似猛虎归山,如蛟龙入海。姜小白初登君位，求贤若渴，凭管仲之才，必受重用。齐国渐趋强大，对我国是福是祸，尚未可知。"不久，探马又送来新的情报。

原来，鲁庄公放走管仲之后，果然后悔起来。他仔细一想："管仲是天下奇才，如果得到重用，齐国无疑如虎添翼。既然如此，不如早早把他除掉。"想到这里，立即下令："派兵追赶，杀死管仲，以绝后患！"万万想不到，管仲已经提前到达齐国。鲁庄公闻讯，长叹一声说："管仲不死，齐国之福也！"

且说管仲一路恐慌，终于平安到达汶阳。没想到，鲍叔牙早已在此迎候。管仲高兴万分，说："鲍子相助，管仲再生也。"鲍叔牙立即下令："打开囚车，去掉刑具！"老友重逢，格外亲切，说不尽思念之情，道不完阔别之意。鲍叔牙先让管仲沐浴更衣，然后设宴招待。趁此机会，鲍叔牙动员管仲："以兄之才，当辅佐新君，治理齐国。"

管仲说："我与召忽二人，奉命侍奉二公子。既未能扶上君位，又不能死于其难，有辱臣节。若事新君，实乃叛旧攀新，岂不让天下人讥笑？"

鲍叔牙说："古语有云：'成大事者不拘小节。'兄有经天纬地之才，安邦定国之能，所叹者未遇其时也。当今齐君，志大识高，求贤若渴，若得兄之襄助，必成霸业。功盖天下，名显诸侯，岂不美哉？若谨守匹夫之节，碌碌无为，终此一生，窃以为不可取也。"

管仲说："鲍子成人之美，管仲没齿难忘！"

鲍叔牙疏通了管仲的思想，留下兵力驻守汶阳，随后陪同管仲立即赶回临淄。鲍叔牙见到齐桓公，先吊后贺。齐桓公对此很不理解，于是问："爱卿所谓凭吊者，何也？"鲍叔牙回答说："二公子乃国君之兄。国君大义灭亲，实属不得已而为之。既如此，臣子焉敢不吊也？"

齐桓公接着问："爱卿所谓贺者，何也？"鲍叔牙回答："管仲乃天下奇才，非他人所能比。为国家计，臣已救他性命。自此之后，国君得一贤相。齐国幸甚，齐民幸甚，为臣焉敢不贺也？"

齐桓公说："管仲箭射带钩，其矢尚在。手力之狠，必欲置寡人于死地。寡人每思至此，戚戚于心，食其肉啖其骨，犹不解恨。仇深若此，焉可重用！"

鲍叔牙说："国君之言差矣。自古人臣，各为其主。管仲射钩之时，只知有二公子，不知有当今国君。管仲若得重用，当为君射天下，岂止一带钩也？"

齐桓公问："管仲比之爱卿，高下如何？"

鲍叔牙说:"臣与管仲相比,若细流比之大江,土丘比之泰山。"

齐桓公说:"善!自此之后,爱卿为上卿,管仲为亚卿。"

鲍叔牙说:"秉公办事,不徇私情,乃臣之能也。至于治理国家,非臣之长。夫治国家者,内安百姓,外抚四夷;勋加于王室,泽布于诸侯;国有泰山之安,民享无疆之福;功垂后世,名播千秋。此乃王佐之才,为臣何以堪之?"

齐桓公忙问:"如爱卿所言,当今之世,亦有其人乎?"

鲍叔牙说:"国君不求其人则已,欲求其人,非管仲莫属。"鲍叔牙告诉齐桓公,管仲在五方面超过了自己:"一者宽柔惠民,让民众感恩戴德;二者强势治国,彰显权威;三者言必信行必果,取信于民;四者注重教化,畅行礼仪;五者亲临前线,克敌制胜。"

齐桓公说:"既如此,爱卿即可召来管仲,寡人当面问其所学。"

鲍叔牙说:"臣闻'贱不能临贵,贫不能驭富,疏不能间亲',国君欲用管仲,非置之相位,致以父兄之礼不可。夫相者,国君之辅佐也。相而召之,是轻慢也。相轻则君轻,君轻则国亦轻。故非常之人,必待以非常之礼。国君既以管仲为相,宜择吉日而郊迎之。四方豪杰,闻国君礼贤下士,不记私仇,焉能不竭诚尽忠,效力于齐国也?"

齐桓公高兴地说:"爱卿言之有理!"

计议停当,鲍叔牙亲自安排管仲住进郊外公馆里。很快,吉日良辰到了。管仲沐浴更衣,峨冠博带,一派高官气象。不一会儿,齐桓公乘车到来。在众大臣簇拥下,齐桓公走下车,亲自迎接管仲。两人同乘一辆大车,风风光光进入临淄城内。进入内廷,赐座、上茶,齐桓公态度极其热情。管仲十分感激,急忙施礼致谢,说:"臣乃负罪之人,免死已为万幸,焉敢受此礼遇!"

齐桓公十分虔诚地问:"齐国虽为大国,然人心未定,国势不张。今欲重振国威,当以何为先?"管仲回答说:"礼义廉耻,国之四维。四维不张,国乃灭亡。今国君欲立纲纪,必张四维。"

齐桓公再问:"欲得民心,当如之奈何?"管仲说:"欲得民心,必先爱民。"

齐桓公问:"何以爱民?"管仲说:"国有国法,家有家规。赦旧罪,修旧宗,立无后,民必感恩。省刑罚,薄赋税,民必殷富。起用贤士,教化民众,民必有礼。信誉为先,令出必行,民风必正。"

齐桓公再问:"爱民之道既行,如何解民之苦?"

管仲回答:"士农工商,谓之四民。士之子常为士,农之子常为农,工商之子常为工商。不迁其地,不改其业,民自安矣。"

齐桓公问:"黎民既安,甲兵不强,如之奈何?"

管仲回答:"兵贵于精,不贵于多。五家为轨,设轨长;十轨为里,设里长;四里为连,设连长;十连为乡,设乡长。五家为轨,故五人为伍,轨长率之;十轨为里,故五十人为戎,里长率之;四里为连,故二百人为卒,连长率之;十连为乡,故两千人为旅,乡长率之。五乡设一师,故万人为一军。十五乡出三万人,以为三军。国君主中军,左右两将,各主一军。"

管仲呷一口茶,然后补充说:"农闲之时,从事田猎。春猎曰蒐,以猎不孕之兽;夏猎曰苗,以除五谷之灾;秋猎曰狝,行杀以顺秋气;冬猎曰狩,围猎以告成功。"这时候,齐桓公起身,亲自给管仲沏茶。

管仲双手一拱以示感谢,然后接着说:"如此,天下安,则致力农、工、商;天下乱,则起兵征伐。家与家相联,人与人相助。居则同安,获则同乐,死则同哀,守则同固,战则同进。夜战其声相闻,昼战其目相识。有此三万人,足以横行天下!"管仲一条一条,进行了全面分析说明。

齐桓公全神贯注,洗耳恭听。

正是:不计当时射钩仇,选贤举能用人才。

第四十三回　齐桓公攻灭谭国　莒且公庇护谭君

这天上午，莒且公正在翻阅竹简，忽然探马来报："管仲自鲁赴齐，齐君亲自召见！"莒且公立即下令："再探！"不久，探马报来了新的消息。

管仲有问必答，纵论富国强兵之道。齐桓公说："先生之言，贵若金玉。但我尚有一事不明，望不吝赐教。兵势既强，可以征天下诸侯乎？"

管仲摇摇头说："未可也。国君欲称霸诸侯，莫如尊奉周室，亲近邻国。"

齐桓公听到这里，连忙身体前倾，脸上显出渴望的神情。

管仲接着说："请国君派遣八十人，带足金钱珠宝，游说四邻之国。择其瑕者而攻之，占有其地；择其淫乱弑君者而诛之，以此立威。若如此，则天下诸侯，皆相率而朝于齐国矣。然后，率诸侯而尊奉周室。周室因而尊崇，诸侯因而遵命。若如此，方伯之名，非国君莫属。"

原来，方伯的"伯"与"霸"相通，就是称霸的意思。

齐桓公、管仲深入探讨，感觉十分投机，一连三天三夜，不知疲倦。齐桓公十分高兴，连续斋戒三天，打算赶往太庙，报告列祖列宗，拜管仲为相国。没想到，管仲竟然坚辞不受。齐桓公对此十分不解，于是问："寡人欲拜先生为相，先生缘何推辞不就？"管仲说："臣闻大厦之成，非一木所能；大海之阔，非一流之功。国君欲成大业，必用五杰。"

齐桓公忙问："先生所谓五杰，何也？"

管仲说："平和谦让，能言善辩，我不如隰朋，请立为司徒；辟土地，丰米粟，尽地利，我不如宁越，请立为司农；金戈铁马，枪林箭雨，士卒用命，视死如归，我不如姜成父，请立为司马；决狱断案，不徇私情，不杀无辜，不赦有罪，我不如宾须无，请立为司寇；进谏必忠，不惧死亡，不避权贵，我不如东郭牙，请立为谏议大夫。"齐桓公听到这里，连忙点头答应。

管仲又说："国君欲富国强兵，有此五人足矣；若欲称霸诸侯，臣虽不才,唯愿竭诚尽力。"齐桓公听了,佩服得五体投地,立即拜管仲为相国。管仲推荐的五个人,齐桓公全部予以任用。众官员各司其职,各展其能。

这天两人再次见面,齐桓公有点不好意思,小声问管仲:"寡人有三爱:爱饮酒,爱田猎,爱女人。此三者有碍称霸乎?"管仲说:"国君之诚,让管仲无限感佩。以实论之,国君之三爱,于强国称霸并无大碍。"

齐桓公听了十分惊讶,万万想不到,管仲对于自己的三种爱好,竟然看得淡之又淡。齐桓公想了一想,接着又问:"寡人为所欲为,可乎?"

管仲十分严肃地说:"不可!自律自省,自尊自重,国君谨记,须臾不可忘怀。国欲强盛,重在用人。选贤任能,用而不疑,方能称霸。"齐桓公说:"先生之言,字字珠玑,寡人受教矣。"从此,尊称管仲为"仲父",同时发出通令:"凡属军国大事,统由相国裁决!"

齐桓公登上国君之位,又拜管仲为相。莒国探马得到消息,立即回国报告。莒且公立即召集左右,研究对策。司徒衣佩玉说:"齐君在我国避难,鲍叔牙伴随左右,两人乃患难之交。齐国新君继位,鲍叔牙理所当然为相国。出乎意料,担任相国者并非鲍叔牙,竟是管夷吾。"

莒且公说:"姜小白避难莒国,终于登上齐君之位。此乃大好消息,应予祝贺。"次日带上贺礼,一行人赶往齐国。

陪同莒且公出访的,是老司空月中桂。一行人到达临淄一看,许多国家都来祝贺。莱、郯、曹、徐、宋、郑、卫、陈、蔡、燕、晋等国,先后达到。周庄王也派遣大臣,带着贺礼前来祝贺。周边国家,只有鲁、谭、糕三国,没有前往祝贺。原来,鲁国因为扶持姜靖纠,与齐国兵戎相见,因此拒绝前往;糕国是个小国,一般不参与别国活动;齐桓公申请避难,遭到谭国拒绝,两国关系雪上加霜。齐桓公继位,谭国拒绝参与祝贺。

按照莒且公的安排,当日夜晚,月中桂前往拜访管仲。原来,管仲陪同姜靖纠在鲁国避难,月中桂曾到鲁国访问,两人几次接触,成为知己好友。现在,月中桂趁机登门拜访,两人谈起鲍叔牙,管仲大加赞赏,他说:"吾始困时,尝与鲍叔贾,分财利多自与,鲍叔不以我为贪,知我贫也。吾尝为鲍叔谋事而更穷困,鲍叔不以我为愚,知时有利不利也。吾尝三仕三见逐于君,鲍叔不以我为不肖,知我不遭时也。吾尝三战三走,鲍叔不以我为怯,知我有老母也。公子纠败,召忽死之,吾幽囚受辱,鲍叔不以我为无耻,知我不羞小节而耻功名不显于天下也。生我者父母,知我者鲍子也。"

月中桂是读书人，头脑机敏，博闻强识，他把管仲的话一字不漏地记在心里，见到莒且公，原原本本地做了汇报。莒且公说："齐侯志向远大，重贤用能。有管仲、鲍叔牙等人辅佐，如虎添翼，不可小觑。"两人正在说话，忽然探马来报："齐军调兵遣将，似有重大行动！"

莒且公说："情势有变，即刻回国！"说罢，立即带领人马回国。

原来，齐桓公的第一个目标是攻打糕国。齐襄公与文姜兄妹淫乱，像夫妻一样常住糕国，两人的兽行使得齐国声名狼藉。齐桓公看在眼里，记在心里。他恨屋及乌，把糕国视为眼中钉。继位典礼筹备期间，齐桓公就和管仲、鲍叔牙商定："先行攻灭糕国，而后攻灭谭国！"

这天，齐国出动战车二百辆，大军一万五千人，把糕国四面包围。糕国是个小国，名不见经传。该国地处齐、鲁两国之间，土地纵横不过几十里，士兵不足两千人。齐军四面围困，糕国处于危亡之中。国君李偈见势不妙，急忙化装成老百姓，慌慌张张逃到谭国。

李偈前来避难，谭三岱闻讯，吓得战战兢兢。他明白，前年没接纳齐桓公，这次又没到齐国祝贺，齐桓公不会善罢甘休。如果齐桓公顺藤摸瓜，派兵进攻谭国，谭国危在旦夕。谭三岱想到这里，故技重演，把李偈拒之于国门之外。

李偈刚刚离开，边防前来告急："齐国万名大军，气势汹汹杀来！"谭三岱一看，情势十分危急。他急中生智，亲手写信一封，派人到莒国求救。

莒且公从齐国返回，路上伤风感冒，感觉有些胸闷气喘，幸亏救治及时，身体很快复原。这时候，司徒衣佩玉和司空月中桂双双告老请辞。经众人举荐，莒且公任命竹有节为司徒，土生金为司空。两人十分感激，连忙施礼谢恩。

恰在这时候，突然有人报告："谭国信使到！"话音未落，信使已经到达。莒且公敞开竹简一看，原来谭国遭到齐军围困，向莒国请求救兵。莒且公说："常言道：'知恩不报非君子。'借粮之恩，没齿难忘，即刻出兵，救援谭国！"

原来，当年为了增援纪国，莒国与郑国一起出兵，共同攻打卫国。莒国路途遥远，所带粮草有限，只得向谭国借粮。谭三岱慷慨相助，秘密支援了粮草一百车。莒军度过了危机，莒且公一直念念不忘。现在谭国求救，莒且公当即答应，立即出兵相助。

听闻莒国即将出兵，夫人仲姬说："出兵援谭，理所当然，但夫君年过半百，不宜车马劳顿，带兵出征可委派他人代劳。"莒且公说："齐军异常强大，他人唯恐难以胜任。"说完，对着铜鉴照了照，猛然发现自己已经鬓发斑白，不禁感慨万端："玉闾垂垂老矣！"

次日清晨，内侍急匆匆报告："谭君前来莒国，请求予以庇护！"原来，莒国还没来得及出兵救援，谭国已被齐国打垮。

齐桓公上台不久，攻灭糕国，吞并谭国。谭国灭亡，土地人口全部被齐国占有，齐国领地进一步扩大。这一年是公元前684年。

谭国被吞并，谭三岱仓皇逃到莒国，恳切申请避难。莒且公顾念当年的借粮恩情，亲自接见谭三岱。此时的谭三岱，身穿粗布衣服，像个普通老百姓。他神色慌张，失魂落魄，令人同情。莒且公一看，心里十分难过。

当天夜晚，谭三岱住进馆驿。莒且公召来司徒竹有节、司空土生金，商量如何安置谭三岱。竹有节说："五莲山林木葱郁，奇峰连绵，山泉清澈，乃上上隐居之地，宜于安置谭君。"土生金说："角子山怪石林立，峰峦叠嶂，山峰簇拥，宜于谭君隐居。"莒且公斟酌再三，然后说："五莲山风景虽好，但距齐国不远，极易被齐国察觉。如此看来，庇护谭君以角子山为宜。"然后，指令竹有节办理此事。

在竹有节陪同下，谭三岱来到角子山。举目望去，两峰矗立，就像两只牛角一样，这就是角子山名字的来历。因为"角"与"甲"近音，后来演变为甲子山。他们左寻右找，找到一个向阳避风的地方。莒国士兵一齐动手，很快搭起几间茅屋，作为谭三岱一家的住所。

就这样，谭三岱一家悄然定居下来。从此，甲子山成为他的第二故乡，祖祖辈辈在此繁衍生息，成为莒国居民。

糕国被齐国吞灭，消息很快传到文姜耳朵，她一连几天茶水不进，痛不欲生。回顾当年自己常住糕地，哥哥齐襄公只要有空，就来到这里一起玩乐，两人一起钓鱼狩猎，一起乘马追逐，一起游山玩水，日子过得十分惬意。想不到弟弟继任国君，竟然把糕国吞灭。文姜怒火满腔，找到儿子鲁庄公，强烈要求出兵攻打齐国。鲁庄公深知齐国之强，不能贸然动兵，于是昼夜操练兵马，做进攻准备。

鲁国的隐秘行动很快被齐国侦知，齐桓公勃然大怒，说："先发制人，攻打鲁国！"管仲进谏："新君继位，不宜接连用兵。当按兵不动，休养生息。"

齐桓公盛怒之下，根本听不进去。他命令管仲主持国政，任命鲍叔牙为大将，亲自带兵攻打鲁国。齐军一路南下，攻占了鲁国的长勺，鲁国上下无不惊恐。鲁国有个叫曹刿的人，是个普通百姓，却很关心国家大事。齐国大军压境，鲁国国难当头，曹刿挺身而出，决心为国效力。

鲁庄公正在心急火燎，听说有人前来献策，立即召见。曹刿见到国君，开门见山地问："何以战？"原来曹刿首先关心的，是鲁国凭什么打败齐军。鲁庄公说："衣食所安，弗敢专也，必以分人。"

曹刿一听，对于那些衣服食品之类的东西，国君不敢独自享用，都是拿来与大家分享，于是说："小惠未遍，民弗从也。"曹刿认为，那些小恩小惠不能普及民众，老百姓是不会服从的。鲁庄公想了想又说："牺牲玉帛，弗敢加也，必以信。"

想不到曹刿却说："小信未孚，神弗福也。"曹刿认为这些"小信"不足以让神灵信任，神灵是不会赐福的。鲁庄公想了想，又补充说："小大之狱，虽不能察，必以情。"国君对于大小案件，尽管不可能一一明察秋毫，但是尽力处理得合情合理。

曹刿听了高兴地说："忠之属也，可以一战，战则请从！"通过这一问一答，曹刿取得了鲁庄公的信任。鲁庄公与曹刿同乘一辆大车，前往长勺迎战齐军。

第二天上午，两军在长勺相遇。鲍叔牙亲自擂动战鼓，齐军连续冲锋了两次，想不到，鲁军一直原地不动。齐军误认为鲁军胆怯，再次冲锋也还会和前两次一样。齐军第三次冲锋时，将士们大大咧咧，全然不把鲁军放在眼里。齐军刚刚冲到鲁军阵前，忽听对方鼓声大作，鲁军犹如猛虎下山，潮水般冲杀过来。齐军猝不及防，顿时一片慌乱。鲁军刀枪并举，乱箭齐射，齐军抵挡不住，只得狼狈逃窜。

齐桓公万万没想到，齐军以强击弱，竟然大败而归。

长勺之战，鲁军大获全胜。文姜得到消息，顿时心花怒放。她想："鲁军打败齐军，为自己出了一口恶气。"此时的文姜，虽已人到中年，但风韵犹存，美貌不减当年。自从齐襄公被弑，文姜常常以泪洗面，近几年来没亲近过男人。每想到这一点，文姜心里感觉十分寂寞。

长勺之战结束，齐、鲁两国各自罢兵，暂时处于休战状态。这时候，文姜趁机又来到莒国。这次她没和官方联系，自己悄无声息，秘密行动。她带领几个贴身随从，首先来到卧牛山，寻找小木匠。可是寻来找去，一直杳无音信。文姜找不到小木匠，又去找尤一剂。可是打听了一圈，始终不见踪影。这时候，文姜又想起了竹上飞。竹上飞打拳卖艺，周游列国，早就不知去向。时过境迁，无论小木匠、尤一剂还是竹上飞，各人为了生存，四处奔波，居无定所，早已湮没在人海中。

三个人都没找到，文姜心里十分难过，她回到鲁国，不禁泪水涟涟，连续几天，彻夜难眠。她想："好花不常开，好景不长在。自己已经人到中年，往后的光景，将是向老年迈进。银发苍苍，孤苦伶仃，最终走向黄土，那就是自己的归宿。"想到这里，她禁不住伏案大哭。哭了一会儿，她又想起了哥哥齐襄公，于是拿起眉笔，画了一幅齐襄公头像，然后对着头像放声大哭。

齐国兵败于长勺，齐桓公怒气难消。听说谭三岱逃到莒国，得到莒国庇护；紧接着，又听说姐姐文姜再次到达莒国。齐桓公得到消息，不禁怒火万丈。这时候，恰巧管仲约着鲍叔牙前来汇报。两人一看，齐桓公手按剑柄，怒气冲冲，在大厅里来回踱步。

齐桓公看到二人进来，怒吼一声说："出动大军，攻打莒国！"鲍叔牙一听，急忙给管仲递个眼色。管仲急忙进谏："莒国乃山东三强之一，绝非谭国所能相比。我军新败于长勺，若再攻打莒国，胜负实难预料。"齐桓公听了仍不舍弃，说："轻兵奇袭，得手即撤，还莒国以颜色！"

齐桓公万万想不到，齐国打算奇袭莒国的消息早已泄露。莒国探马闻讯，火速报告国内。莒且公立即做出部署，准备迎击齐军。对此，齐桓公十分生气。他对管仲说："寡人同仲父、鲍子三人，闭门而谋袭莒。兵马未动，其事早已传闻于外，原因何在？"管仲回答说："国中必有奇人！"

这时候，齐桓公想起来了，那天的杂役人员之中，有个人叫东郭邮。齐桓公猜想："大概是他走漏了风声。"立即下令："速将东郭邮带来！"

侍卫立即行动，很快把东郭邮找来。齐桓公问："寡人打算袭击莒国，何人透露风声？"想不到，东郭邮十分痛快地承认，透露风声的就是他。

齐桓公说："袭莒之事，你何以知晓？"

东郭邮说："我听说：'君子善于谋划，小人善于推测'，此乃我推测而成。"

齐桓公一听，问："你用何法推测？"

东郭邮回答："欣然喜乐，乃鸣钟击鼓奏乐之色；深沉清静，乃居丧戴孝之色；形貌清澈丰满，而手足带有动作，乃发动战争之色。那日小人立于台下，看到国君与相国立于台上，口开而不合，是说的"莒"字；举手指画，方向对着莒国。齐国欲称霸，邻国中不肯顺从的唯有莒国。小人由此推断，国君必欲袭莒。"

齐桓公听了十分钦佩，说："善哉！以细微断大事，真奇才也！"立即提拔东郭邮，把他由平民身份提升为士。东郭邮由此晋升士大夫阶层。

事已至此，齐国袭击莒国一事，自然烟消云散。

莒且公近来无事，又想起了谭三岱。在竹有节、土生金陪同下，莒且公带领少数随从，一起来到甲子山。极目远眺，但见青山如黛，峰峦叠嶂，苍松翠柏，绿满乾坤。莒且公禁不住由衷赞叹："好一处隐居之地！"

原来，甲子山虽然是莒国领土，但莒且公也是首次涉足，多年来戎马倥偬，日理万机，他很少有闲暇到处游山玩水，现在置身此地，举目远眺，触景生情，不禁感慨万端。

竹有节在前引路，莒且公来到谭三岱的住处。原来，谭三岱已经病亡。他的老伴佝偻着身子，坐在茅屋前面晒太阳。大儿子谭怀潭，已经娶妻成家，他的媳妇挺着大肚子，见到陌生人，转身走进茅屋里。谭三岱的二儿子、三儿子，已经长成翩翩少年，看到有客人来访，两人好奇地走过来，莒且公问寒问暖，关切备至。原来谭怀潭的名字，是来到莒国之后用的新名。怀潭，寓意是怀念谭国。

莒且公在众人陪同下，走到谭三岱坟墓之前。抬头望去，一片水湾呈现在眼前，水湾北侧的平地上，谭三岱的坟墓坐落在那里。仔细看去，坟墓就是一堆黄土，上面已被荒草覆盖。坟墓前边，一块不规则的石头寂然竖立，莒且公端详一下，这是一块无字碑。原来为了防止齐人察觉，不设墓志铭，不敢镌刻主人姓名。谭三岱的墓碑上连名字都没有。

这时候一阵冷风吹来，莒且公打了一个寒战。他定了定神，再次望了一眼谭三岱的坟墓，不禁感慨万千。他想："人生有限，转瞬即逝。无论王侯将相，抑或志士仁人，与茫茫宇宙相比，与绿水青山相比，其生命之短暂，犹如昙花一现。"想到这里，他心情十分难过，禁不住长叹一声，说："青山处处埋朽骨……"话没说完，莒且公突然向后一仰，一下子倒在地上。

正是：人生自古谁无死，尸骨最终入黄泉。

第四十四回　联诸侯齐国示强　施巧计莒国致富

且说莒且公在谭三岱墓前突然一阵头昏目眩，当即倒在地上，竹有节、土生金指挥随行人员把他抬到车上。回到国都，莒且公一病不起，夫人仲姬焦急万分，四处求医问诊，但是吃过多种草药，病情始终不见好转。

这天清晨，夜幕已经散去，海上渐渐呈现微红色。莒且公慢慢睁开眼睛，看到夫人仲姬两眼红肿，他抓住仲姬的手，有气无力地安慰几句，然后又慢慢地闭上眼睛。过了一会儿，又把眼睛慢慢睁开。他自感不久于人世，把长子嬴珪玺、次子嬴珪拏、司徒竹有节、司空土生金、新任司马戈以雄及其他大臣一起召来。

莒且公十分艰难地抬起手，指着长子嬴珪玺，张开嘴巴想说什么。突然，他的手落到被子上，两眼一闭，无声无息。仲姬忙喊："夫君，夫君！"嬴珪玺、嬴珪拏二人忙喊："父亲，父亲！"众大臣一起呼唤："国君，国君！"任凭大家怎么呼唤，莒且公两眼紧闭，再也没有睁开。

在竹有节、土生金、戈以雄等人拥戴下，嬴珪玺继位。仍以城邑之名为君号，是为莒庞公。

且说齐桓公高度信任管仲，对他言听计从。这天管仲进谏："齐国欲称霸诸侯，延揽人才为第一要务。"齐桓公说："相国之言，即当行之。"

管仲有个爱妾，是钟离人，名叫钟婧。钟婧识文解字，博古通今，管仲十分喜欢她。齐桓公十分好色，每次出行，都要带上几个漂亮嫔妃。常言道"君规臣随"，因此管仲出行也常常带上钟婧。

这天上午，管仲带领人马到达猕山。抬头望去，左前方有个村夫，穿着粗布短衣，戴着一个破草笠。那人赤着双脚，在山下放牛，他一边放牛，一边敲着牛角唱歌。管仲觉此人不俗，就让人把酒和牛肉送给他。放牛人一阵狼吞虎咽，很快就把酒肉吃完了，然后说："我欲见相国！"管仲的随从说："相国之车,已去远矣。"放牛人说:"我有一语,请转告相国:'浩浩乎白水!'"

随从人员追上管仲,报告此事。管仲一听,心里十分茫然。他不理解这句话的意思,只得询问随行的爱妾钟婧。钟婧说:"妾闻,古有《白水》之诗云:'浩浩白水,鲦鲦之鱼,君来召我,我将安居?国家未定,从我焉知。'牧牛人吟诵此诗,乃期盼做官之意也。"

管仲听了钟婧的话,急忙命令停下车,派人把那个放牛人叫过来。放牛人见了管仲,并不下拜,一直站在那里。管仲问他叫什么名字,那人回答说:"我乃卫国村夫,姓宁名戚。闻听相国好贤礼士,因此不畏路遥,赶到此地牧牛。"

管仲询问他的学识,宁戚对答如流。管仲不胜感叹,对宁戚说:"国君大军在后,不日即到此地。我修书一封,你面呈国君,自当予以重用。"

宁戚拿着管仲的书信,继续在山下放牛。两天之后,齐桓公率领大军到达猊山。宁戚和前天一样,穿着粗布短衣,戴着破草笠。他赤着脚站在路旁,一点也不回避。齐桓公的大车过来,宁戚敲着牛角唱歌:

阳光灿灿,白石欲烂。赤日炎炎,浃背流汗。

江河将枯,井水欲干。不逢尧舜,黎民倦倦。

男忧女戚,长哀幼叹。长夜漫漫,何时而旦?

齐桓公十分诧异,忙问宁戚居处和姓名。宁戚不卑不亢,据实回答。齐桓公说:"当今齐国,百姓乐业,草木沾光,即使尧天舜日,莫过如此。汝乃村夫一个,为何抨击时政也?"

宁戚回答说:"我虽村夫,尝闻尧舜之时,十日一风,五日一雨;耕田而食,凿井而饮;道不拾遗,夜不闭户;匪盗绝迹,百姓安居乐业;普天之下,不言而信,不怒而威。而今纲纪不振,教化不行;弟弑其兄,臣弑其君;争权夺利,无所不用其极。我不知唐尧虞舜,是何如也。"

齐桓公心想:"这不是讽刺我吗?"不禁大怒,说:"村氓野夫,出言不逊,缚而斩之!"军士得令,立即把宁戚五花大绑。将要行刑,宁戚脸不变色,仰天长叹:"夏桀杀戮龙逄,纣王残杀比干,今宁戚成为第三耶!"

隰朋急忙进谏:"此人不怕死亡,不惧威势,绝非寻常牧夫,宜宽而赦之。"齐桓公的怒气顿然消失,立即命人解开绳索。和颜悦色地对宁戚说:"汝乃忠直之士,适才我欲试之耳。"这时候,宁戚向怀里一掏,拿出管仲的推荐信。齐桓公一看,信上写着:

卫人宁戚，猛山牧牛。貌似村莽野夫，实则目光远大。其人腹有良谋，乃难得治国良才。国君欲富国强兵，宜留用宁戚，以为辅佐。若弃之不用，势必见用于他国。若如此，则后悔无及矣。

齐桓公看完信，对宁戚说："既有相国推荐之书，何不呈送寡人？"

宁戚回答说："臣闻：'贤君择人而佐，良臣择主而辅。'若国君喜好阿谀之徒，宁戚宁死，不出相国之书！"齐桓公听了十分感动，立即拜宁戚为大夫，与管仲同参国政。

齐桓公爱惜人才，重贤用能，消息很快传到陈国。

这时候，陈国是陈宣公当政。他怀疑弟弟谋叛，派人把弟弟杀了。陈国的另一个公子名叫陈完，字敬仲，是陈厉公的儿子。他害怕被陈宣公杀害，急匆匆投奔齐国。齐桓公拜他为工正，让他从事养马、种菜之类杂活。陈完做事勤勤恳恳，处事谨慎小心。齐桓公十分满意，就把"田"这个地方，赐给陈完，作为他的食邑。陈完以地为姓，改名叫田敬仲，成为田姓始祖。

谁也想不到，后来的姜氏齐国，被陈完的后代篡夺，史称"田齐"。

且说齐桓公重用管仲，延揽人才，励精图治，国力很快增强。莒庞公闻讯，召来左右，商量学习齐国的强国之策。司徒竹有节说："齐国农、工、商三业并举，是其富国强兵之道。当今社会，无农不稳，无工不富，无商不活。齐国之经验，莒国应予借鉴。"

司空土生金说："农工商渔，四业并举，乃致富之道，缺一不可。目下我国，粮茂渔丰，所不足者，乃工、商两业。工业者，宜大造船筏，销往江淮；商业者，绸绢葛布便于车马运载，应以此为主，销往鲁、郏、滕、曹诸国。"

这时候，竹有节出了一个点子。原来鲁国盛产绸子，叫作鲁绸。鲁国百姓无不喜欢，男女老少都穿。竹有节劝说莒庞公："国君带头穿鲁绸，号召官吏与民众俱穿鲁绸。"很快，鲁绸在莒国奇货可居，价格大涨。莒国鼓励外国商人，都到莒国经商，因此，各国商人齐集莒国。鲁国靠近莒国，交通最为方便，鲁国商人纷纷来到莒国，人人贩卖鲁绸。莒国对鲁国商人承诺："贩来鲁绸百匹者，奖赏铜币千枚；贩来鲁绸千匹者，奖赏铜币万枚。"

自殷商以来，交易一直使用贝币。现在莒国改用铜币，要比天然贝币贵重多了。因此，鲁国商人回国，大量收购鲁绸，然后贩卖到莒国。织造鲁绸有利可图，鲁国百姓不再种植粮食，家家种桑养蚕，人人织造鲁绸。不长时间，鲁国漫山遍野都是桑树。

一年之后，莒庞公下令："官民一致，改穿莒绨！"原来，莒绨是一种精致麻布，是莒国特产。官府发出号召："禁止鲁绸交易！"莒庞公带头，大小官吏一致响应，带动全体居民都穿莒绨，同时设置关卡，禁止鲁绸入境。

鲁绸已经没有销路，莒绨价格却十分昂贵。鲁国商人见有利可图，都到莒国贩卖莒绨。鲁国居民闻讯，不再织造鲁绸，家家织造莒绨。鲁绸是用蚕丝织造的，莒绨是麻丝织造的，原料截然不同。为了谋利，鲁国人把桑树全部刨掉，家家改种丝麻。从此，鲁国漫山遍野都是丝麻。

文姜得到消息，急忙询问儿子鲁庄公。鲁庄公把情况告诉母亲，然后一边摇头，一边唉声叹气。文姜心想："机会来了！"她主动要求，再次出访莒国。文姜此行有两个目的，一是协调两国的商贸关系，二是趁机去寻找异性。她把这种想法藏在心里。

鲁国先是种桑，接着改种丝麻，无人种植粮食，导致严重缺粮，全国陷入饥荒，经济陷入危机。鲁庄公无计可施，整天唉声叹气。母亲自告奋勇，要求出使莒国，鲁庄公欣然答应，支持文姜出访莒国。

莒庞公曾见过文姜，对她的事情早有耳闻。文姜再次来访，莒庞公心里十分厌恶。他和夫人姜枚一商量，双双避而远之。文姜这次到莒国，既没找到异性，也没受到官方礼遇。她心里十分失落，只得无限惆怅地返回鲁国。

文姜回到鲁国后，得了一种怪病。晚上一上床，就梦见过去的男人。激情难抑的齐襄公、四肢强健的小木匠、金枪不倒的尤一剂、雄风飒飒的竹上飞，活灵活现，轮番浮现在眼前。有时候，四人同时出现；有时候又同时消失，不见踪影。每到这时，文姜尖声怪叫，哭得死去活来。这样折腾了几个月，到了九月初五晚上，文姜突然尖叫一声，从病榻上掉下来。侍女进去一看，文姜头发蓬乱，两只眼球凸露在外。侍女吓得尖叫一声，几个男侍从过来一看，文姜早已四肢僵硬，命归黄泉。就这样，文姜惨然离别人世。

鲁庄公是个孝子，按照周礼，次年二月，以国君夫人之礼，给文姜举行了正规葬礼。《春秋左传》如此记载："癸丑，葬我小君文姜。"癸丑，是二月二十三日；小君，是鲁国史官对国君夫人的称谓。

又过了一年，莒庞公带头，全体官吏响应，突然不再穿莒绨，改穿莒绢。鲁国人制造的那些莒绨，无人购买，全部积压在手里。货物卖不出去，又没有粮食，鲁国顿时陷入困难之中。鲁国严重缺粮，饥荒日益严重。莒国盛产粮食，不准卖到鲁国。鲁国漫山遍野都是丝麻，粮田荒废已久，短时间难以恢复。鲁国民众饥饿难忍，只得拖儿带女，纷纷逃往莒国。有些邑吏干脆带着民众，连同土地一起投奔莒国。

短短三年，莒国不出一兵一卒，用经济手段降伏了鲁国。鲁国吃了大亏，但是哑巴吃黄连——有苦说不出。此时的鲁国，北面受到齐国挤压，东边受到莒国蚕食，南边受到宋国侵扰，曾经的山东大国，处于十分艰难的境地。

近期以来，莒庞公特别关注齐国状况，一年四季都有暗探隐身齐国，随时搜集情报，对于齐国的重大事件无不了如指掌。管仲担任相国后，齐国迅速强大起来。齐桓公特别喜欢女人，他已经有了许多妻妾，但是仍不满足。周釐王有个漂亮女儿，称作王姬。齐桓公派遣大臣隰朋前往洛邑求亲，周釐王当即答应，指定鲁庄公主婚。徐、蔡、卫等国，看到齐国国力迅速上升，纷纷把公主嫁给齐桓公。

齐桓公有三位正室夫人，六位如夫人，嫔妃宫女不计其数。所谓如夫人，就是待遇如同夫人一样的嫔妃、爱妾。莒庞公得到消息，笑着说："如夫人如夫人，爱妾地位之高，如同夫人一般！"说完，哈哈大笑起来。

这天，莒庞公正在操演兵马，突然探马来报："齐国联络诸侯，会盟于北杏。盟国之中，莒国不在其列。"莒庞公心里一惊，说："探明详情，及时报来！"探马再次赶到齐国，把情况了解得十分透彻，几天后立即回国报告。

这天齐桓公问管仲："齐国兵精粮足，我欲称霸诸侯，如何？"

管仲回答说："周室虽然衰弱，仍是天下共主。王室东迁以来，诸侯不朝，战乱频仍。齐国欲称霸，需内尊王室，外攘四夷，奉天子以令诸侯。列国之中，衰弱者扶之，强横者抑之，昏乱者挥兵而讨之。海内诸侯，皆知我之秉公无私，必相率而朝于齐国。若如此，霸业可成矣。"

原来，这就是著名的"尊王攘夷"。这个理论的创始人就是管仲。这次北杏会盟，宋、鲁、陈、卫、郑等国，无不参与其中，莒国竟然不在其内。

管仲的所谓"尊王攘夷"，竟然把莒国排除在外。莒庞公一听，心里十分生气。当天下午，莒庞公召来竹有节、土生金，一起商量对策。莒庞公说："当初姜小白外出避难，糕国不予接纳，谭国拒之门外，最后走投无路，不得已亡命我国。我国不避嫌疑，予以庇护。姜小白离莒赴齐，莒国派兵护送。时至今日，他羽翼渐丰，竟把莒国置之脑后，真乃忘恩负义，可恶至极！"

竹有节说："齐君当年避难莒国，鲍叔牙跟随左右。应遣人赶赴临淄，与鲍叔牙说明道理，通融两国关系。"土生金立即表态，同意竹有节的主张。

莒庞公接受建议，派遣竹有节为专使，星夜赶往临淄。鲍叔牙见到竹有节，态度十分热情。提起当年避难莒国给予的照顾，鲍叔牙十分感激。

竹有节说："当初齐君避难，莒国有庇护之恩。如今齐国联络诸侯，竟将莒国排斥于外。如此举动，于情不合，于理难通！"竹有节说得句句在理。鲍叔牙拱手施礼，连连致歉，说："管夷吾身为相国，系首辅大臣，国君对其言听计从。"鲍叔牙说完，再次给竹有节续茶，然后说："我愿先找管仲，再找国君。通融两国关系，使莒国参与会盟。"

鲍叔牙重情重义，言而有信。他来到管仲府衙，说明莒国使臣的意思，然后说："当年国君避难，莒国予以庇护。此恩此情，不宜忘怀。"

管仲心想："当年与国君赴莒国避难，那是你鲍叔牙的事。想当初，我管仲还在鲁国避难。事到如今，要对莒国感恩戴德，与我管仲何干？"想到这里，他一本正经打起了官腔："强国者，公也；报恩者，私也。我管仲既为齐之相国，当以国事为重，焉敢因私废公，玩忽职守者耶？"

管仲的说辞，似乎有条有理。鲍叔牙一时难以反驳，只得摇了摇头，很失望地离开。他走出管仲府邸，接着去找齐桓公。这时候，齐桓公正在饮酒消遣。两位如夫人一左一右，正在轮番敬酒。齐桓公看到鲍叔牙进来，态度十分客气，他睁开蒙眬醉眼，说："爱卿来得正好，来来来，陪寡人痛饮一杯！"

鲍叔牙因事而来，哪有这个心思？他说："因诸侯会盟一事，莒国使臣来访，恳切参与会盟。当年国君避难，莒国予以庇护，此恩重于泰山，此情焉能忘怀。'尊王攘夷'之策，可否将莒国摒于'四夷'之外？"

齐桓公一听，原来是为了诸侯会盟，头脑顿时清醒了不少。他放下酒杯，定了定神说："此等琐事，寡人一概不闻不问，统由相国裁处。爱卿与相国乃寡人肱股之臣，汝二人商定即可。"说完，又搂着两个美姬喝起酒来。

鲍叔牙跑前跑后，竟然一点收获都没有。感觉实在对不起莒国，心里十分难过。实在没办法，只得对竹有节说："两国交往，来日方长，后会有期。"

竹有节出使齐国，没有完成使命，只得悻悻回国。不久，莒国得到情报："齐国联络宋、陈、卫、郑等国，在鄄地会盟，齐国开始称霸！"莒庞公本来指望这次能够参与会盟，万万想不到，齐国仍然把莒国排斥在外，不禁怒火万丈。他"唰"的一声拔出宝剑，大声咆哮："姜小白羽翼渐丰，忘恩负义，是可忍孰不可忍！立即出兵，攻打齐国！"

正是：尊王攘夷实可恨，满腹怒气冲天来。

第四十五回 齐桓公毋忘在莒 鲍叔牙故地重游

齐桓公得到管仲辅佐，齐国越来越强大。齐国为了称霸，多次组织诸侯会盟，以"尊王攘夷"为名，把莒国排斥在外。齐桓公当年避难逃命，莒国予以庇护，时至今日，此情此恩，已经全然忘怀。莒庞公忍无可忍，誓言征伐齐国。国君冲天一怒，气氛骤然紧张，众位大臣惴惴不安。

司空土生金进谏："齐国联盟诸侯，将我国排斥于外，的确令人难以忍受；但是齐国之'尊王攘夷'，乃是尊崇王室，攘斥四夷。四夷者，东夷、西戎、北狄、南蛮之谓也。管仲之原意，挟天子以令诸侯，并非单独排斥莒国。如此观之，莒国不可贸然出兵。"司徒竹有节说："齐国之强，尽人皆知。只可顺其势，不可逆其锋。以弱击强乃兵家大忌，请国君熟思之。"其余臣子纷纷发言，同意两位大臣的分析，不同意出兵伐齐。

莒庞公说："众卿之言甚当，伐齐之事，暂且搁置。"他深深明白，鲁国默默无闻，暂时无关紧要，应当特别关注的，当然是齐国。于是继续派出探马，到齐国侦测情况。这天，探马又送来了新的情报。

原来，齐桓公重用人才，消息很快传播出去。鱼龙混杂，各种人物先后涌向齐国。卫国公子卫开方也慕名到达临淄。卫开方见到齐桓公，态度特别诚恳，要求赐给一个小小的官职。管仲单刀直入，质问卫开方："汝身为卫国公子，享尽荣华富贵。舍熊掌而取糠饭，何也？"卫开方灵机一动，说："齐君之贤明，天下无人不知。开方如能侍奉左右，荣幸之至。即使熊掌驼蹄，龙肝凤胆，焉能比也！"齐桓公一听，顿时眉开眼笑，当即答应："拜卫开方为大夫！"卫开方工于心计、巧言令色，很快得到齐桓公的信任。

齐国的雍邑有个厨师，名叫雍巫。他会做一手好菜，色、形、味俱全。一次，如夫人卫姬受寒生病，齐桓公心里十分着急。雍巫使用祖传秘方，把草药与山菜巧妙搭配，卫姬食用后很快痊愈。因此，雍巫得到齐桓公的赏识。一天，雍巫做了一盘精肉，亲手献给齐桓公。齐桓公吃了一口，感觉味道鲜美，远远超过羊羔肉，于是问："此乃何肉，味美若此？"雍巫立即跪下说："此乃人肉也。"齐桓公急忙问："从何得之？"雍巫："微臣之子，业已三岁。国君乃万世之尊，未尝人味。微臣所以杀子，以奉国君也。"齐桓公一听，顿时感动万分，说："卿之孝心，古今少见！"从此，对雍巫更加宠信。

有个叫竖貂的人，本来是齐国宫里的杂役。竖貂为了接近内廷，自行阉割。手术后，竖貂说话细声细语，就像个女人。齐桓公闻讯，十分怜惜，对他越来越信任，一声令下，赐给竖貂良田千亩，作为他的食邑。

莒国探马得到上述情报，及时回国报告。莒庞公得到报告，急忙与左右商量。土生金说："卫开方、雍巫与竖貂三人，投机取巧，四处流窜，曾经到过莒国。在莒国几年，得不到信任，见无隙可乘，只好溜到齐国。"莒庞公说："此类小人，腹无真才实学，却巧言令色，留之必生后患！"

且说鄄邑会盟之后，众诸侯仍各行其是，天下冲突迭起，战乱此起彼伏。汉水一带的楚国趁机扩充地盘，西面的巴国不甘落后，出兵打败楚国。巴军勇猛进攻，楚军一败涂地。楚国经此一败，不再向西发展，转而向中原争霸。

此后不久，齐桓公在管仲辅佐下，又组织了幽地会盟。宋、鲁、陈、郑等国响应号召，一起参与会盟。众诸侯见齐国势力强大，推戴齐桓公为盟主。此时，齐桓公的霸业进入巅峰时期。周惠王闻讯，立即赐给齐桓公"方伯"称号，同时授予特权："修太公之职，得专征伐。"从此，齐桓公成为诸侯霸主。

周王朝予以授权，齐国可以任意使用武力，征伐各诸侯国。

朝廷如此高抬，诸侯如此尊奉，这样的待遇空前未有。齐桓公每想到这些，心里得意扬扬。这天他乘兴设宴，慰劳众位大臣。宴会上灯红酒绿，山珍海味，应有尽有。三支美女乐队，美女们个个花枝招展，轮流献技，载歌载舞，煞是热闹。酒过数巡，齐桓公高举铜尊，志得意满地说："上天赐福，祖宗保佑，朝廷授权，诸侯拥戴，使我齐国称霸天下，此乃万世之功也！"

齐桓公刚说完，管仲立即带头高喊："万世之功！"众大臣随之齐声高喊。口号声震耳欲聋，在大厅里回响。大臣们一边颂歌盈耳，一边大献殷勤，轮番向齐桓公敬酒。就在这时候，卫开方突然领进一个人。众人抬头望去，那人身穿麻布长衫，怀里抱着一个琴。卫开方说："如此盛宴，不可无琴。此琴名曰瑶琴，以此为国君助兴。"齐桓公正在兴头上，看到有人献琴，哈哈大笑说："知我者爱卿也！赏！"他一边说话，一边把瑶琴接到手里。伸出右手，随便拨弄了几下。瑶琴顿时响了起来，虽然不合音律，却也清脆悦耳。

卫开方立即献媚说："国君天才！无师自通！"齐桓公听了眉开眼笑，说："来来来，各人赐酒一杯！"侍者立即抱起酒坛，给卫开方和献琴人每人斟满一杯。这时候，宁戚举杯高喊："国君得此宝琴，举杯祝贺！"

大家举起酒杯，齐声高喊："祝贺国君！"然后一饮而尽。

美姬献舞，大臣祝酒，又有人前来献琴，齐桓公越来越高兴，整个大厅气氛越来越热烈。齐桓公眉飞色舞，不亦乐乎。为了进一步增强气氛，管仲对着献琴人高喊："你既献琴，必然懂琴。你说说此琴之来历，为国君助兴！"

那个献琴人听了，对着齐桓公深鞠一躬，然后说："此琴乃伏羲所创，共有七弦，故亦曰七弦琴，又有瑶琴、玉琴之美称。七弦由外而内，分别是徵、羽、宫、商、角、徵、羽。"献琴人刚说到这里，宁戚竖起拇指夸赞："内行！确是内行！"大家随着高喊："内行内行！"

献琴人说完七个音律，本来打算就此打住。得到宁戚夸赞，立即来了精神，接着补充说："楚人伯牙学琴，三年未成。他不远万里，走向天涯海角，观天地之阔，听海浪之声，赏鸥鹭之鸣，然后有感而发，作成《高山》《流水》之曲，成为千古绝唱。"

管仲说："既是千古绝唱，何不弹奏一曲，为国君助兴？"众人立即附和："弹奏一曲，为国君助兴！"齐桓公一听，高兴地大喊一声："赐座！"两名侍者趋步向前，立即搬过一个座椅。献琴人坐下后，正了正架势，又把琴音调整了几下。他轻轻拨动琴弦，由轻而重，由慢而快，忘情地弹奏起来。琴声悠扬，恰似高山流水，引人入胜。齐桓公轻轻摇着头，听得如醉如痴。

曲毕献琴人站起身来，向齐桓公深鞠一躬。齐桓公一边聆听琴声，一边继续喝酒，不觉已经醉眼蒙眬。他一摇一晃，走到献琴人面前。伸手接过古琴，一本正经地弹起来。想不到琴声粗犷，韵律激越，犹如巨钟长鸣。齐桓公高兴地说："此琴如此洪亮，真乃寡人之号钟也！"立即下令把瑶琴改名为号钟。管仲见国君如此兴奋，举起酒杯高喊："敬国君！"众位大臣立即响应，纷纷高举酒杯，一齐向齐桓公敬酒。

齐桓公睁开蒙眬醉眼，瞟一眼鲍叔牙。鲍叔牙端坐在那里，竟然无动于衷。齐桓公说："寡人与众臣饮酒取乐，爱卿何不敬酒耶？"大家不约而同，把目光聚焦到鲍叔牙身上。鲍叔牙不慌不忙，从怀里拿出一块黄绢。众人一看，上面是四个大字："毋忘在莒！"

鲍叔牙双手平托黄绢，躬身对齐桓公说："国君毋忘，避难在莒！"

管仲刚想搭话，鲍叔牙忽然高喊："请管仲毋忘，被缚鲁国！"管仲尚未反应过来，鲍叔牙接着高喊："请宁戚毋忘，野外牧牛！"

这时候，齐桓公稍稍清醒过来。他想起了在莒国避难的情景，振臂高喊："毋忘在莒！"管仲、宁戚以及众位大臣跟着振臂高呼："毋忘在莒！"口号声此起彼伏，顿时响彻大厅。

鲍叔牙拿起"毋忘在莒"的黄绢，悬挂在墙壁上。

齐桓公又喝了几杯酒，已经醉醺醺的。他刚想站起来，双腿一软差点坐到地上，嘴里不断嘟哝："毋忘在莒！毋忘在莒！"一头醉倒在侍女怀里。

且说莒国探马不断改变行头，常年潜伏在齐国。齐桓公乘兴设宴，鲍叔牙提醒他"毋忘在莒"。消息被莒国探马侦知，立即回国报告。

莒庞公接到情报，对左右说："齐侯赴莒避难，鲍叔牙陪同始终。鲍叔牙进谏'毋忘在莒'，其人、其心、其情，可见一斑。"竹有节说："鲍叔牙重情、重义、重友，光明磊落，肝胆相照，此人可交。"土生金说："鲍叔牙乃齐君心腹，高居大夫之职，地位举足轻重。我国可派遣专使，赴齐访问，顺便与鲍叔牙接洽，邀其访问莒国。假若莒、齐结盟，岂不美哉！"竹、土两人说完，其余大臣纷纷表示赞同。

莒庞公当即决定："以竹有节为专使，访问齐国！"

竹有节带上礼物，一行人马不停蹄向齐国进发。队伍到达穆陵关前，看见关门大开。定睛一看，鲍叔牙乘坐大车顺坡而下，一路向南奔驰。双方一见面，大喜过望。原来，鲍叔牙提出"毋忘在莒"，引起了齐桓公的高度关注。鲍叔牙趁机进谏："以我之见，派出专使，赴莒国谢恩。借机联络莒国，拥戴齐国称霸。"

齐桓公一听十分满意，说："此次赴莒，非爱卿莫属！"立即安排鲍叔牙，带上礼物出使莒国，双方竟在半途相遇。

鲍叔牙先行一步，已经进入莒国境内。竹有节于是半道折回，不再奔赴齐国。为了尽地主之谊，竹有节主动在前引导，陪同鲍叔牙向莒城奔驰。队伍一路疾行，很快接近莒城北郊。竹有节派人提前进城，先行向国君报告。

莒庞公大喜过望，立即带领随从，亲自到城外迎接。

回顾当年，齐桓公到莒国避难，鲍叔牙始终陪同左右。当时的莒庞公还是莒国世子，双方曾经见过面，算是老熟人了。阔别多年，今日再次相见，双方格外热情。莒庞公端详了一下鲍叔牙,年过半百,身体已经发福;与当年相比,变化十分明显。鲍叔牙端详了一下莒庞公,当年的翩翩少年,现在已经成熟练达,热情之中不失君王气派。鲍叔牙看在眼里,内心不禁暗自敬佩。

进入大厅,双方落座。一番客套寒暄之后,鲍叔牙首先说明来意,接着送上礼单:黄金五百镒,良马一百匹,白璧六双,象牙六对,虎皮十张,沙漠狐皮二十张,姜子牙《六韬》一部。随后,恭恭敬敬地把信札呈上。莒庞公展开一看,是齐桓公的亲笔信,大意是:

> 当年避难,贵国予以庇护。衣食住行,侍卫随扈,未曾稍缺。本人归国之时,贵国车马护送,不辞枪林箭雨。此恩重于泰山,此情终世难忘。今遣大夫鲍叔牙前往贵国致谢,微薄之礼,不成谢意,尚企笑纳。

莒庞公手持来信,斟酌再三,反复体味:其中除了致谢之外,并未涉及其他。至于两国关系,关于诸侯会盟,竟然只字未提。莒庞公心想:"唯有寄希望于鲍叔牙了。"酒宴上,莒庞公高举酒杯,对鲍叔牙说:"莒、齐两国,南北相邻,唇齿相依,一荣俱荣,一损俱损。当今齐国,业已称霸诸侯,莒国作为齐之邻邦,由衷祝贺。莒国愿竭诚尽力,维护睦邻邦交,切望鲍大夫从中予以通融。"

鲍叔牙忙说:"叔牙不才,愿尽绵薄之力,共修两国之好。"

次日上午,在竹有节陪同下,鲍叔牙参观莒城城垣。他们首先来到府前大街。鲍叔牙抬头望去,大街明显已经加宽,两侧楼亭殿阁,壮观辉煌。走到南城门一看,城墙已经加高,城楼已经重建,城壕也已加宽加深。鲍叔牙久历沙场,熟谙军旅。他一看就明白了,这些年莒国修筑城垣,厉兵秣马,未曾稍有懈怠。鲍叔牙不禁失声赞叹:"莒国之强,名不虚传,真东夷之雄也!"鲍叔牙说完,向着竹有节伸出了大拇指。

下午,他们来到柳青河西岸。回想当年,齐桓公避难莒国,鲍叔牙伴陪左右,这里就是他们的栖身之地。鲍叔牙抬头望去,当时的那片小树,已经长成参天大树;当年低矮的丛林,已经变成高大的树林。走到当年的住处一看,那个四合院仍在。观察一下四合院周边,增添了不少房屋。原来,这里已经变成了军营。

这时候,有三个军士从旁走过。鲍叔牙仔细一看,这是当年的哨兵。一股莫名的情感,立即涌上心头。他不自觉地走上去,向士兵问寒问暖。军士一看,鲍叔牙身穿官服,根本认不出来了。鲍叔牙忙说:"你是当年的哨兵!"竹有节忙给军士递了个眼色,军士们立即行礼致敬。鲍叔牙拿出三十两黄金,每个军士十两。军士们赶忙鞠躬致谢。

鲍叔牙故地重游,不禁感慨万千。军士们已经离开,他仍然站在那里,望着军士的背影,再看一眼当年的住房,望一眼周边的树林,内心依依不舍。临上车,又回过头望一眼,显得深情无限,流连忘返。竹有节一看,鲍叔牙眼里噙着泪花。

按照原计划,鲍叔牙首先参观柳青河,然后游览浮来山,最后去大海观光。原来,齐国虽然是沿海国家,鲍叔牙年过半百,却从来没见过大海。这次到莒国参访,趁机参观大海,是他梦寐以求的。可是刚要上车奔赴海岸,突然齐国信使到来。原来齐桓公亲自下令,要鲍叔牙赶快回国。

鲍叔牙无奈,只得向莒庞公告别,随后带领人马,紧急返回齐国。莒庞公带领竹有节等官员,亲自送到莒城北门以外。队伍出了莒城北门,已经走出四五百步。鲍叔牙回过头来,深情凝望着巍峨的城楼,大声呼喊:"鲍叔牙还会回来!"

莒庞公送走鲍叔牙,刚想回宫议事,突然探马来报:"鲁国发生内乱!"莒庞公立即命令:"再探!"竹有节进谏:"鲁国为我近邻,如有内乱,势必关乎我国。宜派出专使,借赴鲁访问之名,深入探察鲁国内情。"莒庞公说:"爱卿之言甚当!"派遣土生金为专使,立即到鲁国访问。

土生金领命,一行人马不停蹄,很快到达曲阜。摸清情况后,赶紧回国报告。原来,鲁国发生内乱,互相残杀,血染宫廷。

正是:争权夺利乱宫廷,又来血雨与腥风。

第四十六回　姬庆父莒国逃命　嬴珪挐郳邑殉国

且说土生金奉命出使，在鲁国住了五天五夜，摸清情况后，立即回国报告。莒庞公一听，原来鲁国发生内讧，国君被弑，血染宫廷。

鲁庄公共有三个弟弟：庶弟姬庆父、姬叔牙，同母弟姬季友。弟弟姬季友一出生，手纹中有个"友"字，因此起名叫季友。姬庆父、姬叔牙、姬季友兄弟三人，同为鲁国大夫。一是嫡庶之分，二是姬季友最为可靠，鲁庄公最信任的，是弟弟姬季友。

鲁庄公继位第三年，这天到郎台游玩。他站在台上，忽然发现一美貌女子。这女子是党氏之女，名叫孟任。鲁庄公把孟任召到郎台，让她陪侍自己。万万想不到，孟任竟然不肯听从。鲁庄公对她说："你若跟随寡人，封你为夫人。"孟任说："空口无凭，需立盟约。"鲁庄公为了得到孟任，当即答复了她的要求。当天晚上，鲁庄公就和孟任同宿于郎台。次日，鲁庄公带着孟任回到曲阜。一年之后，孟任生下一个男孩，起名叫姬般。

鲁庄公十分宠爱孟任，想立她为夫人，于是请示母亲文姜。文姜一听，坚决反对。她的态度十分强硬，要鲁庄公迎娶齐国公主。鲁庄公无奈，只得和哀姜定下婚约。原来，哀姜是齐襄公与王姬生的女儿，文姜是她的亲姑姑。哀姜才出生几个月，只能等她长大以后，再前往迎娶。

鲁庄公三十七岁那年，哀姜已经二十岁。按照婚约，鲁庄公到齐国迎娶哀姜。哀姜嫁到鲁国多年，竟没有生育。她的妹妹名叫叔姜，跟随她媵嫁到鲁国。叔姜生了一个儿子，名叫姬启。鲁庄公还有个爱妾，叫作风妫。风妫生了个儿子，名叫姬申。风妫想把姬申托付给大夫姬季友，她想让姬季友扶持姬申为世子。姬季友拒绝说："公子姬般乃国君长子，世子非他莫属。"

哀姜年轻貌美，被立为夫人，但鲁庄公并不喜欢她。原因是，哀姜的父亲齐襄公杀害了鲁庄公的父亲鲁桓公。杀父之仇，鲁庄公始终萦绕于怀，挥之不去。他只要看见哀姜，就恨屋及乌，心里隐隐作痛。哀姜嫁来多年，鲁庄公从来没临幸过她，所以哀姜一直没有生育。哀姜因此心生怨恨，想方设法报复鲁庄公。

鲁庄公的异母弟姬庆父，生得魁伟英俊，仪表不凡。此人野心勃勃，风流淫荡，既爱权力又爱女人。哀姜因此看上了姬庆父。两人瞅准时机就在一起暗度陈仓。这天上午，鲁庄公外出巡视，哀姜一看，立即召来姬庆父。两人一见面，立即滚到床上。侍女不知内情，掀起帘子进入内室，看到两人一丝不挂纠缠在一起，吓得尖叫一声，跑到室外。姬庆父、哀姜若无其事，缠在一起继续淫乐。有人赋诗讥讽：

> 淫风荡荡，污秽洪荒。文姜之后，又有哀姜。
> 齐国有女，如此荒唐。史籍历历，千古名扬。
> 周礼犹在，弃之草莽。堪笑鲁国，枉称礼邦。

姬庆父与同母弟姬叔牙，再加上哀姜，三人狼狈为奸，结为一党。他们暗中商量，瞅准机会把姬庆父扶上国君之位，让姬叔牙担任上卿。

这年秋季，鲁庄公病势严重，弥留之际，仍然对姬庆父放心不下。

鲁庄公问姬季友："叔牙规劝寡人，传位于庆父，汝意下如何？"姬季友说："庆父性情残忍，不可为国君。叔牙怀有私心，偏袒同母之兄，不可听其言。我愿以己之能，辅佐姬般为国君。"鲁庄公听了点点头，却再也不能说话。

姬季友十分清楚，要想保证姬般继位，必须除掉姬叔牙。他假借鲁庄公之命，用鸩酒把姬叔牙毒死了。

这天傍晚，鲁庄公去世。姬季友辅佐姬般登上国君之位。姬庆父一心继承君位，但是未能得逞。他处心积虑，策动叛乱。这年十月，姬庆父暗中派人杀死了国君姬般。

姬季友得知姬般被害，断定是姬庆父暗中主使。他知道姬庆父心狠手辣，担心他加害自己，连夜奔往陈国。与此同时，派人赶往齐国告急。

哀姜听说姬般已死，主张立姬庆父为国君。姬庆父暗自高兴，但是转念一想，说："姬季友尚在，若不斩尽杀绝，未可代也。"哀姜说："公子姬启，乃我妹之子，可立为国君。"姬庆父一想，姬启还是个孩子，即使当了国君，也是自己手中的傀儡。想到这里，欣然表态同意。他又转念一想："此事非同小可，须取得齐国的支持。"姬庆父想到这里，派遣心腹星夜赶到齐国。心腹见到佞臣竖貂，送给他一笔重礼，让他替姬庆父讲情。竖貂见到礼物，心中大喜，连忙找到齐桓公。他一番甜言蜜语，说得齐桓公连连点头。在齐国默许下，年仅八岁的姬启继任国君，是为鲁闵公。

听完土生金的报告，莒庞公说："鲁国为我国西邻，姬庆父弑君作乱，不可坐视不管！"竹有节说："姬庆父与哀姜私通，淫乱无度。今又弑君作乱，鲁国上下无不切齿。此人乃鲁国祸乱之源。"土生金说："常言道：'西邻有乱，东邻不安。'目下鲁国内讧，何时平息，尚待观察，我国应有所预防。"司马箭一雄说："以我之见，立即出兵，进驻西部边境，以防鲁国之乱。"

莒庞公说："言之有理！"立即出兵一万，驻扎在东山脚下。

鲁闵公的母亲叔姜，是齐襄公的女儿。齐襄公是齐桓公的哥哥，鲁闵公叫齐桓公叔姥爷。齐桓公担心鲁闵公年幼，地位不稳，他立即召来大夫仲孙湫，说："你赶紧奔赴鲁国，以访问为名，借机观察姬庆父举动！"

仲孙湫回到齐国，立即向齐桓公报告："不去庆父，鲁难不已！"

齐桓公说："姬庆父作恶多端，鲁人无不切齿。寡人欲起兵而除之，如何？"仲孙湫回答说："姬庆父凶恶未彰，讨之无名。其狼子野心，不甘居于他人之下。待其恶绩显露，除之未迟。"齐桓公竖起拇指，说："善！"

转眼之间，到了鲁闵公继位第二年。姬庆父与哀姜通奸，越来越放肆。两人干脆不顾一切，通宵住在一起。哀姜一再撺掇姬庆父杀掉姬启，自立为君。姬庆父早就有此野心，立即采取行动。这天晚上，姬庆父亲自率领武士潜伏在大门两侧。不一会儿，鲁闵公果然外出。姬庆父乘其不备，带领士兵一拥向前，一阵乱杀乱砍。鲁闵公毫无提防，一声惨叫倒在血泊里。

鲁闵公被弑，鲁国百姓闻讯，对姬庆父恨之入骨。数千人自动聚集，像潮水一般，包围了姬庆父的府第。姬庆父一看大事不妙，慌忙化装逃跑。他坐上大车，载着珍宝财物，溜出曲阜东门，趁夜逃往莒国。

姬庆父离开曲阜，很快来到费邑。往东走了大约十里，东面尘土滚滚，一支车队迎面而来。原来，正赶上莒庞公到前线巡视。姬庆父见到莒庞公，"扑通"一声跪在地上，说："姬庆父以戴罪之身，向国君致礼。鲁国宫廷内乱，庆父已无立足之地。现投奔贵国，尚望予以庇护。若能保全性命，莒君即我再造父母，莒国乃我重生之国。庆父九泉之下，亦感恩不尽！"姬庆父说完，"咚咚咚"磕了三个响头。

鲁国国君被弑，大臣纷纷外逃，国君之位顿时空缺。

齐桓公对仲孙湫说："目下鲁国无君，我欲趁机攻灭鲁国，尽取其地，爱卿之意如何？"仲孙湫回答说："鲁国乃秉礼之国，虽遭弑君之乱，人心未忘周公。莫如因势利导，以存其国。"

齐桓公说："爱卿之言甚当！"立即派遣大夫高傒，率领精兵两万人，紧急向鲁国进发。高傒领命，率兵来到鲁国。见面一看，姬申相貌端庄，处事十分有条理。高傒心里十分敬重，当即拥立姬申为国君，是为鲁釐公。

在此关键时刻，周公姬旦的余荫拯救了鲁国。

姬季友对鲁釐公说："庆父潜往莒国，早晚必生祸患。乱臣贼子，不可使其逍遥国外。"鲁釐公忙问："当何以处之？"姬季友说："派遣专人，出使莒国，请其放归姬庆父。莒国若将姬庆父放回，鲁国愿割让边境五城邑给莒国。"鲁釐公点头同意，姬季友立即派人出使莒国。

莒庞公展开竹简一看，鲁国想用五座城邑换回姬庆父，于是问左右："众卿意下如何？"竹有节说："姬庆父弑君乱国，淫乱宫廷，鲁人恨不得分而食之。若庇护此等人物，必遭天下唾骂。"土生金说："姬庆父欲以肮脏之物换取我国庇护，当拒之于国门之外。鲁国欲以五城邑换人，应予答应。"司马箭一雄说："放归姬庆父，换得五城邑，此等好事，天下难寻，机不可失！"其余大臣纷纷发言，赞同箭一雄的意见。

莒庞公一看，多数大臣看法一致。指令竹有节出面，告诉鲁国专使："鲁国所提条件，莒国予以答复。现将罪臣姬庆父，立即驱逐出境！"莒国下了逐客令。姬庆父万般无奈，只得离开莒国，凄然返回鲁国。他走到泗水岸边，越想越害怕，从车上解下一条绳子，自缢于大树之上。鲁国人发现他时，他早已命归西天。

莒庞公派遣竹有节紧急出使鲁国，一是祝贺鲁釐公继位，二是要求交割五城邑。竹有节到来曲阜，鲁釐公立即与姬季友商量。想不到，姬季友已经反悔，他说："城邑乃无价之宝，焉能送与他人？"鲁釐公是个孩子，一切听从姬季友的。

竹有节见到姬季友，对他说："莒国践约，业已放归姬庆父。请鲁国践约，划归五城邑。"万万想不到，姬季友却说："姬庆父自缢而亡，并非莒国执而杀之，焉能索要我国城邑？"姬季友强词夺理，竹有节十分无奈，只得愤然回国，向莒庞公报告。

莒庞公气愤地说："我国践诺，放归姬庆父。鲁国公然违约，是可忍孰不可忍！"众人听了，无不义愤填膺。大家一致要求："出兵攻打鲁国！"莒庞公的弟弟嬴珪挐，身材高大，腰细膀宽，臂力无穷。鲁国出尔反尔，嬴珪挐无限愤慨，他说："鲁国言而无信，实属可恶。我愿带兵伐鲁，以解国人心头之恨！"司马箭一雄说："若公子出兵，我愿助一臂之力！"

莒庞公立即下令："讨伐鲁国！"出动战车三百辆，将士两万五千人。莒庞公自统中军，嬴珪挐为左先锋，箭一雄为右先锋，兵分三路向鲁国进攻。

嬴珪挐率领左路军一路向前挺进，鲁国军队望风披靡。莒军很快打到郿邑，深入鲁国境内。鲁釐公闻报，吓得战战兢兢，急忙问姬季友："莒军来攻，势不可当，当如之奈何？"姬季友说："我愿领兵前往，抵御莒军！"

鲁釐公解下自己的佩刀，伸手递给姬季友，说："此刀名曰孟劳，锋利无比，叔父可为防身之用。"姬季友接过宝刀，带领人马赶往郿邑，莒国大军已经列阵以待。两阵对圆，嬴珪挐乘车而出，他对姬季友说："姬庆父弑君作乱，逃奔莒国。鲁国信誓旦旦，以五城邑换取姬庆父。莒国践诺守信，将人放回。鲁国为何出尔反尔？"

嬴珪挐一席话，说得姬季友理屈词穷。姬季友狡辩说："两国交往，武力为上，唯有兵戈说话。一纸空文，有何价值！"嬴珪挐说："鲁国如此不守信用，妄称礼仪之邦。你大言不惭，兵戈说话，只可吓倒三岁孩童。你若有种，与我一对一徒手决斗。伤不追责，死不抵命。请问，你有此胆量乎？"

两军阵前，众目睽睽。姬季友万万想不到，嬴珪挐如此挑战，无奈只得硬着头皮答应下来。两人跳下战车，卸下铠甲，扔掉兵器，徒手格斗起来。你来我往，互不相让，不分胜负。二人抖擞精神，再次扑向对方。嬴珪挐卖个破绽，装作已经力气不支，姬季友见状，一个"饿虎扑食"蹿将上来。嬴珪挐向左侧一闪身，顺势一个"扫堂腿"，只听"噗"的一声，姬季友一下子趴在地上。嬴珪挐架势一变，把虎拳改成鹰爪拳，以"猎鹰抓鸟"架势，向着姬季友扑来。

姬季友有个儿子，时年八岁。他站在一旁，看到父亲遇险，急得大喊："孟劳何在？"姬季友听到喊声，顿时被提醒。他不顾徒手格斗的承诺，悄悄掀起衣襟，拔出孟劳宝刀，用尽平生力气，猛然刺向嬴珪挐。嬴珪挐毫无防备，被深深刺中头颅，顿时倒在地上。莒军将士义愤填膺，刀枪并举，一齐冲杀过去。鲁军抵挡不住，纷纷向后退却。莒军穷追不舍，鲁军拼命奔逃。

莒庞公亲率中路大军，箭一雄率右路大军，同时赶到郿邑。

正是：暗器伤人实可恨，光明正大是英雄。

第四十七回　齐桓公征伐楚国　莒庞公兵临汉水

莒庞公率领大军，很快到达郿邑，万万想不到，弟弟已经壮烈牺牲。原来，他是被暗器所杀。莒庞公义愤填膺，把宝剑向西一指，高声发出命令："攻进曲阜，生擒姬季友！"箭一雄驱动战车，挺起长戟，一路冲锋在前。莒庞公扬鞭催马，紧随其后。两万五千人马，浩浩荡荡杀向鲁国。莒军一路冲杀，迅速占领卞邑。过了泗水河，曲阜就在前方不远处。

莒军攻势凌厉，鲁军只得退守曲阜。

鲁釐公闻讯，吓得心惊肉跳，急忙与姬季友商量。姬季友说："莒军如此强悍，鲁军难以抵挡。当务之急，派人速赴齐国，请兵救援！"

鲁国专使到达齐国，被送到馆驿休憩。原来，管仲早就派遣暗探，潜往莒、鲁两国，两国的一切大事都在管仲掌握之中。因为鲁国违约，莒国出兵攻打，管仲对此了如指掌。他对齐桓公说："姬庆父逃奔莒国，请求庇护；鲁国承诺，以五城邑换回姬庆父。莒国履约放人，鲁国竟违约不守。莒国公子嬴珪拏愤然出兵，与鲁国公子姬季友对阵。姬季友身藏暗器，杀死嬴珪拏。如此观之，鲁国理亏，不容置疑。"

齐桓公忙问："事到如今，当何以处之？出兵攻鲁？抑或攻莒？"

管仲说："处置此事，无须一兵一卒。待我以国君名义，写信两封，以鲍叔牙为使，送往莒、鲁两国，事端必定化解。"齐桓公问："莒、鲁交兵，势不两立，两军对阵，枪林箭雨。仲父何以如此自信也？"

管仲说："自古外交，需以国力为后盾。凭我齐国之威，出面调停，焉有不成之理？何况鲁国理亏，自当悔过，所承诺五城邑，理应划归莒国。反观莒国，挥兵深入鲁国境内，虽则有理，实属用兵过度。"齐桓公听了十分佩服，说："仲父一语，寡人顿开茅塞。天赐仲父，寡人之福也！"管仲立即以齐桓公名义，写信两封。鲍叔牙为专使，星夜兼程，送往鲁、莒两国。

鲍叔牙到达鲁国，见到鲁釐公、姬季友。按照管仲定的策略，鲍叔牙重重批评了姬季友，然后含沙射影，又批评了鲁釐公。鲁釐公、姬季友只得唯唯连声，恳切承认错误。鲁釐公答应接受调停，把五个城邑划给莒国。

鲍叔牙离开曲阜，又来到莒国军营。首先说明来意，然后递上书信。莒庞公一看，此信言简意赅，显然出自管仲之手，却用了齐桓公的名义：

> 莒、鲁交兵，将士喋血，尸骨遍地，暴之于野。生灵涂炭，焉不令人痛心疾首。莒、鲁东西为邻，唇齿相依，战则两伤，和则两利。其中道理，不言而喻。齐国愿以至诚，出面调停。鲁国兑现承诺，莒军罢兵回国。若有不从者，本盟主将率众诸侯，挥动大军，围而剿之，分裂其土，捣毁宗庙。此言凿凿，勿谓言之不预也。

莒庞公一看，齐桓公以霸主名义，出面调停争端，语气十分强硬。意思十分明白："必须接受调停，否则出兵攻打！"莒庞公正在思忖，鲍叔牙贴近他的耳朵，小声说："常言道，'识时务者为俊杰'。适可而止，见好就收，乃聪慧者之所为也。"原来，鲍叔牙一直怀有感恩之心。一事当前，始终向着莒国。

莒庞公一看，事到如今，罢兵回国，息事宁人，才是最正确的选择。他想到这里，立即顺水推舟，说："盟主出面调停，敢不从命！"然后又对鲍叔牙说："鲍大夫车马驱驰，不辞辛劳，不胜感谢！"

就这样，莒、鲁之战得到和平解决。

且说鲁国发生"庆父之难"，直接导致了"三桓"的产生。"三桓"就是孟孙氏、叔孙氏、季孙氏。因为他们三家的祖先都是鲁桓公的儿子，所以人们合称他们为"三桓"。鲁国实行"尊尊亲亲"的治国原则，公卿大臣非姬姓莫属。对其卿族，总是不绝后嗣。卿大夫在位时，无论行为怎样越轨，受到的惩罚如何严重，不会牵连到其宗族。他们的子孙世代因袭，依然享有高官厚禄。因此，"三桓"世世代代绵延下去。

"孟孙氏"的始祖，就是姬庆父。姬庆父，字公仲，《春秋左传》称他为仲庆父。他的后世子孙，多数叫作"仲孙×"，所以称他们为"仲孙氏"。因为他们是"三桓"之首，因此又称其为"孟孙氏"。姬庆父阴谋夺权，连弑二君，罪不可恕，被逼自缢而亡。鲁国立他的长子公孙敖为卿，以后世代为官。

"叔孙氏"的始祖，就是姬叔牙，姬庆父的同母弟弟。姬叔牙支持姬庆父作乱，被姬季友逼迫，饮鸩自尽。姬叔牙死后，姬季友信守承诺，立姬叔牙的儿子公孙兹为卿。他的后代世世在朝为官，延续百年之久。

"季孙氏"的始祖，就是姬季友。姬季友与鲁庄公同父同母，他辅佐鲁釐公有功，因此得到大片封地。他的后人世代把持鲁国朝政，在"三桓"之中，势力首屈一指。百年之后，"三桓"势力越来越大，严重威胁到国君权力，孔子强力建议予以制裁。此是后话，暂且不提。

在齐国调停下，鲁国只得忍痛割爱，把五个城邑交割给莒国。莒国疆域再次得到扩大，举国上下一片欢腾。这天，莒庞公召集左右，商量如何管理五城邑。忽然探马来报："齐国会盟诸侯，准备攻打蔡国！"莒庞公说："诸侯会盟，机会难得。立即联络齐国，参与诸侯会盟！"

竹有节说："管仲为相，齐君对他言听计从。若要参与会盟，须得管仲首肯。"土生金说："鲍叔牙、管仲情同手足，莒国若要参与会盟，可请鲍叔牙从中斡旋。"莒庞公说："此言甚当！"派遣竹有节为专使，紧急赶往齐国。一行人马不停蹄，很快到达临淄。竹有节见到鲍叔牙，说明来意。

鲍叔牙说："齐君委政于管仲，以'尊王攘夷'为国策，天下莫不知之。若要改变，难于上青天。莒国既有与盟之意，我当尽力而为。"当天下午，鲍叔牙找到管仲，说："莒国有意参与会盟，其情十分迫切。"管仲心想："莒国一再请求，参与诸侯会盟；鲍叔牙多次出面，恳切替莒国讲情。对于此事，国君始终不表态。在此情况下，责任全然落到自己身上。既然如此，何不顺水推舟，送个人情，落个皆大欢喜？"想到这里，他对鲍叔牙说："尊王攘夷，不可改变；但有一计，似可试行。"

鲍叔牙一听，心里十分高兴，急忙问："计将安出？"

管仲说："观盟而不与盟。"鲍叔牙听了不得要领，觉得一头雾水，忙说："愿闻其详。"管仲笑了笑说："请国君恩准，让莒国参与观盟。名义上虽未与盟，实则参与其中矣。'尊王攘夷'之旗号，并未变更。如此办理，岂不两全其美？"鲍叔牙十分佩服，说："管子之才，胜鲍叔牙十倍！"

为此，管仲约着鲍叔牙一起觐见齐桓公。鲍叔牙说："莒国再三恳请，参与诸侯会盟。"齐桓公问："相国意下如何？"管仲说："莒国乃东夷之强，拥戴天子，尊崇盟主，不可拒之门外。"齐桓公问："尊王攘夷，乃既定国策，天下无人不知；若朝令夕改，岂不失信于诸侯也？"

管仲于是把"观盟不与盟"的设想详细进行了说明。齐桓公一听十分高兴，指说："相国之才，天下无双，真仲父也！"

齐桓公说完，鲍叔牙对着管仲悄悄伸出了大拇指。

齐桓公已经批准，让莒国参与观盟。鲍叔牙十分高兴，及时告诉竹有节。竹有节完成使命，立即回国报告。莒庞公高兴地说："鲍叔牙，真朋友也；管夷吾，真智者也！"说完立即下令："整备车马，准备出征！"

且说齐桓公有个爱妾，是蔡国公主，名叫蔡姬。蔡姬回到娘家，竟然悄悄改嫁。齐桓公闻讯大怒，立即下令："传檄众诸侯，出兵讨伐蔡国！"指令大夫宁戚，带兵留守国内。以管仲为帅，隰朋、鲍叔牙、宾须无三人为先锋，卫开方、竖貂两人为参军，出动兵车三百乘、甲士两万五千人，一路杀向蔡国。同时派出多路专使，传檄众诸侯，共同出兵参战。

莒庞公接到檄文，以"观盟"名义，率兵按时到达。莱、纪、滕、郯等东夷国家，听说莒国参与会盟，非常羡慕。他们找到管仲、鲍叔牙，送上礼物，请求参与会盟。可是想不到，管、鲍根本不予理睬。徐国被视为"淮夷"国家，当然在被"攮"之列。徐子把自己的漂亮女儿献给齐桓公为妾，齐桓公十分喜爱，徐国于是得以参与诸侯会盟。

这次出兵，共有齐、莒、宋、鲁、陈、卫、郑、许、徐等国。各国国君亲自率兵前来，千军万马，实力十分雄厚。

齐桓公率领大军，一路杀奔蔡国。竖貂为了邀功，自告奋勇，带领先头部队提前到达蔡国。他来到蔡国城下，耀武扬威。蔡穆侯早就听说，竖貂是贪财好利之徒，立即送去美女两名、黄金一百镒、锦帛一百匹。

竖貂接到礼物非常高兴，他悄悄把这次的行动计划全盘告诉了蔡穆侯。蔡穆侯一听，这次诸侯联军先伐蔡国，接着进攻楚国。于是连忙带上家眷，星夜奔往楚国报信。

国君出走，蔡国群龙无首，顿时陷入大乱，蔡军很快就被击溃。

再说，中原大地烽火连天，地处江汉地区的楚国，趁机壮大起来。在各诸侯国之中，楚国是第一个僭号称王的国家。周厉王时期，楚国害怕受到征伐，被迫取消了王号。到了公元前704年，楚国国君熊通再次称王，是为楚武王。楚武王之后是楚文王熊赀，开始以郢作为国都。熊赀死了，继位的是熊艰。由于种种原因，熊艰没有君号。熊艰之后，又传到了楚成王。楚成王身材魁梧，富有斗志，能屈能伸。

为了趁机征服楚国，齐桓公率领诸侯联军，从蔡国杀奔楚国。楚成王十分清楚，联军来势凶猛，不能硬碰硬。立即派遣大夫屈完，出面与联军谈判。

诸侯联军车轮滚滚，很快到达楚国边境。众人举目望去，一个人衣冠齐整，把大车停在路旁。他拱手施礼说："楚国使臣屈完，奉命在此恭候。"

齐桓公忙问左右："联军到此，楚人何以知之？"管仲说："必定有人泄露消息。楚国既已派出使臣，我当以大义责之。楚人自感愧怍，可不战而降。"

管仲说完，扬鞭催马乘车而出。他和屈完同时拱手，以示礼节。屈完首先开口说话："楚、齐两国，并不相邻。齐国居于北海，楚国居于南海，两国风马牛不相及。今日贵国率领诸侯联军，挥兵而进楚国，请问是何缘故？"

管仲回答说："昔日周成王在世，封我先君太公于齐，授权曰：'东至海，西至河，南至穆陵，北至无棣，五侯九伯，实得征之。'自周室东迁，诸侯放肆。我君奉命主盟，以修复先王之业。楚国既为诸侯，自当拜谒天子，进贡朝廷。楚国不朝不贡，尽失臣子之礼。如此大逆不道，诸侯所以进剿也。"不等屈完回话，管仲接着说："回顾当年，周昭王南征而不返，楚国难辞其咎。罪责之重，唯楚国是问！"

原来三百多年前，周昭王到南方巡狩，经过汉水时不幸溺死。数百年过去，早已时过境迁。管仲借题发挥，翻起这个历史旧账，以此质问楚国。

屈完回答说："周朝失政，朝贡废缺。天下诸侯，莫不如此，岂独楚国也？尽管如此，楚君已知罪矣，怎敢不予朝贡，以奉王命。至于昭王南征不返，原因何在，请叩问汉水！"屈完说到这里，坐上大车扬鞭而去。

管仲对齐桓公说："楚人如此倔强，凭口舌难以制服。应挥动大军，予以教训！"齐桓公说："此言甚当，速速传令，进军陉山！"一声令下，千军万马很快到达陉山。这里距离汉水已经不远。管仲立即下令："就此驻扎，不得前进！"

莒庞公对此很不理解，于是问："大军到此，何不一鼓作气，渡过汉水，与楚军一决雌雄？"管仲解释说："楚乃大国，既已遣使，必有防备。今日我军屯兵于此，张大声势。楚国惧我兵威，必将遣使求盟。我十万诸侯联军，以讨伐楚国而出，以征服楚国而归，不亦可乎？"莒庞公听了十分钦佩，其余诸侯也纷纷佩服管仲的分析，一个个翘起大拇指。

为了抵御诸侯联军，楚成王立即调兵遣将。拜熊子文为大将，熊驭乾为参军。屯兵汉水南岸，与诸侯联军隔江对峙。忽然探马来报："联军之兵，驻屯陉山！"熊子文进谏："管仲知兵，攻守有序，不可轻敌。今以诸侯之众，逗留不进，必有奇谋。可遣使探其虚实，然后定夺不迟。"

楚成王问："今番前往，何人可为使者？"熊子文说："屈完已与管仲相识，乃不二人选。"楚成王一想，这个建议不错，立即采纳。

屈完奉命再次来到汉水北岸，请求面见齐桓公。齐桓公嘱咐众诸侯："将战车列成阵势，齐国战车居于前方中央。待齐国战鼓响起，诸侯大军闻声而动，一齐擂动战鼓。切记：阵势务必雄壮，以显中原国家之威！"

莒庞公心想："如此宏大阵势，是给屈完来个下马威，借此威慑楚国。"

屈完来到联军大营，首先送上犒军礼物。齐桓公意气风发，对屈完说："大夫曾见过中原之兵乎？"

屈完回答说："楚国地处偏僻，屈完未睹中原之盛，愿一观大军阵容。"齐桓公想故意卖弄一下，让屈完登上自己的战车。

屈完举目望去，诸侯大军营垒相连，车马相接，望不到边际。就在这时候，齐军战鼓一响，众诸侯随之相应，顿时战鼓咚咚，震天动地。

齐桓公说："寡人有此大军，攻必克，战必胜，顺我者昌，逆我者亡！"

想不到，屈完一点也不惊慌，他说："众所周知，盟主为诸侯之长。若以仁德安天下，谁敢不从？倘若依恃武力，天下谁人心服？楚国虽小，有方城为城，有汉水为池，有长江为壁垒。城高池深，固若金汤，虽有百万之众，未必胜算也。"齐桓公一听，心里十分惭愧。屈完离开后，管仲对齐桓公说："屈完此来，必为会盟。若楚君亲来，国君应以礼相待。"

齐桓公听了管仲的话，更衣端坐，准备隆重接见楚成王。

楚成王在屈完陪同下，亲自来到联军阵前。见了齐桓公，楚成王首先施礼，然后说："楚国不朝不贡，我已知罪。联军若能退师一舍，熊恽敢不唯命是听。"齐桓公与管仲耳语一会儿，然后说："寡人既为盟主，奉天子以令诸侯。一言既出，驷马难追，焉有失信之理？"当即答应楚成王的请求，亲自下令："退兵三十里！"

离开联军大营，屈完对楚成王说："联军业已答应退兵，臣亦承诺入朝进贡，不可失信。"不一会儿，探马来报："联军十路军马，业已拔寨启程。退兵三十里，驻扎召陵！"楚成王说："联军退兵，必畏我也。"对于入朝进贡的承诺，十分后悔。熊子文说："列国之君，尚不失信，况我楚国乃江汉一国也？"楚成王听了连连点头，命令屈完为专使，带着三十车礼物前往召陵，犒劳诸侯大军。其中有黄金、铜鼎、锦帛、象牙、龟板、穿山甲、竹笋，等等。齐桓公见了十分高兴，当即下令："将楚国之礼品，分予众诸侯！"

莒国与众诸侯一样，自然分得一份。对此，莒庞公十分高兴。当天夜晚，莒庞公一声令下，把所分得的楚国物品，分别赏赐广大将士。

楚成王离开联军大营，立即带上礼物，赶到洛邑拜谒周惠王。他明确表态："尊奉朝廷，按时进贡。"周惠王十分高兴，说："楚国不朝不贡，由来已久。今日孝顺如此，乃先王在天之灵耶！"周惠王说完，赶紧到文王庙、武王庙，拜祭报告。为了笼络楚国，周惠王把祭祀用的胙肉赐给楚成王一份，同时嘱咐："镇尔南方夷越之乱，勿侵中原！"

天子把胙肉赐给谁，那是天大的荣耀。按照周礼，周天子祭祀先王的胙肉，不能分给异姓诸侯；如果分给异姓诸侯，只能是夏、商两朝的后人。现在周惠王大显慷慨，把祭肉赐给楚成王，这是破天荒的大事。对此，楚成王十分感激。

这天管仲下令，在召陵修建了一个高坛，举行诸侯会盟。管仲担任司仪，主持仪式。军士长牵来一头牛。一武士拿着尖刀，一下子把牛耳朵割下来。军士长接过鲜血淋漓的牛耳朵，放到一个青铜盘里，双手递给管仲。管仲接过盘子，亲自送到台上，恭恭敬敬地递给齐桓公。齐桓公双手托着盘子，面向北方弯腰鞠躬，对天施礼。接着，众诸侯列成两队，从高台两侧鱼贯而上。在管仲主持下，国君们用手指蘸着牛血，然后涂在自己的嘴唇上，盟主齐桓公接着领读誓词。

原来这套仪式，就是"歃血盟誓"。此次会盟，史称"召陵会盟"。

莒庞公继位以来，第一次参与这种盟誓，感觉既新鲜又好笑。诸侯盟誓结束，管仲下令班师。莒庞公对此很不理解，于是问管仲："楚国之罪，僭号为大。先生为何不提僭号之罪，单说不朝不贡也？"

管仲解释说："楚国僭号称王，已历三世，若要其革除王号，楚国焉能俯首听命？如其不然，势必交兵。若战端一开，烽火遍地，非数年不能停止。自南而北，从此陷入战乱之中。战火之下，生灵涂炭，尸骨遍野，于心何安？如今诸侯大军兵临汉水，我责其不朝不贡之罪，楚国无以反驳。此举足以夸耀诸侯，报效天子，避免兵连祸结。如此结局，岂不妙哉？"

莒庞公听了十分钦佩，心想："管仲有经天纬地之才、安邦定国之能。如此人才古今少有，怪不得齐侯叫他'仲父'呢。"莒庞公接着又想："假如莒国有个管仲，我也将成为盟主！"想到这里，他一边暗自微笑，一边摇了摇头。

这时候，齐国大夫隰朋突然高喊："盟主有令，大军回撤，途经莒国！"

正是：召陵会盟留青史，称霸诸侯齐桓公。

第四十八回 齐桓公惨然归天
                莒庞公溘然离世

  且说诸侯联军兵临汉水,准备讨伐楚国。楚国慑于威势,急忙放下身段,送礼劳军,同时派人赶往周朝廷朝贡。召陵会盟结束,齐桓公率领大军一路往北回返。莒庞公意气风发,打算回国。一个消息传来,打破了原有的气氛。莒庞公闻讯,心情顿时紧张起来。

  原来陈国有个大夫,名叫袁涛涂。此人贼眉鼠目,自私自利,善于投机取巧。他对郑国大夫申厚说:"联军打道回府,势必途经陈、郑两国。大军路过,食宿粮秣,耗费不在小数。陈、郑二国焉能承受得了?莫如规劝盟主,改道东行。大军途经徐、莒两国,军需粮秣,自有两国承担。"申厚说:"此议甚妙。"申厚是个聪明人,嘴里附和对方,心里却另有打算。

  袁涛涂求见齐桓公,恭维说:"盟主兵伐北狄,南征荆蛮,显威天下,四海畏服。"齐桓公一听,立即露出笑容。袁涛涂把话题一转,说:"盟主亲率诸侯大军,取道于徐、莒两国。虎威之师,兵临海滨,东夷诸侯谁不箪食壶浆,趋道而迎?"

  齐桓公正在豪气满怀,听了袁涛涂的建议,当即表示同意。

  郑国是莒国的盟国。袁涛涂建议联军改道东夷,对莒国严重不利。申厚思来想去,立即向莒国通报。莒庞公闻讯,当即找到徐子,说:"陈国大夫居心不良,进谏盟主兵临东夷,害我之心昭然若揭。你我二人联袂,面见盟主,当面予以戳穿!"

  徐子说:"盟主有管仲辅佐,非厚礼不能降其心。以我之见,徐、莒二国先行馈赠粮秣,盟主必定欢心。其余事情,自当迎刃而解。"

  莒庞公说:"此计甚妙!"二人于是一起拜见齐桓公。

  莒庞公说:"诸侯大军北返,所需粮秣甚多。莒国愿捐军粮十万斤、海带一万斤、食盐五千斤,以供联军所需。"徐子接着表态:"徐国愿赠军粮十万斤、战马二百匹、战车一百辆。"齐桓公心想:"莒、徐两国赠送粮物,此乃好事一桩!"他藏在心里,没说出来。

趁此时机,申厚对齐桓公说:"联军自春季出征,目下已到秋季。数月以来跋山涉水,风餐露宿,将士疲惫不堪。若取道陈、郑,是走弓弦;若改道东夷,是走弓背。弓弦之短,弓背之长,七岁孩童尚且知之;且中原粮多,供给充足。反观东夷之地,盐多而粮少。大军若经徐、莒,人无粮食,马无草料,势必陷入难以自拔之境地。陈国大夫袁涛涂,其人居心不良,其言绝非善计,请盟主熟思之。"

齐桓公说:"若无大夫之言,几误大事。大军仍从中原回返,不再经过东夷!"虚惊一场,最后化险为夷。莒庞公得到消息,心里就像放下了一块石头。幸亏申厚机智灵活,此事得以圆满解决。莒庞公想到这里,内心十分感激。他立即派出专人向申厚致谢。馈赠给申厚的礼物,是一柄带有"莒"字的青铜剑。

转眼之间,八月到来。按照管仲的安排,诸侯再次歃血盟誓。大家发出誓言:"拥戴盟主,尊崇朝廷!"盟誓结束后,众诸侯各自回国。

莒庞公率领人马,一路奔驰回到莒国。他心里明白,天下烽烟遍地,就像个火药桶。为了预防战争,莒庞公及时下令:"整备战车,操练军马!"

这天,莒庞公正在检阅军马,突然有人报告:"齐国使臣到!"原来,周惠王已经病入膏肓,天子继位之争,进入白热化。太子姬郑赶紧派人赶到齐国求援,齐桓公立即派出专使,通知各路诸侯,赶往洮邑举行会盟。

莒庞公接到檄文,立即带领人马,按时到达洮邑。齐、鲁、宋、卫、陈、郑、曹、许等国先后到达。在齐桓公、管仲主持下,众诸侯一致拥戴姬郑登上天子之位,是为周襄王。这次行动,史家称之为"一匡天下"。

转眼到了第二年。在管仲建议下,齐桓公传檄鲁、莒、宋、郑、卫、许、曹等国,到葵丘会盟,莒庞公带领人马按时到达。齐桓公重申:"联络诸侯,尊奉朝廷!"周襄王为了感谢齐桓公,特地派遣太宰姬孔赶到葵丘,送来祭祀文王、武王的胙肉。天子使用的红弓箭,朝廷专用的大辂车,同时赐给齐桓公。

齐桓公兴高采烈,设宴款待众诸侯。他举着酒杯,得意扬扬地说:"寡人南伐至召陵,望熊山;北伐山戎、离枝、孤竹;西伐大夏,涉流沙;束马悬车登太行,至卑耳山而还。南征北伐,诸侯莫违寡人。寡人兵车之会三,乘车之会六,九合诸侯,一匡天下。昔三代受命,有何异于此乎?"说完,抬手向北一指,说:"吾欲封泰山,禅梁父!"

齐桓公志得意满,显得意气飞扬。众诸侯站在那里,洗耳恭听。鲍叔牙劝谏:"所谓封禅,乃是封泰山与禅梁父。唯有改朝换代,江山易主,抑或大乱至于大治,方可封禅天地。据此,老臣以为,今日不可封禅。"

莒庞公一看,齐桓公急欲封禅,鲍叔牙极力劝阻,管仲在那里一言不发。事情将如何发展?莒庞公心想:"静观其变,好戏尚在后头!"

这时候,管仲趋前一步说:"古之帝王受命,其典礼之隆,举世罕见。先有祥瑞呈现,然后备物而封。北海麒麟呈现,江淮黄龙跃空,中原凤凰飞翔,东海比目鱼成群,西海比翼鸟临空,南海海龙鱼跃上浅滩。以上诸物,缺一不可。反观目下,诸物十不具一。如此而欲封禅,岂不令天下人耻笑?"

齐桓公忙说:"封禅如此之难,寡人今生今世不再思谋封禅之事。"

管仲旁征博引,故意夸大其词,虚张声势,巧妙地阻止了齐桓公。郑文公见状,示意一下莒庞公。莒庞公悄悄说:"管子智谋过人,真天下奇才也!"

葵丘会盟结束,莒庞公率领人马回到莒国。光阴似箭,一晃几年过去了。这天,突然探马来报:"管仲病亡!"莒庞公闻讯,不禁大吃一惊。

原来,朝廷表彰,诸侯拥戴,齐桓公感到意气风发,从此拥妃搂嫔,饮酒作乐,不问国事。这天,管仲对齐桓公说:"今日市井歌谣曰:'齐国有三难,一难去栋梁,二难去阳光,三难去宫墙。'请国君三思。"

齐桓公忙问:"这一难、二难、三难,所指者何也?"

管仲回答说:"一难,是指国君亲小人远贤臣,国家失去栋梁;二难,是指国君喜好游猎,致使吏民懈怠,好似禾苗失去阳光;三难,是指国君已老而未立世子,必定祸起宫墙。"齐桓公一听,顿时汗流浃背,说:"这待如何是好?"管仲回答说:"以我之见,消除第三难,乃诸事之要。"

齐桓公说:"仲父之言是也。"他顾不上选择吉日,就在宗庙里举行仪式,确立长子姜昭为世子。原来在周朝,周天子的接班人称为太子,诸侯的接班人通称为世子。楚国等僭位称王的诸侯,当然不在此列。

这天,管仲病入膏肓,已经卧床不起。齐桓公闻讯,心里十分焦急,亲自前往探视。齐桓公问:"仲父之后,何人可以为相?"管仲说:"知臣莫如君。"齐桓公再问:"若使鲍叔牙为相,如何?"管仲说:"鲍叔牙乃君子也,然其善恶过度分明,见人之一恶,终身不忘。故不宜为相。"

齐桓公问："卫开方恭谨勤勉，是否可以为相？"管仲说："卫开方身为卫国公子，舍其国而仕于齐国。本国尚且不爱，焉能忠于他国也？故不能为相。"齐桓公再问："雍巫恭敬有加，朝夕不离寡人左右，是否可以为相？"

管仲说："雍巫仅为一厨师，有膳食之功，无治国之能，故不能为相。"齐桓公十分急切地说："请仲父教我，究竟何人可以为相？"

管仲说："隰朋治家不忘国，事君无二心，秉公办事，可以为相。"

齐桓公一听，抓住管仲的手一再致谢。管仲的手由热变凉，慢慢地松开。就这样，管仲溘然离开人世。这一年，是公元前645年。

经管仲大力推荐，隰朋走向相国之位。不到一个月，隰朋因病去世，齐桓公决定让鲍叔牙继任相国。鲍叔牙立即进谏："驱逐竖貂、易牙与卫开方。"齐桓公听不进鲍叔牙劝谏，反而听从如夫人的床头风，对三人委以重任。

鲍叔牙忧心如焚，大病一场，不久凄然死去。

莒庞公得到消息，顿时泪洒胸怀。多年来，鲍叔牙一直旧情不忘，心里总是挂念着莒国。莒庞公心想："鲍叔牙重情重义，是真正的异国挚友。如今这位老友撒手人寰，悲哉，痛哉！"想到这里，眼泪像断了线的珠子，不住地流下来。莒庞公擦一下眼泪，立即派竹有节为专使，到齐国吊唁鲍叔牙。莒庞公亲手撰写挽联一副，表达自己的哀思。

竹有节在齐国吊唁期间，得到一个重要消息。吊唁归来，立即向国君报告："晋国公子重耳，德才兼备，素有贤名，目下流亡到齐国。以我之见，可请来莒国任职。"

竹有节的话，说到了莒庞公的心坎上。多少年来寻寻觅觅，想找一位管仲式的人物，辅佐自己治国，可是遍寻天涯海角，始终未能如愿。现在重耳流亡到了齐国，已经近在咫尺。莒庞公想到这里，亲自写信一封，派遣竹有节为专使，再次赶往齐国，聘请重耳到莒国任职。

竹有节再次到达齐国，摸清了有关情况，立即回国报告。

重耳是晋国公子，礼贤下士，善于结交有才能的人。他的身边有赵衰、狐偃、贾佗、先轸、巅颉、魏犨、胥臣、介子推、狐毛、狐射姑等人才。这些人死心塌地，始终追随左右。晋国发生内乱，重耳不得不避难国外。管仲、宁戚、隰朋、鲍叔牙都已去世，齐国急需人才。重耳得到消息，立即奔赴齐国。

莒庞公听到这里，急忙问："重耳奔赴齐国，后事如何？"

竹有节说:"管仲等一班名臣去世,齐君求贤若渴,期盼贤人辅佐自己。重耳来到齐国,齐君把自己的漂亮女儿嫁给重耳为妻。"

莒庞公急切地问:"重耳在齐国,为相也?为将也?"

竹有节说:"重耳为人,志向远大,虽在流亡之中,恰如蛟龙困于沙滩。一旦风云际会,必定乘云驾雾,腾跃云天。重耳身边人才济济,忠心耿耿,生死不渝,虽无君臣之名,却有君臣之实。以我之见,蛟龙虽陷浅滩,亦非池中之物。重耳有王霸之志,即使出将入相,非其所愿也。"

莒庞公一听,不禁大失所望。实指望聘请重耳来莒国辅佐自己,想不到,人家具有王霸之志。齐桓公以女相许,重耳尚且不接受任命。"池水难养蛟龙。"莒庞公想到这里,那颗热切的心顿时凉了半截。

转眼之间,齐桓公已经年过七十,病魔悄悄向他袭来。这天,神医扁鹊觐见齐桓公,对他说:"君有疾在腠理,不治将恐深。"齐桓公听了根本不相信,说:"寡人无疾!"扁鹊离开后,齐桓公对左右说:"医之好治不病以为功!"——医生喜欢给没病的人治病,以此显示自己的本领!

到了第十天,扁鹊对齐桓公说:"君之疾在肌肤,不治将益深。"齐桓公听了一声不吭。又过了十天,扁鹊再次去见齐桓公,说:"君之病在肠胃,不治将益深。"齐桓公还是不理不睬。

齐桓公已经病入膏肓,竟然讳疾忌医。扁鹊摇了摇头,十分无奈地走出去。

卫开方急忙追上扁鹊,目的是打探情况。扁鹊对他说:"病在腠理,汤熨之所及也;在肌肤,针石之所及也;在肠胃,火齐之所及也;目下国君之病,深入骨髓,无奈何也。"

卫开方走进内宫一看,齐桓公躺在床上,已经奄奄一息。卫开方心想:"机会来了!"立即找到竖貂、易牙和雍巫。四人一商量,在内宫门前挂上一块牌子,假托是齐桓公的指令。牌子上写着:"公子、大臣一律不得入内!"就这样,齐桓公被秘密幽禁。

齐桓公被幽禁后,与外界隔绝,少水缺饭,整天饿着肚子。他叫天天不应,喊地地不灵。人们发现后,齐桓公已经被饿死六十七天了。他的尸体早已腐烂,蛆虫爬来爬去,境况惨不忍睹。

这一年,是公元前643年。齐桓公在位四十三年,享年七十三岁。

齐桓公悲惨死亡,消息很快传到莒国。莒庞公闻讯,心里一阵难受,当即跌坐在座椅上,他说:"齐侯雄才大略,一匡天下,九合诸侯,竟死得如此凄惨，令人何等心寒！"他越想心里越难受，从此一病不起。众人找来御医医治，连续用药十几服，仍然不见收效。

这天晚上，莒庞公对众人交代："齐国称霸，已成过眼烟云，此后谁人为霸主，唯有上天知道。切记，无论何人称霸，都要拥戴霸主，参与会盟，当为莒国国策。"莒庞公昏迷一会儿，再次睁开眼睛。他看一眼世子嬴霁凯，断断续续地说："人才，人才，莒国急需人才！"嬴霁凯眼含热泪答应："父君嘱咐，孩儿永记在心。"

第二天，晨曦初露，晴空万里。莒庞公长叹一声，离开人世。在众人拥戴下，嬴霁凯继位为国君，是为莒余公。

正是：临终谆谆留遗嘱，念念不忘是人才。

第四十九回　宋襄公孟邑被俘　莒余公睢阳求贤

莒余公登上国君之位，年轻气盛，豪情满怀。齐桓公命归西天，诸侯霸主暂时空缺。对此，莒余公跃跃欲试。他把剑柄一拍，对左右说："齐桓公业已归天，诸侯无人执牛耳。天下霸主，舍我其谁也！"

竹有节说："以老臣观之，莒国三不如齐，焉能称霸诸侯也？"

莒余公忙问："三者为何？但闻其详。"

竹有节说："齐国西有泰山之高，北有黄河之险，山海相望，地大域阔，兵多将广。莒国西有蒙山之阻，东有大海之隔，北有强齐，南有淮夷，地域局促，兵少将微，一不如也。齐国世有贤臣良将，如管仲、宁戚、隰朋、鲍叔牙之流。我国文武不具，贤才稀缺，二不如也。齐桓公号令诸侯，振臂一呼，应者云集。反观我国，无力号令诸侯，唯有跟随盟主与盟参战，三不如也。我国有此三不如齐，唯有自立自强，方能自保，别无他途。若要称霸诸侯，力不从心，不合时宜。请国君熟思之。"

莒余公听了连连点头，表示认可。

君臣正在议论，宋国使臣飞马到来。原来齐桓公去世后，齐国发生宫廷内乱。世子姜昭逃到宋国，向宋襄公求援。宋襄公为人好大喜功，虚荣心极重，整天把"仁义"挂在嘴上。齐桓公晚年，为了扶持世子姜昭，把他托付给宋襄公。对此，宋襄公一直念念不忘。现在，齐桓公已经去世。宋襄公也像莒余公一样，妄图接替齐桓公，成为诸侯霸主。

姜昭前来求救，宋襄公觉得时机到来。他要亲自带兵，护送姜昭回国继位。宋襄公的庶兄子鱼进谏："若要称霸天下，必得诸侯拥戴。莫若趁此机会，号令天下诸侯。一来护送姜昭回国继位，二来显示宋国权威，岂不两全其美？"

宋襄公说："此议甚好，正合我意！"立即派出专使，分赴郑、莒、鲁、蔡、卫、曹、邾、徐、莱等国送信，要求众诸侯出兵护送姜昭。

这天上午，莒余公正在操练车马，内侍前来报告："宋国使臣到！"话音未落，来使已经翻身下马，递上一束丝帛。莒余公展开一看，是宋襄公的亲笔信：

> 齐国无君，诸公子争位。世子姜昭，尚在宋国。诚邀贵国，出兵护送。此事若成，功莫大焉。宋、莒两国，联袂而动，幸甚幸甚。此诚布达，恳望出师。

莒余公看完信，把来使送到馆驿休憩。立即召集左右，商量对策。司空土生金说："宋国国力不强，宋君好大喜功。以微薄之国力，妄图称霸诸侯，如此必遭挫败。"司徒竹有节说："宋国约集诸侯，意在称霸。我国若应邀出兵，实乃助长其气焰；若拒不出兵，必定得罪宋国。"司马箭一雄说："养兵千日，用兵一时，此时不出兵，更待何时！"

莒余公说："两害相权取其轻，两利相权取其重。此次出兵，护送齐国世子归国，既联宋又友齐，亦显我莒国军威，三者兼而有之。若不出兵，必定得罪宋国，断绝莒、齐两国关系。权衡利弊，应立即出兵！"

莒余公亲率战车二百辆，很快到达临淄郊外。宋国联络的九个诸侯国，应邀前来的仅有卫、莒、曹、邾四国。其他各国不听召唤，一个个拒不出兵。

在宋、莒、卫、曹、邾五国帮助下，齐国世子姜昭回到临淄。莒余公建议："局势非常，应断然行动！"姜昭接受建议，秘密联络众位大臣。众人一起行动，杀死新君姜无亏、竖貂，驱逐了卫开方、易牙。姜昭自立为国君，是为齐孝公。

齐桓公已经去世，天下没了霸主。诸侯们都想争霸，一个个蠢蠢欲动。其中，宋襄公称霸最为心切。他想："宋国帮助齐侯即位，功不可没。仅凭这一条，自己足可取代替齐桓公，成为诸侯霸主。"宋国联络众诸侯，各国拒不听从。宋襄公气得直跺脚。

公元前642年，是齐孝公元年。莒、鲁、蔡、郑、楚、陈等国，都到齐国聚会。聚会的目的，是怀念齐桓公。这次诸侯会盟，竟然把宋国排斥在外，宋襄公的自尊心严重受创，连续几天寝食不安。他想："齐国已经衰弱，失去争霸能力。纵观天下诸侯，势力最强的莫过于楚国。"想到这里，立即派人出使楚国，商量诸侯会盟。

莒余公刚刚回国，突然探马来报："宋国遣使楚国，意欲联络诸侯会盟！"莒余公说："楚国乃荆蛮之邦，不通中原礼仪。宋国突发奇想，联络楚国会盟，此次会盟结局如何，尚待观察。"随后指令探马："继续探来！"

宋国使臣晓行夜宿，很快到达楚国。楚成王看过信札，轻蔑地说："宋国国力不强，竟欲称霸诸侯，如此不自量力，世间少有。"大夫成得臣说："宋君志大才疏，好名而无实，行为迂腐可笑。我国可将计就计，趁势进军中原，夺取盟主之位。"

楚成王高兴地说："此言甚当，立即复信，答应会盟！"

宋襄公得到消息，心情大为振奋，说："寡人欲称霸天下，号令诸侯会盟，当何先何后？"大夫子荡说："欲威服中国，必先威服中原；欲威服中原，必先威服东夷；如欲威服东夷，必先威服莒国。莒国兵精将勇，水陆兼备，不可小觑。以臣愚见，对待莒国宜文不宜武，宜礼不宜兵，宜缓不宜急，当以礼邀之。"宋襄公接受子荡的建议，立即派人联络莒国。

莒余公见过宋国来使，立即研究对策。新任司徒荼弋壶说："宋国主盟，欲求登上霸主之位，所忌惮者唯有楚国。此次出兵与盟，可就近观察宋国是否有称霸之能，亦可验证楚国是否衷心拥戴宋国。"

新任司空瓜大郭说："此次与盟，可联络诸侯，有利而无害。"司马箭一雄说："常言道：'将无险不勇，兵不战不强。'此次出兵参战，可以点将练兵，检阅将士，有百利而无一害。"

莒余公说："众卿所言极是，立即出兵与盟！"他心里想：这次会盟诸侯，可以随时物色人才，但愿能够遇见管仲、宁戚或鲍叔牙、隰朋一类人物。

各国同意参与会盟，宋襄公心里十分高兴。他自作主张，亲手拟写了一份檄文，分别发往各国。檄文中声称："共同辅佐周王室。"同时决定，在宋国的盂邑举行会盟。宋襄公此举，是模仿了齐桓公当年的做法。檄文发出后，宋襄公心里沾沾自喜。

楚成王看过檄文，然后递给令尹子文。子文说："宋君狂妄至极，不必听其号令。"楚成王却说："寡人欲主盟中原久矣，恨不得其时耳。今日宋君倡导会盟，机会千载难寻！"大夫成得臣说："宋君之为人，好名而无实，轻信而寡谋。若伏兵而劫之，其人可虏也。"楚成王高兴地说："爱卿之言，正合寡人心意。"命令成得臣、斗勃两人为将，各选勇士五百名，暗暗做好准备。

转眼之间，会盟时间到来。宋襄公打算轻车简从，到盂邑赴会。公子子目夷进谏："楚国乃荆蛮之邦，其心难测。目下只知其口，未知其心，谨防上当。"

宋襄公说："仁义之师，畅行天下。寡人以仁义待人，楚国焉能负我也？"立即派人修筑祭坛，建设公馆，筹备粮草，准备接待各路诸侯。

莒余公率领一万人马，及时到达盂邑。楚、陈、蔡、许、曹、郑等国，先后到达，只有齐、鲁两国没有应约赴会。原来宋国想当盟主，是取代齐国的盟主地位，齐国因此拒绝与盟。鲁、楚两国关系不和，鲁国因此不愿赴会。

莒余公心想："宋君打算主盟，但是有心无力，他与齐桓公相比，相差十万八千里。自己既然来到宋国，何不趁机物色人才？"当天趁着夜色，他拜访宋国公子子目夷。子目夷说："我君过于自信，不打算带兵赴会。"莒余公说："虎狼聚会，焉能不带兵马？险哉险哉！"次日早上，莒余公约着子目夷，立即去见宋襄公。

莒余公说："楚国乃荆蛮之邦，示强而无信，不可不防。"

宋襄公说："我以仁义待人，诚心与诸侯相约。和平盟会，若带兵马，岂非自我失信也？"子目夷说："臣愿伏兵于三里之外，以备不测。"宋襄公说："你若伏兵于外，与寡人自带兵马何异？此事万不可行！"

莒余公万万没想到，宋襄公如此固执。为防不测，莒余公选择了一个依山傍水的位置，让莒军驻扎在那里。莒余公嘱咐司马箭一雄："厉兵秣马，严阵以待，一有动静，立即挥兵向前！"

这天上午，会盟的时间到了。众诸侯鱼贯而入，齐集祭坛前面。大家分作左右两拨，慢慢向高坛上走去。按照排序，莒余公在左边一排。他抬头看了看，楚成王站在右边一排，处于第一位。众诸侯不敢先行登坛，纷纷礼让楚成王。楚成王毫不客气，昂首挺胸，走向祭坛顶层。众诸侯随后走上去。

诸侯举行盟会，首先要推举盟主。众人落座后，宋襄公很想自荐当盟主。他看了一眼楚成王，只见对方目空一切，趾高气扬，身后又站着两员武将。宋襄公一看，没敢吭声。再看看众诸侯，一个个面面相觑，谁也不肯出面说话。

宋襄公瞄了一眼莒余公，示意他出面推荐自己。莒余公目视前方，装作没看见。宋襄公实在忍不住了，于是说："今日会盟，欲修齐桓公故业。尊王安民，息兵罢战。天下同享太平之福，诸君以为如何？"话音未落，楚成王"呼"地站起来，说："宋君之言甚善，但不知主盟者是何人？"众位诸侯见状，一个个默不作声。

宋襄公说:"有功论功,无功论爵,更有何言?"

楚成王一听火了,说:"寡人称王久矣,宋国虽为公爵,亦在王后,寡人应为盟主!"说完,大大咧咧一屁股坐到盟主位子上。

宋襄公一看,顿时怒不可遏。子目夷见状,扯着宋襄公的衣襟向下一拉,意思是:"暂时忍耐,不可操之过急。"宋襄公心想:"盟主之位非自己莫属,已经到手的桃子,焉能让与他人?"他气愤地说:"大周天下,唯有天子可以称王。楚国称王,乃僭位越权!"

刚说到这里,楚成王回头望了望身后。成得臣、斗勃心领神会,两人手按宝剑,怒目圆睁,透出一股杀气。宋襄公见状,心里十分惊恐。这时候,成得臣、斗勃脱去长袍,露出铠甲。成得臣拿出一面小旗,用力左右一摇。藏在帐后的楚国士兵脱去外衣露出铠甲,一个个手持利刃,呼啦啦冲上高台。将士们一齐动手,把宋襄公捆绑起来。诸侯见状,立即四散奔逃。

莒余公一看不好,一个"鹞子翻身"蹿到台下。他夺过士兵手中的短刀,一阵砍杀。接连砍倒几个楚国士兵,不顾一切向外冲去。子目夷紧紧跟在莒余公后边,冲出楚军包围圈。二人来到莒军大营,立即指挥兵马,奔向宋都睢阳。

楚成王把宝剑一挥,高声命令:"乘胜追击,打垮宋军,攻占睢阳!"一声令下,楚军千军万马,浩浩荡荡,一路追击杀奔睢阳。

莒余公指挥人马,紧急离开盂邑,先行一步到达睢阳。他和子目夷一起,立即安排守城。原来宋国地势平坦,无险可守。楚军来势汹汹,很快逼近睢阳。睢阳城墙高厚,城壕又深又宽,楚军一时难以攻破。楚成王指挥兵马,把睢阳团团围困。一连五天五夜,多次发动攻城,都被莒军和宋军击退。楚军伤亡惨重,不得不解围而去。楚军临行,将宋襄公装到木笼里,把他押解到楚国。

宋国群龙无首,局势十分混乱。莒余公说:"楚国拘捕宋君,其意在于要挟。为今之计,当假立新君,摄行君权,楚国必定放归宋君。"众人说:"唯其如此!"大家一致推荐子目夷暂时代理国君,并故意对楚国放出风去:"宋国新君已登位!"

楚成王说:"宋君已被废黜,留之何用!"正好,齐孝公前来调解关系。楚成王干脆来个顺水推舟,把宋襄公释放回国。

宋襄公一听,宋国已经有了新的国君,星夜逃到卫国。

子目夷亲自来到卫国，请宋襄公回国复位。宋襄公问："楚军势大，睢阳被围，我军焉能守御？"子目夷说："幸有莒军拼死相助，睢阳固若金汤。"宋襄公不禁感慨万千，说："莒国如此强大，如此守信，不愧东夷之雄也。"

　　宋襄公回到睢阳，立即派人酬谢莒军，赠羊五百只、猪五百头、肥牛三百头、肉马二百匹、粮草一百车。指令子目夷出面，犒劳莒军将士。

　　宋襄公已经复位，子目夷萌生退意，打算辞掉一切职务，在家颐养天年。莒余公闻讯，立即前往拜访。这天晚上，天气晴朗，月明星稀，莒余公来到子目夷的住所，子目夷立即出门迎接。落座后，子目夷敬茶一杯，恭恭敬敬地说："一国之君，光临寒舍，目夷不胜惶愧。"说完，再次向莒余公鞠躬致礼。

　　莒余公说："先生乃宋国栋梁，文武兼备，忠勇可嘉，令人不胜仰慕。"子目夷说："目夷不才，文不能安邦定国，武不能克敌制胜。国君盂邑受辱，不禁惭愧之至。"莒余公说："成败利钝，天时、地利、人和，三者缺一不可。宋君盂邑受辱，绝非先生一人之责也。"子目夷听了，顿时热泪滚滚。

　　莒余公十分恳切地说："先生博古通今，实乃难得人才。闻听先生意欲辞职，愿先生前往莒国，屈就职位，共图大事。"莒余公说罢，把手一拱。

　　子目夷说："您的一片心意，我万分感激。"莒余公一听，顿时眼前一亮。子目夷接着说："殷商覆亡，令人心痛。商之余脉，仅存宋国一支。我子目夷乃殷商后裔，虽则不才，必须尽忠宋国。"说完深鞠一躬，以示歉意。

　　莒余公一听，顿时明白了。子目夷是宋襄公的堂兄。作为殷商后裔，他对宋国忠心耿耿，若让他到国外任职，根本无此可能。莒余公心里既敬佩，又感到十分失落，于是说："先生高风亮节，令人感佩。但愿有朝一日，你我联袂，共谋大计。"子目夷赶忙拱手施礼，以示歉意。

　　恰在这时候，突然探马来报："宋国进攻郑国！"

　　正是：狠自枉屈访人才，又闻他国警讯来。

第五十回　宋襄公兵败泓水　莒余公船陷淮河

莒余公正与子目夷交谈，突然有人报告："宋国即将进攻郑国！"莒余公立即告辞，返回营地后略做准备，次日带领人马，紧急返回莒国。

原来，宋襄公心心念念，企望成为诸侯盟主。盂邑会盟，反而成为楚国的俘虏。他越想越羞愧，对楚国恨之入骨，决心进行报复。这天，听说郑文公亲自出面，到楚国朝见楚成王。宋襄公恨屋及乌，一声令下："出兵讨伐郑国！"指令子目夷留守国内，以公孙固为将，大夫华秀老、公子荡等随行。宋国大军一路攻击，杀奔郑都新郑。

郑文公得到警报，心里十分惊慌，立即派人到楚国告急。

楚成王得报，命令成得臣为大将，斗勃为副将，起兵讨伐宋国。宋襄公听说楚军到来，立即兵临泓水，在东岸摆下阵势。公孙固说："楚国兵多将广，士卒骁勇。我国兵微将寡，难以制胜。"宋襄公却说："楚兵勇气有余，仁义不足；我军兵甲不足，仁义有余。我以仁义伐不义，焉有不胜之理！"他亲自下令，在大旗上绣上"仁义"两个大字，然后插到战车上。广大将士看了，心里暗暗叫苦。

公孙固对公子荡说："两军厮杀，血肉相拼，强者胜弱者败，空喊仁义何用？"说完，十分无奈地摇了摇头。公子荡说："强敌当前，空喊仁义，实为迂腐之举。此等行为，必定招致挫败！"两人一商量，悄悄派人赶到睢阳，紧急请求援兵。

子目夷奉命留守国内，十分担心前方战事。他对子王臣说："楚军兵多将广，我军非其对手。国君奉行仁义，难挡楚军之强悍。以我之见，莫如请求莒军前往助战。"子王臣说："此意甚妙，可即行之。"立即派人带着厚礼，请求莒国出兵助战。使者奉命，扬鞭驰马，很快来到莒国。

此时的柳青河畔，绿茵遍地，树木郁郁葱葱，看上去青翠欲滴。河右岸高大的树荫下，莒余公正在摇动令旗，指挥兵马操练。原来冬练三九，夏练三伏早已成为莒国的传统。每逢隆冬腊月或者炎热的盛夏，都是练兵季节。这天，操练正在进行，突然有人报告："宋国使臣到！"莒余公看过国书，对司马箭一雄下令："整备战车，驰援宋国！"

莒余公率领大军，昼夜兼程来到睢阳。子目夷与子王臣二人，到东郊十里之外迎接。这时候太阳已经偏西，黄昏即将到来。子目夷、子王臣一商量，极力挽留莒军在城郊留宿一宵。盛情难却，莒军于是在城外安营扎寨。

夜晚，莒余公正在思考进军事宜，子目夷前来拜访。礼仪过后，子目夷掏了掏袖子，拿出一份行军地图，恭恭敬敬地递给莒余公。莒余公展开一看，从睢阳到泓水一带，山川道路，河流湖泊，标注得一清二楚。莒余公不禁赞不绝口，说："清晰实用，此图甚妙！"子目夷对着地图，把楚国如何进攻宋国、两军当前位置、双方如何列阵等情况，介绍得有条不紊。对于此次作战，如何克敌制胜，子目夷都有独到见解。莒余公心想："假如莒国有此人才，该有多好！"想到这里，他深情地看了子目夷一眼。

子目夷十分清楚，莒余公礼贤下士，求贤若渴。他告诉莒余公，自己有个同窗好友，名字叫星耀空。此人熟谙兵书战策，天文地理无所不通，人称"慧多星"。子目夷重点说明："星耀空博览群书，见多识广，有安邦定国之能。"

莒余公忙问："此人现居何处？"子目夷说："星耀空不愿出将入相，目前隐居淮泗山中。若贵国有意聘用，我愿修书一封，予以推荐。"

莒余公说："如此甚好。"然后拱手致谢。

早在三年前，经子目夷推荐，宋襄公接见了星耀空。双方交谈过后，星耀空不辞而别，从此一去不返。星耀空临行给子目夷留下一封信，信中说："宋君志大才疏，有称霸之心，无称霸之能；空喊仁义，而无富国强兵之策。此等国君执政，宋国焉能称霸？"在信的最后，星耀空规劝子目夷："赶紧离开宋国，寻求新的安身之地，否则后果难料。"星耀空用心良苦，子目夷十分理解。子目夷告诉星耀空，自己作为殷商后裔，始终忠于宋国，尽管宋襄公行为迂腐，自己实在不忍心离开宋国。

莒余公问："在此之后，星耀空情形如何？"子目夷说："一年前，楚成王派出专使，携带厚礼聘请星耀空。楚使到达淮泗，数次登门聘请，星耀空不为所动。楚使无奈，只得悻悻而去。"莒余公说："自古人才难得，请先生加以规劝，我愿登门求教。"

却说宋、楚两军，在泓水两岸对峙。宋军屯兵于泓水以东，楚军屯兵于泓水以西。六月初六，晨雾已经散尽。宋襄公刚刚起床，忽然哨兵报告："楚军渡河进攻！"公孙固急忙进谏："兵书云：'军半渡可击。'趁楚军正在渡河，我出兵而击之，必获全胜！"宋襄公指着大旗说："仁义二字尚在，我大军堂堂列阵，焉能趁敌半渡而袭之？我决不做此不仁不义之事！"

宋襄公置若罔闻，错失良机，公孙固暗暗叫苦。

不一会儿，探马来报："楚军全部渡过泓水！"公孙固再次进谏："楚军忙于布阵，应趁机而击之。"万万想不到，宋襄公吐出一口唾液，一下子啐到公孙固脸上，说："贪一击之利，弃万世仁义，岂不有辱堂堂宋军乎？"

楚军已经完成布阵，看上去队列齐整，兵强马壮。楚将成得臣腰挂弓箭，高举马鞭，一副旁若无人的样子，宋军看了人人害怕。这时候，只听楚军阵里战鼓咚咚，这是即将冲锋的信号。宋襄公把令旗一举，宋军也一起击鼓。就在这时候，成得臣挺着长矛，一车当先向宋襄公冲来。宋军阵里，公孙固立即驱车向前迎战。宋襄公亲自挥动长戟，乘车冲入楚军阵中。楚将斗勃举起长枪，从后面追杀宋襄公。宋将华秀老见状，急忙虚晃一枪。他躲开左边的楚军，冲过去保护国君。就这样一对一厮杀，双方刀光剑影，血肉横飞。

公孙固挥动长剑，左冲右突，却找不到宋襄公。原来宋襄公身负重伤，已经倒在战车上。几面绣着"仁义"的大旗破烂不堪，被践踏在地上，其余绣着"仁义"二字的军旗，都被楚军掳走。宋襄公大腿中箭，膝筋被射断，已经不能站立行走。公孙固一边抵挡敌人，一边保护着宋襄公，奋力杀出重围。

莒余公率领大军离开睢阳，直奔泓水之滨。正行之间，宋军溃不成军，乱哄哄向东南溃逃。楚军像潮水一样，从后面追杀过来。莒余公立即指挥莒军，迎着楚军冲杀过去。公孙固发现莒军到来，大声呼喊："宋君在此，快快来救！"莒余公一车在前，把楚军挡住。箭一雄说："楚军势大，难以抵挡！"莒余公说："速速撤退！"公孙固保着宋襄公，匆匆向东南逃跑。宋军如惊弓之鸟，仓皇逃窜。莒军殿后，且战且退。楚军紧追不舍，情势万分危急。

恰在这时候，郑文公带着夫人、领着两个漂亮女儿前来慰问楚成王。原来，郑文公的夫人名叫姬婕，是楚成王的亲妹妹。楚成王一看，两个外甥女亭亭玉立，美貌无比，顿时一见倾心。他不顾人伦，把两个外甥女留在帐中。

三人颠鸾倒凤，一夜未眠。楚成王晕头转向，把追击宋军置之脑后。第二天早上，楚军撤退回国。楚成王带着两个外甥女，把她们送到后宫。

莒军边打边撤，退到睢阳西郊。因为援宋有功，受到热烈欢迎。宋襄公侥幸逃到睢阳，箭伤十分严重。他安排公孙固为专使，到西郊慰问莒军。送去牛、羊、猪、鱼、粮食、竹笋、草料一类物品。另外赠送锦帛三百匹，麻布五百匹，牛皮五百张，马鞍五百个，马辔头五百套，马掌五百套，战车一百辆，长戟一百条，长枪三百条，青铜剑二十柄。

次日早饭后，莒余公正要启程回国。抬头一看，子目夷匆匆赶来。双方一见面，子目夷说："卫、蔡两国，派人聘请星耀空。我已写信一封，送往剑霄山，嘱咐星耀空，务必赴莒国任职。"莒余公说："先生如此心意，不胜感谢！"然后辞别子目夷，立即赶往淮泗。大军车马奔驰，一路向南行进。

正行之间，发现南面一座高山，峻峰直插云霄。云雾像轻纱飘荡，遮掩在山腰上。向导用手一指，说："对面即是剑霄山。"举目望去，峰峦林立，白云缭绕，看上去如梦如幻。莒余公不禁失声赞叹："好一处灵秀之地！"

南方不远处，一条大河挡在面前。原来，这就是著名的淮河。抬头望去，只见河面宽阔，波涛滚滚，像巨龙蜿蜒，看不到尽头。浩渺的河水挡在前面，车马不能行进。箭一雄见状，不禁望河兴叹。莒余公说："水战乃我军之长，一条淮河焉能阻挡我军！大军暂驻北岸，侍卫随我渡河，直奔剑霄山！"几个人立即坐上木船，向对岸开进。船到中流，水流湍急，浪花飞溅。艄公施展技艺，迎风破浪向南行进。突然一道波浪冲来，木船倾斜一下向下流漂去。箭一雄挺身向前，把紧船舵，调正船头，继续向南岸行驶。突然一个巨大的漩涡呈现在面前，木船顿时颠簸不稳，左右旋转起来。箭一雄试图调正船头，可是水流湍急，怎么也把控不住。紧接着，又一个浪头袭来，木船旋转了半圈，一下子沉进水里。莒余公与侍卫一起，全部落入水中。箭一雄急忙前来救援。莒余公高喊一声："营救侍卫！"自己扬起双臂，迎风劈浪向前游去。不一会儿，几个人全部游到对岸。箭一雄说："险哉险哉！"

莒余公十分豪迈地说："莒军不惧大海，焉能惧怕淮河！"

一行人来到剑霄山下，一步步向高处攀登。绕过几个山岗，前面出现一座高峰。高峰前有三间茅屋，茅屋外面是篱笆围成的院子。篱笆两侧，菊花已经长出花蕾。篱笆上边，挂着许多亚腰葫芦。再看看院子里边，种着各种瓜菜。莒余公不禁赞叹："好一派田园风光！"他欣赏一会儿，走进栅栏轻轻敲门，但是无人回应。

他们走出院子往右一拐，向后山走去。

不一会儿，一个巨大的悬崖呈现在眼前。抬头向上望去，有个人背着竹篓，身轻如燕，在高高的峭壁上攀爬。他右手抓住藤萝，左手采下石斛，慢慢放进竹篓里。趁着那人回头的瞬间，莒余公忙问："请问，慧多星先生可在？"那人回答："慧多星云游四方，不知去向！"

莒余公心想："子目夷说得清清楚楚，星耀空隐身剑霄山，为何此人竟说不知去向？"心里不禁狐疑不定，转念又想："剑霄山峰多林密，何处寻觅其踪？"眼看太阳将要落山，莒余公十分失望，只得带人走下山去。

第二天上午，莒余公带领随从，再次进入剑霄山。他们来到茅屋前边，再次叩响木门。连叩几声，仍然无人应答。他们离开茅屋，沿着羊肠小道，向左后侧走去。七转八拐，来到一片树林边。这时候，一樵夫头戴草笠，担着两捆木柴，右手拿着砍柴刀，哼着小曲走出树林。莒余公说："请问，慧多星先生现在何处？"樵夫把草笠向下一拉，遮挡住自己的面部，摇了摇头说："在下乃樵夫一个，不认识慧多星先生。"说完挑着担子，一步步向前走去。

莒余公怅然若失，只得带领随从四处打探，可是一直没有音讯。

第三天上午，莒余公再次进入剑霄山。他来到栅栏门口，又一次轻轻敲门，还是无人应答。三次寻人不遇，箭一雄耐不住性子，说："村间野叟，有何能耐，竟劳国君大驾亲临。请国君且回，我带兵士数名，伏于隐蔽之处。一旦发现星耀空，用绳索一捆，带走了事！"

莒余公说："岂不闻，周文王聘请姜尚，亲临渭水，以国师之礼相待；齐桓公重用管仲，口称仲父，礼仪无以复加。星耀空乃当世大贤，务须以礼待之。"说完带领随从，走到后面寻找。

莒余公一行转了几个弯，忽然听到牧笛悠扬。他们顺着笛音，走到一片竹林后边。抬头望去，前面是一片水泽。水泽四周，绿草葱翠欲滴，野花五彩斑斓。水泽、花卉与绿地点缀在一起，犹如一幅美丽的画卷。一牧童身穿麻布短衣，头戴草笠，悠闲自得地骑在牛背上。他轻轻拍一下牛背，水牛一边吃草，一边慢慢移动四蹄，向水泽边上靠近。牧童拿起笛子，吹起了牧牛曲。笛声悠扬，丝丝缕缕，像薄云轻雾随风飘荡。

莒余公使了个眼色，众人停止脚步，他独自一人走向前去。莒余公走近牧童，面带笑容问："请问牧牛小哥，可知慧多星先生否？"牧童正了正斗笠，眯着眼睛看了莒余公一眼，说："闻听莒国国君到此，您是国君否？"莒余公顿时吃了一惊，心想："我来剑霄山聘贤，牧童竟然知晓，岂不怪哉！"箭一雄一个箭步冲过去，说："国君到此，还不下牛施礼！"

牧童说："师傅已知国君到此，特让我在此等候。"他连忙从牛背上跳下来，向着莒余公鞠躬施礼。

原来，莒余公尚未启程，子目夷早已送来信札。悬崖采斛，樵夫砍柴，不是别人，正是星耀空。他这样做是为了验证莒余公是否真诚聘贤。

牧童在前引导，莒余公来到篱笆院子，再次轻轻叩门。木门"吱呀"一声，从里边走出一个人来。他身穿粗布衣衫，一副平民打扮，看样子年近四十。原来，这就是星耀空。他躬身施礼，说："国君光临寒舍，星某有失远迎，尚望恕罪！"星耀空说完，轻轻掀起帘子，把莒余公让进屋里。然后泡上一杯茶，恭恭敬敬递给莒余公。莒余公双手一拱，说："当今天下大乱，莒国有强国之心，而无强国栋梁。故此聘请先生，共图大业，望先生勿辞。"

星耀空说："我乃村间野夫，荷锄躬耕，砍柴采药，诸如此类尚可应付。至于军国大计，非我所能也。"莒余公急忙站起来，拱手作答："宋大夫子目夷再三举荐，先生文能经国济世，武可定国安邦。先生如此大才，若荒老于深山僻壤，岂不令人扼腕痛惜！愿先生以天下黎民为念，屈身敝国，早晚赐教。"

星耀空说："愿闻国君之志。"莒余公说："莒国北有齐国之强，南有淮夷之扰，东有大海之隔，西有蒙山之阻。此等局势之下，欲求自立自强，当何以施政？切望先生不吝赐教。"莒余公说完双手一拱，显得十分恳切。

星耀空说："自本朝建立，周礼为存国之基。周礼行则大周安，周礼废则大周乱。自周穆王之后，周礼渐行渐废，王朝渐趋衰败。周室东迁，王朝益衰。周礼被弃之如敝屣，天下由此大乱。先有郑庄公小霸，后有齐桓公称霸，再有宋襄公图霸。群雄并起，战乱不休。纵观当今天下，郑国早已衰微；齐国自桓公之后，霸业不复存在；宋国有称霸之心，而无称霸之力；楚国依托江汉，地大兵强，常怀觊觎中原之心，然其荆蛮之习，与中原格格不入。因此南北冲突，在所难免；秦国东依崤山，西靠岐山，南有钟南山，北有渭水平原，进可攻退可守，可图霸业，但秦国远离中原，暂时鞭长莫及；晋国公子重耳，礼贤下士，众所拥戴，麾下人才济济。举目当下，可以称霸者，似乎唯有晋国。反观莒国，财富不如齐国，礼乐不如鲁国，域阔不如楚国，地险不如秦国，人才不如晋国。唯有东洋大海，可资利用。"

星耀空说到这里，莒余公忙问："似此如之奈何？"

星耀空回答说："北威莱国，南进淮夷。俟时机成熟，挥兵西进，占据蒙山。以蒙山为依托，而后兵出中原，霸业可成也。"莒余公说："先生一席话，让我顿开茅塞。如何北威莱国，南进淮夷，尚望先生指教。"

星耀空说："莱国偏在半岛，国弱势微，无回旋余地。齐国虎视眈眈，早有并吞莱国之心。趁目前齐国内乱，莒国出动大军，一举夺取海湾以西，然后派兵驻守。淮夷势力分散，易攻难守，不堪一击。莒军若水陆并进，东西夹击，淮夷一鼓可平也。如此，东夷各国，无人可与莒国争锋。"

莒余公说："先生金玉良言，我将终世不忘。霁凯功微德薄，先生若不嫌弃，恳望出山相助，共图大业。"星耀空说："山野之人，懒散已成惯习，唯恐不能奉命。"莒余公说："先生若不出山，我嬴霁凯情愿解甲归田，与先生荷锄阡陌，躬耕田垄，终老剑霄山。"说完，两行热泪滚滚而下。

星耀空慨叹一阵，说："国君既不嫌弃，我愿竭诚尽力，效犬马之劳。"

星耀空同意出山，莒余公非常高兴，当即决定拜他为相国。临行，星耀空拿出二十两黄金，送给牧童，说："念你相伴数载，辛劳勤勉。今日将别，无以馈赠。些少资费，望你自谋生路。"莒余公急忙使个眼色，箭一雄拿出黄金五十两，一并送给牧童。星耀空简单收拾一下，众人渡过淮河，来到莒军大营。莒余公偕同星耀空，率领人马兴冲冲奔回莒国。

正是：求贤若渴无觅处，今日终于得贤才。

第五十一回 介子推自焚绵山 莒余公进军海湾

莒余公一行离开淮泗，终于回到莒国。当天下午，官员们齐集议事大厅。莒余公有意安排，让星耀空与众人会面。还在回国的路上，莒余公就想，星耀空初来乍到，应与众官员先见一面，互相认识认识。

这天会面，莒余公刚刚做了介绍，忽然内侍报告了一件事。莒余公随即离开大厅，大厅里只剩下官员们。

国君因事离开，大厅里顿时鸦雀无声。司徒茶弋壶清了清嗓子，向着星耀空发问："闻听先生博览群书，学富五车，想必精研于《周易》也？"

星耀空回答说："《周易》乃群经之首，中华文化之源头。系大道之源，涵盖万物，纲纪群伦。故此，《周易》之周，并非周朝之周。乃周延、周到、周全之意。其道广大，无所不包。旁及天文、地理、乐律、兵法、韵学、算术，等等。熟读《周易》，史家悟得历史，兵家悟得兵法，当国者悟得治世。正因如此，天下无人不读《周易》。虽七岁书童，亦能熟记之，况成人乎？"

司空瓜大郭问："如此说来，八卦之来源，先生必定熟知之？"

星耀空一看，茶弋壶、瓜大郭分明是在考自己，于是回答："众所共知，伏羲创八卦，将天地万物分为乾、坤、坎、离、震、巽、艮、兑。周文王被囚羑里，将伏羲八卦两两重叠，演绎而成六十四卦，《周易》由此始创。周文王解禁而回西岐，再对《周易》修改润色。"

星耀空刚说到这里，茶弋壶涨红着脸，很不服气地说："据先生所云，文王六十四卦，来源于伏羲八卦。此事史无所据，焉能信口开河耶？"星耀空说："历史典籍，卷帙浩繁，虽终生手不释卷，皓首穷经，所读之书不抵九牛一毛，不及沧海一粟。请问司徒读书几何，竟如此大言不惭，妄言史无所据耶？"

星耀空一席话，说得茶弋壶面红耳赤，哑口无言。

这时候，副将金一戈沉不住气了。他"呼"的一声站起来，说："车马征战，将士喋血，枪林箭雨，血肉横飞。仅凭咬文嚼字，焉能守疆拓土！一介书生，仅知引经据典，而不知用兵谋略，焉能克敌制胜！请问先生，是否读过姜太公《六韬》？"金一戈说完，"噗"的一声坐下了。众人见此光景，一阵惊愕。

星耀空一看，这无疑是一员骁将，于是说："姜尚《六韬》，在下粗粗读过。文韬、武韬、龙韬、虎韬、豹韬、犬韬六卷，共计六十篇。车兵、步兵、骑兵，略知一二。今后行兵布阵，尚需将军多多指教。"说完，双手向前一拱。

金一戈挠挠头皮，接着又问："请问何为天阵、地阵、人阵？"

星耀空回答："日月星辰，一左一右，一向一背，此为天阵；丘陵水泉，亦有前后左右之利，此为地阵；用车用马，用文用武，此为人阵。请问将军，除此之外，有何见教耶？"金一戈被问急了，涨红着脸说："两军相遇，彼不可来，此不可往。各设固备，未敢先发。我欲袭之，不得其利，为之奈何？"

星耀空一听，这是《文韬》中的武王问话，于是回答："太公曰：'外乱而内整，示饥而实饱，内精而外钝。一合一离，一聚一散。阴其谋，密其机，高其垒。伏其锐士，寂若无声。敌不知我所备，欲其西，袭其东。'在下如此答复，不知将军满意否？若有错漏，请将军指教。"

金一戈再问："敌知我情，通我谋，为之奈何？"

星耀空心想："金一戈的确熟读《六韬》，原文背诵周武王的问话，竟然一字不差。不愧是莒国名将，名不虚传！"于是回答说："兵胜之术，密察敌人之机，而速乘其利，复疾击其不意。如此，焉有不胜之理？"

金一戈接着问："两军对垒，何以知敌之虚实？"星耀空回答说："夫为将者，必上知天文，下知地理，中知人事。登高而望远，以观敌之变动；望其垒，即知其虚实；望其士卒，则知其往来。既如此，敌之虚实皆知矣。"

金一戈想了想，又问："敌众我寡，敌强我弱。敌之来势凶猛，我军不可挡，如之奈何？"星耀空回答说："选我精兵强弩，伏于左右，车骑坚阵而对。敌若过我伏兵之前，弓弩齐射之。如此，敌人虽众，亦必败北。"金一戈一听，心里十分钦佩。他双手抱拳施礼，说："敬佩敬佩！"

星耀空博古通今，对答如流。众位官员，心里十分钦佩。

星耀空担任相国一职，地位在百官之上。莒余公对他十分敬重，就像周文王对待姜子牙。两人一起吃饭，一起睡觉，一起商讨国家大事。

星耀空受到重用，消息很快传到宋国。子目夷十分高兴，专程赶往莒国看望老同学。莒余公听到子目夷到来，立即与星耀空商量。星耀空说："目夷此来，必有重要消息，应以礼相待，不宜怠慢。"莒余公说："相国之言甚当。"

双方见面，道不尽离别之情，说不完思念之意。经过交谈，子目夷带来一个重要消息。晋国公子重耳在外流亡十九年，目前已经回到晋国，登上国君之位，是为晋文公。

重耳曾经到过宋国，子目夷陪伴宋襄公一起接待过他。子目夷十分敬重重耳，始终关注他的行踪，因此，对有关情况相当了解。

重耳到了齐国，一住就是七年。这七年，经历了齐桓公之死，诸公子争位。齐孝公继位后，齐国霸业不再，诸侯国离心离德。舅舅狐偃劝告晋文公："齐国内乱不息，并非久留之地。"晋文公溺爱妻子齐姜，一直不想离开齐国。狐偃、赵衰和先轸等人，一起把重耳灌醉，把他放到大车上，悄悄奔往曹国。曹国不予接纳，重耳只得奔向宋国。

此时的宋襄公，腿伤尚未痊愈。重耳到来，宋襄公十分高兴。安排大夫子目夷赶往郊外迎接。重耳进入睢阳城，宋襄公亲自出面，以国君之礼款待。席间，狐偃、子目夷一起如厕。子目夷对狐偃说："公子若惧风尘之劳，可在宋国休养。若有鸿鹄之志，宋国新遭兵败，无力相帮，唯有求之大国。"狐偃说："此肺腑之言也。"于是报告重耳。重耳立即召集左右，征求意见。赵衰等人异口同声："此地不可久留！"重耳当即决定："马上离开宋国！"

重耳打算离开，宋襄公送给他很多钱物。重耳离开不久，宋襄公箭疮日益严重，不久一命呜呼。他的儿子子王臣继位，是为宋成公。这一年，是公元前637年。宋襄公在位十四年，虽然称霸未遂，却在春秋史上留下重重一笔。

重耳离开宋国，一路向西疾驰，到达郑都新郑。郑国紧闭城门，拒绝入内。重耳无奈之下，只得投奔楚国。正行之间，传来一个重要消息：秦穆公厌恶晋怀公，打算出面干预，另立晋国新君。重耳闻讯，立即派遣随从先轸，赶到秦国联络。秦穆公十分高兴，派大臣嬴枝迎接重耳。

重耳临别，楚成王亲自设宴践行。酒过数巡，楚成王问："寡人待公子不薄，公子如若返晋，何以为报也？"重耳说："珍珠玉璧，象牙虎皮，贵国应有尽有。重耳清贫之身，何以报大王也？"楚成王笑着说："尽管如此，必有所报，寡人愿闻之。"

重耳想了想，说："若托大王之福，重耳得以返国为君，愿结两国之好，永不相犯。若万不得已而交兵，晋军情愿退避三舍，以报大王款待之恩。"原来，三十里为一舍，退避三舍就是后退九十里。

子目夷说到这里，莒余公忙问："重耳信誓旦旦，后事如何？"

子目夷告诉莒余公：重耳到达秦国，秦穆公想把女儿怀嬴嫁给他。原来，怀嬴已经嫁给晋怀公，被晋怀公无情抛弃。晋怀公是重耳的侄子，怀嬴本是重耳的侄媳。重耳觉得有伤伦理，因此犹豫不决。

赵衰、狐偃、胥臣等人苦口婆心，一再劝说。重耳最后终于答应。秦穆公十分高兴，当天夜晚，让重耳在馆驿中成婚。挑选了四名宗亲美女，一起媵嫁。重耳一看，怀嬴貌美异常，与齐桓公之女相比，有过之而无不及。再看看四个媵嫁女，一个个袅袅婷婷，十分美艳。重耳喜出望外，把周游列国的一路辛苦全然抛到脑后。

莒余公听到这里，深有感慨，接着问："新婚宴尔，恩爱欢愉，可想而知；但红颜丧志，古已有之。难道晋公子重耳，重蹈覆辙不成？"

子目夷告诉莒余公：不久，重耳去见秦穆公，要求回到晋国。秦穆公出动兵车四百辆，率领众位大臣一起护送重耳。晋怀公得到消息，急忙化装逃跑。重耳进入晋国，栾枝、荀林父、士会、羊舌职等旧臣，一齐到曲沃迎接。在众人拥戴下，重耳登上国君之位。重耳四十三岁开始流亡，历时十九年，登上国君之位，已经六十二岁。

莒余公听到这里，深有感慨地说："岁月蹉跎，人生易老。"

星耀空说："晋国人才济济，恐难各尽其才。"子目夷说："介子推为人，耿直而无私念，回到晋国之后，整日托病不出。他甘于清贫，每日编织麻鞋，背往集市出售，以此赚钱赡养老母。"

莒余公说："如此人才不得重用，岂不可惜。晋国不予理睬，莒国当予重用！"当即决定，派星耀空奔赴晋国，聘请介子推。

子目夷说："介子推是我老友，此次前往晋国，我愿同行。"莒余公说："如此甚好！"次日上午，星耀空、子目夷带上礼物，晓行夜宿一路疾驰，很快到达晋国。万万想不到，介子推早已离别人世。

原来，当初晋文公在狄国流亡。为了躲避刺客，急忙离开狄国，星夜奔往齐国。途中经过卫国，卫国不予接纳。晋文公一行无奈，只得饿着肚子向前赶路。过了五鹿，众人饥饿难耐，就在一棵大树下休息。晋文公饥饿困乏，枕着狐毛护膝呼呼大睡。这时候，介子推捧着一碗肉汤，悄悄献给晋文公。晋文公一闻，香味异常。他喝了几口，然后问："此汤异香扑鼻，从何而来？"介子推说："孝子不畏死，奉养其亲；忠臣不畏死，服侍其主。目下食粮断绝，主公饥肠辘辘，我只好忍痛割股，让您暂且充饥。"晋文公一听，被感动得流下泪来。

晋文公登位之后，对功臣大加封赏。母亲对介子推说："当初国君流亡，你不离不弃，追随左右，割股啖君，功劳不在小。目下国君大赏群臣，你应请求封赏。"介子推说："当今国君，仁德闻名四海，因此登位为君。众大臣争功邀赏，我以此为耻。儿子宁愿编织麻鞋，不敢贪天之功为己有。"母亲说："即使不要俸禄，你也该入朝面君，不埋没割股之功。"介子推说："孩儿无求无欲，何必见君耶？"介子推说完，背着母亲一步步走进绵山。进山之后，搭起两间茅屋，母子俩居住下来。

有一天，晋文公病了，吃什么都没味道。他突然想起来了，当年介子推割股献食，现在却对他没有封赏，心里十分难过。晋文公想到这里，亲自带领随从，出面寻找介子推。左寻右找，不见介子推的踪影。晋文公无奈，只得询问邻居解张。解张说："半月之前，一男子背着老婆婆，走到山下休憩。男子到山涧打水，给老婆婆解渴，而后进入深山，不知去向。"晋文公说："此人必是介子推，立即进山搜寻！"一声令下，大队人马进入深山。一连寻找几天，一点消息都没有。

晋文公心想，介子推十分孝顺，如果放火烧山，他一定会背着母亲出来的。想到这里，他立即下令："放火烧山！"军士们立即点起火来。烈焰熊熊，烧了三天三夜。可是想不到，介子推终究也没出来。在一棵大柳树下，军士们找到两架骨骸。众人一看，母子俩抱在一起，在烈火中同归于尽。

晋文公见状，不禁放声大哭。当即下令，把介子推的骨骸葬在绵山，把绵山改名叫介山。后世在此地设县，叫作介休。其含义是：介子推在此休息。晋文公接着下令，砍倒柳树做成鞋子。每逢看到那些鞋子，就流着泪反复念叨："悲哉，足下！"这就是"足下"一词的由来。

晋文公焚山之日，恰逢清明节的前一天。国人思念介子推，因为他死于烈火之中，所以这天不忍心点火，只好冷食一天。后世就把清明节的前一天，叫作"寒食节"。这一天，家家门前插柳，焚烧纸钱，以此纪念介子推。

且说星耀空、子目夷一行，马不停蹄来到晋国。本来满怀期望找到介子推，想不到已经阴阳相隔。星耀空、子目夷心里十分难过。两人只得就此分手，各自悻悻回国。星耀空回到莒国，向莒余公报告："介子推焚死绵山！"莒余公听罢，顿时泪流满面，长叹一声说："赤胆忠心，不恋名利。此等人才，世间少有。如此身亡，惜哉惜哉！"

这一天，莒余公正在召集会议。突然，珠山守军报告："莱人砍伐树木，抢夺牲畜，边民不胜其扰。"星耀空说："莱国国力衰弱，竟如此逞强。我国应趁机出兵，占据海湾之西。"莒余公说："莒、莱两国，素无冤仇。怎好因此小事，出兵占其疆土？"星耀空说："常言道：'大行不顾细谨'。莱国势力微弱，齐国早有吞并之心。齐桓公病亡之后，诸子争位，内乱不休，吞并莱国之事，暂时搁置一边。晋国人才济济，早晚必定称霸。目前晋国新君继位，诸事未妥。莫如趁此机会，出兵攻打莱国。机会千载难逢，不宜错过。"

莒余公当即下令："立即出兵，攻打莱国！"出动战车二百辆，兵士一万五千人。司马箭一雄指挥左路，副将金一戈指挥右路。莒余公自将中军，星耀空为军师。大军浩浩荡荡，一路向东北进发。

大军兵分三路，直指海湾方向。当日下午，中路前锋到达珠山之东。先锋东方戈扬鞭催马，驱动战车向前冲去。星耀空急忙阻止，说："且慢！情势不明，孤军突进，乃兵家大忌。"说完，他和莒余公商量一下，然后传令三军："就地驻扎，探明情形，而后进军！"司马箭一雄前来报告："海湾西北，莱国兵力薄弱，疏于防守，应速速进军。"箭一雄刚刚说完，副将金一戈前来报告："海湾正西，莱兵正在乘船渡海，意图不明。"

莒余公急忙问："相国意下如何？"星耀空说："兵法云：'军半渡可击。'趁莱军东渡，速速进军，机不可失！"莒余公立即下令："三军齐发，击破莱军！"众将得令，立即率领大军向前进攻。这时候，莱军正在渡海。莒军突然到来，莱军惊慌失措，一片混乱。已经登船的，急忙向东岸逃跑；尚未登船的，只得仓促应战。星耀空举起令旗，左右一挥。莒军立即分作两支，从左右两侧包抄上去。莱军抵抗一会儿，很快溃不成军，四散奔逃。

星耀空把令旗向前一指，莒军奋勇向前，追击前进。

正是：先有奇谋星相国，后有诸葛善用兵。

第五十二回 星耀空西访雍城 李一骞东渡大海

此时的莱国，国君名字叫妘徵。齐国不断向东侵袭，莱国国土不断缩小，国力严重削弱。莒国大军东征，妘徵十分惊慌，急忙与左右商量。司徒妘中岳说："莱、莒两国，素无冤仇。莒国如此逞强，突然攻打我国，我愿出使莒国，凭三寸不烂之舌，说动莒国撤军。"妘徵一听，就像得了救命稻草，连忙说："爱卿如此忠心，真莱国之幸也。"妘中岳率领随从，带上礼物，乘船渡过海湾，向西奔赴莒军大营。

听到妘中岳即将前来，莒余公急忙与星耀空商量。星耀空说："妘中岳此来，无非是要我国撤军。见到此人，我自有话说，国君尽可放心。"

妘中岳见到星耀空，首先送上礼物，然后说："贵国与莱国，素无嫌隙。目下贵国突然出兵，杀我将士，占我领地，令人痛心。海湾以西，素为莱国疆土。莒国理应撤兵，将地域归还我国。"星耀空一听，怒不可遏，说："莱军肆行无忌，抢我粮食，夺我牛马，砍我树木，扰我边民，司徒难道一无所知？你身为一国司徒，竟厚颜无耻，罔顾事实，如此强词夺理！"

妘中岳被星耀空数落一顿，无言以对，汗水顺着脸颊流下来。

星耀空接着说："天下疆土，天下共有之。司徒言之凿凿，竟说海湾以西是莱国属地。既然如此，如有周天子敕命，请司徒予以展示，我星耀空亦可开开眼界。否则空口无凭，焉能说是莱国疆土也？"妘中岳心想："周天子的敕命，我到哪里去寻找呀？"想到这里，他张口结舌，浑身大汗淋漓。妘中岳无计可施，只得带领随从，灰溜溜回到莱国。

莱军大部乘船逃跑，剩下的残兵败将，仍在负隅顽抗。星耀空立即下令："战车四面围定，迫其投降。降者留其性命，顽抗者围而剿之！"莒军战车立即围成一圈，把莱军团团围困起来。箭一雄站在战车上高喊："你等已被重重包围，投降者保其性命，顽抗者片甲不留！"莱军听到喊声，纷纷扔下刀枪前来投降。莱国副将名叫妘邑武，他悄悄躲在后面，弯弓搭箭准备射击。莒国副将金一戈眼疾手快，反手一箭射去，正中妘邑武的咽喉，妘邑武应声倒下。莱军见势不妙，纷纷缴械投降。海湾以西土地，全部被莒国占领。

星耀空对莒余公说："经此一战，莱军业已胆寒，无力向西反扑。唯有齐国，需严加防范。"两人一商量，设立三座营寨，各派一千精兵驻守。

大军刚刚回到莒城，突然接到子目夷的信札。原来，莒余公求贤若渴，让子目夷念念不忘，回到宋国，仍然挂在心上。莒余公展开信札一看，子目夷又举荐了一个人，名字叫百里奚。莒余公看完信，伸手递给星耀空，然后问："百里奚何许人也？"

星耀空说："百里奚是虞国人，自幼好学，一心为官。无奈父母早亡，家境贫寒，又无贵人提携；虽有满腹经纶，却落得穷困潦倒，郁郁不得其志。直至三十二岁，才娶妻名曰杜娥。一年之后，生子名叫百里视。三口之家，其乐融融。妻子杜娥说：'大丈夫志在四方，应远走高飞，一展鸿鹄之志。若壮年不出仕，老死桑梓，岂不可惜！'在妻子鼓励下，百里奚决心外出闯荡。"

星耀空说到这里，莒余公忙问："后事如何？"

星耀空说："百里奚到达齐国，想见齐襄公，可是无人引荐。没办法，只好去了宋国。途中遇到一人，名字叫蹇叔。两人纵论天下大事，十分投机，因此结成好友，一起到达虞国。虞国不久被晋献公吞灭，百里奚成为俘虏，沦为阶下囚。"

莒余公十分关切地问："百里奚落难，后事如何？"

星耀空说："此后不久，秦穆公派人到晋国求婚。晋献公终于同意，把大女儿嫁给秦穆公。女儿出嫁时，晋献公挑选陪嫁奴隶，把百里奚挑了进去。陪嫁队伍经过一片山林，百里奚趁机逃跑。刚刚进入楚国境内，又被楚军俘获。秦穆公清点人马，发现少了一个奴隶，赶紧查问此事。有人报告：'他叫百里奚，很有本事！'秦穆公打算拿出厚礼，去楚国赎买百里奚。公子嬴絷说：'若以厚礼赎买，楚国知其贤能，必不放人。'秦穆公恍然大悟，立即派出专人，用五张羊皮换回了百里奚。"

星耀空说到这里，莒余公问："百里奚到达秦国，后事如何？"

星耀空说："百里奚被带到秦国，秦穆公连忙召见。见面一看，百里奚满头白发，秦穆公大失所望，不禁长叹一声。百里奚说：'若是上山打虎，我确实已老；若是出谋划策，我比姜子牙年少许多。'秦穆公态度诚恳，请教富国强兵之道。百里奚从古至今，滔滔不绝。秦穆公听了十分高兴，立即任命百里奚为大夫。从此，百里奚被称为'五羖大夫'。"

百里奚做起了高官，他的妻子杜娥闻讯，想去寻找他。但是转念一想，百里奚高官厚禄，见了面未必相认。杜娥灵机一动，隐瞒自己的身份，到百里奚家里做仆人。杜娥一天到晚洗衣扫地，忙里忙外。这天晚上，百里奚正在翻阅竹简，杜娥在院子里抚琴吟唱：

百里奚，五羖皮。送别时，无饭吃。烧门栓，烹雌鸡。

今富贵，早已忘怀糟糠妻。侯门深似海，琴声惨惨泪沾衣。

百里奚，五羖皮。娶我时，无嫁衣。少锦帛，缺粮米。

今富贵，早已忘怀亲生子。人生何凄惨，父子十年长分离。

百里奚，五羖皮。父早亡，心悲戚。母已死，葬北溪。

今富贵，锦衣玉食忘桑梓。高官加厚禄，用人乃是结发妻。

百里奚听到琴声，近前一看，唱歌人竟是自己的妻子，两人相拥而哭。

莒余公问："百里奚如此贤能，居秦国何等职位？"

星耀空告诉莒余公："秦穆公闻讯，对百里奚更加钦佩，打算让他担任上卿。百里奚说：'我之好友蹇叔，其才远超于我。秦国若要图强，不可没有此人。'秦穆公一听，连忙派人把蹇叔请到秦国。任命蹇叔为左卿，百里奚为右卿。由此开始，秦国兴利除弊，一天天富强起来。"

莒余公说："蹇叔既为秦国上卿，我国可聘用百里奚。"星耀空说："我愿奔赴秦国，为国聘贤。"莒余公说："此去西雍，山重水复，长路漫漫。爱卿不辞辛劳，真莒国之幸也！"星耀空带上黄金、莒绢、莒绨、东夷葛布、莒国青铜剑等礼品，带领车队一路西行，直奔秦国。

星耀空一行马不停蹄，这天终于到达西雍。恰巧，正赶上秦穆公大宴群臣。星耀空赶到百里奚家里，送上礼物，然后留下信札。次日上午，星耀空在百里奚引导下，前往觐见秦穆公。双方见面，星耀空递上国书，然后说："贵国民富兵强，莒君深为钦佩。我受命出使上国，愿结两国友好。"秦穆公说："莒国濒临大海，水陆兼备，系东夷之强。两国世交友好，乃秦国之幸！"

这天夜晚，月明星稀，温风习习，关中大地一片静谧。星耀空站在院子里，正在对月抒怀。想不到，百里奚星夜拜访。原来，两人早就互有耳闻，这次是首次谋面。星耀空说："先生高才，莒君十分仰慕。我此次访问秦国，一来共结两国盟好；二来聘请先生，赴莒国任职。莒君心意至诚，请先生勿辞。"

百里奚说："大丈夫生于一世，遇知己之主，竭才尽力，此生之愿足矣。

虽高官厚禄，千金万银，此志不可移也。"星耀空一听，顿时明白了。秦穆公爱惜人才，知人善任，百里奚对他忠心耿耿。若让百里奚到莒国任职，根本无此可能。星耀空想到这里，感觉十分遗憾。

星耀空访秦期间，百里奚天天出面陪同。两人先后游览了终南山、骊山、太华山等景点。十天之后，星耀空告辞回国。秦穆公说："常言道：'来而不往非礼也。'今遣大夫李一骞回访贵国，以示秦、莒两国之好。"

这天上午，星耀空、李一骞一起到达莒国。秦国客人来访，莒余公亲自出面迎接。当晚，莒余公大摆宴席款待李一骞。星耀空、司徒茶弋壶、司空瓜大郭、司马箭一雄等官员，共同出席作陪。李一骞一看，宴席上山珍海味，应有尽有，再看看那些海产品，觉得十分陌生。不一会儿，侍者端来一盘梭子蟹，颜色红红的，一个个伸着大钳子。李一骞第一次见到海蟹，不知道如何食用，神情一片尴尬。

星耀空拿起一只梭子蟹，剥开蟹壳递给李一骞；然后又剥开一只，自己首先吃了一口，做出示范。李一骞拿起蟹子吃了几口，连声夸赞："其鲜无比！其鲜无比！"吃完之后，李一骞伸出拇指夸赞说："美哉美哉！"

不一会儿，侍者又端来一盆清炖海参。李一骞看看那些海参，一个个就像胖大的黑色虫子，看起来十分吓人。星耀空用筷子夹起一只海参，慢慢送进嘴里。李一骞见状，也夹起一只，然后壮了壮胆子，津津有味地吃起来。

莒余公对李一骞说："先生文武兼备，有口皆碑，乃秦国难得之人才，令人钦佩。"李一骞急忙鞠躬施礼，说："承蒙国君夸赞，在下实不敢当。尽心尽职，乃臣子分内之事。唯有忠君爱国，竭诚效力，不枉国家信任。"莒余公一听，心里更加钦佩。

次日上午，星耀空陪同李一骞，来到东海之滨。按照莒余公的安排，茶弋壶早已在那里等候。大家坐上船，向大海深处行进。眼前出现一群海鸥，贴着海面展翅飞翔。突然，一只海鸥向着木船飞来。眼看就要贴近船板，突然翅膀一斜，又向上飞去。李一骞出生于内陆，平生第一次看到大海。看到海鸥与人如此接近，感觉十分惊奇。就在这时候，一只鱼鹰出现在眼前。它收起巨大的翅膀，一个猛子扎进水里。过了一会儿，鱼鹰从水里冒出来，嘴里叼着一条大鱼。李一骞正看得出神，那只鱼鹰突然一转身，朝着木船飞来。它嘴里的那条大鱼，不住地搅动尾巴。鱼鹰翅膀一斜，又向上飞去，那条大鱼"啪"的一声，正好掉到木船上。一士兵眼疾手快，右脚猛力一踏，大鱼瞬间被踏在脚下。这时候，大鱼的尾巴仍在搅动。李一骞触景生情，随口吟咏："鸥飞燕舞常相伴，岂不羡煞西岐人！"

星耀空立即夸赞："先生出口成章，佩服佩服！"

七天之后，李一骞告辞回国。莒余公带领众官员出城送别，将到西部边境，队伍只得停下来。莒余公对李一骞依依不舍，说："送君千里，终有一别。不知今日分手，何时再见先生。"莒余公说完，眼泪顺着脸颊缓缓流下来。李一骞立即拱手致谢，说："国君如此礼贤下士，令人感佩。"说完再次鞠躬致谢，然后策马向西行进。

李一骞越走越远，已经看不到他的身影。莒余公攀向高岗，极目向西远眺，直到李一骞的车队绝尘而去。返回的路上，莒余公怅然若失，脸上一直留着泪痕。

正是：雄心勃勃打天下，第一要务是人才。

第五十三回　晋文公温邑勤王　莒余公纪郭鏖兵

李一骞离开莒国，一路扬鞭催马，终于回到秦国。蹇叔、百里奚等众位官员一起到东郊迎接。李一骞见到秦穆公，把访问情况一一汇报，特地把观赏大海的情景，着力渲染一番。众人听得津津有味，十分着迷。

秦穆公问："久闻大海，未曾亲睹。大海之大，堪比终南山否？"

"终南山虽十倍百倍，亦不能比之。"李一骞笑着回答。

秦穆公又问："如此说来，大海之大，堪比西域之疆土乎？"

李一骞回答说："大海上接青天，下连大地，重洋无垠，一碧万顷。虽神仙下凡，亦难测其大也！"众人惊得伸长了舌头。秦穆公一听，心里十分震惊，说："但愿有朝一日，亲临大海，以观其景，此生无憾矣。"

从此，秦穆公心心念念观赏大海风光。因为路途遥远，山重水复，直到生命的最后一刻，秦穆公也未能见到大海，留下终生遗憾。当然，此是后话。

莒余公恋恋不舍，送走秦国使臣李一骞。当日下午，和星耀空一起品茶议事。恰在这时候，茶弋壶气喘吁吁进来报告："奇闻！朝廷发生奇闻！"

莒余公忙说："何等奇闻，说来听听。"

原来，周襄王刚刚死了王后。大司徒翁乾进谏："翟国之君，有孪生之女二名，称作前叔隗、后叔隗。二女貌若天仙，美艳绝伦。今后叔隗尚待字闺中，大王何不求之为王后？"周襄王忙问："其容颜如何？愿闻其详。"翁乾轻轻摇着头，说了一段翟国民谣：

前叔隗，后叔隗，温润如玉放光辉。

前叔隗，后叔隗，青葱娇嫩多葳蕤。

前叔隗，后叔隗，柳眉杏眼何娇美。

周襄王急不可待地说："以你为使，赴翟国求婚！"

原来,前叔隗是姐姐,已经嫁到晋国;后叔隗是妹妹,天生丽质,容貌之美天下难寻。周襄王派人前来求婚,翟子求之不得,后叔隗也十分高兴。但后叔隗嫁到朝廷后,整天待在深宫,时间长了,感觉自己就像笼中之鸟。

后叔隗对周襄王说:"卑妾自幼习马打猎,我父未尝禁止。自嫁宫中,肢体倦怠,内心郁郁寡欢。大王何不郊外狩猎,让卑妾欢欣一刻?"

周襄王说:"爱妃有此雅兴,本王定予满足。"立即召来太史,选定良辰吉日,大队人马到山中围猎。

周襄王有个庶弟,名叫姬带。他身强力壮,风流倜傥。这次打猎,姬带驾鹰驱犬,大显身手。共获得猎物三十多头,名列第一。襄王当即下令:"赏玉璧三双!"众人一齐喝彩。

此时的后叔隗,就坐在周襄王身旁。姬带相貌出众,后叔隗很想接近他,于是对襄王说:"天色尚早,妾欲出车打猎一围,以健筋骨,请大王恩准。"

周襄王立即予以批准,回头问左右:"谁人善骑?保护王后出猎!"

姬带应声而出,说:"臣愿效劳!"姬带自告奋勇,正合后叔隗的心意。众婢女簇拥着后叔隗,骑马走在前头。姬带骑着一匹西域良马,随后跟上。

转过一个山头,后叔隗凤眼迷离,望着姬带说:"久慕王子大才,今日一见,果然名不虚传。"姬带急忙献媚,说:"北方有佳人,擅长骑射。我姬带虽则不才,焉能不骑射以伴之!"后叔隗一听,顿时春心荡漾,低声对姬带说:"王子明日可到后宫,我有话说。"姬带心领神会,点头答应。

谁也想不到,后叔隗与姬带私通,引起周王朝的宫廷内讧。

且说经过互访,莒、秦两国建立了良好关系。这天,莒余公问星耀空:"当今周室衰落,诸侯争战不休。似此情势,我国当如之奈何?"

星耀空说:"齐桓公尊王攘夷,进而称霸天下;晋国仍以尊王为号召,大有争霸之势;秦国横扫西鄙,受到朝廷册封。如此观之,周室虽然衰弱,仍为天下共主。挟天子而令诸侯,乃称霸之良方也。"

莒余公再问:"凭莒国之力,难与齐、晋、秦抗衡。若要富强,当以何为先?"星耀空说:"仍要尊王。"莒余公说:"愿闻其详。"星耀空说:"觐见周天子,求得册封。使莒国闻之于诸侯,而后可畅行无阻矣。"

这天,莒余公、星耀空一起,带领随从来到洛邑。莒余公见到周襄王,立即献上礼物,然后躬行朝觐之礼。周襄王长叹一声,说:"自王室东迁,诸侯朝觐时有时无。楚国地处江汉,擅自僭位称王。中原各国,亦冷亦热。数十年来，四夷动辄侵凌中国，王朝兵少将微，无力征伐。长此以往，不知是何结局。"襄王说完，满脸凄楚。过了一会儿，史官隗有恒进来，双手捧出册封敕令。星耀空立即躬下身，恭恭敬敬地接过来。

自从西周建立，诸侯国君继位，都要到周朝廷觐见天子，进贡献礼，求得册封。周平王东迁以来，王室不断走向衰弱。在许多诸侯眼里，周王朝不过是个摆设，天子敕封，逐渐成为过眼烟云。莒余公到朝廷觐见，周襄王十分感动，赐给莒国白璧两双、御马两匹、天子专用的红弓红箭两套。因为赐物太少，襄王十分惭愧，说："朝廷库府拮据，自顾不暇，赐物无多，实在抱歉。"说完双手轻轻一拱，以示歉意。

夜晚，莒余公、星耀空正在饮茶闲谈。没想到，朝廷史官隗有恒悄然来到。朝廷贵宾临门，少不了让座、上茶等程序。莒余公言行恭谨，礼仪周详，隗有恒十分感动。三人推心置腹，饮茶畅谈。隗有恒十分神秘地说："堂堂大周王朝，发生桃色事件，闹得沸沸扬扬。"

星耀空听到这里，急忙给莒余公递了个眼色。

原来，依照后叔隗的邀约，姬带悄悄进入宫中。两人一见面，立即搂在一起，一阵翻云覆雨，极尽鱼水之欢。时间一长，姬带的胆子越来越大，有时候青天白日，大摇大摆地去找后叔隗。有一天，周襄王带人进入密室。此时此刻，姬带、后叔隗正在苟合。姬带听到动静，赤身裸体蹿出后窗，一溜烟逃往翟国。襄王盛怒之下，把后叔隗打入冷宫。

姬带逃到翟国，见到翟国国君阿布都，顺口编了一套谎话。阿布都一听，周襄王竟要出兵攻打翟国，顿时怒不可遏，立即发兵向洛邑进攻。敌军来势凶猛，周军抵挡不住，纷纷向后退却。众大臣规劝周襄王："翟军气焰嚣张，王师难以抵挡。大王可以出巡为名，暂避锋芒。"

周襄王急忙带领随从，仓皇奔往郑国。姬带引导翟军，很快攻入洛邑城中。他先到冷宫放出后叔隗，然后自立为周王，立后叔隗为王后。这种关系不伦不类，引起国人议论纷纷。姬带自觉无脸见人，又偷偷带着后叔隗，一溜烟躲到温邑去了。

周襄王逃到郑国，亲手写信一封，派人送到晋国，请求出师勤王。

晋文公接到书信，立即派兵救援周襄王。赵衰指挥左军，魏犨为副将；郤溱指挥右军，颠颉为副将；晋文公亲自率领中军，策应左右两路。

四月六日，晋军到达郑国。将士们找到周襄王，把他护送到洛邑。这时候，姬带、后叔隗仍在温邑鬼混。周襄王已经复位，人们欢欣鼓舞。姬带、后叔隗担心被擒拿，慌忙向翟国逃跑。晋国大军追来，一阵乱箭齐射，姬带、后叔隗双双被射死。晋文公带领随从，到洛邑觐见周襄王。襄王万分感激，赐给西域良马、玉圭、红弓等物品。

朝廷发生如此大事，莒余公急忙与星耀空商量。星耀空说："目前王室衰微，天下无霸。秦国虽欲称霸中原，但山水阻隔，一时无力东进。晋国人才济济，大有称霸之势。晋君继位不久，诸事未妥，无暇他顾。以我之见，趁机出兵掠地，开疆拓土。"

莒余公问："开疆拓土，我早有此意，当以何为先？"

星耀空说："北有强齐，一时难以撼动；西有鲁国，乃朝廷所依恃，暂时亦不可占有其地。"莒余公再问："似此情势，当如之奈何？"星耀空回答："自古用兵之道，避实而就虚，避强而击弱。当务之急，挥兵南下，占据纪部。"莒余公说："此议甚好，速速发兵！"

纪部地处莒国东南部，东临大海，南近淮河，地势平坦。境内水泊密布，人烟十分稀少。当地首领先随徐夷，后随淮夷，数百年来屡屡作乱。自周公东征开始，朝廷多次进剿，但是后患并未解除。此时的纪部头领，名叫地一笃。地一笃饮酒作乐，昼夜玩弄女人。他野心勃勃，好大喜功。不久之前，擅自称起了国王。

周襄王得到消息，气得暴跳如雷，但是鞭长莫及，毫无办法。指望鲁国出兵平叛，但是鲁国发生内乱，自顾不暇。因此，地一笃更加嚣张。这天中午，地一笃喝得醉醺醺的，他对众喽啰说："寡人为王称帝，周天子能奈我何！"

莒余公气愤地说："地一笃狂妄至极，天人共愤。消灭地一笃，攻取纪部，我早有此志。"然后问星耀空："当下出击纪部，当如何布兵？"

星耀空说："纪部偏处海隅，远离中原，不服王化，不习礼仪。莒国此次兴兵，师出有名。宜大张旗鼓，水陆并进，东西夹击，一鼓而下之。"莒余公说："相国之言，甚合我意。至于进兵次序，请相国筹划之。"

星耀空说："水军自岚湾出动，沿海路南下，登陆后向西进击；战车自向邑南下，而后向东进击。待水陆两军会合，将敌四面包围，聚而歼之！"莒余公立即下令："攻打纪部！"水军都统盾金坚指挥左路，司马箭一雄指挥右路，莒余公、星耀空统领中路大军，绕过马亓山，浩浩荡荡向东南进发。

盾金坚率领战船一百艘，每船军士三十名，共计水军三千名。战船迎风破浪，扬帆起航。向南开进了二三十里，一支敌军船队迎面而来。盾金坚举目遥望，敌船船体不大，明显小于莒国战船。细细观察，敌军每条船上，配备兵士大约二十名。说时迟那时快，双方战船已经靠近。盾金坚高喊一声："放箭！"一声令下，莒军万箭齐射，敌人纷纷落水。敌水军头领名叫地一笞，是敌酋地一笃的二弟。看到士兵纷纷落水，地一笞举起长枪，抛向莒军战船。盾金坚眼疾手快，伸出长戟用力一拨。地一笞的长枪"啪"的一声，当即掉到海里。盾金坚用长戟顶住船板，纵身一跃跳到敌船上。他举起长戟，左挑右刺，敌人一个个落入水中。地一笞手举青铜剑，向着盾金坚砍来，盾金坚一闪身，随即一个"扫堂腿"，地一笞惨叫一声，当即倒在木船上。其余敌军见状，纷纷缴械投降。

原来，这是敌人仅有的水军。莒军打垮敌人水军，乘胜挥兵前进。右前方不远处，发现一个木桩码头。盾金坚下令登陆，队伍直扑纪鄣城。

箭一雄率领战车，到向邑补充粮秣，然后车马奔驰，直奔东南方向。敌军闻讯，派出车马迎战。箭一雄高举令旗，左右一挥，莒军兵分两路，左右包抄过去。敌军被围在中间，左冲右突，仓皇应战。箭一雄高喊一声："放箭！"莒军万箭齐发，敌人纷纷中箭。敌将名叫地一骖，是敌酋地一笃的三弟。此人虎背熊腰，有万夫不当之勇。箭一雄指挥三辆战车，把地一骖的战车围在核心。地一骖毫不畏惧，举起大砍刀左削右砍。莒军触之者伤，中之者亡。莒军战车像走马灯一样，难以靠近。

双方正在酣战，莒余公、星耀空带领中军赶来。到达战场一看，战况胶着。星耀空陪着莒余公，急忙登向一个高岗。举目望去，两军刀光剑影，正在浴血厮杀。探马指着战场中间说："那是敌将地一骖！"星耀空说："此将骁勇异常，待我用计擒之。"说罢举起令旗，向后摇了三摇。

箭一雄一看，高岗上插着"莒"字大旗，知道中路大军已到。紧接着，发现令旗摇动。箭一雄一声令下，车队向两旁一撤，放开一个口子。地一骖率兵冲出口子，向着高岗冲来。刚刚冲到高岗中间，岗上乱箭齐射。敌军猝不及防，顿时倒下一片。岗坡越来越陡，战车无法前进，地一骖跳下战车，举着双刀，凶神恶煞一般向岗上冲来。星耀空举起令旗，向左猛力一挥，几条大绳同时拉起，地一骖被绊倒在地。星耀空高举令旗，猛力向右一挥，一张大网从天而降，一下子罩到地一骖身上。莒军将士一拥向前，把地一骖捆了个结结实实。

地一骖被擒，敌兵顿时溃不成军。星耀空高举令旗大喊："乘胜追击，攻占纪鄚！"战车一路突进，很快到达纪鄚西郊。原来，莒国水军早已到达，已经开始攻城。两军会合，把纪鄚围了个水泄不通。将士们架起云梯，纷纷登上城墙。地一笃不想城破被俘，急忙脱下上衣，袒露臂膀。后背绑上一截木棒，乖乖出城投降。恰在这时候，城上一箭飞来，正中莒余公左胸。

莒余公大叫一声，当即倒在战车上。

正是：相国用计取纪鄚，岂料国君受箭伤。

第五十四回　求友好隆冬会盟　败齐军春季鏖兵

且说莒军水陆并进，一举攻占纪鄣。敌军被彻底打垮，地一笃率部投降。莒余公亲临前线，不幸中箭。星耀空当机立断，留下战船五十艘、水军一千名，战车五十辆、陆军两千名，指令水军将领盾金坚负责镇守纪鄣。

星耀空带领大军，很快回到莒城。莒余公箭疮日益加重，胸膛红肿，疼痛难忍。原来，他是被毒箭射伤。御医使尽浑身解数，一直不见疗效。

这天上午，星耀空、荼弋壶、瓜大郭、箭一雄，世子嬴期、二公子嬴瑾、三公子嬴余以及莒余公的二弟嬴霁庆等人，齐集病榻前。莒余公对星耀空说："箭毒入骨，久治不愈，我命将休矣。期儿业已成人，切望先生善辅之。"说完，目光扫视众人一圈。他咳嗽几声，吐出一口鲜血。浑身剧烈抽搐几下，惨然离别人世。国君如此离世，众人一片哀痛之声。

嬴霁庆、荼弋壶等人，把目光一齐投向星耀空。星耀空擦了擦泪痕，对大家说："国君已亡，先立新君，而后发丧。"众人一商量，同意星耀空的提议。按照嫡长子继承制，嬴期登上国君之位，是为兹丕公。

兹丕公继位，为莒余公举行了隆重的葬礼，葬于浮来山南麓。

且说卫懿公喜爱仙鹤，到了十分痴迷的程度。他养的仙鹤地位奇高，待遇超过一般臣子。无论吃、住、行，仙鹤常常与卫懿公一起。这些仙鹤被分了等级，分别享受卿、士待遇。卫懿公每次出门，把卿级仙鹤带在身边，称为鹤将军。仙鹤的待遇不断提高，将士们的待遇却不断下降。卫懿公行为离奇，国人对他十分不满。一天，北狄大举进犯卫国。将士们不愿为卫懿公卖命，纷纷不战而退。对此，卫懿公十分生气。将士们说："鹤将军骁勇，让它前往御敌！"卫军很快被打垮，卫懿公惨遭杀害。

北狄打垮了卫军，占据了卫国都城。狄兵捣毁城墙，四处烧杀掳掠。卫国人口锐减，仅剩下五千妇幼老弱。卫戴公只得带领卫国遗民，暂时寄居到曹国。就在这一年，卫戴公因病死亡。他的弟弟姬燬继位，是为卫文公。

卫文公继位后，迁都到楚丘，卫国总算保存下来。卫文公不忘国耻，下决心振兴卫国。他节衣缩食，体察民情，轻徭薄赋，千方百计减轻百姓负担。经过努力，卫国国力迅速提高。内政有了起色，卫文公积极开展外交活动。这时候，莒、鲁两国长期关系不和。卫文公敏锐地觉察到，这是施展影响的大好时机。他瞅准时机，出面调停两国关系。

再说鲁釐公继位后，姬季友等大臣辅政。姬季友病死，臧文仲等人辅政。臧文仲主张实行德治，重视结交邻国。鲁釐公予以采纳，鲁国逐渐恢复了元气。公元前643年，鲁国出兵攻灭项国，鲁国疆域进一步扩大。南面与邾国接壤，北面到达泰山南麓，东面控制了蒙山、龟山。

莒、鲁两国边界，从南往北，曲曲折折，绵延数百里。

兹丕公牢记父亲遗训，十分敬重星耀空，不仅对他言听计从，而且尊称为亚父，凡属军国大事，全权委托星耀空。星耀空不负重托，忠于职守，谨慎处事，有权而不擅权。他殚精竭虑，呕心沥血，受到普遍尊敬。莒国君臣相敬，吏民和谐，形势趋于安定。

转眼之间，到了公元前635年四月。这天春风和煦，艳阳高照，兹丕公、星耀空一起，正在议论国事。突然有人报告："卫君来访，即将到达！"原来，卫文公是以访问为名，出面调停莒、鲁两国关系。

兹丕公问："卫侯到访，当何以处之？"星耀空说："卫君此来，必定是为平复莒、鲁关系。对此，我国乐观其成。既如此，宜顺水推舟，送上人情，各得其所。卫君欣幸而来，满意而去，岂不美哉？"

卫文公来到客厅，双方客套一番，然后言归正题。卫文公说："莒、鲁东西为邻，唇齿相依。然两国交恶业已二十余年，闻之令人痛心。为两国和睦起见，卫国愿牵线联谊，以成两国之好。不知贵国意下如何？"

兹丕公说："两国交谊和好，亦是莒国之期望。阁下美意，莒国自应感谢。"星耀空说："可于适当时机、适当地点，举行三国会盟。卫国主盟，莒、鲁两国参与，共结三国盟好。"莒国明确表态，同意和好。卫文公离开莒国，很快到达鲁国。卫文公说明来意，鲁釐公当即表态同意。卫文公此次出访，进展十分顺利。次日带领随从，兴冲冲赶往卫国。

卫文公刚刚走到半路，眼前出现一个悬崖。突然，崖顶滚下一块巨石，巨石"咕咚"一声，正好落在卫文公的车轮下。辕马受到惊吓，一下子蹿到路边湖泊里。卫文公连人带车,全部落入水中。侍卫从水里冒出来,急忙打捞国君。卫文公回到卫国,已经奄奄一息,他留下遗嘱:"莒、鲁会盟,意向达成,应推进到底。"卫文公说完,溘然离世。他的儿子姬郑继位,是为卫成公。

卫文公不幸死亡,消息很快传到莒国。兹丕公十分震惊,急忙与星耀空商量。星耀空说:"卫国先君虽亡,莒、鲁会盟不应废止。我愿前往卫国,借吊唁之机,协商会盟之事。"兹丕公说:"如此一箭双雕,甚好甚好!"

星耀空来到卫国一看,各国使节先后到达。夜晚,星耀空正在馆驿品茶,卫国司徒姬詹来访。姬詹夜间造访,是专门商量三国会盟。他告诉星耀空,卫成公不忘卫文公遗嘱,极力促成莒、鲁和解。星耀空首先表示感谢,然后把莒国的意向如实告诉姬詹。莒国同意会盟,姬詹于是约着星耀空,来到另一个馆驿。这里住着鲁国使节,他是鲁国大夫,名叫姬酉舆。

三人一见面,姬詹首先做了介绍,然后说明会盟一事。姬酉舆一听,十分赞同。原来莒、鲁两国长期不和,鲁国很想改变这一局面。因此,三人一拍即合。星耀空说:"会盟既已确定,宜于当年举行,不宜久拖不决。"对此,姬酉舆表示赞同。姬詹犹豫了一下,然后说:"卫国先君离世,殡礼尚在进行。若在近期会盟,似不适宜,应另行确定时间。"

星耀空说:"依照礼制,诸侯五月而葬。如此算来,会盟以冬季为宜。"姬詹听了,掐着指头算了算,然后点头同意。姬酉舆说:"本年十二月,乃大吉之月,宜于会盟。"就这样,会盟意向顺利达成。

转眼到了腊月,隆冬到来,大地一片白雪皑皑。会盟日期,日益临近。三国会盟,究竟派谁最合适?兹丕公拿不定主意,立即与星耀空商量。

星耀空说:"公子嬴霁庆,品行端正,礼仪周详,外和而内介,乃不二人选。"兹丕公问:"此次与盟,卫、鲁皆是国君出面。莒国却由臣子出席,如此是否适当?"星耀空说:"外交如战场,并无一定之规。卫国急欲主盟,鲁国急欲和好,双方心意迫切。公子此行,定能马到成功。"

嬴霁庆带领随从,分乘两辆大车,按时到达鲁国的洮邑。原来,卫成公已经提前到达。两国客人到来,鲁釐公十分高兴,予以热情招待。会盟开始,卫成公一本正经,拿出早已写好的盟约,当众进行了宣读。莒、鲁两国均无异议,一致通过。三方共同约定,来年正月初九,再次举行会盟。

不到一个月,正月初九来临。星耀空对兹丕公说:"国与国,应对等交往。前次会盟,在鲁国之洮邑;本次会盟,以我国向邑为宜。"兹丕公说:"亚父之言,正合我意。"星耀空立即派人,通知卫、鲁两国,他先行一步,提前到达向邑。正月初九上午,鲁釐公带领随从,及时到达向邑。卫成公本来计划亲赴向邑主盟,想不到突然患病,只得委派大夫宁速前往向邑参与会盟。

宁速说明缘由,表示歉意。兹丕公说:"卫侯因病未达,甚为遗憾,唯愿早日康复。"此次向邑会盟,重温洮邑会盟的盟约,很快顺利结束。兹丕公、星耀空一起,邀请两国客人到莒国观光,客人们一路喜笑颜开。莒、鲁、卫三国,重新开启了友好关系。

莒、鲁、卫三国结盟,消息很快传到齐国。齐孝公对众臣说:"先君桓公在世之日,岁岁出征,打遍天下无敌手。如今寡人执政,安坐朝堂,无所事事,内心愧疚难言。当初鲁国发难,此仇未报。今日鲁国东结莒国,北联卫国,其志不在小。闻听鲁国粮秣歉收,军队缺粮,人民饥馑,寡人欲乘机出兵伐鲁,众卿意下如何?"

大夫高虎说:"卫、莒、鲁三国和好,新近结盟。鲁国因之多助,伐之未必成功。"齐孝公说:"我大军横行天下,所向披靡,此次讨伐鲁国,焉有不胜之理!击败鲁国之后,乘胜进军,打垮莒国与卫国!"次日,出动战车三百辆,兵士两万名,一路杀奔鲁国。

鲁釐公闻报,心里十分惊慌。这时候,大夫臧孙辰推荐了柳下惠。柳下惠见到鲁釐公,又推荐了族弟展喜。在鲁釐公许可下,展喜带着礼品,很快来到齐军大营。齐孝公趾高气扬,昂首挺胸端坐在战车上。展喜前来送礼,表明和好意愿。齐孝公问:"寡人大军压境,鲁国恐惧否?"

展喜回答说:"小人恐惧,君子无恐惧之色。"

齐孝公又问:"鲁国正逢荒年,军民饥馑。齐国大军征伐,为何不惧也?"

展喜回答说:"遥想当年,周王封齐国先君姜太公于齐国,封鲁国先君姬伯禽于鲁国,派周公与太公歃血为盟,誓词曰:'世世子孙,同保王室,绝不侵伐。'誓言今日尚在,封于金匮之内。齐桓公九合诸侯,一匡天下,尚且不忘齐、鲁之谊,未曾加兵于鲁国。时至今日,贵国若违背太公誓言,必侮齐桓公之英名。窃以为,齐国必不取也。所以,鲁人内心无惧。"

齐孝公一听,展喜言辞凿凿,句句是理,不禁满脸通红,十分愧疚。转念一想:"鲁国送来礼物,已给足面子,何不见好就收?"齐孝公想到这里,说:"闻先生之言,寡人知过矣。齐国就此罢兵,班师回国!"

展喜离开后,齐孝公越想越不舍气。他想:"千军万马已经出动,焉能无功而返？"想到这里，他把马鞭向东一指，说："就近进兵，攻打莒国！"大夫高虎急忙劝谏："我国大举进军鲁国，此事无人不晓。莒相国星耀空足智多谋，深谙韬略。据臣估计，莒国必定早有准备。我军若贸然攻打莒国，胜负实难预料。若目的不达，悔之晚矣。莫如息兵回国，另作良图。"齐孝公说："小小莒国，焉能抗我大军！"说完把马鞭猛力一抽，一车当先向莒国挺进。

这天上午，兹丕公、星耀空一起，正在商量攻防事宜。突然探马来报："齐国两万大军，正向我国杀来！"兹丕公问："齐军犯境，当如何抵御？"星耀空说："常言道：'骄兵必败。'齐国自恃天下无敌，轻率出兵，已犯兵家之大忌。再者，齐军袭鲁未成，久驻于外，已成疲惫之师。自鲁袭莒，必经蒙山。蒙山峰峦叠嶂，绵延数百里。山高路险，车马难行。我军以逸待劳，以有备击无备，焉有不有胜之理！"

兹丕公一听，顿时信心百倍，说："请亚父下令！"

星耀空对箭一雄说："请司马率精兵五千，伏于东山东麓，隐于密林之中，切勿暴露行迹。若见齐军东进，尽行放过。待东面林中火起，立即从后掩杀，截其归路，不漏一人！"

箭一雄高喊一声："得令！"然后快步而出。

星耀空对副将金一盾说："你率轻舟五十艘，每船兵士二十人。多备箭矢与长钩，伏于天镜湖芦苇荡中。待齐军落水，轻舟齐出，围而射之。凡无力抵抗者，用长钩生擒之！"星耀空又对副将李大盔、王三勇说："你二人各率步兵五百人，每人备干草一束，伏于大青山密林中。待齐兵进入，沿路点火，焚烧敌军。待齐军溃败，立即赶往天镜湖，一同围歼敌人。"众将领命，各自去做准备。星耀空对兹丕公说："我伴随国君，率精兵五千，接应各路人马。一旦齐军溃乱，大军齐出，必获全胜！"

齐军一路东进，并未遇到抵抗。齐孝公仰天大笑，说："鲁国服软，莒国退缩。齐国之强，天下无敌。我国再次称霸诸侯，正当其时也！"

高虎再次劝谏："我军即将进入莒国境内。此地山高路险，树林茂密，湖泊众多，车马难以展开。此等地势，谨慎小心为上。"齐孝公说："千军万马，不敢长驱直进，此懦夫之行也！"说罢指挥大军，径直向东进发。

齐军一路东行，很快到达东山脚下。举目望去，密林无边无际。路径十分狭窄，只能单车行进。高虎再次提醒说："此处山林密布，宜于藏兵。若莒国在此设伏，我军危矣，不可不防！"齐孝公说："莒国乃滨海之邦，只习水战，不谙陆上用兵。此等军旅，何足惧哉？"高虎摇了摇头，十分无奈。

齐军沿着林间小道，曲曲折折，又向东走了一程。树林更加茂密，小路更加狭窄，战车行进十分困难。前锋将领急忙折回，向齐孝公报告："林密路狭，车马难以行进。"话音未落，忽然两侧火光四起，狭窄的林间小道，顿时被火焰覆盖。这时候，突然刮起了东南风。风助火势，火助风威，火大风狂，烈焰腾腾。齐军千军万马，全部被大火包围。车辆纷纷着火，人马非死即伤，队伍顿时大乱。将士们被烧得焦头烂额，呼爹叫娘，一片惨状。

齐孝公急忙跳下战车，骑上一匹白马，在亲随保护下，从大火里冲出来。将士们紧随其后，慌忙向西回撤。刚刚撤出不远，莒军伏兵四起，从四面八方围攻过来。箭一雄一车当先，向齐军冲击。莒军将士如猛虎下山，杀声震天。被大火灼伤的齐军将士，只得冒死突围。莒军箭矢齐射，枪刺刀砍。齐军纷纷倒下，顿时尸骨遍地。

齐孝公带领残兵败将，好不容易突出重围。清点一下，人马折损大半，剩余人马灰头土脸，遍体伤痕。数千残兵败将，只得掉头向东行进。队伍走了一会儿，已经辨不清方向。齐孝公忙问："前面是何地带？"探马报告："前头不远，即是天镜湖。"齐孝公立即下令："赶紧东进，到天镜湖洗涤污垢！"

话音未落，探马来报："南北两侧，均有莒军出没！"

齐孝公闻讯，目瞪口呆。他刚想下令突围，莒军已经围拢上来。双方距离越来越近，已经不到百步之遥。莒军万箭齐发，从四面射来，齐军顿时倒下一片。齐军已经伤痕累累，经不住袭击，纷纷丢下武器，向莒军投降。

齐孝公看看自己的队伍，所剩不过几百人。他急忙指挥众人，跳进天镜湖逃命。队伍刚刚跳进水里，莒军轻舟齐出，从四面围拢过来。一阵乱箭齐射，齐军一个个中箭。举目望去，许多尸体漂浮在湖上，湛蓝的湖水顿时被鲜血染红。突然一箭射来，正中齐孝公左肩。高虎急忙游过去，伸手搀着齐孝公，向天镜湖西岸逃去。

莒军轻舟疾进，紧急向前追赶。看看就要追上，金一盾伸出长戟，向着齐孝公刺来。高虎伸手架开长戟，保护着齐孝公向岸边游去。金一盾率领莒国水军，紧紧向前追赶。齐孝公的侍卫纷纷围拢过去，一起护卫着齐孝公，拼命向湖岸游去。众人爬到岸上，急忙坐上战车，慌慌张张向西北逃窜。

星耀空举起令旗，用力向前一指，莒军广大将士在后面紧追不舍。

正是：骄兵必败是定律，大火焚烧狂妄人。

第五十五回 晋文公践土会盟 兹丕公中原兴兵

且说齐军突出重围，一路惊慌奔逃。刚刚跑出几里路，左侧出现几百名齐军，跑过来营救齐孝公。原来，这支零星队伍刚从大火中突围而出。这时候，箭一雄率领人马，从西面围攻上去；星耀空指挥大军，从东面围攻过去。

齐孝公及数百名齐军，被四面围困起来。在这危急关头，高虎急中生智，让齐孝公换上樵夫服装，隐身到树林里，趁着兵荒马乱，悄悄溜出了包围圈，慌慌张张向西北逃窜。走出七八里路，遇见一支被打散队伍。双方合兵一处，六百多名。齐军匆匆如漏网之鱼，继续向北逃跑。齐孝公一路奔逃，沿途收拢了部分零星队伍。逃到齐国境内清点人马，一共剩下不足三千人。

却说齐国自动退兵，大夫臧孙辰对鲁釐公说："齐师虽退，内心仍旧轻慢鲁国，日后必将卷土重来。臣愿与仲遂一起出使楚国。鲁、楚结为盟好，齐国必定不敢小觑我国。"鲁釐公说："此议甚好。"派姬遂为专使，臧孙辰为副使，一同出使楚国。两人带上礼物，一路向江汉奔驰。

姬遂是鲁庄公的儿子，鲁釐公的弟弟。"仲"是他的字，"襄"是他的谥号。有人叫他东门襄仲，有人叫他仲遂。因为他家住在曲阜城东门，因此也叫东门遂。后来，鲁国发生的几起重大事件，都与东门遂有关。

东门遂、臧孙辰日夜兼程，很快到达楚国。二人见到楚成王，说："齐国背约反楚，实为楚国之仇敌。大王若要兴师伐齐，鲁军愿为前驱。"楚成王听了十分高兴，拜成得臣为大将，率兵讨伐齐国。齐国自从被莒国打败，士气十分低落，至今尚未恢复。楚军一路北上，势如破竹，很快攻占了齐国的阳谷。楚成王为了表示慷慨，把阳谷送给齐桓公的儿子姜雍。然后留下一千兵士在阳谷驻屯戍守。成得臣大获全胜，带兵凯旋。楚成王十分高兴，提拔成得臣为令尹。

楚成王讨伐齐国获得成功，出了一口恶气，接下来就是讨伐宋国。这天，楚成王亲统大军，让成得臣为将，纠集郑、陈、蔡、许四路诸侯，一同攻打宋国。五国大军来势汹汹，很快攻入宋国，把缗邑重重包围。宋成公十分惊慌，急忙派遣司马公孙固，紧急赶往晋国求救。

且说晋文公指挥晋军，杀死姬带、后叔隗，护送周襄王回到洛邑，恢复了王位。为了表彰勤王之功，周襄王大显慷慨，把王畿之内的温、原、樊、攒四个城邑，同时赐给晋国。晋国疆域扩展到黄河，成为北方第一大国。这次宋国被围，前来求救。晋文公闻讯，急忙和部下商量。大夫先轸说："当今天下，唯楚强横。今日楚国出兵攻宋，实乃扰乱中原。我国应趁机讨伐，显威诸侯，立威中国，此乃天赐良机也。"

晋文公问："寡人欲救齐、宋，当何以处之？"大夫狐偃说："若兴兵攻伐曹、卫，楚国必定移兵相救。齐、宋两国，其患自解矣。"晋文公说："此计甚妙！"他告诉宋国使臣公孙固："回国报告宋君，不必畏惧楚国，要坚守待援！"公孙固出使顺利，欣然赶回宋国。

晋文公说："大战在即，晋国兵力不足。"根据大臣赵衰的建议，晋文公立即下令，把晋军扩编为三军。当时设立三军的，只有晋国和楚国。在当时，大国设三军，中等国设二军，小国只有一军。设立三军的，一般分为中军、左军和右军。三军之中，中军最为重要，地位最高。

晋国整军经武，三军已经建立。赵衰为元帅，郤縠指挥中军，狐毛指挥左军，栾枝指挥右军。晋文公通令全军："加紧操练军马，随时准备出征！"

楚成王率领楚、郑、陈、蔡、许五国大军，直逼宋都睢阳。宋昭公亲自上阵，率领宋军拼死固守。与此同时，派遣专使前往晋国求救。时间一天天过去，一直不见晋军前来救援。宋昭公心想："假如城破被俘，岂不是一切化为泡影？"他越想心里越慌，急得直跺脚。大夫子目夷献计："晋军忙于攻打曹、卫，无暇顾及宋国。莫如派出专使化装出城，请求莒国出兵救援。"宋昭公说："楚军攻城甚急，形势危殆，只好如此。"立即安排副将子槐膺，穿上百姓服装，趁乱混出城外。

子槐膺离开睢阳城，一路马不停蹄，星夜赶往莒国。

且说星耀空使用火攻，击败齐军，大获全胜，莒国一片欢腾。星耀空对兹丕公说："东山之役虽然获胜，切勿沾沾自喜。当今晋、楚争霸，暗流汹涌，战云密布，须臾不可大意。"兹丕公心里一沉，问："局势如此险恶，我国当何以自处？"星耀空说："我有十六个字，供国君参考：居安思危，稳中防变，厉兵秣马，扩军备战。为防不测，当务之急，是加紧操练车马。"兹丕公说:"亚父之言,字字珠玑!"二人一起来到校场,共同检阅军马。

兹丕公、星耀空刚刚到达校场,宋国使臣迎面而来。来使翻身下马,把求救信呈上。星耀空快速浏览一遍,然后递给兹丕公。兹丕公说:"莒、宋结盟多年,今日宋国被围,不可不救!"星耀空点头应是。

次日,兹丕公、星耀空一起,率领兵士两万人,战车三百辆,紧急驰援宋国。大军一路奔驰,星夜向西南行进。

莒军距离睢阳十里,探马来报:"楚国五万大军,四面围困宋都,攻城甚急!"兹丕公一听,打算下令攻击楚军。星耀空急忙阻止,说:"敌众我寡,敌强我弱,贸然攻打,无异以卵击石。当务之急,大军就地驻扎,然后将信送入宋都,让宋军得知我军到来,使其奋力守城。"

兹丕公问:"我军前来,楚军必定知晓,当如之奈何?"星耀空说:"楚军虽众,意在攻城。我军若扎营城东,按兵不动,楚军必定无暇东顾。"兹丕公又问:"我军按兵不动,焉能增援宋军?如何撼动楚军也?"星耀空说:"我军驻扎睢阳东郊,近在咫尺。楚军不能专心攻城,必定分兵守御睢阳以东,如此攻城人马自然减少。宋军知我兵到,必定人心振奋,守城意志倍增。此所谓'安于泰山,使力两边',虽然军马未动,收效定然显著。"星耀空说完,立即派人潜入睢阳城内,告诉宋军:"莒军已经到达东郊!"

宋军闻讯,欢欣鼓舞。城内百姓奔走相告,纷纷帮助守城。

楚军得知莒军到来,只得分兵守备睢阳城东,攻城兵力大大减少。睢阳城墙高厚,城壕既深又宽。楚军连日攻打,仍旧固若金汤。楚军久攻不克,成得臣无计可施,急得暴跳如雷。他考虑了一下,立即派出副将宛春,前往晋军大营,要求做一笔交易:晋国网开一面,恢复卫、曹两国的国君之位,楚国立即放弃进攻宋国。

晋文公立即召集众臣,商量对策。先轸进谏:"拘留楚使宛春,不使回楚。我与卫、曹二国,秘密达成协议。晋国使其复国为君,二国与楚国断绝关系。"晋文公说:"此计甚妙!"就这样,楚国一下子失去两个盟国。成得臣闻讯,不禁怒火万丈,立即下令:"大军停止攻宋,北上进攻晋国!"

这天午时二刻,星耀空伴陪兹丕公,正在阵前视察。突然探马来报:"楚军撤围北上!"星耀空说:"楚军北上,楚、晋必有大战!"两人正在说话,宋昭公带领随从,亲自前来劳军。他们刚刚到达,突然一车飞奔而来。来人翻身下车,递上书信。原来,晋国要求莒、宋两军立即北上参战。星耀空说:

"事不宜迟，立即启程！"莒、宋两军同时行动，一起奔赴卫国。

大战在即，晋文公急忙向左右问计。先轸说："楚军劳师远征，久战于外，已成疲惫之师。若趁机而攻之，必操胜券。"狐偃说："昔日主公出奔楚国，曾有许诺：'他日若两国交兵，将退避三舍。'今日我国与楚军作战，需不忘当初承诺。如若不然，将失信于天下。"

晋文公说："舅父之言是也。"立即传令："三军后退！"这一退就是三十里。军士长前来报告："已退一舍之地矣！"晋文公接着命令："继续后退！"晋军又退了三十里。就这样一退再退，一连向后退了九十里，这正是"三舍"之地。晋文公信守承诺，命令晋军退到卫国的城濮。

兹丕公、星耀空率领莒军，紧急赶到城濮。齐、秦、鲁、宋等诸侯先后赶到。晋国为首的北方阵营，已然形成。楚国为首的南方阵营，郑、陈、蔡、许各国纷纷赶来参战。城濮周边大军云集，军营相望，连绵上百里。春秋时期的最大战役，一触即发。

双方兵力部署是：晋国左、中、右三军全部投入战斗。有战车七百辆，兵力三万七千人。齐、秦、宋、莒、鲁等国加在一起，兵力六万多人。楚国也有左、中、右三军，还有从宋国赶来的军队。加上郑、卫、许、陈、蔡等国的军队，势力异常雄厚。两大阵营壁垒分明，严阵以待，准备厮杀。

战役即将开始，双方都摆成左、中、右阵势。楚帅成得臣自领中军，斗宜申领左军，斗勃领右军。成得臣看看自己的阵营，车多将广，兵强马壮，志得意满地说："今日一战，晋军必败！"说完，"哈哈哈"仰天大笑。

星耀空研究了楚军的阵势，发现一个重大破绽。原来，斗勃率领的右军，主要是陈、蔡两国的军队。两军斗志薄弱，战斗力极差。星耀空提出建议，晋文公予以采纳，当即暗传号令："挡住楚军，击破陈、蔡两军！"

星耀空心生一计，让莒军把虎皮蒙到马背上，向着敌阵猛冲过去。陈、蔡两军从未见过这样的阵势，人马受惊，顿时大乱。莒军像猛虎扑食，呼啦啦冲杀过去。陈、蔡两军经不住冲击，顿时惊慌失措，乱纷纷四散奔逃。不长时间，楚国右军被打垮。

晋国负责对付楚国左军。晋将栾枝想出一计，把树枝拖在战车后面，扬起漫天尘土，佯装向后溃逃。楚军不知是计，在后面拼命追赶。晋国元帅先轸亲领中军，拦腰截杀过来。晋国左军和右军，从四周冲杀过来。楚国左军抵挡不住，大部被消灭，其余的缴械投降。不长时间，楚国左军和右军，全部被打垮。楚帅成得臣见势不妙，急忙指挥中军撤退。晋军立即包抄上去，围得就像铁桶一般。

成得臣被围在核心，左冲右突不得脱身，形势十分危急。他的儿子成大心挺着画戟，率领六百多人的敢死队，一阵浴血拼杀。成得臣得到救援，趁机突出重围。卫、陈、蔡、郑、许五国，损兵折将，溃不成军，丢盔弃甲，各自往本国溃逃。

按照晋文公的安排，莒、鲁两军负责截击敌人。成得臣率领楚国中军，好不容易突围而出，正好经过莒军阵地。星耀空把令旗一举，高喊一声："包围楚军，勿使逃逸！"众将士奋勇向前，刀剑并举，犹如削瓜切菜。

成得臣为人十分狂傲，内心本来瞧不起莒、鲁两军。他哪里想到，得势的狸猫强似虎，失势的凤凰不如鸡。现在的莒军将士，竟然人强马壮，勇不可当。成得臣见势不妙，虚晃一枪向星耀空刺来。星耀空往左一闪，成得臣趁机冲出包围圈，仓皇向南逃窜。

城濮大战，北方联军大获全胜。缴获战车一百辆，俘虏一千多人。楚军抛下的大量物资，都被联军缴获。晋文公当即下令："就地休整，犒赏三军！"趁此机会，晋文公通令各诸侯国："各复旧职。"意思是："恢复对周王朝的义务与责任。"一切安排停当，晋文公率领大军凯旋。

晋国大军正在行进，狐偃指着前方大喊："国君您看！"晋文公举目望去，来人是周朝廷王子姬虎。原来，此次城濮大战，北方联军大获全胜。周襄王闻讯，打算打破惯例，亲自前往劳军。今天委派姬虎过来，是提前打招呼。晋文公心里十分高兴。

本来亲楚的郑国，急忙派人前来求和。晋文公不计前嫌，与郑文公订立了友好盟约。郑国背离了楚国，转而亲近晋国。晋文公十分高兴，立即下令："以狐偃为主，狐毛为副，率领兵马，到践土建造王宫！"众将士得令，立即昼夜加班。仅用一个多月时间，工程全部竣工。晋文公再次下令："五月朔日，举行践土会盟！"

五月初一，兹丕公按时到达践土。宋、齐、郑、鲁、陈、蔡、邾等国国君，先后赶到。诸侯们在此见面，无不兴高采烈。不一会儿，在众人簇拥下，晋文公满面春风，来到众人面前。兹丕公与众诸侯一起，向晋文公施礼致意。在赵衰主持下，会盟仪式按部就班顺利完成。

夜晚，星耀空对兹丕公说："诸侯践土相聚，机会难得，国君应趁机拜访众位国君。"兹丕公本来有此打算，星耀空一鼓励，于是连夜进行走访。国君们见到兹丕公，其乐融融。兹丕公走访完毕，心里十分高兴，对星耀空说："践土会盟，不虚此行！"

公元前632年五月十六日，这是城濮大战后的一个月又十四天。上午，周襄王驾幸践土。晋文公率领众诸侯，到三十里之外迎候。天子亲临，大家毕恭毕敬，把他迎进王宫。襄王来到大殿，晋文公为首，兹丕公与众诸侯一起，纷纷行礼拜谒。行礼完毕，晋文公把战利品进献给襄王：战车一百辆，俘虏一千名，兵甲器械十六车。襄王见此光景，高兴得热泪盈眶，说："自齐桓公过世，荆楚强悍，屡侵中华。今得诸侯联兵讨伐，王室受尊，此皆叔父之功也！"原来，周天子称呼同姓诸侯，往往叫伯父或叔父；称呼异姓诸侯，往往叫伯舅或叔舅。

晋文公听到天子盛赞自己，十分谦逊地说："击败楚军，仰仗天子之威，更兼诸侯之力。姬重耳德薄功微，焉敢贪天之功为己有，愧哉愧哉！"周襄王递了个眼色，王子姬虎高声宣读册命，宣告晋文公为"方伯"。同时赐给大辂车、戎辂车各一辆，红弓一把，红箭一百支，黑弓十把，黑箭一千只，香酒一壶，侍卫勇士三百名。从此，晋文公成为名副其实的新霸主。这一年，晋文公已经六十六岁。

兹丕公对星耀空说："晋侯大器晚成，年过六旬始称霸，古今罕见。"星耀空说："晋君求贤若渴，广揽人才，今日称霸，势所必然也。"

正是：大器晚成晋文公，称霸诸侯第二人。

第五十六回　会温邑周王命驾　遭水患莒君赈灾

晋文公受到册封，成为新的诸侯霸主。趁此机会，晋文公下令："建造高坛，邀约各路诸侯，在此举行盟会！"高坛很快建成，兹丕公与各路诸侯依次登上高坛。王子姬虎宣读誓词："诸侯同盟，共辅王室；互为应援，不相加害；如有背盟，神人公诛！"诸侯们齐声大喊："盟约如山，我等遵命！"然后，众诸侯歃血为盟。

会盟仪式结束，兹丕公率领人马，一路往莒国回返。

星耀空说："晋国称霸，此后必有重大行动。"兹丕公问："我国当如之奈何？"星耀空说："派出探马，侦测军情，审时度势，相机而行。"兹丕公说："相国之言是也，惟其如此。"

晋文公接受册封，举行了诸侯会盟，然后率领大军凯旋。新绛大街上旌旗猎猎，甲士如林，煞是威风。队伍如此威武雄壮，百姓无不交口赞叹。先轸对晋文公说："楚国虽败于城濮，然其元气未伤。更兼地广人众，粮秣充足，终有一天会卷土重来，与我国争霸中原。"晋文公忙问："当如之奈何？"

先轸说："我国虽有三军，不足以震慑天下。宜扩为六军，方保无虞。"晋文公说："新扩三军，名之曰三行，与朝廷六军相区别，以免众诸侯多有话说。"不久，晋国把三军扩编为六军。在天下诸侯中，晋军兵多将广，独占鳌头，声威之强大，震动了众诸侯。

且说践土会盟结束，兹丕公一行回到莒国。此时此刻，正逢农田大忙季节。兹丕公稍事休息，立即约着星耀空，带领随从到郊外巡视。

举目望去，山峦墨绿，白云缭绕，景象万千。山脚之下，春播的高粱已经长到一尺多高。谷子、黍子、稷子、穄子，等等，一片绿油油的。远远望去，阡陌纵横，绿波荡漾，如诗如画。再看看近处，田野里男男女女，都在忙于劳作。有的犁地，有的下种，有的插秧，有的锄草。女人们一边唱着歌子，一边采桑。兹丕公触景生情，随口吟咏：

> 倬彼甫田，岁取十千。
> 我取其陈，食我农人。
> 自古有年，今适南亩。
> 或耘或耔，黍稷薿薿。

——那片田地多么宽广，每年能收千万担粮。

我拿出其中的陈谷，来把我的农夫供养。

遇上古来少有的好年景，快去南亩走一趟。

有人锄草有人培土，遍野茂盛的黍子与高粱。

侍卫们听了一齐鼓掌，兹丕公、星耀空对视一下，会心地笑了。夏收夏种很快完成，农闲季节姗姗来临。各家各户杀猪宰羊，磨面蒸馍，敬天祭神，好不热闹。过了不久，汛期悄然来临，阴雨连绵，下个不停。

这天，西南方向的天空，一片黑压压的。厚厚的云层无边无际，向着头顶压过来。不一会儿，黑云后面出现昏黄的一片。紧接着，霹雳闪电，震天动地，既像千军万马卷土而来，又像大海怒涛咆哮奔腾，使人惊心动魄。

兹丕公说："常言道：'西南雨除不来，来到就要没锅台。'如此天气必有水患，即刻下令，预防水灾！"星耀空立即派人，通知各处做好防灾准备。通知刚刚下达，暴雨伴着狂风倾盆而下。举目望去，天幕之下一片漆黑。

风雨昼夜不停，一连三天三夜。第四天清晨，狂风停止，雨过天晴。院子里，大街上，碎砖破瓦，泥沙石块，遍地皆是。被刮倒的树木横七竖八，有的斜在大街上，有的倒在墙头上，有的砸到房顶上。一眼望去，满目疮痍。都城尚且如此，村邑可想而知。

兹丕公、星耀空一商量，立即兵分两路，到各地巡视灾情。

兹丕公巡视东线，瓜大郭、箭一雄等官员陪同。队伍出了莒城，一路往东北行进，过了密邑，经过庞邑、牟娄、防邑等地方。再往北，潍河两岸一片汪洋，根本无法前进。没办法，只得拐弯折向东南。越过珠山，沿东麓往北行进。走到珠山东北麓，前面又是一片汪洋，再也不能继续前进。看看那些丘陵高地，下面被水吞没，上面露出的部分孤零零地浸泡在水里。再看看低洼地带，庄稼、芦苇、树丛，都被大水淹没。那些高大的乔木，只有树冠露出水面。

队伍无法继续往北，只得原路返回，然后拐弯向南，艰难向前行进。走到两城一看，一片汪洋，大海与山峰连成一片。队伍只得沿着山脚转弯往南，曲折前进。军士长高喊："河山，河山！"兹丕公举目望去，河山耸立在前方。从西龙山到河山，面前同样是一片汪洋。箭一雄立即找来船工，船工找来几条木船。大家分别坐上船筏，到达河山东麓。随后沿着山脚，继续往南行进。队伍一会儿走山路，一会儿走水路，走走停停，行动十分缓慢。经过磴山、阿掖山、虎山，往南巡视到纪鄣。队伍从纪鄣返回，绕过马亓山，曲曲折折回到莒城。一路跋山涉水，足足走了半个多月。

星耀空巡视西线，茶弋壶、副将力武琼等人陪同。他们乘船渡过沭河，一路往南，终于到达向邑。沿途望去，庄稼被水淹没，洼地变成汪洋。队伍到达沭河东岸，看到河水滔滔，河面十分宽广。只得乘船渡河，然后向西北方向前进。好不容易到达胡子山，然后曲曲折折，到达大青山。而后一路奔往东北，经过泉子山、加里山、郓邑等地方。这天，好不容易到达且于城。且于城地势较高，城内没有积水，水灾相对较轻。直到这时候，星耀空总算舒了一口气。

半个多月后，两路人马在都城会齐。兹丕公说："灾情如火，立即赈灾！"拨出黄金一万两，作为赈济资金。凡是庄稼绝收的，官府无偿提供种子；渔民船筏毁坏的，官府提供修理费。另外，公库拨出粮食三千担，赈济鳏寡孤独。同时下令，发动渔民，自己动手整修船筏。

星耀空带头，所有官员都在内，每人拿出一个月的俸禄，无偿救助灾民。此外，星耀空卖掉十套藏书，把书款赈济灾民。茶弋壶是个富户，家里田产很多，他卖掉三块粮田，救助受灾户。瓜大郭卖掉十匹骡马，把钱用于救助灾民。金一戈把国君赏赐的五十两黄金，全部捐给了灾民。国君夫人姜姬带头，后宫内侍、嫔妃等，人人节衣缩食，挤出钱财衣物救助灾民。

经过周密安排，赈灾大致有了头绪。这天，兹丕公、星耀空一起，谈论灾后重建。突然，晋国使臣到达。来人先行施礼，然后把竹简呈上。兹丕公展开一看，原来晋文公发出檄文，要求各路诸侯，本年十月一日到温邑会盟。兹丕公看完竹简，安排来使住进馆驿，然后问星耀空："此次会盟，地址定于温邑。温邑是何处所？"

星耀空说："温邑原在京畿，乃朝廷直属之地。晋军杀死姬带、后叔隗，勤王有功。周襄王感恩戴德，把温邑、原邑、阳樊、攒茅，全部赏赐给晋国。"兹丕公一听，不禁恍然大悟，说："原来如此。"

兹丕公接着说:"晋国称霸,半年之间二次主盟,齐桓公所未及也。"星耀空接过话头,十分幽默地说:"齐桓公称霸主盟,未尝惊扰天子。晋君称霸主盟,动辄拉出天子,犹如牵牛驱马,岂非今古奇观!"他刚说到这里,兹丕公伸出手指,挡在自己的唇前,"嘘"的一声。两人对视一下,会心地笑了。

转眼之间,树木凋零,朔风劲吹,冬季已经到来,温邑会盟近在眼前。兹丕公问:"此次会盟,需带多少兵马?"星耀空说:"践土之盟,乃大战之后会盟,因此各国多带兵马。本次温邑会盟,乃战后和平之盟,无须多带人马,只需侍卫防身即可。"

到了约定时间,兹丕公、星耀空一起,带领侍卫五百人、大车三十辆,带上两份礼物,分别送给周襄王、晋文公。到了温邑一看,齐、秦、鲁、宋、蔡、郑、陈、邾等国,先后到达。加上莒、晋两国,共是十路诸侯。

这天上午,周襄王驾到。兹丕公与众诸侯一起,跟随晋文公到郊外迎接。众人前呼后拥,隆重护送,让襄王到新宫驻跸。次日拂晓,十路诸侯提前就位等待襄王。不一会儿,在众所期待中,襄王缓缓到来。为了迎接襄王,晋文公为首,兹丕公与众诸侯站在前列,星耀空等各国官员整整齐齐地站在后面。

兹丕公仔细端详,今天的周襄王与上次相比,更是风度过人。他身穿大礼服,面南而坐,显得庄严而又威仪。他高高的个子,四方脸,长眉大眼,脸色红润,言行十分持重。在众位诸侯面前,显得亲切而又不失天子气度。

晋文公走在前面,兹丕公与众诸侯跟在后面,鱼贯而行。

大家来到周襄王面前,一个个行礼如仪。在司礼官主持下,觐见天子仪式按部就班,有条不紊地进行。仪式很快结束,大家正准备离开。这时候,卫国大夫元咺"扑通"一声跪在襄王面前,口里高喊:"冤枉冤枉!请天子为我申冤!"

原来,元咺哭诉的是卫成公。元咺当着天子与众诸侯的面,把卫公子如何被残杀,自己的儿子如何被射死的经过,一一陈述。元咺一边诉说,一边声泪俱下。周襄王看了看大家,众诸侯一个个脸色铁青,露出愤怒表情。

周襄王明白了,从盟主晋文公到列国诸侯,都无比愤恨卫成公。襄王心想:"众怒难犯,如不严肃处理,必将影响朝廷威望。此事重大,不可轻忽!"襄王想到这里,高声宣布:"此令王子姬虎,偕同盟主晋侯,共同审理此案!"

晋文公立即派人通知卫成公,到温邑接受审判。卫成公慑于晋国兵威,只好硬着头皮，忐忑不安地到达温邑。晋文公、姬虎经过审理，判定卫成公有罪。晋文公当众高喊："打进槛车，送往洛邑，请朝廷羁押监管！"话音未落，早有武士走向前去。众目睽睽之下，卫成公被当作囚犯，押上槛车送往洛邑。堂堂国君沦为囚徒，一副可怜巴巴的样子。

兹丕公感觉十分同情，但在如此场合，不好表露出来。

温邑会盟结束，周襄王即将返回洛邑。晋文公为首，众诸侯集体送行。冠盖成排，车马相接，一直送出河阳地界。襄王招手示意，与大家告别。

夜晚，银河幽幽，明月高挂。已经夜半更深，兹丕公回想白天的情景，一直没有睡意。他对星耀空说："卫侯处事不当，得罪晋国，致有今日之祸。其人此去京都，祸福难料，不知能否返回卫国。"星耀空说："一国之君，虽则有过，罪不当诛。当今天子敦厚仁慈，必定予以宽赦。晋君身为盟主，对诸侯大加挞伐，有显威过之嫌。若齐桓公在世，想必不至如此。事已至此，唯有静观其变。"兹丕公点头称是。

两人正在说话，突然门卫报告："晋国大夫来访！"

兹丕公闻讯，顿时心里一惊。星耀空说："深夜来访，必有要事，由我出面应付，国君尽可放心。"不一会儿，晋国大夫狐毛进来，态度十分友好，落座后客套一番，然后说明来意。

原来，周襄王返回洛邑，众诸侯尚未离开，仍旧住在温邑。晋文公说："寡人奉天子之命，得专征伐。时至今日，卫国心向荆楚，不通中国。以我之意，趁诸侯未散，出兵卫国，兴师问罪！"

狐毛这次来访，就是传达晋文公的号召。兹丕公对狐毛说："晋国主盟，敢不从命，请盟主放心。"

狐毛完成使命，然后施礼告别。兹丕公急忙使个眼色，星耀空心领神会，亲自出门送客。星耀空态度亲切，礼仪有加，让狐毛深受感动。两人走到院子里，说起了悄悄话。狐毛趁此机会，把事情真相悄悄告诉了星耀空，然后嘱咐："此乃内幕，请勿告知他人。"

星耀空送走狐毛，立即向兹丕公报告："狐毛告知，此次兴兵伐卫，实乃打大雷下小雨。"兹丕公问："此话怎讲？"星耀空说："以卫国之弱小，一支晋军尚且不能抵挡，何必出动诸侯联军？晋国挥动大军，兴师问罪，是捉蛤蟆摆虎阵。讨伐卫国是虚，震慑众诸侯是实。其用心之良苦，诸侯莫能知之。"

兹丕公说："晋侯善用心计，纵横捭阖，齐桓公所不及也。"

这天，齐、莒、宋、鲁、蔡、陈、秦、邾，再加晋国，共是九国大军，气势汹汹杀奔卫国。星耀空通过狐毛，暗地做通了工作，让莒军跟在最后头。目的是避免冲锋在前，减少将士伤亡。对此，兹丕公十分满意。

再说，郑、楚两国联姻，本来关系不错。郑国表面上服从晋国，暗地里与楚国藕断丝连。温邑会盟，晋文公处置卫国有过度之举。郑文公很不服气，假托国内有事，率领人马回到郑国。对此，晋文公十分生气。鉴于伐卫在即，只好暂时忍气吞声。

诸侯大军前来讨伐，消息传到卫国。卫国慌忙派人到楚国请求救兵。楚成王说："楚国新败，难与晋国争锋，等情势有变，再做定夺。"楚国按兵不动，卫国孤立无援。诸侯大军势如破竹，一路攻入卫国，很快兵临城下。卫国走投无路，只得向晋国请降。战事结束，晋文公一声令下，莒军与众诸侯大军一起，撤兵解围，各自回国。

此次攻打卫国，莒军奉命殿后。没有遇到阵仗，因此没有伤亡。对此，兹丕公十分满意。星耀空看一眼国君，会心地笑了。

正是：兴师动众攻卫国，只为霸主显威风。

第五十七回 晋侯泄愤伐郑国 莒子迷路祭绵山

兹丕公回到莒国，稍事休息，立即到各地巡视。经过赈灾救助，灾情慢慢缓解，农田种植与海上捕捞逐步得到恢复。

这天，兹丕公、星耀空一起，正在海滨巡视。突然，西北方向尘土飞扬，一车飞驰而来。新任司徒雨润禾报告："晋国大夫到！"原来，晋文公让狐毛为专使，传檄众诸侯，出兵攻打郑国。

狐毛是老朋友，星耀空热情有加，隆重设宴招待。酒过三巡，狐毛告诉星耀空："晋国业已确定，举行翟泉会晤。会晤主旨，乃重温践土之盟，共商讨伐郑国。"星耀空问："郑国业已倒向晋国，践土之盟，郑君亦曾参与。晋国突然挥兵伐郑，原因何在？"狐毛于是酒后吐真言，把内幕一股脑儿说了出来。原来，晋国征服了卫、曹两国，晋文公仍然余怒未消。这天，他又想起了当年的情景。

晋文公当年流亡，路过郑国，受到非礼待遇。对此，晋文公一直耿耿于怀。这次讨伐卫国，郑国又不辞而别。新仇旧恨叠加在一起，晋文公于是决定："讨伐郑国！"然后派人出使秦、蔡、陈、宋、齐、莒、鲁等国，约定当年九月出兵讨伐郑国。

星耀空听完狐毛的述说，心里顿时明白了。原来，晋文公旧仇难忘，挟嫌报复。事态如此严重，星耀空不敢怠慢，当晚就向兹丕公报告。兹丕公说："莒、郑两国，乃世交友好之邦。我国出兵伐郑，实属违心之举。晋国借用天子之名，以盟主名义号令诸侯，此事当何以处之？"星耀空说："以晋国之强势，只可顺其意，不可逆其志。我以国君名义写信一封，立即送往晋国，让晋国君臣知晓，莒国遭遇天灾，处于艰困之中。然后随机应变，相机而行，事情自然得以解决。"星耀空星夜捉刀，很快写好了信件。次日，星耀空、狐毛同乘一辆大车。一行人快马加鞭，很快赶到翟泉。

朝廷王子姬虎、晋国元帅狐偃、秦国公子嬴憖、陈国大夫袁涛涂、宋国司马公孙固、齐国大夫姜归父等人，一个个先后到达。列国国君，唯有鲁釐公亲自出席。星耀空一看，顿时明白了。鲁国一心靠拢晋国，竟然打破惯例，国君自降身份，与列国臣子平起平坐，一起参与会晤。

各国没有异议，会晤很快结束。星耀空在狐毛陪同下，前往拜见晋文公。双方一见面，星耀空拿出信函，十分礼貌地递给晋文公。晋文公展开一看，大意是：

> 上天无情，突降灾难。天幕如漆，罩压城垣。大雨倾盆，狂飙漫卷。昼夜不息，四夜三天。巨龙吸水，浊浪滔天。海潮汹涌，舟摧楫断。遍地汪洋，稼禾水淹。墙倒屋塌，灾民成片。褴褛饥馑，叫苦连天。不忍卒睹，惨绝人寰。五内俱焚，此心熬煎。期盼上苍，赐福人间。

晋文公看完信，轻轻叹了口气，一丝不易察觉的表情，掠过他的脸庞。他已被深深打动，产生了怜悯之心。星耀空见此光景，心里暗自一笑。晋文公缓缓地说："莒国遭此大灾，委实艰困。此次伐郑，莒国免于出兵。"星耀空心想，不去征伐郑国，这是莒国的本意。但是，这次诸侯联合行动，如果不出一兵一卒，对莒国并不是好事。星耀空想到这里，灵机一动，说："临行之际，国君一再嘱咐，莒国虽然遭灾，仍愿拥戴盟主。莒国竭尽所能参与会战，请盟主放心。"晋文公十分感动，说："莒国如此践约守信，真可靠之盟国也。"星耀空完成任务，带领一行回到莒国。

转眼之间，九月到来。峦峰斑斓，树林苍苍，遍地金黄。莒国正是秋收秋种季节，举目望去，田地里人来车往，一派忙碌景象。兹丕公、星耀空一商量，带上旧战车一百辆、老弱士兵两千人，队伍逶迤而行，奔赴中原前线。

兹丕公问："如此弱兵旧车，出征中原，岂不让人笑话？"星耀空说："自古兵不厌诈。强者面前，弱者故意示弱，乃制胜之法宝。莒国遭遇天灾，盟主已有怜悯之心。今日见我军老弱病残，必定不让参战，如此岂不正中我国下怀？"星耀空说罢，两人开怀大笑。

莒军到达前线，狐毛前往迎接。兹丕公身为国君，竟然乘坐一辆旧车。他身边的侍卫，穿的都是旧衣甲。再看看其余人马，全部身穿破旧军衣。狐毛悄悄告诉星耀空："莒国状况，盟主已知。此次征伐郑国，以晋、秦两军为主。莒军只管看护粮草，不必到达前线，驻扎二十里之外即可。"第二天，狐毛送来了崭新的大车十辆，侍卫铠甲五十套，专供兹丕公、星耀空及贴身侍卫使用。

狐毛放下物品，随即离开。兹丕公对星耀空说："亚父略施小计，轻易瞒过了晋国。如此神机莫测，非常人所及也。"

星耀空慌忙拱手施礼，说："知遇之恩，终生难报。国君如此信任，星耀空虽呕心沥血，肝脑涂地，亦不能报答万一。"

再说，秦穆公接到晋国檄文，让百里奚为参军，孟明视为大将，率领大军前往郑国。晋文公让狐偃为参军，狐毛为先锋，亲率大军到达郑国。晋、秦两国军队一东一西，杀气腾腾，攻往郑都新郑。千车万马，把新郑围了个水泄不通。

强敌压境，国都被围，郑文公十分惊恐。大夫叔詹说："晋、秦两强，合力攻打我国，其势锐不可当。需一巧辩之人往说秦国，使其退兵。若秦军已退，晋军自然势孤。"郑文公问："谁人可为说客？"叔詹说："臣保举一人，乃考城人士，姓烛名武，年过七十。此人口若悬河，能言善辩。若加官晋爵，使之名正言顺，遣其前往秦营，不患秦兵不退。"

郑文公赶紧派出专人，把烛武请来。见面一看，烛武白发苍苍，佝偻着身子，走路蹒跚不稳，一派老态龙钟。文武大臣看了，不禁悄悄耻笑。烛武问："主公召见老臣，有何要事？"郑文公说："闻听先生舌辩过人，有劳你前往秦营，说退秦军。事成之后，寡人与汝共掌国事，同享富贵。"

烛武一听连忙推辞，说："老臣才疏学浅，年少之时，尚且不能建功立业。今已老耄，体弱力竭，未言先喘。秦国乃千乘之国，秦军乃虎狼之师。老臣仅凭三寸不烂之舌，焉能使其退兵也？"郑文公见烛武向外推辞，于是说："以先生之才，老不见用，乃寡人之过也。今封先生为大夫，务必劳驾先生替寡人一行。"这时候，叔詹在一旁插话："大丈夫不遇其时，有才莫展，令人惋惜。今国君重用先生，任为大夫，正是大展才华之时，请先生不可再辞！"烛武一听，欣然受命而去。

这时候的新郑，正处在晋、秦两军围困之中。烛武明白，晋军在东面，秦军在西面。烛武眉头一皱，计上心来。他让军士扯上绳子，把他从西城上放下去。烛武一出城，立即赶往秦军大营。秦军士兵把紧营门，不让烛武进去。烛武就在营外放声大哭，哭声悲悲切切。秦兵没办法，就把他捆起来，去见秦穆公。

秦穆公问："你乃何人，竟敢闯我营门？"烛武回答："郑国大夫烛武。"

秦穆公问："你在营前号啕大哭，所为何事？"

烛武回答："郑国行将灭亡，我焉能不哭也？"秦穆公再问："郑国将亡，与秦国何干，为何在秦营之外大哭？"

烛武说："老臣哭郑，亦在哭秦。郑国灭亡不足惜，当惜者乃秦国也。"秦穆公顿时大怒，说："秦国有何可惜？一派胡言乱语，推出斩之！"烛武一点也不害怕，慢条斯理，娓娓道来："秦、晋合兵，攻打郑国。郑国灭亡，不必多说。然郑国灭亡，于秦国百害而无一益。"

秦穆公问："所谓'百害而无一益'，从何说起？"

烛武说："郑在东，秦在西，两国相距千里之遥。秦国东隔于晋，南隔于周，焉能越过周、晋，而拥有郑国土地也？郑国虽亡，寸土皆属于晋，于秦国何益？况且秦、晋两国，毗邻并立，势力不相上下。晋国愈强，则秦国愈弱。为他人出兵而自弱其国，乃智者所不为也。回顾当年，晋惠公曾经答应以河西五城让与贵国，然而他回到晋国，旋即背约，此事您必定知晓。您对晋国施加恩惠已有多年，曾见晋国有分毫之报乎？晋君上位以来，不断扩军增将，处心积虑兼并他国。今日拓地于东，危及郑国；明日拓地于西，势必危及秦国。君不闻当年之晋国，假虞而灭虢。虞君何等愚蠢，助晋而自灭，往事历历可鉴。今日晋国，借用秦国之力，而增大其势。此所谓有害而无利者也。所以，我哭郑而又哭秦。此心戚戚，天日可鉴。"

秦穆公思忖一大会儿，然后频频点头，说："若非大夫金玉良言，差点误了大事！"这时候，站在一侧的百里奚说："烛武巧言善辩，实欲离间秦、晋两国之好，国君切勿听之！"秦穆公正在犹豫，烛武说："秦国若解目下之围，订盟立约，郑国愿弃楚投秦。秦国若有东方之事，车物往来取道郑国，犹如秦国之外府属地也。"秦穆公听了十分高兴，立即与烛武歃血盟誓。

盟誓结束，秦穆公立即部署撤军。秦国留下三名将军、两千人马，帮助郑国守城。一切部署停当，秦穆公带领人马，当夜悄悄班师回国。

秦军已经撤走，晋军依然不退，郑文公十分焦急。大夫石申弗说："郑国公子姬兰尚在晋国，晋君宠爱有加。可使人前往晋国，迎接公子归国，并立为世子。如此办理，晋国必定退兵。"郑文公说："此议甚好，速迎公子归国！"立即派人把姬兰接来，立为世子。晋文公得到消息，当即下令："撤兵解围！"

且说莒军来到新郑以东，安营扎寨，负责看护粮草。趁此机会，星耀空派出多路探马,搜集战场情报。这天探马报告:"北狄进攻齐国!"兹丕公闻讯,急忙和星耀空商量。星耀空笑着说:"小小北狄,竟敢进攻齐国。由此可见,齐国称霸之日一去不复返矣!"兹丕公问:"齐国受到攻打,我国当如何应对?"星耀空说:"齐国自遭我军焚烧,始终不忘报复。此次齐国受到攻打,自顾不暇。我国尽可坐山观虎斗,高枕无忧矣。"

这天,又有探马来报:"郑国派遣七旬烛武,前往秦军大营!"兹丕公问:"烛武何许人也?"星耀空于是做了全面介绍。兹丕公说:"年过七十,方才出仕效力。大好年华,付诸东流,惜哉惜哉!"星耀空深有同感,说:"国君之言是也。常言道:'自古高手在民间。'烛武一介平民,临危受命。由此可见,其人决非凡夫俗子,定能旗开得胜。"

不久,探马又来报告:"秦国不辞而别,悄然退兵!"兹丕公闻报,急忙与星耀空商量。星耀空说:"晋、秦联兵围郑,实则各怀异心,各为其利。秦国悄然退兵,与晋国必有嫌隙。秦军既已退去,郑国之围必不长久。"

刚刚说到这里,又有探马来报:"郑国公子姬兰被立为世子,晋国已退兵解围!"星耀空一听,不禁哈哈大笑,说:"果然不出所料!"

兹丕公问:"晋国业已撤军,郑国之围解除。新郑近在咫尺,可否就近访问郑国?"星耀空说:"晋国虽然撤军,其对郑国之怨恨,并未完全化解。我国若访问郑国,必定得罪晋国。"兹丕公问:"当如之奈何?"星耀空说:"秦国撤军,已与晋国产生嫌隙。卫、曹、郑三国,表面服从晋国,内心仍有芥蒂。此等情势,晋国焉能不知?晋君身为盟主,希冀诸侯拥戴。以我之见,莫如趁机访问晋国。一可加深两国友谊,二可扩大我国之声望。"

兹丕公说:"亚父思虑周全,真莒国之幸也。"

且说晋文公撤兵解围,率领大军返回晋国。兹丕公、星耀空率领莒军,紧随晋军之后,不几天到达晋都绛城。莒国来访,晋文公非常高兴,大摆宴席盛情款待,赵衰、狐偃、狐毛等晋国官员一起出面作陪,同时杀牛宰马,犒劳莒军将士。

趁此机会,狐毛悄悄报告晋文公:"因遇天灾,莒军旧车旧衣,十分可怜。"晋文公当即下令:"赏赐战车一百辆、军衣两千套!"莒军两千人马,从头到脚焕然一新。兹丕公对星耀空说:"亚父所谓'强者面前,弱者故意示弱,乃制胜之法宝',此时应验矣。"说罢,两人开怀大笑。

这天晚餐过后,星耀空说:"此次访问晋国,千里迢迢,实属不易。莫如趁此机会，赴太行山观光。"

兹丕公说："亚父所言极是，我早有此意。"第二天，他们告别晋文公，带领人马离开绛城，一路奔向太行山。

队伍到达太行山下，道路越来越陡。抬头望去，峰峦相接，无边无际；树木苍翠，云雾缭绕，犹如进入仙境一般。队伍翻过一道山梁，一条长长的山涧呈现在眼前。向导在前面带路，左转右拐，一步步走进深涧。耳畔松涛阵阵，脚下流水潺潺，别是一番景致。队伍走出山涧，爬上一个山顶。放眼望去，山顶就像一个巨大的高台，十分平坦，三面悬崖陡峭，岩壁上稀密不等，挂着藤萝、野葛等植物。原来向导已经迷了路，走错了方向。队伍只得原路返回，又走下高台。

向前走了十几里，向导摇摇头，显得十分无奈，他也辨不清方向与路径了。兹丕公说："再寻向导，否则无法行进。"星耀空立即派出专人，四处寻找向导。可是费了大半天工夫，一个也没找到。恰在这时候，一个采药人像猿猴一样，抓着悬崖上的藤萝，一步步攀爬而下。星耀空急忙走过去，送上十两黄金，请他带路。采药人看了看星耀空，又看了看整个队伍，觉得不像坏人。他把腰带紧了紧，把裤脚挽了挽，然后身轻如燕，走到队伍前面。走了一段路，到达一个新地界，又换了一个向导。就这样，向导换了一个又一个。山路越来越崎岖难走，大家只得下车步行。沿途布满荆棘、葛藤、蒺藜、藤萝，还有一些叫不出名字的植物。

星耀空看看大家，满身沾满草刺和泥土。荒山野岭之中，已经顾不得这些。星耀空提醒大家："提防毒蛇！小心悬崖！"又走了半天，来到一个地方。举目望去，长长的山沟两侧，沟沟壑壑，形成一道道山梁。山梁上长着许多柿子树，有的已经合抱粗。斑驳的树叶之间，红红的柿子挂在枝头，看上去十分好看。军士长弯弓搭箭，"嗖嗖嗖"连射几下，树上的柿子纷纷落下。士兵们一拥而上，抢捡柿子。军士长拿起一个柿子，咬了一口说："好甜的柿子！"士兵们纷纷吃起来。在柿子树下休憩一会儿，队伍继续前进。

迎面是一座高峰，左右两侧各有几个山头。前方的小溪边上，有两行柳树，稀稀疏疏分布在那里。茂密的树林中间，一个半大不小的土丘，看上去十分醒目。星耀空端详一下，土丘上面长满荒草，在微风吹拂下一起一伏，显得肃穆苍凉。

兹丕公见状，急忙询问向导。向导说："此山名叫绵山，面前土丘，是介子推之墓。"原来，介子推自焚绵山，感动了周边居民。每逢寒食节到来，大家纷纷前来祭奠。有人把柳枝插到坟墓四周，有人在溪边栽上柳树。柳枝吐翠，香烟缭绕，寄托哀思。

兹丕公万万想不到，耸立在自己面前的，竟然是著名的绵山，这里就是介子推的自焚之处。兹丕公不觉肃然起敬，他放慢脚步，对大家说："既然来到绵山，焉能不予祭奠？"

星耀空立即指挥队伍，一排排站在坟丘前面。在司徒雨润禾指挥下，军士们拿出随车携带的物品，有牛肉、羊肉、猪肉、面饼、锅巴，等等，整整齐齐摆在坟墓之前。随后，在两旁放上几堆干树枝。

一切安排停当，兹丕公神情肃穆，缓缓走向前去。雨润禾点燃三根干树枝，伸手递给星耀空。星耀空接过来，又躬身递给兹丕公。兹丕公拿在手里，躬身插进土丘前边。星耀空说："心到神知，权且当作焚香吧。"兹丕公拱手伫立，垂首默哀。兹丕公祭奠完毕，星耀空、雨润禾等随行官员，按顺序分别祭奠。接着，全体将士一起鞠躬默哀。最后点燃树枝树叶，当作焚烧纸钱。

过了一会儿，兹丕公说："返回吧。"众人再次垂首致意。祭奠完毕，大家仍然神情肃穆。星耀空一声令下，队伍离开绵山。大队人马攀山越岭，一路披荆斩棘，最后终于绕出太行山。举目向南望去，眼前一马平川。原来，黄河已经离此不远。大队人马快马加鞭，紧急赶往莒国。

正是：只因内心惜人才，竟然迷路祭绵山。

第五十八回　晋文公棺椁显灵　兹丕公穆陵用兵

兹丕公一行刚刚回到国都，探马来报："晋国再次整军，撤销三行，改为上、下新军。任命赵衰为新上军元帅，胥婴为新下军元帅。"兹丕公问："晋国此举，意欲何为？"星耀空说："晋国原有六军，与朝廷六师一样，诸侯对此多有议论。此次缩为两军，乃换汤不换药，意在消弭天下议论也。"

兹丕公说："如此看来，盟主技高一筹，他人莫能企及。"

且说在晋国称霸，中原大战的时候，北狄趁机壮大起来。公元前629年，北狄又一次入侵卫国。消息如风，很快传到莒国。兹丕公急忙和星耀空商量。星耀空说："莒、卫两国并不相邻，北狄攻击卫国，我国安然无虞，国君不必担忧。尽管如此，战场态势瞬息万变，不可大意。"再次派出探马，打探情报。过了些日子，探马报告："北狄进攻齐国！"

兹丕公说："当年齐桓公称霸，南征北战，横扫大漠，狄人闻风丧胆。谁想今日，堂堂齐国屡遭狄人入侵。强弱之转换，竟至如此。"

星耀空说："齐桓公雄才大略，一人系天下之安危。齐桓公去世之后，齐国称霸之日一去不返，实在令人惋惜。"

兹丕公说："事在人为，人存业在，人亡政息，古今一理，不可不察也。"

春辞夏至，秋去冬来。转眼之间，到了公元前628年。十二月十六日，朔风劲吹，天寒地冻，北国大地一片白雪皑皑。这天上午，兹丕公、星耀空正在围炉交谈。突然门官报告："晋国使臣到！"原来晋文公去世，享年七十一岁。

晋文公去世后，他的儿子姬欢继位，是为晋襄公。

兹丕公当即决定，让星耀空留守国内，自己带领雨润禾等随行人员，前往晋国吊唁。按照惯例，诸侯去世后，大臣前往吊唁即可。但晋文公是霸主，非一般诸侯所能相比。兹丕公因此决定，亲自前往吊唁。兹丕公一行来到晋国，列国诸侯先后到达，盛况空前。唯有秦、楚两国，拒不参加。

兹丕公一行到达新绛，晋文公的尸体早已入殓。

自从上次分别，转眼两年过去。现在物是人非，阴阳相隔。呈现在眼前的，是一个巨大的棺椁。兹丕公睹物思人，禁不住泪如泉涌。

白天参与吊唁活动，夜晚，各国来宾都在馆驿休憩。兹丕公对雨润禾说："晋侯大器晚成，在位仅有八年。时间虽短，其文治武功，名垂后世，彪炳千秋。晋国由此称霸诸侯，列国无不畏惧。继齐桓公之后，天下第二霸主也。"

正如兹丕公所说，晋文公与齐桓公一起，并称"齐桓晋文"。自城濮之战后，近百年时间，晋国一直是北方最强国家。从晋灵公到晋成公，晋国一度衰落；但是到晋景公、晋厉公、晋平公时期，晋国再度雄起。晋、楚两国争霸，时间长达百年之久。当然，此是后话。

按照晋文公遗嘱，晋襄公披麻戴孝，奉送灵柩到曲沃殡葬。整个绛城，万人空巷。民众扶老携幼，一起来到大街上。送殡队伍人人戴孝，一片哀戚之情。仪仗队高举幡幛，显得庄重肃穆，长龙般的队伍一眼望不到尽头。

兹丕公与众位诸侯一起，跟随在晋襄公侧后，一直送出国都绛城。送葬队伍刚刚走出城门，棺材里突然发出一阵巨响；紧接着，发出牛一样的嚎叫。灵柩剧烈颤动，变得无比沉重。灵车一下子被压垮，再也不能向前开进。灵柩里边的声音越来越大，震耳欲聋。送殡队伍惊恐万分，只得停止前进。晋襄公听到声音，一下子跌倒在地上。几位晋国大臣，急忙向前搀扶。晋襄公战战兢兢，浑身哆嗦。

兹丕公与众诸侯一样，听到奇怪的声音，顿时心惊肉跳。晋国太卜，名字叫郭偃。他面对异情，立即进行占卜，然后煞有介事地说："数日之内，必有外兵自西而来。我军奋而击之，必获大捷。此乃先君显灵，告之众人也。"

众人立即跪在地上，对着灵柩一齐下拜。过了一会儿，灵柩里的声音慢慢停下来。大家这才舒了一口气。送葬队伍再次启程，继续向曲沃前进。

兹丕公完成送葬任务，立即回到莒国。喘息未定，探马飞奔而来。来人翻身下马，向兹丕公报告："秦国攻打郑国，队伍已经启程！"兹丕公说："此事来得如此突然，当何以处之？"

星耀空说："继续侦探，不久当有新的消息。"

原来，秦穆公听说晋文公去世，高兴地说："晋侯去世，无人称霸，此乃天助我也。秦国此时不称霸，更待何时！"说罢立即下令，派遣百里视为主将，蹇术、蹇丙两人为副将。出动战车三百乘、士兵两万人，浩浩荡荡向郑国开进。

百里视是百里奚的儿子，蹇术、蹇丙是蹇叔的儿子。秦军出师这天，蹇叔亲自前往送行。两个儿子站在战车上，雄赳赳气昂昂，意气风发。蹇叔忍不住哭泣起来，说："此去郑国，凶多吉少。崤山地势险要，若晋军伏于此处，半道而击之，我军焉能幸免于难？"百里视、蹇术和蹇丙三人，个个年轻气盛。他们怀着必胜信心，没把蹇叔的劝告放到心上。

蹇叔对百里奚说："秦军此去，必败无疑。贤弟可准备船只，秘放于黄河芦苇荡中。我军逃至河边，立即予以接应。"

大军出发后，蹇叔称病不朝。秦穆公一再挽留，蹇叔执意辞职。

却说郑国有个商人，名字叫弦高，以贩牛为业。这天下午，弦高赶着一群牛，无意中遇见了秦军。一打听，秦军要去攻打郑国。弦高大吃一惊，立即派人报告郑国。然后，弦高挑选了二十头肥牛，立即送到秦军大营，说："闻听贵军到来，郑国以微薄之礼，慰问贵军将士。"

百里视心想："我军隐蔽行踪，偷袭郑国。万万想不到，已被郑国探知！"他灵机一动，对弦高说："我军此来，只为滑国，并无攻打郑国之意。"

百里视假意应付一阵，把弦高送走。他对蹇术、蹇丙说："我军秘密行动，郑国业已知晓。由此推断，此次袭郑已无胜算。莫如放弃攻郑，就道袭取滑国。"蹇术、蹇丙说："元帅决策，我等遵命！"秦军于是不再攻打郑国，趁着夜色突然攻破滑国。滑国的美女珠宝顿时被洗劫一空。百里视率领大军，经崤山向秦国撤退。

晋襄公闻讯，立即与左右商量。狐毛说："我国先君新丧，秦国趁机攻打郑国。名为攻打郑国，实乃攻击晋国。我军当愤而击之！"赵衰、先轸等众臣，纷纷表态同意。晋襄公立即下令，先且居率领五千人马，埋伏在崤山左侧；胥臣率领五千人马，埋伏在崤山右侧；狐射姑率五千精兵，埋伏在西崤山；栾枝率领五千精兵，埋伏在东崤山；先轸、赵衰等人陪同晋襄公，距离崤山二十里下寨，随时准备接应。

公元前627年四月初，秦兵撤到崤山。队伍正在艰难行进，东面隐隐传来战鼓之声。紧接着，四周一片杀声。先且居、栾枝、狐射姑、胥臣等将领，率领晋军围堵上来。秦兵猝不及防，丢盔弃甲，乱作一团。晋军刀枪并举，四面攻打。秦兵尸横山谷，血染溪流。

秦军被彻底击溃，百里视、蹇术、蹇丙三人，全部受伤被俘。

秦、晋交兵，引起莒国高度重视。星耀空派出探马，前往刺探情报。这天探马来报："秦军兵败崤山，全军覆没。百里视等秦将，全部被俘！"

兹丕公说："晋文公虽则过世，晋国雄风依旧，不可小觑也。"星耀空说："晋、秦、楚三国，乃当今之三强。一个在东，一个在西，一个在南，三足鼎立，互相攻伐，天下终无宁日。"兹丕公问："此等局势，我国当何以处之？"

星耀空说："楚国地处江汉，不通中国礼制；秦国地处西雍，虽有觊觎中原之心，但有崤山之阻，暂无称霸中原之力。纵观当今天下，唯有晋国最强。其国力充足，兵力雄厚，地处中原，紧靠京畿；且系天子同姓，占尽天时与地利。反观我国，四面受制，疆域极难拓展。目下之局势，唯有采用四字方针。"兹丕公忙问："何为四字方针？愿闻其详。"

星耀空说："四字方针者，'依晋友秦'之谓也。"

两人正在说话，突然探马来报："晋国俘获三将均被放回秦国！"星耀空闻讯，心里不禁一怔，说："晋文公过世，晋国新君如何执政，尚待观察。"兹丕公说："亚父之言是也。"星耀空再次派出探马，继续侦察各国情况。

原来晋国崤山设伏，大获全胜。晋国将领先且居等人，把俘获的秦国三名将军，立即解送晋襄公的大营。晋襄公怒不可遏，说："将全部俘虏，就地杀之！把百里视、蹇术、蹇丙押回宗庙，杀头祭祀祖先。"晋军得令，刀劈剑削，如剁瓜切菜。进入崤山的秦军，全军覆没。百里视、蹇术和蹇丙三人，被一起押到晋国。

晋军大获全胜，举国欢腾，晋文公的遗孀怀嬴却是愁眉不展。怀嬴身为秦国公主，心里自然倾向秦国。怀嬴见到晋襄公，一顿哭哭啼啼，说："百里奚挑起战端，系罪魁祸首。秦国三将无罪，焉能代人受过也？"晋襄公听了一时心软，把百里视、蹇术和蹇丙全部放走。

中军元帅先轸听到消息，怒不可遏。他顾不得礼仪，张口吐了晋襄公一脸唾沫，说："崤山设伏，将士喋血，好不容易俘获秦国三将。你身为国君，听信妇人之言，令国人寒心！"晋襄公深深后悔，急忙派兵追赶。大军追到黄河岸边，百里视等人已经乘船过河，全部侥幸逃脱。晋军面对滔滔浊浪，只得望河兴叹。

百里视、蹇术与蹇丙三人侥幸逃回秦国，秦穆公闻讯，亲自到郊外迎接。他对百里视、蹇术和蹇丙说："寡人不听蹇叔、百里奚之言，致有今日之败。卿等无罪，皆寡人之过也。"让三人官复原职，仍旧主持军务。

百里奚进谏:"晋文公身亡,晋国霸业难以为继。秦国争霸中原,时机已到,机不可失。"秦穆公问:"秦国欲争霸,当何先何后?"百里奚说:"山东三国,与晋国俱不接壤。晋国称霸诸侯,齐国并不甘心。莒国地处海滨,距晋国遥遥千里。莒国追随晋国,乃局势所迫,而非心甘情愿。鲁国与晋国同姓,且无称霸之心,甘愿追随晋国。以此论之,当遣使前往齐、莒两国,订立盟约,以为后援。"秦穆公说:"此议甚好,速速施行!"立即派出使臣,分头前往到齐、莒两国。

这天,兹丕公兴致勃勃,正和星耀空对弈。突然,新任司空灰中火报告:"秦国使臣到!"话音未落,秦国使臣已经到达。兹丕公展开国书一看,顺手递给星耀空。星耀空交代一下,灰中火送客人到馆驿休憩。

兹丕公问:"秦国意与我国结盟,当如之奈何?"星耀空说:"秦国派遣专使,联络我国与齐国。用心不言自明,意在与晋国争霸。"兹丕公再问:"我国当何去何从?"星耀空说:"秦、晋争霸,孰胜孰负,尚待观察。以我之见,善待秦使,答应与之结盟,使其高兴而来,满意而归。莒、秦两国遥隔数千里,一来一往,需数月之久。签约时间,自然往后延迟。"兹丕公接着问:"晋国是我盟国,晋文公业已过世,当何以处之?"星耀空说:"晋国国力雄厚,又是我国盟邦,不宜离而远之,当继续与之结盟。"兹丕公高兴地说:"善!"

两人正在议论,突然探马来报:"齐军攻打我国!"原来,齐国自被莒国击败,一直耿耿于怀。晋文公称霸之后,莒、晋两国关系十分密切。齐国不敢得罪晋国,自然不敢对莒国动兵,只得忍气吞声。现在晋文公已经去世,齐昭公觉得时机到来。他处心积虑攻打莒国,报仇雪恨。莒国探马得到消息,立即回国报告。兹丕公闻讯十分焦急,立即向星耀空问计。

星耀空说:"齐侯志大才疏,勇而无谋。匹夫之勇,不足为惧。此次击破齐军,当以计取胜,减少伤亡。"兹丕公立即召集众臣,部署迎击齐军。

星耀空对新任司马火令金说:"你带战车一百辆,甲士五千人,正面阻击敌军。要多备弓弩,力避近战。"命令副将左丘箭:"你带领轻兵一千名,多带旗帜,趁夜攀上穆陵关城墙。待南面战鼓响起,立即把旗帜插上城墙。虚张声势,迷惑敌人。"星耀空命令副将东方戟、公孙强:"你二人各带精兵三千,伏于战场东西两侧。待战鼓响起,挥兵杀出,夹击敌人。"然后特别嘱咐:"只要齐军退入穆陵关,我军立即回撤,切勿追击。"众将得令,立即去做准备。

星耀空对兹丕公说:"齐君既然亲临战场,您作为国君,也应亲自出面会会齐君。此所谓'来而不往非礼'也。"说罢，两人一齐大笑。一切安排停当，率领人马向穆陵关进发。队伍到了穆陵关以南，刚刚列成阵势，齐军已经到达。两阵对圆，齐阵中央闪出一条通道。一辆战车高插帅旗，飞马突出阵前。与此同时，星耀空与兹丕公同乘一车，前出三十步，停在阵中央。两侧各有一辆战车，分别担任护卫。

齐昭公站在战车上，挥动长剑高喊："齐国大军征伐，势将踏平莒国，还不快快投降！"兹丕公说："莒、齐两国，南北为邻，互不相犯，齐军缘何屡犯我国？"齐昭公说："昔日东山之役，莒军使用诡计，火烧我军，我军险些全军覆没。此仇至今未报，焉能说互不相犯？"这时候，星耀空接上话茬："岂不闻'兵不厌诈'。齐军无辜进犯我国，侵入我国境内，我军愤而击之；即使水火并用，有何不可？齐国依恃兵多将广，动辄进犯他国。不觉理亏，不思悔过，今日阵前反咬一口。寡廉鲜耻，竟至如此！"

星耀空一顿抢白，齐昭公顿时理屈词穷。他脸色憋得紫红，举起宝剑向上一挥，喊一声："杀！"齐军战车呼啦啦一阵，向前冲杀过去。星耀空把令旗左右一挥，莒军万箭齐发，像雨点一样射向齐军。齐军顿时倒下一片。

齐昭公冒着枪林箭雨，驱动战车冲来。莒军又是一阵万箭齐射，齐昭公乘坐的战车辕马前腿受伤。那匹烈马猛然向上一蹶，战车顿时倾斜，齐昭公差点掉到车下。这时候，只听战鼓咚咚，杀声震天。东方戟、公孙强两将齐出，率领人马从两边包抄过去。莒军猛冲猛打，齐军顿时倒下一片。

正是：将士喋血寻常事，枪林箭雨又重来。

第五十九回 秦穆公活人殉葬 星耀空妙计退敌

齐昭公是齐桓公的儿子，弓马娴熟，十分骁勇。面对莒军三面包围，齐昭公毫无惧色。他夺过侍卫手中的长戟，驱动战车再次冲杀过去。恰在这时候，忽然有人高喊："穆陵关被莒军攻占！"齐昭公向北一看，穆陵关长龙一般的城墙上，到处插满莒军旗帜。齐昭公心想："大事不妙！"于是一车当先，率领齐军冲出包围圈，立即杀回穆陵关。齐军爬上城墙一看，上面插满莒国旗帜；细细观察，却空无一人。齐昭公知道受骗上当，率领人马冲下山南坡，打算继续攻击莒军。刚刚冲到半山腰，忽然探马来报："晋军攻打我国！"

齐昭公一听，顿时心慌意乱，立即下令："大军回撤，保卫京都！"齐军立即撤出穆陵关，紧急奔向临淄。星耀空把令旗一摆，莒军停止追击。

齐昭公回到临淄一看，根本没有晋军的影子。原来，星耀空提前派人潜入临淄，故意散播假消息："晋国进攻齐国！"齐昭公弄清了真相，气得脸色发青，说："星耀空诡计多端，我军再次被骗，是可忍孰不可忍！"他气急败坏地下令："回兵攻打莒国！"司马姜右恒进谏："队伍人困马乏，不能继续作战！"齐昭公看看自己的队伍，车毁人伤，将士疲惫，已经无力再战，只得忍气吞声，下令停止进攻。

齐军撤退后，莒、齐之战暂告一段落。这天，兹丕公正与星耀空一起议事，突然探马来报："秦国进攻晋国！"星耀空说："秦国渐趋强盛，不甘于崤山之败，攻晋复仇，当在意料之中。"兹丕公问："此等情势，我国当如之奈何？"星耀空说："派出探马，再行刺探，视情形再做定夺。"

且说晋、秦崤山之战，秦国全军覆没，秦穆公对此耿耿于怀。这年夏季，秦穆公亲自督战，出动战车五百辆，让百里视为主将，一路杀奔晋国。大军来到黄河蒲津口，秦穆公立即下令："烧掉木船，背水一战，有进无退！"秦军渡过黄河之后，把船筏全部烧毁，然后一路向东进发。

秦军势如破竹，很快攻入晋国境内。晋襄公闻报，急忙召集群臣商议。赵衰说："困兽尚且能斗，何况秦是大国也。崤山之战，秦国全军覆没。此次秦国出动倾国之兵，必将与我决一死战。不如避其锋芒，据城坚守。秦军久攻不克，势将退去。"其余大臣先后发言，都同意赵衰的看法。晋襄公于是下令："坚守四境，勿与秦战！"

晋军紧闭城门，坚守不战，秦军久攻不克。秦穆公于是下令："进军崤山，收拢死难将士骸骨！"一声令下，大军南渡黄河，很快进入崤山。将士们来到绝命崖、落魂涧等处，收拢秦军将士的遗骸，就地掩埋。秦穆公身穿孝服，亲自祭奠亡灵。百里视、蹇术和蹇丙三人，同时哭泣祭奠。三人伏在地上，哭声悲悲切切。祭奠完毕，秦穆公一声令下，秦军全部撤退回国。

百里奚见儿子安全归来，禁不住长叹一声，说："上天眷顾，我父子侥幸再会。我身为上卿，未能谏阻国君出兵，其责难逃。自今日始，我亦与蹇叔一样，告老还家。"说罢，立即向秦穆公辞职。秦穆公挽留不住，只得批准。

不久，百里奚因病去世，消息传到莒国。兹丕公长叹一声，说："惜哉，人才！"星耀空正想安慰几句，司空灰中火前来报告："秦国称霸西戎，天子赏赐金鼓！"星耀空说："秦国称霸西戎，我国当予祝贺！"兹丕公立即决定，派遣司徒雨润禾为专使，赶往秦国访问。雨润禾千里迢迢，终于到达秦国。万万想不到，秦国发生了离奇事件。

原来，秦军连战皆捷，征服了十二个西戎部落，开辟了千里疆土，成为西部霸主。消息传到洛邑，周襄王立即派人，给秦国送去金鼓一只，以示祝贺。金鼓，是周王朝礼乐之器。秦国称霸西戎，获得天子所赐金鼓，是周王朝认可的标志。

不久，秦国发生了离奇事件。秦穆公的女儿异于常人，从小就喜欢美玉。秦穆公就给女儿起了个名字，叫作弄玉。弄玉十分喜欢吹笙，并且自成曲调，听起来悠扬悦耳。转眼之间，弄玉到了婚嫁年龄。这时候，有人推荐了会吹笙的萧史。两人成婚后，夫唱妇和，其乐融融。

这天清晨，突然有人报告："弄玉、萧史不辞而别，不知去向！"秦穆公十分吃惊，立即派人寻找。可是找遍四周，一直没有消息。女儿女婿双双失踪，秦穆公十分难过，禁不住老泪纵横。

此时的秦国史官，名叫张远识。为了安慰国君，张远识眉头一皱，计上心来。他立即觐见秦穆公，绘声绘色地说："有人发现，昨夜三更，萧史乘龙，弄玉乘凤，奔往华山为仙！此乃喜事一桩，国君不必挂怀。"后来，人们望文生义，把如意女婿称为"乘龙快婿"，典故就在这里。

女儿女婿如此失踪，秦穆公内心十分茫然。

雨润禾访秦回到莒国，急忙汇报情况。兹丕公立即和星耀空商量。星耀空说："秦国发生如此怪事，实在令人不解。后事如何，应拭目以待。"话音未落，内侍来报："秦国信使到！"兹丕公展开信札一看，秦国送来了丧报。兹丕公、星耀空一商量，派遣灰中火为专使，立即赶往秦国吊唁。

原来，百里奚辞职之前，大力推荐奄息、仲行、针虎三兄弟。秦穆公从善如流，把三兄弟同时拜为大夫，分别予以重用。三兄弟不负重托，忠于职守，兢兢业业，尽职尽责。秦国臣民只要提起三兄弟，无不交口称赞。

这天夜里，秦穆公做了一个奇怪的梦。梦见弄玉、萧史一起，乘坐凤凰前来迎接父亲。秦穆公见到女儿十分高兴，一觉醒来却是一梦。秦穆公从此精神恍惚，不久与世长辞。这一年，是公元前621年。后来，人们把秦穆公列为"春秋五霸"之一。

秦穆公去世，他的儿子嬴罃继位，是为秦康公。

灰中火一行星夜兼程，好不容易到达雍城。这时候，秦国正在举行葬礼。万万没想到，眼前的情景让灰中火胆战心惊。原来，在秦穆公的墓穴四周，挖了几个大土穴。一百七十七个大活人被分成几拨，用绳子捆绑双手，前后连在一起。这些人有的是战俘，有的是奴隶，有的是秦穆公的生前侍从。

"活人殉葬！"灰中火想到这里，不禁心惊肉跳。

武士们一拥向前，把那些活人一个个推进土穴。武士们拿起木棒，把他们推倒在地，然后铲起沙土，埋到他们身上。土穴里的人高声惨叫，景况惨不忍睹。身为大夫的奄息、仲行、针虎三兄弟，竟然被同时捆绑着，活生生埋了进去。三兄弟高声惨叫，令人毛骨悚然。灰中火不忍看下去，急忙闭上了眼睛。

当天夜晚，灰中火一行住在馆驿。没想到，秦国老臣苦仲恬前来拜访。原来，当年李一骞访问莒国，苦仲恬是随行人员之一。灰中火负责接待，双方算是熟人了。灰中火抬头看了看，苦仲恬神情十分悲戚，原来当天的活人殉葬使苦仲恬十分难过。他擦了擦眼泪，慢慢拿出一首诗，伸手递给灰中火。灰中火接过来一看，这是一首《黄鸟》诗：

　　交交黄鸟，止于棘。

谁从穆公？子车奄息。
　　维此奄息，百夫之特。
　　临其穴，惴惴其栗。
　　彼苍者天，歼我良人。
　　如可赎兮，人百其身！
　　交交黄鸟，至于桑。
　　谁从穆公？子车仲行。
　　维此仲行，百夫之防。
　　临其穴，惴惴其栗。
　　彼苍者天，歼我良人。
　　如可赎兮，人百其身！
　　交交黄鸟，止于楚。
　　谁从穆公？子车针虎。
　　维此针虎，百夫之御。
　　临其穴，惴惴其栗。
　　彼苍者天，歼我良人。
　　如可赎兮，人百其身！
——交交黄鸟鸣声哀，枣树枝上停下来。
是谁殉葬从穆公？子车奄息命运乖。
谁不赞许好奄息，百夫之中一俊才。
众人哀悼临墓穴，胆战心惊痛活埋。
苍天在上请开眼，坑杀好人该不该！
如若可赎代他死，百人甘愿赴泉台。
交交黄鸟鸣声哀，桑树枝上停下来。
是谁殉葬伴穆公？子车仲行遭祸灾。
谁不赞美好仲行，百夫之中一干才。
众人哀悼临墓穴，胆战心惊痛活埋。
苍天在上请开眼，坑杀好人该不该！
如若可赎代他死，百人甘愿化尘埃。
交交黄鸟鸣声哀，荆树枝上落下来。
是谁殉葬陪穆公？子车针虎遭残害。

谁不夸奖好针虎，百夫之中辅弼才。

众人哀悼临墓穴，胆战心惊痛活埋。

苍天在上请开眼，坑杀好人该不该！

如若可赎代他死，百人甘愿葬蒿莱。

灰中火一看，这是一首讽刺秦穆公活人殉葬，痛悼三兄弟的诗。全诗分为三段，分别悼惜奄息、仲行和针虎。灰中火一字一句，认真读下去。全诗哀婉痛切，表达了对活人殉葬的强烈不满，读起来感人至深。灰中火读完这首诗，抬头看看苦仲恬。老人家已经老泪纵横，泣不成声。

灰中火十分珍惜这首《黄鸟》诗，悄悄带到莒国，而后又辗转传到鲁国。一百多年后，孔子编纂《诗经》。因为这首《黄鸟》来自秦国，就把它放到《秦风》之中。如此，得以保存下来。通过这首诗，后人了解了当时的秦国那种残酷的活人殉葬制度。

灰中火完成吊唁任务，一行人凄然回国。他们回到国都，立即报告情况。兹丕公、星耀空正在听取汇报，突然侍臣报告："晋国使臣到！"

原来同年八月，晋襄公因病去世。兹丕公得到丧报，立即与星耀空商量。星耀空说："事不宜迟，赶紧派人前往晋国吊唁。"兹丕公于是派遣三弟嬴季，到晋国吊唁晋襄公。嬴季来到绛城，晋国正在举行殡礼。除了楚、秦少数几个国家，其余诸侯国都来吊唁。鲁国派来的是大夫公孙敖。此人为人机灵，善于言谈，十分喜欢女人，每逢见到漂亮异性，眼珠滴溜溜转个不停。听说嬴季有个漂亮女儿，名字叫悦己。公孙敖趁机大献殷勤，取得了嬴季的好感。因此，两人无话不谈。嬴季对公孙敖说："晋襄公在位仅有六年，英年而薨，岂不可惜。"公孙敖听了立即附和，两人禁不住轻声叹息。嬴季参加完葬礼，立即带人回国。公孙敖对他礼仪有加，一直送出几里路之外。

嬴季回到莒国，立即报告出使情况。兹丕公问："晋侯过世，晋国何人为君？"嬴季回答："晋国暂时无君，未知何故。"兹丕公再问："晋国近况如何？"嬴季回答说："晋文公去世之后，晋国依然保持强势。北击狄人，西威强秦，东服卫、鲁，霸业仍在。"兹丕公接着问："晋国臣子近况如何？"嬴季回答："晋国大臣赵衰、栾枝、先且居、胥臣等，均已去世。"

兹丕公说："晋国栋梁，若霜后落叶，纷纷凋零，实在可惜！"

星耀空问："目下晋国，何人为中军元帅？"嬴季回答说："赵衰之子赵盾接任中军元帅，狐射姑副之。"星耀空微微一笑，说："赵衰如冬日之阳，赵盾似夏日之阳。赵盾接任中军元帅，晋国好戏尚在后头！"

兹丕公听了有些不解，问："亚父何出此言？"星耀空说："冬日之阳，温而和；夏日之阳，酷而烈。赵盾恋权而独断，强势而专横。晋襄公归天之后，晋国一时无君。此等情势之下，赵盾身为中军元帅，必定趁机弄权。"

原来，春秋时期各国官制不一。晋国实行军政合一，其中军元帅既是最高军事长官，又是最高行政长官。自从赵盾担任中军元帅，赵家开始主导晋国国政，世代传递下去。为多年后的"三家分晋"提前埋下了种子。

晋襄公病逝时，世子姬夷皋是个三岁孩子，难以主持军国大事。在此情况下，究竟让谁继任国君，众大臣各抒己见，议论纷纷。赵盾利用中军元帅的职权，力排众议，强力主导，拥立姬夷皋为国君，是为晋灵公。

消息如风，很快传到莒国。兹丕公对星耀空说："晋国称霸多年，今日之国君竟是三岁孩童，霸业焉能延续！"星耀空说："常言道：'有其因必有其果，有其始必有其终。'晋国幼儿为君，权臣当政，其结局如何，尚需拭目以待。"两人正在交谈，突然探马报告："徐国图谋攻打我国！"

原来楚国为了争霸，多次出兵中原，但是屡遭失败。公元前626年，楚成王在位已经47年。他的儿子熊商臣急于登上国君之位，拉帮结伙，用尽一切手段，逼迫楚成王自缢而死。熊商臣登上君位，是为楚穆王。

楚穆王十分好战，登位第三年灭掉江国，第四年又灭掉六国和蓼国。这时候，一个新的念头出现在楚穆王的脑海："进军东北，拓展疆土！"这天，楚穆王对大夫潘崇说："莒国追随晋国，多次对我国用兵。此仇至今未报，爱卿有何良策？"

潘崇说："楚、莒两国遥距千里，报仇雪恨谈何容易。臣有一计，未知当否。"楚穆王说："爱卿有话，但讲无妨！"潘崇说："当年莒国追随周王朝，两次打败徐国，徐国对此焉能忘怀？目下之徐国，国力有所恢复。闻听徐、莒两国，老死不相往来。可派遣专使，携带厚礼前往徐国，促其出兵攻打莒国。楚国兵不血刃，仇恨得以洗雪，请大王熟思之。"

楚穆王说："此计甚妙！"立即派出专使，带上黄金、碧玉、青铜、象牙、虎皮等礼物，马不停蹄赶往徐国。

此时的徐国国君，名字叫熙初。熙初看到楚国送来的重礼，顿时两眼放光。他收下礼物，当即答应出兵攻打莒国。徐国疆域不大，人口不多，兵力并不雄厚，要想攻打莒国，谈何容易，需要做长时间的准备。徐国已经磨刀霍霍，消息很快传到莒国。兹丕公得到消息，急忙与星耀空商量。

星耀空说："我军西进中原，北拒强齐，战无不胜。徐国民穷国弱，竟见利忘义，如此狂妄。我有两条妙计，可让徐军不战自溃。"兹丕公忙问："亚父计将安出？"星耀空说："第一计，借助莒、鲁联姻，请鲁国出兵，两国联手夹击徐国。第二计，虚张声势吓倒徐国，使其闻而生畏，不战自退。两条计策兼而行之，力图逼退徐军。假若徐国不自量力，继续进攻，莒、鲁两国东西夹击，徐军必败无疑！"

兹丕公笑着问："联姻之事，从何说起？"

星耀空说："三公子嬴季之女，已到婚嫁年龄，尚且待字闺中。鲁国公子公孙敖，乃执政大臣之一。赴晋国吊唁期间，三公子与公孙敖相识，双方已有此意。既然如此，何不让鲁国到莒国求婚，莒、鲁两国共结婚姻之好。若如此，徐国攻打莒国，鲁国焉能袖手旁观也？"

兹丕公未置可否，笑着说："愿闻第二计。"星耀空说："我国出兵二万，战车三百辆，自向邑出兵，向西南摆开阵势。故意多搭军帐，多竖旗帜。战车后面竖上草人，用以迷惑敌军。对外宣称：'大军三万，战车五百辆。'徐兵远道而来，人生地疏，焉能知我虚实也？"

兹丕公高兴地说："此计甚妙，即当施行！"

正是：兵不厌诈施妙计，虚实真假战徐军。

第六十回 星耀空击败徐军
　　　　　 公孙敖投奔莒国

且说从鲁釐公时期开始,"三桓"开始崭露头角。公元前 627 年,鲁釐公去世,他的儿子姬兴继位,是为鲁文公。鲁文公继位后,"三桓"势力进一步坐大。从此,鲁国政权逐步落入"三桓"之手。在诸侯列国中,成为独一无二的现象。

此时的"三桓","孟孙氏"是公孙敖,"叔孙氏"是公孙兹,"季孙氏"是季文子。公孙敖是姬庆父的儿子,他的名字叫姬敖,字穆伯,因为他是鲁桓公的孙子,因此也称公孙敖。

鲁庄公有个庶子,名叫姬遂,"襄"是他的谥号,"仲"是他的字,史书上叫他"仲遂"或者"襄仲"。因为他家住在曲阜东城门,因此也叫东门遂。姬庆父是鲁庄公的异母弟弟,如果论起辈分,公孙敖、东门遂是堂兄弟。鲁文公前期,东门遂与上述"三桓"共同参与鲁国政事。

公孙敖作为姬庆父的儿子,继承了父亲的血统,十分喜欢女人。与他的父亲相比,有过之而无不及。不管什么辈分,不论对方与自己什么关系,只要是他看上的女人,就千方百计弄到手。至于人伦、血缘、礼仪、道德,统统置之脑后。

几年前,公孙敖娶了莒国的戴己。戴己是兹丕公的侄女,戴己的父亲嬴锦,是兹丕公的二弟。因此,史书上称戴己为莒女。戴己的妹妹名叫声己,跟随姐姐戴己媵嫁给公孙敖。戴己嫁到鲁国,生了个儿子叫姬谷。不久,戴己因病死去。这时候,公孙敖又来到莒国,要求娶悦己为妻。悦己也是兹丕公的侄女。她的父亲嬴季,是兹丕公的三弟。儿女婚姻大事,嬴季自己不敢做主,立即向兹丕公报告。兹丕公一听十分生气,说:"岂有此理,戴己虽亡,声己尚在,应扶正为妻!"公孙敖十分尴尬,立即改口,说是来给堂弟东门遂提亲。

兹丕公召来星耀空，征求他的意见。星耀空说："当初秦穆公嫁女晋文公，共结'秦晋之好'，成为历史佳话。东门遂乃鲁国辅政大臣，地位举足轻重。鲁国前来提亲，宜顺水推舟，答应这门亲事。若如此，莒、鲁两国亲上加亲，共同对付徐国，实乃美事一桩。"兹丕公说："亚父之言是也。"

莒国已经表态同意这门亲事，公孙敖立即回国报告。

鲁文公听了十分高兴，同意立即出兵，共同对付徐国。公孙敖主动请缨，领兵增援莒国。鲁国派出战车两百辆、兵士一万五千名，以公孙敖为将，公孙兹为副将，立即开赴前线。

鲁国出兵援助，消息传到莒国。兹丕公闻讯，立即和星耀空商量。星耀空说："机不可失，立即出兵，围歼徐军！"这天，星耀空陪同兹丕公，出动战车三百辆，兵士两万人。大军一路向南，很快到达向邑，来到沭河之畔。举目望去，两岸树木十分茂密。树林外侧，芦苇、荻子随风起伏，沙沙作响。星耀空说："此地宜于伏兵！"指令司马火令金，率战车二百辆，分为左右两队，到沭河西岸迎敌。刚刚布阵完毕，徐国军队已经到来。

原来，徐军分为东西两路，同时进攻莒国。西路徐军，战车一百辆，士兵八千人，由西向东突进，目标是攻占大青山。公孙敖指挥鲁军，占据有利地势，把徐军挡在原地。徐军几次攻击，均被鲁军击退。徐军不能得手，只得原地驻扎，等候东路军消息。

东路徐军，统领名叫竹三熊。此人身高八尺，虎背熊腰，力大无穷。这天上午，竹三熊率领徐军，呼啦啦来到沭河以西。火令金率领莒军战车，成雁翅形摆开。竹三熊举目遥望，隐隐约约看到，河边的大树上哨兵在瞭望放哨。再看看沭河之畔，树林与芦苇无边无际。树林里边，莒军旗帜时隐时现。里面到底藏有多少兵马，实在难以估计。徐军将士看了，人人心里发慌。

火令金手握长戟，向竹三熊发问："莒、徐两国，并不相邻，徐军缘何犯我边界？"竹三熊把大刀一挥，说："徐国良马，尽被莒国购走，岂不是侵犯徐国？"火令金说："莒国购马，一手交钱一手交货，纯属公平交易，何错之有？"竹三熊说："莒国追随朝廷，多次出兵攻打徐国，是可忍孰不可忍！"火令金说："徐子诞僭位称王，发动叛乱，招致天下共击之。徐国不思悔过，反倒觉得有理，岂不笑话！"竹三熊理屈词穷，高叫一声："我说不过你，看刀！"说罢举起大刀，率领徐军冲杀过来。莒军一阵乱箭齐射，徐军顿时倒下一片。竹三熊驱动战车，凶神恶煞一般冲杀过去。

火令金把长戟一挥，莒军战车立即撤向两侧。竹三熊不知是计，误认为莒军怯战，带领徐军向河边冲去。队伍刚刚冲入林间小道，树林里突然鼓角齐鸣，杀声震天。火令金指挥人马，从左右两边冲杀过来。竹三熊心里一阵慌乱，带领徐军紧急突围。星耀空乘车而出，高声命令："围堵敌军，不使一人漏网！"一声令下，徐军被四面包围。树林里万箭齐射，徐军纷纷中箭倒下。竹三熊驱动战车，拼命向外突围。火令金举起长戟，向竹三熊杀来。竹三熊举起大刀，猛力砍向火令金。火令金向右一闪，顺势刺向竹三熊左臂。竹三熊臂膀负伤，鲜血直流。他看看自己的部下，已经所剩无几，只得跳下战车，骑上一匹战马，拼命突出重围。向西南走了十几里，探马来报："西路军遭鲁军截击，无法前进！"竹三熊单马独骑，灰溜溜逃回徐国。

兹丕公对星耀空说："此次鲁国出兵相助，应遣使致谢。"星耀空说："为两国和好，我愿出使鲁国。"兹丕公说："两国相距数百里，亚父亲往驰驱，不辞辛劳，真莒国之幸也。"星耀空一行很快来到鲁国，鲁国给予热情接待。此次出访，十分顺利。临别，星耀空告诉鲁文公："临行之时，我君一再嘱咐，诚邀贵国访问莒国。"

鲁文公心想："此事求之不得。"立即派公孙敖到莒国回访。

公孙敖这次访问莒国，还有另一项任务，就是替堂弟东门遂迎亲。公孙敖来到莒国，受到热情接待，访问进行得十分顺利。公孙敖离开莒都，很快到达鄢陵，为东门遂迎亲。鄢陵是嬴季的食邑，全家人长期居住在这里。这天上午，公孙敖兴冲冲来到鄢陵。鄢陵城楼巍峨，城垣坚固，是莒国有名的城邑。公孙敖信步登上城墙，居高临下观赏大好风光。这时候，准新娘悦己与姐妹们一起，在城下嬉戏玩耍。姑娘们银铃般的笑声，吸引了公孙敖的目光。随从告诉公孙敖："左侧容貌最美者，即是悦己。"

公孙敖万万没想到，悦己如此美貌动人。他目不转睛，呆呆地站在那里。过了一大会儿，公孙敖才回过神来，心想："悦己如此美貌，我何不娶她为妻，据为己有？"公孙敖想到这里，独自一人悄悄来到悦己的住处。

依照周礼，女子出嫁之前，不能与未婚夫见面。因此，双方互不认识。公孙敖前来替东门遂迎亲，却故意掩盖实情。悦己不知内情，误认为他就是自己的未婚夫，于是羞羞答答，与公孙敖相见。起初，两人保持着距离，而后就相拥相偎，耳鬓厮磨。公孙敖见色忘义，巴不得立即占有悦己。他搂住悦己，手像游蛇一样来回摩挲。悦己情窦初开，经不住引诱，不禁心跳不已，花枝乱颤。公孙敖趁势抱起悦己，把她放到床上，然后一跃而上。两人一夜云雨，直至次日太阳高升。有了夫妻之实，公孙敖干脆一不做二不休，带上悦己兴冲冲回到鲁国，两人秘密结为夫妻。

此时此刻，东门遂正做着新郎美梦，心里一派甜甜蜜蜜。他紧锣密鼓，做着各种准备，打算迎娶喜娘。万万想不到，公孙敖鸠占鹊巢，抢先把悦己拐走了。东门遂是血性之人，咽不下这口怨气。他手按剑柄，怒气冲天，打算找到公孙敖，一剑结果他的性命；但是转念一想："血溅三步，人头落地，此事非同小可。"想到这里，他怒气冲冲求见鲁文公，说："姬敖身为兄长，不顾人伦，夺我妻室，行若禽兽，请国君发兵攻打！"

鲁文公一听，顿时气得脸色发紫。大夫姬彭生急忙劝谏："不可不可！同室操戈，血溅同族，必致内乱！"鲁文公说："言之有理。"立即把公孙敖召来，怒不可遏地说："命你替他人迎亲，你竟不顾人伦，将他人之妻据为己有，成何体统！"鲁文公说完，"唰"的一声拔出宝剑。公孙敖吓得战战兢兢，磕头如捣蒜，连忙认罪。

鲁文公怒气冲冲地说："为了兄弟和睦，速将悦己退还莒国！"公孙敖心里实在舍不得，可是国君一言九鼎，只好忍痛割爱，把悦己送回莒国。鲁文公指令姬彭生出面进行调解。东门遂忍气吞声，放弃了这门亲事。

女儿已经出嫁，嬴季完成了一件大事，感觉一阵轻松。不久，送亲的人回来报告："悦己没嫁给东门遂，公孙敖偷梁换柱，将悦己据为己有！"嬴季气得暴跳如雷，说："这个畜生，竟做出如此勾当。赶紧领回女儿，另嫁他人！"妻子哭着说："女儿已经出嫁，生米已成熟饭。此等丑事丢人现眼，不可对外张扬，息事宁人为上。"夫妻俩正在唉声叹气，万万没想到，女儿又被送回来了。

母女相见，娘儿俩哭得泪人一般。女儿被赶出鲁国，嬴季打算报告兹丕公，让他派兵捉拿公孙敖。女儿悦己却说，公孙敖真心实意对待她，她也喜欢公孙敖；是在东门遂请求下，鲁君下令把她送回莒国的。

嬴季实在气愤不过，立即报告兹丕公。兹丕公说："莒、鲁两国之谊，来之不易。公孙敖、东门遂两人，俱是鲁国臣子。臣子婚配，本是私事一桩；国家大事，重于泰山。若因臣子之私事，引起两国大动干戈，天下无此先例。"

兹丕公身为国君，一言九鼎。嬴季只得忍气吞声，把这件事暂时放下。悦己思念公孙敖，整天哭哭啼啼，寻死觅活。嬴季实在没办法，只得再次赶往都城，去找兹丕公报告。万万没想到，兹丕公重病在床，病情十分严重。

原来，兹丕公到海上巡视，不幸被海浪冲击，因此中了伤寒。还没来得及通知三弟嬴季，兹丕公已经卧床不起。星耀空派出专人四处寻医问诊，可是一直没有好转。

这天上午，嬴季赶到国都。兹丕公艰难地睁开眼睛，断断续续地说："我已病入膏肓，不能久于人世。侄女悦已被人抛弃，孤苦伶仃，委实可怜。"

兹丕公生命弥留之际，仍把侄女悦放在心上。他刚说到这里，双目紧闭，再也没有睁开。嬴季急忙大声呼喊。众人闻讯，急忙跑过来。兹丕公已经停止了呼吸。大家紧急施救，可是已经没有回天之力。

兹丕公与世长辞，众人一片哀痛。星耀空、嬴季、世子嬴庶其，以及众文武官员，齐集兹丕公床前。嬴季递个眼色，示意星耀空说话。星耀空强忍泪水，说："先君辞世，君位不可空缺。请世子继位，而后为先君发丧。"嬴庶其继任国君，是为莒纪公。

莒纪公登上君位，仍以星耀空为相国。雨润禾、灰中火、火令金等文武官员，继续留任。嬴季作为国君的叔叔，也一同参与政事。

兹丕公英年早逝，星耀空万分悲痛。他寝不安席，食不甘味，深更半夜难以入眠。回顾当年，自己为了躲避战乱远离红尘，隐身剑霄山。莒余公身为国君，不惜冒险南渡淮河，亲自前往聘请自己，并授予相国重任。兹丕公继位后，更是恭敬有加，言听计从，尊称自己为亚父。往事如烟，转眼将近二十年。现在，莒纪公年少继位，自己已是三代老臣。星耀空想到这里，不禁仰天长叹。转而又想："人逢知己，即使呕心沥血，肝脑涂地，也在所不惜。"于是决心继续全力辅佐莒纪公。

时光如水，转眼到了公元前619年。这年八月，周襄王因病去世。周襄王在位三十二年，他的儿子姬壬臣继位，是为周顷王。

此时的周朝廷，财政异常拮据，经济极度困难。周襄王去世，连殡葬用品都置办不起。实在没办法，只好派人到鲁国求援。鲁国拨出黄金二百镒，所有丧葬物品整整装满五大车，派公孙敖为专使，先行一步送到洛邑。鲁文公随后前往吊唁。

公孙敖带领随从，带上礼物向洛邑进发。出了曲阜西门不远，是个十字路口。公孙敖心想："财物如此之多，送给朝廷用于殡葬，岂不可惜！"这时候，他又想起了自己的心上人悦己。公孙敖暗下决心，不再去洛邑，干脆直奔莒国。他的如意算盘是，拿出部分财物，买通有关人员，剩余部分供自己享用。公孙敖把自己的想法，悄悄告诉心腹于以谦。于以谦说："公子如此私奔，必定得罪鲁国。丢掉官职事小，性命堪忧事大。"公孙敖说："古人有言：'无官一身轻。'我意已决，弃官奔莒！"下令拐弯往东，直奔莒国。赶车人发现方向不对，说："洛邑在西不在东！"

公孙敖高喊一声："听从命令，休得多嘴！"队伍过了泗水，来到费邑地界。公孙敖看看四下无人，命令队伍停下。他对随从们说："前面不远，即是鲁、莒两国边界。凡愿跟随我的，我带他进入莒国；凡是想回家的，每人黄金二十两。但我有个要求，此事务须保密。谁若泄密，唯他是问！"那些士兵、车夫与杂役，一听要给二十两黄金，纷纷要求回家。就这样，除了少数几个心腹，其他人员全部被遣散。

公孙敖带着大量财物，一溜烟来到莒国。他心里明白，同样是来到莒国，前后两次大不一样。上次到达莒国，自己是以鲁国大臣身份，堂而皇之，风光无限；此次来到莒国，自己是弃官私奔，是寄人篱下。更何况，自己冒名顶替，把悦己偷偷娶到手，已经是违礼之举。在鲁文公强力干预下，自己又把悦己遣送回国。对于这一切，莒国肯定大动肝火。公孙敖想到这里，悄然绕开莒都，急匆匆直奔鄢陵。

再说，悦己被遣送回国，整天哭哭啼啼，一把鼻涕一把泪。父亲嬴季十分恼火，说："嫁出的女泼出去的水，女儿嫁往鲁国，竟然又被送回，岂有此理！"妻子劝他说："女儿虽为人妻，既已回家，仍是咱自己的女儿。若逼之太甚，出了事后悔莫及。"

为了让悦己过得清净，嬴季专门修建房舍一处，让她单独住在那里。

这天傍晚，夕阳西下，红霞满天。大雁排成人字，鸣叫着从头顶飞过。悦己独自坐在院子里，呆呆地望着天空。她想："大雁南飞，归宿在哪里？大雁成对成双，是否也有夫妻情分？"如此不着边际，想入非非。她已经记不清楚，自从回到鄢陵，多少个日子，自己都是这样度过的；又有多少个日子，自己望眼欲穿，以泪洗面，期盼有朝一日，与自己的心上人再次相会。

突然，大门被咚咚敲响。悦己听到响声，急忙跑去开门。万万没想到，来者竟然是公孙敖。两人相见，又惊又喜，立即相拥在一起。两人相依相偎，一同进入房内。道不尽离别之苦，说不完思念之情。此时的悦己，已经哭得梨花带雨。公孙敖把她搂在怀里，一边安慰一边给她擦去眼泪，说："我此次来到莒国，不再离开，与你长相厮守。"

公孙敖携带财物，私自投奔莒国。被遣散的人员回到曲阜，立即向上报告。鲁文公闻讯，气得暴跳如雷："殡葬天子礼物，竟被姬敖侵吞。身为鲁国大臣，弃官私奔，成何体统！此等劣行，亘古未有！即使千刀万剐，难以抵消其罪。不杀姬敖，难解我心头之恨！"

大夫季文子说："姬敖人在莒国，必欲杀之，亦难做到。"鲁文公愤愤地说："罢免姬敖之职，待机缉拿归案。莒国已与鲁国结盟，竟然私藏罪臣姬敖。此等行为，乃蔑视盟约，藐视盟国。莒国既然不仁，鲁国亦将不义！"

东门遂连忙劝谏："姬敖弃官私奔，罪责不在莒国。"

鲁文公仍然愤恨不已，说："城门失火，尚且殃及池鱼，何况莒国乃姬敖藏身之地。鲁、莒盟约，就此作废。从今往后，唯有兵戎相见！"

正是：只因姬敖爱美色，从此盟国变仇敌。

第六十一回 季文子寻衅滋事　星耀空收复失地

且说公孙敖隐居在鄢陵，又和悦己住在一起。嬴季作为父亲，感觉无脸见人，内心十分生气，说："公孙敖这个畜生，我恨不得一刀劈了他！"妻子规劝说："公孙敖乃鲁国大臣，如何处置他，事关两国关系，此事非同小可，不可轻举妄动。"嬴季转念一想，妻子的话有道理，立即报告莒纪公。莒纪公左思右想，心里十分为难，于是找星耀空商量。

星耀空说："公孙敖身为鲁国大臣，英雄气短，儿女情长。此等人物，如同朽木一根，不值一提。"莒纪公说："若鲁国因此动怒，当如何处之？"星耀空说："文有文对，武有武挡。公孙敖弃官逃匿，莒国并不知情。鲁国若因此动怒，实属不通情理。以我之见，派遣专使访鲁，顺便通报真情。"

莒纪公说："相国所言极是。"派雨润禾为专使，赶往鲁国访问。

雨润禾到达曲阜，看看天色已晚，于是住进馆驿。这天夜晚，晴空万里。月光就像水银一样，洒满曲阜大地。雨润禾趁着月色，到东门遂家中登门拜访。借此机会，雨润禾原原本本把公孙敖如何潜逃莒国，如何隐形潜踪，如何与悦己住在一起，全部通报给东门遂。雨润禾的想法是，端出事情真相，激怒东门遂，东门遂必定报告鲁文公。鲁国对莒国的怨恨，自然烟消云散。

东门遂明白了事情真相，顿时火冒三丈。他想："悦己本来是自己的妻子，公孙敖却鸠占鹊巢，据为己有。在国君亲自干预下，两人共同承诺，谁也不要悦己做妻子。公孙敖当面答应，把悦己送回了莒国。想不到，公孙敖色胆包天，窃据贡物，潜往莒国，又和悦己住到了一起。"是可忍孰不可忍！"东门遂想到这里，"唰"的一声拔出宝剑，说："杀父之仇，夺妻之恨，不共戴天！不杀姬敖，我姬遂誓不为人！"雨润禾见此光景，心中窃喜，他想："此次访问鲁国，目的已经达到。"装作十分吃惊，连忙起身劝解。

次日上午，在东门遂引荐下，雨润禾拜见鲁文公。一番礼仪过后，雨润禾把公孙敖隐身莒国的事，从头到尾讲述了一遍。特意说明："公孙敖所带一切贡物，私自侵吞，并未献给莒国。"鲁文公弄清了事情真相，明白了公孙敖是弃官私奔，与莒国无关，他对莒国的怨恨顿时烟消云散。

公孙敖隐身鄀陵，与悦己卿卿我我，日子过得十分惬意。可是时间一长，新鲜感逐渐消失，觉得日子索然无味。这天，公孙敖又想回到鲁国。他暗中托人，找到儿子孟孙谷，让他出面托人说情。面对父亲的迫切要求，孟孙谷不好拒绝，只得找东门遂求情。东门遂说："汝父若要归国，需遵守三件事：一不能入朝，二不能参政，三不能携带悦己！"面对这个严苛条件，公孙敖咬咬牙答应下来。公孙敖回到鲁国，果然闭门不出。

这天上午，公孙敖站在大门口，看见一个妙龄女子，婀娜多姿，步态轻盈，那样子很像悦己。悦己的可爱形象，立即浮现在眼前。公孙敖悄无声息把土地房产全部卖掉，携带所有钱财，趁着夜色偷偷跑到莒国。

大夫季文子闻讯，立即报告鲁文公。原来，季文子的名字叫姬行父，他是鲁国"三桓"之一，史家习惯称呼他"季孙行父"。鲁文公继位后，把莒、鲁两国交界的费邑慷慨赏赐给季文子，作为他的食邑。

费邑不远处，就是鄆邑、郓邑，是莒国领地。季文子心想："趁着莒国驻兵不多，悄悄占领这两个地方；然后加固墙垣，派兵驻守，就成为鲁国的地盘了。两邑靠近费邑，国君不可能再赐给别人。自己的领地，自然又增加了两处。要想达到这一目的，必须得到国君支持。"季文子想到这里，眉头一皱，计上心来。

季文子见到鲁文公，来了一番添油加醋，说："姬敖屡次逃匿，三番两次潜往莒国，其中大有文章。他来去自由，就像走亲一样。若无莒国应允，姬敖焉能做到？"鲁文公点点头说："言之有理。"季文子又说："费邑附近，常有莒国探马出没。星耀空神出鬼没，诡计多端，说不定在暗中打我鲁国主意。"

鲁文公忙问："此事当如何处置？"

季文子说："莒国的鄆、郓两邑，地处鲁、莒边界，乃两国必争之地。目前两邑人口不多，墙垣残破。无论在谁手上，都极难守御。以我之见，趁莒国驻军不多，派兵袭而占之，然后加固墙垣，派兵驻守。鄆、郓两邑，自然成为鲁国领地。"

鲁文公问："在莒国眼皮底下发动攻击，加固墙垣，谈何容易？"

季文子把胸膛一拍，说："请国君放心，我愿率兵前往，定能旗开得胜！"鲁文公于是派兵五千，由季文子率领，趁夜袭击鄆邑、郓邑。

第六十一回

自从洮邑、向邑会盟，莒、鲁两国订立盟约，成为友好国家。从此以后，弯曲而又漫长的西部边界，一直处于安宁状态。莒国于是抽调兵力，驻防北部边境，用于防范齐国。此时的郓、郓两邑，莒国各驻守军三百名。

这天深夜，周围漆黑一片，伸手不见五指。莒军除了几名哨兵，其余的已经入睡。季文子趁夜指挥鲁军，悄悄围困了郓邑。莒军还没来得及反应，鲁军已经把郓邑占领。季文子用同样方式，很快占领了郓邑。为了长期占有两邑，季文子立即指挥人马，搬砖抬石，抢修墙垣。

莒纪公得报，十分气愤，说："鲁国违背盟约，一夜占我两邑。出兵两万，战车三百辆，一举收复失地！"星耀空说："季文子并非将才，欲夺回两邑，出兵八千足矣。"回头对火令金说："请司马率兵五千，战车一百辆，先行一步。打出我的旗号，虚张声势，围困费邑。"特意嘱咐："此乃调虎离山之计，攻势愈猛愈好！"

火令金率领大军，打着星耀空的旗号，很快把费邑围困。季文子正在指挥人马，在郓、郓两邑修建墙垣。突然探马来报："费邑被围！"季文子顾不得其他，急忙带领人马，匆匆赶往费邑。来到费邑外围一看，莒军正在攻城。绣着"星"字的大旗，迎风飘扬。季文子一看，误认为是星耀空亲临前线，顿时胆战心惊。火令金留下两千人马，继续围困费邑，自己指挥三千莒军，回头对付季文子。

因为连夜抢修墙垣，鲁军人已解甲，马已卸鞍。两军短兵相接，莒军一阵乱箭齐射，鲁军顿时倒下一片。季文子来不及多想，只得冒死与莒军决战。火令金高举长戟，驱动战车向季文子冲来。季文子举起大刀，与火令金厮杀在一起。火令金挺起长戟，一个"蟒蛇吐芯"，刺向季文子面额。季文子躲过长戟，抡起大刀向火令金砍来。火令金再次挺起长戟，"唰唰唰"一阵左挑右刺。季文子慌忙招架。火令金"嗖"的一声抽回长戟，接着又"唰"的一声，刺向季文子的大腿。季文子仓促赶来，没来得及穿戴铠甲，只穿着单薄的布衣。火令金一戟刺来，正好刺中季文子的大腿。季文子尖叫一声，差点落到车下。鲁军看到主将受伤，急忙前来解救。

与此同时，星耀空亲率精兵三千，趁夜到达郓邑、郓邑。莒国士兵穿上平民服装，带着木棒、铁铲、绳索等用具，扮作修建墙垣的民工。一切安排停当，兵分两路，分头奔向郓邑、郓邑。来到两邑一看，鲁军已经全部撤走，只有民工在修建墙垣。莒军一拥而上，顺利收复了两邑。

星耀空留下部分兵力防守，然后带领人马火速赶往费邑。

季文子大腿负伤，仍在负隅顽抗。突然有人高喊："莒军轻兵奇袭，郓邑、费邑均被袭占！"就在这时候，东北方向尘土飞扬，星耀空率领莒军疾驰而来。季文子顿时明白了，原来火令金假打星耀空旗号，前来围困费邑。星耀空带领精兵，偃旗息鼓，乘虚收复了鄪、郓两邑。季文子的心顿时凉了半截，他想："自己乘虚占据两邑，又辛辛苦苦，趁夜抢修墙垣，实指望成为自家的地盘。可是没想到，星耀空略施小计，两个城邑又被莒国夺回。费邑已被莒军围困，危在旦夕。说不定自己的食邑会成为星耀空的盘中之餐。星耀空用兵如神，情势紧迫，逃命要紧！"季文子想到这里，急忙率领部下，冒死向外突围。

星耀空驱动战车，挡在季文子前头。他高举马鞭，指着季文子说："莒、鲁两国业已订盟，二十年来互不侵犯，边境得以安宁。你季文子私心驱使，罔顾两国关系，出兵侵占鄪、郓两邑。目下鲁军已丧失战力，若非两国订盟，我军围而歼之，让你尸骨无还！"说完，战车故意向左一转，闪开一条缝隙。季文子趁机突围而出，惶惶如丧家之犬，急匆匆向西狂奔。

东门遂带领一支鲁军，正在泗水之西训练。听到费邑被围，立即渡过泗水前往救援。刚刚到了泗水东岸，季文子带领残兵败将，向西溃退而来。东门遂问："费邑情形如何？"季文子垂头丧气地回答："已被莒军占据。"话音未落，东面一骑飞至，来人在马上高喊："莒军已经撤退，费邑仍属鲁国！"

原来，季文子仓皇逃跑，费邑被莒军占领。星耀空绕墙巡视一周，让人画下地图，然后下令："全军撤退！"火令金问："我军枪林箭雨，好不容易打下费邑，相国缘何留给鲁国？"星耀空说："费邑乃鲁国之地，我军若攻而占之，鲁国焉能善罢甘休？季文子虽然兵败，但鲁国战力犹存。我国若占据费邑，必定再起战端，无益于莒、鲁两国。将士喋血，尸骨暴野，生灵涂炭，乃当国者力避之事。自古以来，穷兵黩武、好勇斗狠者，绝无好下场。前车之覆，后车之鉴，须臾不可忘怀。"

东门遂闻讯，说："鲁军战败，莒军对费邑占而不据，依旧留给鲁国，此乃示好之举。如此看来，星耀空度量宽宏，非常人所能比也！"派遣一千人马驻守费邑，其余人马撤回曲阜。然后，立即向鲁文公报告。

季文子仍不死心，一再要求出兵，对莒国进行报复。鲁文公思忖再三，一时拿不定主意。东门遂说："星耀空足智多谋，善于用兵，鲁国无人是其对手。再者，莒军对费邑占而不据，给鲁国留足面子。以我之见，莫如息事宁人。"鲁文公说："此言甚当。"季文子挑起的战端，得以暂时平息。

且说公孙敖住在莒国，时间一久又想回到鲁国。他不惜重金，贿赂朝中大臣。大臣们终于说动了鲁文公，答应公孙敖二次回国。公孙敖离开鄢陵，兴冲冲踏上回国之路。想不到天降暴雨，西进道路被堵塞。公孙敖只得绕道齐国，途中得了重病，第二天一命呜呼。他的尸体很快腐烂，发出刺鼻的腥臭气味。齐国边吏出了个主意，将尸体抬到齐、鲁交界。尸体的腥臭气味，随北风飘入鲁国境内。鲁国边吏立即赶往曲阜，向国君报告。鲁文公只得批准公孙敖的尸体回到鲁国，以罪臣之礼，埋葬在乱石岗上。

消息如风，很快传到莒国。莒纪公急忙与星耀空商量。星耀空说："常言道：'多行不义必自毙。'公孙敖夺人之妻，道德沦丧；贪财违礼，弃官私奔。落得如此下场，罪有应得！"莒纪公点头称是。

且说莒纪公有两个儿子，长子名叫嬴仆，次子名叫嬴季佗。依照嫡长子继承制，嬴仆早就被立为世子，成为国君既定接班人。莒纪公内心并不喜欢嬴仆，却十分喜欢嬴季佗。他时刻打算废黜嬴仆，改立嬴季佗为世子。对于这件事，有人拥护，有人反对。莒纪公一时拿不定主意，于是找星耀空商量。

星耀空说："公子嬴仆，既已立储，不宜废黜。"星耀空言之凿凿，一言九鼎，莒纪公只好偃旗息鼓。废长立幼的打算，暂时搁置一边。

谁也想不到，星耀空去世后，因为废长立幼，莒国血染宫廷。

正是：国有贤相中流柱，局势安定稳如山。

第六十二回 星耀空因病去世
　　　　　　　莒纪公惨然遭弑

　　潮起潮落，斗转星移，一晃几年过去了。周朝廷有个太史，名叫叔服。这天深夜，叔服借着酒意仰观天象。突然发现，扫帚星拖着长长的尾巴，快速掠过北斗星。叔服翻了翻《周易》，接着占卜了一卦，自言自语地说："彗星掠过北斗，乃不吉之兆。此后不久，必有多位诸侯谢世！"此话是真是假？无人能够知晓。想不到，叔服的话不幸而言中。

　　转过年去，就是公元前609年。在这一年里，众诸侯就像霜叶凋零，纷纷谢世。这年二月，鲁文公因病死亡；三个多月后，齐懿公被仇人杀死；金秋时节，秦康公因病死亡；到了冬季，莒纪公被国人所弑。

　　齐懿公穷兵黩武，几次进犯莒国，都没捞到便宜，很想出兵报复。慑于星耀空用兵如神，因此不敢贸然进攻莒国，于是把矛头对准鲁国。这年秋季，齐国突然出兵，入侵鲁国西部边境。面对齐国的进攻，鲁文公急忙派出专使，星夜赶往晋国求援。为了彰显霸主地位，晋灵公立即下令："传檄诸侯，赴扈邑会盟！"接着，派出多路使者，通知宋、莒、蔡、卫、郑、陈、鲁、曹、许等国，商议讨伐齐国。

　　这天上午，莒纪公、星耀空正在对弈。突然有人报告："晋国使臣到！"莒纪公闻讯，顿时心里一惊。星耀空说："晋使此来，必为会盟！"莒纪公问："当如何应对？"星耀空说："以礼相待，答应参与会盟，让晋使满意而去。"

　　晋国使臣到来，礼仪过后递上国书。莒纪公接过一看，果然是组织会盟。晋使离开后，莒纪公对星耀空说："相国料事如神，真奇人也！"两人一商量，莒纪公亲自参与会盟。他来到扈邑一看，除了鲁国，受邀诸侯全部到达。一眼望去，车马如潮，旗帜如林，场面十分壮观。莒纪公心想："如此阵势，齐国必败无疑！"可是等了几天，竟然是雷声大雨点小，最后不了了之。

　　原来，齐懿公听到消息，急忙给晋灵公、赵盾送礼，要求晋国网开一面，放齐国一马。赵盾收了礼物，把讨伐齐国一事放到一边，晋灵公也就不再过问。就这样，杀气腾腾的兵车之会，变成了觥筹交错的宴乐之会。

鲁文公闻讯十分不满，半道而回，以示抗议。

扈邑会盟结束，莒纪公带领人马很快回到莒国。星耀空闻讯，气愤地说："晋君如此糊涂，赵盾如此贪财。诸侯离心，晋国焉能继续称霸！"

晋国的不作为，让齐国看到了软肋。齐懿公再次出动大军，趁机进攻鲁国。鲁国受到攻击，只得委曲求全，派人与齐国谈判，双方签订了和约。

问题刚刚得到解决，鲁文公因病死亡。丧报送到莒国，莒纪公不想派人吊唁。星耀空说："莒国乃礼仪之邦，崇德尚义是我国传统。莒、鲁虽有争战，毕竟是邻国。依照常理，我国应前往吊唁。为不失礼节，我愿赴鲁国。"

星耀空带领随从，一路疾行赶到曲阜。在鲁国吊唁期间，星耀空得到一个重要消息：齐懿公荒淫好色，对外穷兵黩武，国人恨之入骨。

齐懿公是齐桓公的第五个儿子。齐昭公去世后，他年幼的儿子姜舍继位。齐懿公为了夺取政权，残杀了侄子姜舍，然后自立为国君。从此以后，齐国上下离心，内部矛盾重重，大有一触即发之势。

星耀空回到莒国，对莒纪公说："齐君如此失德，齐国必生内乱！"莒纪公说："既然如此，当拭目以待。"话音未落，探马来报："齐君被弑身亡！"

原来这天中午，齐懿公醉酒之后，躺在水池岸边睡着了。他的贴身侍卫见时机已到，两人一商量，趁机把齐懿公杀死，把尸体扔进水池里。

莒纪公问："齐侯被弑，不知何人为君？"星耀空说："此事重大，不可轻忽，立即派人刺探！"不久，探马又送来新的情报。原来齐懿公被杀，国人恨屋及乌，不让他的儿子继位。姜元被拥立为国君，是为齐惠公。

原来，姜元也是齐桓公的儿子。

且说鲁文公有三个儿子，老大叫姬恶，老二叫姬视，老三叫姬俀。姬恶早就被立为世子。鲁文公死后，姬恶理应继位为君。在齐国支持下，东门遂暗地派人杀死姬恶与姬视，立老三姬俀为国君，是为鲁宣公。

鲁宣公上台后，东门遂大权在握。当年公孙敖夺走了悦己，东门遂一直耿耿于怀。这天，东门遂转念一想，公孙敖偷偷娶走悦己，必定得到莒国暗中支持；他长期居住在鄢陵，也是得到莒国默许。东门遂想到这里，既憎恨公孙敖，又怨恨莒国，于是处心积虑，对莒国进行报复。

这天，东门遂找到季文子，极力进行挑唆，说："鄆、郓两地，本可成为你家食邑，竟被莒国强占。目下两邑驻兵不多，何不趁机夺回？"季文子说："星耀空善于用兵，我军恐非其对手。"东门遂说："星耀空年已六旬，垂垂老矣，早已不能领兵上阵。老耄一个，何足惧哉！"

季文子受到挑唆，信心满满，同意进攻郓邑、郕邑。季文子已经答应，东门遂立即告诉鲁宣公。鲁宣公是东门遂扶上台的，对东门遂言听计行。东门遂要求出兵，鲁宣公当即表态同意。这天夜晚，季文子带领三千士兵，悄悄把郓邑围住。黎明时分，四面攻打。双方经过血战，郓邑最终被鲁军攻占。

消息传到莒国，莒纪公急忙与星耀空商量。星耀空说："季文子不自量力，二次攻占郓邑。立刻出动大军，围而歼之！"莒纪公说："齐、鲁关系业已通融，此时动兵，是否适宜？"星耀空说："齐国新君继位，诸事未妥，无力增援鲁国。反观鲁国，世子姬恶被杀，姬俀登位，人心未服。再者，东门遂嚣张弄权，'三桓'互相掣肘。出兵击溃鲁军，趁势进军中原，乃难逢之机。"

莒纪公说："运筹帷幄，决胜千里，一切唯相国之令是从。"

一切准备停当，大军即将开拔。夜晚，星耀空对着铜镜整理妆容，突然发现，自己已经鬓发斑白。夫人对他说："夫君年已六旬，率兵上阵，自古少有。"星耀空说："姜子牙年过古稀，尚且辅助武王伐纣。我星耀空以身许国，虽然年过半百，仍可上阵杀敌！"次日，星耀空率领大军三万、战车五百辆，车轮滚滚，战马萧萧，一路向西南进发。大军兵分三路，同时向前进攻。

季文子原本打算占据郓邑后接着攻占郕邑。他万万想不到，莒军很快大军压境。季文子站到高处一看，莒军战车奔驰，旗帜招展，实力十分雄壮。他心里十分害怕，立即带领人马撤出郓邑，然后向西逃窜。星耀空把令旗一举，火令金一车在前，率兵向前追击。莒军像潮水一样，向着鲁军追赶过去。追过了几个高地，又绕过了几个高岗，看看就要追上。没想到，季文子对地形十分熟悉。他把战车扔掉，骑上一匹马，然后带领部下，仓皇向西逃窜。

火令金率领前锋队伍，向西紧追不舍。又追了十几里路，面前出现一片山岗。火令金急忙找向导打听。原来，队伍进入蒙山，已经深入鲁国地域。是继续前进，还是撤退回国？火令金不敢做主，急忙派人请示星耀空。

星耀空当即下令："占据蒙山，乘胜进军，直捣中原！"

大军乘胜追击，已经深入蒙山腹地。为了及时了解情况，星耀空骑马来到队伍前面。突然，一座山峰挡在面前。想不到，山顶竟然是平的，三面悬崖峭壁，只有南坡可以攀登。星耀空在众人搀扶下，好不容易登上山顶。举目望去，群山连绵，峰峦叠嶂，看不到尽头。山涧云雾缭绕，山顶时隐时现。山峦之间，雾霭蒙蒙，看不清哪是山沟，哪是平地。星耀空说："人云'千里沂山，万里蒙山'，此言不虚也。"向导指着山顶说："前方那个叫莲花崮，左边的叫灵芝崮，右边的叫平蘑崮。"

星耀空说："辞书云：'崮者，平顶之山也。'今日亲睹，方知其貌。"

这时候，西南方向忽然传来声音。隐约有一支人马，正向深山奔去。原来季文子的队伍就在前方不远处。星耀空立即下令："围歼敌军，不使一人漏网！"火令金立即率领人马，快速向前追去。副将王霸奋勇当先，冲在最前头。突然听到"哗啦啦"一阵响声，王霸连人带马掉进山涧。众人面前，只剩一片雾霭。雾霭之间，藤萝、葛条、树枝等，偶尔露出一部分。王霸究竟掉到何处，已经看不到踪影。众目睽睽之下，一个大活人突然落入山涧，根本无法施救。活不见人，死不见尸。广大将士见状，一个个目瞪口呆。

在此情况下，队伍只得停在原地。整整等了半个上午，雾霭慢慢散尽。星耀空急忙令人带上绳索，下到涧底。好不容易找到王霸的尸体，已经血肉模糊，惨不忍睹。众人围着王霸的尸体，静默哀悼。过了一会儿，星耀空高举马鞭，指着西方说："继续进军，直捣中原！"话音未落，只听"哗啦"一声，一辆战车连车带马，同时掉到悬崖之下。战马来不及嘶鸣，与战车一起粉身碎骨。紧接着，又有几个士兵掉到悬崖之下。队伍沿着山坡，艰难地向前行进。又向前走了一段路，前锋来人报告："前面一片高山，找不到前进之路！"

这时候，太阳慢慢西下，晚霞已经出现在天边。

星耀空低头望了一眼山涧，再抬头看看山峰，不禁仰天长叹："蒙山如此无情，阻遏了莒军的西进之路。东有大海之隔，西有蒙山之阻，莒国局限一隅，开疆拓土难于上青天！"星耀空说罢，十分痛心地闭上了眼睛。这时候，火令金前来请示："是否继续向西进军？"星耀空说："停止西进，撤军回国。"

回到蒙山东麓，早已人困马乏，无法继续行进。实在没办法，只得在山下扎营休憩。次日清晨，人们惊异地发现，一夜之间，星耀空已经满头白发，整个人垂垂老矣。众人见状，十分痛心。早餐过后，大军继续向东回撤。

大军回到莒都，星耀空身染重病，从此一病不起。郎中换了一个又一个，草药服用一剂又一剂，始终不见疗效。这天，莒纪公、司徒雨润禾、司空灰中火、司马火令金、司寇一谷乾等人，一齐围在病榻之前。

星耀空面对众人，艰难地睁开双眼，说："人生苦短，生死由命，天不佑我，即将永诀。"说完，泪水顺着脸颊流下来。过了一会儿，星耀空再次睁开眼睛，对莒纪公说："世子既立，不宜废黜。国泰民安，乃治国第一要务。"星耀空喘息一会儿，又说："葬我于浮来山东麓，日日观看日出，夜夜谛听松涛之声，我愿足矣。"说完双目一闭，一代贤相与世长辞。

星耀空离别人世，众人无不痛哭失声。晋、齐、鲁、郯、宋、滕、曹、薛、邾、莱、郑、陈、卫等国，纷纷前往吊唁。有的派来相国，有的派来上卿，有的派来司徒，有的派来司空，有的派来司寇，有的派来公子。周朝廷也打破常规，派遣专使前往吊唁。来宾之多，在列国臣子中首屈一指。

星耀空与世长辞，国人无不悲痛。莒纪公却一反常态，像变了一个人。他整天拥妃搂姬，嗜酒淫乐，不理国事。众臣子看在眼里，十分着急。司徒雨润禾对司空灰中火说："星相国刚刚离世，国君就如此饮酒作乐，长此以往，后果难料。"灰中火说："军民不安，人心浮动，久而久之，必出大事！"

两人正在说话，内侍悄然过来。他十分神秘地说："二位大人是否得知，国君打算废黜世子！"雨润禾气愤地说："星相国临终嘱咐：'世子既立，不宜废黜。'相国尸骨未寒，言犹在耳，国君即出尔反尔，真是不可思议！"

灰中火说："事不宜迟，速速报告世子，请他有所准备！"内侍胆小怕事，恐怕招惹是非，听到这里急忙告辞，很快隐身在夜幕中。

这天，莒纪公突然宣布："废黜嬴仆，立嬴季佗为世子！"嬴仆听到消息，急忙找雨润禾求援。雨润禾请来灰中火、火令金，一同商量。灰中火说："翻手为云，覆手为雨，朝令夕改。国君如此处事，国家焉有不乱之理！"说完把袖子一甩，辞职回家去了。雨润禾说："国君失德，国人怨声载道，大有动乱之势。"他刚说到这里，忽然听到大街上人声鼎沸。三人还没反应过来，国人已经涌向宫里。这时候，莒纪公搂着爱妾，正在饮酒作乐。

嬴仆听到警讯，立即带领随从前往观察。国人看到世子到来，顿时斗志倍增。众人一拥而上，棍棒交加，把莒纪公打倒在地。嬴仆挤进人群，莒纪公已经气绝身亡。嬴仆见状，顿时吓得面如土色，不知所措。

这时候，忽然有人高喊："世子打死国君！"许多人不明真相，立即向嬴仆围拢来。就在这时候，嬴季佗带领一群随从，气势汹汹赶过去。嬴仆一看势头不妙，趁乱挤出人群，急忙躲进雨润禾家中。

正是：国有储君事体大，废长立幼起祸端。

第六十三回　渠丘公拒绝调停 鲁宣公侵占向邑

且说国人打死了莒纪公，嬴季佗不问青红皂白，率领亲随四处捉拿嬴仆。嬴季佗的几个心腹故意大造舆论，四处散播消息，唯恐天下不乱。雨润禾、火令金等大臣，因为弄不清真相，不敢站出来为嬴仆说话。一时之间，嬴季佗占了上风。雨润禾对嬴仆说："人言可畏，众心浮动，对世子极为不利。莫如离开莒国，暂避风头。"嬴仆说："只好如此。"立即带上金银珠宝，在夜幕掩护下溜出城门，急匆匆逃往鲁国。

鲁宣公见钱眼开，特别喜欢珠宝。嬴仆前来请求庇护，送上黄金、玉璧，还有金甲与铜鼎。这件金甲，是当年周朝廷赏赐给兹舆公的，价值连城，是传国之宝。鲁宣公一看，礼物如此珍贵，顿时两眼放光，打算收留嬴仆；同时把泗水边的一座城，送给嬴仆做食邑。

季文子阳奉阴违，暗中指示司寇，罗织嬴仆的罪状，要把他驱逐出境。嬴仆只好离开鲁国，仓皇奔向南方，最后不知所终。

嬴仆远走他乡，无人争夺国君之位。嬴季佗继位为君，是为莒厉公。

再说，东门遂把鲁宣公扶上台，关系越来越密切。这天，东门遂对鲁宣公说："鲁、齐早有婚约，我愿访问临淄，将夫人迎归鲁国。"鲁宣公十分高兴，派遣东门遂出使齐国。东门遂到达临淄，说明来意。齐惠公给予热情接待，同意把女儿嫁往鲁国。这年二月，东门遂把姬姜接到曲阜，成为鲁宣公的夫人。鲁宣公十分高兴，对东门遂越来越信任。

东门遂对鲁宣公说："鲁、齐既已结亲，当举行盟会，以求泰山之安。"鲁宣公说："此议甚好。"立即与齐国联络，双方举行了会盟。会盟期间，鲁国把济西的土地主动奉送给齐国。

从此，鲁国主动示好，就像齐国的附庸一般。

星耀空、莒纪公相继离世，莒国失去了主心骨。莒厉公继位，治国无方，各方面陷入无序状态。自从灰中火辞职，司空职位一直空缺。火令金看不惯莒厉公的做法，因此躲在军营，不愿露面。在此情况下，一些吹牛拍马、阿谀奉承之徒，像苍蝇一样围在莒厉公身旁。有人四处选美，送到宫里，博取国君欢心；有人搜刮民财，行贿受贿，买官鬻爵；有人玩忽职守，混天撩日。雨润禾看到这一切，递上一份辞呈，从此告老还家。

到此为止，老一代大臣全部离职。

莱国有个商人，名叫草求财。为了做生意，他常年奔波于莒、莱两国之间。听说莒厉公喜欢美女，草求财买来一个莱国少女，立即送到莒国。莒厉公十分高兴，当即下令："赏赐黄金二百两，任草求财为大夫！"从此，莒厉公对草求财言听计从。

这天，草求财对莒厉公说："东海有岛，名曰仙岛，美女如云，仙草遍地。若居于岛上，可延年益寿，长生不老。"莒厉公一听，顿时两眼放光。第二天带领随从，乘船寻找仙岛。船队迎风破浪，向东行进，早已深入大海。四处张望，一直不见仙岛踪影，大家心里十分着急。这时候，草求财凑到莒厉公跟前。他把三角眼一挤，说："仙岛者，世外仙山也。远在天边，近在眼前。无福之人，难见真容；有福之人，必能寻到。"草求财话音未落，大海上突然狂风漫卷，浊浪排空，船队立即被海涛包围。莒厉公乘坐的大船，一下子被推向浪尖；紧接着"哗"的一声，又被卷到浪底。就这样几上几下，木船已经开裂，里边很快灌满海水。又一个巨浪打来，木船一下子被掀到水里。等到木船浮出水面，船上已经空无一人。可怜的莒厉公，从继位到葬身海底，时间仅有一年多。

莒厉公渡海求仙，不幸身亡。他的大儿子嬴朱继位，是为渠丘公。

渠丘公继位为君，任命梨树林为司徒，桃木剑为司空，竹节虚为司寇，盾无敌为司马。大小官员全部到位，各司其职，各方面进入正常状态。

莒国的向邑，西南毗邻郯国。郯国与莒国一样，也是少昊后裔，属于东夷国家。郯国国小势弱，史书很少予以记载，一直默默无闻。多年来，郯国夹在莒、鲁两国之间，时而倒向莒国，时而倒向鲁国，一直摇摆不定。莒国攻灭向国后，郯国慑于莒国兵威，立即倒向莒国。从鲁釐公开始，鲁国国力有所恢复，郯国又倒向了鲁国。在星耀空辅佐下，兹丕公开疆拓土，莒国迅速走向强盛。郯国见势不妙，又倒向了莒国。星耀空、兹丕公去世后，郯国再次倒向鲁国。莒、鲁两国无不嗤之以鼻，讥讽其为墙头草。

这天，郯子带领随从外出游猎。突然，右前方蹿出一群獐子，由西向东跑进树丛。郯子纵马驰骋，在后面紧追不舍，一直追到沭河西畔。抬头望去，四周是一片树林。树林、芦苇与水洼相间，看上去水草遍地。獐子、野猪、野兔、野鸭，等等，出没于树林与水洼之间。郯子说："此处野物出没，乃上等游猎之地。"随从说："此乃莒国领地，不宜深入。"郯子竟然说："此地荒无人烟，乃无主之所。"说完扬鞭催马，向着一群獐子追去。追到树林边缘，里边跑出来一群猎人。

原来向邑西南，沭河与沂河之间，属于莒、鲁、郯三国交界。这里人烟稀少，到处都是树林、草泽与荒野。靠近沭河一侧，属于莒国的领地。因为是荒芜地带，除了边民前往渔猎，官方很少涉足。

猎户发现有人前来打猎，立即跑过去制止。郯子立即命令士兵，把三个猎户捆绑起来，然后带往郯国。第三天，郯子再次到河西游猎，又有莒国猎户出面制止。郯子再次下令，把猎人捆绑起来带到郯国。接着，派人到河边砍伐树木，张网捕鱼，收割芦苇。向邑官吏闻讯，立即到国都报告。

渠丘公接到报告，立即召来司徒梨树林、司空桃木剑、司马盾无敌三人，一起商量对策。梨树林说："郯国狂妄至极，渔猎我境，伐我树木，劫我边民。不予教训，难平民愤！"说罢，气得把桌子重重一拍。桃木剑说："莒、郯两国为邻，多年来边境宁靖，相安无事。目下郯国突然变脸，究其原因，是其依恃鲁国。当今齐、鲁结亲，愈走愈近。此等情势，不可不察。以我之见，莫如派人赴郯，陈说利害，使其放归边民，不再侵我边境。如此两国和睦相处，皆大欢喜。"

渠丘公说："爱卿之言甚当！"立即派桃木剑出使郯国。桃木剑带领随从，很快来到郯国。原来，郯子十分狡猾。莒国遣使来访，郯子表面上热情接待，暗地里派出使臣到鲁国请求支援。郯国使臣到达鲁国，无中生有，说了莒国一通坏话，把两国边界争端的责任全部推给了莒国。

鲁宣公闻讯，急忙与东门遂商议。东门遂说："郯、莒交恶，对鲁国有利无害。"鲁宣公问："我国当如之奈何？"东门遂说："以我之见，鼓动郯国，出兵占领河西！"郯国得到鲁国的默许，悄悄派出兵马，迅速占据了沭河以西地盘。那里的莒国居民，全部被赶出原地。居民无家可归，只得报告向邑官吏。

消息传到莒都，渠丘公顿时大怒，当即决定："从纪鄣、向邑两路出兵，夹击郯军！"郯军很快被打垮。莒军旗开得胜，不仅收复了失地，还占据了郯国一大块地盘。莒国已被惹恼，一旦两国全面开战，郯军根本不是莒军对手。郯子于是再次派人赶往鲁国求援。鲁宣公闻讯，立即与左右商量。东门遂说："郯国兵微将寡，受到莒国侵犯。鲁、郯既已结盟，应出兵援助！"季文子说："莒国一再示强，屡败我军。此次莒、郯发生争端，此乃报仇雪恨良机。鲁、齐既为姻亲，两国应当协力，联袂对付莒国。"鲁宣公高兴地说："爱卿金玉良言，正合我意。"亲自带上礼物，赶往齐国访问。

在季文子伴陪下，鲁宣公很快来到临淄。齐惠公闻讯，亲自出面接待。女婿会见老丈人，礼仪隆重而又复杂。按照惯例，二人按部就班，首先以两国国君之礼相见；然后，又以翁、婿之礼相见。一番礼仪过后，鲁宣公话锋一转，切入正题。他明明知道，是郯国挑起了边界争端，却故意歪曲事实，添油加醋地说："莒国恃强凌弱，侵犯郯国边境。郯国请求息事宁人，竟被莒国断然拒绝。"

齐惠公作为齐桓公的儿子，继承了父亲的血统，性格十分强悍。他说："星耀空在世之时，莒国西侵鲁国，北犯齐国。目下星耀空已经离世，莒国无人统兵挂帅。趁此机会，齐、鲁两国出面调停，逼迫莒国退让！"鲁宣公说："莒军异常强悍，凭鲁国一国之力，恐怕……"鲁宣公话音未落，齐惠公说："会面之时，齐、鲁秘密出兵。齐国出兵两万，假扮鲁军。若莒国不接受调停，齐、鲁联兵而击之！"鲁宣公随即回国，立即准备进攻。

按照约定，渠丘公、齐惠公、鲁宣公、郯子四位国君在莒国向邑会面。这时候，齐、鲁秘密调集大军，驻扎到鲁、莒接壤的鲁国一侧。战事一触即发，莒国并不知情。四位国君相见，少不了礼仪客套一番，然后转入正题。渠丘公一看，齐惠公颐指气使，就像盟主一般。鲁宣公、郯子挤眉弄眼，明显是串通一气。

齐惠公干咳一声，让鲁宣公首先发言。鲁宣公绕山转水，把郯国的责任回避过去，却把边界争端责任全部推给莒国。渠丘公刚想辩解一下，齐惠公却摆手予以制止。渠丘公气愤不过，"呼"地站起来，拂袖而去。

渠丘公刚刚走到半路，齐惠公、鲁宣公指挥大军，一齐向东进发。鲁军作为前锋，齐军进行侧翼掩护，把向邑重重围困。原来，自从莒国攻灭向国，占据了向邑，鲁国对此一直耿耿于怀。这次趁着莒、郯两国发生争端，又有齐国大军支援，鲁国打算趁机夺取向邑。

向邑突然被围，消息传到莒都。渠丘公接到报告，立即带领人马增援。向南走出五十多里，齐军打着鲁军旗号，挡在莒军前面。渠丘公怒不可遏，立即下令攻击。双方枪林箭雨，浴血厮杀。这时候突然探马来报："向邑被鲁国占领！"渠丘公一听，无心恋战，打算撤开眼前敌军，带兵夺回向邑。这时候，齐军瞬间换上自己的旗号，齐惠公飞车突出阵前。渠丘公一看，顿时傻了眼。万万没想到，与自己对阵的不是鲁军，竟然是齐军。

渠丘公站在战车上，向对方喊话："莒、郯边界纠纷，本与齐国无关，贵国缘何攻击我军？"齐惠公说："鲁、郯两国结盟，鲁侯乃我女婿。女婿求援，我姜元焉能袖手旁观也？"渠丘公气愤地说："东拉西扯，一派胡言，看枪！"说罢高举长枪，驱动战车向齐惠公冲去。齐惠公把大斧一挥，驱车迎上去。双方你来我往，大战十几回合不分胜负。恰在这时候，东南方向尘土飞扬。鲁宣公率领大队人马，呼啦啦杀奔而来。

原来齐、鲁、郯三国联手，共同对付莒国。渠丘公心想："大事不妙！"虚晃一枪离开阵前，带领人马撤回莒都。就这样，向邑被鲁国侵占。莒国官员闻讯，一个个义愤填膺，纷纷要求出兵夺回向邑。

正是：自古战争为土地，山河易手又一回。

第六十四回 晋灵公桃园丧命 楚庄王中原问鼎

且说在齐国支援下,鲁国出兵占据向邑,此事震动了莒国。渠丘公回到国都,来不及休整,立即召集群臣研究对策。司徒梨树林说:"鲁国以调停为名,趁机夺我向邑,简直欺人太甚。不予痛击,难平国人之愤!"司寇竹节虚说:"郯国投靠鲁国,掳我边民,侵我河畔,此事不可不究;鲁国依恃齐国,占我向邑,实在可恨。我国应派出大军,收复失地!"司马盾无敌说:"向邑被占,我军将士无不义愤切齿。我愿率兵击溃鲁军,夺回向邑。不达目的,誓不回还!"司空桃木剑说:"郯国弱小,不堪一击;但齐、鲁关系益近,对我国极其不利。"

渠丘公忙问:"似此情势,当如之奈何?"

桃木剑说:"目下我国,急需外援。举目当今天下,惟有秦、楚、晋三国最强。秦国遥遥万里,远水难解近渴;楚、晋两国争霸,至今雌雄未决。以我之见,莫如派遣使者,分头访问晋、楚二国,然后视情形再做定夺。"

渠丘公说:"此议甚好,速速施行。"决定派桃木剑访问楚国,梨树林访问晋国。梨树林带上礼物,一路疾驰,这天上午终于到达晋国。本来抱着极大希望,期盼晋国援助莒国。万万没想到,晋国发生了弑君事件。整个绛都一片混乱,人心慌慌。晋国如此状态,完全出乎意料。梨树林不敢怠慢,马不停蹄赶回莒国。渠丘公立即召集左右,一起听取汇报。

原来,晋灵公登上国君之位,还是个三岁的孩子。晋国一切军政大计,依靠赵盾裁决。随着时间的推移,晋灵公逐渐长大成人。他不理朝政,荒淫残暴,草菅人命,整个晋国怨声载道。

在众位臣子中,晋灵公最信任的,莫过于大夫屠岸贾。

屠岸贾长着两只三角眼,尖嘴猴腮,贼眉鼠目。为了献媚讨好,屠岸贾给晋灵公出了个点子,在绛城建起一座花园,美其名曰桃园。不惜巨资,买来各种奇花异草,栽植在桃园里。一眼望去,争奇斗艳,各展芳容,十分醒目耀眼。与此同时,在桃园里建起三层高台。台上飞檐走兽,雕梁画栋,精美异常。站在高台上举目远眺,远山近水尽收眼底。

这天上午,晋灵公、屠岸贾站在高台游玩。屠岸贾说:"立于此台,张弓打鸟,饮酒助兴,不亦乐乎?"晋灵公说:"打鸟何如打人!"说完举起弹弓,"嘭"的一声打出去。台下有人尖叫一声,鲜血沿着他的脖子向下流。晋灵公一不做二不休,举起弹弓左右开弓,向着密集的人群打去。屠岸贾同时举起弹弓,向着人群打去。看热闹的百姓躲闪不及,有的被击中脸部,有的被击中胳膊。人们乱嚷乱挤,顿时一片混乱。晋灵公把弹弓一扔,哈哈大笑说:"往日之乐,无如今日之乐也!"

屠岸贾心想:"为了让国君取乐,何不换个花样?"于是不惜重金从外国买来两只雪獒。这雪獒身高三尺,浑身赤色,头大眼红,龇牙咧嘴,样子十分吓人。自从买来雪獒,晋灵公不再上朝理事。天天让屠岸贾陪着自己,带上两只雪獒招摇过市。广大吏民看到国君来了,人人惊怵。赵盾多次劝谏,晋灵公置若罔闻,仍然我行我素。

渠丘公听到这里,忙问:"晋国后事如何?"梨树林接着讲下去。

有一天,赵盾到宫里汇报。他刚刚走进宫外门,看见内侍抬着一个大笼子,笼子沉甸甸的。赵盾立即拦住内侍,问:"笼中装有何物?"内侍低着头不敢搭话。赵盾近前一看,是一只人手露在外面。赵盾立即拔剑在手,指着内侍大声呵斥:"如不讲实情,立斩不赦!"内侍吓得战战兢兢,只得把真实情况告诉赵盾。

原来,笼子里装的是厨师的尸体。当日上午,晋灵公命令厨师煮熟熊掌下酒。不一会儿,厨师端来熊掌。晋灵公举起筷子一尝,熊掌尚未完全煮熟。他一气之下放出雪獒,把厨师活活咬死。屠岸贾立即指令内侍把厨师的尸体装进笼子,抬出去扔到野外。万万没想到,竟然被赵盾迎面撞见。赵盾气愤地说:"身为国君,草菅人命,国家危亡只在旦夕之间!"

这天,晋灵公在屠岸贾陪同下,又牵着雪獒到桃园游玩。赵盾立即拦在车前。晋灵公很不高兴地说:"寡人未尝召唤,卿何以至此?"

赵盾说:"臣闻:'有道之君,与天下同乐;无道之君,乐其自身。'今国君不理国事,放弹打人,纵犬噬人,肢解膳夫,滥杀无辜。势必众叛亲离,必将祸及君上。为臣不忍坐视,因此犯颜直谏。"晋灵公说:"明日早朝,有事再议不迟！"说完就和屠岸贾走进桃园去了。赵盾十分生气，望着屠岸贾的背影说："国家败亡之责，尽在此类鼠辈！"

有一天，晋灵公对屠岸贾说："桃园之乐，不可久矣。"屠岸贾忙问原因。晋灵公说："赵相国竭力阻拦，每日聒噪，不绝于耳。"屠岸贾说："自古唯有臣制于君，未闻君制于臣。此老有碍国君行乐，何不寻机而杀之？"

晋灵公说："事体重大，非同小可，须隐秘进行。此事若成，爱卿功不可没。"屠岸贾见晋灵公决心已定，立即凑向他的耳旁，小声说："微臣家有养客一名，名叫锄麑，力大无穷。若使其行刺相国，事无不成。"

晋灵公点点头，当即答应下来。

这天夜里，周围漆黑一片。锄麑带上匕首，潜伏在赵盾大门外。等到五更，锄麑听到动静，悄悄向里望去。两重大门先后开启，正堂上灯光闪烁。赵盾身穿朝服，正襟危坐。原来天没大亮，赵盾坐在那里等待上朝。

锄麑见此光景，心情为之一变，心想："赵盾忠于职守，我锄麑如果忍心把他刺杀，岂不是千古罪人？"想到这里，他猛然撞向门前的大树，顿时脑浆迸裂，一命呜呼。

梨树林讲到这里，渠丘公十分震惊，忙问："晋国君臣不和，暗流汹涌，其结局如何？"梨树林于是一五一十继续讲下去。

锄麑撞树身亡，赵盾侥幸逃过刺杀。晋灵公得到消息，心里很不舍气，于是找来屠岸贾，让他出主意。屠岸贾说："臣有一计，万无一失。"晋灵公忙问："是何妙计？"屠岸贾附在晋灵公耳边，说出了自己的毒计。晋灵公一听，高兴地说："此计甚妙，妙不可言！"

第二天，晋灵公传令召见赵盾。赵盾带着随从示眯明，及时来到宫里。屠岸贾说："君臣相会，他人不得登堂入室！"示眯明只得站在堂下。酒过三巡，晋灵公对赵盾说："寡人耳闻，爱卿佩剑乃七星宝剑。爱卿何不解下此剑，让寡人一饱眼福。"赵盾不知是计，伸手把佩剑解下。他刚想递给晋灵公，屠岸贾突然高喊一声："相国行刺国君！"埋伏在两侧的武士，呼啦啦冲杀过去。示眯明见势不妙，一个箭步蹿到堂上，急忙把赵盾挡在身后。他举起宝剑，一阵左刺右砍。武士们纷纷后退，屠岸贾放出雪獒猛扑上来。示眯明张开双臂，掐住雪獒的脖子猛力一勒，雪獒惨叫一声倒在地上。赵盾趁机脱身，匆匆逃出国都。示明眯终因寡不敌众，遍体鳞伤，最后倒地而死。

梨树林讲到这里，渠丘公惊得目瞪口呆。梨树林喝一口茶，继续讲下去。

赵盾躲进阴影，仓皇向西逃跑，正好遇见侄子赵穿。赵穿说："叔父切勿出境，数日内当有消息！"赵盾立即转变方向，匆匆奔往首阳山。

这天晚上，赵穿带领人马来到桃园，晋灵公正在饮酒取乐。赵穿一声令下，武士们一拥而上。晋灵公猝不及防，顿时死在乱刀之下。赵盾得到消息，连夜回到绛都。他对着晋灵公的尸体，不禁号啕大哭。按照惯例，赵盾把晋灵公葬在曲沃。公子姬黑臀被扶上君位，是为晋成公。

一切安排就绪，赵盾舒了一口气。万万没想到，发生了一件事，让赵盾的弑君之名，永远留在史册。

原来，晋国的史官名叫董狐，他在国史中明确记载："赵盾弑其君。"赵盾感觉十分委屈，对董狐说："弑君者，赵穿也。太史归罪于我，不亦误乎？"董狐说："你身为相国，出逃而未越境，返国而不讨贼。弑君之罪，非你而谁？"赵盾忙问："国史之语，尚可更改乎？"董狐说："我为太史，秉笔直书，头可断血可流，此语不可更改！"

赵盾长叹一声说："天耶！史官之权，重于卿相。我赵盾因未出境，背上弑君之名。国史凿凿，留之后世，悔之莫及！"

梨树林汇报完了，在场众人无不惊叹。

司寇竹节虚说："晋国此时已是多事之秋，难以依为靠山。"梨树林说："齐、鲁联手侵犯我国，若无外援，我国难以自保。"渠丘公说："司空访楚未归，诸事不明。待司空归国，自有消息。"

再说，桃木剑奉命访问楚国，一切准备就绪，立即乘船启程。船队自石白湾拔锚起航，沿海路曲折南下。到了长江口，又溯流而上；到了长江、汉水相交之处，再次改道，沿汉水逆流而上。就这样曲曲折折，好不容易到达郢都。桃木剑一行来到楚国，受到热烈欢迎。

原来，公元前614年楚穆王去世，他的儿子熊侣继位，是为楚庄王。楚庄王继位时，还是个十几岁的孩子。楚国宫廷内讧，大臣争权，内外交困，矛盾重重。在复杂的形势下，楚庄王采取了以静制动，暗中辨识忠奸的策略。三年后开始采取措施，经过几年努力，楚国开始重振国威。楚国兵精粮足，人心振奋，一派承平景象。

楚国多次进兵中原，往东只到过宋国。再往东，从来没有涉足过。楚国人对于莒国，感觉既陌生而又好奇。桃木剑前来访问，带来了未曾见过的海产品。楚庄王一看，心里十分高兴。楚国从上到下，表现出特有的热情。

桃木剑递上国书，完成了相关礼仪程序。楚庄王十分高兴，亲自设宴招待。次日上午，大夫伍举陪同桃木剑到楚国各地观景。他们先是坐车，然后改为乘船，首先来到长江岸边。桃木剑平生以来，第一次到达江汉一带。他手搭凉棚，指着滔滔江水，十分好奇地问："江水渺渺，浩浩乎，洋洋乎，若巨龙腾飞。东不见首，西不见尾，不知其长几何？"

伍举笑了笑，十分幽默地回答："长江东流，来自西天，发自云端，从天而降。欲问其长几何，唯有叩问苍穹。"伍举说完，抬手指了指晴朗的天空。原来长江源自哪里，究竟有多长，他也不知道。

在伍举陪同下，桃木剑离开长江之畔，又来到汉水南岸。举目望去，江水清澈，碧波滔滔，浪花飞溅；与长江相比，又是一番景象。桃木剑不禁有感而发："长江之长，一望无际；汉水之冽，清澈见底。今生有幸，出使南国，亲睹江汉之浩渺，此生无憾矣！"伍举接着说："闻听大海，未睹其容，但愿此生，亲临东溟，此生亦无憾矣！"说完，两人一齐大笑。

桃木剑游玩了几天，办完了公事，了解了有关情况，于是向伍举告别。楚国回赠的礼物是：象牙十二双，犀牛角十二双，江南虎皮十六张，麋鹿八头，梅花鹿八头，云雾山竹鼠六十只，戴帽峰野兔六十只。另外还有潇湘竹笋，东湖莲藕，南湖莲蓬，长江鱼干，汉水虾干，长江螃蟹，等等。桃木剑带上物品，原路返回。一路车船变换，历尽艰辛。

一行人历时两个多月，终于回到莒国。

桃木剑访楚归来，渠丘公立即召见。桃木剑原原本本汇报访问情况。

楚庄王继位的时候，权臣们掌控了军政大权。为了麻痹对手，分辨忠奸，楚庄王故意拥妃搂姬，不理国事。在宫门前挂上一块牌子，上面写着："有敢劝谏者，格杀勿论！"伍举看到局势混乱，前去求见国君。

这时候，楚庄王正搂着美姬喝酒。看到伍举进来，楚庄王眯起眼睛问："大夫此来，欲饮酒也？欲观赏乐舞也？"伍举说："有一谜语，我百思不得其解，特来请教大王。"楚庄王说："何等谜语，如此难猜，说来听听！"伍举说："楚都有一大鸟，其色艳丽，其容妖娆，三年不飞不叫。满朝文武，莫名其妙。大王您猜，此乃何鸟也？"

楚庄王说："此鸟三年不飞，一飞冲天；三年不鸣，一鸣惊人！"

楚庄王一如既往，不是饮酒就是游猎，依旧不理国事。大夫苏从实在忍耐不住，就去求见楚庄王。一见面，苏从号啕大哭。楚庄王问："爱卿如此伤心，所为何事？"苏从说："大王荒于酒色，不理朝政。楚国将广，我焉能不哭也？愿借大王之佩剑，血溅三尺，自刎于大王面前！"苏从走向前去，就要拔剑自刎。楚庄王急忙站起来，说："爱卿忠心耿耿，日月可鉴。自此往后，寡人改过从新，望大夫监之。"楚庄王说完，立即设宴招待苏从。

桃木剑如临其境，如见其人，讲得绘声绘色。众人聚精会神，就像听故事一样。渠丘公问："伍举、苏从如此铮铮进谏，楚王有何举动？"

看国君如此感兴趣，桃木剑接着讲下去。

自此以后，楚庄王一反常态。他冷落了爱姬，裁减了女侍，停止了淫乐，每天按时上朝听政。同时下令，任贤用能数百人。任命伍举、苏从为大夫，一同参与军政大事。从此，楚国人心振奋，国力大增。不长时间，出兵灭掉庸国，接着征伐陆浑戎。

陆浑戎族原来在西部地区。周王朝为了增强自己的势力，把该族迁徙到洛邑附近。陆浑戎实力不断增强，严重威胁了周朝廷的安全。楚军所向披靡，然后一路北上，把陆浑戎彻底打垮。楚庄王一声令下，大军直逼洛邑。

楚庄王在此排兵布阵，举行了盛大阅兵式。这一年，是公元前606年。

此时的周天子，是继位不久的周定王。楚军打败陆浑戎，周定王亦喜亦忧。喜的是陆浑戎被打垮，解除了朝廷的肘腋之患；忧的是楚军直逼京畿，耀武扬威，成为新的威胁。周定王越想心里越害怕。大臣王孙满进谏："楚军初来京畿，未知其虚实。我愿前往楚营，以劳军为名，借机一探究竟。"周定王一听，当即答应。王孙满带领随从，很快来到楚军大营。

楚庄王见到王孙满，眯着眼睛问："大禹治水成功，聚天下之金，铸成九鼎。九鼎传之三代，今日存之洛邑。请问，鼎之轻重若何？"

王孙满心想："一个小小诸侯，竟然盯上了九鼎，真是野心膨胀，不知天高地厚！"于是说："夏、商、周三代，无不以德相传。欲得天下，在德不在鼎。其中道理，七岁书童尚且知之，况一国之君也。"

楚庄王心想：这不是公然藐视楚国吗？十分生气地说："我问鼎之轻重，望你切勿阻拦。楚国地大物丰，随便折下钩尖，亦可铸成九鼎！"

王孙满说："大禹有德，远方皆至。贡金之多，铸成九鼎。夏桀乱德，鼎迁于殷；纣王残暴，鼎迁于周。目下周势虽衰，然天命未改。天子系四海共主，诸侯乃一方之主。上下大小，不言而喻。因此鼎之轻重，不可问也。"

楚庄王听了张口结舌，无计以对，只得下令："撤军回国！"

桃木剑说到这里，渠丘公问："九鼎之事，众说纷纭，其真相如何？"

桃木剑说："传说大禹治水成功，划天下为九州。收集九州之金，铸成九鼎。将天下名山大川，铸于九鼎之上。以一鼎象征一州，将九鼎放置于都城。从此，九鼎为国家昌盛之象征，九州为中国代名词。"

渠丘公说："九鼎之事，口径不一。凡此种种，有待日后考证。"话音未落，突然探马来报："齐国图谋攻打我国！"

正是：刚闻楚王问鼎事，忽然警讯又传来。

第六十五回 鲁宣公临淄被扣 渠丘公西部兴兵

且说桃木剑回到莒国，从头至尾汇报了访楚情况，他把楚庄王中原问鼎一事说得绘声绘色。众人听了，十分惊愕。渠丘公问："中原问鼎之后，楚国有何动向？"桃木剑于是接着汇报下去。

当时的楚国令尹，名叫斗越椒。当时的第一辅政大臣，在各国称谓不同，有的叫上大夫，有的叫上卿，有的叫相国，晋国叫中军元帅，楚国叫令尹。

楚庄王带兵在外，斗越椒趁机发动叛乱。

楚庄王得到消息，立即带兵回国平叛。大军四面围攻，斗越椒兵败被杀。楚庄王当机立断，提拔大夫芍敖担任令尹。同时教化民众，扶危济困，重农兴商。从此，楚国走向富国强兵之路。

桃木剑汇报完了，渠丘公立即征求意见。司徒梨树林说："楚国如此强大，我国若引为外援，齐、鲁必定怵惧，不敢觊觎我国。"司马盾无敌说："齐、鲁若再进犯我国，请楚国出师，联兵而击之！"司寇竹节虚说："晋国与我国友好，不宜断绝往来。"

渠丘公说："晋、楚争霸，已成定局。局促于大国之间，我国唯有谨慎行事，方能自存自保。楚国国力大增，我国应与之友好相处。晋国国力尚存，仍是北方大国，不可怠慢。"话音未落，突然探马来报："鲁君被齐国扣押！"

渠丘公心里一惊，说："事发突然，再行刺探！"

原来，鲁宣公的大女儿叫淑姬，长得十分漂亮，比花花自愧，比月月含羞。齐国有个上卿，名叫高固。有一次高固到鲁国访问，无意中见到了淑姬。他一见钟情，一心想把淑姬娶到手。这年春季，鲁宣公再次访问齐国。公事完成后，鲁宣公正打算回国。刚走到馆驿门口，一群齐国士兵挡在前面。鲁宣公不禁大惊失色。原来高固想娶淑姬，得到齐惠公的支持。齐国扣留鲁宣公，是为了逼婚。

春秋时期，等级森严。诸侯之女，应嫁给外国国君。如果嫁给卿大夫，那是十分丢面子的事。因此，对于齐国的要求，鲁宣公坚决不答应。齐惠公立即下令："扣留鲁侯，不使其回国，直至答应婚事！"当天上午，鲁宣公被齐国扣留。直到夏季到来，鲁宣公被迫答应了这门婚事，齐惠公这才下令解除软禁，放人回国。

渠丘公说："齐国如此逼婚，既不合礼仪，亦不近人情。齐国仗势欺人，且看鲁国如何举措。"恰在这时候，探马来报："齐国即将攻打莒国！"渠丘公一听十分震惊，说："事发突然，再行刺探，及时报来！"

原来，齐惠公因病去世，他的儿子姜无野继位，是为齐顷公。

按照礼仪，诸侯不奔诸侯之丧。齐惠公去世，鲁宣公竟然打破惯例，亲自跑到临淄吊唁。齐顷公对鲁宣公说："齐、鲁乃姻亲之国，鲁国若有战事，齐国定出兵相助！"鲁国受到齐国撺掇，立即采取行动。同年冬天攻打邾国，很快占领了峄城。鲁国得胜以后，派遣大夫季文子，再次到齐国访问。

季文子私心严重，喜爱搬弄是非，常常挑起事端。趁访问齐国之机，季文子添油加醋，鼓动齐国攻打莒国。他说："莒国一再示强，西侵鲁国，北犯齐国，实乃两国肘腋之患。一旦齐国出兵攻莒，鲁国愿出兵相助。对于此事，鲁国已有共识，请贵国放心。"

齐顷公身材高大，黩武好战。听了季文子的挑拨，齐顷公"唰"地拔出宝剑，说："莒国藐视齐国，两次击败我军，此仇焉能不报！齐、鲁既已联姻，应联兵攻伐莒国！"然后厉兵秣马，准备进攻，同时修书一封送到鲁国。

鲁宣公接到齐国书信，立即响应，打算出兵攻打莒国。

就在这一年，莒国闹起了灾荒。先是旱灾，接着是蝗灾。草木干枯，庄稼绝产，灾民遍地，盗贼四起。渠丘公只得开仓放粮，赈济灾民；但是杯水车薪，无济于事。这天上午，竹节虚报告："国都四郊，均有盗贼出没！"

渠丘公立即指示："想方设法，捉拿盗贼！"竹节虚领命，四处寻找能捉拿盗贼的人。这时候，有人推荐了余捕。余捕是否胜任，竹节虚心中无数，就想考验他。次日上午，竹节虚和余捕一起，到集市上转悠。余捕突然用手一指，喊一声："就是他！"竹节虚立即下令把那人抓住。经过审问，果然是个盗贼。竹节虚忙问缘故。余捕说："此人贼眉鼠眼，见财物而有贪色，见他人而有愧色，见官吏而有惧色，所以知其为盗贼。"竹节虚十分叹服，就让余捕专门负责抓贼。余捕带领助手，天天外出抓贼，每天都能抓到一群。日积月累，抓到的盗贼越来越多。不长时间，囚室已经挤满。可是想不到，盗窃案非但没减少，反而越来越多。

这天，梨树林对竹节虚说："你让余捕捉盗，盗贼尚未捉尽，而余捕死期将临。"竹节虚忙问："原因何在？"梨树林说："凭余捕一人捉盗，而盗贼遍地，焉能捉尽？若盗贼联手，余捕焉有不死之理？"

果不其然，几天后余捕被盗贼砍死。

渠丘公听到这件事，立即召见梨树林，问："寡人欲治理盗贼，爱卿有何良策？"梨树林说："以智谋对智谋，若石头之压青草，青草必定寻隙而生；以暴力对暴力，若两石相碰，撞碎为止。如此观之，治理盗贼不在抓捕，而在教化。"渠丘公忙问："如何教化？愿闻其详。"

梨树林说："使国人知廉耻，明道德，懂礼仪，守法令。盗贼之患，自然解除。"渠丘公一听，立即予以采纳。一边赈济灾民，一边教化民众，一边加强治安巡逻，使人人以善为美，以恶为丑。不久，盗贼没了生存土壤，只得纷纷逃往国外。众人无不佩服梨树林。

这天，渠丘公正在表彰梨树林，突然探马来报："齐、鲁预谋，联兵攻打我国！"渠丘公立即召开会议，商讨对策。桃木剑、竹节虚、盾无敌等人一致建议："厉兵秣马，准备迎敌！"梨树林说："齐、鲁两国联兵，其势不在小，我国独力难支。宜速速派人，请求晋、楚两国援助。"渠丘公说："此议甚好。"立即派遣专使，分赴晋国与楚国。

且说晋成公上台，鲁国没有前去祝贺，一下子惹恼了晋国。公元前602年冬天，晋国在黑壤举行诸侯大会。鲁宣公刚刚到达，就被晋国囚禁起来，连会盟仪式都没让他参加。次年春季，鲁国送上一笔厚礼，晋国才把鲁宣公释放了。鲁宣公觉得十分丢脸，因此对晋国心怀怨恨。晋、鲁两国关系，由此进入冰冻期。

这时候，晋、楚争霸，愈演愈烈。为了各自利益，两国多次对郑国用兵。郑国为了生存，不得不朝晋暮楚。公元前600年，晋成公因病去世，他的儿子姬据继位，是为晋景公。晋景公一上台，竭力争取齐、莒两国。

莒国使臣到来，晋景公亲自接见。得知齐国即将进攻莒国，晋景公立即写信一封，派人送到临淄。信中声称："若齐国出兵攻莒，晋国立即攻齐！"晋国如此强硬，齐国只得偃旗息鼓。

莒国使臣来到楚国，楚庄王亲自接见。看过国书，楚庄王当即答复："楚国出兵两万,驻扎宋、鲁边界。若莒国获胜,楚军按兵不动;若莒军失利,楚军立即攻鲁,逼迫鲁国撤军!"莒国使臣完成任务,立即回国报告。

飞雪迎春,一元复始。使臣回到莒国,新的一年已经到来。这天,艳阳高照,晴空万里,大地已经冰消雪融。柳青河畔,旌旗猎猎,车驰马骤。渠丘公在左右陪同下,正在检阅兵马。使臣飞马到来,如实报告楚国的计划。渠丘公听了十分高兴,说:"齐国畏惧晋国,不敢出兵进犯;楚国出兵,为我军后援。鲁国孤军进犯我国,出兵而击之!"话音未落,突然探马来报:"鲁国悍然出兵,前哨已过泗水!"

渠丘公说:"整备车马,开赴费邑,迎击鲁军!"

原来,季文子报仇心切。齐国被晋国吓阻,不再出兵。是否继续进攻莒国,鲁宣公犹豫不决。季文子一再撺掇,鲁宣公只得勉强同意。季文子自告奋勇:"我愿带兵出战,不达目的誓不罢休!"第二天,季文子带领战车一百辆,一路向前线开拔。

队伍离开曲阜,到达泗水以东。季文子立即派出探马,深入莒国侦察情况。不久探马来报:"莒国毫无动静!"季文子催动车马,继续向东进军。队伍很快到达费邑,仍然不见莒军动静。季文子说:"齐、鲁联军进攻,若泰山压顶。莒军如若抵抗,无异以卵击石!"他把长枪向前一指,战车呼啦啦向前开进。

车队过了费邑,副将姬昀胥说:"前面不远,即入莒国境内,是否停止前进?"季文子说:"我大军有进无退!莒人已经胆寒,趁势而攻之!"说完驱动战车,继续向东开进。又走了七八里路,一支莒军出现在前面。季文子手搭凉棚,向前观察。原来这支队伍没有战车,全是徒步士兵。季文子说:"如此队伍,焉能抗我鲁国大军!"说完指挥战车,猛力向前冲击。莒军不战而退,眨眼工夫,隐没在两侧树林里。

季文子不知是计,指挥战车继续向东突进。转过一座小山,前面是一片平地。举目望去,四周树林密布。正行之间,突然一支车队挡在前面,原来是莒国军队。渠丘公一车飞出,高举长枪厉声发问:"来将何人?快快通名报姓!"季文子大大咧咧地回答:"我姬行父行不更名,坐不改姓,鲁国大夫是也!"季文子说完,又仔细看了看,问:"旌旗侍卫,如此隆重,莫非莒国国君也?"说完,傲慢地把马鞭向前一指。

渠丘公飞车向前,厉声质问:"莒、鲁两国,东西为邻,本应和睦相处。

你身为鲁国臣子,不思弥合嫌隙,推动友好往来,尽做离间挑拨之事。光天化日之下,悍然侵我境内,你该当何罪?"

季文子本来趾高气扬,被渠丘公一顿数落,顿时理屈词穷,无言以对。莒军同仇敌忾,喊声如雷。季文子见状,气势顿时消减了大半,只得说:"我说不过你,看枪!"说罢挺起长枪,驱动战车向渠丘公冲来。盾无敌飞车向前,挡住季文子。双方枪来剑往,一起厮杀起来。

渠丘公把令旗一挥,两侧伏兵四起,把鲁军四面包围。季文子见势不妙,打算紧急撤退。可是前有战车阻挡,后路被树木阻断,两边都是茂密的树林。林中乱箭齐射,鲁军纷纷倒下。副将姬昀胥说:"情势紧急,赶快化装逃命!"两人急忙跳下战车,换上士兵服装,仓皇钻进树林,好不容易逃出包围圈。鲁军非死即伤,只有少数侥幸逃命。战场上留下一片尸体。

季文子带领残兵败将,逃到泗水东岸。回头望望,追兵已远。季文子说:"我国孤军突进,齐军不见踪影,惨败若此,齐国误我也!"

季文子惨败溃逃,探马赶往曲阜报告。鲁宣公急忙派出人马,火速前往救援。援军刚刚到达泗水,季文子带领部分残兵,垂头丧气地溃退下来。鲁国援军见状,只得偃旗息鼓,悄悄撤回曲阜。莒军追击一程,然后撤军回国。

渠丘公带领人马回到国都,大摆宴席,犒劳三军。众人正在举杯畅饮,突然探马来报:"楚国击败晋国!"渠丘公闻报,顿时大吃一惊。

正是:击败鲁军奏凯旋,又有晋楚战报来。

第六十六回　战齐军树立威望　戏外使丧失人心

且说渠丘公得到报告，楚国打败晋国，立即派出探马，继续搜集情报。

原来楚军越战越强，攻打郑国，讨伐宋国，威慑陈国，然后继续北上。这天楚军到达邲地，与晋军短兵相接。楚庄王亲自击桴，顿时鼓声如雷。楚军将士奋勇，勇猛向前冲杀。晋军支持不住，紧急撤往黄河北岸。此战，史称"邲之战"。这一年，是公元前597年。

晋国是北方霸主，竟然被楚军击败。

楚庄王一战成名，被誉为"春秋五霸"之一。

晋国被楚国击败，消息很快传到齐国，齐顷公顿时心花怒放。自从齐桓公去世，齐国失去霸主地位，代之而起的是晋国。近年来，晋、楚两国争霸，互不相让；即使远在西北的秦国，也不时展示实力。齐国作为当年的诸侯霸主，竟然相形见绌，风光不再。这一切，让齐顷公十分难受。他一直想让齐国东山再起，称霸中原。现在晋国遭到失败，齐顷公心里暗自庆幸。

回顾去年，本来齐、鲁达成协议，共同讨伐莒国。晋国强力阻止，齐国不得不停止进兵。事情虽然已经过去，齐顷公每逢回想此事，总是气愤难耐。现在晋国吃了败仗，无力干预别国事务。齐顷公对左右说："攻打莒国，时机到来！"立即派出专使，星夜赶往曲阜，联络鲁国出兵。

这年腊月，齐国使臣冒着风雪，好不容易赶到鲁国。万万没想到，吃了闭门羹。原来，鲁国上次攻打莒国，齐国违背承诺，未出一兵一卒。鲁军独自出兵，惨败而归。季文子气愤难平，回国后大倒苦水。众位大臣闻讯，无不义愤填膺，纷纷向鲁宣公进谏："齐国言而无信，应与之断交！"现在齐国使臣前来，再次联络攻打莒国，鲁国无人理会。

齐国使臣待在馆驿，一连几天无人理睬。实在没办法，只得灰溜溜回到齐国。齐顷公听了使臣汇报，说："鲁国胆小如鼠，不敢出兵相助。我大军出击莒国，如同以石击卵！"随后整备车马，准备攻打莒国。

转眼之间，就是公元前596年。

二月初六，临淄一派战争气氛。齐国正在召开作战会议，研究攻打莒国。众人发言后，齐顷公说："春风送暖，冰化雪融，此时不进兵，更待何时！"立即出动三万大军，向东南进发。兵锋所指，首先瞄准莒国的兹邑。齐顷公的设想是，首先占领兹邑，然后继续向东进攻。

齐国大兵压境，来势汹汹，不可一世。消息如风，很快传到莒国。渠丘公闻讯，一边准备出兵抵御，一边急忙派遣使者到晋国请求援助。

原来，晋景公知人善任，是个有为之君。"邲之战"失利之后，晋国吸取教训，励精图治。仅用一年多时间，军力恢复到战前水平。这天，大夫郤克进谏："晋、楚两国争霸，其势将长期存在。郑、卫、宋、陈诸国，必须延揽旗下。齐、莒、鲁三国，至关重要。应争取山东三国，带动诸国，结成北方联盟，以与楚国相抗衡。"晋景公说："爱卿之言，正合我意。"

话音未落，莒国使臣到来。

晋景公看过国书，心里不禁"咯噔"一下。立即召开会议，研究对策。他对群臣说："齐国进攻在即，莒国请求增援，众卿有何高见？"大夫郤克进谏："齐君黩武好战，动辄出兵攻打邻国。齐国如此强势，有碍晋国称霸。以我之见，莫如文武并用，予以强力阻止。"

晋景公忙问："何为文武并用？但闻其详。"郤克说："我国出师三万，战车五百辆，兵临黄河，威慑齐国，此为武也。同时遣使赴临淄，要求齐国立即撤军，此为文也。如此文武并用，齐国必定撤军。假若齐国仍不撤军，我军趁势渡河而攻之，夺其城邑，占其土地，逼迫齐国订立城下之盟。"

晋景公高兴地说："此计甚妙，速速施行！"

且说大战在即，莒国一派战争气氛。莒城以北的大道上，旌旗猎猎，车轮滚滚。队伍像巨龙一样，望不到尽头。为了抵御齐国进攻，莒国出动战车三百辆、兵士两万人。盾无敌一车当先，渠丘公率兵在后，一路向北进发。队伍过了兹邑，然后往西北行进。大军一路疾驰，到达莒、齐两国边境。举目望去，远处尘土飞扬。齐国大军车马奔驰，像潮水一样冲杀过来。

按照预定方案，盾无敌高举长戟，左右挥动几下。莒军战车立即改变队形，变成三个楔形阵势。队伍像三把利剑，向着齐军冲杀过去。齐军的横列阵势，立即被冲为几截。处在两翼的齐军，无法接近莒军，眼睁睁不能接战。

阵列中间的齐军，只有少数能够接触莒军。如此，形成少数战多数的局面。盾无敌见时机成熟，挥动长戟向前冲锋。其余战车同时跟进，一齐杀向齐军。

莒军愈战愈勇，齐军一片片倒下。渠丘公立即驱动战车，率领大军掩杀过去。齐顷公站在高处掠阵，看得十分真切。他跳上战车，手执大斧向渠丘公杀来。就这样兵对兵，将对将，战车对战车，数万人厮杀在一起。双方刀光剑影，血肉横飞，直杀得天昏地暗，风惨云愁。

莒军战力如此之强，完全出乎齐顷公预料。他高举大斧，驱动战车，再次杀向渠丘公。渠丘公举起长枪，先是"凤凰点头"，接着是"蛟龙探海"，然后是"狮子摆尾"，一杆长枪花样变幻无穷，奋力迎战齐顷公。

正在难分难解之际，齐国探马报告："晋国大军压境，兵临黄河！"

齐顷公一听，顿时心慌意乱，再也无心恋战。他把大斧向前一挥，虚晃一下。渠丘公连忙向左躲闪。齐顷公趁此机会，带领人马撤离战场。齐军全线撤退，莒军从后追击，一直追到两国边界。渠丘公高举令旗，向左右连摆几下。莒军望见信号，立即停止追击。莒军凯旋，举国上下一片欢腾。晋、卫、鲁、曹、莱、滕、郏等国，纷纷到莒国祝捷。

梨树林进谏："齐国攻击我国，鲁国并未出兵。由此可见，齐、鲁关系已现裂痕。似此良机，可遇不可求。以我之见，宜遣使访问鲁国，加深两国关系。"渠丘公说："此议甚好，以你为使，访问鲁国！"

梨树林带领随从，很快到达鲁国，受到热情接待。当日下午，梨树林拜见鲁宣公，递交国书，完成相关礼仪。当日下午，季文子陪同梨树林，首先来到洙水河，划着竹筏观赏游鱼。第二天，又到尼山观赏美景。季文子既当向导又当导游，态度非常热情。梨树林回到莒国，立即向国君汇报。

两个月之后，鲁国派遣季文子回访莒国，两国恢复了正常关系。

春往夏至，秋去冬来。转眼之间，到了公元前594年。这一年，莒国风调雨顺，粮食获得大丰收；海滨渔民鱼虾满仓，收获满满。然而查对账目，公府收入并未增加。公务开支连年上升，收入竟然不见增长。老司农名叫张廪丰，是个理财内行。他一五一十，如数家珍，向渠丘公进行了汇报。渠丘公听完报告，心情十分沉重。如何解决这一问题，一时想不出办法。

桃木剑进谏："鲁国推行初税亩，卓有成效。莫如派人访问鲁国，顺便考察其法。"渠丘公一时拿不定主意，立即召来梨树林，征求他的意见。

梨树林说："当年星耀空为相，曾经制定新税制。数年后库府丰裕，黎民富庶。星相国去世之后，新税制废弃不用，造成今日之困局。如今鲁国推行初税亩，据说已见成效。当务之急是派人前往考察。"渠丘公采纳建议，派遣张廪丰到鲁国考察。张廪丰带领随从，很快到达曲阜。

莒国使臣来访，鲁国予以热情接待。这时候，鲁国的辅政大臣是季文子。鲁国推行初税亩，就是他的主张。张廪丰见过鲁宣公，递上国书说明来意。次日上午，季文子陪同张廪丰，参观了曲阜城垣，然后送到馆驿休憩。借此机会，张廪丰抓紧了解初税亩的做法。季文子不厌其烦，一项项做了详细介绍。张廪丰完成出访任务，立即回国报告。

渠丘公问："鲁国近来情形如何？"张廪丰回答："鲁国近来所行政策，莫过于初税亩。"渠丘公问："何为初税亩？爱卿详述之。"张廪丰于是原原本本，把鲁国实行的初税亩进行了详细汇报。

所谓初税亩，顾名思义，就是第一次开始按地亩征税。不管公田还是私田，都要缴税。原来推行的井田制，田地有公田、私田之分。一片地划成九等分，中间一块是公田，周边八块是私田。私田收入归种田者所有，公田收入归公室所有。卿大夫是特权阶层，他们的私田是不缴税的。卿大夫势力不断增强，农民陆续开垦土地。私田越来越多，公田多数荒芜减产。私人收入不断增加，公府收入越来越少。

鲁国推行初税亩，无论公田还是私田，所有土地都要缴税。这样，国家的税收大幅增加。初税亩的推行，确立了土地私有制。原有的井田制，随之土崩瓦解。这是生产关系的重大变革，是社会的重大进步。

张廪丰原原本本，汇报完初税亩的情况。他特别说明："鲁国推行初税亩，公府丰盈，财力大增。"渠丘公说："既然如此，我国亦应效仿。"他指令梨树林挑头，桃木剑、张廪丰参加，参照鲁国的做法，制定莒国的新税制。

梨树林等人不负重托，很快制订出新税制方案。不管公田还是私田，一律按地亩征税，官民一体执行。对猎户征大不征小，大型猎物按十分之一征税，小型猎物一律免征。对渔民按船征税，大船按一亩地征税，小船按半亩地征税，无船的不征税。对商贾征出不征进，本国物品运往国外的，一律见十征一；外国物品运到莒国的，一律免征赋税。

实行以上措施，莒国财力大幅增强。

这天上午，渠丘公轻车简从，进行微服私访。从内陆到海滨，粮茂渔丰，市场繁荣。商贾往来不绝，人民安居乐业。渠丘公心里十分高兴。恰在这时候,探马前来报告:"晋、鲁、曹、卫四国使臣,同时访问齐国!"

渠丘公说:"四国同时访齐,事关重大。"随后下令:"再行探来!"

且说晋景公选贤任能,让士会担任中军元帅。士会文武兼备,尽心竭力辅佐国君。晋国国力迅速恢复。晋军打垮赤狄,击败秦军,平定周王室之乱。晋国及晋景公的威望,双双快速上升。大夫郤克进谏:"昔日践土会盟,先君文公振臂一呼,列国无不影从。今日楚国与我国争霸,郑、宋、陈、蔡四国忽而附晋,忽而拥楚,摇摆不定。当此之际,山东齐、莒、鲁三国,态度尤为重要。莒国与我国亲密无间,无须挂怀。国君欲恢复盟主地位,应遣使访问齐、鲁两国。"晋景公说:"爱卿言之有理!"指令郤克为专使,带上礼物访问齐、鲁两国。

郤克到达鲁国,完成了出访任务。按照原计划,接着访问齐国。为了弥合鲁、齐两国关系,鲁宣公派遣季文子与郤克同行,一起去齐国访问。二人到了临淄郊外,正好遇到卫国大夫孙良夫,以及曹国大夫曹首。四人一见面,志同道合,言语十分投机。当日夜晚,四人在馆驿住下。

次日上午,四人一同拜见齐顷公。礼仪完成后,齐顷公进入内宫,告诉母亲萧太夫人。齐顷公话未出口,"扑哧"一下笑出声来。萧太夫人忙问:"如此乐不可支,外面有何趣事?"齐顷公说:"晋、鲁、卫、曹四国,一同遣使来访。今日接待,见到怪事一桩。"

萧太夫人说:"何等怪事?说来听听。"

齐顷公说:"晋国大夫郤克是个半瞎子,只用一只眼看人;鲁国大夫季文子是个秃子,头上毛发全无;卫国大夫孙良夫是个跛子,两脚一高一低;曹国大夫曹首是个驼背,两眼只能观看地面。四人同时来访,岂不可笑?"

萧太夫人说:"来使如此怪异,我欲一观其貌,可否?"

齐顷公说:"此事极易,来日设宴之时,母亲登临高台,放下帷幔偷偷观之。"齐顷公说完,抿着嘴忍俊不禁。

按照惯例,使者来访,东道国必须提供车马仆从。为了博取母亲一笑,齐顷公派出专人四处物色人选。费了九牛二虎之力,终于找到半瞎、秃子、跛子、驼背各一人。齐顷公指令四人分别为四国来使驾车。郤克是个半瞎子,就让半瞎子为他驾车;季文子是个秃头,就让秃头为他驾车;孙良夫脚跛,就让跛子为他驾车;曹首背驼,就让驼背为他驾车。

一切安排停当,齐顷公自鸣得意,心里暗自发笑。对于这件事,上卿国佐实在看不下去。他主动拜见齐顷公，说："外交乃国家大事，宾恭主敬，方能加深友谊。接待来使事关重大，万不可当作儿戏。"

齐顷公不予理睬，仍然我行我素。四辆车上，分别是两个半瞎、两个秃子、两个驼背、两个跛子。四位使臣乘坐大车，一起来到台下。萧太夫人悄悄掀开帷幔，偷偷向前观望。举目一看，禁不住失声大笑起来。侍女们见状，一齐跟着起哄。一群女人指指点点，嬉笑不止。

笑声之大，一直传进四位使臣的耳朵。

郤克看到驭手是个半瞎，还认为是偶然之事，起初并未放在心上。听到台上女人的嬉笑之声，郤克心中不免疑惑起来。他草草喝了几杯酒，急忙回到馆驿，对随从说："速速前去查问，台上何人耻笑。"随从打听明白，回来向郤克报告："台上嬉笑者，乃齐君之母萧太夫人！"不一会儿，季文子、孙良夫、曹首一齐来找郤克，说："我等身为使臣，前来临淄访问。齐国不怀好意，让残疾之人为我等驾车，存心供女人观看耻笑。如此戏弄我等，岂有此理！"

郤克气愤地说："古人云：'士可杀不可辱。'我等前来修好，反遭其辱。此仇不报，非丈夫也！"季文子、孙良夫和曹首说："晋国若兴师伐齐，我等奏请本国君主，倾力相助！"郤克说："众大夫有此同心，当歃血为盟。伐齐之日，有不竭力共事者，人神共殛之！"四人当夜歃血盟誓，发誓报复齐国。次日黎明，四人不辞而别，各自愤然回国。

消息如风，此事很快传到莒国。渠丘公急忙召集会议，梨树林说："常言道：'多行不义必自毙。'齐国如此无礼，必定自食其果！"桃木剑说："郤克、季文子、孙良夫与曹首，均为辅政大臣，竟然受此侮辱。晋、鲁、卫、曹四国，必定愤而兴兵，共同讨伐齐国！"盾无敌说："齐国戏弄外使，应联兵而讨之！"

渠丘公说："局势尚不明朗，应静观其变，届时再做定夺。"

正是：礼仪为先抛脑后，焉知外使是庸人？

第六十七回 攻鞍地四国泄愤
           战介根二将联盟

为了进一步侦测情报，渠丘公派出多路探马，分别潜入晋、楚、齐、鲁、曹、卫等国。不久，各方面的信息像雪片一样，纷纷报送到莒国。

郤克访问齐国受到戏弄，内心愤愤不平，发誓讨伐齐国。这时候，楚、晋争霸愈演愈烈。楚国把宋、郑、陈、蔡等国纳入自己的势力范围。秦、楚两国遥相呼应，鲁国对楚国暗送秋波。在此情况下，晋国要与楚国抗衡，齐国是一张关键的牌。郤克多次提出请求，出兵讨伐齐国。晋景公权衡再三，暂时没有答应。

晋国中军元帅士会，对郤克十分器重。他主动辞职，推荐郤克接替自己的职务。晋景公接受建议，拜郤克为中军元帅。郤克上任后，时刻准备报复齐国。

四国使臣不辞而别，齐顷公知道捅了娄子，心里忐忑不安。这时候，突然接到晋国檄文，要求齐、鲁、卫、曹、邾五国国君到断道举行会盟。齐顷公心有余悸，不敢亲自前往。指令上卿高固、大夫晏弱、蔡朝、南郭偃四人为代表，前往断道参加会盟。四人使团惴惴不安，傍晚走到敛盂。高固唯恐晋国拿他们出气，心里越想越害怕。他不辞而别，独自逃回齐国。高固已经逃走，使团该何去何从？大夫晏弱立即派人，回国报告齐顷公。

鲁、卫、曹、邾四国，国君全部到齐，齐国却来了三个大夫。晋景公怒不可遏，一声令下把齐国三人全部赶走。齐国使团刚刚走到半路，一支晋军从后面追来。原来是晋景公派出军队，把他们全部逮捕了。齐顷公得到消息，吓得战战兢兢。

这年春天，郤克挥动大军，联合卫国攻打齐国。联军势如破竹，很快攻打到齐国的阳谷。齐顷公十分惊恐，只得放下身段，亲自跑到晋军大营求和。与此同时，把公子姜强送到晋国做人质。晋国大军临时撤退回国。

齐国被晋国打败，消息传到鲁国。季文子想起了当初受到的羞辱，强烈要求趁机出兵，讨伐齐国。鲁宣公明白，齐国是东方大国，国力远远超过鲁国。为了稳操胜券，公元前591年秋季，鲁国派人出使江汉，寻求楚国支援。鲁国没等到楚国援军，却收到楚国的讣告。原来，楚庄王突然去世。

楚庄王猝然去世，楚国的援助已经不能指望。鲁宣公只得派遣大夫姬归父秘密访问晋国。对外宣称是向晋国借兵，其实是秘密请求晋国帮助铲除"三桓"。原来，鲁国的孟、叔、季三家，子孙兴旺，势力愈来愈大。鲁宣公对此忧心忡忡，想尽早把"三桓"除掉。想不到，姬归父出访未归，鲁宣公突然去世。直到次年春季，季文子把姬黑肱扶上君位，是为鲁成公。

且说莒国推行新税制，库府收入大幅增加。这天，渠丘公正在召集会议，突然接到楚国讣告。原来楚庄王去世，他的儿子熊审继位，是为楚共王。

渠丘公闻讯，立即派遣梨树林为专使，星夜兼程赶往楚国，庆贺楚共王继位，同时吊唁楚庄王。梨树林刚刚回到莒国，又接到鲁国的讣告，原来鲁宣公去世。渠丘公当机立断，派遣桃木剑为专使，赶往鲁国吊唁。

前后间隔不久，两位国君先后去世。对此，渠丘公心里十分难过。楚庄王、鲁宣公双双去世，今后莒国与楚、鲁两国的关系，究竟如何发展？渠丘公实在放心不下。正在忧虑之际，突然探马来报："鲁国准备讨伐齐国！"

渠丘公明白，鲁成公年仅十三岁，季文子大权在握。鲁国准备讨伐齐国，这是季文子欲报讥笑之仇。接着，探马来报："晋国准备进攻齐国！"话音未落，又有探马来报："卫、曹两国，即将进攻齐国！"渠丘公说："齐侯戏弄外使，终于惹下大祸！"

大战在即，莒国该何去何从？渠丘公急忙召集会议，研究应对之策。梨树林说："齐国戏弄外使，招致四国进攻，罪有应得！"桃木剑说："齐国屡犯我国，目下受到四国进攻，正好隔岸观火！"竹节虚说："若齐国败北，再也无力侵犯我国，此事值得庆幸！"盾无敌说："莫如出兵边境，伺机而待，一旦齐军战败，立即攻占齐国城邑！"

渠丘公说："众卿所言极是，四国进攻，齐国必败无疑。值此之际，我国宜厉兵秣马，静观其变，待机而动。"散会后，渠丘公立即派出三员副将，分别带兵镇守边防。刚刚部署就绪，探马又报来了新的情报。

原来鲁成公继位后，一切军政大事都由季文子把控。季文子访问齐国受到侮辱，一直耿耿于怀。想不到，齐军突然越过边境，向鲁国进攻。鲁国急忙派人到晋国，联络共同讨伐齐国。这天，鲁国使臣臧孙许，卫国大夫孙良夫，曹国大夫曹首，三人不约而同一起到达晋国。当天夜晚，三人一起拜见晋国元帅郤克，一致要求报复齐国。郤克一听，气愤地说："当年访齐所受耻辱，岂能忘之！我即刻报告国君，出兵讨伐齐国！"

次日上午，郤克报告晋景公，要求出兵讨伐齐国。晋景公一听，当即予以批准。郤克接着进谏："莒、莱两国，均与齐国不睦。以我之见，传檄两国出兵，东西夹击，使齐国首尾不能相顾。"晋景公说："此议甚好，即刻施行！"派遣大夫姬锦为专使，星夜奔赴莒、莱两国。

姬锦到达莒国，渠丘公给予热情接待。渠丘公看过国书，亲口承诺："立即出兵，攻打齐国！"莒国已经答应出兵，姬锦立即赶往莱国。

自从上次被莒国战败，莱国海湾以西土地，尽被莒国占领。此后齐国不断东侵，莱国只得退缩到胶河流域。齐国继续东侵，莱国只得步步退缩。齐军越过胶河，继续向东进攻。齐国蚕食鲸吞，莱国屡受侵凌，但是无计可施。正在忧愁之际，晋国来访。莱子得知晋国联络诸侯，共同攻打齐国，当即承诺："立即出兵，攻打齐国！"姬锦马不停蹄，赶回晋国报告："莒、莱两国，均同意出兵！"晋景公当即下令："派出兵车八百辆，以郤克为帅，士燮将上军，栾书将下军，即日攻打齐国！"

公元前589年六月，郤克率领晋军，季文子率领鲁军，孙良夫率领卫军，曹首率领曹军，都到新筑聚齐。四国大军车马相接，连绵三十多里。

大战在即，齐顷公心想："与其被动等待敌人进攻齐国，莫如先发制人！"他亲率战车五百辆、大军三万人，向西急行军三天三夜。这天上午，到达一个地方。抬头望去，一座高山就在眼前，看上去就像一个马鞍。齐顷公忙问大夫高固："此乃何地？"高固还没来得及回答，军士长高喊："鞍地！"

齐顷公当即下令："立即设营，在鞍地驻扎！"话音未落，探马来报："晋军已到靡笄山下！"齐顷公立即派人，把战书送到晋国军营。

郤克接到齐国战书，当即批复："来日与齐军决战！"

次日清晨，薄雾散尽，鞍地旷野上晨曦初露。齐顷公亲自披挂上阵，率兵迎战四国联军。指令邴夏驾车，逢丑父担任车右。齐顷公亲率中军，对付晋军；国佐率领右军，对付鲁军；高固率领左军，对付卫军与曹军。一切安排妥当，齐顷公一车当先，呼啦啦冲入晋军阵中。

郤克亲手擂动战鼓，激励将士奋勇杀敌。鞍地旷野上鼓声如雷，杀声震天。联军个个奋勇，人人争先，犹如排山倒海，一起杀向齐军。齐军抵挡不住,向东大败而逃。邵克指挥四国联军,从后面紧追不舍。齐顷公只得率领残兵败将仓皇向国内回窜。邵克立即下令:"乘胜追击,攻入齐国!"一声令下,四国大军长驱直入,杀奔齐都临淄。

齐军主力尽出,与四国联军对阵。留下五千人马,驻守东部边境。指挥这支部队的,是齐顷公的堂侄姜翼韬。姜翼韬目空一切,为人十分狂傲。这天下午,探马报告:"莒国屯兵介根,莱军蠢蠢欲动,行动极其隐秘,不可不防。"姜翼韬说:"莱国行将灭亡,自身难保,焉敢出兵攻击我国?"副将姚锦栋说:"仅凭莱国之力,的确无此能量。莒、莱联兵攻击我军,此事深可忧虑。"姜翼韬说:"莒军即使倾巢而出,焉能抗我大军也?"

姚锦栋心想:"骄兵必败,自古皆然。"想到这里,他禁不住摇头叹息。

战云密布,鏖战在即,介根城一派战争气氛。为了与齐军决战,渠丘公指令盾无敌挂帅,出动战车三百辆、甲士一万五千人,开赴介根前线。连同原有驻军,兵力达到两万五千人。莱国派出战车一百辆、兵士五千名,司马浮维剑为指挥,到介根与莒军会齐。盾无敌对浮维剑说:"姜翼韬狂傲无比,必定轻敌冒进。莒、莱联军正可诱敌深入,然后截头斩尾击垮敌军。"浮维剑说:"此法甚当,我军愿为偏师!"双方商量停当,各自去做准备。

姜翼韬搂着两个美女,正在欣赏歌舞,突然探马来报:"莒军出动,直抵我东部边境,大有进攻之势!"姜翼韬把美女推到一旁,披上铠甲,坐上战车,带领兵马奔赴前线。刚刚越过边界,莒军已经列成阵势。姜翼韬手持大斧,说:"莒军为何侵我边境?"盾无敌手执长戟回答:"两国边界乃双方认可,界碑历历在目。你说我军侵入齐国,证据何在?"

姜翼韬向远处扫视一下,莒军果然没有越界,于是说:"莒军虽未越界,但已逼近我国领土!"盾无敌说:"介根乃我国旧都,齐国大军压境,用意何在?你看看自己的车轮,是否已侵入莒国境内?"

姜翼韬说:"两军对阵,强者胜弱者败,哪有如此多的说辞!"说罢高举大斧,驱动战车向莒军冲杀过去。

盾无敌举起长戟,与姜翼韬战在一起。双方斧来戟往,一个像夜叉开山,一个像蛟龙出水,直杀得天昏地暗,神惧鬼愁。这时候,浮维剑高举双剑,前来夹击姜翼韬。姜翼韬高声说:"任尔两将齐出,焉能胜我!"说完高举大斧,力战两将。盾无敌卖个破绽,向浮维剑递个眼色。两人立即带领人马,同时向两侧后撤。

姜翼韬误认为对方怯战,立即驱车向前追击。浮维剑带领莱军,假意向北退却。盾无敌率领莒军且战且退,一直退到介根以西。然后兵分两路,一南一东向两边撤退。莒军撤退后,介根城已经凸显在齐军面前。

姜翼韬立即下令:"攻占介根,在此一举!"齐军立即架起云梯,发疯一样向城上攀爬。登上城墙一看,那些站岗的全都是草把子。远远望去,就像真人一般。副将姚邑钧报告:"城内找不到粮草,介根是空城一座!"副将姚锦栋说:"内无粮草,外无救兵,敌众我寡,应立即撤离!"姜翼韬站在高处一看,只见北面是莱军,东、南、西三面都是莒军。介根孤城一座,已被团团围困。姜翼韬高声大叫:"盾无敌诡计多端,我中计了!"立即下令:"放弃介根,速速撤退!"齐军得令,立即打开城门向外逃窜。

经过一番折腾,齐军已经精疲力竭。盾无敌指挥莒军,浮维剑率领莱军,从四面八方冲杀过去。姜翼韬带领人马,拼命向西逃窜。齐军跑了几十里,已经人困马乏。莒军在南,莱军在北,一齐包抄上去。

正是:齐将逞强孤军出,焉敌两国战介根。

第六十八回　吴国将士学车战　赵氏孤儿遭追杀

且说莒军诱敌深入，齐军贸然进入介根。齐军撤出介根后，又被重重包围。莒、莱联军同仇敌忾，奋勇杀敌。姜翼韬看看身边，只剩下数百人。就在这时候，盾无敌高举长戟，向着姜翼韬刺来。浮维剑举着双剑，杀向齐军副将姚锦栋。姜翼韬见势不妙，急忙杀开一条血路，仓皇向西逃窜。

再说鞍地大战，齐军彻底失败。齐顷公只得带领残兵败将，拼命往回逃窜，晋、鲁、卫、曹四国联军在后面紧追不舍。这天，追到齐国的要塞马陉。再往东，齐都临淄就在不远处。四国大军压境，齐国已经危在旦夕。齐顷公急中生智，连忙派遣上卿国佐前往晋军大营谈判。郤克提出的条件十分苛刻。一是让萧太夫人到晋国当人质。这一要求，明显带有侮辱性。二是齐国的所有田垄一律改为东西方向，便于晋国战车行进。国佐心想："条件如此苛刻，实在难以接受。"于是摆事实讲道理，拒不接受。鲁国大夫季文子和卫国大夫孙良夫一齐出面劝说。郤克采纳了二人的建议，不再坚持前两条。他勒令齐国："将侵占之土地，全部退还鲁、卫两国！"国佐回到齐营，立即汇报谈判情况。齐国作为战败国，只得照办不误。

双方达成协议，战争已经结束。齐顷公垂头丧气，终于回到临淄。屁股尚未坐稳，突然探马来报："东部边境，我军惨败！"齐顷公一听，顿时昏厥于地。过了好大一会儿，齐顷公才苏醒过来。他愤愤地说："小小莱国，竟敢攻打我军。有朝一日，攻而灭之！"他喘息一会儿又说："莒国趁火打劫，此仇不能不报。等待时机，攻占介根！"

从此，攻灭莱国，占领介根，成为齐国国策。

鞍之战，齐国以彻底失败而告终。齐顷公对晋国十分敬畏，亲自带上礼物，赶到绛都朝见晋景公。他对晋景公说："贵国威震天下，诸侯无不敬畏，您应晋位称王。"晋景公连忙拒绝，说："当今天下，堪称王者，唯有周天子。

我姬据功微德薄，怎敢僭位称王？"晋景公接着说："有敢僭位称王者，天下共击之！"齐顷公心想："当今天下诸侯，唯有楚国僭位称王。看来晋、楚之争远未结束，好戏尚在后头！"

晋国为了战胜楚国，主动与吴国结盟，在楚国后院放了一把火。

原来，吴国的先祖是太伯，是周太王的长子。周太王想把王位传给季历，好让姬昌将来继承王位。这个姬昌就是后来的周文王。太伯觉察到父亲的意向，趁夜约着二弟仲雍，一起逃奔江南。他们在身上刺上花纹，剪短头发，与当地居民打成一片，自称"勾吴"。从此，在太湖一带建立了吴国。吴国逐步壮大，势力范围一步步到达长江。

地处江汉地区的楚国，到了楚庄王时代，势力扩展到江淮地区，已与吴国接壤。晋景公独具慧眼，看到了吴国的利用价值。一个"联吴制楚"的方案，在他脑海里形成。这天，晋景公对大夫巫臣说："吴国偏据江南，不通中原习俗。今遣你为使，融通吴国关系。"巫臣领命，立即动身前往吴国。此时的吴国国君，名叫姬寿梦，自称吴王。

吴国是继楚国之后第二个僭位称王的诸侯国。

巫臣一路南行，很快到达吴国。首先送上礼物，然后说明来意。

晋国是个大国，主动遣使来访。姬寿梦十分高兴，陪同巫臣观看步兵操演。吴国东临大海，南据太湖，北临长江，吴军十分擅长水战，陆战水平却十分低下。巫臣心想："若要联吴制楚，必须让吴军学会车战，然后才有能力攻打楚国。"巫臣想到这里，立即赶回晋国，报告自己的设想。

晋景公说："晋、吴遥距千里，山水阻隔。楚国一再示强，中原各国无不恐惧。此等情势下，欲把战车运往吴国，谈何容易？"巫臣说："莒国濒临大海，沭河、沂河流经洪泽湖，与江淮连通。莒国到达吴国，要比晋国通畅百倍。莒国乃晋之盟国，可请莒国将战车送往吴国。"晋景公说："此议甚好！你以寡人名义写信一封，尽快送往莒国！"巫臣星夜捉刀，以晋景公名义写了一封信。次日带领随从，一路马不停蹄，很快到达莒国。

此时的莒国大地，温风习习，绿茵遍地。柳青河西岸，渠丘公正在校场操练兵马。突然有人报告："晋国使臣到！"渠丘公闻讯，急忙回到国都。巫臣见到渠丘公，先行施礼，然后呈上信札。渠丘公展开一看，大意是：

吴国偏据江南，舟楫娴熟，长于水战；然其缺少战车，不谙陆上用兵。晋、吴既已通好，晋国焉能袖手旁观耶？晋、吴两国，一在河北，一在江南,遥隔千山万水。况中原各国,各怀异心,车马难以通行。晋国助吴,此志不改。晋、莒既已结盟,望助一臂之力。书不尽表,切切为盼。

渠丘公看完来信,急忙召集左右商议。桃木剑说:"晋、楚争霸,方兴未艾。孰胜孰负,未见分晓。此等局势之下,我国应静观其变,不宜轻举妄动。若倾向一方,另一方岂能善罢甘休?"盾无敌说:"自古兵来将挡,水来土掩。有敢侵凌莒国者,出兵而击之!"梨树林说:"晋国遣使前来,要求出动战车,用以援助吴国。此事只可照办,不宜推托。"

渠丘公忙问:"司徒有何见地?详细说来。"

梨树林说:"晋之国书,讲得清清楚楚:'晋国助吴,此志不改。'我国若拒不出车,必定得罪晋国。凭晋国之霸主地位,他国必定出车相助,届时我国悔之晚矣。"竹节虚补充说:"为隐蔽起见,押车士兵扮作商贾,以做生意为掩护。车队化整为零,分批运往吴国。"渠丘公说:"此议甚好!"指令大夫嬴熙为专使,与巫臣一起前往吴国。同时派出战车二百辆,分为若干批次,以做生意为掩护,秘密向江南行进。

巫臣、嬴熙跋山涉水,终于到达吴国。吴王姬寿梦一看,晋、莒两国各送来战车两百辆,心里十分感激,大摆宴席款待。第二天,姬寿梦召集群臣,到校场观看战车操演。巫臣、嬴熙轮流上阵,指导车马作战。校场上驷马奔腾,战车往来如飞。吴国君臣看得眼花缭乱。这时,姬寿梦举起长戟,纵身一跃跳上战车。众官员纷纷跳上战车,紧随其后,共同操练起来。

经过一段时间训练,吴军的车战技能大有长进。巫臣随后回到晋国,把自己的儿子巫狐庸送到吴国。姬寿梦见到巫狐庸,心里十分高兴,任命他担任吴国的行人,也就是外交官。在晋、莒两国帮助下,吴军学会了车战技巧。姬寿梦下令:"砍伐树木,打造战车!"不久,吴国的战车达到数百辆。在巫狐庸帮助下,吴国与中原频繁往来,熟悉了中原习俗,国力不断增强。

在巫臣父子怂恿下,吴国不断入侵楚国。楚国只得抽出兵力,向东抵御吴军。吴、楚之战一年多达七次。楚国自顾不暇,自然顾不上与晋国争霸。莒国协助晋国训练吴国车战,尽管十分注意保密,但不久被楚国侦知。楚共王恨之入骨,恶狠狠地说:"莒国助纣为虐,有朝一日,攻灭莒国!"

吴国学会了车战,对晋、莒两国十分感激。渠丘公不失时机,立即派遣专使到吴国访问。吴王姬寿梦随后派遣专使,前往莒国回访。两国礼尚往来,互通有无，关系异常热络。这天，使臣从吴国回到莒国，立即汇报出使情况。刚刚汇报完毕，突然门官前来报告："赵武求见！"

渠丘公一听，心里不禁一怔："赵武何许人也？"

原来，赵武是晋国元帅赵盾的孙子，赵朔的儿子。赵武的身世非同一般。当年晋成公即位，中军元帅赵盾因病去世，他的儿子赵朔继承爵位。晋景公继位第三年，赵朔娶了晋成公的姐姐。晋成公是晋景公的父亲。如果论起来，赵朔是晋景公的姑夫。就是这门姻亲，引发了骇人听闻的血案。

回顾当年，赵衰追随晋文公，官越做越大。赵氏家族功成名就，权势随之急剧扩张。赵衰有很多儿子，其中赵盾继承了家业。赵盾的哥哥赵同、赵扩、赵婴等，均有大量封地。早在晋灵公时期，屠岸贾就深受信任。晋景公即位后，对屠岸贾更加崇信，让他担任司寇，执掌生死大权。屠岸贾处心积虑，想铲除赵氏家族。对此，晋景公却被蒙在鼓里。

这天上午，屠岸贾对众大臣说："当初灵公被弑，赵盾乃罪魁祸首。他身为辅政大臣，犯有弑君之罪。其子孙亲属，今日却在朝为官。遵照国君指令，请众位为国除害，诛杀赵氏满门！"

晋国大将韩厥，是赵盾一手栽培起来的。因此，韩厥心里一直向着赵家，他说："灵公被弑之时，赵盾尚在国都之外。弑君之罪，焉能归之于赵盾？"屠岸贾无视韩厥等人反对，未经请示国君，就利用职权杀死赵朔、赵同、赵括、赵婴等人。赵氏宗族几乎被斩尽杀绝。

赵朔被杀的时候，他的妻子庄姬已经怀孕。屠岸贾大开杀戒，庄姬急忙逃到宫里，因此躲过一劫。赵朔有位家臣，名叫公孙杵臼；赵朔还有个铁杆朋友，名叫程婴。公孙杵臼、程婴两人，内心都向着赵家。不久，庄姬生了个男孩，起名叫赵武。屠岸贾闻讯，连忙派人搜捕。庄姬把孩子藏进裤裆，侥幸躲过一劫。公孙杵臼、程婴一商量，决定使用掉包计，找了个别人的孩子冒充赵武。杵臼抱着那个孩子，装模作样躲到郊外藏着。屠岸贾不知是假，连夜派人搜寻。杵臼怀里抱着孩子，故意大声呼喊："天乎天乎！赵氏孤儿何罪？请活之，独杀杵臼可也！"屠岸贾一声令下，孩子和公孙杵臼当即被杀死。可怜的小赵武又逃过一劫。

屠岸贾心狠手辣，要把赵氏斩草除根。程婴急忙抱着小赵武，趁着夜色掩护，慌慌张张逃进深山。进山一看，到处都是荒山野岭，既无住房也无食物，根本无法生存。程婴实在没办法，只好抱着赵武逃到齐国。

第六十八回

自从"鞍之战"失败，齐国对晋国俯首帖耳。程婴心想："齐国一旦得到消息，必定向晋国报告。"转念一想："当初齐桓公避难莒国，受到庇护；谭国灭亡后，谭子又到莒国避难；鲁国大夫姬庆父，莱国的失意臣子等，都曾到莒国避难，个个都受到庇护。如此看来，莒国践行大义，扶危救困，那里才是安身之地。"程婴想到这里，带着赵武偷偷溜到莒国。

渠丘公见到程婴、赵武，心里十分同情，说："常言道：'滴水之恩，当涌泉相报。'晋国元帅赵盾，乃莒国恩人。扶危救困，乃莒国遗风。赵氏遗孤前来避难，我国定当予以庇护！"梨树林进谏："此事需严加保密，若让他们住在国都附近，极易走漏风声。如让晋国知晓，赵氏孤儿岂不危矣。以愚臣之见，五莲山遥距百里，山高林密，人迹罕至，适于隐身。让他二人隐居五莲山，乃最佳之所。"

渠丘公说："爱卿之言甚当！"指令梨树林负责办理此事。梨树林带领程婴、小赵武，很快来到五莲山下。举目望去，群山连绵，一片郁郁葱葱。

他们沿着山间小道，一步步向上攀爬。过了几个山头，进入一条大山沟。沟底流水潺潺，清澈如镜。几群小鱼在水里游来游去。水流两侧，青蛙跳来蹦去，自由自在。树上的小鸟展开歌喉，快乐鸣唱。走出山沟，前面是一块巨石。巨石圆润光滑，就像巨大的鹅卵。绕过鹅卵石不远，前面又是两块巨石。两巨石之间，有条长长的缝隙。缝隙既高又窄，被称作"一线天"。成人只有侧着身子，才能勉强穿过。军士长前头带路，众人排成单行鱼贯跟进。

穿过石缝，又过了几个山头。他们手抓藤萝，攀上一个高峰。居高临下，整个五莲山一览无余。远远望去，峰岚叠翠，薄雾缭绕。五座山峰相互簇拥，相互衬托，就像莲花盛开一样，景色绮丽，煞是好看。

五莲山如此秀美，大家看得如醉如痴。突然，军士长指着前方高喊："快看快看！"众人抬头望去，不远处有块平地。平地一侧，两块巨石上下叠放，就像一尊半身巨型雕像。头颅、五官、脖颈、上身等部位，就像雕琢过一样。看上去端庄稳重，慈眉善目，惟妙惟肖。梨树林对程婴说："五莲山野果遍布，食之不尽，亦可种粮种菜，此处足可安身。"程婴急忙拱手施礼，千恩万谢。梨树林指挥军士们，在巨石东侧搭起三间茅屋，让程婴与赵武住进去。一切安排停当，梨树林带人返回。

正是：赵氏孤儿遭追杀，侥幸隐身五莲山。

第六十九回 盾无敌新郑奋武 渠丘公马陵会盟

往事如烟,转眼十几年过去。现在的赵武,已经长成翩翩少年。这天上午,程婴领着赵武来到莒都,向渠丘公辞行。因为他俩是晋国客人,渠丘公亲自接见。抬头一看,赵武虽然只有十几岁,但是身材高挺。再看看他的五官,浓眉大眼,鼻直口阔,英气逼人。渠丘公对程婴说:"十几年栉风沐雨,程大夫含辛茹苦,劳苦功高!"程婴深鞠一躬说:"莒国施行大义,救我俩于危厄之中。贵国庇护之恩,我俩终生不忘!"程婴说完,与赵武一起鞠躬致谢。

礼仪过后,程婴与赵武依依惜别。两人眼含热泪,急匆匆赶往晋国。

这天,晋景公得了一场怪病,连续几天不能入睡,老是做噩梦。这天夜里,他梦见一蓬头大鬼,样子很像赵盾。鬼怪"嘭"的一声把门撞开,破口大骂:"你乃杀人魔王!我之子孙亲属何罪,竟遭你惨杀。我已告到天庭,上帝命我取你性命!"鬼怪说罢,举起桃木棍打来。晋景公尖叫一声醒来,吓出一身冷汗。他怀疑是赵盾阴魂作祟,急忙询问将军韩厥:"赵盾尚有后人乎?"韩厥知道赵氏孤儿还在人间,于是从头到尾,把程婴救赵武的事情,如实报告晋景公。

晋景公一听,大为感动,说:"速速找到赵武,秘密带进宫来!"

韩厥领命,带领武士埋伏在宫中。众大臣进来探病,韩厥一声令下,把他们软禁起来。然后,让赵武与大家见面。众位大臣一看,个中奥秘已经完全明白,于是纷纷推卸责任:"当年屠杀之难,皆由屠岸贾主使。他假传君命,要挟群臣,罪大恶极,天人共愤!"

晋景公当即下令:"抓捕屠岸贾,立斩不赦!"

韩厥、赵武手持宝剑,与众大臣来到屠岸贾家里。屠岸贾见势不妙,拔腿就跑。韩厥"唰"的一声抽出宝剑,横挡在屠岸贾面前。赵武举起青铜剑,一下刺进屠岸贾胸膛。众大臣一阵刀剑乱砍，屠岸贾很快被剁为肉泥。在众大臣帮助下，赵武杀尽屠岸贾全家。血海深仇已报，赵武对着众位大臣倒头便拜。

晋景公把赵氏原有封地，重新赐给赵武。赵武连忙叩首致谢。

一百多年后，赵、韩、魏三家分晋。赵武的后人赵籍，建立了"战国七雄"中的赵国。到了元代，纪君祥写成《赵氏孤儿》剧本。为了增强戏剧性，把那个被杀的婴儿，改写成程婴的亲生儿子。该剧成为历史名剧，多年演唱不衰。当然，此是后话。

再说，赵武离开莒国，渠丘公一直念念不忘，始终关注他的行踪。赵武杀死屠岸贾，又继承了赵氏家业。消息如风，很快传到莒国。渠丘公暗自为赵武庆幸，打算派人到晋国祝贺。梨树林进谏："赵武乃少年一个，尚未成人。我国若派人祝贺，有其名不正之嫌。以臣愚见，莫如以国事名义，遣使访问晋国。借此机会，顺便看望赵武。如此办理，岂不两全其美？"

渠丘公说："爱卿之言极是。"派遣司空桃木剑访问晋国。

桃木剑带领随从，一路跋山涉水，这天终于到达绛都。直到这时才知道，晋国已经迁都到新田。新田从此改称新绛，改故都为故绛。

桃木剑一想，既然已经来到晋国，何不趁此机会前往祝贺迁都？于是马不停蹄，很快来到新绛。莒国前来祝贺迁都，晋景公十分高兴。礼仪过后，桃木剑一行到馆驿休憩。桃木剑趁机打听赵武。想不到，赵武已经跟随韩厥，到前线作战去了。桃木剑寻人不遇，却了解了许多情况。

最近几年，以晋国为首的有关国家发生了许多重大事件。莒国地处海滨，远离中原，信息传递缓慢。桃木剑来到晋国，才了解到有关情况。

原来"鞍之战"不久，栾书接替郤克，担任晋国中军元帅。晋、楚两国争霸，仍在中原地区展开。两强互不相让，逼得郑、许等国左右为难。

郑国本来朝晋暮楚，摇摆于晋、楚两国之间。晋国重振国势，郑悼公亲自跑到晋国，表示臣服。晋国不失时机，于公元前586年春季，传檄齐、宋、卫、郑、曹、邾、杞等国国君，齐集郑国的虫牢，举行诸侯会盟。宋共公竟然拒绝出席，这让晋国十分恼怒。次年三月，晋国挥兵攻入宋国。没想到，堂堂晋军竟然无功而返。原来在这次行动中，中军元帅栾书显得无所作为。晋景公盛怒之下，罢免了栾书的职务，让韩厥接任中军元帅。

晋景公对韩厥十分信任。迁都新绛，就是接受了韩厥的建议。后来

"三家分晋",韩厥的后人建立了韩国,成为"战国七雄"之一。此是后话,不提。

桃木剑来到晋国,虽然没见到赵武,却了解到不少情况。几天后离开新绛,急匆匆回到莒国。桃木剑到达国都,立即汇报情况。渠丘公正在听取汇报,突然内侍报告:"晋国使臣到!"话音未落,晋国使臣已经到来。渠丘公展开国书一看,原来是韩厥撰写,用晋景公的名义送来的檄文:

  楚国进犯新郑,其势汹汹,大有吞灭郑国之势。当此之际,千钧一发,不可不救。军情如火,十万火急,望速发兵,切勿迟缓!

渠丘公看完檄文,急忙研究对策。梨树林、桃木剑和竹节虚,三人意见完全一致,都认为应该出兵。渠丘公问盾无敌:"爱卿身为司马,意下如何?"盾无敌把胸膛一拍,回答说:"自古浴血沙场,克敌荡寇,乃为将之天职。我愿为前部先锋,率兵救援郑国。如不获胜,甘受惩罚!"渠丘公当即宣布:"立即出兵,救援郑国!"

公元前584年秋天,微风徐徐,天高气爽。莒国出动战车三百辆、兵士两万名。盾无敌为前部先锋,率战车一百辆先行进发,渠丘公率领大部队随后跟进。大军车轮滚滚,一路向郑国开进。这天上午,大军终于到达新郑。这时候,晋军早已安营扎寨。齐、鲁、宋、卫、曹、邾、杞等先后到达。再加上莒、郑两国,共是十国大军。辽阔的平原上营帐相接,连绵五十多里。

往南三十里,是楚国为首的南方集团。十几个国家与部落,车马相接,刀枪如林,与北方集团对垒。

楚共王亲自坐镇中央大营。充当前部先锋的,是他的弟弟熊婴齐。熊婴齐是楚庄王的儿子,因此史称"公子婴齐"。熊婴齐肥面大耳,宽肩长臂,虎背熊腰,力大无穷。此时的熊婴齐,担任楚国司马。

这天夜晚,十位国君齐集晋景公的营帐,一个个衣甲齐整,正襟危坐。晋景公说:"楚国逞凶,攻打郑国,应予痛击!"然后,中军元帅韩厥宣布作战任务。按照战场分工,莒国协助郑国,对付楚国的郧县军队。韩厥特意提醒:"郧公钟仪,凶悍异常,不可小觑!"

楚国作为南方国家,机构设置与官职称号,与北方国家大不相同。楚国是设县最早的国家。每吞并一个国家或部落,都要新设一个县。县官称作县公,由国君亲自任免。每县都有自己的军队,平时维持治安,战时并入国家军队。郧地本来是郧国,春秋前期被楚国吞灭,在此设置了郧县。郧县地广人众，军队力量很强。县公名叫钟仪，是楚共王的姐夫。此人作战勇敢，是楚国著名的悍将。

为了打垮钟仪，郑国派遣大夫共仲、副将侯羽一同率兵到达前线。

渠丘公率领莒军，紧急赶往新郑南郊。莒、郑两军刚刚会合，钟仪率领车队冲杀过来。盾无敌高举长戟，驱动战车冲上去。郑国的共仲、侯羽率领人马，一齐杀向楚军。三支军队车来马往，刀枪并举，混战在一起。盾无敌向前一看，钟仪的战车别具一格，就在前方不远处。盾无敌扬鞭催马，向着钟仪冲杀过去。钟仪毫不示弱，高举长柄大斧，翻身杀向盾无敌。双方浴血混战，直杀得天昏地暗。

钟仪虽然凶悍，但是人马不多。渠丘公把令旗一挥，莒军立即掩杀过去。双方正在酣战，突然有人高喊："楚国援军到达！"原来楚国司马熊婴齐，带兵前来救援。渠丘公亲自擂动战鼓，莒军一齐杀向熊婴齐。盾无敌立即撇下钟仪，高举长戟来战熊婴齐。两人驱动战车，大战十个回合不分胜负。

楚国探马突然来报："晋军抄我后路，请公子速速回兵！"熊婴齐虚晃一枪，带领人马撤出战斗。楚军主力撤离战场，郧县军队显得势单力薄。莒、郑两军不失时机，立即把钟仪重重围困。共仲、侯羽从左边杀来，盾无敌从右边杀来。钟仪见势不妙，跳下战车钻进树丛。

盾无敌一个"鹰隼捉鸟"，抓住了钟仪的左臂；共仲一个"饿虎捕食"，抓住了钟仪的右臂。众将士一拥向前，把钟仪捆了个结结实实。钟仪束手就擒，被押送到晋军大营，囚禁在军府之中。

楚军大败而归，郑国之围顿时解除。大战胜利结束，晋景公非常高兴。中军元帅韩厥进谏："十国之君共聚一处，此等盛况空前。何不趁此机会，举行诸侯会盟，以显晋国之威也？"

晋景公问："此次会盟，何时何地为宜？"韩厥说："八月戊辰，乃上吉之日，可于此日举行会盟。卫国地处晋、齐、鲁、郑诸国之间，便于车马交通。其地马陵，山清水秀，乃最佳会盟之地。"

八月戊辰，就是这年的八月十一日。

晋景公说："爱卿之言，甚合我意。"指令韩厥负责组织筹备，并主持会盟仪式。韩厥领命，指挥士兵肩挑背扛，昼夜施工，很快筑起一个巨大的黄土高台。韩厥灵机一动，给高台起了个响亮的名字："会盟台"。会盟台上面两层，四周插满赤、橙、黄、绿、青、蓝、皂、紫各种彩旗。彩旗迎风飘扬，十分华丽炫目。最底一层，分别插着晋、齐、卫、莒、鲁、郑、宋、曹、杞、邾十国旗帜。会盟台正前方设大门一个，八十名晋国士兵银盔银甲，手执青铜长戟，分为四行站立在大门两侧。

一切筹备就绪，八月十一日到来。巳时一刻，晋景公在前，渠丘公等九位国君随后，缓缓进入会盟台大门。众诸侯就座之后，司仪韩厥高声宣布：

> 大周简王二年，楚国进犯郑国。晋、齐、莒、卫、鲁、郑、宋、曹、杞、邾，十国联兵，击败楚国，解除郑国之围。值此戊辰吉日，十国之君会于卫国马陵。自此之后，结为盟国，相互救援。若有二心者，诸国共击之。歃血为誓，人神共鉴！

韩厥宣读完毕，晋景公举起右手食指，蘸上鲜红的鸡血，然后涂在自己的嘴唇上。渠丘公等九位国君，一个个依样办理。军士长趋步向前，递过盛着鸡血的大碗。韩厥面向正北，把大碗高高举过头顶。深鞠一躬之后，弯腰向右一洒，再向左一洒。一共分为三次，把鸡血全部洒到地上。最后"砰"的一声，把大碗摔在地上。

晋景公带头，众位国君一起宣誓。

歃血盟誓完毕，晋景公高声宣布："莒军将士奋勇，卓著勋劳，特赏汾河肥牛一百头、太行肥羊三百只。盾无敌生擒钟仪，功不可没，特赏犀牛皮铠甲一套、晋国青铜剑一柄！"本来是共仲、盾无敌二人联手生擒了钟仪。因为郑国受到楚国攻打，是众诸侯救了郑国。共仲是郑国大夫，因此没有单独受赏。其余参战国，同时受到奖赏。

此次马陵会盟，是晋景公霸业成熟的标志。

马陵会盟结束，各国次第返回。渠丘公走在回国的路上，仍在回味会盟一事。这时候，鲁国大夫姬婴齐赶上盾无敌，两人说起了悄悄话。姬婴齐是鲁文公的孙子，因此称为公孙婴齐，别称子叔声伯，史书上称作"声伯"。原来，鲁成公私下告诉姬婴齐，打算向莒国求婚，聘娶渠丘公的女儿。盾无敌听到这个消息，立即向渠丘公报告。

渠丘公心想："鲁成公早已妻妾成群，自己的女儿如果嫁给他，只能为妾，不能成为正室夫人；女儿即使生了儿子，也不能继任国君。"渠丘公十分疼爱女儿，不想让她受到委屈。他思来想去，最后婉言拒绝。

国君求婚被拒，姬婴齐心生一计，自己向莒国求婚。原来，他看上了渠丘公的女儿。按照惯例，国君之女必须嫁给别国君主，只有在极少数情况下,才下嫁给邻国臣子。渠丘公心想:"女儿已到婚嫁年龄,女大当嫁,不宜久拖。国君之女下嫁臣子,此事早有先例。姬婴齐身为鲁国大夫,品行端正,口碑极好。"渠丘公想到这里,当即表态答应了这门亲事。

公元前583年春,春风吹拂,桃红柳绿,莺鸣燕舞,大地一派生机。姬婴齐率领大队人马,带上大量贵重礼物,前往莒国迎亲。

女儿已经出嫁,渠丘公了却了一桩心事。这天,渠丘公正在渠丘巡视,突然内侍报告:"晋国使臣到!"原来,晋国大夫巫臣出使吴国,转弯经过莒国。巫臣是晋国使臣,又是老朋友。渠丘公立即带领随从,亲自出面迎接。

在随从陪同下,两人信步来到城上。巫臣手搭凉棚,看看城墙,又看看护城河,然后说:"渠丘城池如此残破,若敌人来攻,何以防守?"

渠丘公听了不以为然,说:"莒国偏在海滨,何人觊觎也?"

巫臣说:"狡猾之人心心念念,在于攻城略地,开疆拓土。此等人士,各国皆有。正因如此,大国方能成其为大国。弱小之邦,设防者生存,无防者危亡。勇猛之士,夜间尚且关门闭户,况一国之城也?"

渠丘公说:"大夫之言,字字珠玑,一语千金!"

渠丘公送走巫臣,立即召开会议,研究修建城池。万万没想到,行动尚未开始,突然遭遇了严重蝗灾。就在这年夏季,莒国遭遇百年不遇的大旱。汪塘枯竭,江河干涸,草木枯焦。本来晴朗的天空,突然传来惊人的响声。先是一阵"呜呜呜",接着一阵"呼呼呼",声音十分奇怪。抬头望去,飞蝗像漫天乌云,遮天蔽日,向着头顶压过来。成千上万的蝗虫,有的飞向庄稼,有的扑向树木。只听到"唰唰唰""唰唰唰",一阵乱食乱啃。蝗虫像饥饿的大军,从一个地方席卷另一个地方。所过之处,庄稼被啃尽吃光,树木枝叶荡然无存。举目望去,大地光秃秃一片。

蝗灾过后,庄稼被啃食净尽,民众只得重新播种。青苗刚刚破土而出,接着又来了一次蝗灾。如此反复折腾,民众已经无种下地,无粮充饥。莒国顿时出现了大饥荒。渠丘公急忙开仓放粮,赈济灾民。库府存粮有限,犹如杯水车薪,无济于事。为了度过危机,只得拨出库存黄金,到鲁、齐、莱等国购买粮食。但是库存资金有限,还是难以度过饥荒。灾民遍地,路旁饿殍相连,惨不忍睹。灾情如此严重,修建城邑一事只得搁置一边。

渠丘公怎么也想不到,不久之后,三座城池被轻易攻破。

正是:天灾突降难防御,城邑失修留祸根。

第七十回 赴盟会联络八国 遭突袭沦陷三城

且说汶阳本来是鲁国领地，被齐国出兵强占，鲁国好不容易派兵夺回。马陵会盟期间，晋景公心血来潮，要求鲁国把汶阳"归还"齐国。鲁国对此极度不满，其他诸侯国也议论纷纷。晋景公闻讯，十分担心。假如众诸侯离心离德，楚国必定乘机进攻，晋国就无法与楚国争霸天下。晋景公想到这里，立即下令："传檄诸侯，赴蒲地会盟！"

这次蒲地会盟，是重温马陵之盟的誓词，构建和谐的国际关系。

再说莒国蝗灾严重，举国上下忙于救灾。好不容易熬过了冬季，公元前582年的春季姗姗来临。这本来是春耕备播时节，但是灾民衣食无着，农耕受到严重影响。这天，渠丘公正在鄢陵查看灾情，突然有人报告："晋国传檄，赴蒲地会盟！"渠丘公来不及多想，立即启程赴会。这天上午，渠丘公终于到达卫国的蒲地。晋景公、齐顷公、鲁成公、宋共公、卫定公、郑成公、曹宣公、杞桓公，一共是九国国君，一个个先后到达。

这次会盟的气氛，远远比不上马陵会盟。因为汶阳的归属，鲁国大夫季文子满腹怨气。季文子见到晋国大夫士燮，质问说："贵国不修仁德，会盟之意何在？"士燮知道晋国理屈，只得支支吾吾应付几句。

对于晋国的做法，郑成公更是义愤填膺。他从蒲地回到新郑，立即会见楚国使臣，郑、楚两国再次开始往来。郑、楚两国私下交往，惹恼了晋国。晋景公得到消息，不禁勃然大怒。

郑成公想两面讨好，到晋国朝觐晋景公。郑成公到了新绛，晋景公拒不接见。晋国突然派出人马，把郑成公扣押起来。趁着郑国群龙无首，晋国派栾书为将，带兵讨伐郑国。郑国受到攻打，只得派大夫伯蠋赶往晋国请罪。

晋景公怒气难消，一声令下，当即把伯蠋杀死。

晋国无理囚禁郑成公，又杀死郑国的使臣，已经错上加错。楚共王见机会到来，说："讨伐无道，击败暴晋，救援郑国，正当其时也！"指令熊婴齐为先锋，亲领战车八百辆、兵士五万人，浩浩荡荡到达陈国。陈国见楚军到来，急忙派出专使，献上礼物犒劳楚军。

陈国的西北边境，与郑国接壤。郑国见楚国大军来援，举国上下一片欢腾。栾书立即觐见晋景公，说："楚军战车八百辆，将士五万人，其势不在小。若战端一开，必定将士喋血。如此观之，莫如息事宁人，暂停进攻郑国。"晋景公接受建议，立即下令退兵。郑国之围，自然解除。局势发生了重大变化，晋国只得释放郑成公。郑国对楚国感恩戴德。

楚国增援郑国，任务已经完成。五万楚国大军，一直驻扎在陈国。转眼之间，十一月到来。时令已届冬季，天气仍然十分晴暖。这天夜里，熊婴齐向楚共王进谏："我军救援郑国，目的已达，所恨者唯有莒国。晋国援助吴国，莒国是其帮凶。前次会战，莒国与晋、郑联手，生擒我国县公钟仪。时至今日，钟仪尚被囚在晋国。以我之见，趁此机会奔袭莒国。既可切断晋、吴通道，又可报往日之仇。"

楚共王说："陈国到达莒国，山重水复，远道而袭之，谈何容易？"

熊婴齐说："兵贵神速，攻其不备，袭其无防，乃制胜之道。我愿率军前往，借道徐、郯两国。秘密奔袭莒国。倘若不胜，甘受惩罚！"

楚共王思忖再三，最终答应下来。次日，熊婴齐率领战车七百辆、兵士五万人，借道徐国与郯国。徐、郯两国闻讯，自知不是楚军对手，只得乖乖借道。楚军畅行无阻，一路向东北挺进。楚国大军压境，莒国还被蒙在鼓里，没有丝毫戒备。

自从遭遇蝗灾，莒国赈济灾民，致力于恢复生产。由于开支太大，库府已经空虚。本来城垣已经残破，亟须投资整修。晋国大夫巫臣，上年曾经指出此事。由于受灾严重，整修城垣只得束之高阁。

一年过去了，终于酿成大患。

蒲地会盟刚结束，渠丘公马不停蹄，立即返回莒国。刚刚到达莒都，突然探马来报："齐国出动大军，大有进攻介根之势！"渠丘公指令盾无敌为先锋，亲自殿后，带领战车四百辆，兵士三万人，紧急向介根进发。到达介根一看，三万齐军虎视眈眈，已经部署就绪。

渠丘公说："幸亏大军及时赶到，否则，介根城危在旦夕！"盾无敌说："齐军业已布阵完毕，即将发动进攻。以我之见，莫如出兵两万，前往边境拒止敌军。一万人据守介根,以为后援。"渠丘公当即采纳。盾无敌率兵两万,立即赶往前线迎敌。渠丘公带领一万人马,负责守卫介根。齐军无隙可乘,只得派人报告齐顷公。

且说楚军一路突进,没有遇到任何抵抗。队伍很快渡过沂河,进入郯国境内。郯军自知不是对手,立即撤得远远的。楚军顺利穿过郯国,到达莒国边界。熊婴齐对先锋熊平说:"趁莒军无备,杀奔渠丘城!"熊平是楚共王的儿子,熊婴齐是他的叔叔。

熊平继承了楚王血统,勇猛好战,是楚国有名的悍将。

楚军来到渠丘城一看,墙垣十分残破,护城河又窄又浅,人马很容易涉过。熊婴齐带人绕城一周,看不到城上有多少兵马,立即下令攻城。十一月初五清晨,楚军把渠丘团团围困,四面进行攻打。熊平手举大刀左劈右砍,率先登上城墙。楚军猛烈进攻,莒军奋勇抵抗;由于寡不敌众,只得且战且退。原来,莒军只有一千人马守卫渠丘。熊平看到莒军撤退,手举大刀向前追击。突然"哗啦"一声,熊平一下子掉到陷阱里。

莒军一拥向前,用长杆挠钩钩出熊平,把他生擒活捉。

熊平被活捉,熊婴齐十分着急,就像热锅上的蚂蚁。他想了想,派人给莒军送信一封,信上说:"勿杀熊平,楚军愿以战俘交换。"莒军守将名叫盾三勇,是盾无敌的儿子。此人英勇善战,疾恶如仇。正因为如此,渠丘公让他守卫渠丘城。楚军偷袭莒国,盾三勇恨得咬牙切齿。现在敌将熊平被活捉,敌人又送来了书信,要求勿杀熊平。盾三勇哪里肯听?他举起宝剑,一下子刺进熊平的胸膛。熊平惨叫一声,顿时倒在血泊里。熊婴齐得到消息,立即指挥楚军攻城。

莒军反击一阵,寡不敌众。盾三勇带领人马,紧急撤出渠丘。

侄子熊平被杀,熊婴齐不禁失声痛哭。他一边痛哭,一边下令:"进军莒都,捣毁莒城,以泄我心头之恨!"楚军得令,千军万马像潮水一样,呼啦啦杀奔莒城。此时此刻,莒城守城兵士仅有三千名。熊婴齐一声令下,五万大军把莒城重重围困。

这时候,带兵守卫莒城的是嬴密州。他是渠丘公的长子,已经被确定为世子,是国君接班人。按照渠丘公的指令,司徒梨树林、司空桃木剑与司寇竹节虚三人作为参军,协助嬴密州留守国都。国都被围,情势十分危急。嬴密州站在城楼上,举目向城外瞭望。楚军车马相接,旗帜飘扬,显得威武雄壮。嬴密州知道来者不善,急忙找来三位参军,一起商量对策。

梨树林立即表态:"我愿冒死突围,到介根请求救兵!"

桃木剑说:"我愿与司徒一起,一同赴介根求救!"

竹节虚说:"我愿伴随世子,守卫国都,势与都城共存亡!"

这天夜里,冷风飕飕,周围漆黑一片。莒城外面,楚军点燃一堆堆木柴,围在那里取暖。梨树林、桃木剑坐进篓子里,士兵扯上长绳,把他俩悄悄放到城外。两人走到郊外,坐上大车直奔介根。

二人马不停蹄,紧急赶到介根,立即向渠丘公报告:"国都被楚军围困,世子请求救兵!"渠丘公立即召来盾无敌,四人一起商量。盾无敌说:"齐国觊觎我国,必欲夺取介根,此乃肘腋之患,不可撤军!"梨树林说:"楚国袭击我国,只能借道他国。楚军劳师远袭,势必粮草不继。据此推断,楚军志在速胜,其势必难持久。"桃木剑说:"楚国远离莒国,此次长途奔袭,意在复仇,并非夺占领土。"

盾无敌把宝剑一拍,说:"分兵而击之,拒敌于国门之外!"

梨树林摇摇头说:"若我军回撤都城,齐军必定趁机侵占介根。我军与楚军对垒,正中楚国下怀。楚军兵多将广,士卒凶猛,凭晋国之强,尚且惧其三分。若我军与楚军相遇,势必浴血厮杀,必将玉石俱焚,鱼死网破。若介根丢失,国都亦将不保,届时莒国危矣!"

渠丘公十分急切地问:"此等局势,当如之奈何?"

梨树林说:"常言道:'留得青山在,不愁没柴烧。'以我之见,我大军按兵不动,仍旧驻扎介根。一可震慑齐军,二可静观其变。若楚军强行攻城,可令我军适时撤退,将空城留给楚军。楚军远离国内,粮草不继,难以持久,到时必撤无疑。此外,我国既与晋国结盟,当此危机之时,应遣使赶往晋国,请求出兵救援。"

渠丘公说:"爱卿深谋远虑,真国之栋梁也!"他亲自写信一封,派人混在百姓群里,秘密送进莒城。同时,派遣桃木剑为专使,赶往晋国求救。

嬴密州接到来信,急忙与竹节虚商量。竹节虚说:"国君之意,再明白不过。能守则守,不能守则撤。以我之见,楚军重重围困,我军难以持久,宜早做撤退准备。"嬴密州说:"司寇之言甚当!"立即命令士兵把编钟、铜鼎、金甲以及其他珠宝玉器等,全部埋藏到地下。然后,在上面做好伪装。

一切安排就绪,嬴密州对竹节虚说:"楚军攻城在即,司寇年事已高,带人先行撤离。我率部分将士坚守城池，与敌血战到底！"

竹节虚说："世子金枝玉叶，乃国之储君，应先行撤离，由我坚守都城。"

嬴密州说："国难当头，官民皆兵，共赴国难。我意已决，请司寇先撤！"竹节虚带领老弱士兵，化装成平民，随着逃难人群分批撤往城外。

第二天清晨，楚军开始攻城。莒城四周车马相接，刀枪如林。熊婴齐高举长枪，亲自到城南门督战。前面一排楚军高举盾牌，挡住莒军的利箭；后面的楚军弓弩齐发，一齐射向城上。嬴密州闻讯，立即赶到南城楼。楚军在箭矢掩护下，一拨连一拨向城上攀爬。莒军冒着枪林箭雨，拼死防守。石块、砖头、瓦片、木棒等，一齐砸到城下。率先登城的楚军非死即伤，一片片倒在城下。在熊婴齐指挥下，楚军不顾伤亡拼命攻城。

血战一个时辰，楚军像潮水一样，纷纷登上城墙。近前一看，那些站岗放哨的全是草把子。那些草把子罩上军衣，手里扶着长戟，远远望去就像真人一样。原来，竹节虚撤走后，莒军守城将士仅剩下两千人。为了虚张声势，嬴密州心生一计，在城上竖起大量草把子，用以迷惑敌人。熊婴齐一看，气得暴跳如雷。他举起宝剑"唰唰"两声，把两个草人拦腰削断。

楚军已经登城，国都陷落已成定局。嬴密州急忙化装，带领随从趁乱撤往城外。队伍渡过沭河，急忙坐上大车，急匆匆奔往东北方向。

这时候，有人向熊婴齐报告："莒都既无粮草，亦无珠宝，乃空城一座！"接着又有人报告："莒国粮草，尽在郓城！"熊婴齐把宝剑一挥，说："攻进郓城，夺取粮草！"楚军得令，一路杀向郓城。郓城守军仅有八百名，城垣也已残破失修。楚国大军到来，立即发动攻城。莒军抵挡一阵，然后冲出城门向北撤退。楚军轻而易举占领了郓城。

本月五日渠丘沦陷，十七日郓城被占。前后仅有十二天时间，莒国连失三城。《春秋左传》如此评价："恃陋而不备，罪之大者也；备豫不虞，善之大者也。莒恃其陋，而不修城郭。浃辰之间，而楚克其三都，无备也夫！"

——依仗简陋而不设防备，这是罪中的大罪；防备意外，这是善中的大善。莒国依仗它的简陋，而不修城郭。十二天之间，楚军攻克它的三个城市，这是由于没有防备的缘故！

且说桃木剑晓行夜宿，一路奔驰赶到晋国求救。晋景公闻讯，急忙与众臣商议。大夫士燮说："莒国既与我国结盟，即是我国盟邦。楚军袭击莒国，我国当救必救。"晋景公问："若要救援莒国，当如何举措？"士燮回答说：

"此事甚为容易。"晋景公顿时眼睛一亮,说:"爱卿详述之。"

士燮说:"楚国县公钟仪,尚被我国羁押。钟仪身陷囹圄,必定归心似箭。钟仪作为楚君亲戚,放其归国,自然是楚国所期盼。如此论之,可以钟仪为交换条件,换取楚军撤出莒国。若行此计,不费一枪一箭,既救了莒国,又缓解了晋、楚两国关系,岂不是两全其美?"晋景公高兴地说:"此计甚妙!"亲自与士燮一起到军府看望钟仪。想不到,被羁押中的钟仪拒绝穿戴囚服,一直穿戴楚国衣帽。钟仪见到晋景公,不卑不亢,一言一行不失礼仪。对此,晋景公十分佩服。

晋景公离开军府,把钟仪的言行告诉众臣。士燮说:"此等人物,大有用处。"然后把自己的打算详细报告晋景公。晋景公安排士燮出面,再次会见钟仪。士燮告诉钟仪:晋国打算把他释放回国,让他作为使节,融通晋、楚两国关系。钟仪一听十分高兴,立即赶到楚国,觐见楚共王。

楚、晋两国争霸,战火连绵不断。吴国不断强大,多次侵扰楚国边境。楚国南北两线作战,深感力不从心。晋国主动释放钟仪,已经展现了善意。大夫熊虞城说:"我军攻破莒国三城,时过一月之久。数万大军孤悬国外,内无粮草,外无援助,进退维谷。目下晋国释放钟仪,又以两国罢兵为条件,换取我军退出莒国。以我之见,应予答应。"楚共王说:"此议甚当!"立即派遣儿子熊辰,与钟仪一起出使晋国。双方达成协议,签订了和约。从城濮大战开始,整整半个世纪,晋、楚两国第一次变敌为友,握手言和。

公元前582年年底,楚军冒着风雪,全部撤出莒国。

再说齐国出动大军,本来打算一举夺取介根,没想到渠丘公亲临前线,带来的兵力超过齐军。齐顷公得到报告,知道无法占据介根,于是下令撤军回国。仅留下部分兵力,用以防守边界。警报已经解除,介根转危为安。渠丘公立即带领人马,紧急回援国都。刚刚走到牟娄,探马来报:"楚军业已回撤,三城已经克复!"

渠丘公闻讯,顿时感到心情轻松,就像放下了一块石头。

大军回到莒城北郊,渠丘公举目遥望城楼,心中五味杂陈。万万想不到,楚军竟然长途奔袭,从徐国借道,穿过郯国偷袭莒国。自己刚刚离开不久,国都、渠丘及郓城三座城池,瞬间沦陷敌手。挫败如此之重,原因在于自己轻敌无备,疏于防范,城垣失修,致使敌人有机可乘。想到这里,渠丘公心里万分后悔。这时候,突然有人高喊:"世子归来!"

众人抬头一看，嬴密州催马扬鞭，飞车前来。嬴密州来到渠丘公面前，跪倒在地，痛哭失声，说："密州无能，致使都城失陷。我愿血溅城门，以谢国人！"说罢拔出宝剑，向自己脖子上抹去。

众人连忙向前，把他紧紧抱住。渠丘公飞步向前，夺下嬴密州的宝剑。梨树林、桃木剑、竹节虚纷纷跪下请罪。

渠丘公说："城垣失修，轻敌无备，三城沦陷，罪在寡人。你等众人皆无过也！"说罢，眼泪哗哗流下来。众人见状，无不伤心落泪。

盾无敌把长戟一挺，说："楚军如此逞凶，趁其将士疲惫，我愿率兵追击！"嬴密州把眼泪一擦，说："我愿与司马一起，追击楚军！"

正是：楚军轻易陷三城，岂容敌寇逞凶狂。

第七十一回　晋景公亡命茅厕　渠丘公出兵麻隧

且说渠丘公回到国都，嬴密州、盾无敌义愤填膺，请求追击楚军。梨树林进谏："古语云：'穷寇勿追。'楚军战力未减，且已撤往我国境外，追之无益。"渠丘公想了想说："此言是也。"追击楚军就此作罢。

时间如水，转眼就是公元前581年。梨树林、桃木剑、竹节虚、盾无敌等臣子，纷纷向渠丘公进谏："楚国进犯我国，晋国出手相助，拯救我国于危难之中。此恩匪浅，我国应前往致谢。"渠丘公说："众卿所言极是，晋国之恩，不能不报。"立即进行筹备，准备出访晋国。

一切准备停当，已经是麦黄时节。渠丘公由竹节虚陪同，带上莒国软锦、东夷黄缎、陶坛陈酒、槐花蜂蜜、海岛燕窝、獭皮大氅、人参、海参、海马、海星、海葵、海贝、鱼干、虾干、乌贼干，等等，整整装满十大车。队伍一路跋涉，这天终于到达新绛。万万没想到，晋景公已经退居后宫，当起了太上君。他把大权交给自己的儿子，就是世子姬州蒲。

渠丘公对竹节虚说："晋侯隐退，新主州蒲执政，宜先拜访晋侯，而后祝贺姬州蒲。"二人于是来到后宫。晋景公在两个侍女陪侍下，正在玩蝈蝈。晋景公见到渠丘公，把两眼一挤，接着做了个调皮动作。然后一伸手，把蝈蝈笼子递上来。他的一举一动，像个不懂事的孩童。原来一个多月前，晋景公突然精神失常，不能料理朝政，只得退居二线。

渠丘公走到晋景公面前，主动施礼问好。晋景公做了个鬼脸，接着又来了个调皮动作。他转身绕了一圈，然后拿起一个桃子，一伸手递到渠丘公面前。渠丘公见状，感觉哭笑不得。他想："一代枭雄，叱咤风云，一朝得病竟是如此境况。"渠丘公想到这里，心里十分难过，只得应付一阵然后告辞。

渠丘公拜访了晋景公，然后拜访姬州蒲，对他执政表示祝贺。

夜晚，太空如洗，繁星满天，渠丘公一行正在馆驿休憩。突然，晋国上卿栾书来访。原来，他是受姬州蒲委托，前来看望莒国客人。一番礼仪过后，双方无拘无束，倾心交谈起来。渠丘公十分关切地问："贵国国君，病情如此之重，何不延医治疗？"

栾书说："我君得病之后，有人寻来一巫师。巫师对国君说：'你已病入膏肓，无法尝到新麦！'国君自此病情益重，不能上朝听政。"渠丘公听到这里，轻叹一声说："但愿贵君早日康复。"栾书摇了摇头，显得十分无奈。

晋国之行，竟然遇到这种情况。渠丘公一路归来，心情十分压抑。这天，渠丘公正在海岸巡视。突然，晋国专使飞马到来。来使先行施礼，然后递上一束竹简。渠丘公展开一看，晋景公已经去世，晋国送来的竟然是丧报。

原来，渠丘公离开晋国不久，麦子已经成熟。按照传统习惯，公田官吏给国君送来新麦。晋景公看见新麦，想起了巫师的话，不禁火冒三丈，说："何人说我不能尝到新麦？"立即把巫师斩首示众。当天中午，厨房送来一碗粥，说："此乃新麦做成。"晋景公心想："我终于吃到新麦了！"他刚刚端起粥碗，突然感觉肚子胀痛，于是高声喊叫："快扶寡人如厕！"内侍急忙过来搀扶。晋景公刚刚进入茅厕，一个趔趄栽进了粪坑。内侍顾不得污臭，赶紧把他拉出来。不一会儿，晋景公气绝身亡。谁也想不到，巫师一语成谶。对于此事，后人赋诗叹息：

巫师一语成寇仇，血染宫门在绛州。
姬据无福尝新麦，身亡茅厕志未酬。

晋景公惨然去世，姬州蒲继任国君，是为晋厉公。

渠丘公接到丧报，派梨树林为专使，带上丧礼到晋国进行吊唁。梨树林一路疾驰，很快到达新绛。抬头望去，大街上车马相接，人山人海。原来，各诸侯国都来吊唁。晋国的宿敌楚国，也派遣专使前来吊唁。

按照周礼，诸侯去世，其他诸侯国前往吊唁，派遣一名臣子即可。梨树林突然发现，一队人马飞驰而来。注目一看，来者竟是鲁成公。梨树林心想："鲁国打破惯例，国君亲自出马，是向晋国拍马屁来了！"忽然发现，一队晋国士兵跑来，从车上拉下鲁成公，当即把他押走。众来宾见状，一个个目瞪口呆。原来几年前，鲁、楚两国秘密往来。晋国以此为由，趁机把鲁成公扣押。直到次年三月，鲁成公才被释放。

梨树林完成吊唁任务，一行人离开晋国，马不停蹄回到莒国。梨树林见到国君，立即报告情况。渠丘公说："晋国如此强势，战火焉有熄灭之日！"

冬去春来，转眼到了公元前579年。这天上午，渠丘公举行会议，研究当前局势。梨树林、桃木剑、竹节虚、盾无敌等官员,全部出席会议。盾无敌对渠丘公说:"车马征战,非身强力壮不可。老臣垂垂老矣,不能继续为国效力。我愿解甲归田,颐养天年,请国君恩准。"说完慢慢地站起来,向着渠丘公深鞠一躬。渠丘公说:"爱卿征战四方,卓著勋劳,功不可没。"批准盾无敌回家养老。同时决定,把一个海岛赐给盾无敌。盾无敌感激涕零,一再致谢。他深鞠一躬,然后慢慢离开大厅。

梨树林进谏:"盾无敌之子盾三勇,忠贞可嘉,勇冠三军,乃司马不二人选。"桃木剑、竹节虚等众位臣子一致同意梨树林的建议。渠丘公当即决定:"盾三勇继任司马!"盾三勇被引进大厅,先行施礼,然后走到自己的座位。

桃木剑说:"当今天下,晋、楚、秦三强鼎立,我国不可得罪任何一方。秦国远在西北,暂且不论。晋国是我盟国,无可忧虑。当今天下,所虑者唯有楚国。以臣愚见,宜遣使访问郢都,融通两国关系。"竹节虚气愤地说:"楚军侵我三城,此仇至今未报,焉能遣使访问!"

众人听了,一阵窃窃私语。

渠丘公说:"晋、楚争霸,搅得天下不宁。郑、蔡、卫、鲁等国,皆为天子同姓,尚且屡受侵扰;宋国虽有公爵之尊,亦成刀俎鱼肉;凭齐国之大,唯有左支右绌。我国地僻人稀,局促于大国之间,唯有屈身周旋,方能无虞。"

梨树林说:"国君总览天下,高屋建瓴,谋虑深远。我等臣子,无可企及。"众人听了纷纷附和。渠丘公当即决定:"遣使访问楚国!"次日,以桃木剑为专使,带上大量礼物,再次到楚国进行访问。

桃木剑没有忘记,二十多年前,自己曾经访问过楚国。想当初,自己正值盛年,身强力壮,意气风发。何曾忘记,自己在伍举陪同之下,面对滚滚波涛,探问长江之长;面对清澈的汉水,两人触景抒怀。光阴无情,转眼之间自己已经鬓发斑白。桃木剑想到这里,不禁仰天长叹。正在感叹之中,郢都已在面前。桃木剑定了定神,整理一下衣冠,驱车进入东城门。刚刚进入郢都,恰巧遇到晋国使臣郤至。原来,郤至也是来楚国访问。这次十分凑巧,莒、晋两国同时到楚国访问。

桃木剑上次访问楚国,楚国派遣大夫伍举一路陪同,热情周到,礼仪有加。现在伍举已经年迈,不再担任公职。桃木剑来到郢都,首先递上国书。在馆驿等了三天,无人出面接待。桃木剑正在凝神沉思,伍举进来,以私人身份探望老朋友。

故友重逢，百感交集，两人不禁热泪盈眶。桃木剑倒上一杯茶，恭敬地递给伍举。伍举呷了几口茶，二人推心置腹，倾心交谈。回顾当年桃木剑来访，伍举神情愉悦，兴高采烈；谈到楚军攻破莒国三城，伍举长叹一声。两人交谈一会儿，桃木剑再次给伍举续茶。伍举把声音放得很小，告诉桃木剑一个重要消息。

原来当日上午，为了迎接郤至来访，楚共王举办了盛大午宴。郤至衣冠楚楚，从西阶登堂入室。他刚刚走进大厅，忽然听到鼓乐大作。郤至侧耳谛听，音乐悠扬悦耳。原来，竟然是招待国君的肆夏之乐。

周礼规定，肆夏是天子招待诸侯时演奏的音乐。到了春秋时期，诸侯相见越级使用肆夏之乐。但是演奏肆夏招待卿大夫，从来没有先例。原来，晋国大臣郤至访问楚国，楚共王极度重视。为了显示隆重，楚共王一时兴起，特意搞了个新花样。郤至经多见广，越听越不对劲，带领随从不辞而别。楚共王站在那里，如痴如呆。

伍举说完上述情景，轻轻摇了摇头，无奈地叹息一声。

桃木剑万万没想到，楚国对待两国来使，竟然冷热有别，冰火两重天。桃木剑终于明白了，在诸侯列国之间，强国与弱国相比，一个天上一个地下，不可同日而语。千年之后，人们总结出一条规律——弱国无外交。

桃木剑呆呆住在馆驿，一连等了几天，始终不见楚国的动静。实在没办法，只得去向伍举辞行。随后带领随从，一路悻悻回国。

渠丘公听完报告，一阵摇头叹息，但是无可奈何。梨树林进谏："常言道：'唯有自强，方能自保。'修建城垣乃当务之急，不可久拖。"渠丘公说："惟其如此。"会后立即筹集资金，购买砖、石等材料。

春季到来，艳阳和煦，微风送暖，草木葳蕤。此时此刻，莒国大地一片忙碌。广大将士与民工纷纷上阵，一起整修城垣。渠丘公带领随从，四处巡察督导。经过大半年整修，国都的城楼、箭垛、护城河等，已经修葺竣工。目前，施工队伍已经移往渠丘、郓城。按照计划，介根、兹邑、琅琊、牟娄、且于、鄑陵、郠邑、密邑、防邑、纪鄣、寿舒、寿余、大庞、常仪靡、盐官、蒲侯等城邑，都要进行整修。加高城墙，增修箭垛，挖深城壕，力求做到攻防兼备。

这天上午，渠丘公正在大庞巡察，突然两匹快马迎面而来。来人翻身下马，先行施礼，然后递上一束丝绢。渠丘公展开一看，原来是晋国送来的檄文。檄文要求，各诸侯都到洛邑会齐，共同出兵讨伐秦国。

渠丘公接到檄文，带领人马赶到洛邑。齐、宋、鲁、卫、郑、曹、邾、滕等国，先后到达。在晋厉公要求下，周简王派遣大臣刘康公、成肃公，打着天子旗号，参加诸侯联军，共同讨伐秦国。次日上午，以周王室名义，在太庙举行了出兵仪式。仪式过后千车竞发，一齐向秦国进军。这天，大军进入秦国境内。举目四望，原野茫茫，一片空旷。

渠丘公问："此处是何地域？"盾三勇回答："前面即是麻隧！"

按照晋厉公的安排，晋军为中路，鲁、莒、郑、邾、曹五国为左路，齐、宋、卫、滕四国为右路。晋国中军元帅栾书为指挥，总督各国军马。

晋厉公居于中央，左边是众诸侯，右边是中军元帅栾书，副帅荀庚；上军元帅士燮，副帅郤锜；下军元帅韩厥，副帅荀罃；新军元帅赵旃，副帅郤至。原来，晋厉公继位后，对晋国军队再次改编，整编成上军、中军、下军和新军。渠丘公看看秦军阵营，秦桓公居于中央，左边是将军成差，右边是护卫嬴汝父。秦军与诸侯联军相比，显得势单力薄。

渠丘公对鲁成公说："联军如此强大，此战必胜无疑。"两人正在小声说话，只见晋厉公把令旗向上一举，栾书一车当先，率先冲向秦阵。荀庚、士燮、郤锜、韩厥、荀罃、赵旃、郤至扬鞭催马，同时冲向敌阵。众诸侯千车齐出，像排山倒海冲向秦军。秦军抵挡不住，只得且战且退。

成肃公代表周天子出征，秦军对他恨之入骨。秦将成差弯弓搭箭，一箭射中成肃公左肋，成肃公当即死在战车上。曹成公驱动战车，向前追击秦军。秦军护卫嬴汝父一个回马枪，正中曹成公咽喉，曹成公当即阵亡。嬴汝父挥动长戟，接着来战渠丘公。盾三勇长枪一横挡住嬴汝父，接着一个"金龙探海"，把嬴汝父刺到车下。嬴汝父来不及爬到车上，车轮滚滚把他碾成肉泥。栾书驱动战车，向前追击秦桓公，秦将成差急忙前往救护。栾书伸出长臂，把成差生擒活捉。秦军大败，秦桓公仓皇向西逃命。联军乘胜追击，迅速渡过泾水，深入秦国境内。秦军一路狂奔，逃得无影无踪。

晋厉公一声令下，诸侯大军撤退回国。

麻隧之战，联军大获全胜。战事已经结束，渠丘公带领人马返回。队伍过了黄河，渠丘公感觉一阵心悸，差点倒在战车上。盾三勇见状，急忙过来搀扶。渠丘公说："我戎马一生，此乃最后一战。"说完，有气无力地躺在战车上。

正是：停车息马卸甲胄，英雄迟暮应叹息。

第七十二回　渠丘公身亡纪鄣　楚共王兵败鄢陵

且说麻隧大战，渠丘公凯旋，突然感到心悸，一下子晕倒在车上。过了一大会儿，渠丘公慢慢苏醒过来，众人舒了一口气。队伍回到莒国，盛夏已经来临。赤日炎炎，蝉鸣鸟叫，大地像烘烤一般。

渠丘公只能躺在床上，天天服药，日日治疗。经过一段时间疗养，病情终于有了好转。这天，他对着铜鉴整理妆容，发现自己鬓发苍苍，不禁感慨万千："嬴朱垂垂老矣！"说完长叹一声。

几个月后，渠丘公觉得神清气爽，身体硬朗了好多。他立即召集左右，再次研究城垣修复。梨树林、桃木剑、竹节虚、盾三勇等官员，齐集议事大厅。梨树林说："北部城邑，业已修复完工。"桃木剑说："西部修复，大略完成。"竹节虚说："海滨诸邑修复，已经竣工。"原来，这是他们各自负责的区域。渠丘公问："南部城邑，状况如何？"农有丰支支吾吾，说不出所以然。原来，司农农有丰新官上任，经验不足，因此进度缓慢。

梨树林进谏："纪鄣濒临东海，南邻淮夷。渠丘乃我国南大门，两处皆为重地，不可轻忽。"桃木剑接着说："我国北有强齐，南有强楚，两国虎视眈眈，均为莒国大患。以我之见，此次修建城邑，宜重点防范南北两端。"

渠丘公说："卿等所言，均有道理。"决定嬴密州留守国都，让桃木剑、竹节虚留下辅佐世子。渠丘公带领梨树林、盾三勇等人，巡察南北两个方向。大队人马浩浩荡荡，首先来到介根。随后，从北往南，逐处进行巡查。巡查完兹、防、郓、鄑和且于等城邑，然后拐弯往东，巡查了牟娄和琅琊。在琅琊住宿两夜，稍事休整，然后沿海滨南下。沿途巡查了玲珑、密邑、两城与尧王。此后继续南行，很快到达岚湾。在岚湾住宿一夜，次日到达纪鄣。

渠丘公来到纪鄣一看，广大军民正在施工。在梨树林、盾三勇陪同下，渠丘公绕城一周。箭垛已经修建完工，看上去整整齐齐。城垣四周，民工与士兵一起，正在拓宽护城河。有人抬着篓子，有人挑着筐子，有人搬运石料，有人铲除泥土。人们辛勤忙碌，一个个汗流浃背。农有丰站在那里，指指点点，显得十分认真。渠丘公看了，心里异常高兴。国君亲临视察，人们精神振奋，干劲倍增。

这时候，忽然探马来报："郯军侵占向邑！"

原来，当年鲁宣公受到齐国支持，趁机夺取了向邑。郯国一再向鲁国示好，终于打动了鲁国。鲁宣公一时高兴，就把向邑送给了郯国。公元前582年，楚军为了进攻莒国，突然穿过徐国，渡过沂河，进入向邑境内。当时的向邑，郯国守军仅有五百名。楚国五百辆兵车，排山倒海而来。郯军一看势头不妙，急忙躲进树林里。楚军撤回之后，郯子心想："向邑本是莒国领土，易攻难守，郯国何必为此担惊受怕？"他想到这里，干脆撤走守军，仅留下部分官吏，应付日常事务。近期以来，发现莒国并无动静。郯子派遣五百名士兵，再次进驻向邑。

渠丘公闻讯，顿时怒火万丈，说："小小郯国，竟敢侵占向邑，岂有此理！"盾三勇把长枪一挥，说："我愿率兵夺回向邑！"渠丘公立即予以批准。盾三勇率领五千兵士，战车一百辆，一路奔驰来到向邑，迅速把郯军围困起来。郯军将无斗志，兵无战心，莒军前来攻打，郯军立即开门投降。莒军大获全胜，向邑重回莒国版图。盾三勇趁此机会，挥动车马向西南突击。郯军无力抵挡，丢车弃甲，仓皇逃窜。莒军一路追赶，把沂河以东土地全部收复。按照预定计划，盾三勇留下两千兵士驻守向邑，然后带兵回到纪鄣。渠丘公下令："大摆宴席，犒赏三军！"

渠丘公来到纪鄣，转眼已经一月之久。本来打算尽快回到国都，这天夜里突然生病，卧床不起。次日天明，众人一齐前来探望。梨树林急忙派人赶到都城，报告世子嬴密州，同时派出专人四处求医寻药。第二天，嬴密州带着两名御医，急匆匆来到纪鄣。御医把脉问诊，开方煎药。可是七天过去，渠丘公的病情一直不见好转。众人一商量，又从大庞、鄢陵请来了几位郎中。郎中开方医治，渠丘公的病情仍然不见好转。

嬴密州十分着急，打算把渠丘公接回国都。梨树林说："国君重病在身，不宜车马劳顿，暂住纪鄣为好。"过了几个月，渠丘公的病情有所好转。众人大喜过望，打算返回国都。车马准备停当，众人一起搀扶渠丘公登车。渠丘公两腿一软，差点坐到地上。众人无奈，只好把他扶进室内。就这样，渠丘公在纪鄣常住下去。

公元前577年五月初一清晨，东方朝霞满天，一轮红日慢慢露出海面。这时候，渠丘公已到弥留之际。众人围在病榻前，聆听教诲，接受遗嘱。渠丘公说："依赖众卿之力，城邑修葺业已完工。切记，居安思危，须臾不可忘怀。"过了一会儿，渠丘公又说："生死由命，富贵在天。人非神仙，总有离世之时。我死之后，葬仪务须从简，不可奢华。渠丘乃我国三都之一，葬我于渠丘，我愿足矣。"渠丘公说完，溘然离别人世。

渠丘公去世，他的长子嬴密州继位，是为犁比公。

且说"麻隧之战"后，郑国发生内乱。楚共王誓师北伐，趁机征讨郑国。楚军一路北上，占领了郑国的暴隧，然后继续进攻。郑国受到攻击，只得向晋国求援。晋厉公亲率栾书、士燮、郤锜、郤至、郤犨、魏锜、韩厥、荀罃、荀偃、栾针、苗贲皇等众臣，出动兵车六百辆，浩浩荡荡杀向郑国。

公元前575年五月下旬，江汉一带夏稻已经返青，黄河流域小麦收割完毕。晋、楚两国大军，一支南下，一支北上，晋、楚大战即将爆发。晋国大军渡过黄河，两军在郑国的鄢陵相遇。傍晚时分，双方分别扎下营寨。

晋国元帅栾书进谏："楚军实力强大，来势凶猛，不可小觑。以我之见，速速派遣使臣，前往卫、齐、莒、鲁四国，请其出兵参战。"晋厉公说："此议甚好！"立即派遣使臣，赶往四国传檄。使臣领命，马不停蹄奔往四国。

却说犁比公继位第二年，梨树林、桃木剑、竹节虚等人，先后告老还家。六一卿、七二瑰、八三衷、九四禾四人，分别担任司徒、司空、司寇和司农。

这天上午，犁比公正在牟娄巡视，六一卿飞马来报："晋国使臣已到国都！"犁比公立即带领人马，紧急返回莒城。双方一见面，晋国使臣躬身递上国书。犁比公展开一看，原来晋厉公传檄各国，立即出兵攻打楚国。

使臣在莒城住宿一夜，次日奔赴齐国。犁比公立即召集会议，研究出兵事宜。六一卿说："楚国侵我三城，是我国仇敌。此次晋国传檄攻打楚国，正是报仇雪恨良机！"七二瑰说："先君辞世业已二年，此次出兵参战，正可展示新君风采。"

八三衷说："莒、鲁、齐共同出兵，正是联谊齐国良机。"九四禾说："齐国一再示强，屡侵我国。此次出兵参战，两军共处同一阵营，岂不难堪！"

犁比公心想："自己继位以来，这是首次出国参战。此战胜负如何，事关重大。"想到这里，犁比公说："楚国侵我三城，至今已历七载，此仇至今未报。此次出兵中原，正是报仇雪恨良机。我意已决，出兵参战！"于是亲率战车三百辆、兵士两万人，以盾三勇为先锋，一路向鄢陵进发。队伍很快到达曲阜，打算两国一起行动。想不到鲁国一拖再拖，没有出兵动向。

原来此时的鲁国，"三桓"控制了国家权力。"三桓"为了各自利益，互相推诿，拒不出兵。莒军驻扎在曲阜近郊，一住就是三天，一等再等，一直不见鲁国的动静。犁比公派人与鲁国联络，鲁国给出的答案是："等待齐军，一起行动。"犁比公觉得蹊跷，就暗中派人打听。没想到，以礼仪著称的鲁国，发生了桃色事件。

原来，鲁成公年幼继位。季文子、孟献子与叔孙侨如，三人共同辅政，是为"三桓"。鲁成公的母亲穆姜守寡多年，耐不住寂寞，不顾国母身份，爱上了叔孙侨如。两人你亲我爱，如胶似漆，经常暗度陈仓。时间一长，这件事无人不晓。鉴于穆姜的国母身份，众人一个个装聋作哑。

这天，叔孙侨如赤条条搂着穆姜，趁机提出一个要求："除掉季文子、孟献子。"叔孙侨如的目的是将"三桓"变成"一桓"，自己独掌鲁国大权。这个要求非同小可。穆姜心爱叔孙侨如，不假思索一口答应下来。

鲁成公接到晋国的檄文，亲自带兵出征。穆姜前往送行，趁机要求："驱逐季文子、孟献子，将两家土地封给叔孙侨如。"

鲁成公心想："'三桓'执政，还可以互相制衡；假如只剩下'一桓'，必定尾大不掉，公室的日子更加难过。"

鲁成公年轻胆小，不敢明确反对母亲，只得说："此事非同小可，待我战后回国，再做区处。"穆姜顿时大怒，指着鲁成公的鼻子说："你若不答应此事，我让他取而代之！"鲁成公一听，顿时吓了一跳。他带兵走出不远，又悄悄回到曲阜，暗中加强戒备。就这样拖了几天，结果没赶上鄢陵会战。

鲁国一拖再拖，不见出兵动静。究竟该何去何从？犁比公与盾三勇商量。盾三勇说："山东三国应邀出兵，宜于同步行动；若我国孤军突进，胜负难料。况且我军单独行动，势必疏远齐、鲁两国。以我之见，莫如就地驻扎，耐心等待鲁军。"

犁比公说："言之有理。"下令安下营寨，一直驻扎在曲阜近郊。

且说晋、楚来势汹汹，两军在鄢陵相遇。双方短兵相接，大战一触即发。此战胜负如何？晋厉公心中没底，就让卜师占卜一卦。占卜结果，得到一个"复卦"。其爻辞是"南国戚，射其元王，中厥目"。意思是："南国的国土将要缩小，射其君王，中伤他的眼睛。"对晋国来说，这无疑是个大吉之卦。

卜师看了爻辞，高兴地对晋厉公说："恭喜君王，此乃大吉之卦！敌人国土缩小，君王眼睛受伤。此时不战，更待何时！"晋厉公立即下令："全军出击！"一声令下，晋国大军排山倒海一样，向楚军发动攻击。

楚共王亲自擂动战鼓，指挥楚军向前冲杀。两军对阵，枪林箭雨，杀声震天。突然，一支晋军横插过来，突入楚共王面前。晋将魏锜"嗖"的一箭射去，正好射中楚共王左眼。楚共王忍着疼痛，伸手拔出箭镞。左眼珠随箭而出，一下子掉到地上。晋军像排山倒海，一齐冲杀过来。

楚军抵挡不住，乱纷纷向后败退。

晋军乘胜追击，一直追出三十多里。楚共王一看，楚军根本不是晋军对手，心想："三十六计走为上计！"趁着夜幕掩护，悄悄撤军回国。晋军千军万马涌入楚军营地。进去一看，楚军抛下大批粮秣物资，一眼望去，堆积如山。晋厉公当即下令："大军就此驻扎！"晋军在此大吃大喝，整整享受了三天。

鄢陵之战，以晋军全胜而告终。战斗结束第二天，齐军才赶到战场；卫国军队刚刚越过国境；犁比公率领的莒国军队，尚在鲁国境内；鲁国军队还没离开曲阜。著名的鄢陵大战，齐、莒、鲁、卫四国军队，竟然都没到达战场。

战事已经结束，犁比公率领大军向莒国回返。犁比公心想："此次出兵半途而回，没能与楚军对阵，未能报仇雪恨。"想到这里，感觉十分遗憾。队伍回到莒国，立即举行会议。犁比公说："此次大战，楚国惨败而归。自晋文公称霸，城濮之战、崤之战、邲之战、鞌之战、鄢陵之战，晋国五战四胜，尽显强势。由此可见，晋国仍是莒国靠山。"众人听了纷纷赞同。

转眼之间秋季到来。这天犁比公正在开会，突然内侍报告："晋国使臣到！"原来晋厉公再次传檄，举行诸侯会盟，共商讨伐郑国。犁比公接到檄文，带领人马赶往中原。到达郑国一看，参加会盟的有晋厉公、齐灵公、鲁成公、卫献公。宋、邾两国，各派一名大夫参与。鲁成公刚刚走来，却被拒之门外。原来，鲁国未参加鄢陵会战，晋厉公借机给予惩罚。

犁比公心想："鲁国出现变故，拖延了出兵时间。莒军为了等待鲁军，一直驻扎在曲阜，没赶上鄢陵会战。对此，晋国肯定不会饶恕！"犁比公想到这里，急忙找到晋国大臣郤犨，首先送上一笔厚礼，然后说明原因。犁比公一再拜托郤犨，请他在晋厉公面前多多美言。郤犨见到晋厉公，千方百计为莒国开脱。晋厉公最终原谅了莒国，犁比公顿时松了一口气。

按照晋厉公的安排，晋、齐、卫三国，驻扎在郑国西部；莒、鲁、宋、邾四国，驻扎在郑国东部。犁比公急忙派人催促鲁国进军，鲁成公担心后院起火，忧心忡忡不敢行动。犁比公对盾三勇说："鲁国踟蹰不前，必定贻误军机！"话音未落，突然有人报告："鲁国大夫季文子被抓！"犁比公急忙向外望去。晋国士兵押着季文子，一下子推到囚车上。

原来，季文子是替鲁成公顶罪的。

季文子被晋国拘捕，事情来得如此突然。犁比公见状，不禁目瞪口呆。

正是：诸侯会盟是正道，大战在即莫彷徨。

第七十三回　声孟子淫乱齐宫　高无咎出奔莒国

原来，鲁成公带兵在外，穆姜天天与叔孙侨如幽会。这天夜里，两人又纠缠在一起。叔孙侨如伸出右臂，搂住穆姜说："诸侯围攻郑国，季文子正在军中。何不趁此机会，让晋国囚禁季文子，除掉这一祸患。"

穆姜把凤眼一睁，说："晋国如此强势，焉能听从你我使唤？"叔孙侨如说："晋国大臣郤犨是我旧交，此人贪财好利。可派遣密使，送厚礼一笔，使其拘捕季文子。"穆姜高兴地说："此计可行！"立即派出密使，到晋营送礼。密使来到晋国军营，说了季文子一通坏话。郤犨一听顿时大怒，说："季文子如此狂妄，先行拘捕，再行发落！"立即把季文子拘捕，推上大车押往晋国。直到这年冬季，季文子才被释放。

季文子回到鲁国，公布了叔孙侨如的叛国行为。众人闻讯，无不切齿痛恨。鲁成公得知真相，恨得咬牙切齿。穆姜见势不妙，急忙为叔孙侨如辩护。舆论汹汹像黄河决口，不可遏止。鲁成公一怒之下，把叔孙侨如驱逐出境。穆姜痛哭失声，寻死觅活。不长时间，身如弱柳枝，人比冬菊花。

叔孙侨如仓皇离开曲阜，一溜烟跑到莒国。他想："鲁、莒两国东西为邻，多有交往。凭着自己在鲁国的地位，莒国肯定重用自己。"叔孙侨如到了莒国，自报家门，提出要求。他一等再等，没得到任何官职，心里十分失落。

原来，叔孙侨如溜到莒国，要求担任大夫。六一卿不敢做主，立即找来七二瑰、八三衷。三人一商量，立即派出专人，赶往中原报告犁比公。

这时候，犁比公正在郑国前线。鲁军迟迟没有来到，犁比公心里十分烦躁。恰在这时候，国内前来报告："叔孙侨如潜往莒国，要求担任大夫。"犁比公气愤地说："如此败类，淫荡成性，秽乱宫廷，立即驱逐出境！"

莒国下了逐客令，叔孙侨如只得跑到齐国。想不到，又被声孟子看上。原来，声孟子是齐顷公的如夫人，齐灵公的母亲。齐顷公去世后，声孟子心里十分失落,她耐不住寂寞,就与多位异性私通。与她上过床的有大臣,有内侍,也有勤杂人员。声孟子的风流韵事,齐灵公早有耳闻,但是无可奈何。声孟子身为国君之母,其他人只能视而不见,听之任之。

叔孙侨如来到齐国,声孟子立即召见他。对方是鲁国穆姜的情夫,声孟子心知肚明。见面之前,声孟子一直在猜想:"叔孙侨如仪表如何?有何特异之处?凭什么吸引了鲁国国母?"双方一见面,声孟子认真端详:叔孙侨如仪表堂堂,风流倜傥,确非一般男子可比。

声孟子不看则已,看过之后立即芳心大乱。

叔孙侨如端详一下声孟子:年届四十,凤眼流波;皮肤白皙,温润如玉;容颜之美与少女相比,有过之而无不及。两人如干柴遇烈火,像旱苗逢雨露,立即缠在一起。声孟子一不做二不休,干脆把叔孙侨如留在宫内。二人不顾一切,昼夜缠绵淫乐。

叔孙侨如心想:"自己被鲁国驱逐,莒国又不收留。现在来到齐国,充其量是个客卿。声孟子虽然深爱自己,但这毕竟是偷情,是见不得阳光的。此事一旦暴露,自己后果难料。"叔孙侨如越想心里越害怕。

这天夜里,两人云雨一番之后,叔孙侨如忽然长叹一声。声孟子忙问:"深夜叹息,有何心事?"叔孙侨如就把自己的担心一股脑儿告诉了声孟子。声孟子说:"当今国君,乃我亲生之子。我身为国母,众人其奈我何!"过了一会儿,声孟子突发奇想,对叔孙侨如说:"我与你生个男婴,长大后继任国君!"

第二天上午,声孟子立即召来御医。御医熬了几服中药,让叔孙侨如喝下去。几天之后,两人又在一起淫乐。叔孙侨如威风飒飒,就像猛虎下山。十个月后,声孟子生了一个儿子,秘密藏在后宫。叔孙侨如闻讯,吓得心惊肉跳。他想:"此事一旦暴露,自己性命难保。"这天夜里,风雨交加,叔孙侨如趁着夜色掩护,悄悄溜出宫门,仓皇逃到卫国。

叔孙侨如不辞而别,声孟子十分生气。她对孩子说:"孽种一个,留之何益!"指令内侍把孩子掐死,然后神不知鬼不觉,趁夜扔进护城河。

大夫庆克为人机灵,能说会道,深得齐灵公宠信。庆克可以自由进出宫门,享受着别人不能享受的待遇。他和声孟子越走越近。叔孙侨如溜走后,声孟子心里十分难受。恰在这时候,庆克出现在自己面前。不长时间,两人就缠绵在一起。一天黎明,庆克从声孟子房内出来,恰巧遇到大夫鲍牵。鲍牵一看,庆克两眼惺忪,衣衫不整,不禁大吃一惊。他立即派人赶往前线,报告上卿国佐。国佐怒不可遏，立即派人找到庆克，训斥说："你秽乱宫廷，该当何罪！"庆克找到声孟子，添枝加叶哭诉一番。

声孟子见到齐灵公，说："鲍牵有篡国野心，国佐、高无咎是其同谋！国、高身为上卿，不思尽忠报国，竟然助纣为虐。不予严惩，国将不国！"齐灵公信以为真，立即召来鲍牵，一声令下砍去他的双脚。消息传开，整个临淄城议论纷纷，沸沸扬扬。

国佐、高无咎是周天子派往齐国的世袭上卿。这时候，两位上卿，都在诸侯围攻郑国的前线。二人听到国内出现变故，星夜兼程回到齐国。恰在这时候，庆克和声孟子幽会之后，刚刚走出内宫。国佐见到庆克，不由分说，一剑刺进他的胸膛。庆克惨叫一声，当即死在血泊中。

齐灵公闻讯，不禁大吃一惊。声孟子见到齐灵公，立即大进谗言。齐灵公信以为真，打算除掉国、高二人。国佐得到消息，立即来到高无咎家里，一起商量对策。国佐说："昏君当道，妖婆淫乱，国无宁日。以我之见，需请求外援。"高无咎说："你我身为上卿，求援外国，岂不贻笑天下？"国佐说："事急矣，刻不容缓，迟则生变！"高无咎急忙问："请求外援，当以何国为宜？"国佐说："莒国践行大义，屡屡救人于危难之中，乃最佳避难之所。"

两人正在商谈，突然听到外面车马嘈杂。就在这时候，副将士华免带领一群武士，呼啦啦闯进来。国佐来不及躲藏，被捆起来推到大车上。高无咎一看不好，立即跳窗逃跑。国佐被押到宫里，来不及申辩，已经人头落地。高无咎急忙扮作商人，趁乱逃出临淄，急匆匆奔往莒国。

且说郑国被诸侯联军围困，急忙派遣使臣，赶往楚国求救。楚国立即出动大军，星夜增援郑国。这时候，齐、鲁、宋三国因为出现内乱，已经撤兵回国。其余国家人心不齐，一个个踌躇不前。在楚军猛烈进攻下，晋国为首的联军被赶出了郑国。

战事告一段落，犁比公带领莒军，怅然回到莒国。

犁比公明白，当今天下动荡，战争频仍，时刻不敢大意。这天，犁比公一行离开鄢陵，赶往且于城巡视。在当地官吏陪同下，首先绕城一周。举目望去，箭垛整整齐齐，护城河已经挖深加宽。犁比公心里十分满意。

按照原计划，巡视完且于，然后再去兹、防、大庞等城邑。这天上午，队伍正在向东行进。突然司寇八三衷赶来，他在马上高喊："齐国上卿到！"犁比公闻报，立即赶回国都。原来是齐国上卿高无咎，前来莒国避难。

高无咎见到犁比公，顾不得礼仪，抱头失声痛哭。犁比公知道，高无咎作为朝廷命官，是齐国的贵族，非一般臣子可比。亲自举行午宴，给高无咎接风洗尘。司徒六一卿、司空七二瑰、司寇八三衷、司农九四禾等臣子，同时出席作陪。

次日上午，六一卿陪同高无咎，来到柳清河西岸。他们走进一片树林，一座宽大的院落，顿时呈现在眼前。一眼望去，墙高屋大，青砖青瓦，不失几分气派。六一卿说："当年齐桓公避难莒国，此处是其住所，后来被称为避庭。"高无咎心想："避庭，顾名思义，就是避难的庭院。百年之前，自己的国君来此避难；百年之后，自己又来此避难。从此寄人篱下，不知何时是个尽头。"高无咎想到这里，不禁感慨万千，两行眼泪哗哗流下来。

六一卿说："国君一再叮嘱，莒国施行大义，救人于危难之中。车马侍卫，无偿提供；食宿用品，按月供应。"高无咎十分感激，两手一拱连连致谢。过了几天，高无咎找到六一卿，要求更换住所。

原来，浮来山就在附近。观光者、采风者、采药者、攀登者、狩猎者，等等，人来人往，络绎不绝。高无咎十分担心自己会被齐国发现。六一卿于是坐上木船，把高无咎送往海岛居住。

高无咎栖身海岛，祖祖辈辈在此繁衍生息，成为莒国居民。

且说犁比公继位以来，从未出国访问。这天，六一卿进谏："诸侯互访，礼尚往来，此等大事不可缺席。晋国作为北方霸主，乃我国所依赖。以我之见，国君宜尽快赴晋国访问。"犁比公说："爱卿之言，正合我意。"立即带上礼物，赶往晋国访问。一行人马不停蹄，这天终于到达新绛。

万万想不到，晋国发生了宫廷政变。晋厉公惨然遭弑，已经命归黄泉。

原来，晋厉公有许多外嬖与男宠。鄢陵之战后，晋厉公自觉功高盖世，开始打压众卿势力。同时，大幅提升外嬖与男宠的待遇。大夫郤至、郤犨、郤锜兄弟三人，成为打击的首要目标。其余公卿大臣，也在打击范围之内。

这天，晋厉公带领人马到郊外狩猎。千军万马，规模盛大。按照周礼，国君与大臣狩猎，后宫人员不得参与。晋厉公却带上嫔妃与宦官，宦官之后，才轮到公卿大夫。晋厉公如此违背礼制，任性而为，众大臣只得忍气吞声。突然，一头野猪窜出树林。郤至一箭射去，野猪顿时倒在树丛里。郤至本来打算将野猪奉献给晋厉公。想不到宦官孟张冲向前去，抱起野猪就跑。郤至怒不可遏，一箭向他射去。孟张顿时中箭，一头栽到地上。妃嫔们被吓得花容失色，惊叫不已。晋厉公脸色铁青，恨得咬牙切齿。

这年年底，晋厉公让外嬖胥童带领人马，把郤至兄弟三人全部杀死。

晋厉公怂恿外嬖行凶，官员们无不切齿。次年正月，晋厉公带领后宫佳丽与男宠，一起到郊外游猎。中军元帅栾书趁机发动政变，杀死了晋厉公，草草埋在郊外乱石岗上。十四岁的世子姬周登上国君之位，是为晋悼公。

晋悼公虽未成年，却头脑机敏，聪明果断。二月初一，晋悼公正式登上朝堂，开始宣布新政。驱逐奸佞多人，起用一批能臣；开仓扶贫救灾，宣布轻徭薄赋；禁止官员奢侈，节俭公府开支。一系列措施出台，人们的精神为之一振，笼罩在晋国上空的阴霾顿时消散一空。

晋悼公选贤任能，果断推行新政。中军元帅栾书惊骇成疾，急忙交出权力，不久凄然死去。晋悼公当机立断，任命韩厥接任中军元帅。

犁比公来到新绛，晋厉公被弑身亡，晋悼公已经继位。次日上午，犁比公在六一卿陪伴下，前往会见晋悼公。犁比公一看，晋悼公身材高挺，剑眉高鼻，一派英武气概。双方见面，晋悼公应对自如，显得聪明绝顶，才略出众。犁比公走出晋宫，不禁赞叹："晋侯年少聪颖，真英武之君也！"

当天夜晚，天气晴朗，月明星稀，大地一派静谧。犁比公正在馆驿品茶，突然门官报告："晋国客人到！"原来，当年的"赵氏孤儿"赵武，在韩厥大力举荐下，已经担任晋国司寇，今晚两人一起前来看望犁比公。

犁比公十分热情，祝贺韩厥任中军元帅，祝贺赵武任晋国司寇。韩厥代表晋悼公对莒国来访表示欢迎，对犁比公的贺忱表示感谢。赵武提起当年避难莒国，向着犁比公鞠躬施礼，一再表示感谢。犁比公热情邀请二人，到莒国做客。

犁比公回到莒国，已经阳光炽热，到了麦收时节。田野里男女老少，都在抢割小麦。举目望去，一派忙碌景象。犁比公命令广大将士，分散到城郊帮忙。有的帮助割麦，有的帮助犁田，有的帮助播种。到了六月中旬，麦收早已完成。新种的庄稼已经长出新苗，随风起伏，绿油油一望无际。

这天，犁比公带领随从，赶往介根巡视。队伍刚走到牟娄，突然有人报告："晋国使臣到！"犁比公闻讯，心里不禁"咯噔"一下。

正是：适逢三夏大忙季，忽闻外使又到来。

第七十四回　围彭城晋国联兵　赴鸡泽莒君与盟

且说犁比公正在巡视，晋国突然送来檄文，要求莒国出兵，前往救援宋国，犁比公立即带领随从，紧急赶回国都。

原来，晋悼公拨乱反正，任用贤能，惩罚邪恶，晋国很快出现大治。昔日的诸侯霸主，又恢复了当年的气象。同年六月，中原大地风云突变。郑成公在楚共王的支持下，突然带兵攻入宋国。宋国地处平原，无险可守。郑军一路突进，很快打到宋都睢阳西门外。楚共王亲自带兵，从南部侵入宋国。

在楚、郑两国夹击下，宋军只得节节败退。短短时间，宋国连失四城。彭城在睢阳以东，是宋国第二大城邑。彭城被攻占，都城睢阳孤立无援，宋国危在旦夕。

楚共王为了肢解宋国，把鱼石等五位宋国降将，全部送到彭城。楚国留下战车三百辆，帮助鱼石守卫彭城。鱼石等叛国将领狐假虎威，趁火打劫，打算趁机派兵进攻睢阳。宋国风声鹤唳，陷入内外交困之中。

宋平公无计可施，急得团团转。大夫西钼说："晋国乃北方霸主，若我军坚守睢阳，反攻彭城，晋军必定前来解围。"宋平公有了底气，立即派兵反攻彭城。但是连攻三天，伤亡十分惨重，最后攻而不克。到了十一月，晋国援兵仍然不见踪影。楚共王派遣令尹熊婴齐，带兵再次侵入宋国。

宋平公万般无奈，急忙派人前往晋国求援。晋悼公立即召集群臣，商量应对之策。中军元帅韩厥进谏："昔日文公成就霸业，始于救宋。今日宋国被围，不能不救。"晋悼公当即下令："传檄诸侯，救援宋国！"然后派出多路使者，赶往各国传递檄文。东路使臣昼夜兼程，首先到达莒国。

犁比公外出巡视，刚刚走到大庞。晋国使臣见到犁比公，立即递上檄文。犁比公紧急带人回到都城，立即开会研究。六一卿说："晋国新君继位，首次联兵救宋，我国应出兵参战。"七二瑰说："楚国曾经占我三城，此仇至今未报。此次联军攻楚,正是报仇雪恨之时,不可错失良机。"

八三衷说:"晋国联络北方诸侯,势力异常强大。此次出兵,必胜无疑。"九四禾说:"我国城邑整修已完工,进可攻退可守,正是用兵之时。"

盾三勇把剑鞘一拍,说:"我愿为前部先锋,出兵救援宋国!"

众位臣子同仇敌忾,纷纷要求出兵。犁比公当即决定:"出动战车三百辆、兵士两万人,以盾三勇为将,紧急救援宋国!"十二月底,盾三勇带领兵马到达彭城。晋、鲁、卫、曹、邾、滕、薛七国,队伍先后到达。宋平公见联军到来,顿时信心百倍。楚国令尹熊婴齐心想:"大事不妙!"留下兵车三百辆帮助鱼石,自己悄悄带兵回国。

转眼之间,公元前572年春季到来。按照晋国的安排,晋军为主力攻打南门,对付楚国的三百辆兵车;宋、卫两国军队负责攻打西门;盾三勇指挥莒、曹、邾三国军队,负责攻打东门;鲁、滕、薛三国军队负责攻打北门。九国军队车马相接,把彭城围了个水泄不通。

晋国元帅韩厥指挥大军,一路穷追猛打。楚军留下的三百辆战车全部被晋军掳获,九千名楚军士兵非死即伤,剩余的全部成为俘虏。晋军抬起巨木,反复撞击。"轰"的一声,彭城北门终于被撞开。联军蜂拥而入,向城内突进。

盾三勇率领莒、曹、邾三国军队,正在攻打东城门。突然有人高喊:"北门已被攻破!"盾三勇立即指挥三军,竖起云梯向城上猛攻。

敌将鱼石一看大事不妙,急忙带人溜到城下。想不到,一头撞到韩厥的战车上。韩厥长伸猿臂,一个"鹞鹰抓鸟",把鱼石生擒活捉。晋悼公一声令下,鱼石被带到晋国。

联军乘胜进攻,接连攻下了朝郑、城郜与幽丘。

转眼之间,夏季到来。莒军随同诸侯联军挥兵西指,向郑国问罪。联军一路进攻,打到新郑外城。国都被围,郑国急忙向楚国求援。使臣到达楚国,述说当前危机状况。楚共王立即召集会议,研究对策。公子熊寅夫说:"欲解郑国之围,莫如围宋救郑。"楚共王说:"此计甚妙!"指令熊寅夫为将,出动战车五百辆、士兵三万人,浩浩荡荡,再次杀向宋国。

宋国再次受攻,只得向晋国求援。依照晋国的安排,莒、鲁、曹、滕、邾五国军队一起,紧急驰援宋国。楚军见联军人多势众,趁夜罢兵回国。宋国之围已解,联军再次攻打郑国。郑成公十分恐惧,只得带上礼物向联军谢罪。

增援任务已经完成,盾三勇带兵回到莒国。中原出兵凯旋,犁比公十分高兴，大设宴席，犒赏三军。这天午宴刚结束，突然有人来报："晋国使臣到！"话音未落，晋国大夫巫臣到来。犁比公没有忘记，十二年前巫臣出使吴国，曾经路过莒国。转眼十几年过去了，巫臣再次到达莒国。

犁比公对众位臣子说："巫臣此来，必有要事！"

巫臣告诉犁比公，为了南北夹击，使楚国首尾不能相顾，自己奉命出使江南，动员吴国攻打楚国。这次绕道莒国，是请莒国支援战车，帮助吴国出兵。犁比公很痛快地答应下来，拨出战车两百辆，派出兵马沿途押运，一直送到吴国。

吴军经过多年操练，熟悉了车战技艺，已经水陆兼备。巫臣到来，吴王姬寿梦十分热情，给予高规格接待。姬寿梦看了晋国国书，察看了莒国援助的战车，立即下令："整顿舟船，准备伐楚！"任命世子姬诸樊为将，出动战船两百艘，在江口日夜操练兵马。

吴国厉兵秣马，准备进攻，消息很快传到楚国。令尹熊婴齐进谏："与其吴军攻楚，莫如先发制人。"楚共王说："此议甚当，立即进兵！"当即下令，让熊婴齐率兵三万，占领了吴军江上防线鸠兹。副将邓蓼献计："长江水势凶猛，易进难退。我愿率轻兵一支，以为前哨。令尹自统大军，驻屯于郝山矶，大军必定进退自如。"熊婴齐说："言之有理！"亲自挑选精兵三千，大小战船上百艘，沿江顺流而下，向东进攻吴军。

吴国世子姬诸樊得到消息，立即派遣公子姬夷昧带领战船五十艘，埋伏在采石矶。双方接战不久，采石矶炮声大作，箭矢如雨。吴军伏兵四起，向着楚军杀奔而来。楚军船队受到袭击，急忙向西撤退。逆水行舟，风大浪急，行动异常艰难。楚国船队被吴军包围。吴军枪剑如林，飞箭如雨，楚军大败而归。

熊婴齐羞愤成怒，顿时气得吐血，走到半路，气绝身亡。

消息传到莒国，举国欢庆，一片沸腾。当天中午，犁比公设宴欢庆。他说："吴国获胜，熊婴齐兵败身亡，此乃喜讯一桩，今日举杯共庆！"

司徒六一卿说："当年楚军偷袭我国，熊婴齐是罪魁祸首。此人兵败身亡，正该举杯庆祝。"说完向犁比公敬酒一杯，再次斟满酒杯，仰头一饮而尽。司空七二瑰说："熊婴齐陷我三城，系我国仇敌。今日仇敌身亡，焉能不举杯同庆！"先给犁比公敬酒，然后大家共饮一杯。司寇八三衷高举酒杯说："捷报传来，对酒当歌，举杯畅饮，一醉方休！"说完一仰头喝下去。司农九四禾不胜酒力，几杯酒下肚浑身发热，脸上微微发烧。他把杯里倒满白水，说:"以水代酒,欢庆胜利!"

盾三勇喝酒是海量,众人无不知晓。他刚刚举起酒杯,众人一齐起哄:"酒杯过小,需用酒坛!"盾三勇看了看犁比公,想征求国君的意见。犁比公端坐不动,面无表情,不置可否。盾三勇心领神会,双手举起一个陶制酒坛,一阵"咕咚咕咚",酒坛顿时空空如也。众人见状一齐喝彩。八三衷站起来高喊:"一坛太少,再来一坛!"众人齐声附和。盾三勇急忙双手抱拳,说:"我军再度凯旋之日,本人一定连饮三坛,失敬失敬!"

大家觥筹交错,相互敬酒,其乐融融。六一卿使个眼色,与七二瑰、八三衷、九四禾、盾三勇四人一起向犁比公敬酒。犁比公刚刚举起酒杯,内侍悄悄走过来,对着犁比公耳语一阵。众人见状,立即各就各位,大厅里顿时安静下来。

原来,晋悼公再次发出檄文,举行鸡泽会盟。

且说鲁成公重病在身,于公元前573年去世。他的儿子姬午继位,是为鲁襄公。鲁襄公继位时,还是个三岁的孩子。为了加强与晋国的关系,鲁襄公在大夫仲孙蔑的陪同下,到新绛朝觐晋悼公。双方一见面,鲁襄公二话没说,"扑通"一声跪下,接着磕了三个响头。晋悼公连忙说:"上有天子,鲁侯行此大礼,寡人焉敢接受?"仲孙蔑连忙代答:"鲁国周边,强敌环伺。寡君期盼晋国予以援助,故行此大礼也。"晋悼公说:"鲁国如此孝敬,晋国不会忘怀!"

犁比公此次赴盟,故意绕道途经鲁国。鲁襄公已经长到六岁,仍是个不懂事的孩子。鲁国的军政大权,被仲孙蔑一手把控。无论大事小事,都是仲孙蔑拍板定案。犁比公对六一卿说:"鲁侯年幼无知,臣子擅权独断,势所必然也。"

这天,六一卿陪同犁比公,仲孙蔑陪同鲁襄公一起到达鸡泽。晋悼公、宋平公、卫献公、郑釐公、邾宣公,还有齐国世子姜光,一个个先后到达。在晋悼公的要求下,周灵王派代表参加会盟,为晋国撑腰打气。

这天晚上,六一卿报告犁比公:"此次鸡泽会盟,晋国特邀吴国参与。为邀请吴王,晋君特派大夫荀会,赶到淮河岸边迎接。"犁比公忙问:"吴王是否到来?"六一卿说:"为臣听说,由于江淮阻隔,路途遥远,吴王未来参与会盟。"犁比公说:"为了联吴制楚,晋国煞费苦心矣。"

次日早晨,六一卿再次报告:"昨天深夜,来了一位不速之客。"犁比公忙问:"来者何人?"六一卿说:"其人名字叫袁侨,乃陈国代表。"犁比公说:"陈国依附楚国,与中原极少往来。此次归附于晋国,此乃好事一桩。"

六一卿说:"闻听熊婴齐死后,熊壬夫接任楚国令尹。熊壬夫颐指气使,多次索要财物,陈国不堪重负。陈国一怒之下,派人前来参与会盟。"

犁比公说:"北方阵营,今日增加一员,此事可喜可贺!"

这次鸡泽会盟十分隆重,有了陈国的参与,气氛更加热烈。会议整整开了三个月,直到秋风送爽才结束。犁比公与众诸侯一起,歃血盟誓,公认晋悼公为霸主。晋悼公像一颗新星冉冉升起,受到诸侯普遍拥戴。

鸡泽会盟结束,犁比公立即率领人马,紧急返回莒国。走在路上,六一卿对犁比公说:"鲁国'三桓'擅权,架空国君,真是天下奇闻。"

犁比公说:"常言道:'天无二日,国无二主,普天之下,尽人皆知。'臣子擅权,鲁国必乱无疑。"

犁比公回到莒国,开始整顿吏治。这天上午,内侍前来报告:"晋国客人到!"原来晋国大夫巫臣,再次来到莒国。犁比公见到巫臣,予以热情接待。巫臣这次纯属路过,没有别的任务。夜晚,犁比公在六一卿陪同下,到馆驿看望巫臣。一番礼仪过后,双方饮茶闲聊。

犁比公问:"晋侯身为诸侯盟主,治国有何举措?"巫臣说:"我君年少有为,不同凡响。"犁比公说:"愿闻其详。"

原来,晋悼公刚上台的时候,任命祁奚为司马。祁奚上任不久,因病告老还家。晋悼公问祁奚:"爱卿之职,何人可代?"祁奚回答:"解狐可以。"晋悼公大惑不解,说:"解狐与爱卿势同水火,爱卿何以荐之?"祁奚回答说:"国君问何人称职,未问是否臣之仇人。"

晋悼公立即召来解狐,没来得及任命职务,解狐因病死亡。晋悼公问祁奚:"解狐之外,何人可用?"祁奚说:"解狐之外,莫如祁午。"

晋悼公问:"祁午岂非爱卿之子也?"祁奚说:"国君是问何人可用,非问是否臣之子也。"晋悼公接着说:"大夫羊舌职已死,何人可以继任,爱卿为寡人荐之。"祁奚说:"羊舌职之子羊舌赤,其人甚贤,可予任用。"晋悼公于是任命祁午为司马,羊舌赤为大夫。对此,众人无不口服心服。

祁奚耿直无私,举贤不避仇,荐才不避亲,成为历史佳话。

晋悼公知人善任,从善如流,让犁比公十分钦佩。犁比公正在感慨,突然探马来报:"鲁国图谋兼并鄫国!"犁比公一听不禁大怒,"唰"的一声拔出宝剑,说:"鲁国贪得无厌,举兵而讨之!"

正是:卧榻之侧是我地,岂容他人来染指。

第七十五回 邾宣公击败鲁军 犁比公攻灭鄫国

且说鲁国打算兼并鄫国，犁比公不禁火冒三丈，发誓讨伐鲁国。六一卿说："鄫国地处莒、鲁、邾三国交界，国小兵弱，难以自立。鲁国早有兼并企图，邾国亦有占有其地之心。"犁比公说："鲁、邾两国，觊觎鄫国土地。堂堂莒国，焉能袖手旁观！"六一卿说："国君既有此打算，宜派人联络邾国。莒、邾联手，共同对付鲁国，方可稳操胜券。"犁比公说："此议甚好！"立即派七二瑰为专使，秘密出使邾国。

七二瑰一行车马奔驰，很快到达邾国。邾宣公热情接待，介绍了有关情况，通报了邾国的打算。七二瑰完成出访任务，星夜兼程回国汇报。

原来，鄫国国君姓姒，是夏代少康次子曲烈的封国。始封地是鄫地，因而得名。"鄫"与"缯"二字相通，因此也称缯国。鄫国因为国小势弱，经常受到大国欺凌。公元前644年，淮夷入侵鄫国，齐桓公以霸主身份联络八国，出兵救援鄫国。公元前604年，宋襄公意欲称霸，竟然把鄫君绑架，以祭神名义把他杀害。公元前591年，邾国打败鄫国，杀死了鄫子姒世眉。姒时泰继位后，鄫国成了鲁国的附庸。

公元前569年冬季，鲁襄公顶风冒雪赶往晋国。鲁襄公提出要求，把鄫国归属于鲁国。晋悼公说："鄫乃天子册封之国，不可归属他人！"鲁襄公眼里噙着泪花，显得十分渴望。晋悼公一看，鲁襄公是个不大的孩子，态度十分虔诚，显得很是可怜。晋悼公心一软，终于答应下来。

消息传到莒国，犁比公不禁大怒，说："鄫国乃莒国邻邦，鲁国竟欲吞之。鄫国之领土，焉能让鲁国夺占！"话音未落，内侍报告："邾君来访！"邾宣公此次来访，是为了联络莒国，共同对付鲁国。

邾国的先祖叫曹安，曹安的五世孙叫曹挟。曹挟被周武王封到邾地，邾国由此诞生。邾国自周初立国，直到春秋初期，尚未受到周天子册封。后来齐桓公称霸，奏请周天子，册封邾国为子爵国。邾国国君始称邾子，位列诸侯。公元前573年，邾定公病逝，他的儿子曹牼继任，是为邾宣公。

邾宣公任贤用能，体恤民众，励精图治，国力明显增强。

邾国国君称公，并非公、侯、伯、子、男五等爵位之公，只是个尊称而已。晋、齐、鲁、莒、郑、秦、燕、卫、蔡等诸侯，也是如此。只有宋国以及陈、焦、祝、蓟等极少数诸侯，其国君称公，才是五等爵位之公。

鲁国打算兼并鄫国，此事震动了邾国。为此，邾宣公立即到莒国访问，商量如何对付鲁国。犁比公说："邾国较之莒国，距鄫国更近，如何处置此事，愿闻高见。"邾宣公说："鲁军已占据鄫国城邑，唯有邾、莒联兵，方能武力驱逐之。"

犁比公说："言之有理，莒、邾联兵，将鲁军驱逐出鄫国！"

双方商定，此次行动以邾国为主，莒国出兵相助。邾宣公当即表态："邾国愿出倾国之兵，与鲁国决一死战！"午宴过后，邾宣公立即回国。

犁比公指令盾三勇，带兵两万人，出动战车三百辆，浩浩荡荡杀向鄫国。莒、邾联合出兵，消息很快传到鲁国。鲁襄公急得团团转，急忙与孟献子商量。孟献子说："司寇臧纥，机警过人，可带兵救援鄫国！"鲁襄公本来想让孟献子出征，可是自己话未出口，孟献子却让臧纥出征。鲁襄公心里明白，臧纥身材瘦弱矮小，手无缚鸡之力，是人所共知的侏儒；并且未经战阵，根本不是将帅之才。孟献子一锤定音，鲁襄公不敢反驳，只得勉强答应。

孟献子见到臧纥，立即送上人情，说："国君面前，我已替你美言，荐你挂帅出征。"臧纥做梦也没想到，自己也能带兵上阵，心里十分感激。臧纥悄悄送上一笔重礼，以示感谢。孟献子故作情态，几次假意推辞，然后高兴地收下。就这样，一个侏儒成为带兵主将。

十月十日，臧纥乘车来到鄫国的向邑。鲁军将士一看，主帅臧纥竟然是个侏儒。军士们指指点点，互相嬉笑。军士长指着臧纥的背影说："临阵杀敌，不遣大将，竟派来侏儒一个，焉能克敌制胜！"众人听了议论纷纷。

当天夜晚，有人向臧纥献计："乘敌不备，先发制人，攻取邾国！"臧纥不知深浅，第二天领兵攻入邾国境内。邾宣公闻报，立即与盾三勇商量。

盾三勇说："臧纥不晓军机，孤军突进，正可诱敌深入。"邾宣公十分赞同，假装畏敌怯战，带领邾军一路退入狐骀。盾三勇带领莒军，隐蔽到五里之外。

臧纥不知是计,带领人马攻入狐骀。队伍正行之间,邾军突然反身杀回。邾宣公一车当先,举着大斧高喊:"大胆臧纥,侵入我国重地。你已被围,快快下车投降!"臧纥慌忙举起弯刀,奋力抵挡。邾宣公一斧头砍来,臧纥的弯刀"当啷"一声掉到地上。他来不及多想,一下子趴到战车里,再也不敢抬头。邾军呼啦啦冲杀过去。

鲁军缺少了主将指挥,顿时一片混乱。盾三勇率领莒军战车,从东、南两面包抄上来;邾军从西、北两面围困过来。鲁军陷入四面包围之中。莒、邾两军刀枪并举,犹如削瓜切菜。可怜的鲁军士兵,一个个非死即伤。狐骀大地,顿时血染尘埃。臧纥混在溃兵群里,妄图向外突围。盾三勇驱动战车,立即挡在臧纥的前面。邾宣公飞车赶来,高叫一声:"哪里逃!"一斧劈下去,臧纥的头颅被劈为两半。莒、邾两军一路横扫,鲁军全部被歼灭。

鲁军全军覆没,鲁国边境百姓闻讯,纷纷前往收尸。为了表示哀悼,他们就地取材,把麻系在头发上。从此,当地举办丧事,有了披麻戴孝的习俗。

臧纥全军覆没,消息很快传到曲阜,人们编出歌谣讽刺:

> 姓臧的身穿狐皮袄,使鲁国在狐骀战败了。我们的国君是小子,才让侏儒当将帅。侏儒啊侏儒,你让鲁国败给邾!

战事胜利,盾三勇带领莒军凯旋。犁比公十分高兴,立即设宴庆功,犒赏全体将士。对于伤亡将士,拨出专款给予抚恤。

转眼之间,公元前568年到来。九月的莒国大地,秋风送爽,遍野一派忙碌。这天,犁比公正在纪鄣巡视,突然接到晋国传檄:"赴戚地会盟。"

犁比公立即带领随从,一路疾驰到达戚地。晋悼公、鲁襄公、宋平公、卫献公、郑釐公、陈哀公、曹成公、邾宣公、滕成公、薛献公、鄫国世子姒巫,还有齐国世子姜光,一个个先后到达。戚地周边,顿时车马相接,旌旗招展,场面十分壮观。犁比公屈指一数,一共来了十一位国君,还有两位世子,共有十三国前来会盟。这次会盟参与国家之多,有史以来第一次。

犁比公正在暗自惊讶,突然有人高喊:"吴国来了!吴国来了!"人们随着喊声向南看去。一队人马自南而北,扬鞭飞驰而来。原来,吴王姬寿梦身体不适,派弟弟姬寿越作为代表,前来参与北方会盟。吴国首次参与会盟,晋悼公大喜过望。为了显示隆重,晋悼公打破惯例,让姬寿越享受国君待遇。会上,晋悼公以盟主身份命令各国组成诸侯联军,出兵援助陈国,抵抗楚国的入侵。

转眼之间，冬季到来。犁比公率领莒军，跟随诸侯联军向南挺进。队伍抵达陈国，立即安营列阵，部署防务。楚共王闻讯毫不示弱，说："十四国联兵，有何惧哉？"立即派遣公子熊贞，领兵向陈国进军。犁比公一看，晋国为首的联军人多势众，而楚军占据了有利地势。双方来势汹汹，却都不敢轻举妄动。就这样，双方对峙了十几天。眼看年关将近，双方不约而同，各自撤军回国。

犁比公刚刚回到莒国，探马来报："鲁国兼并鄫国！"原来，公元前568年夏季，鄫国世子姒巫与鲁国大夫叔孙豹一同出使晋国。经晋悼公批准，达成鄫国归属鲁国的秘密协议。九月的戚地会盟，鲁国仍然让姒巫参会，暗地里却是以鲁国大夫的名义，一切听命于鲁国。目的是隐瞒真相，迷惑莒、邾两国。

鄫国依附于鲁国，自觉有了靠山，完全不把莒国放在眼里。一天，犁比公派出司空七二瑰，赶往鄫国协商边界问题。莒国使臣到来，鄫国竟然置之不理。七二瑰在馆驿等了三天，始终无人理睬，只得愤然回国。犁比公说："小小鄫国，如此无礼，出兵灭之！"这时候边境来报："鄫、鲁联兵，抢收粮食，砍伐树木，掠走牛羊，我边民不胜其扰。"

犁比公顿时暴跳如雷，又要出兵攻打鄫国。六一卿连忙进谏："国君暂且息怒，可再遣使赴鄫商谈，看其如何应对。"犁比公说："以你为使，赴鄫商谈！"六一卿带领一行人，再次出使鄫国。

六一卿来到鄫国，姒时泰急忙派遣儿子姒巫报告鲁国官吏姬晟。姬晟说："莒国来访，不予理睬！"约着姒巫到郊外打猎去了。六一卿吃了闭门羹，满怀愤怒回国报告。犁比公"唰"的一声拔出宝剑，说："不灭鄫国，难消我心头之恨！"

公元前568年十二月三日，鲁国上卿季文子去世。为了对鲁国表示忠诚，姒巫跑到鲁国，把季文子的灵柩迎到鄫国，安葬在鄫国属地西丘。这种行为就是对外宣告，鄫国已经归属鲁国。邾宣公得到消息，立即派人通报莒国。

犁比公一听，顿时大怒，说："鄫国甘做附庸，立即出动大军，攻而灭之！"六一卿进谏："鲁国兼并鄫国，受到晋国加持。我国出兵灭鄫，乃惊天动地之举，切不可意气用事，宜做万全准备。"犁比公说："爱卿思虑周全，言之有理！"于是秣马厉兵，随时准备出兵。

转眼之间，新的一年到来。这一年，鲁国遭遇严重旱灾，饿殍遍地，民不聊生。季文子死后，孟献子执政。"三桓"争权夺利，愈演愈烈。鲁襄公年幼无能，控制不了局势，鲁国陷入混乱之中。莒国探马立即回国报告。

犁比公接到报告，立即下令发兵。出动战车五百辆，士兵三万名。车辚辚马萧萧，杀气腾腾奔向鄫国。姒时泰闻讯，吓得战战兢兢，急忙派儿子姒巫到鲁国求救。鲁襄公急忙与"三桓"商量。"三桓"都想保存实力，互相推诿，拒不出兵。

莒国大军来到鄫国，首先杀进向邑。鲁军、鄫军抵抗一阵，很快溃不成军。莒军乘胜进军，把鄫都重重围困。鲁国无力救援，鄫国危在旦夕。姒时泰慌乱之中，让儿子姒巫化装出城，跑到鲁国求救。

姒巫刚刚溜出城外，莒军开始攻城。犁比公亲自擂动战鼓，莒军将士个个奋勇。盾三勇率领两千精兵，主攻南城门。首先一阵乱箭齐射，然后架起云梯，向城墙攀登。鄫军难以抵挡，纷纷溃逃。城门已被打开，犁比公率领大军蜂拥进城。姒时泰带领贴身侍卫慌忙向北门逃跑。盾三勇举起长枪，一个"蟒蛇吐芯"，姒时泰顿时命归西天。

鄫国被莒国吞灭，这一年是公元前 567 年。

姒巫逃到鲁国，构筑城邑，以曾为姓，成为鲁国国民。传到四世孙，就是著名的曾参。他是孔子七十二贤弟子之一。曾参学富五车，德才兼备。被聘到莒国为官，开办"曾子学堂"，留下历史佳话。此是后话，暂且不提。

且说鄫国已经灭亡，如何治理鄫地？犁比公一时拿不定主意。八三衷进谏："副将嬴虞，忠勇耿介，文武兼备，宜于镇守鄫地。"犁比公当即决定，嬴虞为将，带领三千人马驻守鄫地。原来，嬴虞是犁比公的侄子。嬴虞的母亲是鄫国公主。嬴虞从小时候起，多次到鄫国走姥姥家。嬴虞到鄫地任职，算是熟门熟路。对于这一人事安排，众人无不称赞。

莒国攻灭鄫国，消息很快传到晋国。晋悼公火冒三丈，派遣将军魏绛为专使，前往鲁国问罪。魏绛来到鲁国，厉声质问："鄫国已为鲁之附庸，何以灭亡？"鲁国没有保护好鄫国，鲁襄公自知责任重大。面对魏绛的质问，他张口结舌，脸上直冒冷汗。鲁襄公急忙派遣季武子，到晋国接受批评。

莒国已经占有鄫地，委派嬴虞领兵镇守。犁比公仍然放心不下，亲自带领随从，赶往鄫地巡视。一行人从东折向北，然后由西折向南，把几个城邑全部巡视一遍。举目望去，青山脚下阡陌纵横，粮田密布，物产极其丰富。犁比公不禁大加夸赞："鄫地如此富饶，真米粮之川也！"话音未落，突然探马来报："齐军攻入莱国！"犁比公不禁大吃一惊。

正是：莒国刚刚灭鄫国，又闻齐国攻莱国。

第七十六回　齐灵公吞灭莱国　犁比公击败鲁军

且说犁比公正在鄌地巡视,突然接到报告:"齐国攻打莱国!"犁比公立即下令:"再行探来!"然后率领人马,紧急赶回国都。

原来齐灵公性格怪异,妄自尊大,好大喜功。晋国成为北方霸主,齐灵公心里十分不爽。他不自量力,妄图取而代之。这天,齐灵公心血来潮,突然出动大军,一路向西行进,打算进攻晋国。此时的晋国生气勃勃,人心向上。韩厥已经告老,荀罃接任中军元帅。

晋、楚两国为了争霸,多次攻打郑国。郑国为了自保,朝晋暮楚,多次反复。晋悼公为此很伤脑筋,于是向荀罃问计。荀罃说:"兵者,征战之伍也。不可频繁出击,应以逸待劳。"晋悼公问:"爱卿有何妙策?"荀罃说:"可将原有四军,一分为三。每次出动一军,轮番出动,交替作战,此法谓之'车轮战'。若用此法,将不厌战,兵不疲劳,可持久应战。"

晋悼公连声说:"妙哉妙哉!"于是重新设立三军。第一军,元帅荀偃,指挥鲁、曹、邾三国军队。第二军,元帅栾黡,指挥齐、卫、滕三国军队。第三军,元帅赵武,指挥宋、莒、薛三国军队。荀罃指挥的中军,既是指挥中枢,又是总预备队,随时策应三路大军。

一切安排就绪,晋国立即传檄各国,齐集黄河南岸,组成诸侯联军。

晋国新设三军,莒军归赵武指挥。消息传到莒国,犁比公十分满意。因为赵武与莒国有着特殊感情。这天,犁比公突然接到晋国檄文,带领人马一路奔驰,及时赶到黄河岸边。犁比公见到赵武,祝贺他担任元帅。

双方正在交谈,忽然探马来报:"齐军进犯晋国!"赵武急忙报告荀罃,荀罃立即报告晋悼公。晋悼公当即下令:"全军出动,围攻齐军!"各国得到命令,立即出兵攻打齐国。齐军独力难支,仓皇向后撤退。诸侯联军乘胜追击,一直追到临淄城下。联军车马相接,把临淄重重围困。齐国顿时人心惶惶。

齐灵公见势不妙,急忙坐上大车,打算逃往邮棠。世子姜光、大夫郭荣一起，急忙把车拦住，说："晋军远道而来，粮秣不继，人马疲惫，必不能持久，不久将撤兵而去。国君乃社稷之主，不可轻易离开国都！"

齐灵公只得留下来。

临淄被围困了三天。晋悼公一声令下，联军撤围而去。齐国惨败，齐灵公再也不敢挑战晋国。从此，把目光转向弱小的莱国。

早在公元前571年，齐国对莱国发动进攻，莱军一触即溃。莱国只好派遣使臣，向齐灵公叩首告饶。同时献上一百头牛、一百匹马、三百只羊，另外又送上美女十二名。齐灵公收到礼物，这才临时罢兵。

几个月后，鲁襄公的母亲齐姜去世。原来，齐姜是齐灵公的姑姑。齐灵公心血来潮，命令所有的姜姓公室妇女统统前往鲁国送葬。同时派人通知莱共公，到鲁国给齐姜送葬。莱共公心想："鲁国国母死了，与我莱国何干？竟要我去送葬，简直岂有此理！"于是拒绝参加。齐灵公以此为借口，立即派遣大军，一直攻到胶河以东。

这年春季，齐灵公亲率大军四万人，战车六百辆，一路杀气腾腾，再次攻打莱国。莱国地处胶东半岛，北、东、南三面环海，海湾以西，早被莒国占领，四面没有退路。莱国受到齐国围攻，只有被动挨打。

齐灵公指挥大军，步步紧逼。莱国被围，情势岌岌可危。

四月十五日，齐国降将王湫、正舆子联合了一部分棠邑人，一起向齐军发动进攻。王湫率领的几千人马，根本不是齐军的对手。交战不长时间，就被齐军彻底打垮。正舆子被乱箭射死，王湫急忙化装逃命。

原来，七年前齐国上卿国佐被杀，高无咎仓皇逃往莒国。国佐本已躲到暗处，齐灵公不知道其藏身之所。当时的王湫，是国佐的手下副将。国佐被追杀，王湫为了邀功，立即向齐灵公告密，国佐因此被抓捕杀头。

王湫告密后，自以为有功，会得到奖赏。想不到，有人向齐灵公报告："王湫乃国佐死党，留之必为祸害！"齐灵公一听大怒，立即下令："追杀王湫！"王湫赶紧穿上女人衣服，惶惶如丧家之犬，匆匆逃到莱国。这次齐军攻打莱国，王湫为了复仇，不自量力，带人反攻齐军。由于兵力单薄，被彻底打败。王湫急忙化装，趁乱溜出莱国，仓皇逃往莒国。

犁比公刚刚回到国都，探马来报："齐军围困莱都！"万万想不到，齐军攻势如此凌厉。犁比公转念一想，介根城孤悬东北，就在齐军东进路上；假如齐军另有企图，介根城十分危险。犁比公立即下令，出动战车三百辆、士兵两万名，以八三衷为先锋，火速增援介根。同时下令兹、防、郓等城邑，加强戒备，严防齐军偷袭。

莒国大军正行之间，忽然有人报告："王湫来奔！"犁比公并不了解王湫，心里一怔。八三衷说："王湫本是齐国人，在上卿国佐手下任副将。他出卖国佐后，被人揭发，逃往莱国。此次齐军围困莱都，王湫为泄愤，一时逞匹夫之勇，向齐军发动攻击。其队伍被击溃之后，前来莒国寻求庇护。"

犁比公一听大怒，说："卖主求荣之辈，朝三暮四之徒，留之必生后患！"一声令下，两名军士架起王湫，把他推进树林一刀砍死。

齐国出动大军，对莱国发动全面进攻。莱军受到攻击，很快溃不成军。齐军像潮水一样，呼啦啦攻入莱都。莱共公只得带领少数随从，慌忙逃到棠邑。齐军捣毁莱国宗庙，席卷宗庙里的宝器，全部运到齐国。

莱共公逃到棠邑，齐军紧追不舍。十二月初六，齐军攻破棠邑。莱军全军覆没，莱共公死于乱箭之中。到此，莱国彻底灭亡。齐灵公一声令下，把莱国百姓全部迁往郳地，胶东半岛被齐国占领。这一年是公元前567年。

犁比公带领人马到达介根，忽然探马来报："莱君战死，莱国已被攻灭！"犁比公不禁大吃一惊，说："齐国为刀俎，莱国成鱼肉。莱国之亡，何其速也！"犁比公转念一想："齐国吞灭莱国，介根城就像楔子，插在齐国疆域之内。齐国如此强势，早已对介根虎视眈眈。莒国大军回撤之后，介根孤悬东北，时刻处在齐国威胁之下。"犁比公想到这里，不禁打了个寒战。他立即带领随从，登上城墙巡视介根防务。一切布置妥当，留下一万人马驻守介根。犁比公带兵回到国都。

转眼到了公元前566年。陈国转而归顺晋国，楚共王恨得咬牙切齿。这年冬季，楚国出动大军，在令尹熊贞指挥下，进攻陈国。陈哀公急忙派人，赶往晋国求救。十二月，晋悼公再次召集诸侯，到郑国的鄬地会盟。

犁比公接到檄文，立即带领人马，紧急赶往鄬地。晋悼公、鲁襄公、卫献公、陈哀公、宋平公、曹成公、邾宣公亦先后到达。举目望去，车马相接，旌旗招展，势力十分浩大。这次会盟，史称鄬之会。

作为鄬之会的东道主，郑釐公竟然没见人影。犁比公觉得蹊跷，急忙派人打听。想不到，郑釐公赶赴鄬地会盟，走到半路被杀死。杀死郑釐公的，竟然是他的厨师。指使厨师的人，是郑国的辅政大臣姬骍。姬骍之所以要杀死郑釐公，是因为郑釐公不守礼义。姬骍买通郑釐公的厨师，在饭菜中下了毒。

郑釐公死后，姬騑辅佐世子姬嘉登位为君，是为郑简公。

这时候的郑简公，是个五岁的孩子。一切安排停当，姬騑派遣使臣，到鄌地报告晋悼公。使臣撒了个谎，说郑釐公死于疟疾。晋悼公一听，信以为真。东道主半道死亡，给鄌之会泼了一瓢冷水。犁比公像众位国君一样，心里很不是滋味。

这天晚上，犁比公刚刚回到馆驿，突然有人报告："陈君不辞而别，回到陈国！"犁比公闻讯，立即派七二瑰打探情况。原来，陈哀公参会期间，国内的大臣起了异心，绑架了陈哀公的弟弟。陈哀公得到消息，连夜跑回陈国。

七二瑰摸清了情况，立即报告犁比公。犁比公说："此次会盟场面宏大，想不到一位国君半道死亡，一位中途撤退回国，气氛骤然一变。数次与盟，此种状况尚属首次。"说到这里，心情十分沉重。

鄌地会盟期间，犁比公发现一个现象：十二岁的鲁襄公始终由大夫孟献子陪同。无论大事小事，都是孟献子一人做主。他们的君臣关系似乎已经颠倒。犁比公气愤地说："天下之大，无奇不有！"

犁比公万万没想到，陈哀公不辞而别，竟然启发了孟献子。

犁比公带领人马，参与鄌地会盟。孟献子觉得有机可乘，趁夜约着鲁襄公悄悄赶回鲁国。孟献子、季武子一起撺掇鲁襄公："趁此机会，出兵夺回鄌地！"两位权臣提出要求，鲁襄公不敢违拗，只得点头答应。孟献子只拿出一半专款，用作出兵费用，另一半装进腰包。季武子拿到军费后，把大部分拿到费邑筑城，因为费邑是他的封地。大夫叔孙豹得到消息，立即找到鲁襄公，要求同样多的军费。"三桓"各怀私心，纷纷要钱，鲁襄公十分头疼。

临到出兵之日，季武子带领三千人马，缓慢向鄌地行进；孟献子带领三千人马，慢慢开往费邑；叔孙豹的三千人马留在曲阜作为后援。出兵如此之少，是因为"三桓"既想索要军费，又想保存实力。大战在即，兵力如此薄弱。鲁襄公急得团团转，但是毫无办法。

鲁国已经出兵，消息很快传到鄌地。莒国守军仅有三千人，兵力十分单薄。守将嬴虞深感兵力不足，急忙派出专人，赶往都城请求援兵。

这天夜里，盾三勇突然闯进大帐，报告犁比公："鲁国突然出兵，偷袭鄌地！"犁比公立即率领大军，以盾三勇为先锋，紧急驰援鄌地。传令七二瑰领兵一万，战车两百辆，开赴西部边境，造成随时进攻鲁国之势。

季武子年轻气盛，完全不把莒军放在眼里。他的人马到达鄌地，尚未摸清情况，就下令发动进攻。嬴虞带领人马，立即上阵迎敌。两阵对圆，季武子单车独出，高声大叫："鲁国大军到来，还不赶紧退出鄟地！"嬴虞回答："鄟地乃莒国领土，缘何退出？"季武子高喊一声："我不跟你饶舌，看剑！"说罢高举双剑，驱动战车冲杀过去。嬴虞挺起长枪迎上前去。两人你来我往，杀得难解难分。两国军队一拥向前，刀枪并举厮杀在一起。

在这紧急关头，犁比公带领大军包抄上去。

双方杀声震天，血肉横飞。季武子只顾厮杀，弄不清莒军多少人马。他站在车上向远处一看，鲁军非死即伤，人数已经不多。再看看四周，莒军车马相接，不计其数。季武子心想："大事不妙！"急忙抽身撤退。嬴虞驱动战车，挡住他的去路。季武子急忙掉转车头，仓皇向北逃跑。盾三勇高举长枪，驱车冲杀过去。

嬴虞一边追赶一边高喊："你且记住！鄟地乃莒国领土，神圣不可侵犯！"说罢弯弓搭箭，"嗖"的一箭射去。不偏不倚，正好射中季武子的屁股。季武子顾不得伤痛，急忙带领残兵败将，向北落荒而逃。

七二瑰带领人马，驻扎在西部边境，随时准备迎击敌人。孟献子带领人马，慢慢来到费邑边境。双方扎下营寨，互相观望，各自按兵不动。季武子兵败鄟地，消息传来，孟献子急忙连夜撤军。鲁军已经撤退，七二瑰带领人马回到国都。犁比公率领大军凯旋，两军胜利会师。

犁比公当即下令："设宴庆贺，犒赏三军！"

且说晋、楚两国争霸，连续征战多年，中原各国纷纷卷入其中。远在西北的秦国很少参与，因此默默无闻。公元前564年，秦景公派人出使楚国，告诉楚共王："秦国将对晋国用兵，请楚国出兵相助。"这年秋季，秦国出兵攻击晋国。楚共王派兵进驻武城，与秦军遥相呼应。

晋悼公正在紧锣密鼓筹备进攻郑国。探马突然来报："秦、楚联兵，进攻我国！"晋悼公明白，秦军远道而来，人马疲惫，粮秣短缺，难以持久。楚军是来帮场的，没有多大厮杀动力。晋国于是集中全力，准备攻打郑国。为了稳操胜券，晋悼公立即派出使臣，传檄各国出兵攻打郑国。

这年九月，正是金秋时节。十六日上午，犁比公正在且于巡视，突然有人报告："晋国使臣到！"犁比公心想："必定又有大事发生！"

正是：互相攻伐家常饭，弱肉强食是常态。

第七十七回　晋悼公三会诸侯　犁比公两伐鲁国

犁比公正在巡视，忽然接到晋国檄文。原来晋悼公要求，各国共同出兵，再次攻打郑国。犁比公立即带领人马，紧急赶到郑国的戏地。晋悼公、鲁襄公、宋平公、卫献公、曹成公、滕成公、薛隐公、杞孝公、邾宣公、小邾子、齐国世子姜光，先后到达。戏地周边车马无数，大军云集，一派战争气氛。

犁比公一看，这次诸侯会盟，齐灵公仍然没有出面，还是让世子姜光代替。齐灵公的葫芦里到底卖的什么药？犁比公一时猜测不透，就向宋平公打听。宋平公也不清楚，轻轻摇了摇头。犁比公询问鲁襄公、邾宣公，两人同样弄不明白。

诸侯联军车马奔腾，气势汹汹来到郑国，一派厮杀气氛。郑国辅政大臣姬骍一看不妙，急忙派人与联军订立城下之盟。就这样，一场声势浩大的攻伐战，变成了和平订盟仪式。此次会盟，史称戏之盟。

盟誓开始，晋国大夫士弱代表晋悼公宣读盟书，姬骍代表郑国宣誓效忠晋国。犁比公一听，姬骍的誓词言辞含糊，模棱两可。晋国大夫荀偃手按剑柄，对着姬骍怒目而视。姬骍冷冷地盯着荀偃。紧张气氛笼罩了全场。

犁比公抬起右臂，轻轻碰了一下宋平公。两人急忙出面打圆场，气氛顿时缓和下来。主持会议的荀罃见风使舵，与郑国人歃血为盟，终于完成了签约仪式。众位诸侯相互道别，犁比公带领人马回国。走到半路突然听说，孟献子拉着鲁襄公悄悄留了下来。犁比公觉得蹊跷，急忙派人打探消息。

原来鲁襄公临行，去向晋悼公辞别。晋悼公十分客气，在黄河岸边设宴招待。席间，晋悼公问起鲁襄公的年龄，孟献子代为回答："沙随会盟之年，寡君恰好诞生。"晋悼公掐着指头一算，沙随之会是在鄢陵之战的同一年。如此说来，鲁襄公已经十二岁。晋悼公对鲁襄公说："依照周礼，国君十二岁进行冠礼，十五岁即可生儿育女。目前你已十二岁，我愿为你主持冠礼！"

所谓冠礼，就是男子的成人礼。孟献子一听十分为难，他想："不答应吧，辜负了晋悼公的一片好意，唯恐得罪了他；答应了就等于承认，晋悼公是鲁襄公的长辈。假若如此，鲁国的颜面何在？"孟献子急中生智，说："君侯亲自主持冠礼，乃寡君之荣幸。只不过，国君举行冠礼，需撒香酒于地，以金石之乐伴奏，且要在宗庙中进行。"

孟献子的话句句在理，晋悼公无法反驳，只得悻悻地说："大夫言之有理。"孟献子急忙报告："寡君回国途中，恰好经过卫国。卫国之宗庙，亦即鲁国之宗庙。据此，可在卫国举行冠礼。"晋悼公一听，满意地点点头。鲁襄公经过卫国，借卫国的宗庙举行了冠礼。同时派遣使者，及时向晋悼公报告。

犁比公刚回到莒国，探马报告了上述信息。犁比公说："鲁侯年幼无能，犹如木偶一个，处处受人摆布。国君如此懦弱，鲁国焉能长治久安。"说完长叹一声，轻轻摇了摇头。犁比公明白，列国纷争四起，战争方兴未艾，为此，他一边练兵，一边大力发展农、渔、商业，同时鼓励生育，促进人口增长。

春风送暖，冰化雪融，公元前563年的春天姗姗来临。这天，晋国又发来了檄文，号召众诸侯都到相地，再次举行会盟。犁比公接到檄文，按时来到相地。晋悼公、宋平公、鲁襄公、卫献公、曹成公、邾宣公、滕成公、薛隐公、杞孝公、小邾子，还有齐国世子姜光，一个个先后到达。

犁比公一看，这次会盟气氛异常热烈。晋悼公满面春风，欣喜之情写在脸上。原来，这次会盟是为了欢迎吴王姬寿梦。犁比公正在观察，突然有人高喊："吴王来了！"众人一齐向南望去，一队人马旗帜招展，一路奔驰而来。

为了举行此次会盟，晋悼公煞费心机。原来，这是姬寿梦首次出席盟会。晋国作为霸主，必须做出周密安排。相地距离吴国不远，距离晋国却是千里之遥。晋悼公为了迎接姬寿梦，特地选择了相地，目的是让吴国人方便赴会。

主持这次会盟仪式的，是晋国中军元帅荀䓨。犁比公与其他国君一起，分成东西两列，然后各就各位。大家尚未就座，晋悼公手挽着吴王姬寿梦从人群中间昂首穿过。两人肩并肩走到北面，面向正南坐下。姬寿梦俯视众位国君，骄矜之色露在脸上。犁比公抬起左臂，轻轻碰一下宋平公，努努嘴示意一下。宋平公心领神会，对着犁比公挤一下眼皮，然后微微一笑。再看看其他国君，脸上露出十分复杂的表情。

会见仪式很快结束，晋悼公当即下令："大宴三天，以示庆贺！"一声令下，杀牛宰马，大摆宴席。众位诸侯觥筹交错，一个个喝得醉醺醺的。

这天夜晚，犁比公对六一卿说："探马来报，鲁大夫季武子在费邑建城。多次越过边界，乱砍滥伐，我国边民不胜其扰。"六一卿说："鲁君尚在柤地，莫如趁此机会，立即回国攻打季武子！"犁比公说："此计甚妙，立即回国！"于是悄悄带领人马，星夜赶回莒国。

队伍刚刚到达莒国边境，边邑官吏来报："季武子指挥鲁军，侵我境内，砍伐树木，抢夺牛羊，打伤边民，十分凶残。"犁比公一听火冒三丈，说："季武子如此暴行，是可忍孰不可忍！"当即下令："向费邑进军！"

莒军像潮水一样杀来，季武子毫无准备。鲁军仓促抵挡一阵，队伍很快被击溃。季武子急忙带上贵重物品，离开费邑，拼命向曲阜逃窜。鲁军逃跑，莒军也不追赶。犁比公带领大军，神不知鬼不觉，星夜返回柤地。

诸侯齐集柤地，整天推杯换盏，大吃大喝。这天，晋国上军元帅荀偃建议："以我之见，趁机打下偪阳，送给宋国向戍，作其封地。"偪阳就在柤地附近，是妘姓小国，与晋国素无冤仇。原来向戍是宋国大臣，为晋、宋友谊做出了重要贡献。荀偃想送给他一份厚礼，以示表彰鼓励。

晋悼公心想："诸侯远道而来，如果仅与姬寿梦见面，未免小题大做。不如接受荀偃的建议，打下偪阳，在诸侯面前显示晋国威势。偪阳离吴国不远，消灭偪阳展示实力，暗中震慑吴国，使其不敢轻举妄动。"晋悼公想到这里，立即传令行动。

夏季到来，天气异常炎热。诸侯联军不顾一切，把偪阳重重包围。偪阳城虽小，城池却十分坚固。联军几次发动攻城，每次都无功而返。万万想不到，大军一连围攻几天，偪阳城仍旧岿然不动。

晋悼公正在犯愁，荀䓨进谏："莒军深谙水战，可派其攻打西门！"晋悼公说："此议甚好！"原来偪阳城西门外，是一大片湖水。湖水既深又宽，攻打西门必须使用船舶。中原各国都是内陆国家，普遍不懂水战。此时此刻，莒军被派上了用场。犁比公亲自指挥士兵，乘上木船。舟船顺风扬帆，很快到达城门不远处。抬头望去，城楼、箭垛已经近在眼前。忽然，两侧芦苇丛中乱箭齐发，船上莒军纷纷落水。

盾三勇立即命令士兵，一齐向芦苇丛中放箭。船上箭数量有限，很快放完。敌人又是一阵乱箭齐射。冲在前头的木船帆绳断裂，无法前进，只得用木桨摆渡。士兵们身带箭伤，艰难地摇动木桨，缓慢向前行进。好不容易到达西城门外，城上万箭齐射。船上莒军多数负伤，失去攻击能力。犁比公只得下令退兵，撤退到湖泊西畔。

偪阳城久攻不下，晋悼公十分焦急。这时候，一位壮汉冲到城门下。他双手举起木杠，几下子就把城门撞开。大军蜂拥进城占领了偪阳。

原来，这位壮士就是孔叔梁。他姓孔，名纥，字叔梁。按照习惯，也叫叔梁纥。孔叔梁的祖上，就是被惨杀的宋国司马孔父嘉。孔父嘉也是字与名相连，姓孔，字父，名嘉。他的后人逃到鲁国，以孔为姓，建立了孔氏家族。

偪阳城终于被攻破，晋悼公立即送给了宋平公。这天夜里，盾三勇一步闯进大帐，说："联军将士拼命流血，好不容易打下偪阳，晋国竟当作人情，轻易送给宋国，岂有此理！"犁比公叹息一声，无可奈何。

转眼之间，公元前562年悄然来临。这年正月，春寒料峭，冰雪尚未消融。郑简公亲自引导楚军，很快攻入宋国。晋悼公闻讯大怒，说："郑国朝晋暮楚，反复无常，不予征伐，难消我心头之恨！"立即号令诸侯，再度攻打郑国。郑简公见势不妙，急忙派人带上礼物，向晋悼公求和。郑国再次归顺，晋悼公十分高兴，当即决定："传檄诸侯，赴萧鱼会盟！"

犁比公接到檄文，立即启程。来到萧鱼一看，晋悼公、郑简公、宋平公、鲁襄公、卫献公、曹成公、邾宣公、滕成公、薛隐公、杞孝公、小邾子，还有齐国世子姜光都来了。犁比公数了数，加上自己一共是十二位国君和一位世子，阵容十分强大。

晋悼公为了表示诚意，当即下令："释放郑国战俘，严禁对郑国劫掠！"郑简公十分感激。郑国为了表示答谢，送给晋国豪华盖车十五辆、战车一百辆、歌钟两套、一流乐师三名、美女乐师十六名以及牛、羊、酒等礼物。

当日夜晚，犁比公来到宋平公住处。他刚刚捧起茶杯，曹成公、滕成公、薛隐公、小邾子四人一起进来。大家一边饮茶，一边闲聊。说起这次萧鱼会盟，众诸侯交口称赞。

第二天，晋悼公一声令下，众诸侯再次聚会。为了表彰将军魏绛，晋悼公当着众位诸侯的面，把两套歌钟的一套，还有美女乐师八人，同时赐给魏绛。晋悼公说："爱卿教导寡人与北狄媾和，规劝寡人团结中原各国。八年时间，寡人九合诸侯，称霸中原。如此功绩，爱卿功不可没！"

魏绛十分谦逊地说："与狄戎媾和，乃国家福分；九合诸侯，依赖国君威望；杀敌报国，是臣子分内之事。我魏绛岂敢无功受禄也。"

晋悼公对魏绛说："爱卿之言，寡人岂敢不听。论功行赏，乃国家规矩，请务必接受！"按照周礼规定，奏响歌钟属于"金石之乐"，属于诸侯专用，卿大夫是不能享受的。晋悼公把歌钟赐给魏绛，是破格赏赐。

萧鱼会盟之后，魏绛开始享用"金石之乐"。

一千多年后，宋代大文豪苏东坡一展才华，写了著名的《石钟山记》。文中说："噌吰者，周景王之无射也；窾坎镗鞳者，魏庄子之歌钟也。"魏庄子就是魏绛，他死后被谥为"庄"，因此称魏庄子。晋悼公知人善任，尊重人才，把那套歌钟赐给魏绛。此事被载入史册，成为历史佳话。

萧鱼之会，再次确立了晋国的霸主地位。相比之下，一心争霸的楚国黯然失色。对此，北方各国无不庆幸。

萧鱼之会结束，犁比公带领人马回到莒国。刚刚回到国都，探马送来重要情报。原来，季武子成为鲁国执政大臣，一步步蚕食鲁襄公的权力。

按照周朝规矩，朝廷设六军，诸侯大国设三军，中等国设两军。鲁国是周公封国，自然是诸侯中的大国，因而拥有三军。自鲁文公以来，鲁国势力日益衰弱，养不起更多军队，只得裁掉中军，只剩上下两军。

季武子擅自做主，宣布增设中军，"三桓"各领一军，并各自征收军费。鲁襄公从此失去了军权，"三桓"势力进一步膨胀。接着，季武子把鲁国国民分为十二份，"三桓"共分得七份，国君仅分得五份。鲁襄公丢失了军权，又失掉了大半国民，被进一步架空。

犁比公说："兵者，国之大事，自古兵权不可下移。鲁侯懦弱无能，军权被臣子掌控，鲁国业已分裂，好戏尚在后头！"话音未落，探马来报："鲁军侵犯郓邑！"犁比公立即下令："出兵击之！"盾三勇率领大军到达莒、鲁交界，立即围困了鲁国的郈邑。

季武子私心驱使，向鲁襄公打了个招呼。以救援郈邑为名，搜刮了一大笔军费，然后向前线进军。盾三勇率兵离开郈邑，夺回了郓邑，然后带兵回到国都。郈邑之围已解，莒军撤回，季武子再次派兵占领了郓邑。士兵抬过一个青铜钟，上面铸有一个醒目的"莒"字。季武子立即下令："速速熔化，改铸成铜盘！"大钟很快被熔化，改铸鲁国铜盘，铸上了鲁国铭文。

这天上午，犁比公正在祭奠渠丘公，忽然探马来报："季武子再度攻占郓邑，掠走我国大钟，熔化后铸成铜盘，业已送往曲阜！"犁比公一听怒火万丈，说："出动大军，讨伐季武子！"

正是：两国再度起战端，暴雨欲来风满楼。

第七十八回　荀偃奖赏盾三勇　晋国拘捕犁比公

且说季武子偷偷出兵，第二次攻占郓邑，掠走莒国大钟，改铸成鲁国铜盘。消息传到莒国，犁比公立即下令："出动大军，讨伐季武子！"

这次领兵出征的，是犁比公的侄子嬴虞。几年前，莒国攻灭鄟国，嬴虞奉命镇守鄟地。经过励精图治，鄟地林茂粮丰，社会安宁，民众安居乐业。战乱不息，正是用人之时。犁比公把嬴虞调回国都，准备随时任用。

为了教训季武子，犁比公指令嬴虞为将，出动两万大军、战车三百辆。队伍趁着夜色，一路直扑郓邑。季武子指挥队伍抵挡一阵，带领人马仓皇逃往泗水西岸。嬴虞夺回了郓邑，留下两千人马防守，带领大军返回国都。

这天，犁比公正在翻阅木牍，突然探马来报："楚共王病亡，其子熊昭继位，称为楚康王！"犁比公对左右说："楚共王已亡，吴国必有行动！"果不其然，吴国听到楚共王死亡，趁机出兵攻打楚国。吴国发动进攻，楚军迅速隐蔽起来。吴军不知是计，一路向前追赶。队伍正行之间，突然被四面包围。吴军左冲右突，伤亡十分惨重，最后大败而回。

吴国不思悔过，反而倒打一耙，派人到晋国告状。

晋悼公知道吴国理亏，不打算理睬。转念一想，吴国刚刚加盟，不能不给以安抚。晋悼公想到这里，立即下令："传檄各国，赴向地会盟！"

这天，犁比公正在操练兵马，突然晋国使臣到来。犁比公展开檄文一看，原来晋国要求，众诸侯国都到向地举行会盟。再仔细看看檄文，并未要求国君出席。犁比公心想："如此看来，派一臣子即可。"可是，六一卿、七二瑰、八三衷、九四禾都已派往各地。想来想去，想到了自己的弟弟嬴务娄。犁比公当即决定："派遣嬴务娄，赴向地参与盟会！"

嬴务娄是渠丘公的儿子，史称公子务娄。犁比公指令盾三勇："带领人马，一同赴向地赴会！"嬴务娄、盾三勇带领队伍，按时到达向地。晋悼公并未出席会议,主盟人是晋国大夫士匄。各诸侯国都是臣子出席。盟会开始,士匄说:"应吴国请求,出兵攻打楚国!"士匄说完以后,等待大家发表意见。等了一大会儿,谁也不表态。原来,各国都不愿出兵。士匄实在没办法,只得报告晋悼公。

  晋悼公说:"拘捕莒国嬴务娄,杀鸡儆猴,看谁敢不听号令!"

  原来,莒国几次攻打鲁国,晋悼公一直记着这笔账。借此机会,进行秋后算账。晋悼公的用意是,一边教训莒国,一边震慑众诸侯。当天下午,嬴务娄刚走进会议室。四名晋国武士一拥向前,来了个五花大绑。不由分说,就把嬴务娄带走。各国大臣见状,一个个吓得面如土色。

  直到第二天,嬴务娄才被放回。

  士匄接着开会,端出了真正的会议主题:"共同出兵,攻打秦国!"众人心想:"秦国远在大西北,遥隔千山万水,攻打秦国谈何容易!"因为畏惧晋国,无人敢于反对。会议一致通过,出兵攻打秦国。

  犁比公接到晋国檄文,指令盾三勇为将,带兵一万名,战车两百辆,按时到达指定地点。晋、宋、齐、鲁、卫、郑、曹、邾、滕、薛、杞、小邾国的军队,早已会齐。屈指算来,一共是十三国军队。晋国元帅荀偃为首,晋军主力全部出动。晋悼公亲自出马,到边境坐镇指挥。第二天,荀偃率领诸侯联军,浩浩荡荡,一路向西开进。

  这天傍晚,联军终于攻入秦国境内。忽然,一条大河挡在前面。探马来报:"前面已到泾水!"荀偃当即下令:"今夜在此安营,明日渡过泾水!"

  且说鲁国军队一分为三,"三桓"各领一军。"三桓"中的叔孙氏,历来担任鲁国司马,这次是叔孙豹率领人马参与讨伐秦国。

  当天夜里,荀偃召集会议,讨论如何向秦国进攻。各国意见很不一致,乱哄哄折腾了一夜。直至鸡叫三遍,还是意见不一。叔孙豹对此十分不满,打算指挥鲁军率先渡河进攻。盾三勇心想:"鲁军率先进攻,莒军岂能落后。"立即命令莒军渡河前进。当夭夜里,莒、鲁两军率先渡过泾水。其余各国得到消息,随后纷纷跟进。黎明时分,联军全部渡过泾水。

  莒、鲁两军冲锋在前,前面出现一条小河,河水十分清冽。将士们口渴难耐,立即停下来饮水解渴。荀偃指挥的联军大部队,还滞留在泾河西岸。荀偃立即传下命令:"就地埋锅造饭,饭后发动进攻!"诸侯联军接到命令,立即停止前进,赶紧到泾河里汲水造饭。

将士们狼吞虎咽,饱餐一顿。想不到刚刚吃饱,将兵们口吐白沫,纷纷倒在地上。荀偃急忙前去观察,这时候有人高喊:"水中有毒!"

原来,秦国为了阻止联军进攻,在泾河上游施放了大量毒品。

荀偃举目四望,联军纷纷中毒。广大将士倒在地上,有的抱着肚子,有的口吐白沫,有的哭爹叫娘。大片士兵已经中毒死亡。泾水之畔顿时变成人间地狱,境况惨不忍睹。就在这时候,西北尘土飞扬,秦军趁机杀来。荀偃心想:"大事不好!"急忙登上战车,下令抵挡秦军。广大将士已经中毒,大军失去了战斗力。

在这危急时刻,莒、鲁两军从西边冲来,一齐杀向秦军。秦军误认为中了埋伏,立即纷纷后退。盾三勇率领莒军,从右侧冲上去;叔孙豹带领鲁军,从左侧追上去。秦军两面受敌,一片慌乱,丢盔弃甲,仓皇向西溃逃。

盾三勇追上一辆战车,一枪刺中一员秦将,秦将顿时掉到车下。盾三勇举起长枪,一枪结果了他的性命。鲁军追上一队秦兵,一阵乱箭齐射,秦兵纷纷倒下。秦军丢下一片尸体,拼命向西奔逃。莒、鲁两军在后面紧追不舍。

战斗如此激烈,诸侯联军竟然停止不前。荀偃十分着急,一再催促。可是大家互相观望,谁也不肯进军。晋将栾偃建议:"大军中毒,难以再战,莫如就此撤兵。"荀偃长叹一声说:"天不灭秦,诸侯无能为力!"只得下令撤军。这一年是公元前559年。

诸侯联军讨伐秦国,千里奔波,劳师费时,最后无功而返。此次战役,史家讥讽为"迁延之役"。

莒、鲁两军联手,阻止了秦军进攻,解救了中毒的诸侯联军。对此,荀偃感激不尽。联军回到晋国边境,荀偃立即报告晋悼公,晋悼公当即通令嘉奖。对莒、鲁两军各奖给肥羊三百只、肥牛一百头。对盾三勇、叔孙豹两人,各赏给犀牛皮铠甲一套、晋国青铜剑一柄。

盾三勇十分高兴,夜晚喝得酩酊大醉。

再说,诸侯联军正在泾水作战,莒国趁机攻打费邑。犁比公的用意是:报复季武子。鲁国受到莒国攻打,季武子急忙唆使鲁襄公,跑到晋、秦边境向晋悼公告状。晋悼公一听大怒,说:"联军西进攻秦,莒国竟趁机攻鲁。此乃目无盟军,目无盟主。立即出兵,教训莒国!"栾偃急忙进谏:"此次联军攻秦,莒军功不可没,此时攻打莒国,唯恐人心不服。"

晋悼公一想,栾偃的话有道理,此事暂且被放在一边。

这年十二月一日，犁比公正在开会，突然晋国使臣到来。原来，晋国再次传檄诸侯赶往戚地会盟。犁比公指令六一卿按时到达戚地。晋悼公委派元帅士匄主持此次会盟。鲁国大夫季武子、宋国大夫华阅、卫国大夫孙林父、郑国大夫公孙虿、邾国大夫王司梨一齐出席会盟。想不到，齐灵公拒不派人参加。晋悼公对齐国极度不满，发誓进行报复。

晋国正打算攻打齐国。万万没想到，齐国突然出兵进攻鲁国。齐军势如破竹，很快进入鲁国境内。消息传到邾国，邾宣公急忙赶到莒国，商议共同出兵，趁机进攻鲁国。犁比公立即命令嬴虞："从鄑地出兵，进攻鲁国！"邾国同时出兵，向北进攻。鲁国陷入三面包围，局势骤然紧张。鲁国急忙派出专使，赶往晋国求救。

犁比公闻讯，急忙和左右商量。七二瑰说："鲁国使臣赴晋，必定告状，不可不防。"八三衷说："鲁国依附晋国，晋国必有偏袒之心。"

六一卿说："以我之见，我国也应派遣使者，赴晋国说明缘由。"

犁比公当即拍板："以六一卿为专使，到晋国报告真情！"

六一卿一行正走在路上，年轻的晋悼公暴病身亡。六一卿来到新绛，正赶上晋国举办丧事。六一卿代表犁比公，参加了晋悼公的吊唁仪式。

六一卿回到莒国，立即向国君报告。晋悼公突然病逝，犁比公十分担心。他想："晋国新君继位，如何对待莒国，尚属未知之数。鲁国一再告状，晋国会不会报复莒国？"犁比公想到这里，不禁打了个寒战。

晋悼公去世，他的儿子姬彪继位，是为晋平公。

晋平公元年（前557）正月，晋平公隆重安葬了晋悼公。随后传檄各国，参与诸侯会盟。

三月十六日下午，犁比公正在兹邑巡视。突然南面一车飞来，原来晋国再次传檄，到郑国的溴梁举行诸侯会盟。与以往不同的是，檄文明确要求，各国国君都要参加盟会，同时要求各国辅政大臣也要参加。

犁比公手拿檄文，反复思忖："此次会盟为何与以往不同？既然国君亲自参与会盟，为何还要大臣参加？年轻的晋平公，葫芦里装的什么药？"犁比公百思不得其解，无奈地摇了摇头。

三月二十六日，犁比公带领六一卿按时达到溴梁。晋平公、犁比公、宋平公、鲁襄公、卫殇公、郑简公、曹成公、邾宣公、薛闵公、杞孝公、小邾子，一共十一位国君。与此同时，各国都来了一位大臣。想不到，齐灵公还是拒不出面，仅派来大夫高厚。犁比公凝神静气，注视着一切。

高厚进入大厅，却不见齐灵公出面。晋平公一看，怒气顿时挂在了脸上。主持会议的是晋国中军元帅荀偃。荀偃看到高厚进来，用眼角一扫，没给他好脸色。犁比公心想："好戏还在后头！"

按照惯例，晋平公作为盟主，众位国君要与他相互见礼，然后宣布盟誓，最后是签订盟约。当天下午，晋国设宴招待各国客人。几杯酒下肚，晋平公一时兴起，当即下令："各国大夫起舞赋诗，歌颂盛况！"一声令下，六一卿等各国大臣，一个个赋诗献舞。从左到右，轮到了齐国的高厚。高厚跳起东夷舞，唱了一首民间歌。歌词轻佻，对晋平公没有丝毫尊重。荀偃不禁大怒，一手按着剑柄，一手指着高厚说："如此无礼，胆大包天！"话音未落，门外跑进来两名武士，就要擒拿高厚。

犁比公急忙使个眼色，众位国君一起出面打圆场。高厚趁机窜出大厅，一溜烟向外狂奔。犁比公的举动，被晋平公看了个一清二楚。

晋平公不禁雷霆大发，心想："自己首次主盟，齐国国君拒不出面，仅仅派来一臣子，这是藐视晋国，藐视我这个新任国君。犁比公不仅不为晋国说话，反而包庇齐国臣子，是可忍孰不可忍！晋国作为霸主，必须树立威势，威慑众诸侯！"晋平公想到这里，厉声说道："莒、邾二国，为虎作伥。偕同齐国，进犯鲁国。如此违背盟约，应予惩戒！"

晋平公说完，对着犁比公、邾宣公高喊一声："拿下！"

晋平公话音刚落，一群晋国武士手持宝剑，呼啦啦窜进大厅。犁比公、邾宣公毫无防备，当即被擒。众诸侯见状，一个个吓得面如土色。

正是：会盟本是为友好，岂料当众被擒拿。

第七十九回　诸侯联兵攻齐国　澶渊会盟结友谊

且说溴梁会盟，晋平公借机泄愤，拘捕了犁比公与邾宣公，不由分说把两人带到晋国。在晋都新绛，犁比公、邾宣公双双被软禁。直到十几天后，晋国才把两人释放。

犁比公回到馆驿，眼泪直流。"堂堂国君，竟然当众被捕，形同囚犯。"他觉得既羞愧又委屈，但转念一想："楚国虎视眈眈，时刻都在威胁莒国。如果没有晋国保护，莒国很难生存下去。既在矮檐下，不得不低头。"想到这里，他不禁长叹一声。

犁比公离开晋国，很快回到莒国。他不敢大意，派出多路探马，深入各国刺探情报。不久，各方面信息源源不断传到莒国。

齐灵公妄自尊大，得罪了晋国，最后惹来了大麻烦。公元前558年，齐灵公的女儿嫁给周灵王。靠上天子这块招牌，齐灵公野心膨胀，一心称霸诸侯。溴梁会盟，高厚中途逃离，进一步激发了晋、齐两国的矛盾。齐灵公心想："借机征服鲁国，给晋国颜色看看！"于是对鲁国连连用兵。

公元前556年秋季，齐灵公亲自带兵，包围了鲁国的桃城。大夫高厚带领一支军队，围困了鲁国的防城。桃城、防城两地守军纷纷派人到曲阜告急，季武子以鲁襄公的名义立即派兵营救。孔叔梁带领三百勇士，趁夜突破重围，解救了桃城与防城。鲁军同仇敌忾，趁势反攻齐军，齐灵公只得带领人马仓皇撤围回国。

转瞬之间，公元前555年到来。这天犁比公正在操练兵马，突然探马来报："齐国出动大军，攻入鲁国！"话音未落，又有人报告："晋国使臣来访！"

原来，齐国一再进犯鲁国，鲁国多次向晋国求救。晋平公一想，再也不能坐视不理，立即下令："传檄诸侯，出兵攻打齐国！"

十月十二日，犁比公带领人马，到达鲁国的济水之滨。鲁、宋、卫、郑、曹、邾、滕、薛、杞、小邾等国人马先后到达。再加上晋、莒两国，共是十二个国家。这次会盟的目的，是重温溴梁之盟誓词，联合讨伐齐国。十二国大军旌旗猎猎，车马相接，实力十分雄厚。

犁比公明白，近年来莒、齐两国并肩作战，属于同一战线。晋国一声令下，莒国只得见风使舵，加入讨伐齐国的行列。对此，众位大臣很不理解。犁比公告诉左右："夹缝中生存，别无他法。"

联军猛烈进攻，很快深入齐国境内。齐灵公急忙指挥军队，赶往平阴迎敌。这时候，宦官夙沙卫进谏："联军势力强大，不可等闲视之。此地无险可守，莫如退守泰山。"齐灵公说："此地深沟高垒，固若金汤！"

联军将士奋勇，日夜猛攻齐军。按照晋国元帅荀偃的安排，莒、鲁、邾三国军队，负责攻打南侧齐军。犁比公来到前沿一看，壕沟又宽又深。沟里灌满了水，看上去一片湛蓝，令人头晕目眩。鲁、邾两军不习水战，只得停留在壕沟边上。犁比公立即指挥莒军，趁着夜色掩护，潜到水底悄悄向前游去。队伍到达对岸，突然发动攻击。齐军听到动静，莒军已经攻到面前。齐军士兵高喊："莒军来了！"慌忙向后奔逃。就这样，南段壕沟被突破。齐灵公顿时慌乱起来，只得下令退守北段阵地。

晋军中军元帅士匄，与齐国大夫子家素有交情。士匄为了吓唬齐灵公，给子家送去一封信，哄骗他说："莒、鲁两国各出战车千辆，已从本国出发，即日攻打临淄。齐国三面被围，必亡无疑。当此危急时刻，你何不自寻出路？"

子家看完信，急忙报告齐灵公。齐灵公一听，顿时吓得目瞪口呆。这时晏弱已经死亡，他的儿子晏婴担任大夫。此时此刻，晏婴正好站在齐灵公身旁。看到齐灵公失魂落魄，晏婴私下对人说："国君恐惧晋国，今日得此消息，恐不能久矣。"

为了观察敌情，齐灵公登上巫山，举目向远处瞭望。晋军千车万马，往来如飞，扬起滚滚飞尘。齐灵公一看，不禁惊恐万分。当天夜晚，齐灵公带领几个侍从悄悄溜走。国君临阵脱逃，齐军顿时慌乱起来，仓皇撤离阵地。

盲人乐师师旷对晋平公说："凭我耳闻，齐营帐中有乌鸦鸣叫，城墙上亦有乌鸦停留。如此推测，齐军业已逃逸。"晋平公说："言之有理！"急忙下令追赶。十一月六日，联军进占平阴。齐灵公只得带领队伍步步向东撤退。

晋平公从善如流，让犁比公深深佩服。夜晚，盾三勇进入大帐。犁比公说："师旷乃盲人一个，晋侯言听计从，实在难得。"盾三勇说："晋国君臣一心，将士奋勇，他国难以企及。"犁比公说："如此观之，齐国必败无疑。"

齐军慌乱后撤，莒军与联军一起，在后面紧追不舍。十二月初，直逼临淄城下。鲁军堵住西门，宋军堵住南门，莒军堵住北门，郑军堵住东门。其余各国跟随晋国大军，随时准备攻城。临淄被重重包围，已经危在旦夕。

齐灵公站在城上一看，联军车马相接，枪剑如林，一眼望不到尽头。齐灵公立即走下城墙，慌忙向外逃跑。世子姜光闻讯，急忙前来劝阻。齐灵公无奈，只得勉强留在临淄城内。十二月中旬，联军留下部分兵力围困临淄，晋平公指挥主力大军兵分三路继续向前挺进。北路大军攻到胶河，中路大军攻到莒、齐边境，南路大军一直攻到沂水河畔。

公元前554年春季，诸侯联军返回祝阿，在这里举行了会盟仪式，誓词核心思想是："大毋侵小。"意思是：大国不要侵犯小国。

犁比公一边宣誓，一边心想："晋国不愧为盟主，为中小国家撑起了保护伞。"可是想不到，宣誓刚刚完毕，晋国跑过来几个士兵，把邾悼公抓了起来。原来，邾宣公已在上年去世，他的儿子曹华继位，是为邾悼公。晋国拘捕邾悼公，罪名是去年邾国攻打鲁国。现在邾悼公继位，由他来替父顶罪。

犁比公心想："大毋欺小，誓词言犹在耳，晋国就拘捕邾子，岂非以大欺小？既然如此，诸侯盟誓还有何用？"鉴于晋国的威势，犁比公只能把话藏在肚子里。看看其他诸侯，一个个满面惊愕，一言不发。

犁比公明白了，大家的心情都和自己一样。

齐国被彻底打败，只得与晋国订立城下之盟。犁比公与众诸侯一起，带领人马各自回国。回到莒国不久，突然探马来报："齐国发生内乱！"

原来，齐灵公晚年办了一件糊涂事。他年轻的时候，娶了鲁国公主懿姬，懿姬的侄女声姬跟随姑姑懿姬媵嫁。声姬为齐灵公生了个儿子，被立为世子，就是姜光。齐灵公有个宠妾，名叫戎姬。戎姬的姐姐仲姬与齐灵公私通，生了个儿子叫姜牙。仲姬苦苦请求齐灵公改立姜牙为世子，哭得梨花带雨，花枝乱颤。齐灵公顿时心软了，于是一口答应下来。

晋国多次组织会盟，齐灵公一直不想出面，都是姜光代他出席。姜光的接班人身份早已得到公认。姜光无缘无故被废黜，大夫崔杼等人十分同情，他们主动帮助姜光趁着夜色逃到外地。齐国受到联军攻打，齐灵公受到惊吓，不久一命呜呼。大夫崔杼趁机出面，迎立姜光登上国君之位，是为齐庄公。

齐庄公上台伊始，大开杀戒。他杀死了弟弟姜牙及姜牙的养母戎姬，一声令下，把戎姬暴尸朝堂。齐庄公如此暴行，引起了广大吏民的愤恨。

齐国大夫晏弱死后，他的儿子晏婴做了大夫。晏婴是莱地人，字仲，谥平，后称晏平仲。当时的文臣武将，身高动辄八九尺。可是，晏婴身高不过五尺。他虽然身材矮小，但是头脑机敏，能言善辩，是齐国的栋梁之材。

这天，晏婴进谏："晋国势力强大，我国不可与之为敌，应与之结盟。"齐庄公说："此议甚好，以你为使，出访晋国。"晏婴领命，立即赶到晋国访问。晋平公顺水推舟，派出使者到达齐国的达遂，与齐国举行了友好会盟。

消息传到曲阜，鲁国上下一片惊恐。季武子对鲁襄公说："加固曲阜城垣，砸碎记载战功之大钟，以免给齐国留下口实！"鲁襄公一听，吓得战战兢兢。季武子以鲁襄公的名义，立即派遣专使，分别访问晋、莒两国。

这年正月中旬，莒国大地冰雪消融，一派春日暖阳。十九日上午，犁比公正在开会。突然内侍来报："鲁国大夫到！"犁比公得报，指令六一卿出面接待。六一卿来到馆驿一看，来客名叫仲孙速，是孟献子的儿子。去年八月，孟献子因病去世。仲孙速作为长子，继承了孟氏家业。

仲孙速见到六一卿，态度十分客气，他说："齐、晋友好，鲁国十分担忧。我受命前来贵国，共结盟好，联袂对付齐国。"六一卿摸清了鲁国的意图，立即报告犁比公。犁比公说："鲁国如此意向，对我国有益无害，速速与之联络！"六一卿再次来到馆驿，和仲孙速达成共识。定于当月二十一日在莒国的向邑举行会盟。

二十一日这天，向邑彩旗招展，一片喜气洋洋。午时一刻，两国代表正式见面。六一卿代表莒国，仲孙速代表鲁国，前来签订盟约。盟约主要内容是："两国抛弃前嫌，重归盟好，互不侵犯。"这份盟约签订后，起了良好的作用。此后长达十多年的时间里，两国边界安宁，没有发生战事。

莒、鲁两国结盟，消息很快传到齐国。晏婴对齐庄公说："莒、鲁结盟，此事非同小可。为国家计，齐国当与晋国结盟。"齐庄公说："爱卿言之有理！"立即派遣晏婴出使晋国。晏婴来到新绛，晋平公亲自接见。晏婴从齐、晋关系，到晋、楚争霸，从吴国崛起，到秦国觊觎中原，条分缕析，鞭辟入里。晋平公心想："此人身材矮小，其貌不扬，却口若悬河，雄辩滔滔。纵论天下大势，有理有据，不得不让人信服。"想到这里，他不禁对晏婴刮目相看，当即答应："传檄各国，赴澶渊会盟！"

犁比公正在议事，突然接到晋国檄文，立即带领人马赶往澶渊。晋平公、齐庄公、鲁襄公、宋平公、卫殇公、郑简公、曹武公、邾悼公、滕成公、薛献公、杞孝公、小邾子等，一共十三位国君，先后到达。犁比公举目望去，大街上车马相接，冠盖云集，场面十分隆重。

晋平公满面春风，意气风发地走在最前面。齐庄公昂首挺胸，紧跟在晋平公后面。犁比公与众位国君鱼贯跟进，登上高高的盟坛。晋平公首先宣布，齐国加入诸侯联盟。晋国中军元帅士匄，高声宣读盟约条款，然后歃血盟誓。在士匄主持下，国君们同时起立，高举盛着鸡血的大陶碗。

犁比公手蘸鸡血，刚想抹到嘴唇上。忽然，一内侍凑到晋平公身旁，小声嘀咕了几句。晋平公一听，顿时怒火万丈。他举起陶碗"嘭"一声摔到地上，说："胆大包天，擒而杀之！"众位国君一听，心里无不惊愕。

正是：歃血为盟兴未尽，突然又有警讯来。

第八十回　晋平公围攻曲沃　犁比公守卫且于

且说犁比公参加澶渊会盟，晋国突然出了大问题。本来是一次友好会盟，犁比公的心情十分愉快。没想到晋国传来警报，盟会只得草草收场。众位诸侯相互告别，犁比公带领人马回到莒国。随即派出探马，到各国侦察情报。

原来，晋国下军副帅栾盈是中军元帅士匄的外孙。栾盈的父亲是栾黡，母亲是士匄的女儿栾祁。虽有这样的亲戚关系，两家却是矛盾重重。

栾黡死后，妻子栾祁年已四十。她耐不住寂寞，抽空就和管家州宾私通。州宾搭上了栾祁，窃走栾家的金银财宝，秘密置办田产，很快腰缠万贯。栾家是晋国名门望族，祖上挣下的家业被一个家奴掏空，栾盈恨得咬牙切齿，一直想教训州宾。

一天下午，州宾和栾祁云雨一番之后，兴冲冲走出大门。一不小心，被栾盈撞了个满怀。栾盈不禁怒火满腔，攥起拳头就打。州宾见状，抬手指了指栾祁的内室，然后狡黠地一笑。栾祁从屋里走出来，说："休得无礼，此人是我的客人！"栾盈只得放下紧握的拳头，狠狠地瞪了州宾一眼。

当天夜里，州宾又去找栾祁。两人一见面，州宾故作情态。他"扑通"一声跪下，流着泪说："栾盈发誓杀人，州宾危在旦夕，请救我一命！"

栾祁急忙把他扶起来，说："你且放心，我父不会饶恕他！"次日上午，栾祁跑到父亲士匄那里，狠狠地告了栾盈一状，说他如何图谋篡夺军权。士匄信以为真，说："栾盈胆大包天，竟有篡权野心！"急忙报告晋平公。晋平公一听，立即动了杀机。找不到杀头证据，就让士匄以中军元帅名义，把栾盈打发到外地。栾盈离开不久，他的同党一个个被处死。栾盈自知大事不妙，慌忙逃到洛邑。有人报告晋平公："栾盈图谋潜逃他国！"

晋平公立即下令："会盟诸侯，禁止收留栾盈！"

再说，为了加强两国关系，犁比公赶往鲁国访问，鲁襄公予以热情接待。

这天两人正在商谈，晋国使臣突然到来。鲁襄公看过国书，然后递给犁比公。犁比公接过国书一看，原来晋平公传檄各国，再次举行会盟。

公元前552年十月九日，犁比公、鲁襄公分别启程，带领随从来到商任。晋平公、齐庄公、宋平公、卫殇公、郑简公、曹武公、小邾君都来了。犁比公一数，一共是九国国君。此次会盟，史称商任会盟。

晋平公当众宣布，这次会盟的议题只有一项：禁止任何国家收留栾盈。对此，犁比公大惑不解："大轰大嗡举行会盟，难道就是为了晋国一臣子？"犁比公想到这里，忙给鲁襄公递个眼色。鲁襄公会意，轻轻点点头。面对这样的议题，众位国君面无表情，一个个沉默不语。犁比公扫视一下会场，最突出的是齐庄公。他表情傲慢，嗤之以鼻，对晋国表现出极大的不敬。

商任会盟草草收场，栾盈得到消息，急忙逃到楚国。

晋平公怎么也想不到，商任会盟消息传开，引起了晋国的大动荡。大夫州绰、邢蒯、知琦、中行喜等人，平常与栾盈过从甚密。他们心里明白，士匄不会放过自己。四人一商量，趁夜化装成商人，坐上大车逃往齐国。

晋国大夫前来投奔，齐庄公如获至宝，封官加爵，分别送给美女与黄金。州绰、邢蒯、知琦、中行喜等晋国臣子，对齐国感激涕零。四人纷纷表示，将不惜一切为齐国效力。栾盈得到上述消息，一路马不停蹄，从楚国赶往齐国。

栾盈秘密到达齐国，晏婴对这位不速之客十分担心。当天夜晚，晏婴进谏："商任会盟之时，我国业已承诺，栾氏若来投奔，我国不予接纳。今日国君收容栾盈，乃失信之举。事关重大，晋国焉能善罢甘休？请国君三思而行。"

晏婴苦口婆心，一再劝谏。齐庄公置若罔闻，不予理睬。

栾盈藏身于齐国，消息很快传到晋国。晋平公怒气冲天，说："商任盟约，言犹在耳。齐国竟擅自收留栾盈，此乃言而无信之举。再次举行会盟，通告列国，不得容留栾盈！"然后派遣多路使者，分赴各国传递檄文。

东路使者快马加鞭，首先来到莒国。犁比公接到檄文，立即赶往宋国的沙随。参加此次会盟的有晋平公、鲁襄公、宋平公、卫殇公、郑简公、曹武公、薛闵公、杞孝公、邾悼公、小邾子十二位国君，史称沙随会盟。

盟会开始，犁比公平心静气关注着一切。这次会盟没有别的，就是重申商任会盟的原则，要求各国不得收留栾盈和他的党徒。犁比公心想："为了一个栾盈，两次举行会盟。如此兴师动众，真是小题大做！"转念一想："晋国如此对待栾盈，可见栾盈对晋国威胁巨大。"想到这里，他无奈地摇了摇头。

齐庄公接到檄文,不打算参加会盟。晏婴进谏:"诸侯会盟,兹事体大。我国欲当强国,不宜置身其外。"齐庄公接受建议,急忙赶往沙随。

盟会开始,晋平公亲自宣布:"各国不得收留栾盈!"齐庄公心想:"又是老调重弹!"对此不屑一顾。晋平公看得十分真切。

沙随会盟结束,犁比公赶紧回国,立即开会研究对策。六一卿说:"晋国作为诸侯盟主,为区区一臣子,动辄举行会盟,简直不可思议。"七二瑰气愤地说:"此等小事,晋国尽可自行处置,何必如此兴师动众!"八三衷说:"晋国臣子外逃,本为丑事一桩,竟然如此张扬,岂不贻笑大方!"九四禾说:"内讧如此严重,晋国必定元气大伤。"盾三勇说:"齐国如此傲慢,必有争霸之心。以我之见,增加车马,加固城垣,以防万一。"犁比公说:"众卿所言极是,厉兵秣马,以防万一!"话音未落,突然探马来报:"栾盈攻打晋国!"

这简直是晴天霹雳。犁比公闻讯,不禁大吃一惊。

原来,齐庄公昼思夜想,与晋国一决雌雄,像齐桓公那样,再次登上霸主宝座。栾盈到来,齐庄公封官许愿,待若上宾。齐庄公的如意算盘是利用栾盈做内应,趁机打垮晋国,使齐国重新走上称霸之路。

晋平公亲自决定,把一位公主嫁给吴王姬诸樊,目的是进一步笼络吴国。周礼明文规定"同姓不婚"。晋、吴两国都是姬姓,当然不能通婚。晋国的霸主地位摇摇欲坠,晋平公时刻感到担忧。为了联吴制楚,晋平公顾不得其他。

消息传到齐国,齐庄公感到时机到来。他主动提出让齐国公主嫁到晋国。晋平公不知是计,一口答应下来。万万想不到,一场大风暴即将来临。

这天,齐国公主身着盛装,端坐在大红篷车上。大队人马前呼后拥,一路向晋国行驶。上百辆大车前后相接,用帷幔遮盖得严严实实。栾盈心怀鬼胎,偷偷藏在车里。武士们化整为零,混在送亲队伍当中。大队人马浩浩荡荡,顺利进入晋国。

不几天,齐国车队来到曲沃。这是栾氏家族的旧封地,晋国的宗庙就在这里。栾盈被驱逐后,栾氏的封地被收归公室。晋平公委派大夫胥午接管曲沃的军政大权。想不到,胥午曾是栾家的门客,对栾家感恩戴德。栾盈来到曲沃,胥午极其殷勤。他暗中答应,让栾盈指挥曲沃的军队。

在胥午帮助下,栾盈带领武士,指挥曲沃的部队,一路杀奔国都新绛。两地只隔六十里,队伍当天下午到达。栾盈秘密来到晋国,又接管了曲沃的军队,晋平公竟然一无所知。时值黄昏时刻,新绛尚未掩上城门,哨兵尚未上岗。栾盈有个家臣名叫督戎，此人力大无穷，勇猛无比。督戎冲锋在前，带领士兵冲进新绛城内。一路横冲直撞，如入无人之境。

晋国中军元帅士匄正在和别人聊天，听到警报，拔腿就跑。这时候，晋悼公夫人的兄长杞孝公刚刚去世，晋悼公夫人身穿孝服，正在为兄长服丧。士匄闯进灵堂，慌忙穿上女人丧服，坐上夫人的辇车，不顾一切向外逃窜。

士匄仓皇来到固宫，紧急报告晋平公。固宫是当年晋文公所建，长宽各四里，楼亭殿阁，十分壮观，后世历代晋君时常到固宫消遣。最近一段时间，因为亲戚有丧事，晋平公住在固宫。

士匄刚刚逃到固宫，栾盈就把固宫包围起来。想不到城上一阵乱箭齐射，督戎顿时倒在血泊里。督戎战死，栾盈的队伍陷入恐慌，很快不战自乱。栾盈只得带领残兵败将，仓皇逃回曲沃。晋平公亲率大军，士匄与赵武打头阵，把曲沃重重包围。栾盈被困城中，硬着头皮拼死防守。

栾盈潜入晋国，齐庄公觉得时机到来。他一声令下，出动战车六百辆、大军三万人，以王孙挥为大将，申虞为副将，州绰、邢蒯为先锋，晏婴的儿子晏氂为后应。大军浩浩荡荡，一路向西进发。

齐国进攻晋国，卫国是必经之地。卫殇公自知不是齐军对手，急忙关闭城门。齐军并不攻城，径直进入晋国境内。兵分两路，向前进击。晋军主力被牵制在曲沃，齐军很快攻入晋国腹地。

齐庄公的如意算盘是，有栾盈为内应，齐军乘胜前进，直捣晋都新绛。但是突然探马来报："栾盈已经兵败！"紧接着又报："晋军主力齐出，杀奔而来！"齐庄公正在惊疑不定，又有探马来报："莒、鲁两国出兵，增援晋国！"齐庄公心想："齐军远途奔袭，人困马乏，假如与晋军主力遭遇，难以抵挡；莒、鲁两国出兵援晋，齐军腹背受敌。"想到这里，他顿时心慌意乱，立即下令："全军撤退，紧急回国！"

齐军向东撤退，队伍到达邯郸以南。守卫邯郸的将领是晋国大夫赵胜。赵胜放过齐军前锋，出兵拦截其后卫部队。齐庄公急忙派晏氂断后。赵胜指挥队伍一阵穷追猛打，晏氂顿时被围困。突然一箭射来，晏氂被射死。

晏婴得到消息，不禁泪洒胸怀。齐庄公不听规劝，悍然攻打晋国，然后又仓皇撤退。自己的儿子晏氂奉命断后，因此丧命邯郸。晏婴既哭儿子不幸牺牲，又哭国君不听劝谏，给广大将士带来如此灾难。晏婴边想边哭，哭得撕心裂肺，将士们无不同情。

第八十回

栾盈困守曲沃，已经孤立无援。同年十月十三日，晋军终于攻破曲沃。栾盈负伤严重，最后束手被擒。晋平公恨得咬牙切齿，一声令下，栾盈当即被处死。晋平公接着下令："户灭九族，格杀勿论！"栾氏家族被斩尽杀绝。

齐国贸然进攻晋国，最后惨败而归。不仅如此，还在邯郸受到截击，牺牲了晏婴的儿子。齐庄公越想心里越难受，不禁恼羞成怒。齐军撤到临淄郊外，齐庄公下令："莒国趁火打劫，出兵而攻之！"晏婴急忙进谏："大军远途奔袭，人马疲惫，不宜再战。"齐庄公愤愤地说："莒国追随晋国，屡次攻打我军。目下莒、鲁联手，意欲对我进攻。莒人如此逞凶，此仇焉能不报！"齐庄公说到这里，抽出宝剑向东南一指，说："三军出动，攻打莒国！"将军王孙辉、申虞同时进谏："我军历久征战，人马疲惫，三军实难从命。"

齐庄公抬头看看，将士们有的倒在战车上，有的靠在树下，有的躺在地上，心想："队伍如此境况，的确难以远征。"这时，突然有人举荐："杞梁、华还勇冠三军，可为先锋！"齐庄公一听大喜，急忙把二人召来，让他们跟随国君行动。杞梁、华还立即表态："国君如此厚爱，唯愿以死相报！"

齐庄公挑选五千士兵，指令杞梁、华还率领，前往偷袭莒国，齐庄公率领大军随后跟进。齐军偃旗息鼓，趁夜进入莒国境内。到达且于城北二十里，悄悄安营扎寨。且于城距离莒都六十多里，是莒国北部重镇。此地距边境不足百里，齐军当夜到达。

次日黎明，盾三勇到且于城外巡逻。突然发现，齐军早已逼近。盾三勇立即带领人马，向前冲杀一阵。齐军人多势众，莒军只得且战且退。队伍退入且于城中，立即紧闭城门。盾三勇急忙派出人员赶往国都报告。

齐庄公发现莒军兵力不多，立即下令攻城。杞梁、华还冲锋在前，攻向且于城北门。刚刚逼近城门，城上万箭齐发，齐军纷纷中箭倒下。杞梁进谏："莒军防范严密，且于一时难以攻下。莫如暂且后退，再做计议。"齐庄公采纳建议，齐军暂时退往寿舒。

当天深夜，大地漆黑一片。杞梁、华还带领五百人马，悄悄潜伏在且于隧道中，准备实施偷袭。盾三勇立即下令："敌军潜入隧道，围而歼之！"莒军前堵后截，一阵刀劈剑削。齐军扔下上百具尸体，仓皇撤回营地。

犁比公接到警报，立即率领人马增援。才走到半路，探马来报："齐军杀来！"话音未落，齐庄公率领千军万马，像潮水一样奔来。犁比公下令："迎击齐军！"然后一车当先，率部杀向敌人。齐庄公高举大斧，驱动战车杀来。

犁比公挺起长戟，与齐庄公战在一起。双方斧来戟往，杀得难解难分。

盾三勇急忙赶来助战，齐将姜三豹飞车挡在前面。盾三勇一枪刺去，姜三豹急忙向左一闪。盾三勇举起长枪，一下刺中姜三豹右臂。姜三豹身负重伤，落荒而逃。盾三勇向东一看，犁比公正在大战齐庄公，来不及多想，立即前来助战。齐庄公抵挡不住，驱车向北逃跑。犁比公弯弓搭箭，"嗖"的一声射中齐庄公大腿。齐庄公忍着疼痛，带领队伍仓皇撤出战场。

次日上午，犁比公带领人马来到蒲侯，正好与齐军相遇。当头的齐将，就是杞梁与华还。犁比公心想："杞梁、华还都是无名之辈，何必与其拼命厮杀？莫如劝其退兵，息事宁人。"犁比公想到这里，指令七二瑰到齐营谈判。七二瑰来到齐营，对杞梁、华还说："莒、齐两国，南北为邻，和睦为上。两国争战，将士喋血，令人痛心。莒国愿以至诚罢兵息战，求得两国安宁。"

杞梁、华还十分倔强，说："临阵退却，非大丈夫所为。今日两军对垒，唯有一决雌雄！"杞梁、华还如此好战，七二瑰不禁义愤填膺。

七二瑰回到营地，立即报告犁比公。犁比公说："齐军悍然侵我境内，杞梁、华还不思悔过，竟如此逞能。此等小辈，唯有刀枪相见！"犁比公亲自擂动战鼓，莒军奋勇向前，双方混战在一起。杞梁、华还十分骁勇，死战不退。犁比公带领人马绕过齐营，来到且于城下。国君亲领大军前来，城内将士立即出城迎接。

七二瑰进谏："明日天亮，齐军必定攻城。可烧制火炭，堆放城下。敌若攻城，必遭火炭炙烤。如此上下夹击，敌军必败无疑。"犁比公说："此计甚妙！"当即批准。次日天亮，杞梁、华还冲锋在前，齐军开始攻城。刚刚攻到且于城下，发现大量火红的木炭。齐军副将岑栗纵身一跃，穿过火炭往城上攀爬。城上莒军一顿乱箭齐射。岑栗一下掉进火堆里，很快被烧成焦肉。

杞梁、华还绕过火堆，率领队伍再次攻城。二人刚刚靠近城门，城上万箭齐射，木棒、石块、砖瓦一齐砸下。杞梁身中数箭，头颅被石块砸中，当场毙命。华还身负重伤，"扑通"一声掉进火堆里，当即被莒军擒获。

犁比公亲擂战鼓，且于人民备受鼓舞，纷纷前来助战。齐军先锋一个阵亡，一个被俘。队伍顿时大乱，纷纷向北逃窜。莒军万箭齐射，齐军一片片倒下。

双方正在鏖战，突然探马来报："齐君亲领大兵，杀奔而来！"

正是：浴血鏖战守且于，忽闻齐君领兵来。

第八十一回 犁比公痛失介根
齐庄公被弑临淄

且说齐军偷袭且于，莒国奋起反击，杀得齐军丢盔弃甲。犁比公权衡再三，不想把两国关系搞得太僵，希望双方达成谅解，让齐军体面撤退。

这天上午，齐庄公箭伤未愈，亲领大军赶到且于城。来到一看，杞梁已经战死，华还受伤被俘；齐国偷袭部队被彻底击溃。齐庄公口吐鲜血，一下子昏倒在地上。左右一齐急救，齐庄公才苏醒过来。他喘息一阵，仍不甘心失败，命令齐军，继续向前进攻。

这时候，莒国司徒六一卿到来，协商停战议和。齐庄公复仇心切，打算继续进攻。突然接到警报："晋、鲁南北夹击，进攻我国！"齐庄公迫不得已，同意停战议和。队伍回到临淄郊外，发现一女子披麻戴孝，在路边号啕大哭。齐庄公派人一问，原来是杞梁的妻子。听说丈夫在莒国战死，她赶到这里迎灵。

当时的女子大多没有姓名，因此只能称她杞梁妻。

杞梁战死沙场，齐庄公派人进行吊唁。想不到，杞梁妻很懂礼法。她强忍悲痛予以辞谢，说："杞梁若有罪，岂敢惊动国君吊唁？祖上尚有茅屋一间，虽则残破，足可放置灵位。杞梁若无罪，何必置尸于荒郊野外也？"

齐庄公明白了，在郊外吊唁杞梁，杞梁妻无法接受。齐庄公深感理亏，带上大量祭品，亲自到杞梁家里吊唁。面对杞梁的灵位，众官员随着齐庄公一齐焚香祭拜。一行人垂首流泪，寄托哀思。众邻居见状，无不悲伤落泪。

齐庄公一行离开后，杞梁妻继续悲痛哭泣。自己上无父母，下无子女，无依无靠，她越想越难过。这天傍晚，她来到城墙下，抱着杞梁的尸体，哭了七天七夜。起初流的是眼泪，后来流出了鲜血。整个人悲伤憔悴，奄奄一息。

这天夜里雷声滚滚，暴雨倾盆，临淄城到处墙倒屋塌。突然一阵闪电，紧接着天崩地裂一声，城墙顿时倒塌了一角。随着一阵巨响，城墙上砖石倾泻而下。杞梁的尸体瞬间被埋在城下。杞梁妻心想:"自己孤苦伶仃,无依无靠,何不了此一生?"她边哭边爬,慢慢来到淄水河边,纵身一跃投水而死。

后来,这件事经过多次演绎。战国的《檀弓》,稍后的《孟子》,西汉的《列女传》,唐诗《杞梁妻》,等等,不断改写。直到南宋的《孟子疏》,杞梁妻的名字才出现,这就是孟姜。后来又叫孟姜女。清末民初出了一本书:《绘图孟姜女万里寻夫全传》。其中,齐庄公变成了秦始皇,临淄城变成了万里长城,杞梁变成了文弱书生,杞梁妻变成了万里寻夫的烈女。

故事越传越离奇,越传越感人。

明朝嘉靖年间,几位地方官员自愿捐资,修建了嘉山孟姜女祠。工部尚书李如圭亲手书写匾额,然后题诗一首:

烈女何年失所天?哀号矢死未亡前。

声声彻骨城倾堵,点点伤心地涌泉。

千百年来,各地建祠立庙,纷纷纪念孟姜女。"孟姜女哭长城"的故事,或被写成诗文,或被搬上舞台和银幕,在民间广泛流传。

却说且于之战胜利结束,莒国大军凯旋。捷报传来,举国一片欢腾。众位臣子一致祝捷,国人纷纷前来道贺。犁比公告诫众人:"当今天下动荡,战云密布,云谲波诡。且于之战虽则获胜,切勿沾沾自喜。"

时间如水,新的一年很快到来。这年七月初六,赤日炎炎,大地如同烘烤。这天,犁比公正在校场检阅兵马。突然探马来报:"楚军进攻陈国!"犁比公顿时心里一惊。他十分清楚,三十多年前,楚国就是从陈国绕道,突然攻陷莒国三城。现在,楚国再次进攻陈国,楚军会否故技重演?犁比公想到这里,禁不住心惊肉跳。他不顾疲劳,带领三万大军、战车四百辆,紧急进驻鄅地,预防楚军偷袭。

消息如风,此事很快传到齐国。齐庄公下令:"莒军主力尽出,立即攻取介根!"命令大夫崔杼,率领战车五百辆、士兵三万人,一路向介根进攻。

自从齐国攻灭莱国,莱国土地被纳入齐国版图。介根就像一个楔子,插进齐国领土之内,成为齐国的眼中钉、肉中刺。此时的介根,守军仅有三千人。齐国数万大军像潮水一样涌来,把介根城围了个水泄不通。敌人来势汹汹,介根危在旦夕。守将嬴虞登上城楼一看,齐军车马相接,刀枪如林,望不到尽头。他立即派人,赶到国都求救。

犁比公临行之前,留下一万人防守国都,指令公子嬴去疾留守,六一卿、七二瑰、八三衷为参军。现在介根被围，请求紧急救援。六一卿说："介根是我旧都，不可有失，应立即驰援！"七二瑰、八三衷一致赞同。嬴去疾立即分兵一半，由八三衷率领，前往救援介根。同时派出快马，赶往鄑地报告。犁比公接到警报，留下一万人马驻守鄑地，带领其余队伍回援介根。

八三衷带领五千人马，赶到介根南郊。这时候，齐军正在攻城。八三衷来不及多想，立即向齐军发动进攻。崔杼见莒国援军到来，立即兵分两路。一万人继续攻城，两万人围攻八三衷的队伍。莒军远道而来，人马疲惫不堪。齐军人多势众，从左右两侧包抄上来。莒军浴血奋战，伤亡十分惨重。

八三衷举目远眺，敌人千军万马围攻上来，再看看自己的队伍，已经伤亡过半，只得带领人马突出重围，后撤十里等候援军。

当日下午，犁比公率领人马到达，八三衷急忙前来迎接。二人合兵一处，立即向介根进军。到达介根城下一看，城上遍插齐军旗帜。齐军已经攻陷介根，挥兵向南猛扑过来。盾三勇驱动战车，奋勇向齐军杀去，犁比公带领人马随后向前进攻。八三衷高举青铜剑，紧紧跟在犁比公侧后，一齐杀向齐军。莒军远途奔袭，早已人困马乏。一战下来，伤亡惨重。盾三勇左臂负伤，八三衷右肩中箭，犁比公已经多处流血。如果继续战斗下去，后果不堪设想。犁比公只得下令，盾三勇领兵断后，队伍紧急向南撤退。

崔杼占据了介根，得意扬扬，立即派人向齐庄公报捷。就这样，介根城从此沦陷。据《春秋左传》记载，这一年是公元前549年。

犁比公带领人马，回到莒都北郊。嬴去疾闻讯，急忙出城迎接。见到犁比公，嬴去疾跪倒在地，失声痛哭，说："孩儿无能，救援不力，致使介根沦陷。我愿就此一死，以谢国人！"拔剑就要自刎。六一卿、七二瑰、八三衷、九四禾、盾三勇等人一起跪下请罪。犁比公泪流满面，把众人一个个扶起来，说："介根失陷，罪在寡人，非众人之过也。"

介根沦陷之后，兹、防等城邑，变成了北部边防，时刻处于齐国威胁之下。犁比公不敢大意，立即派遣七二瑰、八三衷等人，带领人马加固城垣，深挖壕沟，防备齐军进攻。盾三勇说："齐国无辜兴师，侵我领土，占我介根，此仇不能不报，我愿带兵讨伐齐国！"犁比公说："齐国地阔人众，兵多将广。面对如此强邻，只可与之和解，不可动辄兵戎相见。收复介根，唯有等待时机。"六一卿、七二瑰、八三衷、九四禾等臣子纷纷赞同。

光阴如梭，转眼之间公元前548年到来。这年五月初一，正是麦穗泛黄时节。为了融通两国关系，犁比公在六一卿陪同下，带上礼物到齐国访问。齐庄公十分高兴，大摆宴席，山珍海味，盛情款待犁比公。

此时的崔杼，已经升任上大夫。犁比公带着六一卿前来访问，崔杼作为辅政大臣，理应出面作陪。齐庄公热情有加，竟然不见崔杼的身影。犁比公感觉十分蹊跷。谁也想不到，崔杼野心勃勃，正在策划一个惊天阴谋。

齐庄公得以继位上台，崔杼立下汗马功劳，因此彼此关系异常亲密。有一次，齐庄公去了崔杼家，恰巧崔杼不在家，崔杼的妻子棠姜出面迎接齐庄公。齐庄公抬头一看，棠姜袅娜多姿，楚楚动人，顿时被她迷住了。从这天开始，齐庄公抽空就到崔杼家，千方百计引诱棠姜。

棠姜经不住诱惑，两人终于勾搭成奸。从此以后，二人多次暗度陈仓。内侍急忙劝谏，齐庄公仍然我行我素。崔杼得知内情后，气得七窍生烟。他暗下决心，寻找机会杀掉齐庄公。

犁比公到齐国访问，崔杼故意托病不出，以此迷惑齐庄公。第二天，犁比公住在馆驿休憩。齐庄公瞅准机会，悄悄来到崔杼家里。原来，崔杼、棠姜早就串通好，暗算齐庄公。齐庄公等了一大会儿，一直不见棠姜的影子，于是借着酒意，用手拍着柱子，哼哼起情歌来：

野有蔓草，零露漙兮。

有美一人，清扬婉兮。

邂逅相遇，适我愿兮。

野有蔓草，零露瀼瀼。

有美一人，宛如清扬。

邂逅相遇，与子偕臧。

——郊野蔓草青青，露珠颗颗晶莹。

有一位美人，眉目流转传情。

有缘不期而遇，令我一见倾心。

郊野绿草如茵，露珠颗颗晶莹。

有一位美人，眉目婉美多情。

今日有缘相遇，与你携手同行。

这时候，崔杼带领兵士闯进院子。众人举起武器，一齐追杀齐庄公。齐庄公见势不妙，拔腿就跑。崔杼带人紧紧追赶。齐庄公急忙爬上墙头，打算越墙逃跑。崔杼"嗖"一箭射去，正中齐庄公的大腿。齐庄公惨叫一声，一下子掉到墙根下。士兵们一拥而上，刀剑并举，齐庄公顿时死在血泊里。

此时此刻，犁比公一行住在临淄馆驿。按照惯例，齐国应当派人前来接洽。可是等了三天三夜，一直不见齐国来人。犁比公心里很是纳闷。这时候，六一卿急匆匆进来，神情慌张地说："齐君被崔杼所弑！"犁比公一听，不禁大惊失色。转念一想："齐侯被弑，何人继位为君，事关莒、齐两国关系。"想到这里，赶紧派六一卿打探消息。

原来，崔杼杀了齐庄公，迎立姜杵臼继任国君，是为齐景公。崔杼由大夫升任相国，崔杼的朋友庆封随之升任副相，成为崔杼的副手。

齐国发生重大变故，太史翻开国史，立即记上："崔杼弑其君。"崔杼看到后怒不可遏，就把太史杀掉。随后找来太史的弟弟，要他重写国史，结果还是那五个字。崔杼一看，不禁恼羞成怒，又杀了太史的弟弟。

太史是世袭的，父死子继，兄终弟及，其他人不能插手撰写国史。崔杼接着下令把太史的另一个弟弟找来，其记录仍然是"崔杼弑其君"。崔杼气愤至极，又把这个人杀了。接着，太史的第三个弟弟被找来。他捧起竹简，拿起刻刀，刻下的还是"崔杼弑其君"。事情到了如此地步，崔杼不禁仰天长叹，说："天耶！太史不避刀斧，秉笔直书。我崔杼虽为相国，竟也无能为力。"

六一卿打探清楚，立即报告犁比公。犁比公说："崔杼专权行凶，必遭横祸！"留下六一卿吊唁齐庄公，自己带领随从返回莒国。到达莒城郊外一看，树木葱茏，天气已经转热。"光阴如流，时令转换竟是如此之速！"犁比公想到这里，不禁感慨万千。

五月二十九日，赤日炎炎，骄阳似火，莒国大地一片炽热。犁比公坐在院子里，正摇着蒲扇乘凉。突然内侍来报："晋国使臣到！"犁比公见到使臣，稍事寒暄，立即展读檄文。原来，晋平公传檄诸侯，到夷仪举行会盟。时间紧迫，容不得多想。犁比公略做准备，按时到达夷仪。

到达夷仪一看，晋、鲁、宋、卫、郑、曹、邾、滕、薛、小邾，加上自己共是十一国的国君。会盟议题只有一项，就是共同出兵，攻打齐国。原来，去年齐国攻打晋国，晋平公为了报复，因此举办这次诸侯会盟。犁比公明白，此次会盟，纯粹是晋国挟嫌报复。

齐景公得到消息，急忙与崔杼商量。崔杼说："赶紧送礼，请求罢兵！"齐景公接受建议，立即派遣副相庆封带上礼物赶到夷仪。庆封见到晋平公，毕恭毕敬，献上重礼。接着报告齐庄公的死讯，然后恳切要求晋国，放过齐国一马。为了贿赂晋国，齐国不惜血本，上到晋国六卿，下到三军将领，每人送上一份厚礼。晋平公十分高兴，说："齐国如此孝敬，就此罢兵，款待齐国来使！"诸侯讨伐齐国一事，就这样烟消云散。夷仪会盟，本来是兵车之会，变成了聚餐之会。

犁比公对此十分不解，看看众诸侯，人人一脸无奈。

犁比公回到馆驿，把此事告诉六一卿。六一卿气愤地说："晋国君臣如此贪婪，焉能继续称霸！"夷仪会盟结束，犁比公带领随从，急忙赶回莒国。刚刚回到国都，内侍进来报告："晋国客人到！"犁比公急忙出门迎接。抬头一看，来客竟然是赵武。

原来不久之前，士匄告老辞职，赵武接任晋国中军元帅。赵武上台执政，想起了当年的情景。回想当年，为了逃避追杀，程婴保护着自己四处逃命。莒国冒着风险给予庇护与悉心关照。于是他带上礼物，赶往莒国拜访谢恩。

赵武前来访问，犁比公十分高兴，大摆宴席，盛情款待。六一卿、七二瑰、八三衷、九四禾、盾三勇等臣子悉数出席作陪。宴席上山珍海味，应有尽有。犁比公首先致辞，然后众人轮番向赵武敬酒，觥筹交错，其乐融融。

次日上午，犁比公亲自陪同赵武再次游览五莲山。赵武一看，当年的弱小树苗，已经长成参天大树；当年的潺潺细流，已经变成清澈的小河。众人信步前行，来到巨型石像前。赵武抬头一看，石像头顶长出了青草，前额已经布满了绿苔。

在众人陪同下，赵武沿着羊肠小道来到当年搭建茅屋的地方。放眼一看，这里长出了一片丛林。高高的悬崖上，一个采药人攀缘而上，灵巧的身影就像猿猴一样。众人抓住藤萝，登上莲花顶。赵武极目远眺，只见青山如黛，白云犹如轻纱，若静若动，缭绕其间。看上去如梦如幻，景象万千。故地重游，物是人非，赵武触景生情，不禁感慨万千。

第三天上午，盾三勇陪同赵武乘船东渡，观赏大海风光。对于莒国的盛情接待，赵武十分感激。赵武临行，盾三勇送到莒城郊外，双方依依惜别。

介根是莒国旧都，竟然被齐国侵占。对此，犁比公一直耿耿于怀。他心心念念收复这座古城，但是齐国兵多将广，一时无力夺回。回顾当初，侵占介根的罪魁祸首是崔杼。每想到这里，犁比公便感觉恨之入骨。这天，突然探马来报："崔杼自缢身亡！"

正是：多行不义必自毙，除恶自有后来人。

第八十二回　六一卿杞国筑城
　　　　　　　七二瑰宋都救灾

　　原来崔杼娶了棠姜，棠姜带来了一个男孩，名叫无咎。这个无咎，是棠姜与前夫棠公生的儿子。母亲改嫁，无咎跟随母亲来到了崔家，崔杼做了无咎的继父。同时，无咎与舅舅东郭偃一起成为崔家的家臣。崔杼怎么也想不到，这种看似平常的关系，却引起了血光之灾。

　　崔杼原有两个儿子，一个叫崔成，一个叫崔强。棠姜嫁给崔杼后，又跟他生了一个儿子，名字叫崔明。按照嫡长子继承制，家族继承人是崔成。崔杼喜爱棠姜，因此改立崔明为继承人。崔成无奈之下，请求一块封地，以供自己养老。对此，崔杼当即答应。

　　无咎、东郭偃听到改立继承人，异口同声反对。无咎找到继父崔杼，摆事实讲道理，说得崔杼理屈词穷，改立继承人一事因此耽搁下来。

　　崔成、崔强一听，非但不感激无咎，反而火冒三丈。哥俩对崔杼说："无咎乃寡妇带来之子，竟指手画脚，干涉崔家内政！东郭偃乃车夫一个，竟信口雌黄，挑拨我家父子关系！"崔杼听了，竟然不予理睬。兄弟俩有理无处说，于是跑到庆封家里，哭得一把鼻涕一把泪。

　　庆封身为副相，权欲熏心，野心勃勃。崔杼担任相国，庆封早就想取而代之，苦于没有机会。崔成、崔强哥俩找上门来，庆封见时机已到，立即火上浇油。他亲口承诺，支持哥俩起事。崔成、崔强得到许诺，立即杀掉无咎、东郭偃。接着继续进攻，向崔杼讨要说法。

　　崔杼闻讯十分惊恐，急忙坐车逃跑。

　　庆封带领人马，趁机向崔家杀去。这时候，崔成、崔强毫无准备。庆封一声令下，哥俩双双被杀。棠姜被重重包围，只得上吊自缢。只有崔明一人侥幸逃过一劫，只身流亡国外。当天深夜，崔杼偷偷回到家里。抬头一看，家人全部倒在血泊里。崔杼这才意识到，自己一手扶持起来的庆封如此心狠手辣。崔杼痛哭一场，然后找来一根绳子，与棠姜吊到同一根横梁上。

崔杼作为一个侵略者、阴谋家、弑君凶手，就这样死于非命。

崔杼自缢身亡，消息传到莒国。犁比公闻讯大喜，立即设宴庆祝。众位臣子兴高采烈，纷纷举杯庆贺。犁比公说："齐国侵我介根，崔杼乃罪魁祸首。此人自缢身亡，罪有应得！"酒过三巡，犁比公又说："齐国一再示强，对邻国虎视鲸吞。先灭谭、纪，后灭莱国，近年又占我介根。目下，齐国仍对我虎视眈眈。当务之急，应与鲁国和睦相处。"

臣子们纷纷赞同，建议与鲁国加强关系。

为了此事，犁比公带领随从赶往鲁国访问。鲁襄公见到犁比公，竟然泪流满面。犁比公见状，忙向六一卿递了个眼色。六一卿心领神会，急忙退出大厅。臣子们离开大厅，鲁襄公号啕大哭。原来，"三桓"步步紧逼，鲁襄公身为国君，竟然敢怒不敢言。

不久前，邾国大夫庶其叛逃到鲁国，带来了两个邑的土地。对此，鲁襄公十分高兴。辅政大臣季武子却擅自主张，把鲁襄公的姑母送给庶其为妻。对于这件事，鲁襄公觉得实在憋屈。不仅如此，季武子还擅权独断，排斥异己。鲁国司寇臧孙纥性情耿直，说了几句公道话，便受到季武子的迫害，只好逃到齐国。"三桓"之间既互相排斥，又互相勾结。鲁襄公的权力被蚕食殆尽，敢怒不敢言。堂堂国君，沦为傀儡一个。

内忧如此严重，外患接踵而至。趁着鲁国内乱，齐国两次出兵攻打鲁国。晋国作为诸侯霸主，年年都收保护费，鲁襄公只得向"三桓"苦苦哀求。如果没有"三桓"支持，公室无钱开支。鲁襄公成了变相的乞丐。

公元前545年十月，齐国再次发生内讧。大夫卢蒲癸与王何联手，打算杀死庆封。庆封为了保命，仓皇逃到鲁国。季武子未经请示，就以国君名义接待庆封。庆封为了表达谢意，把自己的豪华车马，还有齐国的编钟、玉璧等国宝一起献给鲁国。这些礼品，全部被季武子据为己有。

同年十一月，鲁襄公、宋平公、陈哀公、郑简公、许悼公等国君都去楚国的郢都朝觐。鲁襄公刚刚走到汉水，得到楚康王去世的消息。这年春节，鲁襄公是在郢都度过的。万万想不到，楚国竟然提出要鲁襄公亲自为楚康王致禭。所谓致禭，就是为死者穿衣。按照周礼，这是参加诸侯丧礼时外国使臣必行的礼仪，但从没有诸侯亲自致禭的先例。楚国提出这一要求，明显带有侮辱性。幸亏大夫叔孙豹出面斡旋，好不容易应付过去。

按照惯例，直到次年四月，楚康王的葬礼才举行完毕。鲁襄公、陈哀公、郑简公、许悼公一直送到郢都西门外，各国卿大夫一直送到墓地。

这年五月，鲁襄公终于踏上回国之路。还没走出楚国边境，传来一个惊人的消息。原来，季武子趁着鲁襄公不在国内，出兵占领了卞城。卞城本来是公室直属之地，竟然被季武子带兵攻占。鲁襄公闻讯，十分担忧自己的安全，不敢再回鲁国，他厚着脸皮停在楚国边境，逗留了一个多月。在叔孙豹一再鼓励下，鲁襄公壮了壮胆子，才悄悄回到曲阜。堂堂国君，回国都要提心吊胆。

犁比公听着鲁襄公的述说，内心十分同情。鲁襄公说到这里，几度哽咽，说不下去。犁比公急忙倒满茶杯，亲手送到他面前。恰在这时候，鲁国内侍报告："晋国使臣到！"原来晋国送来檄文，通知各国去给杞国筑城。

犁比公看过檄文，来不及多想，带领随从匆匆赶回莒国。

原来，晋平公的母亲叫杞姬，是杞桓公的女儿。晋平公从小时候起，几次到杞国走姥姥家。晋平公聪明机智，杞桓公十分喜爱这个小外甥。还有一个深层原因，晋平公已被立为世子，将来必定继位为君。晋国是诸侯霸主，杞桓公很想巴结晋国，于是对晋平公疼爱有加。晋平公幼小的心灵上对杞国留下了良好印象。晋平公是个孝子，对母亲十分尊重，凡是母亲提出的要求，晋平公尽力办好。

公元前719年，莒国打败杞国，攻占牟娄，杞国被迫西迁。一百多年来，杞国居无定所，几度迁徙。再加国力有限，现在的杞城十分寒碜。与其他诸侯国国都相比，杞城显得又小又破。

杞姬作为杞国的公主，心里一直惦记着这事。

这天，杞姬找到晋平公，要求帮助杞国修筑城垣。晋平公心想："母亲之言，必须照办。"转念一想："为杞国筑城，工程浩大。单凭晋国一国之力，必定劳师费时。"晋平公想到这里，立即下令："传檄诸侯，为杞国筑城！"

犁比公回到莒国，调遣两千名士兵，一千名工匠，让六一卿带队，紧急赶赴杞国。六一卿带领人马，带上粮食与器具，很快到达杞城。晋国大夫荀盈、齐国大夫高止、宋国大夫华定、卫国大夫世叔仪、郑国大夫公孙段、曹国大夫曹幽迁、邾国大夫锦司桦、滕国大夫应力惠、薛国大夫李戎郤、小邾国大夫衣带水各自带领人马，先后到达杞城。

一时之间，小小杞城聚集了千军万马。

按照晋平公的指令，赵武担任修城总指挥。各国分段包工，抓紧施工。赵武带领随从，四处巡察督导。这天上午，他来到杞城东门，举目望去，城外一片湖泊。按照分工，宋、郑两国负责这一地段。华定、公孙段两人正站在那里犯愁。原因是两国都是内陆国家，工匠普遍不习水性，看到眼前的湖水，不知如何是好。

赵武当机立断："调遣莒军，来此筑城！"

六一卿接到新的任务，立即组织施工。次日上午，赵武再次前往巡察。放眼望去，湖岸上有人在搬石头，有人在背沙土，有人在抬木料，一个个汗流浃背。再看看湖水里，有人抱着石块下潜，有人扛着沙袋游泳，有人在垒砌石墙，有人在喊号子。

次年二月，杞城修建终于竣工。这天，杞姬亲自前来慰问。杞姬出面，是为了给杞国抬高身价。夜晚，她大摆宴席，款待各国队伍。

赵武来回穿梭，四处劝酒。突然发现，有个老者须发皆白，看上去年过七旬，说起话来却声若洪钟。

赵武觉得奇怪，于是询问他的年龄。老者高举酒杯，一饮而尽，笑而不答。赵武忙问六一卿。六一卿说："老人家乃莒国鄢陵人，现年七十三岁。向以捕鱼为业，半生与大海为伴。现下响应号召，不顾年迈，前来杞国筑城。"

赵武听了很受感动，领着老者来到杞姬面前。杞姬笑着说："海上逍遥自在，令人羡慕。可惜我垂垂老矣，如若不然，亦到海上当渔翁。"杞姬说完，众人笑声不止。杞姬一时高兴，赐给老者大量钱财，说："回家颐养天年！"六一卿使个眼色，老者连忙道谢。

杞国筑城任务终于完成。六一卿回到莒国，急忙报告情况。犁比公听了十分高兴，下令摆下宴席，给大家庆功。大家正在推杯换盏，突然内侍报告："晋国使臣到！"犁比公闻讯，不禁吓了一跳。他想：这些年来，只要晋国使臣到来，不是会盟就是参战。现在晋使再次到来，肯定发生了大事！

使臣见到犁比公，施礼过后，伸手递上一束竹简。犁比公接过一看，竹简装在晋帛里边。帛上四个字十分醒目："十万火急！"

原来几年前，晋国的赵武、楚国令尹屈建，共同主导了弭兵运动。所谓弭兵，就是消除战乱，号召天下诸侯和平共处。晋国是弭兵运动的倡导者。

晋、楚两国确定，七月初五，弭兵会盟在宋国举行。赵武显示了高姿态，让楚国的屈建率先歃血，各国大臣随后跟上。这次弭兵会议顺利举行。在赵武授意下，七月初六中午，宋平公以东道主身份宴请各国大夫。按照礼仪，宴会应当奉一人为主宾。宋平公顺水推舟，把这一荣誉让给了赵武。对此，晋平公、赵武无不感激,决心在关键时刻,给宋国支持与帮助。

第二年春季,宋国受到严重旱灾,赤地千里,灾民遍地,饿殍遍野。五月初五,都城睢阳又发生严重火灾,宗庙及其他楼亭宫阁付之一炬。救火声,呼救声,惨叫声,令人心悸。两场灾难接连发生,宋国陷入十分艰难的境地。

宋平公急忙派出信使,赶往晋国求助。晋平公接到警报,急忙与赵武商议。赵武说:"晋国欲通吴国,宋国乃必经之地。目前宋国受灾,应紧急救援。"晋平公派出使臣,传檄各诸侯国,举行澶渊会盟,商量为宋国救灾。

犁比公接到檄文,派遣三千人马,由九四禾率领赶往澶渊。晋国的赵武,齐国的姜夷轻,鲁国的叔孙豹,宋国的向戌,卫国的姬晏虞,郑国的中栗婴,以及曹、滕、杞、薛、邾、小邾等国的大夫悉数到达。

在赵武主持下,大夫们重温誓词,一个个信誓旦旦,煞有介事。大家纷纷表态,愿意救援宋国,没有一人提出反对意见。赵武十分高兴,要求各国把捐款数字报给晋国的书记官。可是左等右等,没有一国前来报数。赵武这才明白,尽管各国都曾经宣誓,那都是逢场作戏,是应付场合的。真的出钱出物,没有哪个国家自觉自愿。

夜晚,九四禾正在吃茶闲谈。突然有人来访,原来是鲁国大夫叔孙豹。叔孙豹刚一落座,就大倒苦水:"两年一会盟,三年一会战,马不停蹄,疲于奔命。捐钱捐物,催粮要钱,各国早已不堪重负!"九四禾心想:"晋国已是强弩之末,权威不再;赵武的感召力,也已到了尽头。"

赵武等了七天,前往登记报数的,一个国家也没有。赵武十分无奈,只得带领人马奔赴宋都睢阳。众人一看,大火之后的睢阳城,树木全部被烧焦,到处都是焦黑一片。举目望去,一片断壁残垣,境况惨不忍睹。天上的鸟儿飞临这里,向下一望,一个盘旋接着飞走了。偌大的睢阳城,看上去一片死寂。九四禾看到此情此景,不禁叹息一声。

莒国和其他国家一样,出工不出物,出人不出钱。由于缺少资金,无钱购买物资材料,救灾进度十分缓慢。直到次年春季,睢阳救灾仍在进行。这天上午,赵武带领随从前来巡视。九四禾正与赵武说话,突然有人来报:"莒国发生内讧,请司农速速回国!"

九四禾来不及多想,急忙带领人马返回莒国。

正是:大队人马忙救灾,忽然警报又传来。

第八十三回 犁比公惨然遭弑 著丘公仓促即位

且说七二瑰正在宋国救灾，忽然接到国内警报。他来不及多想，火速带领人马回国。回到国都一看，莒国的内讧竟然是由废长立幼引起的，齐国和吴国也掺和了进来。

原来，崔杼上吊自杀后，庆封担任相国，执掌了齐国大权。不久，庆封把权力交给儿子庆舍。从此，庆封整天逍遥自在。

齐景公有个特殊喜好，特别喜欢吃鸡爪，每天要吃数百个。由于这个原因，鸡价噌噌往上蹿。受限于资金数额，厨房买不到那么多的鸡，庆舍就让人用鸭掌代替鸡爪。这天午餐，陪侍齐景公用膳的大夫姜子尾一看，自己的碗里只有鸭骨，不见鸡肉。姜子尾一怒之下，带人杀死了庆舍。

庆舍的同党工偻洒、渻灶、孔虺、贾寅四人，急忙逃到莒国。

犁比公有两个儿子，长子名叫嬴展舆，次子名叫嬴去疾。嬴展舆的生身母亲，是吴王姬寿梦的女儿，称作吴姬，是正室夫人。按照嫡长子继承制，嬴展舆早就被确立为世子。嬴去疾的母亲是齐庄公的女儿，名叫雁姜，她年轻漂亮，能说会道，深得犁比公宠爱。吴姬出生在江南，不通东夷之礼。嫁到莒国后，生活习惯格格不入。犁比公自从娶了雁姜，吴姬逐渐受到冷落。

这天上午，雁姜见到犁比公，一阵哭哭啼啼。犁比公忙问："夫人缘何如此伤心？"雁姜擦一把眼泪，提出废掉嬴展舆，改立嬴去疾为世子。犁比公不假思索，当即答应："此事好说，改立去疾为世子！"嬴展舆闻讯，急忙找各位大臣商量。六一卿、七二瑰、八三夷、盾三勇得到消息，急忙去见犁比公。四人一起劝谏："世子既立，不宜更改。"万万想不到，犁比公置若罔闻。

齐国的工偻洒、渻灶、孔虺和贾寅，正好来莒国避难。嬴去疾立即联络四人，作为自己的后援力量。四人求之不得，当即答应下来。齐景公得到消息，立即派人声援嬴去疾。吴王姬馀祭得到消息，也派人前往莒国，表态支持嬴展舆。就这样，为了争夺世子之位，发生了宫廷内讧。

外国趁此机会，纷纷插手莒国内政。六一卿、七二瑰、八三衷、盾三勇心急火燎，再三劝谏犁比公。

犁比公说："我意已决，再谏者斩！"

六一卿、七二瑰二人一商量，说："告老辞职，远离是非之地！"八三衷心想："两人均已辞职，自己独木难支。"于是以身体不适为由，称病不出。盾三勇一看，自己身为武将，无法说动犁比公，从此天天待在军营里饮酒谢客。

这时候，九四禾从宋国回到莒国。盾三勇找到九四禾，说："公子展舆、去疾兄弟，争夺世子之位，拉帮结派，势同水火。国君宠爱雁姜，偏袒公子去疾。齐、吴两国趁机插手，内忧外患如此严重，实在令人揪心！"

九四禾说："公子展舆既已立为世子，即是国之储君。我等身为臣子，不可坐视不管。司马带兵于外，我联络众人于内。内外联手，确保世子之位！"盾三勇说："如此甚好，速速行动！"两人商量好了，盾三勇立即部署兵力，严加防范。九四禾找到几个心腹，把事情的来龙去脉告诉大家。众人听了义愤填膺，立即行动，预做准备。

这天下午，在雁姜纠缠下，犁比公当众宣布："改立去疾为世子！"消息一出，立即传遍大街小巷。民怨沸腾，不可遏止。此时此刻，已经日落西山。大家自发集合起来，一起拥向内府，向犁比公讨要说法。内侍得到消息，急忙报告嬴展舆。嬴展舆急忙找到九四禾一起商量对策。九四禾说："国人拥向内府，大事不妙！"二人急忙来到内府，可是人山人海，怎么也挤不进去。人们有的拿着木棒，有的拿着竹竿，有的拿着铁锹，把内府重重围困。

犁比公一看局势不妙，立即沿着墙下阴影，匆匆向后院逃跑。内侍、嫔妃等后宫人员，一起跟在后面向外奔逃。刚刚跑到后院，就被围困起来。黑暗之中，人们分不清哪个是国君。突然有人高喊："在这里！"愤怒的人群一拥而上，接着就是棍棒相加。可怜的犁比公，顿时死在乱棒之下。

嬴展舆心急如焚，与九四禾同时赶来。挤进人群一看，犁比公已经命归西天。嬴展舆见状，不禁放声大哭。九四禾说："人死不能复生，先君既亡，国不可一日无主！"慌乱中找来一把椅子，让嬴展舆面南而坐，然后倒头便拜。嬴展舆继位为君，史称莒废公。

《春秋左传》如此记载："展舆因国人以攻莒子，弑之，乃立。"

犁比公在位三十五年，参与诸侯会盟二十余次。在他执政期间，多次参与诸侯会战。攻楚、伐秦、击齐、围宋、救陈、伐郑、灭鄫，参与杞国筑城，奔赴宋国救灾，等等，使一个东夷国家跻身于大国之列。但是晚年废长立幼，再加性情暴虐，受到国人嫉恨，最终死于内乱之中。一代雄主结局如此悲惨，史家不胜感慨。

变故突然发生，嬴去疾急忙与左右商量。侍读山涧竹献计："齐国四臣子正在莒国避难，可资利用！"嬴去疾立即派出专人，把工偻洒、泹灶、孔虺、贾寅四人找来。工偻洒、泹灶说："我俩愿为向导！"孔虺、贾寅说："我俩愿为后应！"这天夜里，嬴去疾在工偻洒、泹灶引导下，悄悄逃到齐国。一行人到达穆陵关，齐国已经派人在此接应。

嬴去疾见到齐景公，立即拜伏在地，一顿痛哭流涕。齐景公十分同情，说："齐国出兵护送，扶你登上国君之位！"嬴去疾一听，千恩万谢。

莒国发生内乱，消息很快传到鲁国。季武子急忙找到鲁昭公，要求趁机出兵攻占郓邑。这时候，鲁襄公去世不久，鲁昭公刚刚继位。他不想乘人之危，更不想趁火打劫。季武子把持了鲁国大权，执意出兵。鲁昭公不敢阻拦，只得勉强同意。

这天夜晚，季武子带领五千士兵，突然包围了郓邑。此时此刻，郓邑守军只有一千人。郓邑受到围困，守将嬴夷岱立即派人到国都告急。莒废公闻报，打算派兵救援。盾三勇病重在床，已到生命弥留之际。九四禾年迈体弱，不能领兵上阵。因此，一直找不到挂帅人选。郓邑守军苦撑两天两夜，始终不见援军踪影。孤立无援之下，只得突围而出。郓邑终于被季武子攻占。

消息传到国都，莒废公急得团团转。九四禾说："晋、楚两国联络诸侯，正于虢地会盟。趁此机会，派人赴虢地报告，请求主持公道。"莒废公说："只好如此。"派九四禾为专使，紧急奔赴虢地，向晋国告急求援。

此次虢地会盟，是卿大夫一级的会盟。参与人员是：晋国元帅赵武、楚国王子熊围、齐国大夫国弱、宋国大夫向戌、卫国大夫齐锷、郑国大夫韩扈、陈国的公子招、蔡国的公孙生，还有许、曹等国的大夫。会议的主旨是重温誓词，加深友谊，增进团结。大家一致表示，拥护赵武、熊围的领导。恰在这时候，莒国使臣九四禾到来。

九四禾本来认为莒国对赵武有恩，赵武肯定会为莒国主持公道。没想到，赵武未老先衰，已经没有了当年的锐气。随着岁月流逝，莒国对他的恩情也已逐渐淡忘。赵武听了九四禾的报告，竟然无动于衷。

熊围气愤地说:"盟会尚未结束,鲁国出兵侵占莒国城邑。此乃亵渎盟约,藐视诸侯之举。杀掉鲁国使臣叔孙豹,以儆效尤!"说完,举起右手猛力向下一砍,做出了一个杀头的姿势。赵武顿时吓了一跳,急忙出面打圆场。

次日上午再次会面,熊围仍然坚持:"杀掉叔孙豹,惩戒鲁国!"没想到,赵武来了一通长篇大论。从唐尧虞舜到大禹治水,从夏亡商兴到周朝建立,从周室东迁到列国纷争。赵武引经据典,滔滔不绝,说得熊围无处插嘴。

各国大夫先后出面,纷纷附和赵武。熊围心想:"众意难违,我何必再为莒国说话!"于是不再坚持自己的意见。就这样,放了叔孙豹一马,鲁国侥幸逃脱了惩罚。莒国郓邑被占一事,也就不了了之。九四禾气得直跺脚。

九四禾回到莒国,一气之下辞职还家。到此为止,先前的文臣武将全部离职。一时之间,无人辅佐料理国事,莒废公成为孤家寡人。这天,莒废公突然下令:"剥夺诸公子俸禄!"原来,公子们的俸禄是固定的,由公府按月供给。诸位公子俸禄突然被剥夺,顿时舆论沸腾。公子们气愤难耐,聚在一起商量:"驱逐废公,到齐国迎接嬴去疾!"

消息传到齐国,嬴去疾立即与山涧竹商量。山涧竹说:"机不可失,赶紧回国,夺取君位!"嬴去疾说:"此次回国,展舆必定阻拦。"山涧竹说:"赶紧向齐国求援。"嬴去疾见到齐景公,倒头便拜,然后提出要求。齐景公当即下令:"派出大军两万、战车三百辆,护送嬴去疾归国!"

齐国人马保护着嬴去疾,很快来到莒都北郊。莒废公闻讯,急忙登上城楼。抬头向北一看,齐军已经列成阵势。车马相接,刀枪如林,摆出攻城的架势。莒废公一看,顿时吓得魂不附体。他急忙跑下城楼,带上珠宝玉器,领着少数亲随,慌慌张张逃奔吴国。

在山涧竹等人辅佐下,嬴去疾登上国君之位,是为著丘公。

鲁国侵占了郓邑,唯恐莒国派兵夺回。趁着莒国内乱之机,季武子急忙派遣大夫叔弓带领人马到郓邑修建城垣。同时划定疆界,试图永久占有郓邑。莒国由于内乱,无可奈何,夺回郓邑一事,因此耽搁下来。

莒废公逃往吴国,吓坏了三个人,就是务娄、瞀胡和公子嬴灭明。原来,这三人都是莒废公的亲信。这天晚上,三人秘密相见,一起商量对策。务娄对嬴灭明说:"废公业已逃亡,著丘公必不放过公子。公子乃金枝玉叶,宜早做打算。"瞀胡说:"常言道:'远亲不如近邻。'欲求庇护,唯有齐、鲁两国。"

务娄说:"鲁国国君懦弱无能,不能自主。唯有齐国,方是安身之所。"

嬴灭明说:"齐国如此强势,岂能容得我等?"督胡说:"齐人爱财如命,若能带上城邑投奔,必能打动其心。"务娄也同意督胡的想法。嬴灭明说:"事到如今,只好如此。"三人立即化装成商人,带上大庞、常仪靡两个城邑的图籍,趁夜溜到齐国。

嬴灭明、务娄、督胡三人,都是莒废公同党,站在著丘公的对立面。因此,齐景公不想接纳他们。晏婴立即进谏:"莒国发生内乱,莒人寻求庇护。我军不费一枪一箭,唾手而得两城邑,此乃天赐我也。国君应予准许,切勿拒绝!"齐景公说:"若非爱卿之言,差点误了大事!"派出大队人马,强行接收了大庞、常仪靡。同时安排了一个隐秘地点,把嬴灭明等三人庇护起来。莒国的大庞、常仪靡两个城邑,从此被纳入齐国版图。这一年是公元前541年。

且说著丘公继位,任命山涧竹为司徒,海厘鲨为司空,钟尚铭为司寇,林仲豹为司马,米万斗为司农。文臣武将各司其职,国家逐渐步入正轨。

这天上午,司徒山涧竹进谏:"大庞、常仪靡二城邑,已被拱手送给齐国。虽非齐国出兵强占,亦属不义而取之。晋国作为霸主,有庇护诸侯之责。国君现已继位,宜尽快遣使访问晋国,请晋国主持公道,索回两城邑!"著丘公说:"言之有理,以你为使,访问晋国。"山涧竹立即带上礼物,星夜兼程赶往晋国。

正是:夹缝之中求生存,委曲求全访晋国。

第八十四回　季武子侵占鄆地　嬴一栋兵败蚡泉

为了求得晋国支持，山涧竹一行马不停蹄，很快到达晋都新绛。刚一落脚，恰好碰上齐国大夫晏婴。晏婴来到晋国，是送公主来出嫁的。

原来虢之盟不久，晋国执政大臣赵武去世。公元前540年春季，晋国进行了高层人事调整。新任三军正副统帅，依次是韩起、赵武之子赵成、荀吴、魏舒、士鞅和荀盈。韩起接替赵武，担任中军元帅，成为首席执政大臣。

韩起上任后的第一件事，就是出访齐国。

原来，晋平公已经确定迎娶齐国的公主少姜。韩起到达齐国，是专门来下聘礼的。同年四月，晋平公把少姜娶到晋国。少姜天生丽质，晋平公十分宠爱。但仅仅过了半年，少姜便离奇去世。

齐景公主动提出，把自己的另一个女儿嫁给晋平公。齐国主动求亲，晋平公欣然答应。按照婚姻程序，齐景公委派晏婴到晋国办理订婚事宜。晋平公委派大夫叔向出面接待晏婴。

恰在这时候，山涧竹来晋国访问。叔向大摆宴席，招待晏婴、山涧竹。

三人推杯换盏，开怀畅饮，不知不觉已经酒至半酣。三人酒后吐真言，无话不谈。原来，晋、齐两国结亲，晋平公内心倾向齐国。莒国城邑被齐国占有，晋平公根本不打算过问。

山涧竹弄清了真相，心里十分着急，但是无可奈何。

这时候，叔向一仰头喝干一杯。他放下酒杯，似醉非醉地问晏婴："请问，齐国景况如何？"晏婴轻叹一声说："唉，已到末世矣！姜氏齐国，恐将变为田氏之国。"叔向一听，十分震惊，说："愿闻其详。"晏婴说："国君失德，抛弃其子民，子民纷纷归附于田氏。齐国向有四种量器：豆、区、釜、钟。四升为一豆，十釜为一钟。田氏之量器，以五进位，大于国家之量器。田氏放贷之时，用自家之量器；收回之时，用国家之量器。山上树木运往街市，卖价与山上一样；鱼、盐、蜃、蛤运往街市，卖价与海边一样。百姓有三分劳力，二分为国家干活，一分为自己奔忙。国君聚敛财物之多，腐朽生虫，百姓则受冻挨饿。百姓有了病痛，田氏厚加赏赐。田氏爱护百姓，犹如父母；百姓归附田氏，恰似流水。"

晏婴说完，然后问叔向："贵国情形如何？"

叔向说："晋国亦然。战马不驾兵车，卿大夫不率军伍。公室战车没有将士，步兵行列缺乏官长。百姓劳苦贫困，宫室日益奢靡。民间饿殍遍地，而君王宠臣之家，财富之多无处存放。百姓闻见君王命令，如同逃避仇敌。栾、郤、胥、原、狐、续、庆、伯八家，地位已然下降。晋国之政权，俱被韩、赵、荀、士四家掌控。政出多门，百姓无所归依。公室卑微衰弱，国君不思悔改，整日寻欢作乐。恕我直言，晋国局势危矣！"说完，心情十分低落。

三人沉默一会儿，叔向问山涧竹："请问司徒，莒国状况如何？"

山涧竹长叹一声说："犁比公废长立幼，引起公室内讧。新君继位之后，诸公子争权夺利，结党营私，互为仇敌。叛国者有之，出走者有之。官吏私吞财富，百姓卖儿鬻女，国人日益不满。城邑被占，无力收复。土地锐减，公府入不敷出。国势实在令人担忧！"山涧竹说到这里，三人又是一阵沉默。

山涧竹回到莒国，把叔向、晏婴的话，原原本本报告著丘公。著丘公说："晋国霸业不再，无力庇护诸侯。楚、吴两国，必定显威逞强。"山涧竹说："齐国虽不能称霸诸侯，仍是东方大国，势力远超鲁、宋、郑、卫诸国。如此论之，不可小觑。"著丘公听了，点头称是。

两人正在说话，突然探马来报："齐君田猎，进入我国边境！"著丘公一听，顿时慌了手脚。山涧竹安慰说："田猎并非进兵，飞禽走兽，随地迁徙逃逸。齐君追逐禽兽而越边境，并非大事。常言道：'小不忍则乱大谋。'以我之见，此事不必挂怀。"经山涧竹这样一说，著丘公放下心来，不再过问此事。

这年六月，晋平公派韩起为专使，到齐国迎娶夫人。齐国大夫姜子尾心想："晋君酷爱齐国女人，我女儿天生丽质，可以顶替公主。"于是使用掉包计，把自己的女儿偷偷嫁给晋平公。有人发现后，立即报告韩起。韩起说："我国欲得一齐国，焉能为一女人得罪其重臣也？"就这样，睁一只眼闭一只眼，蒙混过关。

在大队人马护送下，姜子尾的女儿嫁到晋国。晋平公一看，新娘袅娜多姿，楚楚动人，心里十分喜爱。至于是否被偷梁换柱，他已不放在心上。

此事传到莒国，著丘公说："齐国臣子，如此胆大妄为。晋侯贪恋美色，道德沦丧，礼仪全无。如此国家，焉有不乱之理！"

时令转换，桃谢荷开，公元前538年悄然到来。六月十六日，著丘公正在鄢陵巡视，突然探马来报："楚国联络诸侯，于申地会盟！"著丘公闻报，心里顿时一惊，立即指示："继续探来！"

原来，组织这次会盟的是楚灵王，也就是之前的楚公子熊围。公元前541年十一月，楚灵王登上国君之位，申地之盟是楚灵王组织的首次会盟。郑、宋、陈、蔡、许、徐、滕、顿、胡、沈等国君悉数出席，淮夷一带部落诸侯同时派员参加。盟誓完毕，楚灵公为了炫耀武力，邀约众人前往武城打猎。打猎回来，楚灵王突然下令，拘捕了徐国国君。

晋国大臣专权，国力严重分散，自顾不暇，无力阻止楚国。

消息传到莒国，著丘公急忙开会研究对策。司徒山涧竹、司空海厘鲨、司寇钟尚铭、司农米万斗、司马林仲豹等臣子出席会议。

著丘公说："晋国日趋衰落，楚国称雄诸侯，吴国渐趋强大，齐、鲁两国趁势屡侵我国。此种情势之下，我国当如之奈何？愿闻众卿高见。"林仲豹说："鲁国侵占郓邑，齐国侵吞大庞、常仪靡。国家领土，岂能拱手让人。我愿率领人马夺回三地！"

钟尚铭说："鲁国占我郓邑，将我国大钟熔化，铸成巨盘。目下又划定疆界，占我领土，是可忍孰不可忍！"海厘鲨说："季武子野心勃勃，早已觊觎鄫地，暗中派人插手鄫地内务，唯恐天下不乱。其狼子野心，昭然若揭，我国不可不防！"米万斗说："领地不断缩小，赋税连年减少，库府入不敷出。若出动大军，钱粮供应极度困难。"

山涧竹说："诸位高论，不乏真知灼见。军旅进退，所恃者唯有国力。国家行止，应量力而行。古往今来，国力强则取攻势，国力弱则取守势。我国国力疲敝，兵少将寡。如此观之，只宜取守势，不宜取攻势。"

听了林仲豹、钟尚铭、海厘鲨三人的发言，著丘公顿时眼前一亮。米万斗、山涧竹发言后，著丘公顿时信心全无。会议开了半天，最后不了了之。

大夫牟夷是莒废公的亲信。著丘公回国继位后，立即清查莒废公的党羽。牟夷为了活命，赶紧找到著丘公，五体投地，表达忠诚。他的内心惴惴不安，唯恐著丘公秋后算账。为了寻找后路，牟夷秘密与鲁国联系，暗中通风报信。因此，鲁国对于莒国的内幕了如指掌。季武子发现有机可乘，于是处心积虑侵占鄑地。

近些年来，鄑地人民日益困苦，无人问津。人心发生逆转，矛盾一触即发。著丘公粗心大意，没有采取安抚政策。鲁国趁机插手，故意激化矛盾。这天，季武子派出大军两万，战车三百辆，秘密开赴鄑地边界。同时派出密探，到鄑地制造谣言："莒军即将踏平鄑地！满门抄斩，老少不留！"鄑地人民弄不清真假，纷纷越过边界，跑进鲁军大营，请求出兵保护。

季武子说："鄑地民心可用！"立即出动大军，趁机占领了鄑地。

探马星夜兼程，赶往国都报告。著丘公得到报告，急忙派遣司马林仲豹带兵驰援鄑地。林仲豹带领一万人马，很快来到鄑地。季武子立即指挥人马，开往前线迎战莒军。双方车马相交，大战一场。两军浴血拼杀，大战两个时辰。莒军远途行军，将士十分疲惫。林仲豹扫视一周，莒军已经伤亡近半。眼看无力再战，只得撤军回国。从此，鄑地被鲁国侵占。

这一年是公元前538年。

季武子侵占了鄑地，内心沾沾自喜。他得寸进尺，进一步分化瓦解莒国。这天夜晚，阴云密布，天地一片黑暗。莒国大夫牟夷，正在饮酒嬉戏。这时候，黑暗中溜出一个人影。原来，是季武子派来的信使。信使拿出密信，十分神秘地递给牟夷。牟夷展开一看，是季武子的亲笔信。信中承诺："大夫若带城邑来投，鲁国定将予以庇护。所带土地，全部赐予大夫。"

鲁国的条件如此优惠，牟夷越想越高兴。次日深夜，牟夷带上牟娄、防邑、兹邑的图籍，悄悄溜出边境，秘密到达鲁国。牟夷前来投奔，一下子带来三个城邑。季武子喜出望外，立即引见给鲁昭公。鲁昭公经不住季武子一再撺掇，最后欣然接受。

莒国一下子丢失三个城邑，著丘公十分难过。派遣山涧竹为专使，赶往晋国告状。事情十分凑巧，山涧竹刚刚到达新绛，鲁昭公也到晋国朝觐。晋平公听了山涧竹的述说，顿时大怒，打算软禁鲁昭公，逼迫鲁国归还莒国的土地。

晋国大夫士鞅连忙劝谏："万万不可！鲁君前来朝觐，我国予以拘捕，有诱捕之嫌。国君身为盟主，却授人以口实，信誉必定受损。请国君宽大为怀，暂时放归鲁君。待时机成熟，出兵讨之，其时未晚也。"

晋平公说："言之有理！"鲁昭公侥幸回到鲁国。

山涧竹回到莒国，立即报告著丘公。著丘公说："晋国不主持公道，不问责鲁侯，分明是偏袒鲁国。"当即决定出兵讨伐鲁国。这次带兵出征的，是著丘公的堂弟，名叫嬴一栋。嬴一栋年轻好胜，骁勇无比，但是未经战阵。海厘鲨急忙进谏："此次伐鲁，宜派一稳健之人为参军，方保无虞。"著丘公说："言之有理。"于是让嬴一栋为将，钟尚铭为参军，一起领兵讨伐鲁国。

鲁国得到消息，派遣大夫叔弓为将，带兵到达前线，阻止莒军进攻。

莒军刚刚到达蚡泉，太阳已经落山。嬴一栋立即擂动战鼓，打算向鲁国进攻。钟尚铭急忙建议："我军初到边境，地理不熟，敌情不明。现下天色已晚，莫如安营扎寨，立住阵脚，明日发动进攻不迟。"嬴一栋说："司寇言之有理。"立即下令安营扎寨。莒军正在设立营帐，叔弓指挥鲁军冲杀过去。莒军车已解辕，马已卸鞍，慌乱之中列不成阵势。

叔弓指挥人马，一阵猛冲猛打。莒军抵挡不住，乱哄哄向后撤退。嬴一栋毫不示弱，举起长枪一下子刺向叔弓。叔弓急忙举起双剑，驱车迎战嬴一栋。正杀得难解难分，鲁军上百辆战车前来增援。

正是：本欲复仇伐鲁国，反因无备遭攻击。

第八十五回 晏平仲出使楚国 著丘公失陷郓邑

且说牟夷叛逃，带走了牟娄、防、兹三个城邑。莒国出兵蚡泉，愤然讨伐鲁国。万万没想到，反被鲁国击败。著丘公得到消息，气得彻夜难眠。

晋国网开一面，鲁国感恩戴德。公元前536年夏季，季武子专门到晋国谢恩。季武子到达新绛，首先送上厚礼，然后甜言蜜语，一再致谢。晋平公十分高兴，亲自设宴招待季武子。莒国城邑被占一事，被晋平公置之脑后。

晋国不作为，消息传到莒国。著丘公气得脸色发青，但是毫无办法。

这天上午，著丘公来到浮来山下，检阅车马操练。刚刚到达校场，突然探马来报："莒国二方鼎，被晋国赏赐子产。"著丘公一听，顿时一怔。

原来，子产姓姬，是郑国的执政大臣，著名的政治家、改革家。姬子产执政后，颁布了"作丘赋"的政令。丘，是春秋时期的行政单位。按照规定，"九夫为井，四井为邑，四邑为丘，四丘为甸"。一丘，大约有劳力一百五十名。姬子产推行"作丘赋"，就是以丘为单位服兵役与缴税。卿大夫的私田，也要纳入征税范围。"作丘赋"推行后，郑国增加了财政收入，有了充足的兵源。不久，姬子产又推出新政，把郑国的刑法铸在大鼎上，然后把大鼎立在宫门外，让过往行人看个明白，史称"铸刑书"。

姬子产推行改革，很快大见成效。郑国强盛了，人民富裕了，社会安定了，风气端正了。姬子产因此名扬列国。这天，姬子产代表郑简公前往晋国访问。晋平公对他十分器重，亲自设宴招待。二人推杯换盏，不觉已经酒至半酣。晋平公说："姬大夫名扬海内，乃当世英雄。莒国所献二方鼎，系当世瑰宝，赐予姬大夫！"想不到，此事被记入史册。

莒国的两个方鼎，其来龙去脉，著丘公并不了解。山涧竹从头到尾告诉了著丘公。著丘公说："方鼎乃莒国至宝，如此珍贵之物，竟被晋国转赠他人，岂不可惜。"山涧竹说："方鼎虽为我国至宝，然已赠送晋国。晋国转赠姬子产，虽属恣意妄为，我奈其何耶？"著丘公听了，禁不住长叹一声。

山涧竹建议："晋国身为盟主，不主持公道。莫如联络楚国，以为后援。"山涧竹话音未落，突然探马来报："楚国建成章华宫，鲁君前往朝觐！"

原来，楚灵王好大喜功，作风奢靡。他动用十万工匠、两万士兵，历时数年，终于建成了章华宫。这片园林占地数百亩，亭台楼榭不计其数。无数奇花异草、珍贵苗木充实其间，显得富丽堂皇。最引人注目的是园林中央的章华台。台高数十丈，从台基走到台顶，需要休息三次，因此被称为三休台。章华宫规模之大，天下无双。

章华宫还有个名字，叫细腰宫。楚灵王有个癖好，特别喜欢细腰美女。他从各地挑选细腰美女上千名，充实宫里。美女们为了取悦楚灵王，一个个拼命减肥。一时之间，楚国掀起了减肥运动。有人饿得弱不禁风，有人饿得卧床不起，有人甚至饿死。有人写诗如此讽刺："楚王好细腰，宫中多饿死。"

章华宫落成后，楚灵王为了炫耀，邀请广大诸侯前来参加庆典。但是一等再等，没人应召前来。主要原因，一是路途遥远，交通不便；二是楚灵王弑君自立，好大喜功，名声不好，众诸侯纷纷敬而远之。为了装潢门面，楚灵王只得派出专人，千里迢迢赶往鲁国，好不容易请来了鲁昭公。

鲁昭公即将成行，消息传到莒国。著丘公急忙召人研究对策。司空海厘鲨说："鲁君访楚，对我国极其不利。以我之见，国君当尽早访楚。"司寇钟尚铭说："国君此行，宜隐秘行动。"二人的建议，众人一致赞同。次日一早，著丘公在山涧竹陪同下，扮成客商，一行人星夜兼程，赶往楚国。

这天上午，著丘公一行来到陈国境内。想不到，陈国已被楚国吞并，变成了陈县。楚灵王委派官员治理陈县，称作陈公。著丘公一行离开陈县，绕了一个大弯，然后进入顿国。没想到，顿国也被楚国消灭，建立了顿县，委派了官吏，称作顿公。著丘公一行隐蔽行踪，紧急绕开顿县。一路艰辛，这天终于到达郢都东郊。看看天色已晚，悄悄住进馆驿，然后派人进城打探消息。

且说鲁昭公来到郢都，立即拜见楚灵王。楚灵王约着鲁昭公一起游览章华台。鲁昭公举目一看，章华台巍峨瑰丽，十分雄伟壮观。他心里十分震撼，不禁连声夸赞。楚灵王问："鲁国亦有此宫殿乎？"鲁昭公说："敝国地域偏小，安敢企望上国之万一。"楚灵王受到奉承，飘飘然不知所以然，大摆宴席招待鲁昭公。楚灵王开怀畅饮，不觉酩酊大醉。他一时兴奋，拿出楚国的宝物大屈弓。楚灵王炫耀了一会儿，慷慨赐给鲁昭公。第二天早上，楚灵王一觉醒来，十分后悔，立即派人把大屈弓要了回去。

探马已经打探明白，立即报告著丘公。著丘公和山涧竹商量。山涧竹说："荆蛮之人，崇尚武力；出尔反尔，抛弃信誉。如此国家，已无拜访必要。"著丘公接受建议，带领随从悄然离开。众人一路颠簸，好不容易回到莒国。

著丘公刚刚回到国都，突然内侍报告："齐国大夫来访！"

原来，为了拉近与楚国的关系，齐景公特地派遣晏婴到楚国进行访问。齐国首次访问楚国，楚国对此高度重视。楚灵王对左右说："晏平仲身高不过五尺，贤名竟闻于诸侯。寡人欲为难此人，以张楚国之威，卿等意下如何？"

大夫蒍启疆凑向前去，俯在楚灵王耳畔，小声嘀咕了半天。楚灵王一听，十分高兴。立即派人在郢都东门一侧凿了个小门，门高刚好五尺。然后派人引领晏婴从小门进去。晏婴一看十分气愤，说："此乃狗洞，非人所能进出。唯有出使狗国者，方可从此门而进！"守门人无奈，只得大开城门。晏婴驱动马车，昂然进入城门。

晏婴进入郢都城内，只见城郭巍峨，市井繁华，内心不禁夸赞："不愧是江汉胜地！"就在这时候，几辆大车迎面而来。车上几十个武士，一个个威武高大，手握长戟，就像天神一样。原来，楚灵王这样安排，是故意增强对比度，以此显示晏婴的矮小。晏婴一看，顿时心领神会，说："今日来访，乃为齐、楚两国修好，何必劳驾武士！"他大喝一声，把武士斥退一边；然后昂首挺胸，驱车前进。

楚灵王见到晏婴，看到他如此矮小，心里十分鄙夷，睐着眼问："齐国岂无人乎？"晏婴回答说："齐国哈气成云，挥汗成雨，行者摩肩接踵，川流不息，何谓无人耶？"楚灵王狡黠地一笑，说："齐人如此之众，何让矮子出访也？"晏婴回答说："齐国规矩，贤名之人出使贤名之国，不肖之人出使不肖之国；大人出使大国，小人出使小国。我晏婴不才，只好出使楚国，望大王见谅。"说罢双手一拱。

楚灵王无言以对，心里十分羞惭。不一会儿，侍者端来一盘橘子。楚灵王举手示意，让晏婴品尝。晏婴拿起一个橘子，连皮带肉吃进肚中。原来，晏婴是北方人，第一次见到橘子。他不知道应该先剥皮，然后才能吃进去。

楚灵王一看，不禁哈哈大笑，问："齐人未曾尝橘乎？"晏婴知道自己出了丑，立即随机应变，说："橘者，生于田野，长于树干。农夫四季辛劳，方能得其果。如此论之，皮肉皆为民之汗水。食其肉而舍其皮，安能忍心也？"

晏婴对答如流，楚灵王知道不好对付，亲自设宴招待。酒过数巡，两个武士押着一个囚犯，来到大门前。楚灵王乜斜着眼问："囚犯何处人士？"武士高声回答："齐国人士！"楚灵王故意问："所犯何罪？"武士高声回答："盗窃之罪！"

楚灵王回头问晏婴："齐国之人，惯为盗乎？"

晏婴说："我闻之：'橘生淮南则为橘，生于淮北则为枳。'究其缘故，水土不同也。人生于齐，不为盗；至于楚，则为盗。楚国土地使之然也。"

楚灵王听了十分羞惭，顿时理屈词穷，只好连连劝酒。

晏婴不辱使命，令楚国人刮目相看。晏婴临行，楚灵王亲自送到城门外。

晏婴离开楚国，一路向齐国回返。他走到郑国，突然想起："近年以来，莒国事故迭起。何不趁机赴莒国访问，了解实情？"想到这里，他立即转变方向，拐弯奔向莒国。著丘公得到消息，亲自出面接待。一番礼仪过后，著丘公亲自设宴，为晏婴接风洗尘。双方推杯换盏，其乐融融。

著丘公问："大夫今次使楚，收效如何？"晏婴说："齐君派遣在下访楚，意在考察其国情。"著丘公再问："楚国国力如何？"晏婴回答："楚国地大兵强，不可小觑。"著丘公接着问："楚国如此强势，贵国如何处之？"

晏婴回答："岂不闻'螳螂捕蝉，黄雀在后'。楚国虽强，有吴国牵制。在下推测，不出数年，吴、楚必定发生大战。届时，齐国隔岸观火，坐观成败。"著丘公再问："当此非常时期，莒国当何处之？"晏婴说："深沟高垒，预防突变；厉兵秣马，随时应战。"著丘公急忙拱手致谢。

晏婴回到齐国不久，探马向著丘公报告："齐国拜晏婴为相！"著丘公说："晏平仲其貌不扬，才智过人，名扬列国。如此人才，堪当相国之任。"

恰在这时候，又有探马来报："鲁军占我郠邑！"著丘公忙问："鲁军进犯，何人为将？"探马报告："季平子为将，叔弓、仲孙貌副之。"

原来，公元前535年，季武子去世，他的儿子季悼子继承家业。不久季悼子病死，他的儿子季平子成为鲁国正卿。

公元前532年夏季，晋平公重病在身。晋国自顾不暇，无力干预列国事物。季平子见有机可乘，七月一日突然出兵，迅速占领了郠邑。郠邑地处莒、鲁两国边境，是莒国的固有领地。鲁军占领郠邑后，季平子心血来潮，当即下令："杀死莒国俘虏，到亳社举行祭祀！"

著丘公得到消息，不禁火冒三丈，立即下令："出动车马，夺回郠地！"

话音未落，探马来报："晋君因病辞世！"原来，晋平公执政已经二十六年，这天中午突然离世。他的儿子姬夷继位，是为晋昭公。

著丘公来不及向郓地派兵，立即派遣山涧竹赶往晋国。首先祝贺晋昭公，然后吊唁晋平公。山涧竹到晋国一看，燕、齐、宋、卫、郑、鲁、许、曹、邾、滕、薛、杞、小邾等国，都派专使前来吊唁。新绛大街上车马相接，一眼望不到边际。山涧竹心想："虽说晋国权力日趋分散，实力仍不可小觑。"

这天夜晚，晋国派遣大夫叔向前来看望来宾，山涧竹趁机提出拜见晋国新君晋昭公。叔向躬身作答："我国丧礼未毕，国君不便接待宾客。"山涧竹本来打算，趁着拜见之机把鲁国侵占莒国城邑一事如实报告晋昭公，请晋国主持公道，没想到竟被叔向婉言拒绝。

按照周礼，要等到这年腊月，才能安葬晋平公。几个月来，众来宾除了参加礼仪活动，没有其他事可做。大家于是来回串门，交流信息。山涧竹特意找到曹、邾、滕、薛、小邾等国来宾，相互交谈。对于鲁国肆意出兵侵犯其他国家，大家十分愤慨。邾国大夫纪斌说："晋国不能主持公道，枉称诸侯霸主！"滕国大夫栗一宾说："楚国虽然强大，然其蛮横霸道，不守礼义，并非可靠盟国。"薛国大夫山离诸说："吴国渐趋强大，但其偏据江南，难以干涉北方事务。"作为中小国家，究竟该何去何从？大家反复议论，可是找不到答案。众大夫只得悻悻而散。

十二月初六，适逢黄道吉日。这天朔风劲吹，鹅毛大雪纷纷扬扬。北方大地千里冰封，一派银装素裹。此时此刻，晋平公的葬礼如期举行。各国大夫身着素装，随棺送葬，行礼如仪。

葬礼完成，山涧竹带领随从，冒着鹅毛大雪，一路颠簸赶回莒国。见到著丘公，立即报告出使情况。著丘公问："鲁国侵我城邑，晋国态度如何？"山涧竹只得如实汇报。著丘公气愤地说："季平子夺地杀俘，惨无人道，不予严惩，难平我愤！"山涧竹说："晋国新君继位，必定举行继位大典，我国应前往祝贺。借此机会，再行诉告鲁国。请晋国主持公道，严惩季平子！"著丘公说："爱卿之言，正合我意，照此办理！"

正是：夺地杀俘无人道，惩恶扬善待其时。

第八十六回 著丘公平丘会盟 楚灵王汉水缢亡

且说季平子侵占了鄟邑，又杀死俘虏用于祭祀，莒国君臣无不痛恨。

公元前529年春季，莒国大地温风和煦，草长莺飞，一派欣欣向荣。这天午时二刻，著丘公正打算派人到晋国控告鲁国，山涧竹突然来报："齐国遣使访问晋国！"著丘公说："莒、齐联袂，同访晋国，如此也好。"立即带领随从奔赴晋国。

却说晋国仿效楚国，耗费大量人力物力，终于建起了虒祁宫。众诸侯十分清楚，各国贡献的财物被晋国耗费一空。晋平公追求奢侈豪华，苟且偷安，晋国当年称霸天下的雄心已经荡然无存。晋昭公继位后，打算重振霸业，称雄天下。齐国派晏婴访问了楚国，晋昭公企图拉拢齐国，立即派人到齐国访问。齐景公心想："晋、楚两个强国，势力都在下降，齐国应趁此机会争霸天下。既然晋国来访，何不借此机会回访，趁机了解晋国？"

齐景公立即带上晏婴，亲自到晋国访问。

再说，著丘公一行历尽艰辛，好不容易渡过黄河，这天终于到达新绛。没想到正好与齐景公同时到达。原来齐、郑、卫、燕、宋、邾、滕等国都来晋国访问。晋昭公十分高兴，大摆宴席，盛情款待。著丘公身着盛装，由山涧竹陪同，与各路诸侯共同出席。众人抬头一看，晋昭公由大夫荀吴陪同，齐景公由晏婴陪同。两位国君意气风发，昂首挺胸走在最前面。众诸侯排成两行，鱼贯跟进。

宴会开始，众人推杯换盏，很快酒至半酣。晋昭公似醉非醉地说："宴席无以为乐，投壶赌酒如何？"齐景公抢先回答："此议甚好！"著丘公注目一看，大厅中间放上一个大铜壶，壶里装着豆子。客人轮番向铜壶里投箭，每人限投四次，多中者获胜。

晋昭公作为东道主，自然率先投壶。他刚刚举箭在手，大夫荀吴在一旁献祝词:"有酒如河,有肉如山,寡君若中,统率诸侯!"晋昭公抬手一投,果然投中。齐景公接着投壶,晏婴也来了一段祝词:"有酒如黄河,有肉如泰山,寡君若投中,轮番率诸侯!"

十分明显,齐国要与晋国分庭抗礼,争夺霸主之位。齐景公顺手一投,也投中了。齐国公然挑战晋国的权威,著丘公与在场众诸侯无不惊愕。齐国如此强势,晋昭公十分生气。投壶过后,齐景公大摇大摆,扬长而去。

宴会不欢而散。著丘公急忙带领随从,星夜赶往莒国。山涧竹说:"万万想不到,齐国如此强势。"著丘公说:"晋国势力渐衰,齐国势力渐强。齐侯大有争霸之心,竟敢与晋国分庭抗礼。如此看来,好戏尚在后头。"

著丘公回到莒国,正在开会议事。突然,晋国使臣到来。来人飞身下车,然后递上信札。著丘公展开一看,晋昭公号召广大诸侯,到平丘举行会盟。使臣送下信札,来不及就餐,飞身上车,快马加鞭赶往鲁国。

送走晋国使臣,著丘公急忙研究对策。

司空海厘鲨说:"此次诸侯齐集平丘,系晋国新君首次盟会。事关重大,不可小觑。"司寇钟尚铭气愤地说:"季平子占我郠邑,拒不归还。趁会盟之机,向晋国诉告。不信晋国置之不理!"

著丘公看一眼山涧竹,示意他发表意见。

山涧竹说:"季平子一再逞强,屡侵莒、邾等国。此次会盟,正是伸张正义之时。以我之见,我国宜与邾国联袂,共同诉告季平子。"著丘公说:"此议甚好!"立即带领随从,启程前往平丘。

著丘公一行马不停蹄,七月二日到达平丘。晋昭公、齐景公、宋元公、鲁昭公,还有卫、郑、曹、邾、滕、薛、杞、小邾等国国君,一个个先后到达。为了增强声势,晋国出动战车四千乘,士兵三十万。著丘公屈指一算,此次出兵数量之多,远远超过当年的城濮大战。

众诸侯刚刚集合完毕,一队人马飞奔而来。坐在第一辆车上的,称作刘献公,是周景王派来的代表。刘献公是王室大臣,位列卿士,他的到来进一步壮大了平丘会盟的声势。自从周平王东迁洛邑,礼乐征伐自诸侯出,已经二百四十多年。周王朝的存在,已被逐渐淡忘。晋昭公有意学习践土会盟,给了周王朝天大的面子。周景王不失时机,立即派遣刘献公,赶到平丘赴会。

著丘公见状,急忙给宋元公递了个眼色。

此次平丘会盟,晋国特意发出邀请,请吴王姬夷昧前来参加。为了迎接姬夷昧，晋昭公不远千里，亲自跑到良地。一直等了十几天，等来的却是一封信。晋昭公展开一看，信上说：

　　秋季已至，江河枯竭，舟船难行，无缘与会，切望见谅。

著丘公悄悄对宋元公说："晋国对吴国另眼相待，如此观之，吴国之地位，远在莒、宋两国之上。"宋元公叹口气说："晋国联吴制楚，吴国乃晋国手中王牌，宋、莒两国焉能比也。"

当日夜晚，山涧竹代表著丘公向晋国告状。晋国出面接待的，是大夫羊舌肸。山涧竹见到羊舌肸，送上礼物，说明来意后，把控诉信递给羊舌肸。恰巧，邾国大夫王简湫也来告状。山涧竹说："鲁国不守盟约，侵占我国郓邑、鄆邑，至今不肯归还，请盟主主持公道。"王简湫眼含泪水说："鲁国逞强，屡屡出兵攻打，邾国几近灭亡。"山涧竹、王简湫两人一唱一和，要求晋国趁会盟之机为两国主持公道。

羊舌肸看过控诉信，又听了两人的申诉，当即表态："鲁国违背盟约，行为极为不当，本人一定报告国君！"山涧竹、王简湫立即致谢。山涧竹回到馆驿，及时报告著丘公。著丘公说："但愿晋国主持公道。"

八月四日，阅兵开始。众诸侯各自带领人马，进入指定地点。著丘公抬头望去，晋国中军旌旗飘扬，但是没有飘带，这表明仅供检阅之用。八月五日，各路人马再次集结。著丘公突然发现，晋国中军军旗上飘带迎风飞舞。这是昭告天下："随时准备出兵！"著丘公见状，急忙向邾庄公递了个眼色。邾庄公小声说："兵车四千乘，士兵三十万，如此阵势，古今少有！"站在一侧的鲁昭公，知道自己的过错，禁不住心里突突直跳。他心里直犯嘀咕："晋国如何处罚鲁国？"

八月六日，朝觐开始。刘献公代表周景王，高声宣读贺词。晋昭公衣冠齐整，正襟危坐。众诸侯排成两行，一起向晋昭公行拜见礼。随同拜见的列国大夫，另外排成两行，站在国君们后边。晋昭公突然厉声宣布："诸侯盟誓，互不侵犯，言犹在耳。鲁国违背盟誓，视盟约如草芥。霸占莒国郓、鄆两地，至今尚未归还；又屡屡出兵，侵犯邾国。罪魁祸首，乃鲁国大夫季平子。寡人身为盟主，岂能坐视不管！"

话音未落，进来两名晋国武士。武士不由分说，把季平子捆绑起来，然后用黑布蒙上季平子的眼睛，呼啦啦推出大厅。各国君臣顿时一阵惊愕。著丘公见状，心里幸灾乐祸。此时的鲁昭公，就站在著丘公一侧。著丘公用眼角扫视一下,鲁昭公战战兢兢,两腿直打哆嗦。

著丘公心想:"纵容臣子,侵犯他国,罪有应得!"

八月七日,著丘公与众诸侯一起,集体参加歃血盟誓。盟誓之前,还有一项重要议程,讨论向晋国纳贡的数量。多年来,晋国作为盟主,各诸侯国按照国家大小,每年都要向其缴纳保护费。最初,按照公、侯、伯、子、男五等爵位缴纳。随着战争不断进行,各国国土不断变化。缴纳贡赋的数量只得随之变化。每次诸侯会盟,必定讨论贡赋数量,常常讨价还价,争吵不休。

这次平丘会盟,再次讨论贡赋数量。慑于晋国兵威,莒国与多数国家并未提出反对意见。齐、燕、郑、卫、宋等国,历来是一类纳贡国。齐国没有异议,其他国家也就默不作声。就在这时候,郑国大夫姬子产突然站起来。他引经据典,滔滔不绝,直说得晋国君臣无言以对。

著丘公深深佩服,悄悄伸出大拇指。

晋昭公一看,姬子产条分缕析,说得有理有据;再看看众位诸侯,一个个默不作声。事情明摆着,各诸侯国意思相同,都不同意增加贡赋数量。晋昭公思忖再三,只得维持原有纳贡数额,以息事宁人。

平丘会盟结束,著丘公回到莒国。继续派出探马,多方搜集情报。

且说晋国拘捕了季平子,把他囚禁在军帐里。联军解散后,晋军班师回国。季平子被带到晋都新绛,囚禁在一所军营里,整天忍冻受饿,苦不堪言。季氏家族找到鲁昭公,又哭又闹,不依不饶。鲁昭公实在没办法,只得于同年十月亲自到晋国求情。他刚刚走到黄河岸边,突然被晋国挡了回来。堂堂一国之君,竟然吃了闭门羹。

鲁昭公回到鲁国,急忙派遣大夫姬孟椒带上礼物到达晋国。姬孟椒见到晋国大夫荀吴,送上一份重礼,请他向执政大臣韩起求情,尽快释放季平子。荀吴趁夜找到韩起,千方百计为季平子求情。韩起立即下令:"释放季平子!"公元前528年春,季平子终于回到鲁国。

平丘会盟,晋国主持公道,逮捕了季平子,迫使鲁国就范。对此,著丘公十分感激,派遣山涧竹为专使,赶到晋国致谢。山涧竹到达晋国,见到韩起,送上礼物。韩起看了看礼物,竟然一笑置之。原来,虽说晋国势力有所下降,但仍是北方第一大国,北方各个诸侯每年都要向晋国进贡。莒国土地越来越小,实在拿不出更多的礼物。韩起心知肚明,因此并不怪罪莒国。

山涧竹很快回到莒国,立即向著丘公报告出使情况。此时,探马突然来报:"楚灵王自缢身亡!"著丘公不禁大吃一惊。

原来,公元前531年,楚灵王先灭陈国,后灭蔡国,在陈、蔡两地分别设置了陈县与蔡县。这年冬季,楚灵王带领人马到州来狩猎。十二月九日,朔风劲吹,大雪纷飞,大地一派银装素裹。楚灵王头戴裘皮暖帽,身穿羽绒大氅,披着羽翎披肩,脚蹬豹皮长筒靴,一路扬鞭催马,到野外踏雪寻梅。举目望去,迎面山坡上有几株蜡梅正凌雪盛开。楚灵王激情难抑,立即爬上山坡,伸手采下。就这样,一直玩到太阳偏西。他怎么也想不到,自己正在踌躇满志,一场宫廷政变却在悄然酝酿。

楚灵王奢侈无度,穷兵黩武,引起王子们一致反对。王子熊弃疾联合熊比、熊肱两人,在邓地举行秘密会盟,宣布反抗楚灵王的暴政。陈国、蔡国被楚国吞并后,两地人民十分怀念自己的祖国。现在,两地人民的爱国心被激发出来。人们纷纷拿起武器,投到熊弃疾麾下。队伍浩浩荡荡,一齐向郢都进发。他们提前派人潜入郢都,杀死了世子熊禄。

宫廷发生政变,世子熊禄被杀。楚灵王得到消息,不禁号啕大哭。他来不及多想,急忙带领人马赶往郢都。广大将士不愿为他卖命,成群结队逃跑。楚灵王这才明白,自己已是天怒人怨,众叛亲离。他不敢再回郢都,只得沿着汉水南下,进入一片芦苇荡。他忍饥挨饿,勉强熬了几天。五月的一个晚上,楚灵王万念俱灰,痛哭一场,然后自缢身亡。

公元前529年,熊弃疾登上国君之位,改名叫熊居,是为楚平王。

楚灵王惨然去世,著丘公十分难过。著丘公没有忘记,十二年前,鲁国侵占了莒国的郓邑,虢之盟期间,莒国向盟会告发此事。当时的楚灵王还是楚国公子,他仗义执言,为莒国主持公道。"滴水之恩,当涌泉相报。"著丘公想到这里,立即安排司徒山涧竹赶往楚国吊唁。山涧竹一路跋山涉水,好不容易到达郢都。没想到,楚灵王的葬礼早已举行完毕。

山涧竹屈指一算,楚灵王死亡根本不到五个月。楚国的做法,违背了五月而葬的惯例。原来,当时有具尸体漂流而下,腐烂变形,已经难以辨认。人们看看尸体的衣着,觉得很像楚灵王。楚平王为了稳定局势,下令拉来那具尸体,草草进行了殡葬。山涧竹心想,自己既然来到楚国,不能空跑一趟。于是顺水推舟,祝贺楚平王登位。莒国前来祝贺,楚平王心里十分高兴。山涧竹临行,楚平王带领随从亲自送到郢都郊外。

山涧竹回到莒国,立即报告情况:"楚平王继位,恢复陈、蔡二国之独立;归还了郑国土地,缓和了楚、郑两国关系;大赏有功之臣,选拔贤能之士;禁止细腰之风,裁减宫中美姬;施舍钱粮,减轻赋税,楚民信心为之一振。"

著丘公听完报告,意味深长地说:"楚人习性如水,变化无常。察其首,窥其尾;听其言,观其行。楚国如何施政,后果如何,尚待观察。"

著丘公话音未落,突然探马来报:"鲁军进攻我国!"

正是:鹬蚌相争互决斗,云谲波诡起烽烟。

第八十七回　莒郊公齐国逃命　莒共公蒲隧会盟

且说季平子被晋国拘捕，终于被释放。季平子回到鲁国，带领随从到费邑巡视。他站在墙垣高处，极目向东瞭望。视野尽头一片云遮雾障，那就是莒国领土。季平子心想："趁莒国无备，出兵向东进攻，所得土地岂不就是自家的？"想到这里，立即下令："向东进军！"队伍向东走出十几里路，迎头遇见了莒国军队。

原来，季平子回到费邑，莒国早已得到情报。司马林仲豹率领一万人马，紧急赶往西部边境。队伍正在行进，迎面碰见鲁军。莒军同仇敌忾，奋勇冲向鲁军。鲁军抵挡不住，很快溃不成军，仓皇退到费邑，然后坚守不出。莒、鲁两国边境，暂时进入平静期。

转眼之间，公元前528年夏季到来。这天中午，饭菜已经摆上餐桌，著丘公突然感觉精神恍惚。他的身体摇晃不稳，接着就是一阵恶心呕吐。左右把他扶到床上，御医急忙进行治疗。两个多月过去了，著丘公的病情始终不见好转。他躺在病床上，往事连绵不绝，一幕幕浮现在脑海。

犁比公在位时期，莒军东征西战，声名显赫。自己继位以来，莒国先后失掉了郓、鄆、大庞、常仪靡、鄑、牟娄、防、兹等八个城邑，国土面积愈来愈小，国力不断下降，经常受到齐、鲁两国攻打。看看自己身边，司徒、司空、司寇、司农、司马等文武官员，没有一个晏婴、姬子产那样的人才；即使与季武子、季平子相比，也明显逊色不少。

著丘公想到这里，不禁长叹一声。

秋季到来，著丘公眼前时常出现幻觉。这天夜里，他正在熟睡。恍惚之中，自己身穿皂衣，在两个厉鬼引导下来到阴曹地府。阎王神态严肃，正襟危坐，对着著丘公厉声说道："你身为国君，丧城失地，不思收复，该当何罪！"著丘公正想辩解，阎王满腔怒火，气呼呼地转身离去。著丘公刚想追上去解释，忽然出现了八个门神。门神面目凶煞，手拿铜叉"哗"的一声挡在前面。著丘公尖叫一声醒来，顿时吓出一身冷汗。从这天起，他的身体每况愈下，众位官员十分着急。

八月十四日，眼见中秋节即将到来。这天夜晚明月高悬，太空如洗，银河灿灿。这时候，著丘公感觉胸闷难受。左右一齐向前，服侍他躺在床上。忽听"咚"的一声，著丘公一下子跌到床下。内侍跑过去一看，著丘公身体僵硬，已经气绝身亡。

在众人扶持下，世子嬴狂继位为君，是为莒郊公。

莒郊公自幼轻佻顽皮，任性而为，是纨绔子弟一个。他是嫡长子，因此被立为世子，成为国君接班人。著丘公因病去世，各诸侯国纷纷前往吊唁。服丧期内，莒郊公笑容可掬，毫无悲戚之情。

这天来宾正在吃午餐，天上突然来了一群飞鸟。莒郊公跑到院子里，举起弹弓向飞鸟打去，天上顿时落下几片羽毛。莒郊公纵身向上一跳，把一片羽毛抄到手里；然后张口一吹，羽毛随风飘到墙外。

莒郊公如此行径，众来宾交头接耳，议论纷纷。

海厘鲨、钟尚铭实在看不下去。两人一商量，一起去找山涧竹。山涧竹气愤地说："正值国丧，国君如此行为，简直不可思议！"海厘鲨说："身为国君，轻佻嬉闹，成何体统！"两人说完，气得直跺脚。

钟尚铭说："国君心仪二公子嬴意恢，冷落排斥大公子嬴铎，致使公子兄弟情同水火，势不两立。"海厘鲨接着说："蒲余侯身为大夫，挑拨离间，居心叵测。"

山涧竹说："情势如此紧迫，国君摇摆不定，宫中暗流汹涌。我等都是外人，明哲保身为妙。以我之见，保持中立，置身其外，静观其变。"三人从此躲到家中，不再露面。司农米万斗闻讯，急忙找到林仲豹。两人一商量，干脆闭门不出。

这天夜里，嬴铎急匆匆找到蒲余侯，说："事急矣，请大夫尽速行动，杀死嬴意恢。驱逐当今国君，迎立庚舆为君！"原来，庚舆是著丘公的弟弟，是莒郊公的叔叔。叔侄本是一家，为了争权夺利，竟然成为仇敌。

庚舆性情豪爽，出手大方，赢得了部分人的拥护。莒郊公刚刚上台，地位不稳，叔叔庚舆是重大威胁。

莒郊公因此打算秘密杀死庚舆。庚舆得到消息，趁夜逃到齐国。庚舆临行之前,给蒲余侯留下一封信。信中言辞十分恳切,要求蒲余侯帮助嬴铎,尽早杀死嬴意恢。

蒲余侯尖嘴猴腮,嘴角下有一颗黑痣,为人十分阴险。平时排挤公子嬴意恢,暗中联络庚舆,与莒郊公离心离德。宫廷矛盾重重,局势一触即发。蒲余侯接到庚舆的信,一个阴谋计划瞬间形成。

转眼之间腊月到来,莒国大地一片白雪皑皑。这天上午,莒郊公带着猎鹰,牵上猎犬,到郊外狩猎。大队人马前呼后拥,很快到达沭河岸边。莒郊公临行,嘱咐嬴意恢留守国都。嬴意恢不知死到临头,搂着两个爱妾饮酒取乐。蒲余侯见有机可乘,立即带人闯进去,一顿刀剑乱砍,嬴意恢当即被砍死。

蒲余侯当众宣布:"废黜莒郊公,另立新君!"

莒郊公得到消息,吓得心惊肉跳。内侍程三皈进谏:"国君若回都城,性命难保。莫如投奔齐国,求其庇护。"莒郊公惊慌失措,只得采纳程三皈的建议,向西绕过浮来山,急匆匆投奔齐国。

嬴铎得到消息,星夜赶往齐国,迎接庚舆回国。齐景公立即下令:"出动兵马,护送庚舆!"指令大夫隰党、公子姜承二人,带兵护送庚舆回国。庚舆回到莒国,立即登上国君之位,是为莒共公。

为了向齐国讨好,蒲余侯进谏:"齐国护送国君,此恩重于泰山,应当予以重谢。"莒共公说:"我国民穷财竭,何以为礼?"蒲余侯向前凑了凑,十分神秘地说:"齐国地阔物丰,焉能缺少钱财?齐国所希冀者,城邑、土地也。"莒共公说:"别无他法,惟其如此。"让蒲余侯带上地图,很快赶往临淄。蒲余侯到达齐国,献上地图,把珠山以西土地,拱手送给齐国。齐景公十分高兴,送给蒲余侯一块土地。蒲余侯从此留在齐国,成为叛国者。

按照惯例,国君继位当年,还是前任国君的在位之年,从次年正月初一开始,才算是新任国君的在位时间。莒郊公在位仅有几个月,也算是一年。从公元前527年正月初一开始,才算是莒共公的在位时间。

这天,莒共公正在海岸巡视,突然一车飞奔而来。

原来,周景王贪财好利,经常向诸侯索要财物。这天,周景王亲自设宴,款待晋国使臣荀跞。酒过三巡,侍从送进一件酒器。周景王拿起酒器,故意炫耀说:"此乃鲁国进贡之物,价值连城!"荀跞一听,脸"唰"的一下红了。他明白,周景王这是旁敲侧击,批评晋国没进贡贵重礼品。荀跞说:"鲁国北望泰山，西邻大湖，地大物博；莒国东临大海，山水相依，物产丰富。朝廷何不派人赴两国催其纳贡也？"荀跞轻轻几句话，把球踢给了莒、鲁两国。周景王立即派遣专使，赶往鲁国索取财物。物品拿到手，专使立即驱车东行，一溜烟奔往莒国。

朝廷使臣到来，莒共公受宠若惊，急忙设宴招待。使臣临行，莒国赠送东夷葛丝布、莒国软缎、黑陶器皿、陶坛陈酒、秋季山蘑、海参、海虾、海带、海米，等等，整整装满六大车。使臣带上礼物，兴冲冲离开莒国。莒共公望着他的背影，轻叹一声。山涧竹气愤地说："我国吏民节衣缩食，朝廷动辄索要财物，简直岂有此理！"莒共公摇摇头，无可奈何。

回顾平丘会盟期间，晋国逮捕了季平子，打压了鲁国，为莒国主持了公道。莒共公继位后，原来的老臣尚在，对当时的情况相当了解。山涧竹、海厘鲨、钟尚铭、米万斗等人一齐进谏："晋国仍为霸主，切勿仅顾齐国，冷落晋国。"莒共公说："此议甚好。"派遣海厘鲨为专使到晋国访问。海厘鲨在晋国期间，遇到了郯、徐两国的使臣。他们也是到晋国访问、送礼。想不到，此事被齐国察觉。

晏婴对齐景公说："莒、郯、徐三国，均有离叛齐国之心。"

齐景公忙问："何以知之？"晏婴说："探马来报，三国同时派遣使者赴晋国朝觐。"齐景公再问："当如之奈何？"晏婴说："唯有动用武力，方能震慑三国！"齐景公说："请相国筹划之。"晏婴说："我大军以伐徐为名，借道莒、郯两国。先行击败徐国，势必震慑莒、郯二国，岂非一箭三雕耶？"

齐景公说："此计甚妙，即当施行！"立即派遣田开疆领兵攻打徐国。

这天，莒共公正在开会，突然探马来报："齐军借道！"莒共公顿时吓了一跳，忙问："齐军借道，意欲何为？"林仲豹说："齐国攻打徐国，因此向我国借道。"钟尚铭说："借道是假，显威是真。齐人包藏祸心，我国不可不防！"

山涧竹、海厘鲨、米万斗等人，都同意钟尚铭的见解。林仲豹把胸膛一拍，说："我愿带兵前往边境，以防不测！"莒共公正在犹豫，突然探马来报："徐军已被击溃，被俘五百余人！"莒共公一听，不禁胆战心惊。恰在这时候，突然一车飞来。副将嬴邑玮高喊："齐国使臣到！"来使翻身下车，把信札递上。莒共公展开信札一看，原来是齐国送来檄文，要求莒国到蒲隧会盟。

莒共公对左右说："如此看来，齐国意图称霸东方。"

二月十四日，莒共公按时到达蒲隧。没想到，迎面遇见了郯子。两人正在打招呼，忽然发现徐子带领军士押着大车走来。原来，齐国打败了徐国，徐国为了向齐国示诚，送来了甲父之鼎，把这件宝物献给齐国。

齐景公抬头一看，甲父鼎用青铜铸成，三足鼎立，暗光闪烁。大鼎上面铸着图案，龙旋凤舞，清晰可辨。齐景公围着大鼎看了一遍，十分满意地说："甲父之鼎，名不虚传，真乃镇国之宝也！"然后回头发出指令："速速运往齐国！"晏婴立即指挥兵士套马装车。

齐景公志得意满，大摆宴席，招待三位国君。齐景公高举酒杯，神采飞扬，以东方霸主自居，他自我感觉已经与晋平公并驾齐驱。

蒲隧会盟结束，莒共公带领人马回国。这天上午，莒共公正在五莲山观景。山涧竹急匆匆奔上山顶，气喘吁吁地说："晏婴二桃杀三士！"莒共公闻讯，惊得目瞪口呆。海厘鲨说："此事蹊跷，应派人赶赴齐国，打探清楚。"莒共公对海厘鲨说："以你为使，赴齐访问，打探情况。"

海厘鲨带上礼物，以感谢东道国的名义赶往齐国访问。一行人来到临淄，把情况摸得一清二楚，然后马不停蹄，立即回国报告。

原来，古冶子、公孙捷、田开疆三人，力大无穷，骁勇无比，被称为"齐邦三杰"。三人意气相投，结为兄弟。晏婴对此深感忧虑，很想除掉这一隐患。鲁昭公到齐国访问，晏婴趁机设下圈套，仅用六个蟠桃，把"三杰"全部杀掉。

齐景公反应过来，"三杰"已经命归黄泉。到了东汉，诸葛亮读史有感，特作《梁甫吟》一首，抒发自己的感慨：

  步出齐东门，遥望荡阴里。
  里中有三坟，累累正相似。
  问是谁家冢？田疆古冶子。
  力能排南山，文能绝地纪。
  一朝中阴谋，二桃杀三士。
  谁能为此者？相国齐晏子。

海厘鲨绘声绘色，把事情经过汇报完毕。莒共公听了，心情十分沉重，他想："当今天下动荡，大国以强凌弱，诸侯相互攻伐；国家被灭，国君被弑；臣子争权，互相残杀。恶性事件层出不穷。莒国何尝不是如此。公子投靠外国，臣子携地外逃，齐、鲁不断入侵，土地愈来愈少。长此以往，何时是个尽头？"

莒共公刚想到这里，突然探马来报："晋君去世！"原来这年八月，晋昭公因病死亡。世子姬去疾登上国君之位，是为晋顷公。

晋昭公英年早逝，莒共公十分难过。派遣山涧竹为专使，前往晋国吊唁。山涧竹晓行夜宿，终于到达新绛。大街上车马成排，冠盖云集，各国来宾全部到达。千里之外的吴、越两国，也派专使来吊唁。这年十月，为晋昭公举行了隆重葬礼。

吊唁期间，鲁国大夫季平子四处活动。经过季平子拉拢，郯、邾两国都准备到鲁国访问。山涧竹回到莒国，立即报告："季平子四处活动，拉拢郯、邾，有不可告人之目的。"海厘鲨说："事关重大，不可轻忽。"莒共公接受建议，派海厘鲨为专使，以访问为名，到鲁国探测情况。

正是：居安思危是正道，空穴来风宜当真。

第八十八回　莒共公出国避难　莒郊公回国复位

且说海厘鲨访问鲁国，回到莒国之后，立即向莒共公报告情况。

原来，经过季文子拉拢，郯子亲自到鲁国访问。郯国是子级诸侯国，国君称为郯子。郯子来访，鲁昭公十分热情，亲自设宴招待。郯子引经据典，侃侃而谈。鲁昭公十分震惊，竖起拇指夸赞："博古通今，佩服佩服！"

海厘鲨一五一十进行了汇报。莒共公说："莒、郯两国，同为少皞后裔，皆为东夷之国。两国崇拜凤鸟，皆以凤鸟为图腾。所不同者，莒国东临大海，日出先照，又以太阳为图腾。"海厘鲨立即恭维说："国君博闻多识，胜过郯君十倍！"莒共公一听，心里乐滋滋的，接着问："郯子访鲁，后事如何？"海厘鲨说："鲁君向郯君请教，此事很快传到孔子那里。孔子因此赶到郯国，当面向郯君请教。"

莒共公问："孔子何许人也？"海厘鲨把相关情况，详细报告莒共公。

原来，宋国的孔父嘉，是孔子的六世祖。孔子的曾祖父叫孔防叔。孔防叔为了避乱，从宋国逃到鲁国，从此成为鲁国人。孔子的父亲孔叔梁，是鲁国著名的勇士，屡立战功。有一天，孔叔梁在野外偶然遇见一年轻女子。这个女子姓颜，名字叫徵在。两人一见钟情。过了一段时间，徵在怀孕，就到尼丘山祈祷。公元前551年，孔子出世。

孔子出生后不久，孔叔梁不幸去世，孔家陷于困顿之中。孔子长到十五岁，立志做学问。孔子成年后，身高九尺六寸，博览群书，学富五车，闻名遐迩。向郯子请教这年，孔子二十七岁。

孔子离别之时，深有感慨地说："天子失官，学在四夷，犹信。"

——天子的百官失去职守，学问保存在四方小国，此话的确可信。

莒共公说："孔子学识渊博，聘来莒国为官。"于是派遣海厘鲨为专使，到鲁国聘请孔子。不久，海厘鲨回国报告："孔子专心治学，无意为官。"莒共公说："土丘难藏猛虎，池水难养蛟龙。"

话音未落,突然探马来报:"齐军进攻我国!"

原来,蒲隧会盟之后,齐景公称霸的心情更加迫切。齐景公问晏婴:"我欲称霸诸侯,当何以处之?"晏婴说:"霸主之威,在于征伐;若无征伐,自无霸主。齐桓晋文,先后称霸。莫不征伐在先,称霸在后。以我之见,齐国若要称霸,须征伐四方。"

齐景公再问:"我欲吞灭莒、鲁二国,当何先何后?"

晏婴说:"鲁国乃周公封国,系朝廷所依恃。若将其吞而灭之,诸侯必将攻打齐国;若如此,齐国危矣。"齐景公说:"如此说来,宜先吞灭莒国乎?"晏婴说:"莒国国力尚存,未到灭亡之时;然其内讧迭起,人心离散,正可出兵攻打。"齐景公说:"相国之言,一字千钧!"随即下令:"准备车马,攻打莒国!"

公元前523年八月三日,齐景公一声令下,大夫高发为帅,副将孙书为先锋,出动战车一千辆、大军六万人,浩浩荡荡杀奔莒国。

齐军兵锋所指,是且于、鄑陵、蒲侯三城。齐军一路突进,未遇到强力抵抗。且于、鄑陵与蒲侯,很快被齐军包围。齐军各留五千人马,分别围困三城。主力大军继续向东南挺进,不久围困了莒国国都。莒共公闻讯,急忙登上城楼向外瞭望。齐军车马相接,看不到尽头。莒共公见状,吓得浑身哆嗦。山涧竹说:"敌军势大,不可恋战。三十六计,走为上计!"莒共公急忙化装,混在百姓群里,仓皇逃到纪鄣。

齐军涌进莒城四处搜寻,找不到莒共公,文武官员也不见踪影。齐军审问俘虏,得知莒共公已经南逃。齐景公当即命令孙书:"以你为先锋,南下追击!"孙书带领人马到达纪鄣,立即围困起来。

此时的纪鄣城内,住着一个中年妇女,名字叫慕容丛。她的丈夫名叫宰父覃,做得一手好饭菜,给莒共公当厨师。一天中午,莒共公喝得醉醺醺的,催促宰父覃:"快快送来猪蹄!"因为时间紧促,猪蹄尚未炖烂。莒共公顿时大怒,挥手一剑杀死了宰父覃。丈夫被杀,慕容丛从此成为寡妇。她为了生存,天天搓麻绳卖钱,勉强维持生活。

齐军围困纪鄣,复仇时机已到。慕容丛趁机拉着麻绳,顺着城墙扔到城外。齐军顺着麻绳,向城上攀登。不一会儿,已经有六十多人登上城墙。突然"嘭"的一声,麻绳被拉断。冲进城内的齐军四处冲撞,高声呐喊,正在攻城的士兵一起高声呼应。千军万马一齐喊叫,声音震耳欲聋。

莒共公听到喊声，吓得魂不附体。山涧竹、海厘鲨、钟尚铭一齐劝谏："齐军攻城甚急，纪鄣危在旦夕。莫如离开纪鄣，暂避锋芒。"莒共公说："只好如此。"当天深夜，齐军哨兵正在打盹。莒共公带领随从，趁着夜色掩护，悄悄溜出纪鄣。一行人出城后，急匆匆奔往渠丘。

莒共公逃离纪鄣，莒军群龙无首，一片混乱。齐军趁势猛攻，纪鄣城很快被攻破。八月九日，齐军像潮水一样涌进纪鄣城。齐军四处搜寻，找不到莒共公。孙书一声令下，把粮食、布匹、牛羊骡马等财物全部洗劫一空。

齐军撤退后，莒共公立即回到纪鄣。随后派出探马到都城打探情报。不久探马来报："齐军退出我国！"莒共公带领众官员很快回到莒城。

公元前520年二月十六日，齐景公让大夫北郭启为将，带兵再次攻打莒国。莒共公急忙召集会议，一起研究对策。新任大夫苑牧之说："齐将北郭启，出身于平民之家，莫如派人行贿，求其撤军。"莒共公说："齐国依恃其强，屡侵我国，此仇焉能不报！"命令林仲豹为将，带兵攻打齐军。

林仲豹带领莒军，一路疾驰来到寿余。天空红霞满天，已是傍晚时分。探马来报："齐军离此十多里，天黑即可到达！"林仲豹立即下令："隐蔽于树林两侧，以逸待劳，袭击齐军！"当天夜里，齐军果然到达寿余，立即设置营帐。林仲豹指挥莒军，突然从两边冲杀过去。

齐军毫无防备，乱作一团。莒军乘势进攻，齐军仓皇后撤三十里。莒国此次获胜，想不到捅了马蜂窝。

齐景公闻报大怒，立即亲领大军，再次攻打莒国。

莒共公接到警报，顿时惊慌失措，众位官员一个个无计可施。大夫苑牧之说："当务之急，宜与齐国媾和，免遭生灵涂炭。"莒共公说："只好如此。"立即派遣苑牧之为专使，到齐军大营求和。苑牧之到达齐军大营，首先送上礼物，然后说："莒国愿意与贵国媾和，从此睦邻友好，永不相犯。"莒国如此诚恳，终于感动了齐景公。齐景公指派大夫司马灶前往莒国，协商媾和事宜。司马灶到达莒国，双方签署了初步协议。

按照预约，莒共公亲自赶往齐国，签订正式和约。他刚刚到达临淄南门，就被齐军士兵拦住。齐国不让他入城。

按照惯例，国君前往他国会盟，必须在都城签约。齐景公如此安排，分明是贬低莒国，给莒共公一个下马威。莒共公长叹一声，说："既在矮檐下，不得不低头。"只得委曲求全，在稷门之外与齐国签署了和约。所谓稷门，就是临淄城南门。消息传到莒国，人们议论纷纷："国君亲临齐国，竟遭此奇耻大辱。软弱如此，古今少有！"从此，莒共公的威信一落千丈。

莒共公有个癖好，喜欢收藏宝剑。只要有了名剑，就不惜重金买到手。每逢弄到新的宝剑，必定杀人试剑。莒共公如此残暴，国人对他恨之入骨。

苑牧之为了讨好莒共公，给他讲了一个故事：楚国有夫妻二人，名叫干将、莫邪。二人擅长铸造宝剑，耗时三年时间，铸成雌、雄两柄宝剑。两剑削铁如泥，属天下至宝。干将把雄剑留在手中，将雌剑献给楚灵王。楚灵王见不到雄剑，一时震怒，亲手杀死了干将。莫邪带着雄剑，领着儿子藏进深山，从此不知下落。

莒共公对苑牧之说："世间竟有如此宝剑，寡人命你潜入楚国，寻觅干将剑！"过了些日子，苑牧之从南方回来，果然买来了一柄宝剑。莒共公手举宝剑，只见寒光闪闪，锋利无比。他反复触摸，爱不释手。莒共公欣赏一会儿，突然大叫一声："牵来俘虏，寡人试剑！"苑牧之立即命人牵来两个俘虏。莒共公拔出宝剑，对着一个俘虏的脖子砍去。俘虏惨叫一声，当即人头落地。莒共公反手一剑，另一个俘虏顿时倒在血泊里。

莒共公把宝剑一擦，连声夸赞："好剑好剑！名不虚传！"

当天晚上，海厘鲨约着钟尚铭，一起去见山涧竹。海厘鲨说："国君用活人试剑，残忍无度，亘古少有，国人无不愤慨！"钟尚铭说："国君依赖齐国护送，登上国君宝座。不思对齐国报恩，反倒靠拢晋国。终于惹恼齐国，屡遭齐军攻打。"说到这里，无奈地长叹一声。山涧竹说："常言道：'多行不义必自毙。'国君如此处事，焉能长久也？"说完无可奈何地摇了摇头。

三人正在说话，忽然听到外面高喊："国人暴动了！"原来，大夫乌存手持宝剑，率领众人冲进内府。莒共公急忙逃出北门，打算逃往国外。刚刚来到莒、齐边境，突然有人报告："乌存手持长殳，挡在前面！"莒共公一听，顿时惊慌失措，他十分担心乌存趁机杀死自己。苑牧之说："国君不必担心，乌存勇力过人，已经闻名于世，他何必背上弑君之名？"

莒共公急忙拐弯，避开乌存，一路向北逃窜。苑牧之再次提醒："郊公尚在齐国！"一句话提醒了莒共公。莒共公立即转道往南，急匆匆逃到鲁国。

且说莒郊公躲在齐国，过着清闲无事的日子。除了对弈、喝茶闲聊，就是举竿垂钓。有时候得到齐国准许，就到郊外打猎。这天上午，齐国大夫孙书突然进来，莒郊公不禁吓了一跳。孙书说："莒共公丧失人心，已被驱赶出国都,业已逃往国外。君侯回国复位,时机到来,切不可丧失良机。"孙书同时告诉莒郊公:"齐国愿派兵马,沿途护送。"

莒郊公一听,顿时喜出望外。七月十九日,齐景公指令孙书为特使,派出大军两万名、战车三百辆,保护着莒郊公顺利到达莒国。

莒郊公再次登上国君之位,这一年是公元前519年。

莒郊公心里明白,自己重新登上国君宝座,是齐景公大力扶持的结果。回顾当年,自己在齐国避难,齐景公不仅予以庇护,而且提供食宿、护卫等条件。自己寄人篱下,齐国仍然以礼相待。这次回国,又是齐国派兵护送。如果没有齐国的大力支持,就没有自己的今天。莒郊公想到这里,打算亲自到齐国致谢。

正是:知恩必报是君子,吃水难忘掘井人。

第八十九回　莒郊公郚陵会盟　谭弋廷洛邑筑城

　　为了向齐国致谢，莒郊公带上礼物，一行人很快到达临淄。齐景公十分热情，亲自设宴招待，晏婴、山涧竹两人一起出席作陪。宴席上山珍海味，美酒佳肴，十分丰盛。大厅里乐曲悠扬，笙歌艳舞，气氛十分热烈。次日上午，在齐景公陪同下，莒郊公乘船游览了淄水河，又游玩了周边的景点。莒郊公在临淄住了五天，然后高高兴兴带领随从回国。

　　莒郊公刚刚回到莒国，突然探马来报："吴国攻灭巢国！"莒郊公听了，心里一阵高兴。他想："莒、吴是传统盟国。吴国不断强大，必定削弱强势的楚国。如此一来，莒国更加安全。"想到这里，立即派遣海厘鲨到吴国访问。

　　海厘鲨一行带上礼物，乘上木船，从岚山湾启航，一路风雨兼程，好不容易到达吴国。一个多月后，海厘鲨出访归来，见到莒郊公，立即报告情况。莒郊公这才明白，自己避难齐国，导致信息闭塞。这些年来，列国互相攻伐，势力此消彼长，局势变化之大，前所未有。

　　随着晋国不断衰弱，楚国不断北扩东侵。江汉一带，中原南部，直至江淮地区，许多诸侯部落都被楚国吞灭。楚国的势力范围已经跨过江淮，到达山东南部。与此同时，吴国强势崛起，与楚国抗衡。

　　海厘鲨特别说明："吴国之南有个越国，其生活习性与中原截然不同。"莒郊公听到这里，顿时眼睛一亮，说："爱卿详述之！"海厘鲨说："越人乃大禹后裔，封于会稽，奉守大禹之祀。文身断发，披草莱，遮树皮，结茅屋于大树之上。以野果鱼虾为食，稻谷次之。"莒郊公十分震惊地说："原来如此。"

　　这天，莒郊公召集会议，分析当前形势。司农米万斗发言："吴、越地处江南，乃鱼米之乡。晋国北依太行，南临黄河，物产丰富。齐国海陆兼有，工商发达。但齐、晋两国志在争霸，争斗方兴未艾。楚国横跨江、淮、河、汉，地大物博，而野性未改。虎口夺食，谈何容易。鲁、郯、邾、滕、薛等国，地小民穷，米粮短缺，自顾不暇。如此观之，我国唯有向吴、越求助。"

司寇钟尚铭说："郑国执政大臣姬子产制法令铸于大鼎，置于宫门之外，而后官民守法，盗贼潜踪，四境肃然。此种做法，应予借鉴。"

司空海厘鲨说："楚国修建章华宫，耗资巨大，导致君死民怨；晋国修建虒祁宫，劳民伤财，致使诸侯离心。如此论之，唯有节俭财力，以有限之资财，用于修建城邑，疏河导水，巩固海堤，备战防灾，以备不虞。如此方为上策。"

司马林仲豹说："晋、齐、吴、楚，系当今四强。晋国鞭长莫及，难以保护我国；齐国为我北邻，犹虎伏卧榻之侧；楚国依恃其强，曾侵我三城，目前仍有东侵之势；吴国水陆兼备，乃我友好之邦。如此看来，唯有吴军可为后援。"

司徒山涧竹坐在那里，一直低头不语。莒郊公看了他一眼，示意他说话。山涧竹说："当今列国纷争，狼烟四起。北有晋、齐争霸，南有楚、吴逞强。莒、鲁、郑、卫、宋、邾诸国，无不处于夹缝之中。"

山涧竹尚未说完，竟然停下了。莒郊公说："爱卿有话，言无不尽。"山涧竹说："以我之见，莒国宜采用八字方针：'尊晋、和齐、联吴、防楚。'"莒郊公高兴地说："爱卿高见，应予采行！"但是具体措施是什么，到底该怎样落实，莒郊公并未做出部署。就这样，议而不决，决而不行。会议开了整整一上午，最后不了了之。

这天夜晚，海厘鲨约着钟尚铭一起来到山涧竹家里。说起莒郊公的行事风格，三人直摇头。山涧竹说："我年近六旬，身心疲惫，实在难以履行公务。"说完长叹一声。海厘鲨一听，山涧竹已经萌生退意，于是说："我与司徒年纪相近，司徒若辞职，我亦告老还家。"钟尚铭说："我亦年过半百，精力不济，何必留恋权位。"三人以年老体弱为由，同时写了辞呈，分别交给莒郊公。莒郊公任命骆铭钟为司徒，谭弋廷为司空，匡国政为司寇。

米万斗见三人已经辞职，立即找林仲豹商量。没想到，林仲豹也打算辞职回家。原因是，莒郊公复位以来，齐、鲁不断蚕食国土，国君束手无策。林仲豹作为司马，深感这是奇耻大辱，因此打算辞职回家。米万斗一想，林仲豹也要辞职，几位老臣就剩下自己了，于是也告老还家。

诸位旧臣，先后辞职。莒郊公任命山林密为司农，牛启豪为司马。其余官职，一一重新任命。这天，众人正在议事，突然探马来报："齐国攻打鲁国！"原来鲁国发生内讧，鲁昭公只身逃到齐国。齐景公对鲁昭公说："我欲派兵攻打鲁国，夺取鲁国城邑，暂为你的安身之所。"齐国派出大军，一举攻占了郓邑。在齐军保护下，鲁昭公住进郓邑。

莒郊公闻讯，心里十分难过，说："郓邑本是我国疆土，竟被鲁国侵占。"

骆铭钟说："郓邑失陷，至今已二十五年。"山林密说："鲁国内乱，机会难得。以我之见，趁机出兵夺回郓邑！"莒郊公说："鲁国虽遭内乱，但有齐国保护。"说完叹息一声，无可奈何地摇了摇头。这时候，突然探马来报："齐军惨败而归！"众人闻讯，不禁大吃一惊。

原来，齐国攻取了郓邑，晋国竟然一声不吭，按兵不动。晏婴进谏："晋国已成强弩之末，莫如趁此良机，以教训季平子为名，一战而下鲁国！"齐景公于是亲率大军，向鲁国大举进攻。季平子不惜重金，买通了齐景公的宠臣。齐景公受到宠臣蛊惑，把主力大军留在国内，仅派少数人马攻打鲁国。鲁军趁机反攻，把齐军打败。为此，齐景公大发雷霆。

晏婴再次进谏："击败鲁国，并非难事。数万大军，千辆兵车，一战可下鲁国。若从全局观之，齐军单兵独出，即便获胜，难脱侵略他国之名。"

齐景公忙问："爱卿有何良策？"晏婴说："会盟诸侯，声援鲁君，使其回国复位。如此不需一兵一卒，我国稳操胜券。"齐景公高兴地说："此为上上之策！"立即派出专使传送檄文，号召各国："赴鄟陵举行会盟！"

莒郊公接到齐国檄文，立即开会研究对策。司寇匡国政说："诸侯霸主，非晋国莫属，齐国焉能主导盟会？"司空谭弋廷说："晋国江河日下，威势不再。齐国有晏婴为相，气势如日中天……"谭弋廷说到这里又停下了。

众人听得十分明白，谭弋廷赞成参加鄟陵会盟。莒郊公看了看骆铭钟，征求他的意见。骆铭钟说："据我猜测，此次鄟陵会盟，鲁君被逐一事，当为首要议题。既如此，我国当应邀前往。一则不得罪齐国，二则就近观察局势，三则可与邻国结盟。"莒郊公说："爱卿所言，正合我意。"司马牛启豪说："我愿带兵前往！"莒郊公拿不定主意，再次看看骆铭钟，征求他的意见。

骆铭钟说："季平子狼子野心，侵我之心不死。若国君赴鄟陵会盟，司马又带兵前往，国内空虚，难防不测。以我之见，国君赴盟期间，司马领兵驻防边境，方保无虞。"莒郊公采纳建议，指令牛启豪带兵一万到西部边境驻防，自己带领骆铭钟等随从到鄟陵赴会。

公元前516年七月三日，莒郊公一行来都鄟陵。齐景公、邾庄公、杞悼公已经到达。鲁昭公作为当事人，自然也来参与。原来，齐国向十几个国家发出了檄文。那些国家找出种种理由，拒绝参与会盟。最后来了几个小国，会议显得十分冷清。齐国是主盟国，会议自然由齐景公主持。

齐景公开宗明义，要求各国出兵，帮助鲁昭公回国复位。齐景公发言完毕，然后征求意见。莒郊公看一眼邾庄公、杞悼公两人，三人面面相觑，谁也不想贸然开口。会议开了整整一上午，始终没达成一致意见。

盟约无法签署，只得黯然收场。鲁昭公实在没办法，只得又回到郓邑。季平子觉得有机可乘，立即派兵攻打郓邑。鲁昭公受到围攻，写信一封送往晋国，请求给予庇护。晋国派出人马，把鲁昭公接到晋国的乾侯，让他在那里住下来。

鄄陵会盟结束后，莒郊公不敢大意，时刻关注着局势发展。这天中午，突然探马来报："晋国于扈地举行会盟！"邾、薛、滕、曹等小国都参加了会盟，莒国竟然被排除在外。原来，莒国响应齐国号召，参加了鄄陵会盟，晋国得到消息，十分恼怒，因此不让莒国参加扈地会盟。

莒郊公闻讯，立即召集左右商量对策。司空谭弋廷说："扈地会盟，仅有六国参与。此事足可证明，晋国风光不再。"司农山林密将话题一转，说："季平子占我城邑，抢割小麦，行同盗贼，应予追究！"司寇匡国政气呼呼地说："鲁国内乱，国君被逐，导致四邻不安。其罪魁祸首，非季平子莫属。应依照律条，将其缉拿归案！"司徒骆铭钟气愤地说："齐、晋二国，先后主导会盟，以帮助鲁君回国为名，行相互争霸之实。此等会盟意义何在？干脆置之不理！"司马牛启豪坐不住了，大着嗓门说："季平子占我土地，侵我边境，驱逐国君，搅乱鲁国内政，罪不可恕。我愿率兵讨伐，兴兵问罪！"

众人发言后，大厅里顿时一片安静。大家不约而同，等待国君做出决策。想不到，莒郊公呷了一口茶，然后绕山转水，说了一通不着边际的套话。对于军国大计，没有具体决断与安排。会议开了整整一下午，众人你看看我，我看看你，觉得无所适从。

这天夜晚，谭弋廷、匡国政一起来到骆铭钟家里。骆铭钟说："二位光临寒舍，不胜荣幸。"谭弋廷问："今日会议，司徒有何感想？"骆铭钟没有正面回答，说："假如不是二位前来，我倒想去府上拜访，看看二位有何高见。"

匡国政说："晋国群臣争权，国势大减；齐国虽则示强，亦难以称霸；鲁国臣子乱政，国君流亡国外，正是群龙无首之时。以我之见，趁机出兵攻打鲁国，一举夺回失地。"谭弋廷说："此等机会千载难逢，稍纵即逝。"

骆铭钟说："诚如二位所言，我亦有此设想。但出兵乃国家大计，非国君决断不可。假如我等臣子不待国君决策即挥师攻鲁，岂不是与季平子一样，亦成为乱臣贼子耶？常言道：'家有千口，主事一人。'国君乃一国之主，一人系莒国之安危。国君优柔寡断，临机不决。我等臣子有何办法？"说完两手一摊，显得无可奈何。

匡国政说："明天会议，我三人同时出面，请求出兵攻打鲁国，逼使国君做出决断！"骆铭钟、谭弋廷说："此议甚好。"

次日上午，莒郊公一如既往，照例举行会议。骆铭钟、谭弋廷、匡国政三人同时进谏："趁鲁国内乱，出兵攻打鲁国，一举收复失地！"莒郊公深感事关重大，顿时犹豫起来。直到会议结束，也未做出决策。讨伐鲁国一事，自然烟消云散。

且说周平王东迁之后，周朝廷一直住在洛邑。洛邑，也叫成周。

光阴似箭，转眼260年过去了。成周多年失修，城墙残破不堪。臣子们一再进谏："京城如此残破，应尽快整修。"周王室既无人力，也无财力，整修计划只得拖延下来。公元前510年八月，周敬王派遣两位大臣出面，请求晋国号召诸侯，帮助修建成周。

天子求助，晋定公不能做主，只得和中军元帅魏舒商量。魏舒说："自古霸业，不外乎'尊王攘夷'。此次朝廷求助，乃千载难逢之机，不应拒绝！"魏舒作为中军元帅，是晋国第一权臣。他这样一说，实际上已经拍板定案。晋定公只得唯唯诺诺，随声附和。晋国于是派人传檄各国，都到狄泉会盟。

后来"三家分晋"，魏舒的后人建立了魏国。此是后话，暂且不提。

这天夜晚，莒郊公打算就寝，突然内侍来报："晋国使臣到！"莒郊公顿时吃了一惊，心想："外国使臣来访，历来是白天到达，为何这次变成了晚上？"内侍报告莒郊公："晋使走到郊外二十里，突然车辕断裂。待车辕修复，业已到了晚上。"莒郊公接过檄文一看，原来晋国号召各国赶往狄泉会盟，商讨去成周修城。

莒郊公派遣谭弋廷为专使，带领人马奔赴狄泉。十一月三日，谭弋廷按时到达。晋国的魏舒、大夫韩不信提前到达。鲁国大夫仲孙何忌、宋国大夫仲几、卫国大夫叔申，还有郑、曹、邾、杞、小邾等国大夫先后到达。魏舒主持会议，说明此次会盟是为朝廷整修成周。同时指定了设计师，给各国分配了任务，晋国大夫韩不信负责工程监督。

第二天上午，魏舒突然暴病身亡。筑城队伍秩序顿时大乱，大家各怀心事，互相推诿。宋国大夫仲几带头发难，拒绝接受分配给他的任务。曹、滕、薛、邾、小邾等国也摆出一大堆理由，拒绝承担更多的任务。谭弋廷见此光景，跟在几个小国的后面，提出了一大堆困难。

各国大夫异口同声，一齐推诿。韩不信心想："必须杀一儆百，否则工程无法进行。"他一声令下，呼啦啦闯进几个晋国武士。武士不由分说，把宋国大夫仲几抓起来，五花大绑，押到大车上。众人见状，无不惊愕。

后来"三家分晋"，韩不信的后人建立了韩国。当然，此是后话。

正是：诸侯会盟修成周，宋国大夫被拘捕。

第九十回 孙武子吴国献策 莒郊公召陵与盟

且说整修成周期间,晋国为了杀鸡儆猴,关押了宋国大夫仲几。各国大夫一看,虽说晋国势力已经下降,毕竟还是北方大国。大家知道得罪不起,于是立即布置施工。到了次年三月,成周整修终于竣工。谭弋廷整理行装,带领队伍赶紧回到莒国。

谭弋廷回到国都,立即报告有关情况。莒郊公说:"晋国拘捕宋国大夫,有功不赏,有罪不罚,放任自流。如此下去,晋国焉能持久称霸?"说完,无可奈何地长叹一声。匡国政说:"晋、齐两国,无视礼法,视弱国为无物,岂有此理!"骆铭钟说:"大国如刀俎,小国若鱼肉,弱肉强食,公理何在!"牛启豪、山林密等人同样愤愤不平。

众人议论了半天,等待国君做出决策。想不到莒郊公手捧茶杯,一直唉声叹气。大家等了半天,最后又是不了了之。匡国政对骆铭钟说:"议而不决,决而不行,如此下去,黄花菜都凉了!"骆铭钟说:"国君如此处事,我等臣子有何办法?"说完长叹一声。

且说齐景公雄心勃勃,立志像齐桓公一样,再次称霸诸侯。

莒国这边,大夫乌存打起了自己的小算盘。当初乌存利用国人把莒共公驱逐出境,在齐国护送下,莒郊公回国复位。乌存自觉有功,指望得到提拔重用。莒郊公复位后,先后任命了司徒、司空、司寇、司马、司农,其余官职一一任命。众人都被提拔重用,唯独乌存被冷落到一边。因此,乌存对莒郊公怀恨在心。齐国越来越强势,乌存感到时机到来。他暗中派人到临淄联络,声明将带着土地逃到齐国,请求齐国庇护。

齐景公问晏婴:"莒国臣子乌存携地来投,相国意下如何?"晏婴说:"出兵强占他国土地,是为侵略;庇护他国臣子,接受其献地,是为恩德。"

晏婴一席话,齐景公听了眉开眼笑。乌存要求庇护,齐景公痛痛快快地答应下来。这天夜里,乌存化装成商人,怀揣着地图,带上珠宝细软,悄悄逃往西北边境。到达穆陵关前，齐国早有人在那里接应。乌存见到齐景公，慌忙拜倒在地，然后把地图献上。齐景公展开地图看了一眼，伸手交给晏婴。晏婴一看，乌存献来的是珠山以西土地。晏婴暗自高兴，连忙向齐景公递了个眼色。齐景公心领神会，当即答应了乌存的要求。一声令下，立即出动大军，占领了珠山以西土地。

乌存携地潜逃，莒郊公只得召开会议，研究对策。谭弋廷、匡国政、山林密三人异口同声，主张派遣专使到齐国索回土地。莒郊公一时难以决断，于是征求骆铭钟的意见。骆铭钟说："乌存携地潜逃，罪该万死。我国要回土地，本是情理之中。但齐国如此强势，又有晏婴出谋划策，我国若要索回土地，比登天还难。"莒郊公一听，顿时失去了主意。

牛启豪说："莒国疆土，焉能拱手让人？我愿带兵前往珠山，武力夺回土地！"莒郊公犹豫不决，骆铭钟、谭弋廷、匡国政、山林密等人，一致支持牛启豪出兵。臣子们意见完全一致，莒郊公才表态同意。

牛启豪为主将，匡国政为参军，出兵一万、战车两百辆，一路向珠山进发。刚刚到达珠山西南，齐国大军像潮水一样冲杀过来。牛启豪毫不畏惧，一车当先冲向齐军，匡国政驱动战车随后跟进。莒军人人奋勇，一齐向前杀去。双方你来我往，枪林箭雨，浴血拼杀。大战两个多时辰，各自伤亡不小。牛启豪看看自己的队伍，已经伤亡过半，战场上留下无数尸体，惨不忍睹。

这时候探马突然来报："齐国大军从西边杀来！"牛启豪举目向西远眺，只见远处尘土滚滚，遮天蔽日，不知敌军又来了多少人马。匡国政说："齐军势大，我军伤亡惨重，不可恋战。"牛启豪说："司寇率人马先撤，我带兵断后！"匡国政立即带领人马紧急向后撤退。

齐军发现莒军向南撤退，立即追赶上来。牛启豪举起长枪，向前猛力一戳，冲在前边的一名齐将立即被刺死车下。牛启豪回过战车，反身向齐军杀去，齐军见状纷纷后撤。牛启豪回车追上队伍，紧急撤回国都。从此，珠山以西土地被齐国侵占，莒国土地进一步缩小。

土地再次被齐国侵占，莒国上下无不震惊。谭弋廷说："晋国称霸，已成过眼烟云。齐国以强凌弱，乃莒国重大威胁。应联合各国，共同对抗齐国。"匡国政说："齐国过于强势，晋国仍是莒国靠山。"司农山林密说："吴国日趋强大，莒国应依赖吴国。"牛启豪说："不要指望任何国家，赶紧招兵买马，收复失地！"

大臣们众说纷纭，各种意见相持不下。何去何从，莒郊公一时难以决断，于是问骆铭钟："司徒意下如何？"骆铭钟说："司农言之有理。吴国强势崛起，水陆兼备；凭楚国之强，尚且畏惧三分。以我之见，宜向吴国靠拢。"莒郊公采纳建议，派骆铭钟为专使，赶往吴国访问。

骆铭钟一行车船转换，一路风雨兼程，好不容易到达吴国，掌握了情况，立即回国报告。原来吴国迅速强盛，主要是引进了两个关键人才，一个是楚国的伍子胥，一个是齐国的孙武。

伍子胥，名员，字子胥。他的爷爷是伍举，父亲叫伍奢。楚平王在世的时候，让伍奢为太傅，费无极为少傅，共同辅导太子熊建。伍奢学识渊博，很受熊建赏识。费无极学识浅薄，不受太子待见。久而久之，费无极对伍奢心生怨恨，苦于找不到报复机会。

转眼之间，太子熊建到了婚娶年龄。楚平王派出专使，赶往秦国求亲。秦哀公当即同意把女儿宛嬴嫁给熊建。楚平王指令费无极为专使，到秦国为熊建迎亲。费无极到了秦国一看，宛嬴无比漂亮，他眉头一皱，计上心来。

费无极回到楚国，没把宛嬴送到东宫，却把她安置在馆驿，然后对楚平王说："新人之美，天下无双！"楚平王听了费无极的话，不禁怦然心动。趁着夜色撩人，楚平王乔装打扮一番，跟着费无极来到馆驿。楚平王偷偷看了一眼宛嬴，顿时情不自禁。楚平王的心思，费无极看得清清楚楚。

费无极凑上前去，俯在楚平王耳旁，嘀嘀咕咕一阵。

在费无极撺掇下，楚平王当晚和宛嬴睡到了一起。次日一早，太子熊建被支到边境戍守。十个月后，楚平王与宛嬴的儿子诞生，取名叫熊珍。

费无极为了陷害伍奢，大造谣言："伍奢撺掇熊建拥兵造反！"楚平王闻讯大怒，立即处死了伍奢。接着派人追捕伍奢的儿子伍尚、伍子胥。伍尚来不及逃跑，立即被杀害。伍子胥得到消息，急忙化装逃命。逃跑途中，遇到了好友申包胥。伍子胥哭着说："父兄被杀，仇深似海，不灭楚国，我誓不为人！"申包胥说："此后分手，望你好自为之。我有一言相告：你若灭楚，我必复楚！"申包胥轻轻一句话，后来竟然成为现实。

伍子胥逃到宋国，找到了在那里流亡的熊建。两人急忙跑到晋国，请求晋顷公给予保护。晋国已经日薄西山，晋顷公自身难保，根本没心思插手楚国内政。伍子胥实在没办法，就与熊建一起跑到郑国。郑国慑于楚国威势，不敢收留二人。二人只得离开郑国，急忙向吴国逃跑。这天，好不容易跑到了昭关。伍子胥抬头一看,关门口张贴着自己的画像。士兵把守城门,盘查十分严密。一个叫东皋公的老头认出了伍子胥,急忙把他领到家里。伍子胥对着镜子一看,仅仅几天时间,自己已经鬓发斑白,不禁仰天长叹:"愧我一事无成,毛发已斑!"

东皋公为了帮助伍子胥,又找来好友皇甫讷。原来,皇甫讷的相貌酷似伍子胥。三人商量好后,皇甫讷假扮伍子胥,大模大样走到了昭关。把关士兵对照一下画像,认定他就是伍子胥,不由分说就把他抓了起来。就这样,伍子胥好不容易混过了昭关。伍子胥来到吴国,吴王姬僚立即接见。经过一番倾心交谈,姬僚觉得伍子胥是个人才,当即委以重任。

且说楚平王去世后,他与宛嬴生的儿子熊珍继位,是为楚昭王。

这时候,吴国发生了弑君夺权事件。太子姬阖闾不惜重金,买通了亡命之徒专诸。专诸把短剑藏在大鱼肚子里,趁着献鱼的机会,突然拔出短剑,当场把姬僚杀死。专诸使用的那柄宝剑,史称"鱼肠剑"。专诸刺王僚一事,也被载入史册。

姬阖闾登上吴王宝座,史称吴王阖闾。

伍子胥立了大功,成为姬阖闾的亲信。这天,姬阖闾要求伍子胥推荐人才。伍子胥说:"孙武精通兵法,天下无双,此人可用。"姬阖闾忙问:"孙武何许人也?"伍子胥回答说:"孙武本是齐国人,父兄皆为齐国名将。此人自幼研读兵书,精通用兵韬略。为躲避内乱,孙武只身逃到江南,隐居于穹隆山。"

姬阖闾高兴地说:"既是人才,引来一见!"

在伍子胥引荐下,孙武觐见姬阖闾。孙武的见面礼,就是《孙子兵法》。姬阖闾展开竹简一看,目录十分清晰:始计、作战、谋攻、军形、兵势、虚实、军争、九变、行军、地形、九地、火攻、用间,共计十三篇。每篇一卷,全书共十三卷。

姬阖闾展开第一卷,首先映入眼帘的是:"兵者,国之大事,死生之地,存亡之道,不可不察也。"姬阖闾微微一笑,心想:"原来是个推销兵法的!"他耐着性子看下去:"故经之以五事,校之以计而索其情:一曰道,二曰天,三曰地,四曰将,五曰法。"姬阖闾明白了,孙武这几句话的意思是:要从五方面全面考察,综合研判战争形势。一是道义,二是天时,三是地利,四是将帅,五是法度。

姬阖闾读到这里,顿时眼睛一亮。他把竹简全部留下,让孙武住进馆驿。

姬阖闾手捧《孙子兵法》，挑灯夜读，通宵达旦不觉疲倦。仅用三天三夜时间，就读完了这部六千多字的兵法。姬阖闾读完之后，掩卷回味，感觉奥妙无穷。他再次捧起《孙子兵法》，一字一句，继续咀嚼解读。

孙武说："兵者，诡道也。"一针见血，指出了战争的特性。

孙武指出："上兵伐谋，其次伐交，其次伐兵，其下攻城。"他主张使用谋略，主张外交先行，先礼后兵。最后的手段才是攻城略地。

关于将领素养，孙武写道："将者，智、信、仁、勇、严也。"

至于具体战术，孙武写道："利而诱之，乱而取之，实而备之，强而避之，怒而挠之，卑而骄之，佚而劳之，亲而离之，攻其不备，出其不意。"

姬阖闾手捧《孙子兵法》，废寝忘食，细细品读，越读心里越佩服。他转念一想，理论归理论，带兵实战又是另一回事。这天，姬阖闾对孙武说："以你为指挥，训练宫女，用于征战！"姬阖闾的用意是，考验孙武的实际带兵能力。孙武不负众望，不长时间就训练好了宫女队伍。姬阖闾亲临校场视察，不禁夸赞："真将才也！"

有了伍子胥、孙武的辅佐，吴国兵精将勇，人强马壮，国势蒸蒸日上。

消息传到楚国，令尹囊瓦不自量力，打算来个先发制人。这年秋季，囊瓦率领楚军攻打吴国，结果被吴国打败。囊瓦不思悔过，反而变得更加贪婪。

同年冬季，蔡昭侯到郢都访问，带来了两块玉佩，还有两件裘皮大衣。他把其中一玉一裘献给楚昭王，另一套则留给自己。楚昭王十分高兴，穿上裘皮大衣，戴上玉佩，设宴招待蔡昭侯。囊瓦作为令尹，陪同楚昭王接待蔡昭王。囊瓦见到玉璧、裘皮大衣，心里十分羡慕，厚着脸皮向蔡昭侯索要。蔡昭侯不答应，就被囊瓦扣留在郢都。

与蔡昭侯同时来访的，还有唐成公。唐成公带来了两匹骕骦马，一匹献给楚昭王，一匹留给自己。骕骦马洁白如雪，四蹄跳跃，引颈长啸，是天下稀有名马。囊瓦一看，心里十分羡慕。当天晚上，囊瓦向唐成公索要骕骦马。索要不成，就把唐成公扣留下来。

蔡国使团得到消息，纷纷劝说蔡昭侯。蔡昭侯没办法，只得把玉佩送给囊瓦，囊瓦这才勉强放人。蔡昭侯冒着凛冽的朔风，踏上了归国之途。他越想越生气，就启程前往晋国。他让自己的儿子当人质，请晋国出兵报仇。晋国当即答复："举行诸侯会盟，共同讨伐楚国！"

三月初三，温风和煦，春光明媚。沭河两岸绿草如茵，莺飞蝶舞。莒郊公带着一群美女在沭河里泛舟游玩。突然，骆铭钟赶来报告："晋国使臣到！"莒郊公说："让他到沭河之畔！"骆铭钟及时提醒："接待外使不宜在国都之外。"莒郊公只得很不情愿地回到莒城。

原来晋国发来檄文，举行召陵会盟。莒郊公来不及多想，带领骆铭钟一行，星夜兼程赶赴中原。三月十一日，莒郊公一行终于到达召陵。

晋定公以及宋、蔡、卫、陈、郑、许、曹、邾、滕、薛、杞、小邾等国国君，还有齐国代表国夏，一起到达召陵。周敬王也派卿士刘文公代表朝廷到会。莒郊公明白，当年齐桓公为了讨伐楚国，举行了召陵会盟。事隔一百五十年之后，晋国又在召陵举行会盟。其用意十分明确，就是要以诸侯霸主身份，扛起联盟大旗，再度讨伐楚国。

此时的晋定公，就是傀儡一个。此次诸侯会盟，他仅仅是个招牌，实际主持会盟的，是晋国中军元帅范献子。荀寅是范献子的政治盟友，俨然以晋国的次帅自居。二人相互勾结，索取无度，完全不把晋定公看在眼里。范献子以晋定公名义，向陈惠公索要玉璧，遭到对方拒绝。这天夜里，荀寅悄悄找到蔡昭侯，索要那件裘皮大衣。蔡昭侯实在舍不得，同样拒绝了他。

荀寅索要不成，就去找范献子，说："诸侯各怀异志，离心离德；况且大雨滂沱，疟疾肆虐。此时攻打楚国，不亦难乎？"范献子想了想，拒绝了蔡昭侯的请求，不再讨伐楚国。第二天，晋定公尚未表态，范献子一声令下，把十七国联军全部遣散。召陵会盟雷声大雨点小，轰轰烈烈而来，一哄而散。

莒郊公与众诸侯一样，心里十分愤懑，悻悻然各自回国。

骆铭钟说："春寒料峭之中，众诸侯倏忽而来，倏然而返。千里奔波，劳师费时，岂有此理！"莒郊公轻叹一声，说："诸侯聚散，竟在一二人贪念之间。如此看来，晋国称霸已是回光返照。下次会盟，不知是何年何月。"

这次召陵会盟，是晋国最后一次组织诸侯会盟。自晋文公开始，晋国始终以霸主自居，时间长达百年。最后曲终人散，称霸之路走到了尽头。

莒郊公刚刚回到莒国，突然探马来报："楚国攻打蔡国！"

正是：召陵会盟刚结束，又闻南国起战云。

第九十一回 吴国攻占郢都城 孔子登临圣公山

莒郊公刚刚回国，突然得到报告，楚国攻打蔡国。莒郊公立即召集会议，共同研究对策。司马牛启豪说："楚国攻蔡，吴国必定趁机攻楚。南方各国均将卷入战火，我国当密切关注局势。"司徒骆铭钟、司空谭弋廷、司寇匡国政、司农山林密都同意牛启豪的见解。莒郊公接受大家的建议，派出多路探马，分赴吴、楚、蔡等国，进一步刺探情报。

且说召陵会盟一哄而散，最惨的是蔡昭侯。因为不向囊瓦送礼，得罪了楚国；因为没向荀寅送礼，又得罪了晋国。召陵会盟之后，蔡昭侯始终惴惴不安。同年秋季，楚国对蔡国发动了全面进攻。蔡昭侯为了求得生存，只得把儿子当人质，请求吴国出兵救援。吴王姬阖闾对伍子胥、孙武说："蔡国急切求援，寡人欲出兵伐楚，二位意下如何？"

伍子胥说："楚国惨无人道，蔡国求援，正当出兵伐楚！"

孙武说："纵观天下局势，此时伐楚，正当其时。"姬阖闾立即下令："出动大军三万，讨伐楚国！"然后，派人联络蔡国与唐国。蔡、唐两国报仇心切，一拍即合。吴、蔡、唐组成三国联军，向楚国发动全面进攻。

公元前506年十一月，吴国大军渡过淮河，然后弃舟登岸，很快到达豫章。蔡、唐两军同时到达，一起向楚国进攻。囊瓦带领楚军，抵达汉水之畔，与联军隔江相望。囊瓦是个饭桶，根本不懂军事。第二天一早，囊瓦贸然下令，楚军全部渡过汉水，到达小别山至大别山一线，排成一字长蛇阵，阻止联军进攻。

姬阖闾问："楚军人多势众，排成长蛇之阵，当如何破敌？"

孙武说："欲破长蛇之阵，需断头、斩腰、截尾。"姬阖闾说："愿闻其详。"孙武说："我军派出精兵三支，每支三千人，趁夜出动，猛冲敌阵。长蛇阵一旦被斩断，楚兵必四散奔逃。我大军趁势掩杀，楚军必败无疑。"

姬阖闾高兴地说："先生谋略缜密，吴军之幸也！"

三天后，两军在柏举开战。伍子胥、孙武和姬阖闾的弟弟姬夫概各带精兵三千，趁夜冲入楚军阵地。孙武截头，伍子胥斩腰，姬夫概断尾。楚军毫无防备，长蛇阵立即被冲垮。囊瓦心慌意乱，数万楚军乱作一团。吴军乘胜攻击，楚军被彻底打垮。囊瓦只得带领少数亲随连夜逃往郑国。

姬阖闾一声令下，孙武、姬夫概领兵一万，唐军协助，攻打纪南城；伍子胥、吴山领兵一万，蔡军协助，攻打麦城；姬阖闾在伯嚭辅助下，率领中军直抵郢都城下。郢都被围，楚昭王吓得心惊肉跳。十一月二十七日，楚昭王趁着夜色掩护，带着自己的妹妹仓皇逃出郢都。楚昭王渡过沮水，好不容易进入云梦。国君逃跑，楚军群龙无首，郢都顿时一片混乱。

吴军乘胜进攻，很快攻入郢都。姬阖闾一声令下，将领们按照身份高低，纷纷入住楚国的宫室。姬阖闾霸占了楚昭王夫人，伯嚭霸占了囊瓦的妻妾。楚军将士四处搜寻，纷纷抢夺美女与珠宝。堂堂楚国国都，鬼哭狼嚎，顿时变成人间地狱。吴国此举，用意是借机泄愤，羞辱楚国。

伍子胥找不到楚昭王，怒气未消，一声令下："捣毁宗庙！"楚国宗庙顿时成为一片废墟。这时候有人报告："楚平王棺椁置于东门之外！"伍子胥带领兵士很快赶到东城门外。抬头望去，只见芦苇成片，湖水茫茫。伍子胥当即下令："抽干湖水，搜寻棺椁！"湖水很快被抽干，楚平王的棺椁暴露出来。他的尸体用水银浸泡着，因此完好无损。伍子胥举起钢鞭，对着楚平王的尸体连抽三百多下。伍子胥一声令下，士兵们一拥向前，扬起楚平王的破碎尸骨，全部抛撒到野地里。

吴、蔡、唐同仇敌忾，三国联军全面进攻楚国。莒国探马得到消息，星夜兼程回国报告。莒郊公接到报告，立即研究对策。骆铭钟说："楚国侵我三城，此仇至今未报。目下三国进攻楚国，正是报仇良机。以我之见，趁机出兵讨伐楚国。"谭弋廷、匡国政、牛启豪、山林密等臣子异口同声表示赞同。莒郊公指令牛启豪为将，带领战车两百辆、士兵一万五千名，出征讨伐楚国。

牛启豪带领人马跋山涉水，这天到达中原南部。探马来报："吴、楚两军，在大、小别山对峙！"牛启豪闻报，立即挥兵前进。到了小别山北侧，发现前面有一支军队，看样子三四百人。他们打着楚军旗帜，队伍衣衫不整，七零八乱。这是被吴军打败了的楚军，正在向山里逃窜。牛启豪当即下令："追杀楚军，围而歼之！"莒军得令，一个个奋勇向前，很快就把敌人围困起来。楚军被包围，于是做困兽之斗。一楚军将领举起大刀，发疯一样向牛启豪冲来。牛启豪挺起长戟，一个"蛟龙探海"刺向他。楚军将领被刺中左肩，急忙抽身逃跑。牛启豪高喊一声"哪里逃！"举起长戟刺过去，楚军将领应声倒下。莒军将士奋勇，一齐杀向敌人。

楚军慌乱之中倒下一片，其余军士四散奔逃。

牛启豪带领人马，继续搜索前进。到了大别山一打听，吴军早已攻往郢都。莒军马不停蹄，立即赶到郢都前线。到达郊外一看，郢都早已被吴军占领。牛启豪急忙修书一封，送给伍子胥。说明莒军已经到达，请求指示机宜。伍子胥报仇心切，其余一切都不顾及，接到牛启豪的来信，根本没心思理会。

这天夜里，哨兵报告："前方有车马经过！"牛启豪拿起宝剑，快步来到营帐前。举目望去，一支长长的队伍向东开进。仔细看去，车上装满物品。士兵有的背着虎皮，有的扛着象牙，还有的抬着青铜器。牛启豪急忙向前查询，原来这是吴国军队。数百辆大车上，装满象牙、珍珠、玉璧、金沙、锡块、虎皮、虎骨、犀牛角、青铜器、锦缎、软帛、牦牛绒等贵重物品。原来，吴军占领郢都后，立即纵兵抢掠，楚国的珍贵物品被洗劫一空。堂堂楚国首都变成空城一座。

吴国大夫伯嚭私心极重，为人贪得无厌。听说莒军到来，伯嚭趁着夜色，悄悄溜进莒军大营。伯嚭前来，是为了索要财物。牛启豪心想："我军远道而来，将士浴血奋战，哪有财物赠送？"转念一想："伯嚭是吴国大臣，得罪不起。"牛启豪拿出一柄青铜剑，上面铸有一个"莒"字；搬出三箱干海参，五箱干海虾，一起送给伯嚭。

伯嚭十分高兴，说："吴军攻占郢都，吴王沉湎酒色，将士抢掠财物，四下搜寻美女。军纪如此败坏，恐怕难以持久。莒军应赶紧撤离前线，免遭将士喋血。"伯嚭说完，带上礼物隐身于夜幕中。

牛启豪立即下令："撤军回国！"莒军千里迢迢，这天终于撤回国内。莒郊公召集众位臣子，一起听取汇报。听了吴军的状况，众人各抒己见，议论纷纷。山林密说："伍子胥虽仇深似海，毁庙鞭尸却是过度之举。"谭弋廷说："常言道：'百足之虫，死而不僵。'楚国地阔民众，兵多将广。虽然暂时失利，其军力尚存。一旦国力恢复，必定报仇。"

匡国政说："楚君霸占儿媳，行如禽兽；杀戮功臣，草菅人命。囊瓦身为臣子，索贿不成，竟扣押蔡、唐两国之君。此等行为，无法无天。吴军捣毁其宗庙，是其罪有应得，无须怜悯！"骆铭钟说："楚国强横霸道，实属我国大敌。吴国践踏郢都,虽有过度之举,亦情有可原。更何况吴国是我盟国。莒、吴两国,利益攸关,期盼吴军凯旋。"

莒郊公说:"但愿如此。"众人议论一番,此事暂告一段落。

这天,莒郊公正在开会。向邑守将嬴一淮报告:"孔子来到我国!"莒郊公一听,不禁一怔。谭弋廷进谏:"孔子大名鼎鼎,有圣人之美誉。此次来到莒国,应以礼相待。"匡国政说:"孔子门徒甚多,人才济济,可聘来我国任职。"骆铭钟说:"孔子来访,不胜荣幸。以我之见,应请到国都,设宴款待。"莒郊公说:"爱卿之言,正合我意。"赶紧让人写了邀请函,派骆铭钟为专使,到边境迎接孔子。莒郊公的真实想法是,聘请孔子担任相国,辅佐自己治理国家。

骆铭钟离开后,莒郊公带领随从,亲自到城南门外迎候孔子。

此时的孔子,已经人到中年。自从上次向郯子请教,转眼之间十八年过去。这些年来,孔子一直"述而不作"。他以研究周礼为主,潜心治学,很快名声大振。他以教书育人为职业,当起了职业教育家。他提倡"有教无类",主张"因材施教",许多人慕名前来。颜回、子贡、子路、冉求、公冶长、曾参等一大群门徒,先后拜孔子为师。后来,公冶长成为孔子的女婿。

孔子虽然满腹学问,但是仍不满足。他不辞辛劳赶到洛邑,专门向老子请教。此时的老子,担任周王朝的守藏室史,是当时顶尖的学者之一。

这天上午,老子同孔子信步来到黄河岸边。举目望去,河水滔滔,犹如万马奔腾。孔子不禁望河兴叹:"逝者如斯夫,不舍昼夜。"然后又说,"黄河之水奔腾不息;人之年华流逝不止。河水不知何处去,人生不知何处归。"

老子说:"人生天地之间,乃与天地一体也。天地,自然之物也;人生,亦是自然之物。人有幼、小、壮、老之变化,犹如天地有春、夏、秋、冬之交替。有何悲乎?"

老子指指滔滔黄河,意味深长地说:"汝何不学水之大德?"

孔子听了有些不解,说:"水有何德也?"

老子说:"上善若水,水善利万物而不争,处众人之所恶,此乃谦下之德也;故江河所以能为百谷王者,以其善下之,则能为百谷之王。天下莫柔弱于水,而攻坚强者莫之能胜,此乃柔德也;故柔之胜刚,弱之胜强。因其无有,固能入于无间。由此可知,不言之教,无为之益也。"

孔子恍然大悟,说:"先生此言,使我茅塞顿开也。众人处上,水独处下；众人处易，水独处险；众人处洁，水独处秽。所处尽人之所恶，夫谁与争乎？此所以为'上善'也。"

老子点点头说："与世无争，则天下无能与之争，此乃效法水德也。"过了一会儿，老子又说："圣者随时而行，贤者应事而变，智者无为而治，达者顺天而生。汝此去后，应去骄气于言表，除志欲于容貌。否则，人未至而声已闻，体未至而风已动。张张扬扬，如虎行于街衢，何人敢重用也？"

孔子说："先生之言，发自肺腑。孔丘受益匪浅，一定谨记在心！"过了些日子，孔子再次去拜访老子，老子却已经辞职走人。

老子辞职后，一人骑着青牛，这天到达函谷关。按照关吏尹喜的要求，老子写下《道德经》一书，然后骑牛继续西行，最后不知所终。孔子闻讯，心里十分遗憾。这时候，孔子大彻大悟。

原来，这就是老子的无为而治，与世无争。

孔子决定坚持自己的信念，寻求新的知识。这天，他带领弟子，一路绕山转水，登上东山主峰。他居高临下，极目远眺。只见重峦叠嶂，群峰峥嵘；远处河流如带，云雾缭绕；远山近水，一览无余。孔子见此光景，不禁失声感叹："巍哉，东山！小哉，鲁国！"后来，人们在东山主峰竖立石碑一块，上书"孔子小鲁处"五个大字，以示纪念。

孔子一行沿着羊肠小道好不容易走下东山。弟子颜回、子贡同时建议："莒国东临大海，人杰地灵。莒文化与中原迥异，何不赴莒国一游，一探究竟？"孔子慢悠悠地说："天子失官，学在四夷。"弟子们记得清清楚楚，当年老师向郯子请教，曾经说过这句话。今天，又重复一遍。

孔子说完坐上牛车，带领弟子缓缓而行，到东方进行考察。

这天上午，孔子一行到达圣公山下。子贡建议："圣公山雄峙东方，登临山巅可东望大海，今日何不登山一游？"孔子说："此言是也。"于是带领弟子拾级而上，一步步登上圣公山。孔子站在山巅，手搭凉棚向东南望去。映入眼帘的是海天相接，波涛浩渺，一望无际。孔子驻足远眺，如醉如痴，久久不愿离开。

孔子见过黄河、淮河、沂河、沭河、洙河、泗水等河流。每逢见到大河，必定望水兴叹。孔子曾经说过："智者乐水，仁者乐山；智者动，仁者静；智者乐，仁者寿。"此时此刻，孔子触景生情，禁不住望海而叹："浩浩乎，淼淼乎，一望无垠！"原来，这是孔子第一次望见大海。遥隔五六十里，仅能远望却不能近观。孔子一行走下圣公山,继续向前行进。

却说骆铭钟领命,带领随从前去迎接孔子。一行人沿着沭河东岸南行,然后拐弯往东,很快来到圣公山下。突然发现,前面一群人围在大路边。骆铭钟使个眼色,一行人慢慢凑过去,悄无声息,站在人丛后面看热闹。

一个身材高大的中年人,看上去文质彬彬,一群人簇拥着他。前面一个小男孩,看样子六七岁。原来,中年人就是孔子,小男孩名叫项橐。骆铭钟仔细看了一下,项橐用土围了一个方形,叫作城,自己光着屁股坐在里边。

孔子觉得有些奇怪,走上前去询问:"车马前来,汝为何不肯让路也?"项橐把眼睛一眨,说:"自古到今,唯有车避城,焉有城避车之理?"

孔子心想:"这个孩童伶牙俐齿,看来十分聪明。"于是笑着问:"你何名何姓?年岁几何?"项橐站起来把腰一招,调皮地回答:"我姓项名橐,本年七岁!"孔子笑了笑说:"看你如此聪颖,待我出题一道,考你一考。"项橐把嘴一噘说:"考就考,有何难哉!"孔子心想:"一个七岁孩童,口气如此之大,我何不难为难为他?"于是问:"何山无石?何水无鱼?何门无闩?何车无轮?何火无烟?何城无官?何男不下田?何女不织布?何牛不生犊儿?何马不生驹儿?"

项橐回答说:"土山无石,井水无鱼,庙门无闩,轿车无轮,鬼火无烟,空城无官,玉皇不下田,嫦娥不织布,泥牛不生犊,木马不产驹。"

项橐说完双手掐腰,像个得胜的将军。孔子听了十分吃惊,只得拱拱手说:"后生可畏!后生可畏!"

孔子说完,让冉求驾着牛车,慢慢绕道走过去。走了几步,孔子深有感触地说:"三人行,必有我师焉。"又向前走了几步,孔子说:"项橐虽为七岁孩童,聪慧不输成人。此等孩童,堪为我师也。"

孔子与项橐对话,其情其景,骆铭钟看了个一清二楚。孔子走出几十步远,骆铭钟急忙追上去。首先说明来意,然后递上莒郊公的邀请函。孔子示意弟子颜回把邀请函接过去。颜回接过竹简,快速浏览一遍,恭恭敬敬送到孔子手上。孔子看了邀请函,然后双目微闭,一大会儿没表态。骆铭钟只得站在那里耐心等待。

过了一大会儿,孔子才慢吞吞地说:"孔某朝夕用心者,周礼、《周易》是也。尊先王,仰周公,复周礼;兴灭国,继绝世,举逸民,须臾不可忘怀。"然后又说:"悠悠万事,唯此为大,克己复礼。"原来,孔子把恢复周礼，恢复西周王朝的旧秩序看成首要大事。

骆铭钟毕恭毕敬，站在那里洗耳恭听。

孔子对骆铭钟说："孔某乃一介书生，文不能安邦定国，武不能领兵上阵。今有弟子陪同，周游列国，释礼讲经，光大仁德，推行孝悌，以求仁礼畅行于天下。如此，此生之愿足矣。"孔子说完，双手轻轻一拱，以示抱歉；然后带领众位弟子，头也不回赶回鲁国去了。

孔子一席话，婉言谢绝了莒国的盛情相邀。这时候，骆铭钟终于明白了，孔子终其一生，四处奔波呼号，都是在推行周礼。莒国作为东夷国家，既推行周礼也奉行夷礼，二者兼而行之。这与孔子的理念大相径庭。因此，到莒国做官为宦，孔子根本无此打算。孔子之所以被称为圣人，除了学识渊博之外，其思想理念异于常人。骆铭钟想到这里，轻轻长叹一声。

莒国诚心聘请孔子，落得竹篮打水一场空。骆铭钟回到国都，立即向国君报告。莒郊公感觉十分失望，说："人才难得，大才难求，天下奇才，更是四海难寻。"说完长叹一声，怅然若失，然后带领随从悻悻回到城内。

这天温风和煦，大地绿草如茵，莒郊公在骆铭钟等人陪同下来到纪鄣巡视。突然，探马来报："楚国被迫迁都！"莒郊公闻报，不禁大吃一惊。

正是：天下战乱无宁日，貔貅逐鹿逞英豪。

第九十二回 匡国政出使姑苏 谭弋廷访问曲阜

且说莒郊公正在巡视，忽然得到消息，楚国再次被吴国击败，被迫迁都。天下云谲波诡，究竟何去何从？莒郊公自己决断不了，只得再次开会讨论。

山林密说："楚国是我敌国，此次惨败迁都，乃喜讯一桩。"匡国政说："吴国是我盟国，今日再次击败楚国，应遣使前往祝贺。"谭弋廷主张："吴、楚大战，方兴未艾；孰胜孰负，尚待观察。"这时候，牛启豪"呼"的一下站起来，说："两军对决，胜负系于一念之间。吴国再次击败楚国，乃千载难逢之机。我国当立即出兵，趁机讨伐楚国，以报当年侵我三城之仇。如若议而不决，决而不行，必定丧失战机。我愿率一旅之师，再次出击楚国！"

莒郊公一看，文武官员壁垒分明，意见明显不同，顿时失去了主意。骆铭钟说："当今天下，兵凶战危。我国国力有限，局促于大国之间，如临深渊，如履薄冰，须臾不可大意。自古治国之道，文武不可偏废。以我之见，应派兵奔赴前线，宜战则战，不宜战则退。此外，孙武胸怀韬略，见地非凡，异于寻常之辈。应遣使访问吴国，借机暗访孙武。如有可能，请来莒国任职。"其余几位大夫，纷纷表态赞同。

莒郊公说："请孙武来莒任职，此乃好事一桩。"他的真实想法是，请孙武到莒国担任相国，但是藏在心里，没说出来。次日，匡国政为专使，一路车船转换，赶往吴国访问。牛启豪率兵两万、战车三百辆，奔赴楚国参战。

匡国政带上礼物，很快来到吴国。恰巧，吴国大军刚从楚国撤回。原来，吴军占领郢都后，捣毁宗庙，鞭打了楚平王尸体。伍子胥仍不解恨，四处寻找楚昭王。找不到楚昭王，就带兵追杀囊瓦。囊瓦为了活命，仓皇逃到郑国。郑庄公不敢得罪吴国，逼迫囊瓦自杀。军队溃败，国都被占，国君逃走，大臣被杀，楚国濒临亡国边缘。

申包胥为了挽救楚国，匆匆跑到秦国。他声泪俱下，请求秦国出兵救援。

秦哀公说："吴、楚争战，孰胜孰负，与秦国何干？"申包胥坐在秦宫门外，号啕大哭，七天七夜一直哭个不停。秦哀公终于被打动，派出兵车五百辆，以申包胥为向导，前往救援楚国。恰在这时候，姬阖闾的弟弟姬夫概带兵回到吴国，企图自立为王。姬阖闾接到警报，立即下令："撤军回国！"数万大军立即撤回吴国。

同年冬季，楚昭王为了报仇雪恨，派遣大军进攻吴国。吴国立即派出大军，水陆并进反击楚军。楚军全线崩溃，统帅潘子臣兵败被俘，五名大夫当了俘虏。楚国上下顿时人心惶惶。楚昭王仓皇离开郢都，迁都到鄀，称为北郢。

莒国司寇匡国政来到姑苏，吴、楚战事已经结束。莒国使臣来访，吴王姬阖闾十分高兴。匡国政把国书呈上，姬阖闾展开一看，大意是：

> 吴国伐楚，大获全胜。列国振奋，四海欢庆。今遣大夫，奉上贺礼。不成敬意，谨表贺忱。莒、吴两国，南北呼应。永结盟好，千里比邻。互为依托，有难同当。书不尽表，谨此为盼。

姬阖闾看过国书，不禁眉开眼笑。伍子胥、伯嚭出面，设宴款待匡国政一行。匡国政心里十分纳闷："为何不见孙武？"立即派人暗中打听。

原来，姬阖闾伐楚得胜，回国后大赏功臣。孙武运筹帷幄之中，决胜千里之外，属第一功臣。姬阖闾打算模仿齐国，设立相国一职，请孙武担任相国。万万想不到，孙武坚辞不受。姬阖闾无奈，只得让伍子胥出面动员孙武。

孙武对伍子胥说："春往夏必至，秋去冬必回。此乃天地之规，非人力所能挽回。吴王好大喜功，伐楚取胜之后，势必骄奢淫逸。我等若留恋权位，功成不退，必有后患。"伍子胥一听，孙武打算功成身退，心里不以为然。

孙武去意已决，连夜写下辞呈，派人送给姬阖闾。姬阖闾挽留不住，于是大加赏赐。黄金、玉器、象牙、珍珠、绸缎、金帛等贵重物品，整整装满六大车。孙武离开姑苏，一路分发，把物品全部送给沿途百姓。从此以后，无人知道他的下落。孙武留下来的，只有那部《孙子兵法》。

孙武已经离开，姬阖闾拜伍子胥为相国，伯嚭为太宰。

匡国政好不容易来到吴国，没见到孙武，感觉十分遗憾。这天夜晚，伯嚭悄悄来到馆驿。以看望客人为名，行索取财物之实。匡国政知道伯嚭贪财，因此早有准备，就把两双玉璧送给他。伯嚭得到玉璧，心里十分满意。他拿出一部《孙子兵法》，回赠给匡国政。原来，姬阖闾对《孙子兵法》十分重视，指令伯嚚复制二十套。伯嚚多了个心眼，实际复制了三十套。他把二十套送给国君，把另外十套偷偷留在自己手里。

匡国政接到《孙子兵法》，如获至宝。一行人坐上木船，立即回国。刚刚回到莒国，传来一个惊人的消息："齐国兵出穆陵关，占领了关南土地！"

原来，牛启豪出兵楚国，匡国政出使吴国的消息很快传到齐国。齐景公问晏婴："寡人欲称霸，当何先何后？"晏婴说："如欲称霸，须远交而近攻。"齐景公忙问："何为远交？何为近攻？"晏婴说："远交者，交远方之国也；近攻者，攻近邻之邦也。当今天下，晋、楚、吴争强不让。对此，齐国求之不得。岂不闻'二虎相斗，必有一伤'，况三国相争也？三国竞战愈烈，愈有利于齐国。既如此，我国当纵横捭阖，促其倾力相争，坐收渔人之利。"

齐景公顿时眼睛一亮，接着问："此乃远交，何为近攻？"

晏婴说："齐国之近邻，西有卫国，南有鲁国，东南有莒国。卫国亲晋联宋，一时难以图之。鲁国内有'三桓'为患，外有宋、郑、楚诸国牵制。如人之躯体，病入膏肓，纵然扁鹊再世，亦难治之。"齐景公说："如此说来，应即刻攻打鲁国！"想不到晏婴却说："非也。"

齐景公忙问："当如之奈何？"晏婴说："莒国国君优柔寡断。此次莒国出兵江汉，国内兵力空虚，良机千载难逢。我国应速速攻打莒国，占其土地。"

齐景公说："爱卿此言，正合我意！"指令上卿国夏为将，出兵三万、战车四百辆，向莒国发动进攻。齐军一路奔驰，很快来到穆陵关。国夏登高远望，仅发现少量莒国兵马。他一声令下，大军蜂拥冲出关口。齐军前来攻打，莒国士兵拼命抵挡一阵。由于寡不敌众，很快被齐军击溃。齐军乘胜追击，一路向南横扫。不长时间，深入莒国境内几十里。

莒郊公得到警报，忙与骆铭钟商量。骆铭钟说："救兵如救火，应立刻出兵，增援边防！"莒郊公指令谭弋廷为将，山林密为参军，带领一万人马，赶往前方迎敌。谭、山二人带领人马，穿过且于城，然后向西北进发。刚刚走出三十多里，迎面遇到齐军前锋。双方正在鏖战，齐军主力赶到。齐军兵分两路，左右夹击莒军。

谭弋廷一车当先，山林密驱车跟进，率兵向敌人冲击。双方戟剑并举，枪林箭雨，直杀得天昏地暗，风惨云愁。大战两个时辰，阵地上血肉横飞，尸体遍地。谭弋廷、山林密一看，莒军浴血杀敌，伤亡十分惨重。二人杀红了眼，抖擞精神，带领人马再次杀入敌军阵中。

双方浴血搏斗，杀得难解难分。这时候，齐景公带领大军赶到。山林密说："我军被围，情势危急！"话音未落，莒郊公、骆铭钟带兵前来。两军对垒，展开空前大战。莒军同仇敌忾，英勇奋战。但是兵力薄弱，渐渐支持不住。骆铭钟冲开敌军，来到莒郊公车前，说："我军伤亡惨重，无力再战，应立即撤退！"莒郊公说："只好如此。"随即带领人马撤出战场。

且说牛启豪率领大军，终于进入楚国境内；但是一连几天，不见吴军踪影。原来，莒军一路跋山涉水，耽误了不少时间。到了楚国境内，战事已经结束，吴国早已撤军回国。莒国孤军深入，犯了兵家大忌。江汉大地江河纵横，四处都是树林荆棘。莒军地理民情不熟，多次闯入险境。虽然没遇到大的阵仗，两万人马仅剩下不到万人。莒军四处乱撞，多次遇见楚军。好在楚军屡遭惨败，士气低迷，战力不强。牛启豪当机立断，立即带兵撤退。

牛启豪回到莒国，莒郊公刚从前线撤回。牛启豪一听，齐军侵占了穆陵关以南，顿时怒不可遏。他不顾车马劳顿，带领人马赶到前线，立即向齐军发动攻击。莒军人困马乏，兵力不足，经不住齐军的强力反扑。双方激战两个时辰，莒军伤亡重大，难以支持。牛启豪一看，队伍伤亡惨重，再不撤退，必将全军覆没。实在没办法，只得忍痛撤军。从此，穆陵关以南被齐国侵占。

光阴似箭，转眼到了公元前498年。这天上午，莒郊公正在开会。突然探马来报："鲁国捣毁费邑！"紧接着边吏来报："鲁国发生内乱！"

费邑被毁，鲁国发生内乱，原因何在？莒郊公如堕五里雾中，一时不知所措。谭弋廷说："费邑被毁，此事十分蹊跷，不可不察。"

山林密说："费邑与我国邻近，其风吹草动，事关我国安危，不可小觑。"

牛启豪说："兵来将挡，水来土掩。鲁国若犯我国，我愿率兵车三百辆，挥兵而击之。不击垮鲁军，决不收兵！"匡国政说："近日传闻，孔子受到重用，出任鲁国司寇之职，且摄行相事。风言风语，不知真假。"

莒郊公问骆铭钟："爱卿意下如何？"骆铭钟说："近些年来，孔子步步升迁。近口听闻，阳虎之乱平息之后，鲁国已在堕三都。详情如何，不得而知。以我之见，应派遣使者访问鲁国，借机了解详情，以备不虞。"莒郊公说："此言甚当。"立即派谭弋廷为专使，一路疾驰到鲁国访问。

谭弋廷一行到达曲阜，首先拜见鲁定公，递上国书。当日下午，在执政大臣季桓子陪同下，游览了少昊陵。夜晚，季桓子来到馆驿，陪同谭弋廷品茶聊天。第二天，孔子的弟子仲由陪同谭弋廷游览尼丘山。谭弋廷在曲阜逗留了七天，了解了不少鲁国内幕。回到国都，他立即向国君报告。

莒郊公问："鲁国情形如何？"谭弋廷于是从头到尾详细汇报。

原来，这些年鲁国十分混乱。公元前510年，鲁昭公客死在晋国的乾侯。他的弟弟姬宋继位，是为鲁定公。随着形势变化，"三桓"势力越来越大。为了管理封邑与鲁国政务，"三桓"各自提拔重用自己的家臣。这些家臣的权势日益膨胀，最后竟然为所欲为，骑到主人头上。

公元前505年，执政大臣季平子因病死亡。他的家臣阳虎控制了季氏，进而控制了鲁国政权。谭弋廷汇报到这里，莒郊公忙问："阳虎身为季氏家臣，竟控制鲁国政权。此事实在蹊跷，后事如何？"谭弋廷接着汇报下去。

这年秋天，阳虎使用武力，迫使鲁国君臣到太庙宣誓，承认他的执政地位。得手之后，接着发动叛乱，想除掉"三桓"，自己一手掌控鲁国政权。"三桓"为了自保，立即联手反击。阳虎最终被打败，仓皇跑到了晋国。

鲁定公迫切希望借此机会恢复自己的权力，于是任命孔子任中都宰。这一年，孔子五十一岁。到了第二年，孔子被提拔为司空，不久改任司寇。谭弋廷汇报到这里，莒郊公问："孔子任司寇，乃圣人执法，鲁国后事如何？"面对国君提问，谭弋廷一五一十继续汇报下去。

这年春季，鲁定公来到齐国的夹谷，与齐景公举行会晤。上百年来，鲁国国君出访，历来都是"三桓"出面伴陪。这次，鲁定公破格带来了孔子。临行之前，孔子提醒鲁定公："有文事者，必有武备；有武事者，必有文备。"建议鲁定公带足卫士，以防不测。盟誓开始，齐国官员拿来盟书，送给孔子过目。孔子一看极不合理，据理力争，维护了鲁国的尊严。

夹谷之会，孔子的威信快速提升。此后不久，孔子代理宰相。

谭弋廷汇报得绘声绘色，众人听得如醉如痴。莒郊公说："圣人执政，定仁礼为先；莒、鲁两国关系，必定出现转机。"说到这里，内心一阵高兴。可是该如何行动，一时拿不定主意，只得再次征求大家的意见。臣子们众口一致，推荐谭弋廷再次出使鲁国，去向孔子请教。莒郊公欣然答应。

谭弋廷一行快马加鞭，再次到达曲阜。万万想不到，情况发生了重大变化。原来，孔子已经失掉信任，不得不愤然辞职，然后带领一群弟子，到卫国讲学去了。从此，孔子怀着无限惆怅的心情，开始周游列国。

正是：满腹学识受排挤，圣人之路不平坦。

第九十三回 莒郊公践诺嫁女 越勾践卧薪尝胆

原来夹谷会盟后，齐景公十分忌惮孔子。这时候，晏婴献策："使用手段，离间鲁国君臣关系，使孔子心灰意冷，自动离开鲁国！"齐景公立即采纳建议，挑选美女八十名，把她们修饰打扮一番；又挑选良马一百二十匹，加以训练。一切安排停当，派出专使，把美女、良马一起送到鲁国。

齐国送来美女与良马，执政大臣季桓子如获至宝。夜晚，季桓子换上便装，偷偷去看齐国美女表演。他越看越入迷，不觉魂不守舍，意乱神迷。季桓子见到鲁定公，绘声绘色地说："齐女之美，天下罕见。其貌妖娆，其舞翩翩，妙不可言！"鲁定公一听，顿时来了精神。这天夜里，君臣二人身穿便装，偷偷去看表演。深更半夜，仍然流连忘返。从此，天天美女伴陪，夜夜笙歌燕舞，鲁定公不再上朝理事。

孔子几次前往汇报，都被拒之门外。内侍传出话来："国君嘱咐，近日不得求见！"孔子的徒弟仲由十分气愤，说："国君不肯信任，夫子当行矣！"此时此刻，孔子仍然抱有幻想。他的打算是，只要自己能够得到一块祭肉，就继续留下来。想不到，等到祭祀结束，也没见到祭肉的影子。一切都落空了，孔子万念俱灰。他带着一群徒弟，怅然离开鲁国，踏上周游列国之路。

谭弋廷来到曲阜，孔子已经到卫国去了。谭弋廷寻人不遇，只得怅然回国。众人闻讯，议论纷纷。山林密说："鲁国国君无能，权臣当道。堂堂圣人，尚且遭受排挤。如此国家，焉能立于列国之林！"牛启豪说："季桓子嫉贤妒能，一手遮天。此人不除，必然为害两国。我国应趁机出兵费邑，占而有之！"副将嬴毅岱、戎中锜、冷如铁三人，纷纷表态，一致赞同。

匡国政说："常言道：'鹬蚌相争，渔人得利。'齐国是我强邻，始终虎视眈眈。若我国出兵费邑，齐军势必趁机攻打我国，若如此我国危矣。"这时候，谭弋廷接着发言。他绕山转水，模棱两可，但大家听得明明白白，他不同意牛启豪的建议，同意匡国政的意见。

莒郊公听得十分真切，文臣主张和平解决，武将主张出兵攻打。究竟该何去何从，莒郊公难以决断，就问骆铭钟："爱卿意下如何？"

骆铭钟说："孔子乃当今圣人，学富五车，博古通今，常人难以望其项背。其治国之道无法推行，必定心有不甘。此时远游卫国，实属不得已而为之。孔子离开之后，'三桓'必将肆行无忌。以我之见，今后之鲁国，必乱无疑。"

骆铭钟分析了鲁国的情况，对于莒国该如何行动，只字未提。众位臣子翘首以待，期盼国君做出决策。大家等了半天，莒郊公顾左右而言他，言辞始终不着边际。至于是否出兵，竟然避而不谈。会议开了整整一下午，最后无果而散。

这天，莒郊公来到海滨，打算巡视桃花岛。大家刚刚坐上木船，谭弋廷飞马而来。他边跑边喊："吴国使臣到！"莒郊公只得离船上岸，急忙回到国都。这次出使莒国的，是吴国大夫常匀谦。原来，常匀谦是来求亲的。

骆铭钟代表莒郊公，设宴招待常匀谦。次日，陪同吴国客人游览浮来山、大青山。第五天，又到沭河泛舟游玩。双方你敬我让，其乐融融。每到夜晚，骆铭钟都要到馆驿，陪同常匀谦喝茶聊天。骆铭钟了解了不少情况。

原来，为了维系齐、吴两国关系，齐景公把自己的小女儿幼姜嫁给了吴国世子姬终累。幼姜年龄太小，不懂夫妻之情。她和姬终累成亲后，一心想念父母，昼夜痛哭流涕。姬终累再三抚慰，一直没有效果。吴国十分可怜幼姜，就把北门城楼重修改造，改名叫望北门。

姬终累带着幼姜，在上面游玩散心。幼姜凭栏北望，看不到齐国，心里更加悲痛。不久抑郁成疾，凄惨地死去。

幼姜因病死亡，姬终累落得单身一个。伍子胥建议："莒君之女，名叫嬴瑰，美而贤惠，可遣使求亲。"姬阖闾接受建议，派遣常匀谦到莒国求亲。

莒郊公心想："莒、吴两国，一个在北方，一个在南方，远隔千山万水。生活习性不同，文化差异更大。莒国与吴国结亲，实在有些勉强。"现在吴国上门求亲，此事该如何办理？莒郊公举棋不定，征求骆铭钟的意见。骆铭钟说："吴国乃当今强国，是我友好盟邦，若结为姻亲，有百利而无一害。"

莒郊公说："爱卿之言是也。"这门亲事确定下来。

莒郊公的女儿嬴瑰，从小娇生惯养，十分任性。听说要把自己远嫁江南，嬴瑰寻死觅活，说什么也不同意。婚事确定，事关莒、吴两国关系，岂能出尔反尔？莒郊公只得安排专人，反复进行疏导。姊姊见到嬴瑰，粗说细念，反复劝说。从姑苏美景到太湖风光，从江南气候到鱼米之乡，好话说了一大堆，可是一点效果都没有。莒郊公只得请出夫人菱姜，让她以母亲的身份出面劝说女儿。

菱姜是莒郊公的续弦夫人，是嬴瑰的后母。菱姜通情达理，对嬴瑰视如己出，十分疼爱，因此建立了良好的母女关系。菱姜来到嬴瑰房间，从伦理道德到文明礼仪，从两国关系到今后的国母地位，大道理讲了大半天。想不到嬴瑰一如既往，始终不为所动。

婚期越来越近，可是女儿一直不答应。为此，莒郊公急得团团转。这天晚上，莒郊公喝了几杯酒。他借着酒劲，气愤地掀起帘子，一步闯进女儿的房间。嬴瑰一看，素来不善饮酒的父亲，今天喝得醉醺醺的。嬴瑰正在莫名其妙，莒郊公"唰"的一声拔出宝剑，对着嬴瑰说："如不同意嫁往吴国，为父死在你面前！"说完举起宝剑，向自己的脖子砍去。嬴瑰急忙抱住父亲，然后跪在地上放声大哭，说："请父君息怒，孩儿答应便是。"

几个月之后，骆铭钟以莒国大夫身份，带领大队人马，护送嬴瑰到吴国成婚。队伍到了吴国，婚礼如期举行。婚礼过后，伍子胥陪同骆铭钟游览了姑苏城、太湖，等等。夜晚，伍子胥来到馆驿，陪同骆铭钟饮茶长谈。几天下来，骆铭钟了解了许多情况。

原来，姬阖闾率兵攻打越国，被越军砍伤脚趾，不久伤痛而死。姬阖闾的儿子姬夫差随后继位为王。吴国的南邻越国，趁着吴、楚争战的机会，招兵买马，积草屯粮，势力迅猛发展。吴、越两国势不两立，成为死对头。

公元前496年，越国国君允常去世。他的儿子勾践继位，自称越王。自西周建立以来，唯有周天子可以称王。齐桓公是第一诸侯霸主，至死也未能称王。诸侯国僭位称王的，首先是楚国，其次是吴国，第三个是越国。

这年五月，姬阖闾趁越国遇有丧事，挥兵攻打越国。当月十八日，吴、越两军在槜李相遇。这时候，勾践悄悄派出了敢死队。没等吴军回过神来，敢死队已经冲到面前。一员越将挺起长戟，直刺姬阖闾的心脏。姬阖闾急忙举剑抵挡，对方趁机弯腰向下砍去。姬阖闾的一个脚趾，还有一只靴子被同时砍掉。姬阖闾惨叫一声，当场昏倒在地。

幸亏伍子胥及时赶到，救了姬阖闾一命。但终因流血过多，姬阖闾当晚死亡。在伍子胥、伯嚭主持下，姬阖闾的儿子姬夫差继位为王。

姬阖闾命归西天，被安葬在姑苏附近的海涌山。珠宝玉器、铠甲宝剑等等，使用了大量珍贵的陪葬品。为了防止有人泄密，凡是参与开山凿墓的工匠，全部被杀死。三天后有人发现，墓穴上蹲着一只白虎。因此，把海涌山改名为虎丘山。后世的虎丘塔，就坐落在虎丘山上。此是后话，不提。

为了替父报仇，姬夫差安排了十几个人，每天站在院子里轮流值班。姬夫差一旦经过，那些人就指名道姓高喊："夫差！杀父之仇汝已忘否？"姬夫差赶忙回答："夫差不敢！昼夜不忘！"为了打垮越国，姬夫差派遣伍子胥为将，在太湖上日夜操练水军。公元前494年，姬夫差率领大军，气势汹汹杀向越国。吴军长驱直入，把越都会稽城团团围住，越国面临亡国危险。

越国有两个大夫，一个叫文种，一个叫范蠡。两人文武兼备，忠心耿耿，是勾践的左膀右臂。现在国都被围，范蠡进谏："大敌当前，唯有委曲求全，向吴国求和，方能保全越国。"勾践说："情势危急，只得如此。"于是派文种为专使，到吴国求和。

文种来到吴军大营，一步一跪，磕头如捣蒜。他边哭边说："寡君勾践，愿到吴国为奴。"说完，痛哭失声，如丧考妣。姬夫差终于被软化，答应了越国的要求。勾践带着老婆和范蠡来到吴国，见到姬夫差，立即五体投地，自称"东海贱臣"，一副奴颜婢膝的样子。姬夫差受到蒙骗，顿时心软了。他留下勾践，为自己养马、驾车。

勾践在吴国为奴，转眼就是三年。三年来，夫妻二人在范蠡陪伴下，养马、种菜、劈柴、清扫粪便，日子过得十分艰辛。文种暗地派人找到伯嚭，送上美女与珠宝，请他为勾践讲情。伯嚭得了礼物，立即去见姬夫差，反复为勾践说情。姬夫差渐渐失掉了警惕。

这天，姬夫差得了重病。勾践在伯嚭点拨下，立即前往探病。勾践来到马桶前，捏起姬夫差的粪便，放到嘴里一尝，然后说："恭喜大王，您的病情业已缓解。据罪臣估计，不出七日，自当痊愈。"

姬夫差捂着鼻子问："病愈与否，何以知之？"

勾践跪着回答："粪便之味，与时气相关。逆时气者病，顺时气者愈。目下正值春夏之交，大王粪便有酸苦之味，正应春夏之气。罪臣以此判断，大王之病即将痊愈。"姬夫差听了，心里十分感动。不久，姬夫差的病果然好了。姬夫差不顾伍子胥劝阻，坚持把勾践释放回国。释放当天，姬夫差率领群臣，亲自送到姑苏城蛇门之外。勾践临别，向姬夫差磕了三个响头，说："上天苍苍，大恩难忘。大王不杀之恩，重于泰山。罪臣勾践，终生不忘大王。"

勾践回到会稽，没有住进宫殿，却住进一间茅屋。屋里没有床铺，只放着一堆干草。到了夜晚，勾践睡到干草上。茅屋的墙上挂着几个猪苦胆，无论睡觉前还是起床后，勾践都要舔上几口。他时刻提醒自己："为奴之耻，朝夕不忘。有朝一日，报仇雪恨！"

从此往后，越国开始了"十年生聚"。勾践夫妇粗茶淡饭，不食鱼肉，穿粗布衣裳，与贫苦人民一样。越国上下节衣缩食，勤于农事，千方百计积聚财力。暗中招兵买马，苦练精兵。给吴国送去大量珍贵木材，派去能工巧匠，帮助吴国大兴土木。勾践的目的是让吴国耗尽财力物力。越国还培训美女乐队，送到吴国，让姬夫差沉迷在笙歌燕舞之中。

这天，范蠡到达吴国，送去两个绝色美女。其中最漂亮的一个，名字叫西施。姬夫差一看，西施的确非同一般。只见她蛾眉一蹙，仪态万端；凤眼一鬐，如秋波流动；粉黛轻施，貌美无比。再看看她的身材，袅娜轻盈，若玉树临风；举动行止，像天女下凡。姬夫差对西施看了又看，不禁赞叹："此女之美，天下无双！"说着说着，口水差点流下来。

伍子胥见状，立即趋步向前，说："夏亡于妹喜，殷亡于妲己，周亡于褒姒。夫美女者，亡国之物也。史鉴历历，大王不可不察！"姬夫差早已神魂颠倒，立即把西施搂到怀里。两人食同桌，寝同床，出双入对，形影不离。

且说骆铭钟奉莒郊公之命，前往吴国送亲。吴国对待女方来宾，礼仪周全，热情周到。婚事完成后，伍子胥一再热情挽留。盛情难却，骆铭钟在吴国逗留十几天，在伍子胥陪同下，观赏了江南大好风光。这天又来到校场，观看了吴军的车马操练。在这一系列过程中，骆铭钟了解了许多吴、越两国内幕。

原来，越国在暗中发展，吴国却在耗费国力。

骆铭钟回国后，立即报告莒郊公。莒郊公听了，为吴国捏着一把汗。这天，莒郊公正在蒲侯巡视，突然探马来报："吴国攻打齐国！"这简直是晴天霹雳。吴国地处江南，齐国远在北方，两国相距千里之遥。吴国为何突然攻打齐国？莒郊公闻报，顿时目瞪口呆。根据骆铭钟的建议，莒郊公派出多路探马，侦察了解情况。原来，这些年齐国逐渐强大，就向晋国发起挑战，争当诸侯霸主。

公元前501年，晋国元帅范献子突然死去。趁着晋国政局不稳，齐景公亲率大军，包围了晋国的夷仪。此时的晋国，六卿争权夺利，互不相让，严重分散了国力。所谓六卿,是赵氏、韩氏、魏氏、智氏、范氏、中行氏。

公元前490年,在位五十八年的齐景公因病去世。他的儿子姜荼被扶上君位,几个月后又被赶下台。在大夫田乞操纵下,齐景公的儿子姜阳生继位,是为齐悼公。齐景公时期,齐国再度崛起,引起了吴国的高度关注。齐景公已经去世,吴国决心趁此机会,出兵攻打齐国。

这天上午,莒郊公正在品茶,突然内侍报告:"吴军攻入鲁国!"原来,齐国受到吴国进攻,急忙闭关自守。趁此机会,吴王姬夫差突然来到鲁国。他颐指气使,指名道姓,要与鲁哀公会盟。其理由是,商议讨伐邾国。鲁国没有得到吴国许可,趁机攻入邾国,俘虏了邾隐公。吴国立即出动大军,讨伐鲁国。吴军一路攻击,接连攻下武城、东阳、五梧等地。

吴军突然攻打鲁国,消息很快传到莒国。骆铭钟进谏:"吴军吓阻齐军,打败鲁军,正是我国用兵之时。应趁机出兵,夺回郓、鄑两邑。"莒郊公听了,犹豫不决。这天,突然探马来报:"吴国进攻齐国!"

正是:列国征伐无宁日,兵戈连连何时休。

第九十四回　姬夫差中原争霸　莒郊公黄池会盟

且说吴军进入山东，首先打败鲁国，接着进攻齐国。莒郊公大吃一惊。

原来，吴国为了北上争霸，急忙开通运兵水道。公元前486年，吴国在邗江边筑起城池，开挖了中国第一条运河邗沟。邗沟的开挖，把长江与淮河贯通起来，成为吴国的运兵通道。吴王姬夫差挥兵北进，很快攻入山东。鲁国被打败，转而加入吴国的北伐大军。吴军气势汹汹，准备一举打垮齐国。

阳春二月，温风拂煦，绿草葳蕤，北国大地一派生机。

姬夫差率领多国联军，很快攻入齐国南部，同时派遣副将徐承率领水军进攻齐国。吴国水军沿着海岸线北上，在胶东半岛登陆，直插齐国后方。这是有史以来首次海陆协同作战。姬夫差信心满满，说："我大军水陆并进，东西夹击，打垮齐国，在此一举！"

三月初六上午，莒郊公正在巡视兵马操练，突然有人高喊："吴国使臣到！"话音未落，来使翻身下马，把信札呈上。莒郊公展开一看，吴国要求莒国出兵，共同讨伐齐国。莒郊公拿不定主意，只得开会讨论。骆铭钟说："齐国侵我边境，占我土地，此仇至今未报。目下吴军北上，联络攻打齐国，此等机会千载难逢。我国应立即出兵，讨伐齐国。"其余臣子异口同声，同意骆铭钟的意见。莒郊公决定亲自出征，出动战车二百辆，士兵一万人。牛启豪带领人马先行一步，莒郊公带领人马随后跟进。

莒郊公带领人马一路向北行进。正行之间，突然探马来报："齐君被弑身亡！"莒郊公听了十分惊愕，急忙派人打探情况。原来，齐国内部矛盾重重，大夫田乞趁机暗杀齐悼公，找来齐悼公的儿子姜壬，把他扶上君位，是为齐简公。

牛启豪说："齐君被弑身亡，新君刚刚继位，齐军必败无疑。"话音未落，突然探马来报："齐军击败吴军，吴军业已撤退！"事情发生得如此突然，完全出乎意料,惊得莒郊公目瞪口呆。过了一大会儿,莒郊公定了定神说:"这待如何是好?这待如何是好?"牛启豪急忙安慰:"事情尚不明朗,请国君少安毋躁。"

原来,齐国遇有丧事,却受到吴国攻打。对此,齐国军民无限愤慨。这天全军戴孝,趁夜袭击了吴军大营。吴军毫无戒备,顿时被冲得七零八落。齐军趁势追击,把吴军赶出国境。

吴国的水军沿海路北上,在胶东半岛登陆。由于水土不服,将士们大多患上痢疾,加上远途奔袭,人马疲惫不堪。登陆后一路西进,多次受到齐国袭扰,尚未抵达临淄,已经溃不成军,只得沿海路仓皇撤退。

牛启豪对莒郊公说:"骄兵必败,哀兵必胜,赶紧撤军!"

莒军刚刚走到半路,突然探马来报:"齐军攻打我国!"原来吴国撤军后,齐国立即出兵,对莒国进行报复。牛启豪进谏:"军情紧急,应立即回国。"莒郊公说:"只好如此。"然后带领人马,紧急撤回莒国。

莒郊公刚刚回到国都,骆铭钟、谭弋廷、匡国政、山林密紧急求见。原来,齐军突然出兵,占领了莒国大片土地。莒郊公闻讯大惊,顿时冒出一身冷汗。齐军过于强大,莒国无力夺回失地,莒郊公只得忍气吞声。

转眼之间,到了公元前484年。这年夏季,姬夫差挥兵北上,再度讨伐齐国。越王勾践说:"吴国穷兵黩武,消耗国力,无异自取灭亡。"大夫文种说:"既如此,何不再添一把柴?"勾践接受建议,亲自带领文种、范蠡来到姑苏,大张旗鼓,预祝吴国"马到成功"。吴国高层官员每人得到一份贺礼,个个心满意足。

伍子胥急忙进谏:"勾践包藏祸心,请大王明察!"

姬夫差一听,心里很不高兴。为了耳根清净,姬夫差以下战书为名,支派伍子胥出使齐国。伍子胥长叹一声,带上儿子伍丰赶往临淄。伍子胥办完公事,把儿子伍丰留在齐国。随后带领随从,怅然回到吴国。

吴国为了组织联军,再次派人赶到莒国。莒郊公接到檄文,心里十分犯愁。去年率兵参战,半途折回,反而惹恼了齐国,因此丢失了大片土地。吴国再次要求莒国参战,莒郊公心里很不情愿。转念一想:"吴国十分强势,莒国得罪不起。"究竟该何去何从?莒郊公始终拿不定主意。牛启豪气愤地说:"上年出兵,半道而回,劳师费时,毫无战果。今日若再出兵,又如上年一样!"

莒郊公犹豫一阵,询问骆铭钟、谭弋廷、匡国政等人。那些人和牛启豪一样，都不同意出兵。尽管吴国一再催促，莒军一直按兵不动。

这天探马来报："吴国攻打齐国，艾陵一战，吴军大获全胜，缴获战车八百乘，俘虏齐军三千余人。"莒郊公长叹一声，说："悔之晚矣！"以骆铭钟为首的文官，埋怨牛启豪不肯出兵；牛启豪为首的武将们，埋怨文臣们没起到参谋作用。众位臣子互相埋怨，莒郊公唉声叹气，无可奈何。

走出会议大厅，谭弋廷说："吴军攻入山东，莒国陷入战火之中。我军左支右绌，何时是个尽头！"匡国政说："国事如此艰难，国君举棋不定，臣子有何办法？"骆铭钟说："天下动荡，正值多事之秋，国势如此，实在令人揪心！"

且说艾陵一战，吴国大获全胜。越王勾践闻讯，带上大量礼物前往姑苏，虚心假意进行祝贺。伍子胥识破了勾践的阴谋，情绪激动地说："越国送礼，实乃豢吴也！"

姬夫差正在热情接待勾践，却遭到伍子胥激烈反对，不禁怒火中烧。伯嚭趁机进谗："伍子胥奉命出使，竟把儿子送往齐国。如此行径，实乃里通外国。"姬夫差一听顿起杀心，他拿出一柄属镂剑，派人送给伍子胥。

伍子胥明白，国王送剑就是让臣子自裁。伍子胥接剑在手，仰天长叹，说："伍子胥舍身为国，反遭杀戮。我今日死去，数年后越兵将至。吴国必亡，天之道也。我死之后，可挖出我之双目，悬于城东门，以观越兵入吴也！"说罢，拔剑自刎而死。

消息传到莒国，众人无不震惊。莒郊公急忙召集会议，研究当前局势。牛启豪主张趁齐国被吴国击败，出兵穆陵关，夺回既失土地。对此，山林密、匡国政、谭弋廷等人，模棱两可，不置可否。莒郊公拿不定主意，于是问骆铭钟："爱卿之意如何？"骆铭钟说："纵观当下，局势尚不明朗。以我之见，暂且按兵不动，静观其变。"莒郊公十分信任骆铭钟，历来都是言听计从，事情就这样确定下来。

这天，莒郊公正在翻阅竹简，忽然奶妈报告："祝贺国君，喜得贵子！"原来，莒郊公已经生了四个儿子，现在是第五个。长子名叫嬴历苇，二儿子叫嬴历荻，三儿子叫嬴历茸，四儿子叫嬴历蒙。刚出生的小儿子，取名嬴历荞。

一年前，莒郊公又娶了十七岁的郯鹈。郯鹈年轻漂亮，善解人意，莒郊公十分喜爱。自从娶了郯鹈，其余妻妾全部被冷落。莒郊公与郯鹈朝夕相处，形影不离。原配夫人及其他嫔妃，羡慕而又嫉妒。几个人聚在一起，整天擦眼抹泪。

莒郊公年过半百，再得贵子，于是大摆宴席，隆重庆祝。

众人正在觥筹交错，突然内侍来报："吴国使臣到！"原来，吴国传檄卫、鲁、莒、宋、邾、曹、滕、郯等国，组成联盟，与晋国一决雌雄。晋国作为北方霸主，与莒国并无矛盾。吴国要求莒国加盟，意图对抗晋国。到底该何去何从？莒郊公拿不定主意，就问骆铭钟："爱卿有何主张？"骆铭钟说："吴国会盟，我国自当参与，不可迟缓。"莒郊公于是派人与吴国签署了盟约。

这天，莒郊公正在渠丘巡视，突然一骑飞奔而来。原来，吴王姬夫差向晋定公发出邀请，举行诸侯会盟。双方确定将黄池作为会盟地点。吴国为了壮大声势，传檄鲁、莒、卫、宋、邾等国，出兵参与会盟。

莒郊公接到檄文，以牛启豪为先锋，带领人马赶到黄池。

莒郊公一看，吴王姬夫差、晋定公、鲁哀公、宋景公、卫出公、许元公、邾桓公等国君同时出席。周敬王也派卿士单平公参加。看上去规模宏大，盛况空前。盟会刚开始，吴、晋两国就发生了争执。

吴国人认为："吴国先祖太伯，本为先祖周太王之长子。因此，吴国应为盟主。"晋国人认为："自晋文公始，晋国始终是中原霸主。此次会盟，盟主非晋国莫属。"双方各执一词，互不相让。

这时候，晋定公递了个眼色，意思是让莒郊公出面，为晋国说话。与此同时，姬夫差也递来了眼色，用意是相同的。莒郊公见状，一时手足无措。看看众位诸侯，一个个呆若木鸡，无所适从。

莒郊公突然发现，晋定公与元帅赵鞅耳语一阵。赵鞅对姬夫差说："贵国本是一诸侯，竟然僭号称王，如此目无天子，诸侯焉能心悦诚服？贵国若去掉王号，众诸侯方可遵从号令。"大庭广众之下，晋国理由十分充足。姬夫差无可辩驳，只好改称吴公。随后，双方草草举行了会盟。

这天夜晚，繁星满天，苍穹如洗。莒郊公正在馆驿品茶。牛启豪突然闯进大帐，气喘吁吁地说："大事不好！"莒郊公忙问缘由。牛启豪说："吴国仓皇撤军，必有大事发生！"莒郊公一听，手里的茶杯"啪"的一声掉到地上。

原来，越国经过十年生聚，已经兵强马壮。姬夫差到黄池参与会盟，吴军精锐尽出，仅留下少数老兵守卫姑苏。越国趁此机会，出动大军四万八千人，直逼姑苏城下。吴军很快被打败，国都被围，世子阵亡，吴国危在旦夕。

王子姬地派遣七名武士，趁夜突围而出。七勇士星夜赶到黄池，向姬夫差报告警讯。姬夫差闻讯，不禁大吃一惊。为了防止泄密，姬夫差一声令下，把七名武士全部杀掉。黄池会盟草草结束，姬夫差连夜带兵回国。一路上人心惶惶，士兵成群结队逃跑。吴军渡过长江后，数万大军仅剩下了几千人。姬夫差回到姑苏一看，城墙被毁，财物被洗劫一空。姬夫差只得委曲求全，与越国订立城下之盟。

吴国经此一战，土地大大减少。越国势力远远超过了吴国。

吴国被越国打败，事情来得十分突然，震撼了山东诸国。这天，鲁哀公约着邾桓公，一起到莒国访问。他俩打算与莒郊公协商，如何应对当前局面。骆铭钟在前引导，三位国君拾级而上，信步登上浮来山。此时的千年银杏树，枝叶繁茂，树荫浓密，如同一个巨大的伞盖。在微风吹拂下，树下十分凉爽。三位国君坐在银杏树下，一边乘凉，一边品茶，一边会商。

莒郊公性情和顺，遇事缺少主见。鲁哀公优柔寡断，受到权臣季桓子的挟制，实际是傀儡一个。邾桓公温文尔雅，缺少君王气魄。原来，三位国君属于同一类型。骆铭钟站在旁边，一边殷勤服务，一边认真观察。三位国君礼仪周全，互相之间十分客套。谈到吴国突然被越国打败，莒、鲁、邾三国究竟该何去何从，三人面面相觑，谁也拿不出主意。直到太阳晒到了头顶，也没拿出解决方案。本来是三国会盟，却变成了三人品茶会，最后无果而散。骆铭钟十分着急，但是毫无办法。

且说莒郊公的大儿子嬴历苇，生母是莒郊公的原配夫人，名叫蓉姜。二儿子嬴历荻，生母叫菱姜。菱姜是跟随姐姐蓉姜媵嫁过来的，她俩是齐景公的女儿。三儿子嬴历茸，生母叫滕瑗。四儿子嬴历蒙，生母叫滕琳。滕琳是跟随姐姐滕瑗媵嫁过来的。滕瑗与滕琳是滕顷公的女儿。五儿子嬴历莽，生母是郯鹓，她是郯国的公主。

嬴历苇与嬴历荻两人同年同月同日生。比嬴历茸、嬴历蒙大一岁。兄弟四人岁数接近，一起长大。嬴历苇、嬴历荻结成一帮，嬴历茸、嬴历蒙结成一伙，互相打闹，谁也不让谁。幼年时期争玩具，少年时期争车马，青年时期开始争夺世子之位。

嬴历苇、嬴历荻哥俩比嬴历莽大十八岁，嬴历茸与嬴历蒙哥俩比嬴历莽大十七岁。兄弟五人年龄悬殊，差不多就像两代人。嬴历莽岁数太小，又是小妾所生，四个哥哥都不把他看在眼里。

蓉姜是正室夫人，她的儿子是嫡长子，将来必定继位为君。蓉姜因此居高临下，颐指气使。菱姜依仗着姐姐，以老二自居，显得十分强势。滕瑗、滕琳受到莒郊公的喜爱，又各自生了儿子，因此与蓉姜姐妹争风吃醋。郏鹇年轻漂亮，受到莒郊公的专宠，因此不甘下风，经常在那四人面前耍性子。

母亲们钩心斗角，儿子们受到影响。兄弟们互不相让，矛盾重重。大臣们有的倾向嬴历苇，有的倾向嬴历荻，有的倾向嬴历茸或嬴历蒙。有的暗中给郏鹇出谋划策，让她请求莒郊公把抱在怀里的嬴历莽立为世子。世子之位争夺战愈演愈烈，莒郊公对此十分头疼。

为了国家长治久安，骆铭钟几次进谏："应尽早确立世子，以安众人之心。"谭弋廷、匡国政、牛启豪、山林密等人先后出面，提出同样建议。莒郊公思来想去，始终拿不定主意。世子之位，一直悬而未决。莒郊公已经鬓发斑白，身体状况大不如前。臣子们看在眼里，急在心里，但是毫无办法。

这天夜晚，谭弋廷、匡国政与山林密三人一起来到骆铭钟家里。四人一边喝茶聊天，扯起了立世子一事。匡国政说："公子嬴历苇，乃国君长子，依照嫡长子继承制，应当立为世子。"山林密表态同意。谭弋廷说："嬴历苇性情平和，难以驾驭众兄弟。二公子嬴历荻处事果断，敢作敢为，应当立为世子。"三人说出了各自的想法，然后征求骆铭钟的意见。

骆铭钟说："常言道：'清官难断家务事。'确立世子之事，当由国君自行决断。我等臣子，难以多言。"山林密说："国君对你言听计从，我等皆可不闻不问，唯有你责无旁贷。"山林密说完，谭弋廷、匡国政随声附和。

骆铭钟说："以我之见，请一位学富五车、德高望重之人，前来辅导五位公子，使其知书达理，顾全大局，相忍为国。世子确立一事，自当迎刃而解。"那三人一听，说："此法甚妙！"

山林密接着问："此等师傅，该到何处聘请？"

骆铭钟说："孔圣人门下人才济济。其弟子曾参学富五车，极富人望，又有东游心愿，可请来莒国任职。"谭弋廷补充说："应首先拜见孔子，求其准许。"那三个人一听，立即表态同意。次日，四人一起向莒郊公进谏。莒郊公一看，臣子们意见完全一致，于是派骆铭钟为专使，前往鲁国聘请曾参。

正是：车到山前必有路，圣人门下聘贤才。

第九十五回 失信任孔子远游 尊师嘱曾参仕莒

且说为了聘请曾参，骆铭钟奉命来到鲁国。骆铭钟一行到达曲阜后，第一项就是拜会孔子。万万没想到，孔子已经老态龙钟，与以前判若两人。骆铭钟屈指一算，自从在圣公山下见到孔子，到现在已经二十多年。转瞬之间，孔子由壮年变为老年。"光阴无情催人老。"骆铭钟想到这里，不禁感慨万千。

原来，齐国使用美人计，鲁定公、季桓子受到迷惑，不再信任孔子。徒弟子路向孔子建议："夫子可以行矣。"公元前496年，孔子带领众位弟子踏上了周游列国之路。孔子一行首先来到卫国。卫灵公打算重用孔子，却遭到大臣们的激烈反对。孔子只得离开卫国，前往陈国。经过匡地，竟然被扣留了五天。孔子只得离开匡地，又回到卫国。

卫灵公的夫人名叫南子，是宋国的公主，因美貌深得卫灵公宠爱。这夫妇二人私德不修，弄得卫国后宫十分混乱。太子蒯聩对此很生气。南子明白，若有一天失去了卫灵公的庇护，太子一定会找自己麻烦，她需要寻找支持者。她看重孔子这位"精神领袖"，想拉拢他，于是派人对孔子说："夫人愿意会见您。"孔子起初是推辞的，想到自己寄居卫国，出于礼节，最后不得不前去见南子。孔子进门后，面朝北叩头行礼。南子在帷帐中拜了两拜，她的环佩玉器首饰发出叮当之声。

孔子回到自己的住所，见到徒弟们，说明自己本来不想见南子；既然见了，就要按周礼行事。徒弟子路听了显得很不高兴，他害怕老师轻易被南子拉拢了去。孔子见此光景，发誓说："予所不者，天厌之！天厌之！"

——假如我做了错事，上天一定厌弃我！上天一定厌弃我！

这天，卫灵公、南子同乘一车。两人搂抱亲昵，招摇过市。孔子乘坐第二辆车，跟随在后面。孔子看看两人如此行径，气愤地说："吾未见好德如好色者也！"对卫灵公心生反感，次日，便带领弟子离开卫国，匆匆赶往曹国。

孔子在曹国难以立足，只得赶到宋国。到了都城睢阳，孔子坐在一棵大树下，天天给弟子们讲习周礼。宋国司马桓魋想杀掉孔子，派人砍了那棵大树。弟子颜回说："来者不善，此地不可久留。"孔子无奈，只得赶往郑国。

到了新郑城外，师徒不慎走散。孔子孤独地站在东门外，徒弟们只得四处寻找。这时候，徒弟子贡遇到一个郑国人。那人说："城东门有一人，额头似尧，项如皋陶，肩像子产，累累若丧家之犬。"子贡急忙跑到东门外，果然找到了孔子。子贡不敢怠慢，就把郑国人的话如实告诉老师。

孔子说："形状，末也。而谓似丧家之犬，然哉！然哉！"

——他形容我的相貌，这无关紧要。说我像一只丧家犬，真是如此啊！真是如此啊！

在此情况下，孔子又去了陈国。在陈国住了三年，正赶上晋、楚两国争霸。陈国夹在南北两国之间，多次受到攻伐。孔子说："归与，归与！"

——回去吧，回去吧！

孔子离开陈国，又回到卫国。这时候，卫灵公已经年老。他懒于理政，没有任用孔子。孔子叹息说："苟有用我者，期月而已可也，三年有成。"于是离开卫国。

孔子得不到卫国信任，打算西行去找赵简子。他来到黄河边，面对滔滔黄河，不禁感叹："美哉水，洋洋乎！丘之不济此，命也夫！"

——美啊黄河水，浩浩荡荡啊！我不能渡过它，是命中注定啊！

孔子没办法渡过黄河，只得再次回到卫国。一天，卫灵公请教军事，孔子说："俎豆之事则尝闻之矣，军旅之事未之学也。"卫灵公一听孔子不懂军事，就从心里看不起他。孔子明白了，自己不再受到重视，只得再次前往陈国。这一年，孔子已经六十岁。

这年秋天，鲁国的季桓子病重，嘱咐儿子季康子："当政之后，务必召回孔子。"可是季康子当权后，却重用了孔子的徒弟冉求，孔子仍然被晾在一边。冉求上任后的第二年，孔子从陈国移居蔡国。

到达蔡国第二年，孔子前往楚国的叶县。有一天，叶公向子路了解孔子的为人，子路却没有回答。孔子听说此事，对子路说："尔何不对曰：其为人也，学道不倦，诲人不厌，发愤忘食，乐以忘忧，不知老之将至。"

孔子离开叶县，又返回蔡国。有一天，子路走在路上，遇到一位肩扛藤条的老人，问："子见夫子乎？"老人气愤地回答："四体不勤，五谷不分，孰为夫子!"说完拿起工具,继续干活。子路一听十分生气,就把这事告诉孔子。孔子听了并不反感,还慢悠悠地说:"隐者也。"

孔子迁到蔡国的第三年,吴国讨伐陈国,楚国出兵救援陈国,楚军驻扎在城父。楚国听说孔子在陈、蔡两国之间,就派人聘请孔子。孔子十分高兴,打算前往应聘。想不到,陈、蔡两国大夫派出一群劳改犯,把孔子围困在野外。因为少粮缺水,弟子们一个个饥饿难耐,无精打采。孔子一如既往,继续讲学。子路很生气地问:"君子亦有穷乎?"

——君子也会有穷途末路的时候吗?

孔子回答说:"君子固穷,小人穷斯滥矣。"

——君子穷途末路时还是坚持做人原则,小人穷途末路就胡作非为了。

孔子明白弟子们有怨言,于是循循善诱。这天,子贡对孔子说:"夫子的学说异常博大,所以天下没有哪个国家能容纳夫子,夫子何不降低一点要求呢?"

孔子说:"良农能稼而不能为穑,良工能巧而不能为顺。君子能修其道,纲而纪之,统而理之,而不能为容。今尔不修尔道而求为容,而志不远矣!"

这天,孔子派子贡到楚国联系。楚昭王闻讯,立即派人迎接孔子,孔子得以脱身。楚昭王本来打算把方圆七百里之地封给孔子,想不到令尹子西等大臣一致表示反对。楚昭王一看众意难违,便改变了主意。

孔子在楚国得不到重用,不得不返回卫国。这时候,他的许多弟子已经当了官。子路问孔子:假如卫国让您当官,您将把什么事放到首位?孔子回答说:"必也正名乎!"子路说:"您也太迂腐了,为什么要先辨正名分呢?"

孔子说:"名不正则言不顺,言不顺则事不成,事不成则礼乐不兴,礼乐不兴则刑罚不中,刑罚不中则民无所措手足。"

又过了几年,鲁国的季康子派人带上重礼,到卫国迎接孔子,孔子回到阔别多年的鲁国。屈指算来,孔子周游列国共计十四年。先后去过卫、陈、曹、宋、郑、蔡、楚等国。其间,多次去过卫、陈、蔡三国。

孔子回到鲁国,被奉为国老,但是鲁国最终未能起用孔子。孔子已经心灰意冷,不再追求官职。他集中全部精力,整理《诗》《书》《礼》《易》《乐》《春秋》,也就是六经。

孔子刀笔不辍,着力点之一是笔削《春秋》。《春秋》本来是鲁国的国史。孔子夜以继日,对《春秋》进行了增减删改。同时,把自己的理念贯穿其中。

第九十五回

西汉司马迁如此评价："《春秋》之义行，则天下乱臣贼子惧焉。"

这年春季，鲁哀公带人在野外狩猎。突然发现一头怪物，外形似鹿非鹿，头上有角，全身有麟甲。军士们一顿乱箭齐射，那头怪物顿时被射死。众人不认识怪物，就把孔子请来辨认。孔子一看，泪水夺眶而出，说："此乃麟也。"随即把它带回家中。孔子看着死去的麒麟，不禁浮想联翩。

当年，孔子的母亲到尼丘山祈祷，遇见了麒麟，不久生下了孔子。孔子见到麒麟已死，认为是不祥之兆，心里难过极了。他十分痛苦地说："吾道穷矣！"接着又说："吾道不行矣，吾何以自见于后世哉？"说完，泪水夺眶而出。从此停刀罢笔，不再写作。

且说骆铭钟来到鲁国，首先拜见了孔子，说明来意。孔子一听，莒国是来聘请弟子曾参。他心里十分乐意，就让人把曾参找来。曾参进门首先施礼，然后恭恭敬敬地站在一旁。孔子告诉曾参，莒国聘请他前去为官。曾参说："我愿追随先生，终生做弟子。"孔子说："子夏有言：'仕而优则学，学而优则仕。'此言甚当，你当谨记在心。"

夫子态度如此明确，要自己出仕为官，曾参急忙请教为官之道。孔子说："管子云：'礼义廉耻，国之四维，四维不张，国乃灭亡。'当今天下，礼乐崩坏，列国纷争，令人痛心疾首。你此去莒国，第一要务乃是讲礼传道，教化民众。"说完，闭上眼睛不再说话。过了一会儿，他向曾参摆摆手说："去吧去吧！"四月二十二日，曾参拜别了孔子，很快到达莒国。

莒郊公听说曾参到来，立即亲自接见。见面一看，二十六岁的曾参，高高的个子，面如扑粉，唇若涂朱，眉清目秀，确是一表人才。尤其是他的举动行止，礼仪周详，落落大方。莒郊公十分高兴，聘任曾参为大夫。

次日上午，曾参在骆铭钟陪同下，到莒城各处视察。二人来到城西门，往北走了接近半里地，面前呈现一片树林。抬头望去，绿茵遍地，郁郁葱葱。树林西靠城墙，南、北、东三面环水，只有一条小路连通外面。曾参对骆铭钟说："此处茂林修竹，鸟语花香，四境幽静，宜建学堂。"骆铭钟说："此议甚当，待禀报国君，即行实施。"两人你应我和，兴致勃勃。

曾参、骆铭钟见到莒郊公，把建学堂的设想如实汇报。莒郊公一看，二位臣子都主张修建学堂，于是欣然同意。骆铭钟、谭弋廷一商量，立即派人规划设计；然后找来工匠，抓紧组织施工。不久，学堂建设全部完工。曾参、骆铭钟、谭弋廷三人陪同莒郊公到学堂巡视。莒郊公一看，学堂青砖青瓦，庄重气派，小桥流水，长廊回环，典雅而又壮观，心里十分高兴。

工程已经竣工，曾参提出建议："学堂宜尽早开学。"骆铭钟说："学堂宜用先生之名，可叫'曾子学堂'。"莒郊公一听欣然同意。首批学生是莒郊公的四个儿子，就是嬴历苇、嬴历荻、嬴历茸、嬴历蒙。老五嬴历莽年龄太小，暂时不在其列。骆铭钟、谭弋廷、匡国政、牛启豪、山林密等臣子的儿子，都来学堂陪读。

万万想不到，曾子学堂刚刚开学，莒郊公猝然去世。

最近几年，莒郊公的身体越来越差。他的健康每况愈下，于是开始考虑后事。诸多事物中，最主要的是立世子。但是老大、老二、老三、老四，几个儿子互不相让。在莒郊公面前，妻妾们大吹枕边风，都为自己的儿子说好话。到底立谁为世子，莒郊公始终犹豫不决。为了争夺世子之位，嬴历苇、嬴历荻抱成一团，嬴历茸、嬴历蒙结成一伙。

争斗愈演愈烈，到了水火不容的地步。

莒郊公没办法，只得采纳骆铭钟的建议，让四个儿子分赴各地，各自驻守一个城邑。嬴历苇去纪鄣，嬴历荻去渠丘，嬴历茸去鄢陵，嬴历蒙去且于，仅把襁褓中的嬴历莽留在身边。兄弟四人分赴各地后，各怀鬼胎，时不时地回到都城。曾子学堂开办后，为了让兄弟四人接受教育，就把他们全部召来。兄弟四人求之不得，心里十分高兴。

现在莒郊公去世，继位问题摆上桌面，成为焦点中的焦点。蓉姜找到骆铭钟，要求他出面说话，让嬴历苇继任国君；菱姜找到谭弋廷，要求他支持嬴历荻；滕瑷找到匡国政，要求他支持嬴历茸；滕琳找到山林密，要求他支持嬴历蒙。四位母亲心情都很迫切，这时候，郯鹓抱着嬴历莽来到莒郊公灵前，她一边哭一边喊："国君临终留下遗嘱，让历莽继位为君！"郯鹓说完拿出一块黄绢，向着众人高喊："遗嘱在此！"

骆铭钟接过黄绢一看，上面果然是一行字："幼子历莽，继任君位，此嘱。"恰在这时候，趴在母亲怀里的嬴历莽受到惊吓，"哇"的一声哭了。随着哭声，裤裆里的尿顺着裤腿流下来，淌了母亲郯鹓一身。

面对这种情况，大臣们面面相觑，不知如何是好。这时候，骆铭钟向着曾参、谭弋廷、匡国政、山林密、牛启豪递个眼色。五人会意，立即来到隔壁房间。骆铭钟说："民不可一日无主，国不可一时无君。目下先君既薨，应赶紧确立新君，而后方可发丧。诸位公子中，何人可继位为君？请诸位言无不尽。"

谭弋廷说:"二公子嬴历荻,机智聪敏,可立为君!"

匡国政说:"三公子嬴历茸,谦逊礼让,可立为君!"

山林密说:"四公子嬴历蒙,敦厚虔诚,可立为君!"

骆铭钟心想:"以上三人,均是受人之托,各打各的算盘。"于是问曾参:"曾大夫学富五车,博古通今,对此有何高见?"曾参来到莒国时间不长,对很多情况不太了解,因此不想多言。现在骆铭钟征求自己的意见,已经无法推辞回避,于是实话实说:"按礼,唯有嫡长子方可继位为君。"

骆铭钟一听,曾参说出了自己的心里话。这时候,牛启豪大着嗓门说:"国君留下遗嘱,让五公子继位,此事不可更改!"牛启豪话音未落,骆铭钟说:"国君已薨,死无对证。所谓遗嘱,真假难辨。曾大夫乃圣人门下高徒,一字千钧,一言中的。嫡长子继位,合于礼制。大公子继位为君,系人心所向!"其余几个人互相对视一下,心里虽然不满意,但是找不出反对理由,此事也就确定下来。就这样,嬴历茸继位为君,是为莒郪公。

事过之后,曾参反复寻思:骆铭钟早有主张立嬴历茸为国君,却借他人之口说出,轻而易举推翻了其余大臣的意见,就连莒郊公的遗嘱也被轻轻否定,既尊重了他人,又撇清了自己,显得天衣无缝,让那些持不同政见者有口难言。怪不得孔子满腹学问,却四处碰壁,始终得不到重用。原来,书中学问与社会现实存在天壤之别。学子即使学富五车,在复杂的事物面前,也比不上一个久历官场的老滑头。曾参想到这里,决心远离政坛旋涡,不再参与政事,专心开办学堂,像孔子那样,广收门徒,教书育人。

曾参以自己的著作《大学》《孝经》以及"六经"为教材,认真教授学生,他把孔子的教育理念贯穿在教学实践中。

经过一段时间的努力,学子们无论诗文知识,还是礼义道德,各方面都有了长足进步。曾子学堂声名远播。人们只要提起曾子学堂,无不交口称赞。前来求学的人络绎不绝。

这天上午,曾参正在学堂授课。骆铭钟在前引导,一年轻人风尘仆仆,与父亲一起来到学堂。原来,这人名叫柱厉叔,他的父亲是位教书先生。骆铭钟与这位教书先生是老相识。这一年,柱厉叔已经二十六岁。曾参看看他的相貌,白净面皮,五官端正。两人交谈一会儿,柱厉叔思辨缜密,对答如流,一看就是正派人物。二十六岁的人前来求学,年龄的确已经不小。曾参转念一想，孔子主张"有教无类"，二十六岁的人照样可以接受教育。想到这里，他十分痛快地接受了这个学生。

三天之后，谭弋廷带来了一位商贾，商贾领来了一个翩翩少年。这位商贾是卫国人，名叫叔邑铜，常年在齐国经营海盐生意。他的儿子叫叔文，十六岁。为了让孩子接受良好教育，叔邑铜跨越齐、莒边境，把叔文送到曾子学堂。曾参一看，叔文机灵聪明，嘴巴甜甜，十分高兴地接纳了他。始料未及的是，柱厉叔、叔文一大一小，性情各异，后来都成为莒国的名人。

这天中午，曾参外出归来，刚刚走进学堂，突然警讯传来："先生病危！"原来，孔子已经病入膏肓，他在弥留之际，很希望见曾参一面。

曾参闻讯，立即赶往鲁国。孔子见到曾参，就把子思托付给他，希望他认真培养自己的孙子子思。子思的父亲是孔鲤，但已病逝。孔子对这个孙子异常重视，因此亲自出面相托。曾参跪在孔子面前，流着眼泪说："曾参不才，必定不遗余力，不负重托，请夫子放心。"

次日上午，孔子拄着拐杖，站在门口叹息："泰山坏乎！梁柱摧乎！哲人萎乎！"流了一会儿眼泪，又说："天下无道久矣，无人能尊崇我！"几天之后，孔子离开人世，享年七十三岁。这一年是公元前479年。

曾参非常悲痛，为了表达自己的敬仰之情，他决定留在曲阜。他在孔子墓地搭建了一间茅屋，天天住在那里，日夜为孔子守墓。

宋代文人郭印赋诗一首，赞颂曾参：

振羽曾参上国鸿，偶飞不到广寒宫。

诗书教子心尤切，孝友承家德自丰。

一命未酬耽学志，半途何负摄生功。

新阡郁郁今埋骨，想见哀吟万国风。

陈淳也赋诗一首，悼念曾参与颜渊：

洙泗三千众，何人得正传？

省身有曾子，克己独颜渊。

正是：尊师重教千古传，留名青史世无双。

第九十六回　逞强势齐国攻莒　显威风勾践灭吴

且说曾参留在曲阜，日夜为孔子守墓，他大力推荐子夏到莒国继续办学。子夏也是孔子的得意弟子，姓卜，名商，人称卜子。子夏到达莒国，把曾子学堂进行了扩建，改称卜子书院。扩建后的书院，校舍增添了不少，前往求学的人越来越多。书院整日书声琅琅，成为莒都一大亮点。后世盛赞"莒州八景"，"书院夜诵"就是八景之一。有文士赋诗一首，如此赞颂：

曾闻夜诵最堪奇，灵爽洋洋如在兹。

俨向西河敷教日，浑同东鲁执经时。

千秋道脉传薪火，竟夜书声彻讲帏。

幻景相承真异迹，斯文余韵至今遗。

却说骆铭钟年过六旬，自感年迈体弱，于是告老辞职。莒郚公问："司徒告老，何人可以接任？"骆铭钟说："柱厉叔为人正直，义气深重，可以接任。"此时的柱厉叔，正在卜子书院读书。莒郚公没有忘记，他和柱厉叔曾是同窗好友。两人一起读书，朝夕相处，情深意笃。骆铭钟推荐柱厉叔，莒郚公十分满意。柱厉叔年纪轻轻，担任了司徒一职。

这天，在柱厉叔陪同下，莒郚公来到书院巡视。距离书院尚有一两百步，就听到琅琅书声。君臣二人一起，信步走进书院。刚刚走进大门，突然探马来报："齐国攻打我国！"莒郚公一听，不禁大吃一惊。

原来，齐国大夫田无宇死后，他的儿子田乞继承家业。田乞去世后，他的儿子田恒继承家业。田恒也叫田常。公元前481年五月，田常派人把齐简公杀死。在田常一手操纵下，把齐简公的弟弟姜骜扶上君位，是为齐平公。

当时的齐国，陈氏与田氏其实是一家。因此，田常也叫陈常。《春秋左传》记载："陈恒弑其君壬于舒州。"这里的陈恒，就是田常；壬，就是齐简公姜壬。

田常杀死了齐简公，自任相国。他拿出大量家财收买人心，博取齐国人的好感。与此同时，占据了大量土地，作为自己的封地。齐平公敢怒不敢言。这天，田常突发奇想，从各地挑选健美女子一百多名，把她们藏在后院。他一旦有空，就去和那些女子幽会。他还鼓动家族中的男子与那些美女偷情。经过一段时间，生下男子七十多人。田氏家族人丁兴旺，全面掌控了齐国政权。

这天，田常告诉齐平公："我欲攻打莒国，夺其土地！"齐平公只是傀儡一个，只得说："军国大事，任凭相国裁处。"田常对哥哥田瑾说："以你为将，攻打莒国，夺其土地，为我田家所有。"田瑾率领大军六万、战车八百辆，从牟娄、防邑出兵，突然进攻琅琊。

莒郪公闻讯，急忙开会商量。谭弋廷、匡国政已经告老还家。梁丘城继任司空，龙一寇继任司寇。参加会议的有柱厉叔、梁丘城、龙一寇、牛启豪、山林密等人。莒郪公说："齐国攻我琅琊，来势汹汹，当何以处之？"梁丘城默不作声，龙一寇唉声叹气，山林密低头不语。

柱厉叔说："齐军既已进攻，我国自应出兵迎战。"老将牛启豪把胸膛一拍："我愿带兵御敌！"当日上午，莒国派出战车二百辆、军士一万五千名，牛启豪为将，柱厉叔为参军，到琅琊阻击齐军。队伍刚刚到达前线，探马来报："齐军占据有利地势，战车已经列阵！"牛启豪一车当先，柱厉叔随后跟进，一起杀向齐军。双方枪来剑往，拼杀在一起。这时候探马来报："齐军向后撤退！"牛启豪高喊一声："追击敌军！"柱厉叔刚想劝阻，已经来不及了。齐军突然从两侧杀来，万箭齐射，莒军立即倒下一片。牛启豪、柱厉叔冒着箭雨，继续向前冲杀。

田瑾把令旗一挥，齐军排山倒海，从四面包围了莒军。牛启豪率领莒军左冲右突，浴血拼杀。突然一箭飞来，射中牛启豪的大腿；接着飞来一箭，擦伤柱厉叔的左臂。牛启豪身中两箭，顿时鲜血淋漓。田瑾立即驱车围困上来。柱厉叔、副将嬴一衡两车齐出，共同挡住齐军，奋力救出牛启豪。

琅琊被齐国占领，莒国东北边境，又有大片领土失陷。

队伍回到莒都，牛启豪躺在床上，莒郪公亲自前去看望。牛启豪见到国君，不禁老泪纵横，说："齐军屡侵我国，欺人太甚，此仇不能不报。"刚说到这里，突然一阵剧烈疼痛，浑身抽搐，接着四肢颤抖，浑身冒汗。过了一大会儿，牛启豪惨然离开人间。莒郪公十分悲痛，进行了隆重安葬。

葬礼过后第三天，山林密告老辞职。莒郯公任命仓万米为司农，车三驹为司马。到此为止，莒郊公时期的众位老臣，已经全部离职或辞世。

齐国一再侵占莒国土地，究竟该如何应对？莒郯公急忙征求意见。

柱厉叔说："越、吴争战，胜负未决。齐国与我为敌，楚国对我虎视眈眈。以我之见，应遣使越、吴，了解战况，同时派出探马，侦察楚、晋两国情势。"莒郯公说："司徒之言是也。"立即派遣梁丘城、龙一寇为专使，分赴越、吴两国访问。同时派出探马，搜集楚、晋两国情报。

原来，晋国发生六卿互斗，国力严重削弱，无暇顾及其他国家。

公元前489年，楚昭王因病去世，他的儿子熊章继位，是为楚惠王。趁吴、越两国互斗的机会，楚国奖励农耕，大力整军练兵，逐步恢复了元气。

自从越国退兵后，吴王姬夫差沉溺酒色，荒废朝政。再加上连年饥荒，吴国百姓怨气冲天。越王勾践探知消息，决定再次讨伐吴国。公元前473年十一月，勾践下令："兵分两路，进攻吴国！"越军两路夹击，吴军腹背受敌，很快溃不成军。

姬夫差连夜逃到姑苏，然后闭门不出。越军长驱直入，把姑苏重重围困，吴国岌岌可危。姬夫差登上城楼一看，越军像潮水一样，一齐向姑苏猛攻。姬夫差长叹一声，说："悔不听子胥之言，致有今日之败！"说完把眼睛一蒙，一下子跳进护城河里，就这样一命呜呼。

越军排山倒海，立即占领了姑苏。吴国被越国吞灭。

一个大国被吞灭，开历史之先河。事情之重大，就像十二级地震，震撼了所有诸侯国。勾践乘胜利之威，带兵北渡淮河，与齐、晋、鲁、宋等国在徐州会盟，同时派人向周天子报捷。周元王赐给勾践胙肉，任命他为诸侯霸主。勾践分割了吴国的土地，把淮上土地划给楚国，把泗水以东划给鲁国，把吴国侵占的宋国土地归还宋国。从此，越军横行于江淮。

吴国灭亡，越国称霸，无异于晴天霹雳，震惊了莒郯公。柱厉叔进谏："楚、齐两国，虎视眈眈，亡我之心不死。吴国是我盟国，然其已经灭亡。假若楚、越联手攻打我国，我国危矣。以我之见，莫如访问越国，填平鸿沟，消除隔阂，以为外援。"莒郯公说："此议甚当！"

柱厉叔接着进谏："越王已为霸主，访越当带厚礼。"莒郯公于是带上小米一船，红豆一船，绿豆一船，莒国编钟一套，莒国软锦与东夷丝缎一船。此外，还有虎皮六张，虎骨两架，金雕标本一只，蜂蜜十坛，人参十箱。礼品中最为珍贵的，是一对莒国蛋壳黑陶高足杯。这种黑陶杯，薄如蛋壳，黝黑光亮，是稀世珍品。所有礼品，足足装满六条木船。

在柱厉叔陪同下，莒郯公乘坐木船，一路迎风破浪，终于来到越国。

莒郯公来访，勾践十分高兴，从中午到晚上，连续两次设宴招待。第二天，勾践亲自陪同莒郯公游览了会稽城，然后又到太湖泛舟游玩。在这一系列过程中，出面陪同的只有文种，却不见范蠡的影子。莒郯公觉得十分奇怪，于是让柱厉叔打听消息。

原来，勾践称霸之后，逐渐冷漠范蠡、文种等有功之臣。范蠡心想："勾践只爱土地和霸主地位。现在他功成名就，大臣们的汗马功劳早被抛到脑后。既然如此，我何不急流勇退，远走高飞！"范蠡临行之前，给文种写信一封。文种展开一看，文字是：

飞鸟尽，良弓藏；狡兔死，走狗烹；敌国破，谋臣亡。越王其人，男人女相，鹰视狼声。我观此人，生性多疑，只可与之共患难，不可与之同享乐。此时不走，更待何时？君若执迷不悟，届时悔之晚矣。

当天夜晚，范蠡带上妻子儿女，乘坐小舟悄然奔往齐国。

范蠡的行踪，柱厉叔已经打探明白，于是进谏："以我之见，立即赴齐，聘请范蠡来莒国任职。"莒郯公说："此议甚好，以范蠡之才，宜挂相国之印。"原来，莒郯公早已想聘请范蠡担任相国。于是一行人赶紧往莒国回返。

这天上午，船队到达长江口以北，突然遇到狂风。海上巨浪翻滚，汹涌澎湃，像万马奔腾，惊天动地。莒郯公乘坐的木船，起初是左右摇摆，接着是船头向上，然后是随风旋转。柱厉叔立即指挥兵士，紧紧把住船舵，但是风大浪急，无济于事。这时候，只听"嘭、嘭、嘭"三声，三条木船撞到了一起。莒郯公乘坐的木船顿时被撞漏水。水柱像飞箭一样，从船底向船舱喷射，柱厉叔急忙指挥士兵。用被褥堵塞漏洞。这时候一个巨浪袭来，三条木船同时被卷入海底。柱厉叔随着一块木板飞到另一条船上，虽然遍体鳞伤，但是幸免于难。再看看莒郯公乘坐的木船，连人带船已不见踪影。柱厉叔急忙指挥寻找，但是风狂浪高，遍寻不见。

过了两个多时辰，狂风终于停止了，海面趋于平静。柱厉叔急忙指挥众人继续寻找莒郯公。这时候，东南方向来了一条渔船，原来莒郯公的尸体就在这条渔船上。柱厉叔赶忙向对方致谢。

由于木船损毁严重，只得改由陆路行进。这天，好不容易回到国都。嬴历狄、嬴历茸、嬴历蒙、嬴历莽兄弟四人在众人陪同下，一起到郊外迎接。

莒郓公突然遇难，国君之位一时空缺，成为众所关注的焦点。

这时候，嬴历莽已经长成翩翩少年。由于姻亲关系，郯国来宾找到龙一寇，迫切要求由嬴历莽继任国君。滕国大夫找到仓万米，要求嬴历茸或嬴历蒙继任国君。就在这时候，齐国大夫田瓘来了。他找到柱历叔，强烈要求说："以嬴历狄之才，应当继位为君！"

在国君人选问题上，齐、滕、郯三国纷纷出面干预。尤其是田瓘，依仗齐国的威势颐指气使，不达目的誓不罢休。就在这时候，越国大夫步一程前来吊唁。郯鹆对儿子嬴历莽说："越国乃诸侯霸主，何人继任国君，越国来宾一言九鼎！"说完，领着嬴历莽悄悄拜见步一程。

步一程一看，嬴历莽还是个翩翩少年。娘俩双双跪在地上，哭哭啼啼。步一程顿起怜悯之心，他双手扶起嬴历莽，说："我步一程乃臣子，焉敢受此大礼？公子请起，继任国君一事，包在我身上！"娘俩急忙致谢。

步一程来到吊唁大厅，高声宣布："越王有令！五公子嬴历莽少年聪慧，众所仰望，宜为莒国国君！"话音未落，各国来宾议论纷纷。齐国大夫田瓘信心满满，打算让嬴历狄继任国君，万万没想到嬴历莽捷足先登，取得了越国的支持。

越国吞灭了吴国，被周天子册命为诸侯霸主，气焰正盛，众诸侯无不仰其鼻息。对于步一程的提议，无人敢于反对。齐国虽然强势，但也不敢得罪越国，田瓘只得忍气吞声，认可既成事实。在越国强力支持下，嬴历莽继位为君，是为莒敖公。

莒敖公继位后，他的三个哥哥纷纷逃避。嬴历狄躲到渠丘，嬴历茸躲到鄢陵，嬴历蒙躲到且于。此时的莒敖公还是个少年，不懂治国安邦之道。柱历叔找来司空梁丘城、司寇龙一寇、司农仓万米和司马车三驹，五人一起商量。

柱历叔说："国君年少，不能决策，众公子避而远之，似此如何是好？"其余四人听了，议论一阵，谁也拿不出好办法。柱历叔接着说："郓公在世之时，曾有打算聘请范蠡为相国。"柱历叔话音未落，梁丘城首先表态："此事可行！"龙一寇、仓万米和车三驹纷纷赞同。次日上午，五人一起向莒敖公报告此事。莒敖公一看，五位大臣异口同声，都赞同聘请范蠡为相国，于是表态同意。

这天，柱厉叔、梁丘城扮作商人模样，悄悄来到齐国。从胶东半岛到渤海西岸，从临淄城郊到泰山周边，足迹遍及大半个齐国。费了九牛二虎之力，也没见到范蠡的踪影。柱厉叔心想："范蠡难道从人间蒸发了？"

原来，范蠡到了齐国之后，改名换姓，经营海盐。不长时间，积累了大量钱财，因此声名鹊起。有人大力推荐，范蠡当了齐国的相国。此时的范蠡不再留恋权位，不久就借故辞职。他拿出自己的钱财，分发给周边百姓。自己带了部分珠宝，悄然来到陶地，隐居起来。他再次改名换姓，叫作陶朱公。

柱厉叔、梁丘城不辞辛劳，绕山转水，最后竟然空跑一趟。他们找不到范蠡，只得回国向莒敖公报告。莒敖公听了，心里怅然若失。柱厉叔再次进谏："越国大夫文种，其才其德，与范蠡互为伯仲。据闻，文种目前已退隐在家。以我之见，可聘请为相国。"莒敖公同意后，柱厉叔乔装打扮，带领随从悄悄到达越国。万万想不到，文种已经命归黄泉。

原来，勾践攻灭吴国以后，日渐疏远有功之臣。因此，众大臣纷纷借故辞职。文种想起了范蠡的临别赠言，假托有病不再上朝，从此休闲在家。勾践疑忌心极重，怀疑文种心怀阴谋。这天，勾践以探病为名，亲手赐给文种宝剑一柄。事情明摆着，这是要文种自裁。文种被迫无奈，只得拔剑自杀。

柱厉叔来到越国，文种早已不在人世。他怅然若失，只得回国向莒敖公汇报。莒敖公一想，柱厉叔一再建议，先是聘请范蠡，接着又去聘请文种，结果都是空手而归，因此产生了误解。他心里暗想："柱厉叔以聘请贤才为名，借故游山玩水，戏弄国君！"他越想越生气，从此不再信任柱厉叔。

这天，在梁丘城陪同下，莒敖公到海滨巡视。刚刚走到甲子山东麓，突然探马来报："三桓作乱，鲁君逃往越国！"莒敖公闻讯，不禁大吃一惊。

正是：以下凌上臣欺君，诸侯竟然当逃兵。

第九十七回　嬴历获溪边猎艳　柱厉叔莒城殉义

且说南有越、吴争强，北有齐、晋争霸。楚国乘此机会整饬内部，休养生息，国力逐步得到恢复。趁着越国围攻吴国的机会，楚国再次出兵，最终攻灭了陈国，设置了陈县。越国吞灭吴国后，又把淮泗地区划给楚国，楚国的领土延伸到东方。

消息传到莒国，柱厉叔心想："楚国势力东扩，对莒国绝非好事。"急忙向莒敖公进谏："先君渠丘公在位之时，楚国突然从陈地出兵，接连陷我三城。史鉴历历，不可忘怀。宜赶紧加固城垣，加强防御，以防不测。"

柱厉叔苦口婆心，一再劝谏，莒敖公竟然无动于衷。

此时的鲁国，内有"三桓"专权，外有齐国侵凌，西南又来了强势的楚国。在此情况下，鲁国与莒国一样，处在齐、晋、越、楚几个大国的夹缝之中。鲁哀公无奈，只得左支右绌。这年八月，鲁哀公打算请越国出兵，帮助驱逐"三桓"。"三桓"得到消息，立即联合起来，出兵讨伐鲁哀公。

鲁哀公的卫队势单力薄，很快被"三桓"打散。鲁哀公为了保命，只好逃往越国，最后凄然死在那里。

消息传到莒国，柱厉叔立即进谏："鲁国国君逃亡，鲁国群龙无首，时机千载难逢。应趁机出兵，夺回郓、郓两邑！"柱厉叔一再进谏，莒敖公根本听不进去。他两眼望着树上的鸟儿，对柱厉叔不理不睬。柱厉叔实在没办法，只好找到梁丘城、龙一寇、仓万米与车三驹，让他们再次进谏。四人见到莒敖公，提出上述建议。莒敖公气愤地说："此类馊主意，必定来自柱厉叔！"断然予以拒绝。国君如此不信任，柱厉叔心里十分难过。

且说莒郱公去世后，嬴历获、嬴历茸和嬴历蒙三人，都想继任国君。莒敖公继位后，三兄弟十分不满。嬴历茸躲在鄢陵，嬴历蒙躲在且于，都在觊觎国君之位。嬴历获躲在渠丘城，依仗齐国是自己的姥姥家，时刻都在寻觅夺权时机。

这天，齐国大夫田瑾派人给嬴历荻送来一封密信，信上说：

  目下莒国，君幼臣轻，上下不和。此等局势，正是英雄用武之时。公子金枝玉叶，继位为君乃天经地义。若公子有所求，齐国将出兵相助。

嬴历荻看过来信，立即采取行动。这天夜里，嬴历荻秘密潜往临淄。在他引导下，齐军突然发动进攻，很快把蒲侯占领。蒲侯周边地域，全部成为田氏家族的领地。且于变成边境城市，完全暴露在齐军面前。

柱厉叔得到消息，心里十分着急，再次进谏："蒲侯失陷，且于危在旦夕。且于若失，国都安能保全？应立即出兵，夺回蒲侯。"莒敖公听了置之不理，然后拂袖而去。事到如今，柱厉叔彻底明白了：自己已经完全失去国君的信任。既然如此，自己的拳拳爱国之心，只能付诸东流！想到这里，他心里十分痛苦。他辗转反侧，彻夜难眠，考虑了整整一个晚上。第二天，他便独自乘着竹筏，悄然去了一个无名岛上。

柱厉叔离开后，叔文接任司徒职务。原来，叔文先在曾子学堂学习，后来又到卜子书院读书。学业期满后，叔文回到齐国，跟着父亲经商。他赚了一大笔钱，然后又回到莒国。通过请客送礼，好不容易挤进官场，从此走向仕途。趁着柱厉叔离职，叔文不惜重金，买通有关环节，终于担任了司徒一职。

再说，齐国大夫田瑾占领了蒲侯，把周边地域收入囊中，把孤零零的蒲侯城让给嬴历荻。这天上午，嬴历荻心血来潮，单独一人外出打猎。走着走着，进入一片山林之中。突然，前面出现一头獐子，嬴历荻急忙追过去。追了不到百步距离，獐子跑进树丛里，然后又从树丛里伸出脖子向外瞭望。嬴历荻见状，立即追赶过去。獐子再次逃进了树林。不一会儿，那头獐子又探头探脑，再次出现在眼前。嬴历荻一箭射去，"噗"的一声，獐子应声倒在地上。嬴历荻跑过去一看，那头受了伤的獐子还在四蹄乱蹬。

嬴历荻刚想抓起那头獐子，又有一头母獐子，领着一头小獐子出现在前面。嬴历荻觉得好奇，就扔下受伤的獐子，拿起弓箭追过去。他绕过树丛，转过山岗，前面出现一条小溪。抬头看看，不远处是一处瀑布。瀑布水流不大，但是"哗哗"作响，清脆悦耳。眼前这条小溪，就是瀑布流下来的。

嬴历荻正在观看瀑布，突然听到女孩的嬉戏声。注目一看，树枝上挂着几件漂亮衣服。再看看溪水里，两个女孩正在戏水洗澡。嬴历荻见状，顿时按捺不住自己。他轻手轻脚走过去，一下子把衣服拿到手里。两个女孩听到声音，急忙向树丛里看去，发现一男人拿走了自己的衣服。俩女孩尖叫一声，急忙把身体藏进水里。嬴历荻一伸手，把其中一件衣服扔到水里。一个女孩立即穿到身上，慌慌张张跑进树林，然后不见踪影。溪水里的另一个女孩双手捂着脸，"嘤嘤"哭起来。

这个女孩名字叫田莹，是齐国大夫田瓘的女儿，齐相国田常的侄女。

嬴历荻看到田莹哭了，顿起怜悯之心，就把衣服送到她手上。田莹背过身去，快速把衣服穿上。然后，两人四目相对。嬴历荻注目一看，田莹皮肤柔嫩白皙，就像天仙一样，在自己见过的女人中，她是最美的一个。田莹看了一下嬴历荻，体魄雄健，浑身散发出男性气息。两人互相欣赏，顿时被对方所吸引。嬴历荻不失时机，立即把田莹搂到怀里，伸手给她擦掉眼泪。二人就势，在浓密树荫的掩映下交合在一起。

就是这一次激情艳遇，田莹有了身孕。

再说柱厉叔撑着竹筏，独自一人来到无名岛。他攀着藤条，登上悬崖峭壁，然后攀上海岛最高处。他站在山巅举目四望，只见天高海阔，重洋渺渺，大海与青天连在一起。柱厉叔心想："从今往后与大海为伴，远离红尘，摆脱世间纷乱之事，岂不快哉！"他走到山下，寻觅栖身之处。此时此地，柱厉叔已经分不清东西南北。他绕着海岛寻觅了一周，来到海岛向阳的一侧，发现有个不大的山洞。走进去一看，山洞足有一间房子那样大。里边有个不高的石台，勉强可以当床休息。再看看地面和周边墙壁，竟然不太潮湿。柱厉叔于是在岛上住下来。

且说叔文能说会道，很快受到莒敖公的信任。叔文当了司徒以后，权力越来越大，逐渐不把那些老臣看在眼里。这天夜晚，梁丘城找到龙一寇、仓万米，说出了自己的心事："叔文巧言令色，取得国君宠信，我等老臣不被看在眼里。长此以往，究竟如何是好？"说完，不禁长叹一声。

龙一寇气愤地说："国君沉湎酒色，荒于国事，军政大权尽在叔文一人手中。长此以往，莒国堪忧！"说完，气愤地把茶杯重重地一放。仓万米说："柱厉叔看破红尘，栖身世外桃源，不知其状况如何？"梁丘城说："我等三人一起赶往海岛，看望柱厉叔。"龙一寇想了想说："假如咱三人同去海岛，必定被叔文察觉。此人心地极坏，必将添枝加叶报告国君。一旦国君雷霆震怒，后果不堪设想。以我之见，莫如寻找理由，只去一人探望柱厉叔。"原来，龙一寇早已打算离开莒敖公，到海岛寻找柱厉叔。

梁丘城、仓万米没识破机关，表示赞同，三人一起觐见莒敖公。

得到莒敖公首肯，龙一寇坐上木船，独自来到无名岛。柱厉叔自从来到岛上，从未见过大陆来人，现在见到龙一寇，十分高兴。龙一寇说："世俗烦心之事，令人厌倦。我此次久住此岛，不再回去。"柱厉叔一听，更加开心了。

春天来了，两人采摘树芽充饥；夏天来了，两人一起采食菱芡；秋天来了，两人一起采食野果；冬天来了，两人就吃板栗与橡子。就这样，两人过起了原始生活。尽管如此，两人过得逍遥自在，甘愿隐居海岛。

此事很快被齐国侦知，田瑾立即去见田常，说："莒国大夫柱厉叔，义气深重，为人正直，现已辞职隐身海岛，莫如聘来齐国任职。"田常说："此人文武兼备，忠心耿耿，实为难得之人才。此人不得重用，乃莒国之过失。自古人才难得，可聘为齐国副相。"然后补充说，"由你出面，前往聘请！"

田瑾领命，立即扮作渔民，乘船来到无名岛。可巧，龙一寇到山后采果去了。田瑾见到柱厉叔，说明齐国的诚意。柱厉叔说："我生于莒国，长于莒地，即使封侯拜相，也决不背叛莒国！"

龙一寇采果回来得知消息，规劝柱厉叔："齐乃大国，身为齐国副相，官高爵显，应当答应。"柱厉叔说："我柱厉叔以义为重，忠君爱国，虽高官厚禄，此志不可移也！"

柱厉叔态度决绝，田瑾无计可施，只得回去向田常报告。

且说嬴历获与田莹野合之后，最初一段时间，心里还时常想起那事，但是时间一长，竟然忘得一干二净。田莹回到临淄不久，时常恶心呕吐，经不住母亲一再追问，就把事情和盘端出。那个男人是谁？田莹只说是莒国人。具体是哪一个，田莹始终守口如瓶。母亲发现女儿已经怀孕，立即告诉丈夫田瑾。田瑾闻讯，立即告诉担任相国的弟弟田常。田常一听，顿时火冒三丈。因为弄不清始作俑者是谁，他把满腔怒火一股脑儿撒到莒敖公头上。哥俩一合计，不经齐平公同意，出动兵车一千辆、大军六万人，气势汹汹进攻莒国。

嬴历获惹下了滔天大祸，莒敖公并不知情。叔文受到宠信，其余大臣纷纷避而远之。因为堵塞了言路，莒敖公的信息十分闭塞。齐国大军进犯莒国，莒敖公竟然一无所知。这天上午，莒敖公带着叔文及少数随从到且于城巡视。一路上慢慢腾腾，谈笑风生，毫无戒备。距离且于城七八里路，突然发现前头尘土滚滚，似有千军万马席地而来。狡猾的叔文一看不妙，谎称自己肠胃不好，装模作样地捧着肚子弯腰钻进了树林子，然后逃之夭夭。

莒敖公不知受骗，一直坐在大车上，傻傻地停在那里等候。

不一会儿，齐国大军包抄上来。田瑾一看旗帜仪仗，断定这就是莒敖公，一声令下，将士们一齐动手，连人带车把莒敖公带到了临淄。堂堂国君竟然被擒到齐国，莒敖公被扣在馆驿，气得吐血不止，不几天就气绝身亡。

嬴历狖得到消息，立即赶回国都。他虚张声势，四处大造舆论，说是齐国如何大力支持，让他担任国君。有人信以为真，有人见风使舵，竟然没人出面反对。如此，嬴历狖顺利登上国君之位，是为莒灵公。

莒敖公惨死在齐国，消息传到无名岛。柱厉叔心里十分悲痛。他一连几天不吃不喝，辗转反侧，彻夜难眠。没过几天，整个人消瘦了不少。龙一寇说："敖公在世之时，并不信任你，你因此栖身海岛。目下敖公离别人世，你何必如此糟践自己？"

柱厉叔说："人生在世，义字为先。践行大义，乃莒人之风。我柱厉叔虽然栖身海岛，仍是莒国人士。若丢弃大义，必为世人不齿。"他流了一会儿眼泪，接着说："取义而死，重于泰山；舍义而生，轻若鸿毛！"

柱厉叔打算以身殉义，为莒敖公殉死。龙一寇再次劝说柱厉叔："国君不予信任，你因此隐身海岛。好不容易逃出性命，何必舍身殉死？如此葬送性命，岂不令人叹息。再者，敖公已薨，你若取义而死，有谁感恩戴德？"

柱厉叔说："宁可天下人负我，我决不负天下人。是我自行离职，隐身海岛。目下国君业已离世，若我不为国君殉死，乃不义之行。世人趋利我取义，世人皆昏我独醒。我愿拼将性命，为义而死，一则激励不忠臣子，二则惊醒轻蔑人才之君。"龙一寇一听，柱厉叔已经铁了心，只得长叹一声。

当天下午，柱厉叔毅然离开海岛，独自一人回到国都。

柱厉叔来到莒城，凄凉地站在吊桥外。他举目四望，城郭依旧，但是已经物是人非。莒敖公早已作古，留下来的只有孤独的城楼以及寂寞的护城河。柱厉叔不禁热泪滚滚。他迈着沉重的步子，十分悲痛地走到桥上。深情地看一眼城郭，再看一眼护城河，随后纵身一跃，"哗"的一声跳入水中。人们发现后，立即把柱厉叔打捞上来。一代义士，就这样命归西天。

柱厉叔以身殉义，赢得了人们的敬重。为了纪念柱厉叔，后人在他投河自尽的地方，修建了一座"国士桥"。清代学者王士祯触景生情，赋《国士桥》一首，纪念柱厉叔：

  国士桥边水，千年恨未穷。

  如闻柱厉叔，死报莒敖公。

千百年来，人们赋诗作文，称颂柱厉叔是"千古义士"。进入二十一世纪，莒城作为历史名城早已闻名遐迩，一年四季游客如云。游客只要到达莒城，总要慕名瞻仰"国士桥"。人们凭栏怀古，悼念柱厉叔这位"千古义士"。

正是：莒地自古出义士，千年颂扬柱厉叔。

第九十八回　刮民膏叔文相莒　信佞臣灵公失政

且说叔文逃之夭夭，司徒一职因此空缺。为此，莒灵公正打算物色人选。突然内侍报告："叔文到来！"原来，叔文躲进树林，逃过了齐军的围追，侥幸躲过一劫。听到莒敖公已经死亡，莒灵公继位为君，叔文立即赶回国都。为了掩人耳目，叔文首先来到莒敖公灵前。他先是跪拜祭奠，接着是号啕痛哭，活脱脱一个忠臣孝子。叔文祭奠完成后，立即来到莒灵公面前。他甜言蜜语，取得了莒灵公的信任，继续让他担任司徒。

叔文拿出大量钱财，买通了有关人员。上到国君夫人，下到妃子、宠姬、宫女、内侍、奶妈、侍卫长等人，每人都得到一份厚礼。众人收了钱财，就在莒灵公面前吹风，纷纷为叔文说好话。不长时间，叔文成了莒灵公的宠臣。

这时候，叔文想起了父亲的经商之道。他记得十分清楚，父亲曾经说过："欲赚大钱，须投大资；投资愈大，获利愈多。"父亲还说过："投资木材，莫如投资食盐；投资食盐，莫如投资珠宝；投资珠宝，莫如投资官吏；投资官吏，莫如投资君王。"叔文对父亲的话念念不忘，牢记心怀。

"投资君王，究竟该如何操作？"这天，叔文想起了父亲的嘱咐，心里直犯嘀咕。他把大腿一拍，自言自语地说："有了！"次日上午，叔文报告莒灵公："齐君之女，名叫莲姜，至今尚未婚配，何不聘娶为夫人？"

莒灵公忙问："莲姜容貌如何？"

叔文说："倾国倾城之色，闭月羞花之貌，其容之美，天下少有！"莒灵公一听，顿时两眼放光，说："天下竟有如此美女，寡人求之不得！"立即委派叔文为专使，带上丰厚的聘礼，赶往齐国求婚。

叔文心想："投资君王，机会到来，良机不可丧失！"除了莒灵公的聘礼之外，叔文又自掏腰包，带上黄金两百镒、凤凰图案透雕玉璧两双、昆仑山卵形红玉两枚、南洋深海玉化海贝六串、镶宝石象牙如意两对、新采波斯孔雀翎十六支、珍珠玛瑙镶嵌妆奁盒一对、上等勐泐香料两盒。此外，又送上莒国软锦、越国彩缎，等等，全部礼品足足装满八大车。

此时的莲姜，已经年满十九岁。女儿早已到了婚配年龄，仍然待字闺中，齐平公正为此事犯愁。恰在这时候，叔文带着丰厚的聘礼，前来为莒灵公求婚。齐平公十分高兴，当即欣然答应。叔文为了讨好，单独把自己的礼单呈上，莲姜高兴地说："礼物如此贵重！"叔文说："些许礼物，不成敬意，尚望笑纳。"莲姜对叔文顿时产生了好感，从此对他高看一眼。

莒灵公娶了莲姜，内心非常喜爱，因此十分感激叔文。莲姜嫁到莒国后，把叔文看成自己的心腹，在莒灵公面前大吹床头风："叔文文武全才，军政兼备，乃安邦定国之才。此人精通理财，忠心耿耿，灵活机变，不应屈就司徒一职。"莒灵公高兴地说："升任叔文为相国！"

自从星耀空去世，由于没有合适人选，相国一职始终空缺。现在叔文担任了相国，其地位一人之下，万人之上。他的投资得到了丰厚的回报。

且说田莹十月怀胎，一朝分娩，生了个胖胖的男孩。孩子随母姓，取名田一钦。随着时间的推移，田一钦慢慢长大。他看到同伴们都有父亲，唯独自己没有，于是追问母亲。起初，田莹绕着弯子哄骗孩子，但田一钦不依不饶，纠缠不休，田莹只得如实告诉儿子："当今的莒灵公，即是你的亲生父亲。"

田一钦一听，又哭又闹，非得把自己的名字改过来不可。田莹无奈，只得把他的名字改为嬴丛怀。其含义是，爹娘在树丛里怀上了他。嬴丛怀改了名字，便将此事告诉了姥爷田瓘。

田瓘一听，顿时气得七窍生烟，当天下午，就告诉了弟弟田常，请他拿主意。田常一想，莒灵公是齐平公的新婚女婿，于是立即报告齐平公。齐平公一听，自己的女儿刚刚出嫁，女婿竟然有个私生子，并且就在齐国国都，不禁大发雷霆。田常一看时机成熟，就让田瓘为帅，出动五万大军，战车八百辆，浩浩荡荡杀奔莒国。齐军一路突进，很快攻入莒国境内，把蒲侯、且于城同时围住。

这时候，莒灵公正搂着莲姜欣赏歌舞，突然边吏来报："蒲侯、且于同时被围！"莒灵公急忙让内侍把叔文找来，一起研究对策。叔文说："自古兵来将挡，水来土掩。齐军进入我国境内，理应司马带兵迎敌。"叔文轻描淡写，把抗敌责任推给了车三驹。列国之中，辅政大臣无不带兵上阵。叔文贪生怕死，大敌当前，却躲得远远的。

司马车三驹领命，立即带领一万人马、战车二百辆，紧急奔赴前线。

队伍来到蒲侯一看，城上插遍齐军旗帜。原来，蒲侯已被齐军占领。车三驹义愤填膺，立即指挥攻城。莒军刚刚接近护城河，城上万箭齐射，莒军立即倒下一片。车三驹毫不退缩，立即组织二次攻城。这时候，齐国大军从四面八方包抄上来。车三驹一看，齐军人多势众，蒲侯已经难以收复，带领人马突出重围，紧急救援且于。到达且于一看，且于早已被齐军占据。

莒军尚未攻城，齐军已经围困上来。车三驹一车当先，高举长枪冲入齐军阵内。双方刀枪并举，浴血厮杀，杀声震天。拼杀了一个多时辰，车三驹已经多处负伤。他看看自己的队伍，非死即伤，渐渐失去了战斗力。这时候，参军嬴邑帏建议："齐军势大，应赶紧撤退！"车三驹举起鲜血淋漓的右臂，把长枪向南一挥，率领队伍突出重围。蒲侯、且于两城，从此陷落。

齐国又向南逼近一步，莒国领土进一步缩小。

车三驹遍体鳞伤，只得躺在床上疗养。这天夜里，梁丘城找到仓万米，一起看望车三驹。三人见面后，无不唉声叹气。梁丘城气愤地说："叔文身为相国，临危逃避，致使两城陷落。此等奸佞，竟深得国君宠信。我等忠直之人，虽有赤诚爱国之心，却不得信任！"仓万米说："南有楚国窥伺，北有齐国侵吞，莒国正值危急存亡之秋。国势如此危殆，国君不思重振国势，却整日沉湎酒色。叔文身为相国，利欲熏心，投机取巧，视国家大事如儿戏！"仓万米说到这里，气得把案子重重一拍。

车三驹说："自古奸佞当道，忠臣受到排挤，国家必定衰亡。"说到这里，气得咳嗽起来，梁丘城、仓万米急忙安慰一番。

梁丘城、仓万米一商量："不与叔文之流为伍！"两人双双辞职还家。不几天，车三驹伤势过重不治身亡。莒灵公根据叔文的推荐，任命万俟癸为司徒，夏侯迁为司空，宰父期为司寇，子桑胍为司农，皇甫离为司马。

这天，探马来报："赵、韩、魏三家分晋！"莒灵公大吃一惊，晋国竟然被三家瓜分，其原因何在？莒灵公感觉就像丈二和尚，摸不着头脑。叔文把眼睛一挤，计上心来，说："三家分晋，必有原因。莫如派遣使臣，赴晋访问，借机了解内幕，再做定夺。"

原来，叔文利欲熏心，打算自己出国访问。

莒灵公自从娶了莲姜，心里十分喜爱，两人朝夕相处，形影不离，所有军国大事统统推给叔文处理。现在晋国出现变故，叔文立即带上礼物，赶往晋国访问。一行人快马加鞭，晓行夜宿，这天终于到达晋国都城新绛。

晋出公听说叔文前来访问，亲自接见。此时的晋国已经失去了当年的霸主威风。叔文一看，晋出公神情恍惚，满面愁容，完全没了大国君主的威严。当日夜晚，叔文住在新绛馆驿休憩。赵氏宗主赵无恤、韩氏宗主韩虎、魏氏宗主魏驹，先后前来看望。原来，他们都有独霸晋国的野心，都希望得到其他诸侯国的支持。到了第五天，赵无恤亲自陪同叔文奔赴太行山观光，一路上无话不谈。经过这一系列过程，叔文了解了晋国的许多内幕。

原来，晋国的六卿执政时间很长。六卿中的中行氏、范氏惨败后，从此被驱逐出局。晋国政权分别被智、赵、韩、魏四家掌控，从此进入四卿执政时代。四卿之中，一卿为正，称为上卿；三卿为副，称为亚卿。

公元前453年，智氏被消灭，赵、韩、魏三家瓜分了智氏的土地。晋国公室完全被架空，进入三晋时代。

叔文摸清了晋国内幕，然后带领随从回国。他走在路上，心里一直嘀咕：晋国是三家分晋，齐国是田氏专权，鲁国是"三桓"执政。既然如此，自己为何不像他们那样，把莒国据为己有？但是转念一想，事情并非如此简单。晋国的三家、齐国的田氏、鲁国的"三桓"，都是历经百年，几代人的势力不断扩张，才有了目前的结果。看看自己，仅仅是一个卫国商人，凭着金钱开道，好不容易攀上相国之位。尽管自己身居高位，充其量是个客卿。在各级官吏中，没有一个血亲嫡系。自己既比不了晋国的三家，也比不了齐国的田氏，更比不了鲁国的"三桓"。叔文想到这里，不禁轻叹一声。他转念一想，自己既然不能拥有整个莒国，何不在财物上大捞一把？叔文想到这里，心情顿时阳光起来。他一路游山玩水，嘴里哼着小调，兴冲冲回到莒国。

叔文回到莒国，第一项就是兼并土地。趁着灾荒年头，他拿出大量金钱，低价购买土地，租给农户耕种，自己收取地租。不久，叔文的土地在莒国首屈一指，成为第一田产大户。第二项是投资做生意。在莒城、鄎陵、渠丘、纪鄣、东部海口等地，都有叔文的商号。对于别人的商号，叔文利用手中权力，千方百计把对方挤垮。不长时间，叔文成为莒国第一经商大户。

司徒万俟葵、司空夏侯迁、司寇宰父期、司农子桑胍、司马皇甫离等官员，都是叔文举荐的。这些人对叔文感恩戴德，成了他的心腹。他们在叔文面前唯唯诺诺，唯命是从，对于叔文的爱财如命心知肚明。

这天，万俟葵、夏侯迁、宰父期、子桑胍和皇甫离五人凑到一起，商量如何孝敬叔文。万俟癸说:"常言道:'国之大事,祀与戎也。'近来边患无虞,目前国之大事,唯有祭祀一项。"夏侯迁心领神会,立即附和:"司徒之见,十分高明!"宰父期心里明白,万俟癸主张举行祭祀,无非是想趁机大捞一把,自己作为司寇,当然也少不了一份。想到这里,他立即表态:"此事可行!"

子桑胍、皇甫离一商量:"司徒、司空、司寇都主张举行祭祀,这里边肯定有油水可捞。既然如此,何乐而不为?"于是两人一致表态拥护。

五位大臣统一了意见,然后报告叔文。叔文说:"自古祭祀,事关重大,尚需国君下达旨令。"万俟癸心想:"看来祭祀的好处叔文暂时没有理解。"到了晚上,万俟癸悄悄对叔文说:"自今日始,无论冬夏春秋,都要举行祭祀。每次祭祀,大量宰杀牛羊骡马。大小官员,每人得一份祭肉。分得祭肉者,必须敬献黄金二十两。"叔文一算:"这简直是一本万利的买卖!"不禁两眼放光,当即表态:"此事可行!"

当年孔子身为司寇,尚且得不到一块祭肉。叔文为了收取献金,竟然不管官职大小,打算每人赏给祭肉一份。他利欲熏心,无所不用其极。在他心里,什么周礼、祭祀,不过是捞取钱财的幌子。

按照叔文、万俟癸的策划,春祭按时举行。大小官员都接到通知,全部参加。祭祀完成后,每人得到一份祭肉。随后,每人乖乖地献上黄金二十两。叔文把收取到的黄金三成献给莒灵公,两成分赏给万俟癸、夏侯迁、宰父期、子桑胍和皇甫离,其余五成全部装进自己的腰包。从此,祭天、祭地、祭山、祭河、祭神、祭祖,名目繁多。一年四季,祭祀一场接着一场。每次都要分发祭肉,每次都要收取献金。叔文获得大量黄金,远远超过他的地租收入。

最初阶段参加祭祀,官员们觉得十分荣耀,即使献上了黄金,也甘之如饴。可是时间一长,大家觉得不堪重负,但是敢怒不敢言。

这天,夏侯迁找到叔文,出了一个坏点子:以防范楚国突袭为名,开征防袭税,从渔民到农民,从商人到猎户,一律见十抽一。渔民、农民与猎户,除了上缴原有税赋,另外拿出一成上交防袭税。对于商人,加征利润的一成。

叔文一听,十分高兴地说:"此议甚好,即当采行!"

常言道:"上有所好,下必甚焉。"到了各级官吏手里,防袭税层层加码,见十抽一的规定自然被突破。农户的田赋成倍加码,渔民、猎户的物品大部分被掳走,对商人加征的税赋也远远超过了一成,百姓敢怒不敢言。

叔文把这些所谓防袭税,拿出二成献给莒灵公;拿出一成分赏给有关官员；其余七成，巧立名目修建城垣，宣称预防楚国偷袭，在都城搞了几处"面子工程"，借以装潢门面，掩人耳目。大部分钱财几经周转，最后落入叔文自己的腰包。他手里的财富与日俱增，超过了莒国的公府收入。

税赋日益沉重，民众苦不堪言。莒城、纪鄣、渠丘、鄢陵等城市的商贾纷纷逃离莒国。贫苦人家卖儿卖女，流落他乡，有的逃往海岛，有的逃往齐国，有的逃往鲁国，有的逃往江淮。

莒国人口锐减，兵源枯竭，国力愈来愈弱。

正是：贪官苛政猛如虎，千夫所指一蛀虫。

第九十九回　受外援幽公继位　因贪腐叔文自缢

且说叔文贪得无厌，莒国上下怨声载道。舆论汹汹之下，消息传进了莒灵公的耳朵。真实情况如何？莒灵公根本弄不清楚，只得双眉紧蹙，唉声叹气。莲姜忙问："夫君如此郁闷，所为何事？"莒灵公就把事情的缘由告诉她。莲姜一听，振振有词地说："空穴来风，无凭无据，焉能当真！"

莒灵公觉得有道理，就把这件事撂到一边。从此以后，叔文更加肆无忌惮。国库被掏空，早已入不敷出；民众流离失所，背井离乡；村邑十室九空；车马得不到更新，军队失去了战斗力。莒国一片萧条，哀鸿遍野。

在当时，贫苦民众没有车马。叔文的驷马大车却达到上千辆，他还有大量田产以及数不清的金银财宝。这天叔文带上车马，衣锦还乡。一路风风光光，很快回到卫国。刚刚走进家门口，就听到织机的响声。

叔文进屋一看，母亲正在低头弯腰织布。母亲如此辛劳，叔文心里十分难过。他对母亲说："我身为相国，积累钱财无数。之所以如此，是为家人过上富足生活。不承想，母亲竟在辛勤织布。既如此，我为官赚钱有何用？不如将财宝弃之荒野。"

没想到，母亲并未停下手中的活。她一边织布一边说："常言道'君子爱财，取之有道'，来路不明之财，何必贪恋！君子不习诗书射御，必有赌博之心；小人不习耕耘稼穑，必有盗窃之心。秉公办事，坦荡无私，方为人生财富；若利欲熏心，贪赃枉法，犹雏鸟折损翅膀，难觅鸿鹄之高翔！"

母亲一席话，让叔文十分惭愧，汗流浃背。他回到莒国，行为大加收敛，拒收所有钱财，就像变了个人一样。可是没过多久，官吏和商人陆续前来送礼。叔文见到那些钱财，心里就像被猫抓一样，于是旧病复发，来者不拒。起初是收受贿赂，而后是主动索贿，他把手伸得越来越长，犹如平原驰马，一发而不可收。

这天上午，叔文正在清点金银珠宝。突然，司徒万俟癸前来报告："楚军攻灭杞国！"杞国地处齐、鲁两国之间，距离莒国近在咫尺。按照常理，如此重大事件，应当马上报告国君。叔文心想：自己是卫国人，亲属都在卫国。若莒国被攻灭，自己就回到卫国。凭着那么多财宝，照样活得很滋润。况且莒灵公沉湎酒色，不理朝政，自己又何必多此一举？于是悄悄把情报压下来。就这样，楚军已经逼近门口，莒灵公还被蒙在鼓里。那些爱国人士，急得像热锅上的蚂蚁。

万俟癸觉得事情重大，不宜如此处理。他立即找到叔文，陈述自己的想法。万俟癸虽然贪财，却对历史事件十分熟悉。他见到叔文，说："楚成王时期，吞灭弦、黄、夔三国；楚穆王时期，吞灭江、六两国；楚庄王时期，吞灭庸、舒蓼、萧三国；楚共王时期，吞灭舒庸国；楚灵王时期，吞灭赖、陈、蔡三国；楚昭王时期，吞灭唐、顿、胡三国；楚惠王继位以来，再度吞灭陈、蔡两国，目下又吞灭杞国。楚国乃虎狼之国，莒国不可不防！"

想不到叔文却说："兴灭国，继绝世，举遗民，强国存，弱国亡。遗民迁徙四方，犹如四季之交替，好似江河之流淌，何必大惊小怪！"万俟癸本来就是随风草，听了叔文的话，连忙改口："相国高见，受教了！受教了！"

光阴似箭，转眼嬴丛怀已经长大成人，并且早已有了儿子。这天，嬴丛怀告诉母亲田莹，自己打算到莒国担任国君。田莹说："担任国君事关重大，必须得到田盘代的援助。"原来齐平公已经去世，齐宣公继位。权臣田常也已去世，他的儿子田盘代接任相国。田盘代，史称田襄子。如果论起来，他是嬴丛怀的表哥。嬴丛怀找到田襄子，把自己的打算全盘告诉他。这时候，齐国正想借机攻打莒国。田襄子听了嬴丛怀的打算，立即下令："出动战车八百辆、大军五万人，护送嬴丛怀回国！"

齐军一路前进，并没遇到强烈抵抗。原来，莒国的防务已形同虚设。

这天上午，莒灵公搂着两个美女正在饮酒作乐。突然，司马皇甫离前来报告："公子嬴丛怀前来夺取君位！"莒灵公闻讯，惊得目瞪口呆。皇甫离接着报告："齐国五万大军已经到达郊外！"莒灵公"噗"的一声，一屁股跌坐到地上。皇甫离急忙把他扶起来。

当初树林中的风流韵事，莒灵公早已忘到九霄云外。最近几年，有人从齐国带来消息："嬴丛怀已经为人父。"莒灵公闻讯，心里亦喜亦忧。喜的是，在国外有了自己的孙子；忧的是，假如儿子借助齐国发难，那可不是闹着玩的。莒灵公想来想去，越想心里越害怕。叔文明明知道莒灵公的心事，可是装作不知道。他从卫国弄来两个美女送给莒灵公。莒灵公见到美女，顿时转忧为喜。从这天起，莒灵公和卫国美女一起，天天寻欢作乐。就这样，日子一天天混下去。

齐国已经兵临城下，嬴丛怀前来夺取君位。事情如此突然，莒灵公只得让人去找叔文。万万想不到，叔文听到齐国大军到来，以巡察城防工程为名，带上金银珠宝溜到鄢陵去了。这时候，齐军战鼓咚咚，已经传到耳畔。莒灵公吓得坐卧不安，魂不附体。司徒万俟癸、司空夏侯迁、司寇宰父期、司农子桑胍同时赶来，一齐催促莒灵公，赶快做出决策。

莒灵公吓得浑身哆嗦，失去了主意。夏侯迁说："大敌当前，走为上策。请国君速速动身，赶往纪鄯避难！"万俟癸、宰父期、子桑胍和皇甫离，四人一齐附和。莒灵公只得带领众位官员，仓皇逃到纪鄯。

在齐国大军簇拥下，嬴丛怀兴冲冲进入莒都。一打听，莒灵公早已不知去向。田襄子说："莒君不知所终，国不可一日无主，请公子早登大位！"说完，让人找来一个大座椅，让嬴丛怀面南而坐，众位臣子倒头便拜。

嬴丛怀登上国君之位，是为莒幽公。

莒灵公逃到纪鄯，刚刚安顿完毕，探马来报："嬴丛怀登位为君！"莒灵公一听，瘫坐在座椅上，然后长叹一声，两行热泪顺着脸颊流下来。第三天上午，莒灵公正在唉声叹气，万俟癸进来报告："齐国使臣到！"原来，田襄子送来一封信。此信一开头就毫不客气，列举了莒灵公的几大罪状："治国无能，不谙军旅，致城邑失防；沉湎酒色，不理国政，致奸佞弄权；纵容贪官横行，搜刮民脂民膏，致民众流离失所。"此外，还罗列了其他大量罪状，要求莒灵公宣布退位。否则，齐国大军杀到纪鄯，全城老少不留。

齐国咄咄逼人，莒灵公急忙征求众臣子的意见。想不到，万俟癸、宰父期与子桑胍已在头天夜里逃到鄢陵，偷偷投奔叔文去了。

夏侯迁对皇甫离说："齐国兵临城下，众人纷纷逃匿，情势万分危急，赶紧劝说国君退位。"皇甫离说："看来只好如此。"两人对莒灵公说："目前局势危殆，国君应立即退位，免遭生灵涂炭！"莒灵公只得宣布退位，在纪鄯当起了寓公。田襄子得到消息，带领人马撤回齐国。此后不到一年，莒灵公死在纪鄯，被埋在附近的荒野里。

叔文逃到鄢陵后，时刻关注着局势发展。莒灵公退位，莒幽公登位，消息及时传来。万俟癸说："灵公业已退位，幽公登位为君，相国应回到国都，再掌相国之印，愈快愈好，迟则生变！"宰父期说："幽公登位为君，全赖齐国扶持。从今往后，莒国命运尽在齐国之手。以我之见，莫如先行访问齐国。如能得到齐国支持，方可再掌相国之印。"子桑胍说："此次访问齐国，需带厚重礼物！"

四人正在议论，夏侯迁、皇甫离同时来到鄢陵。这六人本是一丘之貉，他们一个个爱财如命，贪生怕死，善于阿谀逢迎，遇事投机取巧。莒灵公退位之后，眼看大势已去，夏侯迁对皇甫离说："司徒、司寇、司农既已投奔相国，你我何必在一棵树上吊死？"皇甫离说："此言甚当，此地不可久留！"于是两人瞒着莒灵公，趁夜奔往鄢陵。

这天，叔文带上黄金、玉璧、宝石、象牙、珍珠、玛瑙、虎皮、虎骨、人参、猴头、燕窝、熊蹄、驼掌、犀牛角、鲨鱼骨、莒公戈、莒国编钟等一大批珍贵礼物，足足装满六大车。趁着夜幕掩护，悄悄到达临淄。田襄子见到礼物，十分高兴，当即写信一封，连夜派人送给莒幽公。

莒幽公展信一看，田襄子列举了叔文许多优点，强力推荐他继续担任相国。莒幽公心想："若无齐国扶持，自己焉能登上国君宝座？现在齐国出面讲情，让叔文继续担任相国，何不顺水推舟送个人情？"于是立即回信，痛痛快快地答应下来。就这样，叔文再次执掌相国大印。

叔文十分清楚，自己再次担任相国，来之不易。为了讨好莒幽公，他绞尽脑汁，冥思苦想。这天，他终于想出了一个点子：在柳青河畔，修建芍药城。指令夏侯迁找人设计工程图，支使万俟癸带上专人去购买木料，派宰父期赶到鲁国购买芍药种苗，让子桑胍奔赴宋国聘请能工巧匠。然后，抓紧组织施工。

过了一段时间，芍药城终于竣工。叔文陪着莒幽公，绕着芍药城巡视一圈。莒幽公一看，芍药城的城墙、城楼、箭垛、护城河等，样式与国都一模一样。所不同的是，芍药城的规模小很多。原来，芍药城是莒城的缩小版。

芍药城里边，开满各种各样的芍药，一眼望去，十分鲜艳美丽。莒幽公走到芍药城北侧，看到一栋袖珍宫殿，全部是木质结构。细细端详，雕梁画栋，回廊曲折，造型和莒城内的宫殿一模一样。原来，这是从宋国聘请的工匠设计建造的。莒幽公看了十分高兴，伸出拇指说："匠心独具，相国功不可没！"叔文心里乐滋滋的，嘴里却说："时间紧迫，不能尽如人意，请国君见谅。"

莒幽公夸赞说:"芍药城如此典雅,相国劳苦功高,应予褒奖!"

这时候,叔文使个眼色。六十个美女排成两行,口里含着鲜艳的芍药,袅娜多姿,来到莒幽公面前,在悠扬的乐曲伴奏下,翩翩起舞。原来,叔文巧立名目,从各地挑选青春少女,然后送到芍药城接受训练。这些少女个个漂亮,年龄在十五岁到十七岁之间,总数达到上千个。少女们用芍药花泡澡,用芍药汁做胭脂,头上插着芍药花,因此名曰"芍药女"。

莒幽公看到那些美女,顿时两眼放光。叔文看在眼里,立即献媚:"国君若不嫌弃,请在芍药城暂住一宿。"莒幽公一听,求之不得,当天就在芍药城过夜。从此,他天天住在芍药城,流连忘返。

公府收入早已入不敷出,这次修建芍药城,又花费了大量资财。购买车马的经费,被挪用购买了建筑材料。土地都是无偿占用百姓的耕地。至于大量的人工,全部靠搞摊派、抓壮丁解决。全国各地土地荒芜,庄稼大面积歉收,百姓少吃缺穿,饿殍遍地,不得不逃荒要饭,卖儿鬻女。芍药城建成后,叔文派人四处搜寻美女,弄得人心惶惶。凡是有女儿的人家,纷纷逃离家园,官吏们也带着女儿逃往国外。举国上下民怨沸腾。

自从莒郊公去世后,莒国已经换了三任国君。这些年来,嬴历茸、嬴历蒙一直默默无闻。叔文担任相国后,贪婪无度,搜刮民脂民膏,把国家资财据为己有。对此,嬴历茸、嬴历蒙早已怀恨在心。叔文骗取了国君信任,兄弟俩只得忍气吞声。芍药城建成后,民怨一片沸腾,莒国局势进一步恶化,濒临亡国边缘。兄弟俩看在眼里,对叔文恨得牙根痒痒。

这天,嬴历茸对嬴历蒙说:"叔文弄权,国君整日淫乐,荒于国事,至今执迷不悟。若不断然行动,莒国危矣!"

嬴历蒙说:"三哥所言甚是,应立即抓捕叔文,拯救国家于危亡之中!"

嬴历茸问:"你我无职无权,无兵无将,将何以处之?"

嬴历蒙说:"民怨沸腾,国人之力可用!"嬴历茸说:"此议甚当!"哥俩商量好了,立即派出心腹,发动国人抓捕叔文。国人纷纷响应。

叔文得到消息,想让皇甫离调集人马,抓捕嬴历茸哥俩。想不到,皇甫离早已不见人影。叔文又找万俟癸、夏侯迁、宰父期和子桑胍,那四人也已不知去向。原来,这些人与叔文是一路货色。叔文春风得意的时候,他们就像亲儿子一样,在叔文面前唯唯诺诺,唯命是从。芍药城建成后,广大吏民对叔文深恶痛绝,必欲除之而后快。万俟癸等人明白,叔文绝对没有好下场。五人一商量，决定与叔文分道扬镳。第二天，一个个逃得无影无踪。

此时此刻，叔文成为孤家寡人。为了逃避抓捕，他赶紧带上金银珠宝，足足装满十大车，趁着夜色掩护，逃往卫国，悄悄躲到自己家里。

此时的卫国国君是卫慎公。叔文在莒国为相，贪婪无度，导致民怨沸腾，卫慎公早有所闻。现在，叔文携带大量财宝逃到卫国，卫慎公得到消息，立即派出人马，把叔文的住宅团团包围。这天夜里，大门被敲得咚咚响。叔文听到动静，赶紧拉着几大箱珠宝藏进地窖里。

卫国士兵闯进院子，不由分说，带走全部物品，带头的将领把叔文狠狠教训了一顿。地上的财宝全部被带走，叔文十分心疼，禁不住失声痛哭。

这天深更半夜，叔文悄悄走进地窖。他打开那几个箱子，看着璀璨夺目的珠宝，不自觉地跪到地上。他捧起一捧鸽卵大的太湖珍珠，放到腮上亲昵一阵；抓起两块昆仑山鹅卵红玉，用前额接触一下；他放下鹅卵玉，用手往箱底一摸，摸出一块暗光闪烁的南洋宝石，伸出舌头舔一下。

叔文站起身来，打开另一个大木箱。掀开麻布一看，是一块硕大的金锭。他双手用力一搬，觉得沉甸甸的，细细端详一下，上面带有"一千两"字样。原来，这是莒国用于购买战车的军费。叔文敲开第三个箱子，里边全部是金银。原来，这是从商人们那里勒索来的财富。

这时候，传来了雄鸡的鸣叫声。叔文感觉有点内急，悄悄爬出地窖，打算出去小解。他走到房门口，刚想敲开门闩，突然听到院墙上跳下几个人来。他借着月光，从门缝向外一看，院子里进来十几个人。有人小声说："砍下他的双手，带回莒国！"另一个说："带上他的头颅，枭首示众！"叔文仔细一听，说话的是嬴历茸、嬴历蒙。原来哥儿俩带人前来追杀自己。

这时候，只听"咚咚咚"，敲门声响了。有人高喊："把门撞开！"叔文一听，自知在劫难逃，急忙走进地窖。他深情地看一眼那些财宝，对着木箱双膝跪下，接着磕了几个响头。他找出一条绳子，拴到自己脖子上；然后站到板凳上，打算上吊自杀。可是板凳太矮，够不到横梁。叔文只得拉过那块千两金锭，垫到凳子底下。他再次踏着凳子，把绳子绑到顶梁上，然后把凳子向外一蹬，双脚顿时悬空起来。

叔文两腿一伸，自缢而亡。一代巨贪，命归黄泉。

正是：金银财宝身外物，只因贪敛入黄泉。

第一百回　侵东夷楚军逞凶　战强敌莒城喋血

一代巨贪叔文在卫国自缢身亡。万俟癸、宰父期闻讯，急忙逃到齐国；夏侯迁、子桑胍一商量，双双逃往越国；皇甫离趁夜潜逃，到沂蒙山落草为寇。诸多官位空缺，应当任命新官员。莒幽公醉生梦死，此事耽搁下来。军国大事无人处理，莒国处于一片混乱之中。消息如风，很快传到周边国家。

再说，越王勾践把女儿嫁到楚国，越、楚两国成为姻亲。从此，两国关系日益密切。楚国趁机整军经武，国力不断上升。楚惠王称霸心切，召集左右商量。令尹子春说："越国横行江淮，但无力向北发展；晋国遭三家瓜分，失去霸主地位；田氏掌控齐国大权，姜氏政权业已易主；秦国偏在西域，暂时无力东进。值此千载难逢之机，我国应趁势向东北发展。"

楚惠王说："此议甚当，先打垮宋国，而后打垮鲁、莒两国，最后攻打齐国与晋国！"楚国厉兵秣马，宋国面临被攻打的局面。学者墨子闻讯，风尘仆仆赶到郢都，拜见楚惠王。

一见面，墨子开门见山，说："有人舍弃华丽车辇，而打算偷窃邻家破车；舍弃锦绣衣裳，而打算偷窃邻家旧衣；舍弃鱼肉，而打算窃取邻家糟糠。"

楚惠王不假思索，脱口而出："此人必有偷窃之疾！"

墨子说："楚国地域五千里，宋国之地五百里，此犹文轩之与敝舆也。楚有云梦，犀兕麋鹿满之，江汉之鱼鳖鼋鼍为天下富。宋国无雉兔鲋鱼者，此犹梁肉之与糠糟也。楚国有长松文梓梗楠豫章，宋国却无长木，此犹锦绣之与短褐也。下臣以为，大王欲攻宋国，与此同类。"

楚惠王一听，心里十分惭愧，当即下令："就此罢兵，停止攻宋！"就这样，宋国暂时躲过一劫。谁也想不到，厄运降临到莒国头上。

楚惠王有三个儿子，长子名叫熊中，二儿子名叫熊左，三儿子名叫熊右。长子熊中，早就被立为太子，是国君接班人。

公元前432年，楚惠王在位已经五十七年。这天，楚惠王得了重病。熊中、熊左、熊右哥仨，还有令尹子春等大臣，一起站在病榻前。楚惠王说："北方诸国，陷入混乱；越兵虽强，局限于江淮。楚国称霸，时机已到。先灭莒国，后灭鲁国，而后挥兵击破齐、晋，进而图霸中原。是为至嘱。"说完，两眼一闭离开人间。

楚惠王去世，熊中继位，是为楚简王。

楚简王继位后，任命二弟熊左为司马，三弟熊右为将军，子春继续担任令尹。其余官佐一一任命。

这天上午，子春进谏："莒国追随晋国，而后追随吴国，多次对我用兵，此仇不能不报。"熊左说："父王临终嘱咐，先灭莒国，后灭鲁国，继而击破齐、晋，此事不可久拖。"熊右说："莒国贫弱无助，我大军齐出，定能旗开得胜！"

楚简王立即下令："兵分三路，南北夹击，攻灭莒国！"

莒幽公自从住进芍药城，再也没回到国都。芍药女们如花似玉，昼夜服侍，他感觉十分销魂。为了增强体力，莒幽公大量食用补品。起初，他面部红润，精力充沛；过了些日子，面色变得苍白；最后，面色变成土黄色。他的身体越来越差，只得依赖蜂王浆、燕窝汤、雪莲汁等滋补品勉强维持。

莒幽公有三个儿子和一个女儿。长子嬴钰龙，二儿子嬴钰鹜，三儿子嬴钰雯，女儿嬴钰姝。嬴钰龙身高臂长，腰细膀宽，走起路来威风飒飒，不久前被立为世子。嬴钰鹜身材高挺，弓马娴熟，使一杆青铜戟，有万夫不当之勇。嬴钰雯白净面皮，文质彬彬，擅长撰写诗文。嬴钰姝从小喜欢刀枪剑戟，骑马射箭，从六七岁开始女扮男装。她身材高挑，刀剑不离手，看上去就像男子一样。

近年来，莒幽公一直住在芍药城，子女们多次要求探望，他始终不见。兄妹们只能趁机学习骑马射箭，练习刀枪剑戟。

且说楚军兵分三路，同时进攻莒国。令尹子春指挥左路军，出兵三万、战车五百辆，副将熊山协助指挥。司马熊左指挥右路军，出兵三万、战车五百辆，副将熊海协助指挥。楚简王自统中军，策应左右两路。将军熊右、副将熊台和熊力三人，一起跟随楚简王作战。

熊左率领右路军，从陈县出发。队伍绕了一个大弯，向莒国迂回包抄。右路军一路挺进，很快到达渠丘。渠丘城多年失修，城墙残破，护城河又窄又浅。熊左来到城下一看，城上旗帜不整，守城士兵不多。熊左把宝剑一挥，立即下令攻城。激战两个时辰，楚军占领渠丘。楚军得手后，继续向前进攻。

子春率领左路军，从杞县出发，队伍很快到达鄢陵。举目望去，守城的都是老弱士兵。子春当即下令："立即攻城！"莒国将士抵挡一阵，很快伤亡过半。剩余军士打开东门，向东落荒而逃。楚军攻占了鄢陵，继续向前挺进。不久探马来报："前方不远即是浮来山！"子春乘车来到队伍前头，抬头望去，浮来山已经清晰可见。副将熊山说："我愿带领尖兵，抢占浮来山！"子春说："此山靠近莒都，必有重兵把守，不可大意！"挑选两千精兵，由熊山带领，沿着西北山坡，悄悄向上攀爬。爬上浮来山一看，除了几排营房墙基，一个莒军影子都没有。

原来，当年星耀空主政，把浮来山建成了坚固堡垒。山上山下都设置了营房，五千精兵常年驻守。星耀空去世后，守军被撤走，营房全部废弃不用，浮来山成为不设防之地。子春登上浮来山顶，举目向东望去，芍药城就在视野之中。这时候探马来报："莒幽公就在芍药城中！"子春把马鞭向东一指，当即下令："攻入芍药城，生擒莒幽公！"

渠丘、鄢陵相继失守，警报很快传到莒都。嬴钰龙对嬴钰骛、嬴钰雯和嬴钰姝说："情势危急，立即拜见父君，商量退敌之策！"兄妹四人骑上快马，直奔芍药城。到了芍药城门口，把门士兵把长枪一横，禁止入内。嬴钰骛、嬴钰姝举起宝剑，把士兵的武器打到地上。兄妹四人快步闯进芍药城。进去一看，莒幽公坐在浴池边上，一左一右搂着两个芍药女，正在嬉戏调情。子女们进来，莒幽公两眼惺忪，木然地看着大家。

嬴钰龙报告："楚军进犯我国，已经逼近都城！"万万想不到，莒幽公已经精神麻木，失去了正常思维。嬴钰龙说的什么，他似懂非懂，痴呆呆一言不发。嬴钰龙见状，只得把话重复一遍。莒幽公把嘴张了几下，含混不清地吐出几个字。他说的什么，谁也听不明白。嬴钰姝见状，想上前扶一下父亲。莒幽公含混不清地说："未曾谋面，何处来的芍药女？"看到父亲如此状态，嬴钰姝急得一边跺脚一边流泪。

嬴钰龙把剑柄一拍，当机立断："情势危急，回去守卫国都！"

子春指挥左路楚军，绕过浮来山，呼啦啦杀向芍药城。看到楚军冲杀进来，芍药女们吓得鬼哭狼嚎，一个个东躲西藏。子春、熊山手提宝剑，四处搜寻莒幽公。进入浴室一看，三具尸体漂浮在浴池里，水上漂着一层芍药花。一具男尸后背朝上，两具女尸仰面向上。原来，这是莒幽公和两个芍药女。

子春高喊一声："就地掩埋！"

嬴钰龙兄妹回到都城，立即派嬴钰雯到齐国求救。想不到，齐国的形势发生了重大变化。原来，齐相国田襄子去世后，他的儿子田白接任相国，称作田庄子。田庄子去世后，他的儿子田和接任相国。田和全权独揽，自称"田太公"。齐宣公完全失掉权力，形同虚设。姜子牙创建的姜姓齐国，已经变为田氏齐国。

嬴钰雯马不停蹄，一路赶到临淄。田和展开文书一看，原来是莒国请求救兵。田和心想："楚、莒两国相距千里，莒国即使被打垮，楚国也无法长期占领。楚军粮草不继，必定撤退回国。到那时候，莒地自然是齐国的囊中之物。"想到这里，他对嬴钰雯说："齐国连年灾荒，粮草不继，难于出兵相助。"嬴钰雯没有求得救兵，只得流着眼泪回国。

楚国右路军占领渠丘后，继续向东北挺进。这天上午，队伍到达凤凰山下。熊左说："此山距大道不远，系咽喉要地，注意防范莒军！"说完，指令副将熊海带五百尖兵向山上偷袭。不久，熊海回来报告："山上山下，空无一人！"熊左说："如此要地，竟不设防，莒国焉能不亡！"一声令下，楚军像排山倒海，呼啦啦直扑莒城。

右路军到达莒城西南，楚简王的中路大军也已到达，子春的左路大军驻扎在柳青河畔。楚国三路大军在此会师，把莒城三面包围。

此时此刻，莒城内车马不齐，仅有老弱病残五千士兵。

嬴钰龙手按宝剑，带领嬴钰骛、嬴钰雯和嬴钰姝来到南城楼。四人举目远眺，楚军营帐相接，车马无数，势力十分雄壮。齐国不发救兵，外援已经断绝。嬴钰龙立即下令："拆除房屋，将砖瓦、石块、木棒统统搬到城上！"

当日下午，兄妹四人再次来到城楼上，嬴钰龙指着远处说："楚营炊烟袅袅，偃旗息鼓，不见排兵布阵，由此推断，今日敌军并无攻城打算。"

第二天上午，兄妹四人再次登上城楼。举目瞭望，楚军营地前方，七八辆战车缓缓向西移动。根据旗帜判断，这是敌军指挥车。嬴钰骛说："我愿出击敌人！"嬴钰姝说："我愿与二哥一同出战！"嬴钰龙嘱咐："得手即回，不可恋战！"兄妹俩骑上战马，带领五百名士兵，放下南吊桥冲到楚军阵前。

熊左发现莒军前来，哈哈一笑，说："些许莒军，其奈我何！"命令副将熊海迎战。熊海驱动战车，来到阵前一看，莒军竟然没有一辆战车，领头的两人骑着战马，其余士兵全都步行。熊海见此光景，根本不把莒军看在眼里。

嬴钰姝把双镫一卡，战马冲到熊海车前。熊海高声大叫："来将何人？快快通名报姓！看你细皮嫩肉，肩窄腰细，宛如女子一个，快快下马受缚！"

原来，嬴钰姝身披铠甲，女扮男装，熊海不知道她是一员女将。

嬴钰姝说："少废话！看枪！"她把长枪一挺，刺向熊海咽喉。熊海虎背熊腰，力大无穷。他举起双剑向前一挡，只听"咣"的一声，嬴钰姝感觉两臂酸麻。熊海驱动战车，举起双剑向嬴钰姝杀来。嬴钰鹜在旁看得真切，高喊一声："快撤！"嬴钰姝卖个破绽，回马向后撤退，熊海紧紧追来。看着就要追上，嬴钰姝悄悄掏出索子连环套，用力向后一抛，正好套在熊海脖子上。嬴钰姝把长索猛力一拉，熊海一下子被拉到车下。嬴钰鹜飞马上前，举起长戟刺向熊海咽喉。熊海顿时鲜血喷涌，命归西天。楚军见状，呼啦啦冲杀过来。嬴钰鹜、嬴钰姝把长枪一挥，带领人马冲杀出去。

第三天下午，嬴钰龙又到城楼巡视。举目望去，敌军一举一动，看得一清二楚。楚军战车排列整齐，步兵随后跟进，齐刷刷向前移动。距离护城河大约半里地，队伍突然停下，然后扎住阵脚。这种阵势证明，楚军马上就要攻城了。

嬴钰龙说："决战时刻已经到来！莒国存亡，在此一战！"

当日夜晚，空中乌云滚滚，大地漆黑一片。嬴钰龙兄妹四人手提宝剑，身穿铠甲，再次登上城楼，扫视四周。只见楚军营地灯火辉煌，刀枪如林，一派大战气氛。兄妹四人明白，明天一早敌人就要攻城了。

回到议事大厅，嬴钰龙立即进行部署。他高喊一声："小妹可在？"嬴钰姝跨前一步，高声回答："在！"嬴钰龙说："你领兵一千，保护全城妇孺，撤往甲子山！"嬴钰姝抱拳回答："得令！"嬴钰龙对嬴钰雯说："钰雯领兵一千，保护全城老人，撤往五莲山！"随后指令嬴钰鹜："你领兵一千，分头掩护。如遇敌人追赶，要拼死阻击，确保安全撤退！"兄弟俩同时高喊："得令！"

嬴钰龙还不放心，高声叮嘱："切记，如在山中不能立足，就到海岛谋生。只要有人在，莒国永不亡！"兄妹三人接到命令，再次向嬴钰龙抱拳施礼，做最后的告别。然后，三人手按宝剑，快步走出大厅。

嬴钰龙明白，此次一别，必定是永诀。他看着三人的背影，热泪不禁夺眶而出。他想："明天一早楚军就要攻城了。敌人千军万马，如狼似虎，守城的仅有两千老弱士兵。强弱悬殊，决战结果不言而喻。"想到这里，嬴钰龙抱定必死决心，暗自发誓与莒城共存亡，并立即下令："二更造饭，三更就餐，四更登城！"众人一齐回答："得令！"然后分头行动。

三更时分，嬴钰龙狼吞虎咽，草草用餐。他手提青铜剑，带领侍卫走到东城楼上，向东南方向瞭望。一大串火炬时隐时现，已经奔往东南山里；向东北方向望去，火炬长龙已经隐入山中；看看后卫部队，也远远离开莒城，慢慢离开视线。嬴钰龙明白，全城妇幼老人已经安全撤退。想到这里，他长长地舒了一口气。

四更时分，嬴钰龙绕城一周，他来到北城门一看，几个鬓发斑白的老兵抱着大刀在站岗放哨。嬴钰龙眼含热泪，深情地拍拍他们的肩膀。老兵们深受感动，立即鞠躬施礼。嬴钰龙离开北城门，又走到南城楼上。举目望去，东方渐渐放亮，黎明已经到来。这时候突然战鼓咚咚，震耳欲聋。楚军阵营人喊马嘶，战车成列，旌旗招展。原来，楚军即将攻城。

嬴钰龙明白，已经到了最后关头，他立即下令："有我无敌，有敌无我，与敌军血战到底！"将士们同声高喊："血战到底，誓与国都共存亡！"

楚军阵营里，十几架高高的云梯拉开距离，慢慢推到阵前。每个云梯底下有两排木轮子，士兵们又推又拉，缓缓向前推进。四根高高的方木立柱中间有许多横木相连，四面都像梯子。站到云梯上，可以看到城内的一切。云梯后面，楚军士兵高举盾牌，每五十人一队排成单列，一步步向护城河逼近。盾牌手后面，是一排弓箭手。楚军推动云梯，慢慢逼近护城河。

嬴钰龙一声令下，莒军万箭齐射。可惜距离太远，箭镞全部落到护城河里。转眼之间，楚军盾牌手逼近护城河。城上乱箭齐射，只听"当当当"，箭镞大多被盾牌挡住。在盾牌手掩护下，楚军弓箭手一齐放箭，箭矢射到城垛上，守城士兵立即有人中箭倒下。紧接着，楚军第二拨弓箭手冲到前面。箭如飞蝗射到城上，又有一批守城士兵倒下。与此同时，城上莒军乱箭齐射，登城的楚军纷纷掉到城下。

几个回合下来，城上的箭所剩无几。楚军见状，立即把云梯推到城墙根下。在弓箭手掩护下，楚军副将熊台、熊力、熊山带头，分别爬上三个云梯。楚军千军万马，随后跟进。楚军架起梯子，拼命向城上攀爬。城上砖块、石头、瓦片、木棒纷纷砸下来。率先爬城的楚军非死即伤，纷纷掉到护城河里。

这时候，楚简王驱车赶来，亲自到城下坐镇指挥。令尹子春赶到西城门，司马熊左赶到南城门，将军熊右赶到北城门，分别指挥攻城。熊左刚刚到达

第一百回

南吊桥下,石块、砖瓦、木棒一齐砸下来。他来不及防范,左臂被瓦片砸中。熊左一怒之下,指挥士兵抬起巨大的圆木,狠狠撞击城门。军士们轮番上阵,反复撞击。只听"轰"的一声,城门一下子被撞开。与此同时,东门、西门、北门也被突破。楚军像潮水一样蜂拥入城,然后呼啦啦冲上城墙。

莒军浴血奋战,城上血肉横飞。

一群楚兵凶猛地冲杀过来。嬴钰龙挥动青铜剑,上刺下劈,左砍右削。敌人近之者伤,触之者亡,七八名楚军倒在宝剑之下。这时候,熊左带领一群士兵冲杀过来,嬴钰龙绰过士兵的长戟,一下子刺向熊左。熊左的左臂顿时鲜血淋漓,一个趔趄,差点倒在地下。

楚军副将熊泰见状,高举大刀冲上来。嬴钰龙挺起长戟,一下刺进熊泰胸膛。熊泰尖叫一声,当即倒在地上。嬴钰龙看看身边,侍卫无一幸存。他举目扫视远处,城上全是楚军。原来经过拼杀,守城将士已全部殉国。

此时此刻,城上只剩嬴钰龙一人。他遍体鳞伤,手握血淋淋的宝剑,像雕塑一样伫立在南城楼上。熊左以胜利者的姿态走过来,说:"楚王有令,有请世子赴楚国任职!"嬴钰龙两眼血红,死死盯住熊左。熊左趾高气扬,步步向前靠近。嬴钰龙一个"饿虎扑食",飞身蹿向前去,双手像铁钳一样死死箍住熊左。他双脚用力一蹬,飞身往城下跳去,只听"哗"的一声,两人一齐落水,同归于尽。浑浊的护城河水顿时泛起一片殷红。

守城将士全军覆没,嬴钰龙壮烈殉国,都城被侵占,莒国不复存在。

莒国自周朝初年受封为诸侯国,历经西周、春秋,直至战国初年,存国时间长达615年。司马迁《史记》记载:"简王元年,北伐灭莒。"

简王,就是楚简王。

历史不会忘记,这一年是公元前431年。

时光如水,日月如梭,转瞬之间两千多年过去。莒地或为州,或称县,治所始终设于莒国古都莒城。历经数千年,莒国的"莒"字始终未变。进入二十一世纪,莒城遗址仍在,莒子墓仍在,莒公戈仍在,浮来山银杏树仍在,莒国器皿仍在,其余众多文物仍在。

这一切都以无声的语言,默默述说着悠悠历史。

宋代诗人王珪赋《七律》一首,念今怀古之情渗透字里行间:

怀乡访古事悠悠,独上江城满目秋。

一鸟带烟来别渚，数帆和雨下归舟。
　　萧萧暮吹惊红叶，惨惨寒云压旧楼。
　　故国凄凉谁与问？人心无复更风流。

　　清光绪二年，莒地学子管廷鹗赴北京参加会试，荣中进士。他欣然回到莒州，立即赶往浮来山莒子墓祭奠，赋《莒陵怀古》一首，以示凭吊：

　　提封五十肇舆兹，故国山河几姓移。
　　宿草牛眠燕将垒，枯槐鸦鸣景王祠。
　　疆邻齐鲁同盟地，史记春秋载笔时。
　　挂杖层城重回首，荒陵烟树夕阳迟。

　　公元 2023 年 3 月，海滨居士深夜读史，掩卷沉思，感慨万千，特作古风一首以抒情怀：

　　悠悠岁月数千年，缥缈朦胧似云烟。
　　曾经风流今何在，唯见薄雾罩青山。
　　长风吹动江河浪，难觅古舟挂篷帆。
　　莫怨历史寡情意，沧海经久变桑田。

2024 年 3 月于黄海之滨

附录：主要参考书目

《春秋左传》	左丘明 著	北方文艺出版社
《春秋左传注》	杨伯峻 注	中华书局
《史记》	司马迁 著	岳麓书社
《公羊传·穀梁传》	杨 龙 校点	中州古籍出版社
《古本竹书纪年辑校订补》	范祥雍 订补	上海古籍出版社
《简说西周史》	唐封叶 著	华文出版社
《春秋史》	童书业 著	商务印书馆
《战国史》	杨 宽 著	上海人民出版社
《中国通史》	吕思勉 著	新世界出版社
《中国通史简编》	范文澜 著	北京联合出版公司
《楚国简史》	王 伟 著	江西人民出版社
《吴越春秋》	赵 晔 撰	江苏古籍出版社
《晏子春秋译注》	陈 涛 译注	天津古籍出版社
《莒州志》	清雍正校注本	中国古籍文物出版社
《重修莒志》	庄陔兰 纂	莒县新城印务局
《莒地简史》	王国新 主编	中国文史出版社
《莒地世家名门》	张同旭 主编	中国文史出版社
《莒文化研究文集》	中国先秦史学会、政协莒县委员会 编	山东人民出版社
《重构中的莒文化》	刘永凌 著	中国社会科学出版社
《春秋史话》	应永深 等著	中国国际广播出版社
《春秋战国》	高兴宇 著	中国国际广播出版社

《春秋五霸》	袁阔成 等著	北方文艺出版社
《春秋战国真有趣》	龙 镇 著	上海文艺出版社
《鲁国史话》	梁方健 著	山东文艺出版社
《齐国史话》	宣兆琦等 著	兰州大学出版社
《鲁国历史与文化》	杨朝明等 著	文物出版社
《周朝其实很有趣儿》	江 月 编	中国纺织出版社
《吕氏春秋》	陆 玖 译注	中华书局
《穆天子传》	高永旺 译注	中华书局
《战国策》	刘 向 集录	团结出版社
《古文观止》	吴楚材等 编选	人民文学出版社
《先秦诸子》	易中天 著	上海文艺出版社
《庄子：开阔混同的精神世界》	杨 照 著	广西师范大学出版社
《诗经》	颜兴林 编译	二十一世纪出版社
《道德经》	李若水 译评	中国华侨出版社
《尚书》	顾 迁 注译	中州古籍出版社
《周礼译注》	杨天宇 撰	上海古籍出版社
《周易》	杨天才 译注	中华书局
《论语·大学·中庸》	陈晓芬 等译注	中华书局
《孙子兵法》	黄善卓 译注	江西人民出版社
《鬼谷子》	陈蒲清 译注	岳麓书社
《六韬》	陈 曦 译注	中华书局